清詩總集敍録

松村昂著

汲古書院

はじめに

清詩とは、清人が清代に作った詩をいう。清人とは、初めは一六四四順治元年以後に亡くなった人々、終わりは一九一一宣統三年にすでに成人に達していた人々とする。初めについていえば、例えば銭謙益は、その卒年が一六六四康熙三年であるから、明らかに清人である。その詩は、明代のものが『初學集』に、清代のものが『有學集』に收められるから、後者のみが清詩ということになる。しかし明末清初の詩家において、明詩と清詩がこのように截然と區分されるのはむしろ例外で、ほとんどの詩家にとって、このような區分はむずかしい。ただ原則として設定することは許されるだろう。清末民國初の詩家についても同様である。わざわざこのように斷わるのは、明末清初の詩家を、新政權に協力したか否かで明人と清人とに分けたり、作品の傾向によって明詩と清詩に分ける方法も存在するからである。したがって總集についていえば、例えば銭謙益の『列朝詩集』では、一六四四年以降の死者はほとんどいないから本敍錄の對象外であるが、朱彝尊の026『明詩綜』では、一六四四年以降の生存者が相當數見られるから、その部分に限ってではあるが、對象內となる。

詩の總集とは、詩の別集と對をなし、二家以上の詩家の作品を集めた書物である。例えば、特に一項を立てることをしなかったが、邵長蘅が王士禛と宋犖の詩を集めた『二家詩鈔』（一四七頁）も算入される。

その內容はもとより多岐にわたるが、まず、對象とする詩家の地理的範圍のもうけかたから見て、全國的規模のものと地方的規模のものとに分けることができよう。そのうち全國的總集は、網羅的なものと、家數限定のものとに分けることができる。前者を代表するのは、044『國朝詩別裁集』（自定本）と123『國朝正雅集』、それに144『晩晴簃詩匯』である。後者ではしばしば、編輯時點での代表的詩家を設定する試みがなされる。その點については、051『國朝六家詩鈔』の項で言及しておいた。

全國的總集のなかには、あらかじめ特別の枠をもうけて編輯されたものがある。そのもっとも多いのは「故舊交友」の部で、編者の先輩・友人・弟子など、その交際の限りをつくしたものである。なかには077『湖海詩傳』のように、その内容の豊富さから見て、前記の、網羅的なものに分類してもおかしくないものもある。また、親族だけに限った「家集」として、122『四家詩鈔』のような例もある。

「遺民」を對象とするのは023『明遺民詩』の一種だけである。しかし本敍錄の特に前半部分では、遺民の生態が散見される。特にここで二點をあげれば、その一つは、彼らの多くが總集の編輯にかかわっていることである。直接の編輯者でいえば、002『詩源初集』の姚佺、003『鼓吹新編』の程棅と施諲、008『江左三大家詩鈔』の顧有孝、019『嶺南三大家詩選』の王隼などである。その二つは、彼らの生活のしかたについてである。なかには隱居をとおした人物もいるが、いっぽうには、明臣留用（いわゆる貳臣）の高官の幕僚となった人物もいた。例えば禮部尙書龔鼎孶のもとには曾燦や紀映鍾・杜濬がいたし（八〇頁）、江寧布政使龔佳育のもとには（遺民時期の）朱彝尊がいた（九一頁）。また官員を主賓とする詩會にも遺民の參加が見られる。例えば揚州での河道官孔尙任のもとには、杜濬・龔賢・査士標らが集まった（一四三頁）。

「八旗」の部では、漢軍はともかく、滿洲・蒙古の旗人が漢語の詩を作成するに至る經緯と規模を、特に079『熙朝雅頌集』において知ることができる。

「閨秀」の部では、特に139『清代閨閣詩人徵略』の編者施淑儀の言動に、新しい時代の到來を讀みとることになるだろう。

「館閣・試帖詩」の部は、宮廷詩と、一七五七乾隆二十二年をきっかけとした科擧での課題詩の模範が示される。

いっぽう地方的總集については、まず、行省によって多寡の差が明白である。特に江蘇・浙江に多いことは、この地方の文化的先進性を如實にものがたっている。また編輯のしかたについては、出身地の篤志家による個人的なものと、中央から派遣された學政による組織的なものとの二通りに分けられる。

『清史稿』巻百四十八・藝文志四・總集類、および武作成編『清史稿藝文志補編』集部・總集類（一九八二年・中華書局）から清詩總集を摘出すれば、三百五十種はくだらないとおもわれるが、そこに記載されているもの（詩文評類からの一種を含む）を主とし、記載されていないものをも加え、私が本敍錄に項目立てをしたのは、和刻を除き、附錄を含めて、全國的總集が八十種、地方的總集が七十七種の、あわせて百五十七種になる。このうちの、人名索引のためにカードをとった百三十種において、一首以上の詩をもって登載される詩家の絶對數は（つまり延べ人數ではなく）四萬四千三百二十家前後である。ちなみに錢仲聯主編『清詩紀事』（一九八九年・江蘇古籍出版社）では、その「前言」で「所收作家五千餘人」とする。各巻の目錄によって勘定してみると、士人五千百三十五家、列女三百家、釋道百六家の、あわせて五千五百四十一家、これに無名氏を加えても五千七百七十七家である。

總集の編纂に則していえば、清代二百六十八年の前半期においては、詩家の選擇がかなり自由におこなわれた。それにたいして、一七六一乾隆二十六年に045『國朝詩別裁集』の欽定がなされ、一七八二同四十七年に『四庫全書總目』が完成するに及んで、禁忌すべき人物や書籍のリストが整備され、既製の總集についても、全部あるいは部分的な銷燬が命じられるに至った。その後に新たな編輯をおこなうにあたって細心の注意が必要になったであろうことは、想像にかたくない。既製の總集にたいする點檢については、「中論」というかたちで插入しておいた。

いっぽうその後の編輯については、禁燬措置がいつ、どのようなかたちで解除に向かうのか、が問題になる。湯淺幸孫氏の指摘によると、一八六〇咸豐十年には敕命によって文字の禁の解除がなされたらしく（三三四頁）、一八六二同治元年刊の078（三）『國朝註釋九家詩』には錢謙益の名が出ていた。しかし、なしくずし的にも、さらにさかのぼることはないのだろうか。084『粤東詩海』一八一三嘉慶十八年刊では錢謙益・屈大均（僧一靈として）の名が出ている。098『國朝嶺海詩鈔』一八二六道光六年刊では屈大均の名がある。101『國初十大家詩鈔』一八三〇道光十年刊では上記二家以外の復活がなされるとともに、湯淺氏からは、一八一八嘉慶二十三年に錢謙益への言及がある旨の指摘があった。110『粤十三家集』一八四〇道光二十年刊には屈大均の序文が引用されている。115『沅湘耆舊集』一八四四道光二十四年刊の「例言」には、錢謙益とその『列朝詩選』が明記されている。

本敍錄は清代詩史の一環をなすといえよう。しかし編輯者のおおかたが、理念として總集の全國的と地方的とにおいて、それぞれが『詩經』の「雅」と「風」とを掲げる。そのため、ある時期の詩風を着實に反映することにつながらないこともあるようにおもえる。そのことを示唆するのは神田喜一郎氏である。

神田氏には「清詩の總集に就いて」上・下・訂正（『支那學』第二巻第六・八・十號、一九二二大正十一年二・四・六月）という文章がある。ここには和刻を含めて六十七種の總集（のちに著者じしんが訂正あるいは削除したものを含む）が、時期別に、あるいは詩家別に、要領よくまとめられている。このうち山西の李錫麟『國朝山右詩存』と廣西の汪森『粤西詩載』（のち著者により削除）は、私が目睹しえなかったものである。この文章では、「清朝一代の詩を通覽する」のに、順治から康煕までの「清朝の初期」、次に「乾隆の初頃まで」、「乾隆から嘉慶に亙る時代」について、それぞれ善本をあげて解說している。しかし、「乾隆から咸豐に至る時代」の123『國朝正雅集』については、「正しく當時の詩風の特色を代表してゐるか如何かは疑問である」として、「寧ろ此點に於ては我が森槐南博士の135『嘉道六家絶句』などの方が善いかとも思はれる」と、結論づけている。この文章は、私の敍録にとっては、はるかに先行するサマリーのような存在である。

對象範圍一覽　分類と分布

全國的總集

一般：002『詩源初集』。003『鼓吹新編』。005『溯洄集』。006『十名家詩選』。006（附）『五大家詩鈔』。007『吾炙集』。

009『詩藏初集』。010『本事詩』。012『八家詩選』。015『皇清詩選』。016『皇朝百名家詩選』。018『皇清詩選』。

023『明遺民詩』。025『鳳池集』。026『明詩綜』。027『今詩三體』。029『詩乘』。030『五名家近體詩』。031『清詩大雅』。

033『國朝詩的』。034『國朝詩品』。037『國朝詩選』。044『國朝詩別裁集』（自定本）。045『國朝詩別裁集』（欽定本）。

051『國朝六家詩鈔』。068『林下四家選集』。069『湘灘合稿』。081『羣雅集』（王豫輯）。082『國朝詩』。

101『國初十大家詩鈔』。102『國朝詩人徵略』。123『國朝正雅集』。126『國朝詩鐸』。135『嘉道六家絶句』（和選）。

136『近人詩錄』。137『道咸同光四朝詩史』。138『清詩評註讀本』。140『近代詩鈔』。141『晚清四十家詩鈔』。

144『晚晴簃詩匯』。


故舊交友：011『天下名家詩觀』。013『過日集』。014『感舊集』。021『篋衍集』。022『蘭言集』（王晫輯）。

046『江雨詩集初編』。050『所知集』。052『苔岑集』（王鳴盛輯）。063『懷舊集』（邵玘輯）。077『湖海詩傳』。

086『懷舊集』（吳翌鳳輯）。087『印須集』。088『淮海同聲集』。094『蘭言集』（謝堃輯）。106『蘭言集』（趙紹祖輯）。

113『楚庭耆舊遺詩』。117『苔岑集初刋』（蔣棨渭等輯）。122『四家詩鈔』。124『篤舊集』。

八旗：072『白山詩介』。079『熙朝雅頌集』。133『柳營詩傳』杭州滿洲駐防營。

閨秀：061『擷芳集』。067『隨園女弟子詩選』。103『國朝閨秀正始集』。108『國朝閨秀正始續集』。

139『清代闈閣詩人徵略』。

館閣・試帖詩：035『詞科掌錄』。042『本朝館閣詩』其他。078『九家試律詩鈔箋略』其他。

096『詳註分韻試帖青雲集』其他。104『批點七家詩選箋註』其他。

地方的總集

（行省の頭の數字は、『清史稿』地理志一・直隸より同地理志二十八・察哈爾に對應。空白の行省も參考のために掲げた）

1直隸：095『津門詩鈔』天津府天津縣。109『國朝畿輔詩傳』。116『國朝滄州詩鈔』天津府滄州。

127『永平詩存』永平府。

2奉天（＝盛京・遼寧）。3吉林。4黑龍江。

6安徽：036『宛雅三編』寧國府宣城縣。119『桐舊集』安慶府桐城縣。142『皖雅初集』。

（安徽・江蘇）008『江左三大家詩鈔』。017『群雅集』江南。

5江蘇：004『太倉十子詩選』蘇州府太倉州。024『江左十五子詩選』。032『毘陵六逸詩鈔』常州府武進縣。

039『七子詩選』。043『海虞詩苑』蘇州府常熟縣。047『江左十子詩鈔』。049『東皋詩存』通州如皋縣。

053『國朝松陵詩徵』蘇州府吳江縣。070『淮海英靈集』揚州府・通州。090『國朝三槎存雅』太倉州嘉定縣南翔鎭。

093『江蘇詩徵』。100『同岑五家詩鈔』常州府無錫・金匱二縣。107『高郵耆舊詩存』揚州府高郵州。

112『嘉定詩鈔』太倉州嘉定縣。121『盛湖詩萃』蘇州府吳江縣。125『貞豐詩萃』蘇州府元和縣周莊鎭貞豐里。

130『國朝金陵詩徵』江寧府。132（一）『徐州詩徵』徐州府。（二）『徐州續詩徵』同上。

（江蘇・浙江）048『江浙十二家詩選』。062『吳會英才集』。

12浙江：020『蘭言集』寧波府。028『檇李詩繫』嘉興府。040『續甬上耆舊詩』寧波府鄞縣。
054『梅會詩選』嘉興府嘉興縣梅會里。055『梅里詩輯』同上。056『越風』紹興府。058『金華詩錄』金華府。
065『台山懷舊集』台州府天台縣。066『三台詩錄』台州府。071『國朝杭郡詩輯』（十六卷本）杭州府。
075『國朝湖州詩錄』湖州府。076『兩浙輶軒錄』。089『續檇李詩繫』嘉興府。092『桐溪詩述』嘉興府桐鄉縣。
099『浙西六家詩鈔』。105（一）『國朝杭郡詩輯』（三十二卷本）杭州府。（二）『國朝杭郡詩續輯』同上。
118『續梅里詩輯』。131『兩浙輶軒續錄』。134『國朝杭郡詩三輯』。143『四明清詩略』寧波府。
7山西
8山東：001『濤音集』萊州府掖縣。041『國朝山左詩鈔』。064『國朝武定詩鈔』武定府。083『國朝山左詩續鈔』。
091『東武詩存』青州府諸城縣。128『國朝歷下詩鈔』濟南府歷城縣。
9河南：111『國朝中州詩鈔』。
10陝西：097『山南詩選』漢中・興安二府。
11甘肅
13江西：038『西江風雅』。080『江西詩徵』。
14湖北：129『湖北詩徵傳略』。
15湖南：115『沅湘耆舊集』。
16四川：060『蜀雅』。
17福建：057『莆風清籟集』興化府。073『國朝全閩詩錄』。073（附）閩詩傳。
18臺灣

19廣東‥019『嶺南三大家詩選』。059『粵東古學觀海集』。084『粵東詩海』。085（一）『嶺南羣雅』。
085（二）『嶺南四家詩鈔』。098『國朝嶺海詩鈔』。110『粵十三家集』。114『續岡州遺稿』廣州府新會縣。
20廣西
21雲南‥074『國朝滇南詩略』。
22貴州‥120『播雅』遵義府。
23新疆。24內蒙古。25外蒙古。26青海。27西藏。28察哈爾。

所藏機關の表示と正式名稱

京大文學部　京都大學大學院文學研究科圖書館
京大東アジアセンター　京都大學人文科學研究所附屬　東アジア人文情報學研究センター
京都府立大學　京都府立大學附屬圖書館
立命館大學　立命館大學附屬圖書館（西園寺文庫を含む）
阪大懷德堂文庫　大阪大學附屬圖書館懷德堂文庫
大阪府立圖書館　大阪府立圖書館
神戸市立吉川文庫　神戸市立中央圖書館吉川文庫
天理大古義堂文庫　天理大學附屬天理圖書館古義堂文庫
島根縣立圖書館　島根縣立圖書館
名古屋大學　名古屋大學附屬圖書館
蓬左文庫　名古屋市蓬左文庫
愛知大學　愛知大學附屬圖書館
西尾市立岩瀨文庫　愛知縣西尾市立圖書館岩瀨文庫
國會圖書館　國立國會圖書館
東洋文庫　財團法人東洋文庫

内閣文庫　國立公文書館内閣文庫
東大東洋文化研究所　東京大學東洋文化研究所
早大寧齋文庫　早稻田大學圖書館寧齋文庫
坦堂文庫　永青文庫所藏坦堂文庫（慶應義塾大學附屬研究所斯道文庫に寄託）
靜嘉堂文庫　靜嘉堂文庫
尊經閣文庫　前田育德會尊經閣文庫
東北大學　東北大學附屬圖書館
上海圖書館　中國・上海圖書館
浙江圖書館　中國・浙江圖書館

清詩總集敍録　目次

はじめに　i
對象範圍一覽　分類と分布　vii
所藏機關の表示と正式名稱　xi

001 濤音集　八卷、王士祿選輯、王士禛仝選。一六五七順治十四年鈔、一七九二乾隆五十七年刋。……3
002 詩源初集　不分卷（二十卷）、姚佺刪定。一六五九順治十六年以前刋。……5
003 鼓吹新編　十四卷、程棅・施諲選。一六五八順治十五年敍刋。……10
004 太倉十子詩選　十卷、吳偉業選。一六六〇順治十七年刋。……17
005 溯洄集　十卷、魏裔介輯。一六六二康熙元年序刋。……21
006 十名家詩選　初集・二集・三集、各十卷、鄒漪選。
（二集）一六六二康熙元年略例刋・（三集）一六六四年序刋。……25
（附）五大家詩鈔　五卷、鄒漪選。一六八〇康熙十九年序刋。……40
007 吾炙集　一卷、錢謙益撰。一六六四康熙三年歿時未完、一七四八乾隆十三年王應奎鈔、一九〇七光緒三十三年徐劍心刋。……41

008 江左三大家詩鈔　九卷、顧有孝・趙澐輯。一六六七康熙六年序、一六六八年題文・題詞刊。……53
009 詩藏初集　十六卷、趙炎（趙濳）輯。一六七二康熙十一年序刊。……62
010 本事詩　十二卷、徐釚輯。一六七二康熙十一年略例刊。……66
011 天下名家詩觀　鄧漢儀選評。初集・十二卷、一六七二康熙十一年序刊。二集・十四卷、一六七八年刊。三集・十三卷、閨集・一卷、一六八九年刊。……71
012 八家詩選　八卷、吳之振輯。一六七二康熙十一年序刊。……76
013 過日集　二十卷・附名媛一卷、曾燦輯。一六七三康熙十二年序刊。……79
014 感舊集　十六卷、王士禛輯。一六七四康熙十三年序、一七五二乾隆十七年盧見曾序刊。……86
015 皇清詩選　十二卷、陸次雲輯。一六七八康熙十七年自序刊。……96
016 皇朝百名家詩選　八十九卷、魏憲輯。一六八二康熙二十一年「御製昇平嘉宴集序」刊。……98
017 群雅集　四卷、李振裕輯。一六八七康熙二十六年自序刊。……116
018 皇清詩選　三十卷、孫鋐輯評。一六八八康熙二十七年序刊。……118
（附）清詩選選（和刻）　十卷、（日本）坂倉通貫選。一七五五寶曆五年刊。……120
019 嶺南三大家詩選　二十四卷、王隼輯。一六九二康熙三十一年序刊。……122
020 蘭言集　五卷、何之銑・林獬錦・李暾同輯。一六九五康熙三十四年敍刊。……130
021 篋衍集　十二卷、陳維崧輯。一六九七康熙三十六年序刊。……132
022 蘭言集　二十四卷（うち詩六卷）、王啅輯。一六九八康熙三十七年以後刊。……139
023 明遺民詩　十二卷、卓爾堪選輯。一七〇一康熙四十年以後刊。……141

024 江左十五子詩選 十五卷、宋犖選、邵長蘅訂。一七〇三康熙四十二年序刊。……146
025 鳳池集 十卷、沈玉亮・吳陳琰同編。一七〇五康熙四十四年序刊。……150
026 明詩綜 百卷、朱彝尊編。一七〇五康熙四十四年序刊。……153
027 今詩三體 十二卷、倪煒輯。一七〇八康熙四十七年序刊。……155
028 檇李詩繫 四十二卷（うち清詩九卷）、沈季友編。一七一〇康熙四十九年序刊。……158
029 詩乘 十二卷、劉然輯。一七一〇康熙四十九年序刊。……160
030 五名家近體詩 十六卷、汪觀輯。一七一五康熙五十四年序刊。……162
031 清詩大雅 不分卷、汪觀輯。一七一六康熙五十五年序刊。二集・不分卷、一七三四雍正十二年序刊。……164
032 毘陵六逸詩鈔 二十三卷、莊令輿・徐永宣同輯。一七一七康熙五十六年序刊。……168
033 國朝詩的 六十三卷、陶煊・張璨同輯。一七二二康熙六十一年刊。……170
034 國朝詩品 二十四卷、陳以剛・陳以樅・陳以明仝選。一七三四雍正十二年序刊。……175
035 詞科掌錄 十七卷、杭世駿編輯。一七三七乾隆二年博學鴻詞科補試後刊。……178
036 宛雅三編 二十四卷（うち清詩十五卷）、施念曾・張汝霖輯。一七四九乾隆十四年序刊。……181
037 國朝詩選 十四卷、彭廷梅選、張大法・易祖愉同輯。一七四九乾隆十四年刊。……182
038 西江風雅 十二卷・補編一卷、金德瑛選・沈瀾輯。一七五三乾隆十八年刊。……186
039 七子詩選 十四卷 沈德潛選、一七五三乾隆十八年自序刊。……189
（附）七子詩選（和刻） 七卷・附錄一卷、沈德潛原選、（日本）高彝編定。一七五七寶曆七年刊。……192

040 續甬上耆舊詩　百二十卷、全祖望選。一七五五乾隆二十年編者歿時未定稿、
一六一八民國七年排印刊。……193
041 國朝山左詩鈔　六十卷、盧見曾輯。一七五八乾隆二十三年自序刊。……197
042 本朝館閣詩　二十卷・附錄一卷・續附錄一卷、阮學浩・阮學濬同輯。
一七五八乾隆二十三年刊。……200
（附一）國朝試帖鳴盛　六卷、杜定基類注。一七五八乾隆二十三年自序刊。……203
（附二）庚辰集　五卷、紀昀編。一七六一乾隆二十六年序刊。……204
（附三）本朝五言近體瓣香集　十六卷、許英編註。一七六三乾隆二十八年刊。……205
043 海虞詩苑　十八卷、王應奎輯。一七五九乾隆二十四年跋刊。……207
044 國朝詩別裁集（自定本）沈德潛輯。初刻本三十六卷、一七五九乾隆二十四年刊。
重訂本三十二卷、一七六一乾隆二十六年刊。……209
045 國朝詩別裁集（欽定本）沈德潛纂評・乾隆帝欽定。三十二卷、一七六一乾隆二十六年序刊。……215
（附一）清詩選（和刻）七卷、（日本）奥田元繼選定、高岡公恭輯。一八〇三享和三年刊。……218
（附二）清詩別裁選（和刻）七卷、（日本）荒井公廉選。刊年未詳。……219
（附三）欽定國朝別裁絕句集（和刻）二卷、（日本）間部詮勝編集。刊年未詳。……219
046 江雨詩集初編　十五卷・補遺一卷、張廷珪輯。一七六二乾隆二十七年序刊……220
047 江左十子詩鈔　二十卷、王鳴盛采錄。一七六四乾隆二十九年刊。……221
048 江浙十二家詩選　二十四卷、王鳴盛采錄、高攀桂緝評。一七六五乾隆三十年刊。……223

049 東皋詩存　四十八巻・詩餘四巻、汪之珩輯。一七六六乾隆三十一年序。
重刻・一八〇五嘉慶十年序刊。…… 224
050 所知集　十二巻、陳毅輯。一七六七乾隆三十二年刊。…… 227
051 國朝六家詩鈔　八巻、劉執玉輯。一七六七乾隆三十二年刊。…… 231
052 苔岑集　王鳴盛采録。二十四巻・附録二巻。二集・十巻・附録一巻。
（初集）一七六七乾隆三十二年序刊。（二集未詳）…… 236
053 國朝松陵詩徵　二十巻、袁景輅輯。一七六七乾隆三十二年序刊。…… 237
054 梅會詩選　李稻塍輯。十二巻、二集十六巻、三集四巻。一七六七乾隆三十二年序刊。…… 241
055 梅里詩輯　許燦輯。原本三十巻、一七六七乾隆三十二年ごろ成書・傳鈔。
補訂本二十八巻、朱緒曾補訂。一八五〇道光三十年刊。…… 244
056 越風　三十巻、商盤輯。一七六九乾隆三十四年序刊。…… 247
057 莆風清籟集　六十巻、鄭王臣輯。一七七二乾隆三十七年序刊。…… 250
058 金華詩録　六十巻・外集六巻・別集四巻、朱琰輯。一七七三乾隆三十八年刊。…… 251
059 粵東古學觀海集　六巻（うち詩四巻）、李調元評選。一七七八乾隆四十三年序刊。…… 254
060 蜀雅　二十巻、李調元選。一七八一乾隆四十六年序刊。…… 256
061 擷芳集　八十巻、汪啓淑輯。一七八五乾隆五十年序刊。…… 257
062 吳會英才集　二十四巻、畢沅輯。一七九〇乾隆五十五年成書、一七九六嘉慶元年以前刊。…… 261
063 懷舊集　不分巻、邵玘輯。一七九一乾隆五十六年序刊。…… 268

064　國朝武定詩鈔　十二卷・補鈔二卷、李衍孫輯。一七九四乾隆五十九年以降刊。……271

中論　清詩總集にたいする禁燬措置について……273

065　台山懷舊集　十二卷、張廷俊輯。一七九六嘉慶元年刊。……283
066　三台詩錄　三十二卷（うち清七卷）・續錄四卷（清一卷）・詩餘二卷、戚學標輯。一七九六嘉慶元年刊。……285
067　隨園女弟子詩選　六卷、袁枚輯。一七九六嘉慶元年刊。……287
（附）隨園女弟子詩選選（和刻）二卷、（日本）大窪行選。一八三〇文政十三年刊。……291
068　林下四家選集　二十九卷、張懷湘輯。一七九六嘉慶元年序刊。……291
069　湘灘合稾　十六卷、陸炳輯。一七九八嘉慶三年刊。……295
070　淮海英靈集　二十二卷、阮元輯。一七九八嘉慶三年刊。……298
071　國朝杭郡詩輯　十六卷、吳顥輯。一八〇〇嘉慶五年刊。……301
072　白山詩介　十卷、鐵保輯。一八〇一嘉慶六年刊。……306
073　國朝全閩詩錄　初集二十一卷・初集續十一卷、鄭杰輯。一八〇一嘉慶六年序刊。……310
（附）閩詩傳（初集）四卷（うち清二卷）・附一卷、曾士甲輯。（刊年未詳）……312
074　國朝滇南詩略　十八卷・補遺四卷・流寓二卷、袁文揆輯。（正編十八卷）一八〇〇嘉慶五年序刊。續刻十卷（うち清八卷）一八〇三年序刊。……313

075 國朝湖州詩錄　原編三十四卷、陳焯輯、一八〇一嘉慶六年以前成書、一八三〇道光十年刋。
續錄十六卷、鄭佶輯、一八三一年刋。補編二卷、鄭祖琛輯、一八三一年刋。……318
076 兩浙輶軒錄　阮元輯。四十卷、一八〇一嘉慶六年序刋。補遺十卷、一八〇三年序刋。……321
077 湖海詩傳　四十六卷、王昶輯。一八〇三嘉慶八年序刋。……325
（附）湖海詩傳鈔（和刻）二卷、（日本）川島孝編。一八七九明治十二年刋。……328
078 （一）九家詩（または『試帖詩課合存』）九卷、王芑孫輯、一七九五乾隆六十年序。……329
（二）九家試律詩鈔箋略　十一卷、魏茂林輯、一八〇四嘉慶九年序。……333
（三）國朝註釋九家詩　十一卷、魏茂林輯、一八六二同治元年刋。……334
（四）註釋九家詩續刻　不分卷、李錫瓚評註、一八六二年刋。……335
079 熙朝雅頌集　百三十四卷、鐵保輯、嘉慶帝欽定。一八〇四嘉慶九年御筆序刋。……335
080 江西詩徵　九十四卷（うち清二十卷）・補遺一卷、曾燠輯。一八〇四嘉慶九年敍刋。……340
081 羣雅集（合册本）（初集）四十卷・二集九卷、王豫輯。
（初集）一八〇九嘉慶十四年後序刋、二集・一八一一嘉慶十六年序刋。……344
082 國朝詩　十卷・外編一卷・補六卷、吳翌鳳輯。一八一二嘉慶十七年刋。……349
083 國朝山左詩續鈔　三十二卷、張鵬展輯。一八一三嘉慶十八年刋。……351
084 粵東詩海　百卷（うち清四十卷）・補遺六卷、溫汝能輯。一八一三嘉慶十八年刋。……355
085 （一）嶺南羣雅　六卷、劉彬華輯。一八一三嘉慶十八年刋。……357
（二）嶺南四家詩鈔　不分卷、劉彬華輯。一八一三嘉慶十八年總序刋。……358

086 懷舊集　十二卷・續集六卷・又續集二卷・女士詩錄一卷、吳翌鳳輯。一八一三嘉慶十八年敍刊。……361
087 印須集　八卷・續集六卷・又續集六卷、女士詩錄（一卷）、吳翌鳳輯。
一八一四嘉慶十九年敍、一八一七年續集引、同年刊。……364
088 淮海同聲集　二十卷、汪之選輯。一八一七嘉慶二十二年序刊。……366
089 續檇李詩繫　四十卷、胡昌基輯。一八一七嘉慶二十二年凡例、一九一一宣統三年刊。……369
090 國朝三槎存雅　二卷・補二卷、甘受和輯。一八一九嘉慶二十四年序、一八八三光緒九年刊。……373
091 東武詩存　十卷、王賡言輯。一八二〇嘉慶二十五年刊。……374
092 桐溪詩述　二十四卷（うち清十九卷）、宋咸熙輯。一八二〇嘉慶二十五年刊。……377
093 江蘇詩徵　百八十三卷、王豫輯。一八二一道光元年自序刊。……379
094 蘭言集　二十卷、謝堃輯。一八二三道光三年刊。……382
095 津門詩鈔　三十卷、梅成棟輯。一八二四道光四年弁詞刊。……384
096 （一）詳註分韻試帖青雲集　四卷、楊逢春輯。一八二五道光五年刊。……388
（二）分韻詳加注釋試帖青雲集　四卷、楊逢春輯。一八五二咸豐二年刊。……390
（三）重校批點青雲集合註　四卷、楊逢春輯、葉祺昌合註。一八七八光緒四年刊。……390
097 山南詩選　四卷、嚴如熤輯。一八二五道光五年例言、一八八七光緒十三年序刊。……391
098 國朝嶺海詩鈔　二十四卷、凌揚藻輯。一八二六道光六年刊。……394
099 浙西六家詩鈔　六卷、吳應和輯。一八二七道光七年刊。……397
（附一）浙西六家詩鈔（和刻）　六卷、吳應和輯、（日本）賴襄評、後藤機校點。

一八四九嘉永二年刊。……400
(附二) 浙西六家詩鈔 (覆清刻本和刻) 六卷、吳應和輯。一八五三嘉永六年刊。……400
(附三) 評訂浙西六家詩鈔 (和刻) 六卷、吳應和輯、(日本) 近藤元粹評訂。
一九〇三明治三十六年刊。……400
100 同岑五家詩鈔　十四卷、曾燠輯。一八二九道光九年刊。……400
101 國初十大家詩鈔　七十五卷、王相輯。一八三〇道光十年刊。……403
102 國朝詩人徵略 (初編) 六十卷・二編六十四卷、張維屏輯。
(初編) 一八三〇道光十年「再識」刊、二編・一八四二年「卷首」刊。……411
103 國朝閨秀正始集　二十卷・附錄一卷・補遺一卷、惲珠輯。一八三一道光十一年刊。……417
104 (一) 批點七家詩選箋註　七卷、張熙宇輯評。一八三二道光十二年弁言、一八六〇咸豐十年刊。……421
(二) 七家詩帖輯註彙鈔　九卷、張熙宇輯評、王植桂輯註。一八七〇同治九年刊。……422
105 (一) 國朝杭郡詩輯　三十二卷、吳顥原輯、吳振棫重輯。一八三〇道光十年以後刊、
一八七四同治十三年重校刊。……424
(二) 國朝杭郡詩續輯　四十六卷、吳振棫輯。一八三四道光十四年刊、一八七六光緒二年重校刊。……424
106 蘭言集　十二卷、趙紹祖輯。一八三三道光十三年編者歿年時既刊。……425
107 高郵耆舊詩存　初冊一卷・二冊一卷・附冊一卷・別冊一卷 (詩餘一卷)、周敍・王敬之・夏崑林同輯。
初冊・一八三四道光十四年序、二冊以下・一八三六年序刊。……427
108 國朝閨秀正始續集　十卷・附錄一卷・補遺一卷 (輓詩一册)、惲珠輯、妙蓮保・佛芸保編校。

一八三六道光十六年刊。……429
109 國朝畿輔詩傳　六十卷、陶樑輯。一八三九道光十九年刊。……430
110 粤十三家集　百八十二卷（うち清人四家四十一卷）、伍元薇輯。一八四〇道光二十年刊。……434
111 國朝中州詩鈔　三十二卷、楊淮輯。一八四二道光二十二年成書、翌年刊。……438
112 嘉定詩鈔（初集）五十二卷・二集十八卷、莊爾保輯。一八四三道光二十三年刊。……442
113 楚庭耆舊遺詩　前集・後集、伍崇曜（原名元薇）輯。一八四三道光二十三年序刊。……444
114 續岡州遺稿　八卷、言良鈺輯。一八四三道光二十三年序刊。……446
115 沅湘耆舊集　二百卷（うち清百五十七卷）、鄧顯鶴輯。一八四四道光二十四年刊。……447
116 國朝滄州詩鈔　十二卷、王國均輯。一八四六道光二十六年序刊。……451
117 苔岑集初刊　十八卷、蔣棨渭・毛永柏・毛永椿同輯。一八五〇道光三十年刊。……454
118 續梅里詩輯　十二卷・補遺一卷、沈愛蓮輯。一八五〇道光三十年刊。……457
119 桐舊集　四十卷、徐璈輯。一八五一咸豐元年序刊、一九二七民國十六年景印。……460
120 播雅　二十四卷、鄭珍輯。一八五三咸豐三年序刊、一九一一宣統三年排印刊。……464
121 盛湖詩萃　十二卷、王鯤輯、一八五五咸豐五年序刊。續編四卷、王致望輯、咸豐四年刊。……468
122 四家詩鈔　不分卷、馬國翰輯。一八五六咸豐六年刊。……471
123 國朝正雅集　百卷、符葆森輯。一八五七咸豐七年刊。……473
124 篤舊集　十八卷、劉存仁輯。一八五九咸豐九年刊。……480
125 貞豐詩萃　五卷、陶煦輯。一八六四同治三年刊。……484

126 國朝詩鐸　二十六卷、張應昌輯。一八六九同治八年刊。……486
127 永平詩存　二十四卷・續編四卷、史夢蘭輯。一八七一同治十年刊。……490
128 國朝歷下詩鈔　四卷、王鍾霖輯。一八七八光緒四年刊。……493
129 湖北詩徵傳略　四十卷、丁宿章輯。一八八一光緒七年刊。……494
130 國朝金陵詩徵　四十八卷、朱緒曾輯。一八八七光緒十三年刊。……497
131 兩浙輶軒續錄　五十四卷・補遺六卷、潘衍桐輯。一八九一光緒十七年刊。……500
132 (一) 徐州詩徵　八卷、桂中行輯。一八九一光緒十七年刊。……503
(二) 徐州續詩徵　二十二卷、張伯英輯。一九三五民國二十四年刊。……504
133 柳營詩傳　四卷、三多輯。一八九一光緒十七年序刊。……505
134 國朝杭郡詩三輯　百卷、丁申・丁丙同輯。一八九三光緒十九年刊。……507
135 嘉道六家絕句 (和選)　六卷、(日本) 菊池晉・內野悟輯。一九〇二明治三十五年刊。……510
136 近人詩錄　不分卷、陳詩輯。一九〇三光緒二十九年刊。……512
137 道咸同光四朝詩史　孫雄輯。甲集・首一卷・八卷、一九一〇宣統二年刊。乙集八卷、宣統三年刊。……514
138 清詩評註讀本　七卷、王文濡輯。一九一六民國五年刊。……518
139 清代閨閣詩人徵略　十卷・補遺一卷、施淑儀輯。一九二二民國十一年刊。……519
140 近代詩鈔　二十四册、陳衍輯。一九二三民國十二年刊。……523
141 晚清四十家詩鈔　三卷、吳闓生評選。一九二四民國十三年序刊。……526

142 皖雅初集　四十卷、陳詩輯。一九二九民國十八年刋。……529
143 四明清詩略　三十五卷、董沛輯。續稿八卷、忻江明輯。一九三〇民國十九年刋。……531
144 晩晴簃詩匯　二百卷、徐世昌輯。一九二九民國十八年刋。……534

あとがき　541

【卷末逆頁】　人名索引……*1～33*　書名索引……*34～53*

清詩總集敍録

001　濤音集　八巻、王士祿選輯、王士禛仝選。一六五七順治十四年鈔・一七九二乾隆五十七年刊。

本集は山東萊州府所屬の掖縣の詩人のみを對象とするもので、巻一は十五世紀、明の宣德間の詩人に始まり、清人は巻三以下の六巻、つごう三十一家である。書としては一六五七順治十四年に成った（翁方綱「序」）。

王士祿は、字は子底、號は西樵、山東濟南府新城縣の人、一六二六～一六七三。一六五二年に進士となり、五五年十二月、萊州府教授となった。同じ年、會試に合格した王士禛、字は貽上、號は阮亭、また漁洋山人、一六三四～一七一一は、殿試を受けないまま、翌五六年四月、伯兄士祿を萊州の學舍に訪ね、二人して詩人を選び、兄が簡單な論評をほどこした。さらに各巻に一人の「參訂」者がおり、巻三のそれが、士禛の叔兄士祜であるのを別として、該地の人物のばあいは選ばれる側の人物ともなり、巻一と巻六の參訂をおこなった趙瀚が巻八に採られ、巻五の趙士完が巻六に採られ、巻七の任唐臣が同じ巻に採られている。

漁洋の詩話・雜記類を張宗柟が『帶經堂詩話』二十八巻として纂修するが（一七六〇乾隆二十五年序）、漁洋が本集に關して言及した形跡は見あたらない。しかしその巻十一には『古夫于亭雜錄』（一七〇六康熙四十五年刊）の文に、「吾が鄉の風雅、明季に最も盛んなり（吾鄉風雅、明季最盛）」として山東省の八地方十七氏をあげたうえで、「余、久しく其の詩を輯めて一集を爲し之れを傳えんと欲するも、未だ果さざるなり（余久欲輯其詩爲一集傳之、未果也）」とのべている。このなかには青州府益都の趙進美（一六二〇～一六九二）、登州府萊陽の姜埰（一六〇七～一六七三）、宋琬（一六一四～一六七三）、濟南府新城の徐夜（一六一一～一六八三）など清人と見なしうる人物もおり、また掖縣の、本集所收の二氏も見えることから、漁洋には山東一省の明末清初の詩の總集を編輯する構想が、本集を編むころから芽生えていたと考えていいだろう。

本集の刋行は、成書の百三十五年後の一七九二乾隆五十七年である。同年十一月の湯惟鏡の「跋」は、掖縣にわずかに存していた鈔本を、訓導の桂馥（字は未谷、袞州府曲阜縣の人、一七九〇年進士、077『湖海詩傳』巻四十などに所收）が入手し、湯氏が校理の協力と刋行の助成をおこなったこと、該地は初唐の詩人王無競（『全唐詩』巻六十七所收）の出身地で、清初においてもその餘風がゆたかであったこと、などをのべる。湯惟鏡については、江蘇蘇州府長洲縣の人で、この作業が「掖に官たるの明年」であったとみずから記すこと以外には分からない。「校刋」者として歴城の楊龍泉（疏山）なる人物の名も見えるが、未詳。なお巻末の「濤音集助刻姓氏」六十二家の出身地は、桂・湯兩氏の努力を反映して、山東と江蘇の二省にほぼ大別される。

「序」は翁方綱が、同じく一七九二年五月に記している。翁氏、字は正三、號は覃溪、北平つまり順天府大興縣の人、一七三三〜一八一八。一七五二年に進士となり、九〇年には內閣學士に拔擢、翌九一年五十九歳のとき山東督學となった。本集を探求しつづけていた次第などを次のようにのべる。

予、此の書を訪ぬること三十年なるも見るを得ず。今、試を萊に按じて始めて之れを見る。試の竣《おわ》るの日、亦た海を蠡勺亭に觀て所謂る亞祿窩室・黃門別墅なる者を求むれば、則わち堙廢すること久しかりき（予訪此書三十年不得見。今按試於萊、始見之。試竣日、亦觀海于蠡勺亭、而求所謂亞祿窩室・黃門別墅者、則堙廢久矣）。

「亦た」よりあとの文章は、漁洋が一六五六年當時、當地において作った「蠡勺亭觀海」と「和窩室畫松歌」の詩を追體驗しようとするものである。翁方綱は漁洋に私淑し、その神韻說を勘案して新たに肌理說を導きだした人である。漁洋の詩に關して『王文簡公五七言詩鈔』三十二巻、『復初齋漁洋詩評』一巻、「王文簡古詩平仄論」などの著作をのこしている。

本集は京大文學部に所藏される。

002　詩源初集　不分卷（二十卷）、姚佺刪定。一六五九順治十六年以前刊。

姚佺の舊字は仙期、またの字を佺期としたが、唐の沈佺期が「輕躁の流」であることから、山期と改めた（「發凡」）。號は辱菴。出身は浙江の紹興であるが、籍は江蘇の江都にあり、住んだのは蘇州であったから、みずからは「吳越の人」と稱した。姚佺の經歷が分かりづらいので、他の總集の記載を列擧しておこう。

023『明遺民詩』卷十二は、「生平、風雅を振興するを以って己の任と爲す（生平以振興風雅爲己任）」と記す。

026『明詩綜』卷八十下、『靜志居詩話』卷二十二で、同じく浙江出身の朱彝尊は、「復社の舊人なり。景陵の流派（鍾惺・譚元春の竟陵派）盛行するを以って、特に李・何・王・李（古文辭派前後七子）四家の詩を選び、發雕して以って行わるるも、然れども人に之れを宗とする者有るは罕なり（復社舊人。以景陵流派盛行、特選李何王李四家詩、發雕以行、然人罕有宗之者）」と記す。

028『檇李詩繫』卷二十三（「凡例」は一六九七康熙三十六年、朱彝尊の序は一七〇九年の撰）が「嘉興（浙江）の庠生なり」とするのは、明代でのことであろう。つづいて「吳に居し、抱經樓諸選有り。其の已に刻する者は『註釋昌谷集』、『嘉隆七才子詩』（後述）と『詩源初集』を選びしなり（居於吳、有抱經樓諸選。其已刻者註釋昌谷集・嘉隆七才子詩、選詩源初集）」と記す。

093『江蘇詩徵』卷三十九は、「佺は廷尉思孝の姪爲り。故に自ら吳越の人と號す。風雅を振興するを以って己の任と爲し、嘗て十五國の詩を選んで、之れを删して『詩源』と曰う（佺爲廷尉思孝之姪、故自號呉越人云。以振興風雅爲己任、嘗選十五國詩、删之曰詩源）」と記す。『明史』巻三百八によると、一六四五順治二年、清朝の軍隊が江南にせまっていたとき、南明の大理少卿姚思孝は淮安・揚州など江北の防備についていた。

以上の記載によって、姚佺は明の諸生となり、入清後は遺民をとおしたと推察される。その晩年と卒年については、自記と友人の詩作によって、次のことが分かる。

方文（「呉」に採録、呉一－三の同選者、一六一一～一六六九）の『嵞山集』巻三の七古「廣陵（揚州）に姚仙期・鄧孝威（名は漢儀、採録なし）と同《とも》に呉園次（名は綺、「呉」に採録）の臘梅花下に飲す（廣陵同姚仙期・鄧孝威飲呉園次臘梅花下）」は、一六四八順治五年の作である。巻三・五律「廣陵にて姚仙期に贈る（廣陵贈姚仙期）」も同年か、その翌年の作とおもわれる。巻七・七律の、姚佺・紀映鍾（「呉」に採録）・鄧漢儀・呉綺ら九人と「龔孝升（名は鼎孳、「呉」に採録）の寓齋に集う（偕姚仙期・王尊素・紀伯紫・趙友沂・鄧孝威・呉園次・劉玉少・龔半千・李秀升集龔孝升寓齋、爲別限韻）」は一六四八年の作。ときに龔鼎孳は清の太常寺少卿であったが、一六四六年六月以來、安徽廬州府合肥縣で父親の服喪中であった。同巻の「程少月（未詳）の揚州に游ぶを送」ったさいに、兼ねて姚佺らを懷う（送程少月游揚州、兼懷姚仙期・王尊素・呉園次諸子）」とするのは、一六五〇年の作である。かくして姚佺じしんも「粵」所收の詩の評語で、「予、揚州に蝸廬一間有り、今復た將に鳥窠を雨花臺下に營まんとす（予揚州有蝸廬一間、今復將營鳥窠雨花臺下）」とのべるように、一六四八年のころから數年間、揚州に居住し、本集の編輯中に南京に移住したのであろう。ちなみに本集所收の詩篇の題からうかがわれる制作年の下限は、一六五二順治九年である。くだって方文『徐杭游草』には一六五九年作の、蘇州の虎丘で、呉山濤（未詳）・姚佺・徐崧（未詳）と「小飲して曙に達す（虎丘遇呉岱觀、因偕姚仙期・徐崧之小飲達曙）」詩がある。

いっぽう孫枝蔚（「秦」に採録、呉一－一の同選者、一六二〇～一六八七）の『溉堂前集』巻九・七絶に見える「姚山期淮上に客たり、戯れに寄す（姚山期客淮上戲寄）」は一六五四順治十一年の作である。「淮上」は江蘇淮安府山陽縣であろう。同巻の「姚山期と同《とも》に竹西に遊ぶ（同姚山期遊竹西、是日予試水田衣）」詩は、その翌年の作。「竹西」は、揚州の北門外にあった竹西亭で、杜牧の詩によって知られる。一六五五年の時點で、姚佺はまだ揚州に居住していたのかもしれない。ところが同巻の「篋中、偶たま亡友姚山期の「聞鵑」一絶を檢し得たり。之れを讀みて泫然として作る有り（篋中偶檢得亡友姚山期聞鵑一絶、讀之泫然有作）」は、一六五九順治十六年の作である。この詩にもとづいて謝正光・佘汝豐編著『清初人選清初詩彙考』（六七頁、一九八二年南京大學出版社刊）は、「按ずるに山期の卒年は、當に順治十六年、或いは以前に在るべし」とする。この年か、あるいはせいぜい二、三年前のことであろう。

さて本集の内譯は以下のようになっている。居住地を第一として呉一-一、一-二、一-三（江蘇）。出身地を第二として越二-一、二-二（浙江）。以下、豫章三（江西）。楚四（湖南・湖北）。閩五（福建）。蜀六（四川）。粤東七（廣東）。粤西八（廣西、本文なし）。滇九（雲南）。黔十（貴州）。豫十一（河南）。齊魯十二（山東）。晉十三（山西）。秦十四（陝西）。燕十五（河北）。衲子。列女。巻分けはなされていないが、あえて分けるとすれば二十巻（うち粤西一巻は空白）となるだろう。以上の粤西・衲子・列女を除く十七巻においては、すべて姚佺の「刪定」と銘うたれ、さらにおのおの二名の「同選」者がつく。その多くは「發凡」に詩材の提供者として示される人々と重なる。採録の人數は合計五百六十九名、うち呉の二百四名と越の九十二名で過半を占める。

ところで、地方を一～十五に分けているのは、いうまでもなく『詩經』國風を踏襲している。本集の最初には刪定者の「序」があり、各地方の巻頭にも刪定者の序文がもうけられているが、これも『詩經』の「大序」「小序」にならったものであろう。とはいえ、一言でいえば、ほとんど意味をなしていない。すなわち全體の序では、書名とかかわって「衆源の源（衆源之源）」を求めるとしながらも、それ以上の明白な言及はない。また地方別の小序にしても、『詩經』

國風、あるいは孔子の言行とのかかわりを跡づけようとするが、往々にして牽強附會におちいっている。もっとも、そのような曖昧さのなかからも、姚佺が『詩經』國風の理念を刪定の基本にすえようとした意圖は、本集のはしばしからうかがわれる。その理念は、『詩經』「大序」では、「上は以って下を風化し、下は以って上を風刺し、文を主として譎諫し、之れを言う者は罪無く、之れを聞く者は以って戒むるに足る、故に風と曰う（上以風化下、下以風刺上、主文而譎諫、言之者無罪、聞之者足以戒、故曰風）」と示される。その傳統は主に七言歌行や新樂府のなかに受けつがれてきた。清初においても例外ではなく、本集につづいては、姚佺と交際のあった鄧漢儀の011『天下名家詩觀』の編輯意圖にも如實にあらわれている。この理念とかかわる部分をいくつか拾いだしておこう。

　まず「發凡」において、「風を移し俗を易うるは詩よりも善きは莫し。（中略）故に人を教えて厚から使《し》むるは、此れ人倫なり（移風易俗、莫善於詩。（中略）故教人使厚、此人倫也）」として、吳一一の詩題二十五首をあげ、それぞれに題注を提示する。例えば「賢人の仕えざる（賢人不仕）」ゆえに、鄒之麟は「郊居」を賦す。「遭亂　之れを閔《あわ》れむ（遭亂閔之）」がゆえに、沈壽民は「江上行」を賦す。吳偉業の「琵琶行」は「天子に報ゆる所以なり（所以報天子也）」（明の崇禎帝をさす）。閻爾梅の「明志精舍」は「隱を樂しむなり（樂隱也）」。方文の「陸麗京に留別す（留別陸麗京）」は「友を篤くするなり（篤友也）」というように。この題注のつけかたは、明らかに白居易「新樂府」の體裁を襲ったものである。

　また「齊魯」の姜埰「皇船行」につけた評文には次のようにいう。「杜子美は韻語もて時事を紀《しる》し、宋人は之れを詩史と謂う。（中略）『詩』の體旨の若《ごと》きは『春秋』と判然たるのみ。然りと雖も、詩人は詩を以って諷し、之れを聞きて以って戒むるに足る。唐の憲宗、白居易の諷諫百餘篇を讀みて之れを善しとし、因って召して學士と爲すは、則わち詩諫は遂に已む可からず（杜子美韻語紀時事、宋人謂之詩史。（中略）若詩之體旨、與春秋判然耳。雖然詩人以詩諷、聞之足以戒。

唐憲宗讀白居易諷諫百餘篇而善之、因召爲學士、則詩諫遂不可已）」。

また「秦」の孫枝蔚「苦熱十首」の評では、「此れは戲言に非ず、世教に關する有り（此非戲言、有關世教）」といい、同じ作者の「庚寅日中飛雪」の評では、「予 詩を刪《けず》るに關係有る者を取るは、自ずから採詩する者の之れを擇ぶに在り（予刪詩取有關係者、自在採詩者擇之耳）」という。「關係」とは、時事・政治・人倫とのそれで、いわゆる社會詩を重んじる人々のもちいる術語である。「採詩者」とは、白居易「新樂府」其五十で歌われる「采詩官」をさすのだろう。

また明代古文辭への評價も、この理念とかかわるとおもわれる。言及は「秦」の部の小序に限られるが、そこでは前七子の李夢陽（一五二九嘉靖八年卒）が「古文辭を倡えて以って衰陋を變え」、康海（一五四〇嘉靖十九年卒）と「興起して詩を治め、感懲し革化して、風被は良《まこと》に多く、學者、詩教は豳渭に在りと謂えり（往嘉隆中、慶陽員外郎李公、倡古文辭、以變衰陋、與武功康公興起治詩、感懲革化、風被良多、學者謂詩教在豳渭矣）」とする。ところでこの小序は「往《さき》に嘉隆中」で始まるが、前七子をさすことは明らかである。とすれば姚佺が版刻したとされる『嘉隆七才子詩』も前七子を扱ったものであろう。後七子についての言及は「呉」にも「齊魯」にも見えない。なお、姚佺の評文はしばしば詩體に及ぶが、そのさいに明・胡應麟の『詩藪』からの引用が見られる。

以上、國風の理念のほかに、本集には遺民志向が散見される。例えば呉偉業「琵琶行」に附した評文で、姚佺は崇禎帝について、「故人は皆な、先帝亡國十七年と言うも、臣佺は則わち、先帝爭國十七年と謂うなり（故人皆言、先帝亡國十七年、臣佺則謂、先帝爭國十七年也）」と記す。また特に、一見して異様なのは、「豫章」の部の最初に、「袁山袁繼咸公詩」として「絶命之詞」十二題二十五首を附錄していることである。袁繼咸は江西袁州府宜春縣の人。南明の江西等總督として九江に駐屯していたが、一六四五順治二年五月十五日に南都が陷落する直前、清軍に捕えられた。八月、京師に連行され、清の官職に就くことを拒みつづけ、翌年六月に處刑された。その間、「寒自り暑に徂くに、一室に坐し、易・春秋・史鑑及び謝皐羽諸集を讀む（自寒徂暑坐一室、讀易春秋史鑑及謝皐羽諸集）」と、施閏章（採錄なし）の「九江總督袁公傳略」（『施愚山文集』巻十六、一九一一宣統三年・上海國學扶輪社印行）に記す。その遺稿を北京からひそかに持ちかえったのは山西の傅山（採錄なし）であったとされる。姚佺のおじ姚思孝の行跡にも、袁繼咸のそれに似るところがあったのだろう。かくして清・姚覲元『清代禁燬書目』補遺二の「安徽撫院閔咨會禁書二十五種內」では、「悖逆誕妄にして語に狂吠多き」もの十六種の一つとして、「詩源　呉越姚佺輯」が「日知錄　崑山顧炎武著」などとともにあげられている。おそらく乾隆以降のリストアップであろう。

最後に、いささか不可解なのは、本集に錢謙益の名が見えないことである。禁書にしばしば見られる、版刻後の部分的削除の跡もない。『清初人選清初詩彙考』が未見としながらも、錢謙益が姚佺・方文・孫枝蔚の『三家詩』を合刻したとするにもかかわらず、である。本集所收詩の最下限である一六五二順治九年でいえば、錢氏は七十一歳、『列朝詩集』が出版された年である。なお朱彝尊、この年二十四歳も、王士禛・十九歳も採錄されていないのは、世代の違いによるものだろう。

本集は京大文學部に藏せられる。出版の年次は分からない。孫殿起の『清代禁書知見錄』は「刻書の年月無し。約《おおむ》ね康熙間ならん。呉氏刊（詩源無巻數　呉興姚佺編　無刻書年月、約康熙間、呉氏刊）」とする。

003　鼓吹新編　十四巻、程棅・施諲選。一六五八順治十五年敍刊。

選者については、その署名からしか分からない。程棅、字は杓石、「呉門」あるいは「古呉」、つまり蘇州の人。施諲、字は又王、同じく蘇州の人である。錢仲聯主編『清詩紀事・遺民巻』（一一四六頁）の徐晟（本集巻八の參定者、蘇州府吳縣の人。『明詩綜』巻七十九に「吳門の隱君子」とする）の項に、「瞿氏の遺像に題する詩（題瞿氏遺像詩八首）」を載せる。「瞿氏」とは瞿式耜のことで、桂林の永曆帝南明政權にいた一六五〇順治七年・永曆四年、清軍に執えられ、殺害された。楊鍾羲『雪橋詩話餘集』の紀事によると、瞿式耜の鄉里である江蘇常熟縣に遺像が祭られ、この像に題作した人物として十四氏があがり、「皆な遺民なり」とされる。そのうちの二人が程棅と施諲である。また後述するように、『鼓吹新編』の「參定」にあずかった四十二氏のうち、陳濟生（巻十一、蘇州府長洲縣の人）、徐晟、金俊明（巻二、吳縣の人）、陸世鎏（巻三）ら四氏の名も見える。いずれも程・施兩氏と交遊關係にあったのだろう。

本集は七言律詩のみを輯めた總集である。選者は「凡例」で、「顏するに鼓吹を以ってするは、元遺山の唐詩を選するの舊に仍《よ》るなり（顏以鼓吹、仍元遺山選唐詩舊也）」、つまり金の元好問の『唐詩鼓吹』の方針にならったものだとする。はじめの十一巻に計五百八十一家を收錄し、あとの三巻に釋氏二十九家、閨秀五十三家、補遺五十五家などを收錄する。

敍文は、現行の順治刋本ですでに二本になっているが、本來は三本あったとおもわれる。

その一は、王潢（璜に作ることもある）の撰。字は元倬、號は南陔、江蘇江寧府上元縣の人、一五九九〜一六八二。一六三六崇禎九年の擧人。023『明遺民詩』巻五に、「後、車を焚きて門を杜じ、意を仕進に絕ち、文を賣りて親を養う（孝廉。後焚車杜門、絕意仕進、賣文養親）」と記す。本集の敍文は、その題識によると、一六五八順治十五年六月、「金閶の舟次」すなわち蘇州の舟どまりで書かれた。その肩書きには「白門社の盟弟」と記す。「白門」は南京の別稱である。そのなかで、遺民らしく、本集が「姑く一時の忠孝・節烈・鴻名・逸德の士の、爲す所の聲律の作を取る（姑取一時忠孝節烈鴻名逸德士所爲聲律作）」としながらも、「和平溫厚の旨、卒に失われず（和平溫厚之旨、卒不失焉）」とする。

その二は、毛奇齡の撰。原名は甡。字は大可、號は西河、浙江紹興府蕭山縣の人、一六二三〜一七一六。明の諸生。

敍文の年記はなく、その肩書きに「於越社の盟弟」と記す。「於越」は浙江の古稱である。そのなかで、五言律詩は「齊梁の濫觴」であるが、七言律詩こそは「眞唐の聲なり」とする。

本來は存在したとおもわれるその三は、錢謙益の撰になるものである。その文章は『有學集』巻十五に「鼓吹新編序」として見え、「順治刻本」によった『清初人選清初詩彙考』も「牧齋序は『鼓吹新編』には見えず、今は『牧齋有學集』に據って補入する」としている。後述するように錢謙益の著作は、一七六一乾隆二十六年の、沈德潛が044自定重訂本『國朝詩別裁集』を上進したのをきっかけにして、禁燬の處置にあい、既刊のもの全てにわたって全燬、抽燬、あるいは部分的抹消の對象となる。しかし順治刊本『鼓吹新編』では、表紙うらの天井部分の「錢牧齋先生鑒定」なる表記と、巻一に收録された詩十五首は、嚴然と存在する。禁書による處置だとすれば、このような中途半端な形は、ほかにはほとんど例を見ない現象である。

さて、錢謙益の小傳は後出の007『吾炙集』にゆずることにして、その序文では、七律においても、明の古文辭派のスタイルを排除することを訴える。

上下三百餘年、（もとをたどれば）滄浪（南宋の嚴羽、十三世紀前半）に于《お》いて悟り（その『詩話』にいう「悟入」）を影とし、須溪（南宋末の劉辰翁、一二三二～一二九七）に于いて弔《いた》って詭《あや》しく、（かくして）庭禮（高棅、一三五〇～一四二三、『唐詩品彙』の著者）に于いて物を象り、獻吉（李夢陽、一四七二～一五二九）・允寧（王維楨、一五〇七～一五五五）に于いて撏撦（つまみどり）呑剝（のみはがし）し、世を擧げて瞑眩し、奉じて丹書玉册と爲すは、皆な（「毒藥を指して甘露と爲す」）舊醫の屬なり。（中略）舊醫を驅逐し、乳藥（白い毒藥）の毒害を斷除するに非ずんば、新醫の甘露妙藥は、固《もと》より施すを得可からざるなり。程子（棅）、其れ之れを知れり（上下三百餘年、影悟于滄浪、弔詭于須溪、象物于庭禮、撏撦呑剝于獻吉允寧、舉世瞑眩、奉爲丹書玉册、皆舊醫屬。（中略）非驅逐舊醫、斷除乳藥之毒害、新醫之甘露妙藥、固不可得而施也。程子其知之矣）。

この序文に年記はない。先の王敍と同じ年だとすれば、その翌年の一六五九順治十六年四月の年記のもとに、銭謙益は「唐詩鼓吹序」をも撰している（『有學集』巻十五。四部叢刊本による。以下同じ）。元・郝天挺注、明・廖文炳解の原本にたいして、同郷常熟の陸貽典・王清臣・王俊臣・銭朝鼒（銭氏「従孫」）らの參解・校注のもとに重刻されたものの序文で、日本・寶永七年（一七一〇）の和刻本もある。

この序文で銭氏は、まず『唐詩鼓吹』が元好問の選次に「假託」されるとの疑問について、おそらく元好問の「巾箱篋衍」にあったことから、その選次になると傳えられることになったのであろうと推察する。そのうえで次のようにのべる。『唐詩鼓吹』は、王安石の『唐百家詩選』とともに、この「三百年來」、その「神識」が評價されることがなかった。それは「嚴（羽）氏の「詩法」（『滄浪詩話』の一章）、高（棅）氏の『（唐詩）品彙』」によって、「詩學の、病いを受けること深かりし（蓋三百年來、詩學之受病深矣）」ゆえにである。

二公（王安石と元好問）の選に由って推して之れを明らかにせば、唐人の神髓氣候は歴歴として具さに在り、眼界廓如たらん、心靈豁如たらん。唐人を使《し》て其の面目を洗發するを得しめ、而して後人をして其の障翳を刮磨するを得しめ、三百年の痼疾、其の霍然として良已《いゆ》るに庶幾《ちか》ければ、則わち二公を以って先醫と爲して可なり（由二公之選、推而明之、唐人神髓氣候、歴歴具在、眼界廓如也、心靈豁如也。使唐人得洗發其面目、而後人得刮磨其障翳、三百年之痼疾、庶幾其霍然良已、則以二公爲先醫可矣）。

さて、本集には十四巻のそれぞれに三名ずつの「參定」者がつくが、その名・字の上に「同學」なる語が冠せられている。これは何を意味するのだろうか。

この語について、王應奎『柳南續筆』（一七五七乾隆二十二年の題識をもつ）巻二に「刺に同學と稱す（刺稱同學）」という一項があり、次のように記す。

前明崇禎初自り本朝順治末に至るまで、東南の社事甚だ盛んにして、士人の往來に刺を投ずるに「社盟」と稱せざる者無し。後忽ち改めて「同學」と稱し、其の名づくること較《や》や雅なるに、而して實は黄太沖自り之れを始む。太沖の「張魯山の後貧交行に題す」（松村注：黄宗羲『南雷詩暦』巻二、一六七六康熙十五年、黄氏六十七歳の作）に云う、「誰向中流問一壺、少陵有意屬吾徒。社盟誰變稱同學、慚愧弇州記不觚（誰か中流に向《お》いて一壺を問う、少陵に意の吾が徒に屬する有り。社盟 誰か變う 同學と稱するに、慚愧す 弇州の「不觚」を記すに）」と。自註に云えらく「同學の稱は、余 沈眉生・陸文虎に與うるが始めなり」と。眉生、名は壽民、宣城の人。文虎、名は符、餘姚の人。皆な知名の士なり（自前明崇禎初、至本朝順治末、東南社事甚盛、士人往來投刺、無不稱社盟者。後忽改稱同學、其名較雅、而實自黄太沖始之。太沖題張魯山後貧交行云、誰向中流問一壺、少陵有意屬吾徒。社盟誰變稱同學、慚愧弇州記不觚。自註云、同學之稱、余與沈眉生・陸文虎始也。眉生、名壽民、宣城人。文虎、名符、餘姚人。皆知名士）。

黄宗羲（一六一〇～一六九五）は沈壽民（一六〇七～一六七五）・陸符（一五九七～一六四六）と、一六三〇崇禎三年に南京で開かれた復社の大會以來の盟友である（小野和子『明季黨社考』參照）。右の記事によれば、この語を黄氏がはじめて用いたのは陸符の亡くなる一六四六順治三年以前ということになる。王應奎が「其名較雅」というのは、「社盟」にくらべて「同學」のほうが「雅」だというのだろうか。しかし黄氏が「慚愧弇州記不觚」というのは、王世貞が「觚不觚論」のなかで、本來の呼稱がしばしば不雅なものに變っていくという旨の指摘を踏まえ、「同學」が雅でないことを慚じるというのである。論題は、『論語』雍也篇の「觚は觚ならず、觚ならんや、觚ならんや（子曰、觚不觚、觚哉、觚哉）」より出ており、王世貞はその序で「蓋し觚の、復た舊《もと》の觚ならざるを傷むならん（蓋傷觚之不復舊觚也）」とする。例えば高官のあいだでの「老先生」とか「先生大人」とかの呼びかたについて、「其の語、雅と爲さずと雖も、相い承けて傳うること已に久し（其語雖不爲雅、而相承傳已久）」という。「社盟」や「同學」への直接の言及があるわけではない。黄宗羲の用法からすると、「同學」は、結社と關係する呼稱だと考えてよいだろう。ただし右の黄・沈・陸の三氏はあくまでも復社という同一結社の同志であったのにたいして、本集の「參定」者のばあいは、別々の結社に屬している。判明しているかぎりにおいて、各人の參定巻、出身地と結社名をあげてみよう。

巻二、王潢、江蘇江寧府上元縣、復社。本集敍文の肩書きに「白門社盟弟」とあった。

巻四、沈祖孝、字は雪樵、浙江湖州府烏程縣。『清詩紀事・明遺民巻』（一一四三頁）に引く『湖州府志』に「甲申（一六四四年）の後、驚隱社を結び、士の隱にして文有る者は胥な集う（甲申後、……結驚隱社、士之隱而有文者胥集焉）」とする。

巻六、顧有孝、字は茂倫、江蘇蘇州府呉江縣、愼交社。008『江左三大家詩鈔』の編者。『清初人選清初詩彙考』はまた別に顧有孝編輯の『驪珠集』十二巻をあげ、「臥子（陳子龍）難に死し、茂倫も亦た（明の）諸生を棄て、選詩を以って事と爲す（臥子死難、茂倫亦棄諸生、以選詩爲事）」と記す。

巻八、紀映鍾、字は伯紫、江寧府江寧縣、復社の宗主。

巻十、顧樵、字は樵水、呉江縣。『清詩紀事・明遺民巻』（一二一一頁）に引く『國朝松陵詩徵』に「驚隱社中の人は皆な前朝の遺老にして、意を進取に絕つ（驚隱社中人、皆前朝遺老、絕意進取）」とする。

巻十一、毛奇齡、浙江紹興府蕭山縣。本集敍文の肩書きに「於越社盟弟」とあった。

巻十二、冒襄、字は辟疆、江蘇通州如皋縣。謝國楨『明清之際黨社運動考』の「黨社始末下」の項に、「早年に復社に入れり（早年入了復社）」とする。

このように見てくると、「同學」なる語が、異なる結社の社員間の呼稱にも用いられたことが推測される。また逆に、選者の程棟・施謜を含め、右記以外の參定者も何らかの結社に屬していたことが考えられる。ただし、明の東林黨や復社が官僚を送りだす目的をもっていたのにたいして、本集の選者や參定者がほとんど遺民である以上、彼らが屬した結社には、もはやそのような目的は失われていたであろう。本集の選者のように、當代の詩の總集編輯にたずさわった者が、かなりいたようにおもわれる。

本集の選者は「凡例」に、依據した總集二十一種を列擧している。私が今後ともこの敍録の作業をつづけていくための便宜をも考え、いくつかの項目に分けて配列しなおしておこう。

一、本敍録において言及するもの：002『詩源初集』。『西冷［ママ］』は一九頁で言及する『西泠十子詩選』であろう。『詩正』が015『皇朝詩選』にあげる宋犖（一六三四〜一七一三）の書と同一か否かは未詳である。

二、特に清詩の總集とみなさないもの：『天啓崇禎兩朝遺詩』陳濟生（本集巻十一參定）輯。

三、『清初人選清初詩彙考』に採録するもの：『扶輪續集・廣集・新集』黄傳祖輯。『觀始集』魏裔介輯。『國門集初選』陳祚明・韓詩（本集巻五參定）輯。『離憂集』陳瑚（本集巻九參定）輯。『詩南初集』徐崧（本集巻十參定）・陳濟生（再見）輯。

四、『清初人選清初詩彙考』が本集「凡例」によって「待訪書」とするもの：『詩志』孫枝蔚輯。『歳寒集』。『詩城』。『詩畫』。

五、未詳のもの：『吳越』。『道南』。『玉臺』。『越州』。『會稽』。『采眞』。『同岑』。『詩品』。

本集は、順治十五年敍刊本が内閣文庫に藏せられる。

004

太倉十子詩選　十巻、呉偉業選。一六六〇順治十七年刊。

呉偉業、字は駿公、號は梅村、一六〇九～一六七一。一六三〇崇禎三年、南京郷試の擧人、翌年に進士となり翰林院編修を授けられた。三九年南京國子監司業に遷るが、四一年に歸郷。四四年、南明弘光朝に詹事府少詹事として出仕するが翌年に歸郷。清代に入って九年間の家居ののち、一六五四順治十一年春、清朝に仕えて祕書院侍講となり、五六年二月國子監祭酒にのぼるが、同年末に辭し、翌年春に歸郷した。家居六年めの一六六〇年、本集を選定し、七月に付梓した（馮其庸・葉君遠『呉梅村年譜』一九九〇年江蘇古籍出版社刊）。もっとも張慧劍『明清江蘇文人年表』（一九八六年・上海古籍出版社）は王忭『王巢松年譜』によって、十子の一人顧湄が編輯したものを呉偉業編と題して刊行したのだとする。

太倉州は江蘇蘇州府の屬。一四九七弘治十年、太倉衛に崑山・常熟・嘉定三縣の各一部の土地を割いて州を置き、清代になっても一七二四雍正二年に直隷州とされるまではこの地位が踏襲された。政治家や文人としては、明代萬曆年間に瑯琊の王氏の出身だと自稱する王世貞（一五二五～一五九三）は古文辭派後七子の領袖となり、官は刑部尙書に至ったし、その弟王世懋（一五三六～一五八八）も詩文を善くし、官は太常少卿に至った。また太原王氏出身の王錫爵（一五三四～一六一〇）は宰相となり、その孫の王時敏（一五九二～一六八〇）と呉偉業は昵懇であった。呉偉業は本集の序文（『梅村家藏藁』巻三十所收のものと文字の異同がある）で、太倉の文學的背景を次のようにのべる。

> 吾が州は固《も》と崑山の分なり。至正（一三四一～一三六七）の季《すえ》に當り顧仲瑛（名は瑛、一名阿瑛、別名德輝、崑山の人、一三一〇～一三六九）玉山艸堂を築き、諸名士を招きて以って倡和す。而して熊夢祥（雲南富州の人）・盧昭（福建閩縣の人）・秦約（太倉の人、一三一六～?）・文質（浙江甬東の人）・袁華（崑山の人）ら十數の君子、居る所は鴉村・鶴市の間に在り、之れを攷するに定めて吾が州の人と爲す（中略）。居人、江南四大姓の風を慕い、館舍を治め酒食

を庀《ととの》え、楊廉夫（名は維楨、浙江諸曁の人、一二九六～一三七〇）・張伯雨（名は雨、浙江錢塘の人、一二七七～一三四八）の徒、遠き自り至る。嗚呼、抑も何ぞ其の盛んなるや。淮張（張士誠、江蘇泰州の人、一三二一～一三六七）の難に、城は兵に毀たるも、休息生養すること百五十載、張滄州（名は泰、太倉の人、一四三六～一四八〇）始めて詩才を以って館閣に重んぜられ、李茶陵（名は東陽、湖南茶陵の人、一四四七～一五一六）と相い亞《つ》ぐも蚤《つと》に死すれば則わち其の名を以って傳えず。桑民懌（名は悅、常熟の人、一四四七～一五一三）と徐昌國（名は禎卿、常熟の人、一四七九～一五一一）と、家は本と穿山と鳳里となるも、名成りての後、徙りて之れを去れば則わち其の地を以って傳えず。故に瑯琊・太原の兩王公に至りて後大いなり。兩王既に沒して雅道澌滅し、吾が黨出でて相い率いて經に通じ古えに學ぶを高しと爲すも、然れども或いは聲律に屑屑たらず。又た二十年、十子なる者乃わち爲す所の詩を以って海内に問う。然れば則わち詩道の興こるは豈に甚だ難からざらんや（吾州固崑山分也。當至正之季、顧仲瑛築玉山艸堂、招諸名士以倡和。而熊夢祥・盧昭・秦約・文質・袁華十數君子、所居在鴉村・鶴市之間、攷之、定爲吾州人（中略）。居人慕江南四大姓之風、治館舍、庀酒食、楊廉夫・張伯雨之徒、自遠而至。嗚呼、抑何其盛也。淮張之難、城毀於兵、休息生養百五十載、張滄州始以詩才重館閣、與李茶陵相亞、而蚤死則弗以其名傳。桑民懌・徐昌國、家本穿山與鳳里、名成之後、徙而去之、則弗以其地傳。故至於瑯琊・太原兩王公而後大。兩王既沒、雅道澌滅、吾黨出、相率通經學古爲高、然或不屑屑於聲律。又二十年、十子者乃以所爲詩問海内。然則詩道之興、豈不甚難矣哉）。

そして最後に、この十子をもって、當時の江蘇松江府の「雲間」派および浙江杭州府の「西泠」派グループの詩人たちと比肩させようとする。「今此の十人なる者、……皆な雲間・西泠諸子と上下するは其れ可なるや否や（今此十人者、……皆與雲間・西泠諸子上下、其可否）」。「雲間」派は、陳子龍（一六〇八～一六四七）をリーダーとして、彼と李雯（一六〇八～一六四七）と宋徵輿（一六一八～一六四七）の三子は『皇明詩選』十三卷を編輯した。また宋徵輿とその兄弟宋存標・宋徵璧の「三宋」、および若年で落命した夏完淳（一六三一～一六四七）らも含まれる。「西泠」派は「西泠十子」とよばれる、陸圻（一六一四～一六六九?）・毛先舒（一六二〇～一六八八）・丁澎（一六二二～一六八六以降）らから成り、毛先舒と柴紹炳が『西泠十子詩選』を編輯した。兩派については朱則杰『清詩史』（一九九二年江蘇古籍出版社刊）に詳しい。

「太倉十子」あるいは「婁東十子」ともよばれる人たちはいずれも吳偉業の門人と考えられ、その詩選は各子をそれぞれ一巻に配したものである。刋行された時は、四十六歲から二十六歲にいたる壯、青年であった。本集の、ほぼ年齡順に竝べられた「姓氏目錄」の氏名、字、詩集、收錄首數を引用し、あわせて簡單な經歷を補っておく。

1　周肇。子俶、『東岡集』九十三首。一六一五～一六八三。一六二九崇禎二年、やはり太倉の人である張溥（一六〇二～一六四一）の主宰する「復社」に、吳偉業とともに加入。のち吳氏が南京國子監司業となるとその受業生となった。師の淸朝出仕に隨行し、一六五七順治十四年に順天鄉試の擧人、官は江西新淦知縣に至った。

2　王揆。端士、『芝廛集』七十九首。一六一九～一六九六。王時敏九子の次子。一六五五年に進士となるが官途に就かず。

3　許旭。九日、『秋水集』九十首。一六二〇～一六八九在世。明の諸生、入淸後は隱逸。

4　黃與堅。庭表、『忍菴集』九十四首。一六二〇～一七〇一（一說に一六二四生とする）。一六五九年の進士。一六七九康熙十八年博學鴻詞に擧げられ、詹事府贊善となった。

5　王撰。異公、『三餘集』九十三首。一六二三～一七〇九。王時敏の第三子。

6　王昊。惟夏、『碩園集』八十一首。一六二七～一六七九、王世懋の曾孫。一六七九年の博學鴻詞試に落第。

7　王抃。懌民、『健菴集』九十四首。一六二八～一七一二、王時敏の第四子。雜劇・傳奇の作家でもある。

8　王曜升。次谷、『東皋集』九十三首。王世懋の曾孫、王昊の弟、諸生。

9　顧湄。伊人、『水鄕集』百一首。一六三三～一六八四在世。顧夢麟（一五八五～一六五三）の養子。

10　王攄。虹友、『步檐集』百首。一六三六～一六九九。王時敏の第九子。

序文としては吳偉業のものにつづいて、吳氏の文學上の師であり、「復社」の先輩でもあった錢謙益（一五八二～一六六四）のものが載る（『有學集』卷二十では「婁江十子詩序」に作る）。この年七十九歲。「余、心を空門に息ませ、談詩を以って戒と爲す（余息心空門、以談詩爲戒）」としながらも、「直なるも倨《おご》らず、曲なるも屈《かが》まず（直而不倨、曲而不屈）」と吳の季札の言葉（『左傳』襄公二十九年）をもってその正統性をほめ、「徒らに聲律を雕繪し字句を剽剝する者を以って詩と爲す（徒以雕繪聲律剽剝字句者爲詩）」ところの當時の他の一派（おそらくは陳子龍ら古文辭の末流をさす）と對比させる。

太倉十子に關して、沈德潛の044『國朝詩別裁集』が、「一時、風流の文采、極盛と稱せらる」（梅村選婁東十子詩、……一時風流文采稱極盛焉。卷十四、周肇評）とのべるいっぽうで、『四庫提要』は「蓋し猶お明季の詩社の餘風なり」（蓋猶明季詩社餘風也。卷百九十四・集部・總集類存目四）と指摘する。淸人は、明代詩文の衰退の大きな要因として文學上の結社の流行、流派尊重の傾向をかかげるが、本集もその例外ではなかったと見なすのである。確かに師の吳偉業のみならず周肇も「復社」に參加したし、『吳梅村年譜』には、そのほかにも、一六四九順治六年には周肇・王抃・顧湄が長洲や嘉定など近邊の都市の士人らと「愼交社」を結び、また一六五三年には「愼交社」と「同聲社」が蘇州の虎丘で大會をもち吳偉業を宗主とした、などの記事が見えるが、吳偉業と十子相互の結びつきをもって結社と見なすには及ばないだろう。

本集の、私が見たテキストは一九三三民國二十二年の「重印婁東十子詩選跋」をもつ重印本である。京大文學部所藏。『吳梅村年譜』では吳偉業が程邑（安徽休寧の人。吳偉業に「程翼蒼詩序」がある）にも序文を請うたと記すが、このテキストには見えない。跋文の撰者唐文治は太倉の「後學」で一八九二光緒十八年の進士、一九〇五年と翌年、新設の官制のもとで商部あるいは農工商部の左侍郎をつとめた。

005　溯洄集　十巻、魏裔介輯。一六六二康熙元年序刊。

魏裔介、字は貞白、一字崑林、號は石生、又號貞菴、直隷趙州柏郷縣の人、一六一六～一六八六。一六四六順治三年、清朝第一期の進士。一六五五年、都察院左副都御史。一六五七年、左都御史。一六六三康熙二年、吏部尚書。

實は本集に先立って、やはり清詩の總集である『觀始集』十二巻が魏裔介によって編輯されている。『四庫提要』巻百九十四・集部・總集類存目の『溯洄集』に關する著錄には、「裔介、嘗て國初の詩を選びて『觀始集』を爲すも、今未だ傳本を見ず。是の編（『溯洄集』）は乃わち康熙中の詩を選ぶ所にして、以って前集に續ける者なり（裔介嘗選國初詩爲觀始集、今未見傳本。是編乃所選康熙中詩、以續前集者也）」とある。ところが『清初人選清初詩彙考』（二二二頁～）は、上海圖書館に藏せられるとして、その序文五本と凡例を轉載している。うち、一六五六順治十三年秋に題《しる》された魏裔介・四十歳の「自序」では、この集が「十三年來の詩」、つまり順治元年から同十三年までの詩を採るとしたうえで、「觀始集」と名づけた所以について、「天下 共に風・（大・小）雅・頌の四始の義を觀、而して其の性情の正しきを得んと欲するなり（欲天下共觀於風雅頌四始之義、而得其性情之正也）」とする。魏氏は朱子學者でもあった。按ずるに、總集002『詩源初集』が十五國風の理念によったのにたいして、『觀始集』は、清廷高官の立場から、「雅・頌」をも重視したといえよう。「然して公卿賢士の歌詠する所は、凡そ國典・民風・天人・憂樂の故、大略具さに備わる（然而公卿賢士之所歌詠、凡國典民風天人憂樂之故、大略具備。同「自序」）」ことになる。

『觀始集』の「自序」の初めには、魏氏による詩の盛衰の歴史が次のようにのべられる。

王風の既に息《や》みて自り、騷賦迭いに興こり、漢・魏に盛んにして六朝に衰う。三唐に盛んにして宋・元に衰う。有明一代は、弘・正・嘉靖に盛んにして隆・萬以後に衰う。文章の氣運に隨いて高下を爲すは、蓋し誣に非ざらん（自王風旣息、騷賦迭興、盛於漢魏、而衰於六朝。盛於三唐、而衰於宋元。有明一代、盛於弘正嘉靖、而衰于隆萬以後。文章隨氣運爲高下、蓋非誣矣）。

明代に關していえば、「弘・正・嘉靖」とは古文辭派前後七子をさし、「隆・萬以後」とは公安・竟陵の兩派をさすにちがいない。魏氏には「鍾僉事伯敬傳」「譚孝廉友夏傳」（ともに『兼濟堂文集』巻十一）があるが、その後者において、

往者《さきに》王（世貞）李（攀龍）は秦漢盛唐を以って鵠と爲し、海内翕然として之れに從う。數十年後、公安起こりて與《とも》に角《あらそ》う。公安死し、未だ久しからずして景陵又た起こり、其の意を用いること稍や異なるも、之れを大雅に要するに、均しく未だ當たるもの有らざるなり（往者王李以秦漢盛唐爲鵠、海内翕然從之。數十年後、公安起而與角。公安死、未久景陵又起、用其意而稍異、要之于大雅、均未有當也）。

とする。

『觀始集』の他の序文から補足しておこう。張天植（字は次先、浙江嘉興府秀水縣の人、一六四九順治六年進士）は、「四始」を「南・雅・頌」とし、國風を「周南」「召南」に限定し、「大率《おおむね》溫柔敦厚、不淫不亂、此れ『詩』の始めと稱する所以なり（大率溫柔敦厚、不淫不亂、此詩之所以稱始也）」と要約する。田茂遇（字は楫公、江蘇松江府華亭縣の人、一六四八年舉人）は、魏裔介の學問について、「先生の理學は、濂・洛に源《もと》づき、文章は韓・歐に本づく。其の詩を爲すは則わち建安七子・開元諸家に浸淫し、而して又た獨り三百篇の遺意を得る者なり（先生理學、源于濂洛、而文章本乎韓歐。其爲詩則浸淫乎建安七子・開元諸家、而又獨得三百篇之遺意者也）」とする。なお、この集が參考にした總集として、『詩源』（本敍錄002）・『扶輪』（『清初人選清初詩彙考』に著錄）・『詩城』（同書「待訪書目」）の三集をあげる。

さて『溯洄集』は、前集の五、六年後、つまり一六六一順治十八年、あるいは一六六二康熙元年の、五本の序文を冠して刊行された。題名は『詩經』秦風「蒹葭」のうちの「所謂伊人、在水一方。溯洄從之、道阻且長。溯遊從之、宛在水中央（所謂る伊《か》の人は、水の一方に在り。溯洄して之れに從えば、道阻まれて且つ長し。溯遊して之れに從えば、宛《あたか》も水の中央に在り）」により、魏氏の自序は、「詩（經の）人は賢を好み、方舟の間に溯洄して、敢えて勞を言わず（詩人好賢、溯洄於方舟之間、不敢言勞）」と解釋する。錢棻の序文をもって補えば、「賢を慕い善を好むの誠を想見する（想見慕賢好善之誠）」というのである。

魏裔介は、一六六一年の本集自序でも、『觀始集』自序と同様の、詩の盛衰の歴史をのべ、「萬暦以後に衰え」のあとに、「皇朝の初めに盛んなり」の一句を加える。しかしてその現狀認識は次のようなものであった。

今 海内に詩を言う者頗る多し。然れども綺靡淫佻の習いは、流蕩して返るを忘れ、蜩の聒《かまびす》しく蟲の吟ずるに比《なぞら》え、而も憤激悠謬の詞は、雜出して經ならず、亦た豈に鸞の鳴き鳳の噦《な》かんや。將に來葉に垂示して風氣を釐正せんと欲するも難きのみ（今海内言詩者頗多。然綺靡淫佻之習、流蕩忘返、比於蜩聒蟲吟、而憤激悠謬之詞、雜出不經、亦豈鸞鳴鳳噦耶。將欲垂示來葉、釐正風氣難已）。

かくして五本の序文では、共通して「詩敎」なる語が掲げられる。『清初人選清初詩彙考』（一〇六頁）の要約を借りれば、その一は「詩は當に情に發し義に止どまるべき（詩當發情止義）」こと（盧傳序・嚴沆序）、その二は「詩は必らず溫柔敦厚の旨に合する（詩必合乎溫柔敦厚之旨）」こと（嚴沆序）、その三は「詩は持なり。天下の心志を持し、之れに囿《かか》わるに禮樂の中和を以ってする（詩者持也。持天下之心志、而囿之以禮樂中和）」こと（顧豹文序）、ということになる。

序文を撰した盧傳は、字は爾唱、福建建寧府崇安縣の人、他は未詳。錢棻は、字は仲芳、山東東昌府聊城縣の人、他は未詳。嚴沆は、字は子餐、號は顥亭、浙江杭州府餘杭縣の人。一六五五順治十二年の進士で、序の肩書を「吏科都給事中」とする。顧豹文は、字は且菴、杭州府錢塘縣の人。同じく一六五五年の進士で、序の肩書を「屬吏」とする。いずれも本集に詩が採錄されている。

本集の詩體分けは、五言古・七言古・五言律・五言排律・七言律・七言排律・五言絶句・七言絶句・四言古・古樂府・今樂府・琴操である。詩人の數は、二百十四家である。魏氏の自序には、「仕籍縉紳先生、及び菰蘆中の布衣賢士の作る所」とするが、目立つのはやはり前者である。例えば降清の高官では、兵部尚書の梁清標や左都御史降官の龔鼎孶などである。また進士では、一六四六順治三年・會試第一期、つまり魏氏と同年の楊思聖・魏象樞（編者とあわせて「二魏」と稱される）・趙賓、一六四七年第二期の季振宜（宋琬が見えないのは、一六六一年當時、于七の亂に連坐して下獄したからであろう）、一六四九年第三期の施閏章・季開生・姜圖南、一六五二年第四期の沈荃・王士祿、一六五五年第五期の王士禛・嚴沆・丁澎・顧豹文などである。呉偉業は一六五六年に國子監祭酒を辭していたが、七古三首が載る。錢謙益の作はまったく見えない（後に削除された形跡もうかがわれない）。

作品の傾向を一概にいうのは難しいが、「應制」「恭紀」や順治帝への「哀詩」などの宮廷詩、前集『觀始集』の讀後作なども散見する。なかんづく目立つのは、編者魏裔介の作を、七言排律を除くすべての詩體において、しかも他と比べるてはるかに多數を載せていることである。鄧之誠の『清詩紀事初編』（六一九頁）は次のように記す。「裔介は理學を以って自任するも、詩文は皆な工みなる能わず。而して筆を弄するを好み、尤も文士と游ぶを喜ぶ（裔介以理學自任、詩文皆不能工。而好弄筆、尤喜與文士游）」と。

魏氏の自序に、參考にした總集として、『詩源』のほかに『詩正』をあげるが、015『皇清詩選』にあげる宋犖のものだとすれば、宋氏二十七歳以前の編輯ということになる。

本集は内閣文庫に藏せられ、魏氏の「詩論・詩話一卷」を附錄する。

006　十名家詩選　初集十巻、二集十巻、三集十巻、鄒漪選。二集・一六六二康熙元年刊、三集・一六六四年序刊。

『二集』の「署例」に一六六二康熙元年の識記があり、『三集』の「序言」に一六六四年冬の執筆であることをのべる。『明清江蘇文人年表』は『中國叢書綜録』によって一六六八年に「無錫の鄒漪、輯《あつ》むる所の『名家詩選』二十四巻を刻す」と記すが、事實の確かめようがない。

鄒漪は「梁谿」、すなわち江蘇常州府無錫縣の人。字は流綺、號は鷺宜主人。『明清江蘇文人年表』によると、一六一五萬暦四十三年の生まれ、卒年は未詳。錢謙益の一六五七順治十四年七十六歳作の詩に「金陵寓舍贈梁谿鄒流綺」（『有學集』巻八）があり、また『有學集』錢仲聯標校本（一九九六年・上海古籍出版社）の「出版說明」は、その邃漢齋本の「巻首に康熙十三年甲寅（一六七四）梁谿鄒式金の序文を刊有す。鄒式金の子漪は錢謙益の弟子爲り」と指摘する。いっぽう、謝國楨『增訂晚明史籍考』（一九八一年・上海古籍出版社）は、鄒漪が同じく一六七四年に父鄒式金とともに吳偉業の『綏寇紀略』を刊行したが、そのとき十五ヶ所の改竄をおこなったかどで、全祖望（字は紹衣、號は謝山、浙江寧波府鄞縣の人、一七〇五〜一七五五）からは梅村の「不肖の門生」と指彈された（『鮚埼亭集』外編巻二十九「跋綏寇紀略」）ことをのべる。鄒漪にはこのほか一六四四崇禎十七年の自著『啓禎野乘初集』十六巻の刊行（その序文が『有學集』巻十四にある）、一六七九年の『同二集』八巻の刊行などがある。

本集に選ばれた詩家はすべて在世中であり、いささか恣意的とはいえ一種の當代詩選である。『初集』凡例によると、鄒漪は當初、「盛清百家」として一括すべきものを、諸般の事情から十集に分けて順次出版する豫定であった（しかし第四集以後の出版は果されなかった）。詩家の選擇については、錢謙益・吳偉業・龔鼎孶・曹溶・宋琬は選者の「私淑」するところであるが別格の存在であり、「家絃戸誦」されてもいるので本集ではとりあげないこと（ただし曹溶は二集に載る）、掲載の順序については、「詩の先に到る者は先に選び、詩の後れて到る者は後れて選び、竝びに差等無し」であること、を指摘する。

『初集』の出版は、「彭禹峰詩跋」に見える「己亥夏」つまり一六五九順治十六年の記事がもっとも新しく、それから『二集』識記の一六六二康熙元年までの足かけ四年のうちのいずれか、ということになろう。

1 『薛行屋詩選』　薛所蘊、一六〇〇～一六六七、行屋はその字。「河陽」すなわち河南懷慶府孟縣の人。一六二八崇禎元年の進士。李自成の反亂軍に降り、清朝に入って一六五四順治十一年には禮部左侍郎となり、五七年に致仕。鄒漪の跋文は、「中州の五家」の詩人として王鐸（字は覺斯、一五九二～一六五二）、張縉彥（字は坦公）、彭而述、張文光（字は譙明）と薛所蘊の名をあげ、王鐸が沒したあとは薛所蘊が「壇坫を主持した」とのべる。

2 『彭禹峰詩選』　彭而述、一六〇八～一六六七、字は子籛、禹峰は號。「南陽」すなわち河南南陽府鄧州の人。一六四〇崇禎十三年の進士。選者の父鄒式金といわゆる同年であって、跋文には「詩を能くする者」として、このほかにも、梁以樟（字は公狄、一六〇八～一六六五）、方以智（字は密之、一六一一～一六七一）、姜垓（字は如須、一六一四～一六五三）らの名をあげる。彭而述は入清後、一六六二年には桂林道から貴州按察使となった（その後、廣西右布政使をへて雲南左布政使）。

3 『趙蘊退詩選』　趙進美（001『濤音集』參照）、字は韞退。蘊退は別字であろう。號は清止。「籠水」すなわち山東靑州府益都縣の人。やはり父鄒式金の同年。入清後、一六六〇年には左江道布政使司參政となった（その後、福建按察使に至る）。

4 『王敬哉詩選』　王崇簡、一六〇二～一六七八、敬哉はその字。直隸順天府宛平縣の人。一六四三崇禎十六年の進士。入清後、一六五八年には吏部左侍郎より禮部尙書となり一六六一年に退休した。

5 『魏石生詩選』　魏裔介、一六一六～一六八六、石生は字、號は貞菴、直隸趙州柏鄉縣の人。一六四六順治三年、

すなわち清朝最初の進士。五七年に左都御史となった（その後、六三年には吏部尙書、七〇年には保和殿大學士兼禮部尙書に至った）。跋文は先の王崇簡、次の楊思聖とあわせて「北地三異人」と稱する。

6『楊猶龍詩選』楊思聖、一六二〇～一六六三、猶龍はその字。直隷順德府鉅鹿縣の人。やはり一六四六年の進士。五五年、山西按察使となり、五七年以降は四川左布政使であった。

7『姜眞源詩選』姜圖南、生卒年未詳。字は匯思、眞源は號。「武林」すなわち浙江杭州府錢塘縣の人。一六四九年、清朝第三回の進士。年次は定かでないが、江西南瑞道、山東濟南道、河南睢陳道などを歴任している。

8『嚴灝亭詩選』嚴沆、一六一七～一六七八、字は子餐、灝亭は號。「禹航」すなわち浙江杭州府餘杭縣の人。一六五五年の進士。六一年ごろまで吏科都給事中（のち戸部侍郎に至る）。

9『王貽上詩選』王士禛。一六五六年、001『濤音集』の編輯にあたった翌年の二十四歳、濟南の大明湖で諸名士と會飲したおりに「秋柳四首」を詠み、「一時に和する者甚だ衆《おお》し。後三年、揚州に官たるに則わち江の南北の和する者、此れより前に已に數十家なり（一時和者甚衆。後三年官揚州、則江南北和者、前此已數十家）」（『漁洋詩話』上）というありさまであった。五八年に進士となり、五九年に江南揚州府推官となった（一六六四康熙三年まで）。

鄒漪が漁洋の『詩選』の跋文を書いたのは、相手が「維揚に司李たり、臥して之れを治む（司李維揚、臥而治之）」の時であったが、ほとんど同時に漁洋も鄒漪にたいして二首の詩を殘している。いずれも一六六一年の作で、その一つは鄒漪の住まう無錫の郊外に宿泊したときの「惠山下鄒流綺過訪（惠山の下《もと》、鄒流綺過訪す）」である。

雨後明月來、照見下山路。人語隔谿煙、借問停舟處（雨後 明月來たり、照らし見《あら》わす下山の路。人語 谿煙を隔て、
借問す 舟を停むる處を。『漁洋詩集』卷十）。

二つめは「歳暮懷人絕句三十二首」の其二十七で、鄒漪を思うものである（『漁洋詩集』卷十二）。

『詩選』の跋文で鄒漪は、漁洋が明末の悪しき傾向を是正したとして、次のようにのべる。

若《も》し乃わち枯木寒鴉なれば、遠くは則わち顰みを（孟）郊・（賈）島に效《なら》い、近くしては歩みを鍾（惺）・譚（元春）に學《ま》ぬるも、君子は尤も取る無し。先生の詩、性情至りて聲律は和諧し、意理は密にして風格は遒整たり、豈に扶輪（風雅の道を助けおこす）の正則に非ざるか（若乃枯木寒鴉、遠則效顰郊島、近而學歩鍾譚、君子尤無取焉。先生之詩、性情至而聲律和諧、意理密而風格遒整、豈非扶輪之正則乎）。

ところでこの『詩選』には八十題百二十首をのせるが、いずれも、一六五六順治十三年・丙申・二十三歳より前の作品である。つまり王士禛みずから『居易録』巻五に、「十五歳に詩一巻有りて『落箋堂初稾』と曰い、兄序して之れを刻す（十五歳、有詩一巻、曰落箋堂初稾、兄序而刻之）」と記すものの一部に該當する。しかし本人にしてこの詩集の通行を疑っていたのであろうか、例えば本『詩選』所收の五言律詩「宿傅濟汝齋留壁」に關して、『蠶尾後集』（一七〇八康熙四十七年・七十五歳の詩を收録）巻二に、題を「冬夜過傅濟汝」とし、その題注に「順治癸巳少作、追録」としている。また七言絶句「過淄水」二首その二も、『蠶尾後集』巻二に「淄水」と題し、その注に「追録少作」としている。かくして、王士禛におくれること六十三年の惠棟（一六九七～一七五八）が『漁洋山人精華録訓纂』（刊年未詳）を著わしたとき、その「未見書」の一つに「落箋堂初稾 十五歳以前作」と明記した。

『王貽上詩選』の部分だけは、本集刊行の約百十五年後、一七七七乾隆四十二年に、『漁洋集外詩』二巻として、江蘇太倉州嘉定縣の張承先（字は誦芬）と同縣の錢大昕（字は曉徵、一七二八～一八〇四）の序文を附して刊行された。張承先の序文によると、一七七五年に學友の褚英（字は垂範）と汪元桐（字は錫封）とから「錫山鄒流綺前輩選刊」の「殘簡一帙」を示され、中に「先生の詩百餘首」が有り、「諸集倶に未だ之れを載せず」。ある人は「先生自ら言う、詩を刪るに丙申の年（順治十三年）自《よ》り斷つと。茲れ皆な丙申以前の作なるか（或謂先生自言、刪詩斷自丙申年。

茲皆丙申以前之作歟）」と。しかし張承先はむしろ、漁洋の詩作が豊富で、「當日、捜羅に未だ及ばざるか（當日捜羅未及乎）」とする。張承先は、漁洋詩にも見える張雲章（字は漢瞻、號は樸村、一六四八～一七二六）を「先族祖」とよぶ人物で、諸英・汪元桐とともに090『國朝三槎存雅』（嘉定縣南翔鎭の詩の總集）に見える。『漁洋集外詩』は、徐士愷編輯・一八九四光緒二十年刊『觀自得齋叢書』に収められている。

さて、二〇〇七年、袁世碩主編『王士禛全集』（全六册、齊魯書社）が出版され、第一册巻頭に『落箋堂集』四巻が配され、百六十一題二百八十八首が収められている。本『詩選』所収の詩は、すべてこのなかに見える。編者「前記」には次のように記される。

『落箋堂集』は王士禛早年の詩爲り。他《かれ》は曾て自ら「十五歳に詩一巻有りて『落箋堂初稿』と曰い、兄（王士祿）序して之れを刻す」と云う。盛符升は康熙元年（一六六二）『漁洋山人集』を刻し、巻末の跋に云う、「是の編に前んじて、瑯玡二子合刻有り、西樵山人の刻有り」。後者は當に王士禛自ら云う所の『落箋堂初稿』爲り、未だ傳本を見ず。前者は中國國家圖書館に藏本有り、『瑯玡二子詩選』と題し、周果の跋文に「表餘落箋合選」と稱す。「表餘」は王士祿詩の題名爲り、「落箋」は則わち王士禛詩の題名爲り。此の集は凡そ十一巻、體を分けて編次し、一體中、前を王士祿詩と爲し、後を王士禛詩と爲す。王士禛詩は共に二百八十八首、其の作期を考うるに最も晩き者は順治十二年、公車に上りて往返する途中に作る所爲り、是れは則わち全て其の二十二歳以前の詩爲り。此の書出で、鄒漪曾て選びて『名家詩選』に入れること一百二十首、『王貽上詩選』と題す。乾隆間の張承先は又た『名家詩選』從《よ》り抽出し、刻して『漁洋集外詩』を爲し、光緒間に『觀自得叢書』本が有り（『落箋堂集』爲王士禛早年詩。他曾自云「十五歳有詩一巻、曰『落箋堂初稿』、兄（王士祿）序而刻之」。盛符升康熙元年（一六六二）刻『漁洋山人集』、巻末跋云、「前乎是編、有瑯玡二子合刻焉、有西樵山人之刻焉」。後者當爲

王士禛所自云『落箋堂初稿』、未見傳本。前者中國國家圖書館有藏本、題『瑯玡二子詩選』、周杲跋文稱「表餘落箋合選」。「表餘」爲王士祿詩題名、「落箋」則爲王士禛詩題名。此集凡十一卷、分體編次、一體中前爲王士祿詩、後爲王士禛詩。王士禛詩共二百八十八首、考其作期、最晩者爲順治十二年上公車往返途中所作、是則全爲其二十二歳以前詩。此書出、鄒漪曾選入『名家詩選』一百二十首、題『王貽上詩選』。乾隆間張承先又從『名家詩選』抽出、刻爲『漁洋集外詩』、光緒間有『觀自得叢書』本)。

『王士禛全集』の『落箋堂集』は『瑯玡二子詩選』所收のものなのである。それは原『落箋堂初稿』を復元してはいないだろう。「(詩)選」とは、原本から選ばれたことを意味するし、事實、『全集』所收の『落箋堂集』には、詩題の下に「四首選二」「二首選一」「三首選二」といった注記が散見される。また鄒漪が本『詩選』を編輯するのに、原『落箋堂初稿』によったのか、あるいは『瑯玡二子詩選』によったのかは、もとより明らかでない。

『謝獻庵詩選』　謝良琦、生卒年未詳。字は仲韓、獻庵は號。「清湘」すなわち廣西桂林府全州の人。跋文に「漪、年家の子を以って久しく之れを誦法す（漪以年家子久誦法之）」と記すから、やはり父の同年、一六四〇崇禎十三年の進士である（したがって朱保烱・謝沛霖『明清進士題名碑錄索引』一九八〇年刊に「謝良瑾」とあるのは訂正されるべきであろう）。跋文がつづいて「戊戌、先生來たりて吾が郡に倅たり（戊戌先生來倅吾郡）」と記すのは、一六五八順治十五年に無錫の屬する常州府の通判として來任したことをいう。

さて本集『十名家詩選・初集』の卷頭には姚佺が「吳門詩史同學弟」と肩書きした「序言」がある。姚佺は002『詩源初集』の編者である。序文は「十名家」の、「十」と「名家」に關して、鄒漪との問答のかたちでおこなわれる。姚佺はまず、建安七子が揭出される一方で、『三國志』魏書・王粲傳に他の七子があげられるように、人物をある一定の數で限ることには無理があるのではないか、と問う。鄒漪は答える。この十家は自分が見聞した人物であって、王世貞が贈詩を「五子篇」「後五子篇」「廣五子篇」「續五子篇」（『弇州山人四部稿』巻十四）としたことに示唆を得ているのだ、と。王世貞のばあいはきわめて厳格な仲間意識によるものではあるが、鄒漪は單に身近かに存在する人物の詩稿を（入手できしだいに）十の倍數のかたちで廣げていくということであるにすぎない。ついで「名家」については、姚佺はこの十家を清詩の先驅者として定着させることに贊意を示しつつも、自分なりに外の十家を捜しだし、「廷禮の品彙をして拾遺を大家に標《しめ》さしめんとす（廷禮品彙標拾遺大家）」、つまり明初の高棅がその『唐詩品彙』で、「一、二の大家と十數の名家」（同書自序）を標定し杜甫を「大家」と位置づけたように、より高い評價をあたえるべき人物を求めようとする。姚佺の念頭には鄒漪が凡例であげた錢謙益・呉偉業・龔鼎孳らの名があったのかどうか、それは定かでないが、本集へのある種の不滿が『詩源初集』の編輯へとつながったのであろう。

『十名家詩選・二集』十巻には、まず黃家舒の「序言」があり、『初集』が「已に紙の、國門に貴《たか》し（已紙貴國門矣）」、つまり中央の評價を得たことをいう。黃家舒、字は漢臣、鄒漪より十五歳年長の、同郷無錫の人、一六〇〇～一六六九。一六二九崇禎二年、復社に入り、三八年、阮大鋮彈劾の「留都防亂公揭」に名をつらねた。

選者鄒漪の「畧例」には前述したように年記があり、「康熙新元歳次壬寅」の一六六二年である。次のような四則の方針をかかげる。

その一、「選詩は成帙を必とす（選詩必成帙）」。選詩の材料を、斷片ではなく、一定量の作品をおさめた既成の詩集とする。それではじめて、「諸體 咸《み》な備わり、閱《よ》む者を使《し》て其の瑕疵を按じ、其の高下を品《さだ》めしむる（諸體咸備、使閱者按其瑕疵、品其高下）」からである。そしてついでに、自分に各人の詩集を寄せることをよびかける。「海內の名公よ、多篇もて惠敎せらるるを禱《いの》りと爲す（海內名公、多篇惠敎爲禱）」。ということは、少なくとも『二集』の十家については、それぞれ生前の、それも康熙元年までに刊行された詩集を鄒漪が入手していたことになる。それらを私たちが見ることは、ほとんどできない。

その二、「選詩は人を擇ばず（選詩不擇人）」、すなわち人の地位・名譽によるのではなく、あくまでも「詩を選ぶ」のである。この方針によって、特に「西泠・武塘・婁東・毘陵の諸子」がすくいあげられる。うち「西泠」は浙江杭州府の詩人たちである。「武塘」は浙江嘉興府嘉善縣の詩人たちで、『二集』の曹爾堪と孫鈢がこれに屬し、同府秀水縣の曹溶も含まれるかもしれない。「婁東」は江蘇蘇州府太倉州、すなわち004『太倉十子詩選』を中心とする詩人たちである。「毘陵」は江蘇常州府武進縣の詩人たちで、『二集』の孫自式および鄒祗謨がこれに屬する。ちなみに、鄒祗謨に、陳維崧と『三集』所收の黃永・董以寧を加えた四人が「毘陵四子」とよばれ（徐釚編010『本事詩』卷十・鄒祗謨）、また彼らよりややおくれる惲格ら六氏が、のちに032『毘陵六逸詩鈔』に編まれることになる。

その三、「選詩は格に拘わらず（選詩不拘格）」として、「各おの其の長を取り、一己の私見に執らわるるに非ず（各取其長、而非執一己之私見）」。一家を成すものとしてあげる過去の事例は次のようなものである。「淡は陶（潛）の如く、麗は謝（靈運）の如く、險は鮑（照）の如く、鮮は江（淹）の如く、華は庾（信）の如く、沈鬱頓挫は杜（甫）の如く、飛揚跋扈は李（白）の如く、輕は元（稹）の如く、俗は白（居易）の如く、寒瘦は（孟）郊・（賈）島の如く、奇拗は（韓）昌黎の如し（淡如陶、麗如謝、險如鮑、鮮如江、華如庾、沈鬱頓挫如杜、飛揚跋扈如李、輕如元、俗如白、寒瘦如郊島、奇拗如昌黎、皆自成一家）」。

その四、「選詩は葉を多くせず（選詩不多葉）」。百家を選刻するのに要する資金難もさることながら、書賈が「輕脱を利として以って流行に便ならしむる（賈人利於輕脱、以便流行）」ために、一家について少ない場合は二十篇、多くとも五十葉以内にとどめるとする。

1　『曹秋岳詩選』　曹溶、一六一三〜一六八五、字は潔躬、秋岳はその號。「檇李」すなわち浙江嘉興府の秀水縣の人。一六三七崇禎十年の進士。御史となり、一六四四順治元年、清朝に歸順して順天學政、四六年太僕寺少卿、五五年のうちに左副都御史、戶部右侍郎（このとき周亮工と同僚）、廣東布政使を歷任した（のち一六六四康熙三年、山西陽和道に降格）。龔鼎孳はその跋文で、まずその「人品風節」をとりあげ、龔鼎孳と「朝に立ちて各おの正直の聲を負い、同《とも》に以て抗疏糾奸（與龔孝升年伯立朝、各負正直聲、同以抗疏糾奸）」したことをたたえ、そののちに詩人として「李杜に兄事し、曹（植）・劉（楨）に弟畜（兄事李杜、弟畜曹劉）」したことを記す。別に『五先生集』を刊刻したこともあるのだという。なお龔鼎孳は、字は孝升、號は芝麓、安徽廬州合肥縣の人、一六一五〜一六七三。鄒漪は彼を「年伯」と呼び、父鄒式金と一六四〇年の同年とみなすが、實際は三四年の進士である。兵科給事中となり、四四年、やはり清朝に歸順した。

2　『周櫟園詩選』　周亮工、一六一二〜一六七二、字は元亮、櫟園はその號。「浚水」すなわち河南開封府祥符縣の人。「予が年伯」とよぶように、一六四〇年の進士。御史となり、一六四四年、いったんは南京の福王に從うが、翌年清朝に歸順して兩淮鹽運使を授かり、四七年には福建按察使から同布政使にうつり、五四年に左副都御史、翌年に戶部右侍郎にうつったが、福建在任中の「貪酷」のかどで解任され、四年間にわたって福建で司直の訊問にあい、六〇年に有罪の判決が下されるが、恩赦によって釋放された。

鄒漪はその跋文で、南京で令弟の周亮節、字は靖公を通じて「賴古堂諸刻」を讀んだが、そのとき、「先生は已に誣せ被《ら》れて闘に羈《つな》がれ（時先生已被誣羈闘矣）」ていたこと、のち、「既に殊恩を荷《いただ》きて罪を赦され官に服し（先生既荷殊恩赦罪服官）」たことをのべ、最後に、「今其の詩を讀むに、怨みて怒らず、哀しみて傷《やぶ》らず、眞《まこと》に風人の遺を得と謂う可し（今讀其詩、怨而不怒、哀而不傷、眞可謂得風人遺矣）」とおさめる。

ちなみに『賴古堂集』卷十三所收の、周亮工じしんの手になる「賴古堂詩集序」は、本文中に「今年四十有九」と記すことから、一六六〇年の作であることがわかる（康熙十四年刊本影印本、一九七九年上海古籍出版社刊・清人別集叢刊）。

3　『孫衣月詩選』　孫自式、一六二八〜?、衣月はその字、號は風山。「晉陵」すなわち江蘇常州府武進縣、漢代にいわゆる毘陵の人である。一六四七順治四年、清朝第二回めの進士で翰林院檢討となったが、五五年、病氣のため退職した。鄒漪の跋文は、孫自式が「病いを告げて里居」してから、「同人」の董以寧・黃永・鄒祇謨らと、「徜徉詩酒、唱和して帙を成し、郡中に刻して十子詩有り、詞壇に膾炙す。而して太史の詩、尤も傑出す（自告病里居、……徜徉詩酒、唱和成帙、郡中刻有十子詩、膾炙詞壇。而太史詩尤傑出）」とのべる。『明清江蘇文人年表』は孫自式の一六六四年までの記事しか記していないが、その著に『風山詩稿』があったことを注記している。

4　『盧澹崖詩選』　盧紘、生卒年未詳。字は元度、澹崖は又字かあるいは號であろう。澹巖なる號ももつ。「楚蘄」すなわち湖北黃州府蘄州の人。鄒漪の跋文に「今海內、詩を言う者は必らず婁東・合肥兩先生を推して弁冕と爲す。而して大參盧先生、知を兩公に受く（今海內言詩者、必推婁東合肥兩先生爲弁冕。而大參盧先生、受知於兩公）」というのは、一六三六崇禎九年、盧紘が湖廣鄉試で擧人となったとき、吳偉業がその正主考であり、龔鼎孳が分考官の一人であったことをさす。一六四九順治六年の進士で、山東の新泰知縣をふりだしに、一六六二康熙元年には「大參」すなわち江南布政司左參政となった。鄧之誠『清詩紀事初編』卷八は、その著『四照堂詩集』十卷が六一年に刊行されたと記す。

5　『施愚山詩選』　施閏章、一六一八〜一六八三、字は尙白、愚山はその號、安徽寧國府宣城縣の人。一六四九順治六年に進士となって刑部主事を授かり、五六年には山東學政として濟南に赴任、明の後七子のリーダー李攀龍

（一五一四～一五七〇）の墓參をして「李于鱗先生墓碑」（『施愚山集』巻十八、一九九三年黄山書社刊・安徽古籍叢書）を著わした。

さて、明の王世貞は盟友李攀龍を五律「助甫吏部に答う八首（答助甫吏部八首）」其六のなかで、

漢家兩司馬、吾世一攀龍（漢家 兩《ふたり》の司馬、吾世 一《ひとり》の攀龍。四庫全書本『弇州四部稿』巻二十七）

とたたえたことがあり、施閏章は「李于鱗先生墓碑」にこの二句を引用した（ただし家を朝に、世を代に作る）。さらに鄒漪も跋文でこの二句を引用し（ただし家を廷に、世を代に、攀龍を于鱗に作る）、そのあとを次のようにつづける。

余謂《おも》えらく、愚山先生は正に今の于鱗なり。于鱗の格韻、直ちに黄初・建安を接《つ》ぐ。而して余 先生の詩を讀むに、沈古雄鬱、齊梁而下《いか》を擧げて、一切の嘈音繁響は棄擲すること塵土の如く、白雪樓（李攀龍の室名）に比して、風槩は伯仲の間に在り（余謂愚山先生正今之于鱗也。于鱗格韻、直接黄初建安。而余讀先生詩、沈古雄鬱、擧齊梁而下、一切嘈音繁響、棄擲如塵土、比於白雪樓、風槩在伯仲間）。

6 『曹顧菴詩選』 曹爾堪、一六一七～一六七九、字は子顧、顧菴はその號、「武塘」すなわち浙江嘉興府嘉善縣の人。跋文は、曹爾堪が名門の出であるとして、まずその父峩雪先生曹勳の名をあげる。一六二六崇禎元年の會試第一で禮部右侍郎兼翰林院侍講學士となった。曹爾堪のほうは一六五二順治九年の進士、早くも五五年に侍講學士に昇ったが、六二康熙元年、族子の脱税事件に坐して罷免された。

7 『喬文衣詩選』 喬鉢、生卒年未詳、文衣は號であろう。「內丘」すなわち直隷順德府に屬する縣の人。鄒漪の跋文は次の三つの事實をのべる。まず、「北地」直隷では魏裔介・楊思聖の兩氏が「蓋代の偉人」として「高位に居り重名を負い、詩文を以て天下を傾動し、天下も推して元禮の門と爲す（北地有魏石公・楊猶龍兩先生、蓋代之偉人也。居高位負重名、以詩文傾動天下、天下推爲元禮之門）」、いわば文學の登龍門のような存在であるのに、兩氏もこの喬鉢

にたいしてだけは「争って節を折り、之れと交わるに後るるを恐れた（争折節、交之恐後）」こと。ついで、喬鉢はそもそもが「理學の大儒」であり、一六三六崇禎九年には、鄒漪の師で御史の李模（灌溪先生）が喬鉢の徵聘を上奏したが容れられなかったこと。最後に、現在は「使君」として「淵明が令と作りし」「彭蠡を宰す」、つまり江西九江府彭澤縣の知縣であること。喬鉢に關しては『明清進士題名碑錄』、『明史』や『清史稿』、『明詩綜』や『清詩紀事』のいずれにも記載がなく、この跋文が傳える記事は斷片的ではあるが貴重である。

8　『程崑崙詩選』　程康莊、一六一三～一六七九、字は坦如、崑崙はその號であろう。「武鄉」すなわち山西沁州直隸州に屬する縣の人。祖父の程啓南は明の「大司空」、實際は工部侍郎。一六三五崇禎八年あるいは翌年の拔貢生。跋文が「邇《ちか》くは擢せられて潤州に佐たり（邇者擢佐潤州）」と記すのは、一六五九順治十六年に鎭江府通判になったことをさす。また翌六〇年冬、揚州府推官であった王士禛は「京口別駕」の程康莊と金・焦・北固などの名勝にあそんだ（別駕は通判の古稱。『居易錄』卷四）。鄒漪の住む常州府無錫縣とは隣どうしになったわけで、「公の暇自《よ》り其の近詩を出だして予に示す（自公之暇、出其近詩示予）」と、じきじきの交際があったことをのべる。

9　『孫古喤詩選』　孫鉠、生卒年未詳。古喤は字、號は徵庵。「武塘」すなわち浙江嘉興府嘉善縣の人。「魏里」とも稱するのは、嘉善縣が明代に分縣されるまでは嘉興縣の魏塘鎭であったことによる。一六六一順治十八年の進士。144『晚晴簃詩匯』卷三十一の「詩話」には、清初に傳臚、つまり殿試の二甲第一に擧げられながら館選に與らなかった、つまり庶吉士に用いられなかった六人のうちの一人に數えられる。まもなく歸鄉し、跋文は、そのついでに無錫に立寄り、その『芷菴二集』を出して評定をゆだねてくれたことをのべ、また孫鉠が仲間とする嘉善の詩人たち、柯聳・曹爾堪・周宸藻ら十六家の字號を列擧する。

10　『鄒訏士詩選』　鄒祗謨、?～一六七〇、訏士は字、號は程邨。名は祗・祇の兩樣に記されるが、今は『康熙字典』が「祇」に、訏と同じ意味の「大也」の訓をつけるのにたいして、「祇」には「古文」とのみ注することから、前者に従っておく。卒年は『明清江蘇文人年表』が引く『霞外攟屑』による。「毘陵」すなわち江蘇常州府武進縣の人で、鄒漪の「家侄」、すなわち父の宗兄の孫。一六五八順治十五年の進士。六〇年、揚州府推官の王士禛と、萬暦から順治にいたる詞の總集『倚聲集』を編輯。六一年、脫税事件によって免職させられた後は二度と出仕しなかった。鄒漪の跋文はその文學の一端を次のようにのべる。

凡そ（賈）島の瘦、（孟）郊の寒、元（稹）の輕、白（居易）の俗は戛戛乎として之れを去り、諸《こ》れを近代に擬《のつと》りて踪を肥水（龔鼎孳）に追い、美を婁江（吳偉業）に媲《くら》ぶるは、苟然たる而已《のみ》に非ざるなり（凡島瘦郊寒、元輕白俗、戛戛乎去之、擬諸近代、追踪肥水、媲美婁江、非苟然而已也）。

『十名家詩選・三集』十巻には、潘汝麟の「序言」があり、一六六四康熙三年を今年として、その冬に鄒漪が『三集』を持參して序を書くことを命じたという。潘汝麟を鄒漪は「同學弟」とよぶが未詳。「序言」は詩の選集について、詩經、楚辭、樂府、文選とたどったあと、唐以降に關して次のようにのべる。

三唐に迄《いた》りて始めて一代の精神を以って詩と爲す。宋に文忠無く、風流幾んど絕ゆ。元自り以後、聲律の學は帖括に奪わる。近日に及んで詩風大いに盛んたりて、選家も亦た復た林立す。然れども美刺は實を失い妍媸は倒置し、人の訕笑を貽《のこ》す（迄于三唐、始以一代精神爲詩。宋無文忠、風流幾絕。自元以後、聲律之學、奪于帖括。及乎近日、詩風大盛、選家亦復林立。然而美刺失實、妍媸倒置、貽人訕笑）。

選者の「畧例」の類はない。

1　『程端伯詩選』　程正揆、一六〇四～一六七七、端伯は字、號は鞠陵。「澴川」すなわち湖北漢陽府孝感縣の人。

一六三一崇禎四年の進士。清朝になって一六五五順治十二年工部侍郎となったが、五七年に解任、歸鄉した。「甲申の賊變」すなわち一六四四年の農民反亂に際し、天津府滄州で義勇軍を起こしたのを、鄒漪はかつて記錄し刋行したとのべる。おそらく『啓禎野乘初集』においてのことだろう。

2『錢黍谷詩選』　錢朝鼎、生卒年未詳。黍谷は字。江蘇蘇州府常熟縣の人。後の『錢日菴詩選』の跋文から錢謙益とは同鄉同族であったことがわかる。一六五六順治十三年、廣東提學道副使から浙江按察使となり、五八年には「副憲」つまり都察院左副都御史となって翌年解任された。鄒漪がその書齋を訪ねたというのは、その歸鄉後のことであろう。

3『佟匯白詩選』　佟國器、生卒年未詳。匯白は字。鄒漪が「襄平」出身の「三韓」人とするのは、遼東地方の朝鮮族ということであろう。漢軍八旗の出身で、一六四五順治二年には浙江嘉湖兵備道となって、遁走中の南明政權の馬士英を逮捕、五三年に福建巡撫となって鄭芝龍父子を捕獲、のち南贛巡撫をへて、五八年に浙江巡撫となり、六〇年に解任された。詩集は數種をくだらぬものの鄒漪が見たのは『菱亭』『燕行』の二集のみであるという。

4『錢日菴詩選』　錢升、生卒年未詳。日菴が字・號のいずれであるかも不明。「古燕」すなわち京師順天府の人とするが、「君が家の牧齋、曁び黍谷副憲、每に予を許して言を知ると爲す（君家牧齋曁黍谷副憲、每許予爲知言）」とのべるから、錢謙益・錢朝鼎の同族であったらしい（また鄒漪と錢謙益とのあいだに何らかの交際があったこともわかる）。鎭江府の「太守」つまり知府のとき、鄒漪は京口でその善政を聞いたとし、また「其の近篇を出だし、屬《ゆだ》ねて論定を爲さしむ（出其近篇、屬爲論定）」と記す。

ちなみにその出身地直隷の代表的詩人として、『二集』の喬鉢の項では魏裔介と楊思聖をあげたのにたいして、ここでは「方今、北地に詩學最も盛んにして、貞菴相國・敬哉宗伯、皆な一代の大儒なり（方今北地詩學最盛、貞菴相國・敬哉宗伯、皆一代大儒）」と、魏裔介と王崇簡との名をあげる。

5 『王玉叔詩選』 王錫琯、生卒年未詳、玉叔は字。「東甌」すなわち浙江溫州府永嘉縣の人。跋文が「今、京口に來たりて刑措の休《や》むを彰らかにす（今來京口、彰刑措之休）」と記すのは、おそらく鎮江府推官を指す。鄒漪は程康莊に書簡を送り、その「詩集三帙を索め得（索得先生詩集三帙）」たという。

6 『黃雲孫詩選』 黃永、雲孫は字であろう。鄒漪は「毘陵」の人としてかかげるが、126『國朝詩鐸』は太倉すなわち「婁東」の人とする。鄒漪の跋文がなく、他の總集の記事も希少で、生卒年はもとより具體的事象については詳らかでない。

7 『周文夏詩選』 周季琬、一六二〇～一六六九、文夏は字。「陽羨」すなわち江蘇常州府宜興縣の人。『明清江蘇文人年表』によると一六五二順治九年の進士。鄒漪の跋文がなく、他の總集にもほとんど見えないので具體的な事象については詳らかでない。

8 『陳大孚詩選』 陳達德、生卒年未詳、大孚は字。浙江金華府義烏縣の人。鄒漪の跋文は、「吾が郡の少府陳公」の「尊人」であること、魏貞菴（裔介）が「天下の異人なり」と感歎したことを記す。これを058『金華詩錄』巻四十五によって補足訂正すると、陳達德は、常州同知陳瞻遠の父。明の貢生であるが、一六五三順治十年、奉天府の遼陽縣設置に應募して縣令となった。「天下の異人なり」と稱したのは魏裔介ではなく、魏象樞がその「陳大孚詩序」においてのことであった。

9 『龍文詩選』 釋僧鑑龍文、生卒年未詳。跋文が「古晉」とするから山西の人であろうが、吳下に來遊し、一六六一順治十八年には虞山、すなわち常熟縣の西北に住いした。

10 『董文友詩選』 董以寧、一六二九～一六六九（または一六七〇）、文友は字、號は宛齋。「晉陵」すなわち江蘇常州府武進縣の人。諸生。前述したように「毘陵四子」の一人である。鄒漪の跋文はない。

『十名家詩』として實際に刋行されたのは以上の計三集三十巻にとどまるが、鄒漪が續刻を豫定していた人物を『初集』凡例のなかに知ることができる。そのうち『二集』以下に收錄したものを除き、概略を示しておく。「一時の元老鉅公にして皆詞壇の飛將に屬する（一時元老鉅公、皆屬詞壇飛將）」もの、畿輔の梁清標、三吳の宋徵輿など三十四家。「孝廉の文學にして名家たるに乏しからざる（孝廉文學、不乏名家）」もの、侯方域、杜濬、冒襄、陳維崧など十六家。「予の交知し、及び素より聲問を通ずる所の者（予所交知、及素通聲問者）」、姜埰、方以智など十一家、などである。

本集は內閣文庫に藏せられる。

（附）五大家詩鈔　五卷、鄒漪選。一六八〇康熙十九年序刋。

錢謙益（所收二百八十五首）・吳偉業（二百六十首）・熊文擧（四百首）・龔鼎孳（三百三十二首）・宋琬（三百三首）を各一卷にまとめる。各家いずれにたいしても「先生」と題するが、卷頭の署名で、吳偉業のところだけは「門人」の二字を加えている。本集は、『十名家詩選・初集』「凡例」で別格とした五家のうち、曹溶を二集に載せ、かわりに熊文擧を入れた形になっている。

熊文擧（?～一六六九）は、字は雪堂、また公達、江西南昌府新建縣の人。一六三一崇禎四年進士、合肥知縣ののち吏部左侍郎。清朝政權にただちに加わり、一六四五順治二年吏部右侍郎を三ヶ月、五一年から翌年まで同左侍郎、六二康熙元年から翌年まで兵部右侍郎と、斷續的に出仕した。施閏章「熊少司馬遺集序」（『施愚山文集』卷四）は「簪纓及び縫掖（高位高官）より識ると識らざるを論ずる無く、皆な能く其の姓字を道う（自簪纓及縫掖、無論識不識、皆能道其姓字)」とたたえるが、詩人として他の四家とのバランスを缺くことは否めない。一六五二年の會試において熊文擧が讀卷官の一人となったとき、鄒漪の近い親戚とおもわれる鄒忠倚（字は海岳、一六二三〜一六五四）が應じており、間接的ながら先生の一人として崇めたのかもしれない。

序の識記には「康熙歳次庚申（同十九年一六八〇）中秋前二日、錫山過珙商侯氏題於紹聞堂」とあるが、無錫の侯なにがし、という人物についてはまったくつかめない。そこでは、「窮者」、すなわち地位身分の不遇な人々の文學を系統づけたあと、しかし本集の五家はそれに該當しない、というにすぎない。

本集は內閣文庫に藏せられる。

007　吾炙集

一卷、銭謙益撰。一六六四康熙三年歿時未完、一七四八乾隆十三年王應奎鈔、一九〇七光緒三十三年徐劍心刋。

銭謙益、字は受之、號は牧齋、あるいは蒙叟など多數あり、最後は東澗遺老と稱した。江蘇蘇州府常熟縣の人。一五八二〜一六六四。一六一〇萬曆三十八年、一甲第三名の進士に及第し、翰林院編修を授けられるが、父の死によって歸鄉。早くから東林黨の首魁と見なされ、宦官主導の反東林黨勢力との黨爭に翻弄された。服喪あけの原官復歸も一六二〇泰昌元年のことで、それも一六二三天啓三年には歸鄉を餘儀なくされ、一六二四年復歸して侍讀學士となるが、ただちに削籍、一六二八崇禎元年禮部侍郎となるが、溫體仁一派によりただちに罷免、歸鄉。さらに一六三七年には政治犯として逮捕、投獄。翌年、釋放され歸鄉。一六四四年、崇禎帝の自殺ののち、福王の南明政權によって禮部尚書に迎えられるが、翌年五月、清軍の南京入城に迎降した。そして秋には清朝新政權の北京に赴き、一六四六順治三年正月、禮部右侍郎に任ぜられて『明史』編纂の副總裁となったが、六月には病氣を理由に引退した。その後は愛妾柳如是との家居生活をおくるが、その間、特に二人の門人、つまり桂林の桂王政權をささえた瞿式耜（一五九〇～一六五〇）と東南の海に依據した鄭成功（一六二四～一六六二）などとも連絡をとって、清王朝の打倒、明王朝の回復にひそかな動きをしていたらしい。以上は金叔遠「錢牧齋先生年譜」（撰年未詳、一九三二民國二十一年張鴻序）などに詳しい。

さて錢謙益の總集編輯に關していえば、畢生の大事業ともいうべき『列朝詩集』があるが、これは明人の詩の總集であって、入清後に亡くなったのは、阮大鋮（一六四六死）・文震亨（一六四五死）・王彥泓（字は次回、一六四七死。この卒年の設定については拙稿「荷風と漢籍」『太田進先生退休記念中國文學論集』一九九五年中國文藝研究會刊・所收、のちに『明清詩文論考』二〇〇八年汲古書院刊・所收を參照されたい）などごくわずかの人物が、それも他に附して收錄されているにすぎないので、清詩の總集とするには及ばない。一六五二順治九年九月の自序をもって、同鄉の門人毛晉（一五九九～一六五九）によって刋行された。

それにたいして『吾炙集』は清詩の總集にはちがいないが、晩年の親友の詩篇を文箱にたくわえていたもので、その死とともに自然終了となった。內容も、二十一家（實は二十家）百三十題二百四十五首と、小規模のもので、採詩數も詩人によってバランスを缺く。錢謙益の識語に次のようにいう（馮班所藏本にあるとされる）。

余、采詩の候に於て『吾炙集』一編を撰す。蓋し唐人の『篋中』の例にして、敢えて以って人に示すには非ざるなり（余於采詩之候、撰吾炙集一編。蓋唐人篋中之例、非敢以示人也）。

ちなみに元結の『篋中集』の自序にはいう。「已に長逝する者は遺文散失し、方に阻絕せんとする者は盡くの作を見ず。篋中に有る所、總て之れを編次し、命じて篋中集と曰う。且く之れを親故に傳えんと欲し、其の今に忘れざらん

ことを冀う（已長逝者、遺文散失。方阻絶者、不見盡作。篋中所有、總編次之、命曰篋中集。且欲傳之親故、冀其不忘於今）」。

私がもちいたテキストは私に藏する「葉石君馮定遠本合校柳南草堂本」なるものである。すなわち一本は葉樹廉（字は石君、吳縣の藏書家、一六三九～一六八〇の間に在世、卒時六十七歳。『明清江蘇文人年表』および吳晗『江浙藏書家史略』一九八一年中華書局刊、參照）が銭謙益の原本を鈔臨したものであり、またの一本は馮班（字は定遠、常熟の人、一六〇二～一六七一）が手録したものである。この二本を、王應奎（字は東溆、號は柳南居士、常熟の人、一六八四～一七五七）が毛晉・汲古閣所藏のテキストと合せて校勘鈔寫し、一七四七乾隆十二年の識語を附した。おそらく未刊で、姚觀元『清代禁燬書目』一八八二光緒八年跋刊にも見えない。のち一九〇七光緒三十三年になって徐兆瑋（號は劍心、昭文すなわち常熟縣の人、一八九〇光緒十六年進士）と某氏南葳（姓名未詳）の兩氏により、序文もないまま、銭謙益識語、王應奎識語、徐兆瑋跋文、南葳識語を附して刊行された（刊所不明）。『虞山叢刻』（丁祖蔭輯、一九一五～一九・民國四～八年常熟丁氏刊本、京大文學部藏）の一冊として刊行されたものも内容は同じいが、南葳氏による文字の異同の指摘がない。周法高編『足本銭牧齋詩註』第五册（一九七三民國六十二年・三民書局刊）に轉録されている。また鄧實「吾炙集小傳」一巻（『古學彙刊』所收、民國元年至三年の排印）があり、周法高著『牧齋詩註校箋』（民國六十七年・三民書局刊）に轉録されている。

前述のように『吾炙集』は清朝初頭を代表する銭謙益の晩年の交友の一端を記録するものであり、場合によってはその文學觀を示すものでもあるので、採錄された詩人について逐一見ておくことにする。

1　錢後人曾遵王十二首。銭曾、字は遵王、號は也是翁、錢後人など。銭謙益と同郷常熟縣の人で、その族孫にあたり、明の諸生、遺民を貫いた。一六二九～一七〇一。巻頭に置かれるのはその一篇「秋夜宿破山寺絶句十二首」であり、そのあとに銭謙益は、「丙申中秋十二日」つまり一六五六順治十三年の題記をもつ論評で、この詩が本集編輯のきっかけとなった次第をのべる。掲載詩の其四は次のとおり。

空庭月白樹陰多、崖石巉巖似盋羅。莫取琉璃籠眼界、擧頭爭忍見山河（空庭 月白く 樹陰多し、崖石の巉巖 盋羅に似たり。取る莫かれ琉璃の眼界を籠めるを、頭《こうべ》を擧げて爭《いか》でか忍びん 山河を見るに）。

「盋」は鉢に同じ。鉢羅は梵語の音譯鉢多羅の略で、僧侶がもちいるハチ。後の二句は、「琉璃色の月光が視界を包む（佛教的）世界こそ取るべきものだとしてはいけない。（有爲轉變にみちた）この山河をとても見るに忍びない氣持にさせるのだから」という意味であろう。

錢謙益の論評では、彼が呉門の旅先での扇子の上で偶然にこの詩を見つけ、ある人に次のように語ったとのべる。

詩家の鋪陳攢儷（あつめならべる）、裝金抹粉は勉めて能くす可き也。靈心慧眼の玲瓏として穿透するは之れを胎性に本づき、毫端より出だし、然ら使むること有るに非ず。「莫取琉璃籠眼界、擧頭爭忍見山河」は、出世間の妙義を取り、世間の感慨を寫し、正に忉利天が宮殿の樓觀、影は琉璃の地上に現わるが如し。殆んど所謂る子《きみ》に非ざれば證する莫く、我に非ざれば識る莫きものなり（詩家之鋪陳攢儷、裝金抹粉、可勉而能也。靈心慧眼、玲瓏穿透、本之胎性、出乎毫端、非有使然也。莫取琉璃籠眼界、擧頭爭忍見山河、取出世間妙義、寫世間感慨、正如忉利天宮殿樓觀、影現琉璃地上。殆所謂非子莫證、非我莫識也）。

つづけて、これより「時人の清詞麗句を摘取」して『吾炙集』と名づく、として、最後にみずからの絶句二首を題する。その一首、

籠眼琉璃映望奇、詩中心眼幾人知。思公七尺屛風上、合寫吾家斷句詩（籠眼琉璃 映望 奇なり、詩中の心眼 幾人か知る。思う公 七尺屛風の上、合《まさ》に寫すべし 吾家の斷句の詩を）。

2　太倉黃翼子羽二首。『有學集』巻三十一「黃子羽墓誌銘」に「姓は黃氏、名は翼聖、子羽は其の字なり。世よ常

熟の塗松里に家するも、弘治中、太倉に割隷さる（姓黃氏、名翼聖、子羽其字也。世家常熟之塗松里、弘治中、割隷太倉）」とのべられる。一六三五崇禎八年貢生となり、四川の新都知縣となったが、入清後は仕えなかった。一五九六〜一六五九。

3　南陽鄧漢儀孝威六首。鄧漢儀、字は孝威、江蘇揚州府泰州に居住して、一六七二康熙十一年以降、011『天下名家詩觀』四集を編纂した。七九年、第一回博學鴻詞科に召試。一六一七〜一六八九。本集所收の「乙未都門元夕卽事三首」は一六五五順治十二年の作である。

4　合肥龔鼎孳孝升二首。龔鼎孳は006『十名家詩選・二集』でもふれたが、次の008『江左三大家詩鈔』の一人でもある。ちなみに『有學集』巻十七に「龔孝升過嶺集序、丁酉十月」、つまり一六五七年の作がある。

5　勾吳沈祖孝雪樵一首。沈祖孝、原名は果、字は因生、一字雪樵。「勾吳」は吳の國を指すが、023『明遺民詩』巻十二などは浙江湖州府烏程縣の人とする。一六四七〜一六七三の間に在世。

6　廬山光熊幻住一首。「吾炙集小傳」も「未詳」とする。

7　宣城唐允甲祖命二首。『有學集』巻十八の「唐祖命詩序」に「余の同年の友、宣城の唐君平に才子有りて允甲と曰う（余同年友宣城唐君平、有才子曰允甲）」とある。祖命はその字。宣城は安徽寧國府下の縣。明代に中書舍人となったが入清後は隱居した。

8　廬陵趙嶷國子一首。趙嶷、字は國子、廬陵は江西吉安府下の縣。所收は五言古詩「讀列朝詩集、敬呈牧翁夫子」である。

9　秦人王天佑平格一首。『有學集』巻二十二「贈王平格序」に、錢謙益が一六五七年南京に在るときに豫章の王于一（すなわち王猷定、江西南昌の人、一五九八〜一六六二）から「此れ秦人の王天佐、字は平格なる者なり」として紹介されたことをのべる。「吾炙集小傳」は「王天佑、字は平格、字《［ママ］》は築夫、陝西長安の人」としたうえで、「015『皇清詩選』に其の七古・五律各一首を録し、名は王岩、字は平格、陝西長安の人と題するは、按ずるに此れ即わち天佑ならん（皇清詩選録其七古五律各一首、題名王岩、字平格、陝西長安人、按此即天佑也）」とする。他の總集では「王巖」に作り、號を築夫とするもの、また、揚州の廩生であったためか、寶應（江蘇揚州府下）の人とするものもある。本集所收のものは「奉贈虞山公四十韻」である。

10　舊京孤臣一是二首。朱一是、字は近修、號は欠庵、浙江杭州府海寧州の人。一六四二崇禎十五年の擧人、入清後は仕えず。「舊京」すなわち南京はその出身地を示すものではあるまい。「孤臣」も贊辭であろう。

11　皖僧幻光六十八首。南祕氏の注は、テキストによって「幻を幼に作る」もの、「皖僧秉鐙劍光」に作るもの、「甕城宗人飲光」に作るものなどがあることを指摘する。銭澄之、その初名は秉鐙、字は幼光、改名してのちの字は飲光。144『晩晴簃詩匯』巻十六では「歸里し、削髪して僧と爲り幻光と名づく（歸里、削髪爲僧名幻光）」とする（劍光の呼稱は不明）。安徽安慶府桐城縣の人、一六一二〜一六九三。本集所收の、例えば「詠史詩五首、弘光元年避黨禍」は一六四五年の作であり、その『田間集』二十八巻の詩が一六五一順治八年から始まるものの補足をなすであろう。「吾炙集小傳」は、朱彝尊が『靜志居詩話』巻二十二で「銭秉鐙」として掲げたうえで、「深く香山（白居易）・劍南（陸游）の神髓を得て之れを融合す。牧齋尙書、其の作を録して『吾炙集』に入るるは蓋し深く之れを取るならん（深得香山劍南之神髓、而融合之。牧齋尙書録其作入吾炙集、蓋深取之）」と記すのを、引用している。

12　舊京胡澂靜夫三首。胡澂、字は靜夫、「舊京」すなわち江蘇江寧府上元縣の人。『有學集』巻二十二「贈別胡靜夫序」に、銭謙益が南京に遊んだとき（一六五六・五七年か?）そこに寓居していた林古度、字は茂之（福建福州府福清縣の人、一五八〇〜一六六六）から紹介されたことをのべる。所收のうちの一首は「虞山檜歌、上大宗伯牧齋夫子」

である。

13　宣城梅磊杓司一首。梅磊、字は杓司。『有學集』巻十八「梅杓司詩序」において、「余 詩を宛陵（すなわち宣城）に採るに、聖兪（梅堯臣）の風流、今に于《お》いて未だ墜ちざるを喜ぶ（余採詩於宛陵、……喜聖兪風流、于今未墜）」とし、さらに「梅氏一門の詩、散華落藻、總て杓司に萃《あつ》まるを知る（知梅氏一門之詩、散華落藻、總萃於杓司）」とのべる。

14　楚江杜紹凱蒼略二首。杜紹凱、一般には別の名の岕で知られる。蒼略は字、湖北黃州府黃岡縣の人、一六一七～一六九三。明末に兄の杜濬（一六一一～一六八七）と南京に移り住んだ。『有學集』巻四十九所收の、一六五六順治十三年「丙申春正」に書かれた「題杜蒼略自評詩文」で「蒼略を見ざること今に于いて五年（不見蒼略、于今五年）」というのは、杜岕が南京を引きあげたことをいうのだろう。同じ巻に「書杜蒼略史論」もある。本集所收の詩は「奉和牧翁先生贈舊校書二首」である。

15　江上張項印大玉三首。南葳氏の注に葉石君本は江上を「江陰」に作り、また旁注に「大育頭陀也」と云うとする。確かに、『有學集』巻二十一の「大育頭陀詩序」で、南京で大育頭陀の詩を得たとき、そのなかに「牧馬人歸夕陽影、報鐘僧打過潭聲」「鷗惟空闊無他戀、燕亦炎涼別處飛」の二聯を取りあげて、「今の有名籍甚にして張鱗競爪する者も、恐らくは未だ能く此の逸句有らざるなり（今之有名籍甚、張鱗競爪者、恐未能有此逸句也）」と人に語ったことを記し、さらに「余 其の詩數章を採りて吾炙集に列べ、毎に人の之れを誦すと爲る（余採其詩數章列吾炙集、毎爲人誦之）」とのべるが、この二聯は本集所收の「秣陵烏龍潭呈湄園主人三首」のなかの句である。

16　建昌黃師正帥先四首。黃師正、字は帥先、江西建昌府建陽縣の人。揚州で殉じた史可法の幕下にいたことがある。所收の詩にかかわって『有學集』巻八には一六五七順治十四年作の「讀建陽黃帥先小桃源記、戲題短歌」がある。

17　舊京王潢元倬六首。王潢、字は元倬、江蘇江寧府上元縣の人。復社の同人で、一六三六崇禎九年の擧人、入清後は仕えず。一五九九〜一六八二。所收の詩のうち「辛卯仲春望日先子禫除、愴焉有作」は一六五一年の作、「丙申時令詩四首」は一六五六年の作である。

18　東海何雲士龍八首。何雲、字は士龍、常熟縣の人。それを「東海」と稱するのは晉代にここに東海郡が置かれたことによる。明の諸生。『初學集』卷十二「送何士龍南歸、兼簡盧紫房一百十韻」は、一六三七年に錢謙益が逮捕されて北上したとき何雲も同行し、北京でその南歸を送ったもの。本集では特別に小序を撰し、特にその「七夕行」（一六四五、南明・龍武元年作）をとりあげて「玉川子（盧仝）「月蝕」の遺音」だとし、「錄して以って『吾炙集』に弁《かんむり》とし、之れを篋衍中に藏す（有玉川子月蝕之遺音。……錄以弁吾炙集、藏之篋衍中）」と記す。別の所收の詩「丁亥元日」は一六四七の作である。

19　西江半衲澄之六首。11の錢澄之の再錄。「西江」は038『西江風雅』の例のように江西省を指す。錢澄之は一六四五年福建に流亡して南明の唐王に從い、翌年には一時江西に入ったことがある。「半衲」とは（便宜的に?）僧服をまとったことをいう。所收の詩の一つが「己亥七夕十首之二」つまり一六五九年の作であることから（ちなみに詩題に年次を明記する詩のうちでは『吾炙集』のなかでこの詩がもっとも新しい）、先の11の條を一六五〇年までの、いわば錢秉鐙時代とし、本條をそれ以降の『田間集』時代、ないしは錢澄之時代として區別したのではあるまいか。なお、本條所收の別の詩には「呈虞山夫子四首之二」がある。11の條と合わせるとその詩の採錄數は十八題七十四首となり、錢仲聯主編『清詩紀事』（江蘇古籍出版社一九八七年刊）の明遺民卷・錢秉鐙（三七二頁）に引く蕭穆『藏山閣集跋』で「錢宗伯撰する『吾炙集』に特に著錄多し（虞山錢宗伯撰吾炙集、特多著錄）」と指摘される。

20　橘社吳時德不官七首。吳時德、字は明之、一字不官、蘇州府吳縣の人。「橘社」は未詳。一六六七康熙六年、そ

の著『可老吟』一巻に17の王潢が序文を撰し、翌年、その詩「斂性就幽蓮」に和した15の張項印らの詩を編輯して『同聲集』一巻が出された（ともに『明清江蘇文人年表』による）。本集所収の「雁字十二首之二」にたいしては『有學集』巻八に「橘社吳不官以雁字詩見示凡十二章、戲爲屬和亦如其數」一六五七順治十四年作がある。

21　侯官許友有介一百七首。許友、初名は宰、別に友眉、字は有介、また介壽、福建福州府侯官縣の人。小序で、「丁酉陽月」つまり一六五七年の十月、周溶（一般には名を容に作る。字は茂山、明州つまり浙江寧波の人）から許友を紹介され、その詩に題して「周溶東越絕、許友八閩風」と詠み、また別に一首を題したとのべる。この二首は『有學集』巻八に「題許有介詩集」「再讀許友詩」として載る。詩のほかに書畫をも善くし、朱彝尊の026『明詩綜』巻八十下の『靜志居詩話』では、「先生、才は三絕を兼ね、名は一時に盛んなり。虞山蒙叟最も其の詩を愛し、之れを錄して『吾炙集』に入る（先生才兼三絕、名盛一時。虞山蒙叟最愛其詩、錄之入吾炙集）」と記される。百七首という採錄數は本集全體の半數に近い。

柳南草堂本では以上二十家が收錄されているのであるが、他の文獻によると、次の四家もほんらい收錄されていたはずであると、徐兆瑋の跋文は指摘する。

その一、王士禛。『漁洋詩話』巻下に次のように見える。

順治辛丑（同十八年）方嵞山文、虞山より廣陵を過ぎり（漁洋は揚州府推官であった）、牧齋先生、近く『吾炙集』を撰わし阮亭の詩數篇を載すと言うも、此の集、竟に未だ之れを見ず（順治辛丑、方嵞山文自虞山過廣陵、言牧齋先生近撰吾炙集、載阮亭詩數篇、此集竟未之見）。

しかしこの事をうたった詩を載せるのは二年後の康熙二年、すなわち錢謙益の亡くなる前の年の、『漁洋山人詩集』巻十四「癸卯稿」においてである（漁洋はなお揚州在任中）。その作とは「方爾止言虞山先生近撰吾炙集謬及鄙作、因寄二首（方爾止言えらく、虞山先生近ごろ吾炙集を撰し謬《あやま》ちて鄙作に及ぶと、因りて二首を寄す）」。方文は字は爾止、また嵞山、安徽桐城縣の人、一六一二～一六六九。

不薄今人愛古人、龍門登處最嶙峋。山中柯爛蓬萊淺、又見先生制作新（今人を薄《うと》んぜず古人を愛す、龍門登る處最も嶙峋たり。山中 柯爛《ただ》れ 蓬萊淺し、又た見る 先生 制作の新たなるを）。

白首文章老鉅公、未遺許友八閩風。如何百代掄騷雅、也許憐才到阿蒙（白首の文章 老鉅公、未だ遺《す》てず 許友八閩の風。如何ぞ 百代 騷雅を掄《えら》ぶに、也《ま》た許す 才を憐みて阿蒙に到るを）。

第一首第三句、晉の王質が山中で童子の歌を聴いているあいだに、持っていた斧の柯《え》が朽ちはてていたというのも、また王方平が麻姑に、一別以來、東海が三たび桑田となり蓬萊の水が淺くなっているのを見たと言ったというのも、ほんらいは遙かな時間の經過を指すが、ここでは明清の劇變を意味するのであろう。「制作」は『吾炙集』を指す。第二首第二句は前掲許友の項にも見えたが、漁洋の自注に「先生 書を寓《よ》せて云わく、偶たま許友の詩を愛し、因りて篋中集の例に倣って此の書を爲す（先生寓書云、偶愛許友詩、因仿篋中集例爲此書）」と、許友の作品に出會ったことが『吾炙集』編輯のきっかけになったことをのべる。第四句、吳下の阿蒙とは、もとより漁洋自身を指す。

ところで漁洋の『古夫于亭雜錄』巻三所載の文章では同じ事實に關して、この二首を引いて「今將に五十年にならんとし、往事を回思するに眞に平生第一の知己なり（今將五十年、回思往事、眞平生第一知己也）」と結ぶのであるが、それに先だって次のように記す。

予、初めて詩を以って虞山錢先生に贄《おく》るは、時に年二十有八、其の詩は皆な丙申（一六五六順治十三年、漁洋二十三歳）の後の少《わか》き作なり。先生一見し欣然として爲に之れに序す。（中略）又た其の詩を采りて撰する所の

『吾炙集』に入る。方嵞山、海虞より帰りて余の為に之れを言う。題拂（しなさだめ）して之れを揚詡する者、所として至らざるは無き所以なり。余常《かつ》て詩有りて云う（詩句略）（予初以詩贄於虞山銭先生、時年二十有八、其詩皆丙申後少作也。先生一見、欣然爲序之。（中略）又采其詩入所撰吾炙集。方嵞山自海虞歸、爲余言之。所以題拂而揚詡之者、無所不至。余常有詩云（詩句略））。

その二、銭嘏、字は梅仙、常熟縣の人。一六二五天啓五年生、一六九〇康熙二十九年在世。『有學集』巻二十「銭梅仙詩序」に銭嘏は陳瑚の「高足の弟子」であると記す。陳瑚は理學家で、字は言夏、號は確庵、江蘇蘇州府太倉州の人、一六一三〜一六七五。『有學集』の同じ巻に「陳確菴集序」がある。その『確庵文藁』巻十下「雙鳳集」に「銭梅仙五十贈言十首（銭梅仙の五十に言を贈る、十首）」があり、小引によると一六七四康熙十三年九月の作であるが、その第五首に次の詩が見える。

著述誰宗匠、虞山有巨公。登龍聲氣合、斟雉本源同。考槃知昭諫、題辭重太冲。尙傳吾炙句、一日滿江東（著述 誰か宗匠たる、虞山に巨公有り。龍を登るに聲氣合し、雉を斟《すす》むるに本源同じ。考槃は昭諫（唐末五代の羅隠）を知り、題辭は太冲（晉の左思?）を重んず。尙お傳う吾炙の句、一日 江東に滿つ）。

そして自注にいう。

梅仙、牧齋先生と同じく武肅（銭鏐、五代十國の呉越の建國者）に系《つな》がる。先生、其の詩に序し、手づから其の警句を書して吾炙編に入れ、寄せて京師の名家に示す（梅仙與牧齋先生、同系武肅。先生序其詩、手書其警句入吾炙編、寄示京師名家）。

その三、周容、先の許友の項に出た人物である。號は鄮山、一六一九〜一六七九。全祖望の『鮚埼亭集』外編巻六「周徵君墓幢銘」に次の一文が見える。

先生、少くして卽わち詩に工みなり。常熟の錢侍郎牧齋之れを稱して謂えらく、獨鳥の春に呼び、九鐘の霜に鳴るが如くして、見る所の詩人、之れに及ぶ者無しと。其の詩を『吾炙集』に錄す。國難後、諸生を棄てて湖山を放浪す（先生少卽工詩。常熟錢侍郎牧齋稱之、謂如獨鳥呼春、九鐘鳴霜、所見詩人、無及之者。錄其詩於吾炙集。國難後、棄諸生、放浪湖山）。

その四、黃與堅、004「太倉十子」の一人。徐兆璋の跋文によると、王應奎の『柳南隨筆』に牧齋尺牘「與黃庭表與堅」を載せ、次のように記されているという（『借月山房彙鈔』第十五集所收『柳南隨筆』六卷『續筆』四卷には見えない。また『初學集』『有學集』にもない）。

往《さ》きに行卷中從《よ》り新篇を見るを得、珠光玉氣、行墨の間に涌現す。輒わち爲に採錄して收めて『吾炙集』中に入る。時人或いは未だ之れを許さざるも、久しくして咸な以て知言と爲すなり（往從行卷中得見新篇、珠光玉氣、涌現於行墨之間。輒爲採錄收入吾炙集中。時人或未之許、久而咸以爲知言）。

ではなぜ柳南草堂本にこの四家を缺くのか。徐兆璋は次のように推測する。

疑うらくは柳南、當日或いは汲古の祕帙を假りて對勘するに、故卷中に時に標擧異同の處有り。其の采擷する所は率ね皆な板蕩の餘音、黍離の變調なり。蓋し遺民故老、舊國を愴懷し、其の零篇賸墨、歌う可く泣く可く、人を令《し》て流連詠歎、憑弔欷歔せしめて自ずから已む能わず。然れば則わち集中に漁洋・梅仙・鄮山・庭表の詩無きは、乃わち虞山選詩の旨と合わず、故に始めは之れを取るも終《つい》に之れを舍《す》つること毋《な》からん歟（疑柳南當日或假汲古祕帙對勘、故卷中時有標擧異同之處。其所采擷、率皆板蕩之餘音、黍離之變調。蓋遺民故老、愴懷舊國、其零篇賸墨、可歌可泣、令人流連詠歎、憑弔欷歔、而不能自已。然則集中無漁洋・梅仙・鄮山・庭表詩、毋乃與虞山選詩之旨不合、故始取之而終舍之歟）。

008　江左三大家詩鈔　九巻、顧有孝・趙澐輯。一六六七康熙六年序、一六六八年題文・題詞刊。

封面に、「呉江顧茂倫・趙山子兩先生輯　江左三大家詩鈔　桐葉山房藏板」とする。

本集は、「江左」すなわち江蘇・安徽兩省出身の、銭謙益・龔鼎孳・呉偉業三家の詩の選集である。

最初に盧紘による一六六八康熙七年撰の題文がある。盧紘は006『十名家詩選・二集』で選詩された人物である。この題文で彼は、「三先生」が「聖朝龍興して文治を崇尚（聖朝龍興、崇尚文治）」するという時運に應じて起こったこと、つまり清朝開國の詩人たちであることを明言する。そして文末では自分と三家との關係におよび、銭謙益とは一六六二年「海虞に駐節するを以って始めて函丈に近趨するを得（以駐節海虞、始得近趨函丈）」、その死の前二日には「手書を貽《おく》り後事を以って囑せ見《ら》れ（貽手書以後事見囑）」たこと、呉偉業・龔鼎孳には一六三六崇禎九年に時を同じくして知を受けたことをのべる。

顧有孝は、字は茂倫、みずから雪灘釣叟と號した。江蘇蘇州府呉江縣の人、一六一九～一六八九。古文辭派の流れをくむ陳子龍に師事した明の諸生で、師が殉死してからは隱居し、「前朝の遺老、盛世の逸民」（徐釚「傳」、『碑傳集』巻百二十五）と稱される。一六四九順治六年に結成された「愼交社」には趙澐や計東とともに加わっている。一六六七年に撰した本集の序文では、六朝陳の顧野王を先祖としつつ「呉」の地方の詩人を漢代よりさかのぼって擧げたあと、明代以降について次のように記す。

有明の時、高季廸（啓）・楊孟載（基）・袁海叟（凱）・徐幼文（賁）、秀を前に啓き、顧華玉（璘）・徐昌谷（禎卿）・文徵仲（徵明）、音を後に嗣ぎ、王元美兄弟（世貞・世懋）出でて遂に中原の壘を劘《けず》り、而して獨り蝥弧を建つ。時《こ》れ自り厥《そ》の後、寥落して振わざる者將《こと》に百載ならんとするも、迨《およ》びて今日に至り、風雅大いに興るは、虞山（銭謙益）・婁東（呉偉業）・合肥（龔鼎孳）三先生、其の魁然たる者なり（有明之時、高季廸・楊孟載・袁海叟・徐幼文、啓秀

於前、顧華玉・徐昌谷・文徵仲、嗣音於後、王元美兄弟出、遂劘中原之壘、而獨建蝥弧。自時厥後、寥落不振者將百載、迨至今日、風雅大興、虞山・婁東・合肥三先生、其魁然者也）。

趙澐の「凡例」によると、顧有孝には本集に先だって『驪珠集』や『百名家英華』の選輯があったとされ、また『明清江蘇文人年表』によると、さらに『唐詩英華』二十二卷（一六五八順治十五年刊。錢謙益の序あり、『有學集』卷十五。一九七三年臺北商務印書館による景印本あり）、『吳江詩略』十卷（一六五九年刊）、『五朝名家七律英華』（一六八七年）などがあったとされる。

趙澐は、字は山子、やはり吳江縣の人、？〜一六七六。一六六六年の擧人。顧有孝のものと同じ一六六七年撰の序文では、明の高棅が『唐詩品彙』で「大家」におすのは杜甫一人に限られることを指摘したあと、三家の現狀とそれへの評價を次のようにのべる。

虞山は往けるも、光燄は人を照らし、學ぶ者仰ぎて北斗と爲す。婁東は林泉に高臥して身は蒼生の望みに係る。廬江（合肥に同じ）は樞要に敭《あ》げ歷《こころ》みられ、道を論じ邦を經《おさ》めるは、所謂る當今の稷・契（先に杜甫がみずからを彼らに比《なぞら》えたことをいう）なるや非《あら》ざるや。（中略）少陵より後、克《よ》く大家と稱する者は三先生に非ざれば其れ誰《た》が與《とも》にか歸せん（虞山往矣、光燄照人、學者仰爲北斗。婁東高臥林泉、身係蒼生之望。廬江敭歷樞要、論道經邦、所謂當今之稷契非耶。（中略）少陵而後、克稱大家者、非三先生、其誰與歸）。

また彼の「凡例」では詩の配列について、「三先生の詩、傳誦に日有り、天下の見んと欲する所の者は其の未刻の新詩なり（不編年。以三先生之詩、傳誦有日、天下所欲見者、其未刻新詩也）」として、編年に竝べず新舊を錯綜させること、「耳目が變換せられて讀者に疲れを忘れしむる（耳目變換、讀者忘疲）」ために分體にしないことを斷るが、現在の我々にははなはだ利用しにくいかたちになっている。また、參訂者は「江左」に限定して載せるとし、確かに各卷四名のそれはそのようになっているが、別に「參閱姓氏」では出身地をとわぬ四百四十六名の一覽もある。「三大家」はともに、明清兩朝に仕えたいわゆる貳臣であるが、その詩鈔の刊行にかかわった編輯者の顧有孝をはじめ、參訂者や題詞撰者に明の遺民が多いという事實とともに興味ぶかい事例である。つまり、これら多數の人々が少なくとも表面上は「三大家」の政治的行爲を容認していたと見なしてさしつかえない、むしろそのことの意思表示であったと考えられるからである。

1　『牧齋詩鈔』　錢謙益の歿後四年めにあたる一六六八康熙七年づけの「錢牧齋先生詩鈔題詞」が、金俊明によって書かれている。金俊明、字は孝章、號は耿菴、蘇州府吳縣の人、一六〇二～一六七五。明の諸生となったが、入清後は遺民をとおした。それには次のようにいう。

嘉（靖）隆（慶）以來、體は凡そ三變し、北地（李夢陽）・濟南（李攀龍）・公安（袁宏道兄弟）・竟陵（鍾惺・譚元春）、迭《たが》いに相い祖述し、今の弊を懲らす者も復た昔の瑕《きず》を蹈み、終久（あげくのはて）の轍を出づること無きは宜《むべ》なり。先生之れが爲に其の是非を剖決し、其の迷謬を指斥して自り、倀倀として瞻（みかた）の惑える子《ひと》を俾《し》て曠《あき》らかなること矇を發《ひら》くが若くせしむ。是《こ》こに於いて人は歸する所を識り、而して詩學は始めて復た天下に明らかなり（嘉隆以來、體凡三變、北地・濟南・公安・竟陵、迭相祖述、懲今弊者復蹈昔瑕、宜終久之無出轍也。自先生爲之剖決其是非、指斥其迷謬、俾倀倀瞻惑之子、曠若發矇。於是人識所歸、而詩學始復明於天下）。

さて、錢謙益の詩は、明末までのものが『初學集』二十卷に千二百五十二首、清以後のものが『有學集』十三卷に九百九十五首收められるが、この詩鈔では、そのうちの全四百九首、うちわけは『初學集』より二百六十九首、『有學集』より百十一首、そして十題二十九首が所屬不明となる。「凡例」に「不編年」「不分體」というとおり、そもそもその配列において、上中下卷とも兩集所收のもののはなはだしく「錯綜」あるいは混在しており、現在の我々が詩人の行跡や心情を時事と對應させて讀もうとするときには、きわめて不便である。それはともかく所屬不明と思われる二十九首のうち、例えば「題顧茂倫像」（巻上）・「代懷長姑婦人二首」（巻中）・「贈佟中丞匯白八首」（巻下）などを見ると、兩集、特に『有學集』に収められなかったものも存在するのではないかという疑問をもつ。また『有學集』所收のものと詩題を異にするものも數首ある。

では編輯者が材料としたテキストはどのようなものであったのだろうか。『初學集』（一六四三崇禎十六年門人瞿式耜刻）はおそらく二十巻にまとまったものを使用したと考えていいだろう。では『有學集』についてはどうか。「凡例」は次のようにのべる。（　）内は『有學集』の巻數と制作時期。

虞山先生の詩、其の初學集中に在る者は論ずる無きのみ。晩年に吟詠益ます工みにして、遺稿に秋槐三集（松村注：巻一、一六四五～四八年。巻二、一六四九・五〇年。巻六、一六五五・五六年）・高會堂（巻七、一六五六年）・夏五（巻三、一六五〇年）等數種有り、四方の未だ見ざる所の者は盡く已に搜葺して編に入る（虞山先生之詩、其在初學集中者無論已。晩年吟詠益工、遺稿有秋槐三集・高會堂・夏五等數種、四方所未見者、盡已搜葺入編）。

つまり『有學集』として集大成されたものによったのではないことが分かる。檢討してみると、巻四・巻五・巻八・巻九・巻十所收のものも見られ、一六六一年から六三年までの巻十一「紅豆三集」、巻十二「東澗上」、巻十三「東澗下」所收のものの詩が見あたらない。

この詩鈔の參訂者は次の十二家である。

「巻上」談允謙、字は長益、鎮江府丹徒縣の人、遺民。嚴拭、字は子張、蘇州府常熟縣の人。方文、明の諸生、遺民。吳之紀、字は小修、號は慷菴、吳江縣の人、一六四九年の進士。

「巻中」季振宜、字は詵兮、號は滄葦、通州泰興縣の人、一六二〇～?。一六四七年進士、官は御史。錢謙益の『杜工部集箋注』にたいする康熙六年撰の序文がある。王揆、004『太倉十子詩選』を參照。張懿、字は洮侯、松江府華亭縣の人。鄒祇謨、006『十名家詩選・二集』の10を參照。

「卷下」張養重、字は虞山、號は柳冠、淮南府山陽縣の人、一六二〇～一六八〇、布衣にして遺民。冒襄、字は辟疆、號は樸菴、通州如皐縣の人、一六一一～一六九三。一六四二崇禎十五年の副榜貢生にして遺民。別莊水繪園にしばしば文人墨客を招いた。かつて同人の投贈した詩文を集めて『同人集』十二卷とし、一六七三康熙十二年に出版した（法式善『陶廬雜錄』卷三）。沈荃、字は貞蕤、號は繹堂、華亭縣の人、一六二四～一六八四。一六五二年進士。侍讀學士、詹事府詹事となり、禮部侍郎を加えられた。周廸吉、字は子淑、蘇州府太倉州の人。

ちなみに『有學集』の刊行は、四部叢刊本が鄒鎡の「康熙甲辰」の識記をもつ序文から、康熙三年であると考えられがちである（例えば袁行雲『清人詩集敍錄』）。この序文のすべて五百十七字のうち末尾六十二字は以下のとおりである。

易簀時、乃以手訂有學集授遵王。余子弟爲及門、故得見而知之、合之而先生之文盡、千古之文亦盡於此。或有執尺寸過求先生。吾所謂不朽者立言耳、他何知焉。康熙甲辰陽月范陽後學鄒鎡序。

ところが一九一〇宣統二年『牧齋全集』所收の邃漢齋排印本には鄒式金の「康熙甲寅」つまり康熙十三年の識記をもつ序文がある。鄒鎡のものと大半は變わらないものの、末尾六十二字の部分に數文字の異同五ヶ所と五十九字の插入がある。

易簀時、乃以手訂有學集授遵王。余子濟爲及門、故得見而知之、合之而先生之文盡、千古之文亦盡於此。或有以字句過求先生者。世祖嘗曰、明臣而不思明者、卽非忠臣。大哉王言、聖朝不以文字錮人久矣。學者覽先生之文、卽當諒先生之志。縱或訾先生之人、不能不服先生之文、吾所謂不朽者立言耳、他何知焉。康熙甲寅陽月梁溪後學鄒式金序。

銭仲聯標校『牧齋有學集』の「出版説明」は、康熙三年の「陽月」つまり十月だと銭謙益が亡くなってわずかに五ヶ月のことであり、刊刻するには早すぎる、というのを理由として、鄒鎡の序は後になって鄒式金の序を改作したのだとする。私も五十九字の插入があるほうが、文章としてつながりがいいように思う。しかし一六八五康熙二十四年、梁溪・金匱山房主人によって刊刻された『銭牧齋先生有學集定本』では鄒鎡の序が冠せられている。鄒鎡なる人物をはじめ、検討すべきことがまだ残っているといえよう。

なお插入部分に引用された世祖すなわち順治帝の言葉、「明の臣にして明を思わざる者は卽わち忠臣に非ず」は、清の朝廷の、漢族士大夫にたいする初期の處しかたの基本原則を示すものとして、記憶しておくべきである。

2　『芝麓詩鈔』　龔鼎孳、字は孝升、號は芝麓、安徽盧州合肥縣の人。明朝の一六三四崇禎七年の進士。兵科給事中となったが、一六四四年三月、李自成反亂軍の京師入城に迎降してその直指使の職を受け、つづく五月、滿洲軍の京師入城にも迎降して吏科給事中を授かり、一六五三順治十年の刑部右侍郎などをへて、一六六四康熙三年には刑部尚書、本集の題文が書かれた一六六八年・五十四歳當時は兵部尚書であって、その翌年には禮部尚書に昇った。

016『皇朝百名家詩選』「龔鼎孳詩選」の「小引」で魏憲は、一六六七年にその詩を「白門金閶の間」つまり南京と蘇州で刻したとのべるが、『定山堂詩集』四十三巻として刊刻されたのは龔氏の死の前年の一六七二年のことであり、約三千七百五十首を収める。本集に収められるのは四百三十九首であるから、その十二パーセント弱ということになる。

この詩鈔の參訂者は次の十二家である。

「巻上」程邑、字は翼蒼、江寧府上元縣籍、安徽徽州府休寧縣の人。一六五二年の進士で、國子助教授となった。宋實潁、字は既庭、蘇州府長洲縣の人、一六二一～一七〇五。愼交社の宗主となり、一六五一年舉人。六一年の江南奏銷案によって剝奪。陳維崧、字は其年、常州府宜興縣の人、一六二五～一六八二。諸生の時代が長く、一六七九年の博學鴻詞科に擧げられた。計東、字は甫草、呉江縣の人、一六二四～一六七五。一六五七年の擧人。しかし六一年、江南奏銷案によって剝奪された。呉江では顧有孝・潘耒・呉兆騫とあわせて「四才子」と目せられたことがある（陳去病「五石脂」）。

「巻中」鄧漢儀、前項『吾炙集』に既出。一六五六年、龔鼎孳の廣東出使に隨行したときの詩集『過嶺集』は、のちに王士禛から激賞された。徐元文、字は公肅、蘇州府崑山縣の人、一六三四～一六九一。一六五九年、進士第一人を賜わる。白夢鼐、字は仲調、江寧府江寧縣の人、?～一六八〇。葉燮、字は星期、呉江縣の人、一六二七～一七〇三。一六七〇年の進士。

「巻下」紀映鍾、字は伯紫、江寧縣の人、一六〇九～?。明の諸生で復社の宗主となり、入清後は貴人と會わなかったが、龔鼎孳とだけは年少からの交際をつづけ、一六六八年當時も京師で生活していた。秦松齡、字は留仙、常州府無錫縣の人、一六三七～一七一四。一六五五年の進士、翰林院に入ったが、六一年、江南奏銷案によって革職。趙開雍、字は五絃、揚州府寶應縣の人。沈攀、字は雲步、呉江縣の人、一六七三年の進士。

3 『梅村詩鈔』 呉偉業は、004『太倉十子詩選』を刊行した明くる一六六一順治十八年、江南奏銷案によって、形のうえでは存在していた職籍も奪われ、以後は處士として各地の旅行を樂しむなどした。本集の題文が書かれた一六六八康熙七年は六十歳であった。その詩集としてはすでに一六六〇年に、『梅村先生詩集』十巻が太倉州學正毛重倬によって付梓された（馮其庸・葉君遠『呉梅村年譜』）。これには錢謙益が、「順治庚子十月朔」の年記をもつ

「梅村先生詩集序」（『有學集』巻十七）を寄せた。しかしこのテキストは現存しないとされ、本集との關係をさぐることはできない。なお本集にはややおくれるかたちで、六八年から『梅村集』四十巻が、太倉十子の顧湄・許旭・周肇・王昊らによって編輯あるいは參與校訂され、六九年五月の盧紘の序文をつけて刊刻にうつされた。

本詩鈔には前の二つの詩鈔と同樣、年代と詩體をとわないかたちで合計三百五十三首が收められる。これは『梅村家藏稿』（一九一一宣統三年刊）所收の全千九十首の約三分の一ということになるが、實はこのうちの二十五首は『家藏稿』に收録されておらず、『家藏稿』を底本として最近刊行された『吳梅村全集』（一九九〇年・上海古籍出版社刊）では「補遺」「輯佚」として列擧されている。

さて本詩鈔の巻頭には、「門人」計東の「康熙六年冬杪」の「吳梅村先生詩鈔題詞」が冠せられている。この題詞の前半で計東は、錢謙益が「梅村先生詩集序」で「梅村の詩は、殆んど學ぶ可くも能くする可からず、而も又た以って學ばずして能くするとす可き者に非ざるなり（梅村之詩、殆可學而不可能、而又非可以不學而能者也）」とのべるのを、吳偉業の詩を「才と法の間においても亦た微なるを論ぜし（論先生之詩于才與法之間亦微矣）」ものであると指摘する。またその後半では、錢謙益が「詩集序」と同じ年に吳偉業におくった「與吳梅村書」で、

> 精求於韓杜二家、吸取其神髓、而佽助之眉山劍南、斷斷乎不能窺其籬落、識其阡陌也（韓（愈）杜（甫）二家を精求して、其の神髓を吸取す。而して之れを眉山（蘇軾）劍南（陸游）に佽助するは、斷斷乎として其の籬落を窺い其の阡陌を識る能わざるなり）。

とのべているとして、錢謙益の晩年の詩が「眉山・劍南の間に心慕手追」しておりながら「顧《かえ》って先生の詩の此くの如きなるを稱述」するのは、「自ら遜りて如かざると爲すこと知る可し（夫虞山暮年之詩、心慕手追于眉山・劍南之間、顧稱述先生詩如此、則自遜爲不如可知）」という。しかしここにはおそらくテキストの異同による計東の

誤解がある。金匱本『有學集』所收の「與呉梅村書」（前掲の『呉梅村全集』巻三十九による）では次のように作るからである。

非精求於韓杜二家、吸取其神髓、而佽助之以眉山劍南、斷斷乎不能窺其籬落、識其阡陌也（韓・杜二家を精求して、其の神髓を吸取し、而して之れを佽助するに眉山・劍南を以ってするに非ざれば、斷斷乎として其の籬落を窺い、其の阡陌を識る能わざるなり）。

この詩鈔の參訂者は次の十二家である。

「巻上」施閏章、字は尙白、安徽宣城縣の人、006『十名家詩選・二集』參照。呉偉業の京師における祕書院・國子監時代からの友人である。呉綺、字は園次、揚州府江都縣の人、一六一九～一六九四。一六五二順治九年貢生、五四年中書舍人を授けられ、明の楊繼盛の故事を戯曲化した「忠愍記」が順治帝に認められ、五八年兵部主事に拔擢、六六康熙五年には浙江湖州知府となった。呉偉業は彼を「小友」「家薗次」などと呼び、湖州へも來遊した。『宋金元詩永』十八巻の編輯（一六七八年序刋）がある。蔣超、字は虎臣、鎭江府金壇縣の人、一六二五～一六七三。一六四七順治四年の進士、一六六七康熙六年に弘文院修撰から順天府學政に異動した。その『綏菴詩稿』は呉偉業から稱賞された。兪南史、字は無殊、本集編輯者の顧有孝と同里、すなわち呉江縣の人で、おなじく明の遺民。

「巻中」余懷、字は澹心、本貫は福建興化府莆田縣の人だが、三十歳未滿で籍を江寧府江寧縣に移し、明の遺民をとおした。一六一六～一六九五。太倉をしばしば訪れ、呉偉業から著書『三呉遊覽志』一巻の序文を寄せられ、あるいは『板橋雜記』三巻をほめる詩を贈られた。岩城秀夫譯『板橋雜記』（平凡社・東洋文庫一九六四年刋）の解說を參照。金俊明、本集「錢牧齋先生詩鈔題詞」に既述。董黄、字は得仲、あるいは律始、松江府華亭縣、あるいは青浦縣の人、一六一六～?。陳啓源、字は長發、編輯者と同里の吳江縣の人、?～一六八九。晚年に『毛詩稽古編』三十卷を完成させた。

「卷下」顧宸、字は修遠、常州府無錫縣の人、一六〇七～一六七四。一六三八崇禎十一年の「留都防亂公揭」に名をつらね、三九年に擧人となった。錢謙益の絳雲樓と竝稱される藏書家で、入淸後は遺民をとおしつつ、『宋文選』三十卷の編輯や『杜詩注解』十七卷の著作をおこなった。葉方藹、字は子吉、蘇州府崑山縣の人、一六二九～一六八二。一六五九順治十六年に進士となり、翰林院編修を授けられ、最後は刑部右侍郎にまで昇った。湯調鼎、字は右君、淮安府淸河縣の人。一六四七順治四年、淸朝第二回會試の進士。吳兆寬、字は弘人、吳江縣の人。一六四九年に結成の「愼交社」に、弟の吳兆騫らとともに加わった。

以上は京大文學部に藏せられる二本のうち「桐葉山房藏板」によった。他の一本は顧有孝と趙澐の兩序のみで、盧紘の「題」文、「凡例」「參閱姓氏」、錢謙益と吳偉業の「詩鈔題詞」を缺く。國會圖書館および內閣文庫にも藏せられる。なお一九七三年臺北市の廣文書局から印行されたものは、「芝麓詩鈔」と「梅村詩鈔」の順序が逆になっている。

009　詩藏初集　十六卷、趙炎（趙濳）輯、一六七二康熙十一年序刋。

封面は、中央に「詩藏初集」とかかげ、右上に「閩中趙雙白輯定」、左下に「雲間梓行」とする。しかし各卷の標記は「蓴閣詩藏」である。

編者は趙炎と自署し、字は二火。これは初めの名・字で、のちの總集では、名は趙濳、字は雙白とするのが一般的である。號は蓴客。福建漳州府漳浦縣の人。沈荃の序文の年記は一六七二康熙十一年の季冬である。この年の秋に沈荃が翰林院侍講として浙江郷試考官の役を終えて歸る途中、郷里の江蘇松江府華亭縣に立寄ったところ、趙炎から「詩を投じて訪ね見れ《ら》、選ぶ所の詩藏を以って序を索められた（二火投詩見訪、以所選詩藏索序）」のであった。沈荃は字は貞蕤、號は繹堂、一六五二順治九年一甲の進士である。

趙炎（趙潛）の經歴については、沈序と、趙炎じしんの「徵選今詩藏引」に記される以外では、073『國朝全閩詩錄』初集巻一に「順治初の廩生」とある程度にしか分からない。すなわち趙引では、兵火のなかをひとりさまよい歩いて、「梗（でく）を吳中（江蘇蘇州府吳縣）に泛《う》かべて、徒らに舂《うすづ》きを皐廡（田舍家の軒）に賃《やと》われ、蓴（じゅんさい）を泖上（華亭縣）に採りて、曾て字を雲の亭に問う（泛梗吳中、徒賃舂於皐廡、採蓴泖上、曾問字於雲亭）」とするのを、沈序はもうすこし具體的にのべる。「宋觀察荔裳、吳中自《よ》り來たり津津として趙子二火の詩を稱して置かず、且つ、二火は閩の高士なりと曰う。而して吳に遊びては吳梅村太史と忘年の交りを訂《さだ》むること邇《ちか》く固くして、雲間（松江）に僑寓せり（宋觀察荔裳、自吳中來、津津稱趙子二火詩不置、且曰、二火閩高士也。而遊於吳、與吳梅村太史訂忘年交邇固、僑寓雲間矣）」。

宋琬（字は玉叔、號は荔裳）は一六六一年・四十八歲に浙江按察使となるが、山東登州の于七の亂に加擔したかどで翌年には逮捕下獄、六四年に釋放され、『明清江蘇文人年表』によると、このあとすぐ蘇州に僑寓、さらに六八年から七〇年までは松江に僑寓した。沈荃が宋琬から趙炎の評判を聞いたのはこの時のことであろう。また『吳梅村年譜』によると、吳偉業が蘇州に出かけたのは六九年四月ごろと七〇年春の二度あり、趙炎と面會したのはそのいずれか、おそらく前者においてであろう。そのあと趙炎は松江に移居。『吳梅村年譜』は嘉慶『松江府志』寓賢傳に「趙潛（中略）康熙間に松に至り、一の廛《やしき》を笏溪の上《ほとり》に僦《か》る。吳祭酒偉業嘗て之れを僻巷衡門に訪ね、二簋（祭事の器）用って享《すす》め、歡を結びて去る（趙潛……康熙間至松、僦一廛於笏溪之上。吳祭酒偉業嘗訪之僻巷衡門、二簋用享、結歡而去）」とあるのを、とりあえず一六六六年の項に置くが、あと數年おくらせるべきであろう。同年譜はまた、七一年春に吳偉業が趙潛と魏憲（趙氏の同郷人、016『皇朝百名家詩選』の編者）の訪問をうけ詩を贈られた、とする（同年十二月呉偉業死去）。

詩の、近い歴史と當時の作風については、沈序・趙引とも、唐詩からただちに明の前後の古文辭につなげ、その後には、前項『江左三大家詩鈔』で見たような一種新しい動きを感知することはしないかに思われる。すなわち、まず趙引では「聲敎」を冒頭にかかげ、唐では「靑蓮（李白）の俊逸」「子美（杜甫）の沈雄」のあと「中晩以來、頽靡日に甚だし」としたあとに、ただちに明にくだって次のようにのべる。

惟だ前七子の弘（治）正（德）に起こりて、空同（李夢陽）大復（何景明）、天は高山を作《う》み（『毛詩』周頌「天作」の語）、幷せて後七子の嘉（靖）隆（慶）自り振るい、滄溟（李攀龍）弇州（王世貞）、人は學海を欽《つつ》しみ、此れ誠に東壁（文章を主る星）の間、氣鬱《あつま》りて北斗の宏聲と爲る（惟前七子之起於弘正、空同・大復、天作高山、幷後七子之振自嘉隆、滄溟・弇州、人欽學海、此誠東壁之間、氣鬱爲北斗之宏聲）。

また沈序は、現今の作風についてより詳しくのべる。

蓋し詩敎、今日に至りて極盛と稱するなり。北地（李夢陽）信陽（何景明）歴下（李攀龍）婁東（王世貞）振るい起ちしの後自《よ》り、竟陵（鍾惺・譚元春）之れを易うるに眞率を以ってせんと欲するも、而るに人は輒わち之れを排す。今の作者、樂府古體に於ては魏晉を宗とし、近體に於ては盛唐を宗とし、萬派の歸墟（渤海の東の底なしの谷）、學海は洋洋たり。然れども天分造詣は自ずから強くす可からず、今卽《も》し當世の名流大家を擧ぐれば、或いは徐（陵）庾（信）を法とする有るも靡に過ぎ、陶（潛）韋（應物）に擬えんも傔（淺薄なこと）に近く、杜陵を規模とするも矜厲（やけに嚴かぶること）太だ過ぐる者、無からずんばあらず（蓋詩敎至今日稱極盛也。自北地・信陽・歴下・婁東振起之後、竟陵欲易之以眞率、而人輒排之。今之作者、於樂府古體宗魏晉、於近體宗盛唐、萬派歸墟、學海洋洋矣。然天分造詣自不可強、今卽擧當世之名流大家、或有法徐庾而過於靡、擬陶韋而近於傔、規模杜陵而不無矜厲太過者）。

前述のように沈荃の序文は一六七二年撰であるが、所收の詩には、もっとも新しいもので七言律巻一・王永譽の「己未仲夏」云々の詩、すなわち一六七九年作がある。また、例えば杜濬において五言律巻二に四題五首をのせるのにつづいて五言律巻六でも「再見」として二題三首「壬子（一六七二年）四日飲蓴客齋」「雲間逢初度二火置酒草堂感賦（二首）」をのせるように、成書の過程で增刻、それも往々にして趙炎じしんにかかわる詩の追加がおこなわれている。

本集は詩體別に構成され、五言古二巻、五言律八巻、七言古二巻、七言律四巻である。收録の詩人は四百二十九家、詩は二千五百七十三題三千百四首、平均して一家につき七首強となる。收録数の比較的多い詩人について見ておこう。年齢は一六七二年の時點のものである。

まず前項「江左三大家」について。銭謙益は死後八年になるがその詩十八首はすべて『江左三大家詩鈔』のうちの、それも『初學集』所收のものに限られる。その小傳で「秋槐・高會・夏五諸集」を擧げるものの『詩鈔』からの引きうつしで、原書を見たうえでの選擇でないことは明らかである。呉偉業は死後一年、小傳では「梅邨詩集」を擧げ、三十七題五十首。一首を除き『呉梅村全集』に見え、『江左三大家詩鈔』とは有無あい半ばする。その一首とは五言律「贈趙雙白（題注）時流寓雲間」で、『全集』の「補遺」「輯佚」にも見えない。龔鼎孳は五十八歳、三十四題五十五首である。

次に、本集では各巻四人、あわせて六十四家が參定にあたっているが、前掲の杜濬「壬子」の作をのせる五言律巻六を參定した宋琬（二十九題三十九首）は、前々年に松江を離れ、この年（五十九歳）には四川按察使となっていたことからも分かるように、參定の實務のほどは疑わしく、ほとんど輯者趙炎の友人としての顔見せの意味しかもたないとおもわれる。ほかに、施閏章（安徽の人）五十五歳は二十四題二十五首。曹爾堪（浙江の人）五十六歳、二十五題三十七首。傅爲霖（福建泉州府南安縣の人、生卒年未詳）四十六題六十一首。杜濬（南京に移住）六十三歳、八題十二首。汪琬（江蘇蘇州府長洲縣の人）四十九歳、十六題十八首。徐乾學（蘇州府崑山縣の人）四十二歳、六首、などである。

本集は地方的色彩がつよく、松江を中心とする江南に居住し、あるいは出入りする詩人たちによって應酬された詩を多く収める。また個人的色彩もつよく、趙炎じしんにかかわるものを九十八首もおさめる。例えば呉懋謙（字は六益、松江府華亭縣の人、生卒年未詳）四十三題四十九首中に七言律「題西村趙雙白蓴廬」など三首を収める。例外としては王士禛三十九歳の十三題十七首のうち、一六五七順治十四年作の七言律「秋柳四首」のうち「東風作絮糝春衣」云々と「秋來何處最銷魂」云々の二首が見えることで、この詩が歌われるとただちに江南にまで傳わったとされることの、評判の一端を示しているといえよう。

本集は清初の總集としては質量ともにかなりまとまったものであり、二帙十冊の美しい書物であるにもかかわらず、『四庫提要』や禁燬書目にも、あるいは『清史稿』藝文志やその『補編』にも見えない。京大文學部に藏せられる。

010　本事詩　十二巻、徐釚輯。一六七二康熙十一年略例刊。

全十二巻のうち前六巻を「前集」として明人にあて、後六巻、つまり巻七以降を「後集」として清人にあてる。清人は合計百二十一家を収める。徐釚、字は電發、號は虹亭など、晩號は楓江漁父。江蘇蘇州府呉江縣の人。一六三六～一七〇八。

徐釚は本集の「畧例」の後尾に、「康熙十一年臘月」「菊莊之香雪窩」つまり一六七二年十二月、つまり郷里呉江の書室において、とする。三十七歳のことであった。「畧例」の第一條には本集を編輯するに至った經緯を次のようにのべる。

己酉・庚戌間（一六六九・七〇）、余は燕・齊に客たりて、塵土は面《かお》に滿ち、跰跹として（だらだらと）酒を縱いままにし、頽然自放たり。辛亥（一六七一）歸りて菊莊に憇い、夏六月暑さ甚だしく、竹林に坐臥して曩《さき》の日を廻思し、伯紫（紀映鍾、本集卷八所錄）方虎（徐倬、同卷九）諸君と旗亭に倡和し、恍惚として夢の如し。偶たま編輯有り、明初自り昉《はじ》めて國朝諸家の詩歌に曁び、其の事に徵述するに足る者有れば、萃めて一編と爲し、之れを名づけて本事詩と曰う（己酉庚戌間、余客燕齊、塵土滿面、跰跹縱酒、頽然自放。辛亥歸憇菊莊、夏六月暑甚、坐臥竹林、廻思曩日、與伯紫・方虎・諸君、旗亭倡和、恍惚如夢。偶有編輯、昉自明初、曁國朝諸家詩歌、其事有足徵述者、萃爲一編、名之曰本事詩）。

またその第十一條には「兩月の內に便わち殺青せんと（書きあげようと）擬《ほっ》す（兩月之內、便擬殺青）」と記す。もっとも、同じ著者の『詞苑叢談』卷九には、この年「壬子の季夏、余、京師に客たり」とものべるが、意に滿たずしてただちに歸鄉したらしい。そのご國子監生として北京にあったとき禮部尙書の龔鼎孳に認められ、一六七九康熙十八年には戶部尙書梁清標の推擧によって博學宏詞試に合格し、翰林院檢討を授けられ、『明史』編纂に參加した。この年、王士禛は翰林院侍讀であり、朱彝尊（字は錫鬯、號は竹垞、浙江嘉興府秀水縣の人、一六二九～一七〇九）は宏博の同年であった。一六八六年に罷免されて歸鄉、以後は家居を通した。

さて、唐・孟棨の『本事詩』一卷は、ほとんどが唐の詩人について「皆な歷代詞人の緣情の作を採りて、其の本事を敍べた（皆採歷代詞人緣情之作、敍其本事）」（『四庫提要』卷百九十五・集部・詩文評類）ものであるが、そのあとを續けた本集も、もとよりその傾向を濃厚にもつ。それを「畧例」の類別で示すと次のようになる。

宮掖。香奩。寵姬愛妾。游仙諸女。幽期冥感之事。青樓狹斜之倡。歌童。敎師樂工。詩人逸事。（このうち「詩人逸事」については「諸家の詩話」や『列朝詩集小傳』によったことを明記する）。

淸詩の部分を通覽してみると、たとえば秦淮の妓女や說書家柳敬亭にかかわる詩歌がめだつ。しかして、このような

「縁情の作」を代表すると考えられたのが、明人では楊維楨であり、清人では錢謙益であって、それぞれその朝代の巻頭、巻一と巻七に置かれる。そのことの確認は、徐釚の自序では「遠くは玉山堂上の人を傳え、閒《しず》かに鐵笛を吹き、近くは紅豆莊前の叟に接《つな》ぎて、坐《そぞ》ろに銀箏を愛す（自注）鐵崖・蒙叟を謂う（遠傳玉山堂上之人、閒吹鐵笛、近接紅豆莊前之叟、坐愛銀箏。（自注）謂鐵崖蒙叟）」となされ、また尤侗の序でも「鐵崖自《よ》り昉《はじ》めて降《くだ》り、蒙叟從《よ》り斷ちて以って還《くだ》る（昉自鐵崖而降、斷從蒙叟以還）」となされる。尤侗は、字は展成、號は悔菴、蘇州府長洲縣の人、一六一八～一七〇四。

本集は一六七二康熙十一年十二月に擱筆されてのちただちに出版にうつされたのではなく、手抄のまま一七〇四康熙四十三年まで止めおかれたものとおもわれる。一七五七乾隆二十二年重校本の各巻目錄の冒頭には「漁洋山人王士禛論定」（ただし「禛」の字は□空格）と表記するが、その間の消息を三種の資料、つまり「阮亭先生手劄」三首、および一七〇四年の呉中立の序文と、一七五七年の徐大椿の識語とによって、次のように解釋することができる。

まず王士禛の書簡第一首では、「前集」つまり明人の部の所收に「小説に類する者有り、恐らくは大雅を妨げん。稍《や》稍《や》刪削して輒わち僣《ふみこ》えて拈出するは當有るや否やを知らず（第前集中所收有類小說者、恐妨大雅。稍稍刪削、輒僣拈出、不知有當否）」と、勝手な削除の了解をもとめるものである。ついで第二首には「庚辰九月望前」、つまり一七〇〇康熙三十九年の年記があって、『本事詩』について「久應鋟梓、佇望見示」と記すが、これは、出版されないまま長い時間がたっているが、その姿を早く見せていただきたいものだ、という意味であろう。さらに第三首は出版も終わりのころのものであるらしく次のような文言がみえる。

> 本事詩得呉世兄表章鐫梓、欣慰無量、但此書本出虹亭數十年苦心撰者、不佞安敢掠美、得附名參訂足矣。小序、俟書成寄、到時屬筆、幸早郵示（本事詩は、先代からの知人である呉氏が出版して世に出そうということになり、喜びもひとしおです。もっともこの書物はほんらい虹亭（あなた）が數十年も苦心して著わしたものなのですから、私などがその手柄を

横取りしようとは思いません。參訂というように名まえを付けたしていただければ十分です。私の序文は書物が出來しだいお送りしましょう。その時には筆を執りますので、どうか早めに郵便でお知らせ願います）。

この書簡にある「吳世兄」なる人物が第二の資料の作者吳中立である。「長白山樵」と稱するから、新城出身の王士禛にたいして、おなじ山東濟南府下の鄒平縣の人であろう。その「康熙四十三年甲申中元日」に書かれた文章が、おそらくは『本事詩』の初刻本の序文であったと思われるが、そのなかでまず「本事詩は楓江漁父の手編、漁洋山人阮亭王先生の論定する所なり（本事詩楓江漁父手編、漁洋山人阮亭王先生所論定也）」としたあと、吳氏が所用で濟南に赴いたついでに新城に王先生を訪ねたことをいう。伊丕聰『王漁洋先生年譜』（一九八九年山東大學出版社刊）によると、王士禛は康熙三十八年十一月いらい康熙四十三年九月まで刑部尙書の任にあり、墓參で歸鄉したのは康熙四十年三月から五月のあいだしかない。さて王氏は書架から一編の書をとりだし吳氏に示して、「此れは余の老門人たる徐檢討電發の鈔撮なり。三十年前、余曾て之れの與《ため》に決擇詮次す（此余老門人徐檢討電發鈔撮。三十年前、余曾與之決擇詮次）」とのべた。徐釚「畧例」の康熙十一年から漁洋墓參の同四十年までは二十九年である。しかし、と王氏はいう。「惜しむらくは未だ鋟梓せず、幾んど蠹魚の腹を飽かしむるのみ（惜未鋟梓、幾飽蠹魚之腹）」と。かくして吳氏は「先生の命を承け、爲に校讐するを請い、之れを剞劂氏に授く（承先生命、請爲校讐、授之剞劂氏）」。ちなみに『明淸江蘇文人年表』は民國・甘鵬雲『崇雅堂書錄』によって本集の出版を一六八三康熙二十二年のこととするが、右のような具體的な記述にはかなうまい。

第三の資料は一七五七乾隆二十二年の重校刊本にたいして、孫の徐大椿（字は靈胎、一六九三〜一七七一）が記した書後の文章である。そこでは吳中立が蘇州に來て本集の出版をおこなったものの、版木をかかえて北に歸り、あるいは揚州に寄寓するうちに散失してしまい、「求むる者甚だ衆《おお》きも、書は復た得可からず（求者甚衆、而書不可復得矣）」となった旨をのべる。

一七八八乾隆五十三年官撰の『禁燬書目』「軍機處奏准抽燬書目」には本集を取りあげて、「此の詩を査《しら》ぶるに係《こ》れは國朝康熙中、編修徐釚の輯《あつ》むる所なり。雍正初、李本宣重ねて訂刊を爲す。其の書は乃わち明初以來の香奩體各詩を裒集す。蓋し玉臺新詠に仿いて作り、録する所は皆な綺羅脂粉の詞なり。査べて違礙無く、應に庸《もっ》て銷燬すること毋きを請うべし（査此詩係國朝康熙中、編修徐釚所輯。雍正初、李本宣重爲訂刊。其書乃裒集明初以來香奩體各詩。蓋仿玉臺新詠而作、所録皆綺羅脂粉之詞。查無違礙、應請毋庸銷燬）」云々とあり、康熙四十三年序刊本と乾隆二十二年重校刊本とのあいだに雍正初め（元年は一七二三）の刊本が存在したことが分かる。李本宣については未詳。

本集にはいくつかの話柄がのこる。例えば清末の何紹基（一七九九～一八七三）の『東洲草堂文鈔』巻十二「跋徐虹亭楓江漁父圖册」は、おそらくは初刻のときのことであろうが、朱彝尊が徐釚に詩を贈って「不應尙戀閒釵釧、棗木流傳本事詩（應に尙お戀うべからず閒釵釧、棗木流傳す本事詩）」と諷したことを傳え、「蓋し竹垞は詩詞の外に于いて經史の著撰に甚だ勤むるに、虹亭は惟だ詩詞を以ってのみ娯しむと爲す。故に竹垞は之れを規《ただ》すこと此くの如し（蓋竹垞于詩詞外、經史著撰甚勤、而虹亭惟以詩詞爲娯。故竹垞規之如此）」と解する。また同じ文で、「海外に流傳し、朝鮮貢使仇元吉、金餠を以って購去し、且つ詩を貽《おく》って云わく、北宋の風流 何れの處か是れなる、一聲の鐵笛 相思を起こす、となり（流傳海外、朝鮮貢使仇元吉以金餠購去、且貽詩云、北宋風流何處是、一聲鐵笛起相思也）」とも傳えるのは、044『國朝詩別裁集』巻十二・徐釚の小傳で「晩歳本事詩を成し、遠地より 搆［ママ］求されて、洛陽紙貴《たか》きに比《なぞら》えらる（晩歳成本事詩、遠地 搆［ママ］求、比於洛陽紙貴）」とするのと同根であろう。

康熙四十三年序刊本の所在は不明。乾隆二十二年重校刊本は京大文學部の所藏。尤序、自序、阮亭手劄、畧例についで各巻目録では「漁洋山人王士□（空格）論定」とし、各巻本文の冒頭に「楓江漁父徐釚編輯」とあり、次に「同學諸子同考」とするが、巻二のみは「桐郷汪肯堂重校刊」、また巻七のみは「孫大椿重校」とする。最後に徐大椿の書後がある。杜松柏主編『清詩話訪佚初編』（一九八七年臺灣・新文豐出版公司刊）第一册所收のものはこのテキストの景印だが、各巻目録を抽出して前頭にまとめている。光緒十四（一八八八）年刊本は京大東アジアセンターの所藏、『邵武徐氏叢書二集』所收。冒頭に呉中立の序を配し、ついで尤序、自序、阮亭手劄、略例についで各巻目録の「漁洋山人王士□（空格）論定」はなく、各巻本文の冒頭は「呉江徐釚電發編輯」と「邵武徐幹小勿校刊」を竝列する。最後に徐大椿の書後を「舊跋」とし、徐幹の「光緒戊子四月」の年記のある「跋」を附す。

011　天下名家詩観　鄧漢儀選評。初集十二巻・一六七二康熙十一年序刊。二集十四巻・一六七八年刊。三集十三巻・一六八九年刊。閏集一巻。

鄧漢儀、字は孝威、また舊山。もとは河南南陽府の人だが先世より江蘇揚州府泰州に移った。一六一七～一六八九。鄧漢儀について、後世の文選樓主・阮元はその070『淮海英靈集』のなかで、「太倉の呉梅村と風雅を主盟すること數十年（與太倉呉梅村、主盟風雅者數十年）」（丁集巻二）と記す。同郷人にたいする身びいきがあるとしても、鄧漢儀が布衣の身で明末清初の著名な文人と交流をもったことは、錢謙益の007『吾炙集』にその詩が採録され、008「江左三大家」のうちの龔鼎孳の詩鈔を參訂している事實などからもうかがいしれよう。

「天下名家詩観」なる書名は初集各巻の目録前頭に掲げられた標題であるが、初集の自序では「十五國名家詩観」と銘うつ。これが『詩經』の十五國風にもとづくものであることは、いうまでもない。また「詩観」なる語が、『禮記』王制篇の「太師　詩を陳《と》り、以って民風を観る（太師陳詩、以観民風）」によることも、いうまでもない。その「凡例」で

「温柔敦厚は詩の教えなり（温柔敦厚詩教也）」と、やはり『禮記』經解篇の語にもとづくのと考えあわせて、本集が、傳統的に『詩經』にくだされた文學的效用の原理に回歸しようとする意圖をもっていることは明白である。この意圖は、002『詩源初集』をひきつぎ、さらにこの後に編輯される清詩總集のほとんど全てに流れるものである。それに反して、この原理にもとるものとして意識されたのが明末の「細弱」（「凡例」での指摘）なる竟陵派主觀主義の餘燼であるが、この竟陵派にたいする意識は、顧炎武（字は寧人、江蘇蘇州府崑山縣の人、一六一三～一六八二）が「公然と名教を棄てて顧みず（公然棄名教而不顧）」（『日知錄』巻十八「鍾惺」の條）と批難し、朱彝尊が弱冠にして「亡國の音のみ（亡國之音爾）」（『曝書亭集』巻三十六「荇谿詩集序」）と危惧した言辭と揆を一にする。

さて、詩經精神への回歸をものがたる言葉の一つに「關係」という語がある。この語は、先んじては王世貞が『藝苑卮言』巻一冒頭で「關係を語る」ものとして魏文帝、鍾嶸、沈約、李夢陽の言辭を引用するところに見え、おくれては沈德潛が044『國朝詩別裁集』（自定本）の「凡例」で「詩は必らず本《もと》を性情に原《もと》づけ、人倫日用、及び古今の成敗興壞の故に關わる者にして方《はじ》めて存す可きと爲す。所謂る其の言に物有るなり。若し一たび關係無くんば徒らに浮華を辦《な》すのみ（詩必原本性情、關乎人倫日用、及古今成敗興壞之故者、方爲可存。所謂其言有物也。若一無關係、徒辦浮華）」と言うところのものである。しかして鄧漢儀は本集所錄の詩につけた批評のなかで、例えば初集巻一・錢謙益「楊龍友畫册歌」には「馬上生の論を借りて却って許《か》くも大いなる關係を說き出だし、一代興亡の事跡の胸中に盤結するを想う（借馬上生論、却說出許大關係、想一代興亡事跡、盤結胸中）」、二集巻四・潘陸「劍津」には「詩に關係有り（詩有關係）」などと記す。ちなみに「關係」なる語と直接に結びつくとはいえまいが、鄧氏の批評が比較の基準としてあげるのは、ほとんどが杜甫、岑參など盛唐の詩であり、時として李夢陽が用いられる。明代古文辭派の流れは依然として命脈をたもっているのである。

ところで初集自序は一六七二康熙十一年秋の撰である。そこで鄧漢儀は約三十年にわたる歴史と文學、そしてみずからの遍歴を、あらかた次のようにのべる。

國家と社會の激變と混亂が、清朝政權によって「太平」へと終熄した。その間、詩歌では「憂生憫俗・感遇頌徳の篇、雜然として作《おこ》る（憂生憫俗、感遇頌德之篇、雜然而作）」。しかし選集の編輯においては、「家國を鋪陳し、君父に流連する（涙をながす）の指（おもむき）に于《お》いては、蓋し或いは闕けたり（于鋪陳家國、流連君父之指、蓋或闕焉）」。その時代に私は北は燕幷（河北北部と山西北部）へ至り、南は楚粤（湖南湖北と廣東廣西）へ出かけ、その中間では齊魯（山東）宋趙（河南東部と山西）宛雒（河南の南陽と洛陽）の廢墟を旅した。各地で「時の賢人君子と詩學を論說すること最も詳しく（其與時之賢人君子論說詩學最詳）」、そのときに拜受した詩稿が箱笥に盈ちたので、それらを編輯することによって、昔、吳の季札が「古えの帝王より以って列國に及ぶの聲詩を論斷した（論斷古帝王以及列國之聲詩）」例にならおうとするものである。

また同じ年の冬に「凡例」十三則が「愼墨堂」で書かれた。おそらく泰州の書室であろうが、「溫柔敦厚は詩の敎えなり。坐（同座の人々）を罵るは非なり、時を傷つくるは尤も非なり（溫柔敦厚詩敎也。罵坐非、傷時尤非）」とする。その「凡例」では、最初に、明末清初の文學情況を次のように記す。

詩道は今日に至りて亦た極變せり。此れに首《さき》んじて竟陵は七子の偏るを矯めて細弱と流れ爲す。華亭（陳子龍）出でて壯麗を以って之れを矯む。然れども近く吳越の間に作者林立するを觀るに、衣冠盛んなるも性情衰うること無くんばあらず。盈尺の書を循覽するも畧ぼ精警の句無し。……或いは又た之れを矯むるに長慶（白居易）を以ってし、劍南（陸游）を以ってし、眉山（蘇軾）を以ってし、甚だしきは起ちて竟陵の已に熸《き》えし焰を噓《ふ》かんとす。枉《ま》がれるを矯めんとして正しきを失い、乃わち偏ること無からんか（詩道至今日亦極變矣。首此竟陵矯七子之偏、而流

爲細弱。華亭出而以壯麗矯之。然近觀吳越之間、作者林立、不無衣冠盛而性情衰。循覽盈尺之書、罕無精警之句。……或又矯之以長慶、以劍南、以眉山、甚者起而噓竟陵已熸之焰、矯枉失正、無乃偏乎）。

ついでは、本集成書の經緯について、一六七〇年より二年をかけたこと、その間、家居して「同人」の詩稿を評次するかたわら、七一年には久しく「維揚」すなわち揚州に滯在して新たに詩稿を授與され、あるいは郵送されたこと、「邗」すなわち江都縣（揚州の府治）ではいくたりかの詩人からじかに校訂を得たこと、などを記す。またその編輯方針については、「同人を仕と隱とに分かたず（同人不分仕隱）」とする。のちに沈德潛は仕を044『國朝詩別裁集』へ、隱を『明詩別裁集』へと截然と分けたうえで、本集について「未だ酬應を脱せず」（未脱酬應。『國朝詩別裁集』卷十二鄧漢儀）と評する。いわゆる故舊の書ということになる。しかし、鄧氏の交友の廣さゆえに、「選數に多寡あり（選數多寡）」とはいえ、卷一の錢謙益・吳偉業・周亮工・杜濬・孫枝蔚（字は豹人、陝西西安府三原縣の人、一六二〇〜一六八七）、卷二の龔鼎孳など、清初を代表する詩人はほとんど採られており、またその文學理念のゆえに、國家や社會をうつした歌行體の詩も意識的に載せられている。

「凡例」の最後にはこの事業にかかわった協力者をリストアップする。まず揚州での主導者として兩淮鹽運使の何林（字は雲壑、直隸順天府宛平縣の人、卷四所收）、孫蕙（字は樹百、山東濟南府淄川縣の人、卷六。ちなみに蒲松齡と親交があった）など三氏。相談役として宮偉鏐（字は紫陽、泰州の人、卷八）、宗元鼎（字は梅岑、江都縣の人、卷七）など五氏。贊助者として黃雲（字は仙堂、泰州の人、卷二）、江闓（字は辰六、貴州貴陽府の人、卷九）など九氏。江都縣での校訂者として杜濬、孫枝蔚、計東（卷八）、趙澐（卷十）、宋實穎（卷十）、彭始奮（字は中郎、河南南陽府鄧州の人、卷四）、魏禧（字は永叔、江西寧都直隸州の人、卷十一）、朱彝尊（卷十一）など十氏。多額捐金者として黃九河（字は天濤、泰州の人、卷一）など三氏。かくして初集は十二卷のうちに六百四十九家を收錄する。

『詩觀二集』の自序は一六七八康熙十七年秋に廣陵、すなわち江都縣の「昭明文選樓」（あるいは「古文選樓」）で書かれている。揚州には昭明太子蕭統が讀書をしたと傳えられる場所があり、また隋の曹憲が『文選』を講じた建物を文選樓と命名したとされる。鄧漢儀の書室はそれにちなみつつ、本集選評の意氣ごみをあらわしたものであろう。編輯を始めた一六七四年春は平西王呉三桂らの三藩の亂がおこった數ヶ月後のことで、揚州でも士女が江上を逃げまどうありさまであった。しかし二年後からは政府軍の捷報が、陝西・甘肅、福建・浙江、そして江西と廣東などから、鄧氏の耳にも傳わってきた。七八年正月には、翌年の三月を期して『明史』纂修のために博學鴻詞科を開くむねの詔敕がくだされ、鄧氏も、推擧された百四十三人のうちの一人に數えられていた。二集は、初集との重收を含みつつ、十四卷のうちに七百九十八家を收録する。

『詩觀三集』の自序は一六八九康熙二十八年春に「愼墨堂」で書かれている。七九年の博學鴻詞科では五十人の選からはもれたが、老齢のため特別に內閣中書を授けられ、歸鄉を許された。このとき都に集まった「鴻才博學の儒」との交流が本集に新たな要素を加え、清詩が「漢魏四唐を繼いで起こる」ことを表明せしめるに至った。かくして三集は、八四年から五年間の歲月をかけて編輯されたが、翌九〇年冬の張潮（安徽新安の人）の「序」は、實は「選事の未だ竣わらざるうちに（選事未竣）」鄧氏が亡くなったことを惜しむ。三集は十三卷のうちに初集・二集との重複を含んで四百八十家、閨集一卷に十三家を收録する。

『四庫全書提要』卷百九十四・集部・總集類存目四は、第二集のみを對象とし、「詩觀十四卷、別集二卷（內府藏本）

別集則閨閣詩也」とする。法式善（一七五三〜一八一三）『陶廬雜錄』巻三も「凡三集」のうち「二集十四巻、別集二巻」と記す。また初・二・三集の自序の記年をすべて「刻」年とするが、すくなくとも第三集についてはあてはまらない。

京大東アジアセンターおよび阪大懷德堂文庫に藏されるものは乾隆の重輯本で、初集に一七五〇乾隆十五年の、三集に一七五二年の、いずれも仲之琮の序文が附せられている。內閣文庫に藏されるものは「初集十二巻、二集十四巻、閨集別巻一巻、康熙十一年序刊本」として三集を缺くが、未詳。

012　八家詩選　八巻、吳之振輯。一六七二康熙十一年序刊。

吳之振、字は孟擧、號は橙齋、また黃葉村農、浙江嘉興府石門縣の人、一六四〇〜一七一七。その黃葉村莊には藏書が豐富で、文人の出入りが頻繁であった。いっぽう彼は貢生として國子監に籍をおき、いわゆる貲選によって內閣中書の官を得た。彼が京師で名士の會に列席するときには、この肩書によっていたのだろう。

吳之振は當初、明の竟陵派の詩になじんだが、十六歳のとき、十一歳年長の同鄉の士である呂留良（字は莊生、また用晦、號は晚村、嘉興府崇德縣の人。一六二九〜一六八三）の示唆をうけて宋詩に轉じた。一六六四康熙三年、死の床にあった常熟の錢謙益（八十三歳）を、黃宗羲（五十五歳）と呂留良が見舞ったとき、吳之振も同行した。そのこともあってか彼は錢氏の門人と目される。交際の濃淡はともかく、師の宋元詩鼓吹を彼が繼承したことは確かであろう。

一六六三年、呂留良の水生草堂で『宋詩鈔』の選刻が始められた。呂氏のもとに黃宗羲と醫師の高斗魁（字は旦中、號は鼓峰）が集まり、吳之振とその「叔姪」の吳爾堯（字は自牧）も加わった。途中で呂・黃・高の三氏は事業から離れるが、吳氏のおじ・おい兩人によって續けられ、吳之振の「康熙辛亥仲秋之朔」、つまり一六七一年八月一日識記の序文のもとに刊行の運びとなった。その經緯については呉之振の「宋詩鈔初集凡例」に明らかでり、その選者をめぐる人間關係については、湯淺幸孫「「宋詩鈔」の選者たち――「人」によって「史」を存す――」（『中國文學報』第二十册、一九六五年四月刊）に詳しい。

「宋詩鈔・序」で呉之振は、「嘉隆」つまり明の嘉靖・隆慶間の古文辭派後七子以來、詩評家が「唐を尊び宋を黜けて（尊唐而黜宋）」きたことに反駁し、「宋人の詩は唐より變化して、其の自得せる所を出《い》だした（宋人之詩變化於唐、而出其所自得）」ものであり、自分たちの編輯は宋詩を唐詩よりも尊ぶのではなく、宋詩を黜ける人々に「宋の宋爲《た》ること此《か》くの如くなる（宋之爲宋如此）」を知ってほしいからなのだ、と言う。その序文を、おそらくは黄葉村莊にある「鑑古堂」で記すとまもなく、彼は京師へと向かった。

北京で宋琬らの詩酒の會に出席するうちに、彼らの平生の詩集を入手し、それを材料にして編輯したのが『八家詩選』である。その年記は「康熙壬子季秋之朔、洲錢呉之振書於鑑古堂」となっているから、「宋詩鈔・序」の一年一ヶ月後の一六七二康熙十一年三十三歳のとき、黄葉村莊に戻って書いたものと考えられる。

呉之振は、さきに宋詩に認めた「自得」を、今度は當代詩人のなかに見出そうとする。すなわちその「八家詩選・序」は、「近詩の敝なるや、患《わずら》いは苟同にして自得を求めざるに在り（近詩之敝也、患在苟同而不求自得）」という文章で始まる。選詩の基準はあくまでもこの一點にあり、自分の宋詩說に同調するか否かにはないことを強調する。とはいえ、彼によって選ばれた八家の「自得」が奈邊にあるのかについては、彼も論評を加えていないので分からない。その「八家詩選總目」は次のとおりである。特に詩集名は、各詩人の初期の姿をとどめているという點で、參考になるだろう。

巻一、宋琬、字玉叔、別字荔裳、山東萊陽人、安雅堂集、選二百十四首。

巻二、曹爾堪、字子顧、別字顧菴、浙江嘉善人、南溪集、選二百首。
巻三、施閏章、字尚白、別字愚山、江南宣城人、愚山集、選二百九首。
巻四、沈荃、字貞蕤、別字繹堂、江南華亭人、充齋集、選百八十首。
巻五、王士祿、字子底、別字西樵、山東新城人、十笏草堂集、選二百九首。
巻六、程可則、字周量、別字湟榛、廣東南海人、海日堂集、選二百首。
巻七、王士禛、字貽上、別字阮亭、山東新城人、漁洋山人集、選二百十六首。
巻八、陳廷敬、字子端、別字說巖、山西澤州人、參野集、選二百十四首。

さて、呉之振によって選ばれた八家が一六七一年の秋から翌年の秋にかけてそろって京師に在留したことは、奇跡的な出來事であった。それぞれについてすこし追ってみると、序文のなかでただ一人名前のあがる宋琬は、八年の放浪生活ののち、七一年（五十八歳）に再び起用されて京師に來たものの、七二年四月には四川按察使を授かって都を離れた。曹爾堪は六二年に罷免されたのち、七一年（五十五歳）の春に、久しぶりに京師に立寄っただけであった。施閏章は六七年、原任の湖西分守道からの裁缺（異動部署待ち）で家居を餘儀なくされ、七一年（五十四歳）夏には任用の命を受けて都にのぼったが、それを辭退し、八月には歸鄉の途についており、呉氏とは入れちがいのかたちとなった。王士祿は六三年の河南鄉試での出題ミスによって翌年に下獄・罷免させられ、七〇年（四十五歳）九月にようやく吏部考功司員外郎として復職していた。弟の王士禛は七一年（三十八歳）戶部郎中であったが、前年冬に淮南清江浦への公務出張から歸ったばかりで、七二年六月には四川鄉試の考官を命ぜられた。沈荃は翰林院侍講として七二年（四十九歳）には浙江鄉試考官に赴いた。陳廷敬（一六四〇～一七一二）も翰林院に在籍していた。程可則（一六二四～一六七三）は兵部職方郎中であったが、七三年秋に桂林知府として赴任早々、三藩の亂がおこり、そのショックで死亡した。

『八家詩選』が倉卒の間に編まれたという感はまぬがれないが、にもかかわらず「代《よ》に盛傳され」(王士禛『王考功年譜』康熙十年の項)、「海內八大家」の呼稱が生まれた(何慶善・楊應芹『施愚山年譜簡編』康熙十年の項)。もっとも、これとはすこしく異なる「海內八家」もあった。028『檇李詩繋』巻二十六・曹爾堪の項に見えるものであり、それでは陳廷敬ではなく汪琬とする。汪氏は字は苕文、號は鈍菴、蘇州府長洲縣の人である。一六五八年三十五歳のときに戸部主事となって王士禛や程可則と詩を唱和し、六七年にも同樣であったこと(『漁洋山人自撰年譜』および趙經達『汪堯峯先生年譜』)と關係しているのであろうか。いずれにしろ008「江左三大家」に續く、いわば清朝第一期を代表する詩人の登場が待たれるなかで、吳之振の指定は、たとえ一案であったとしても、それ相當の意義をもたらしたといえよう。

本集は京大文學部と內閣文庫に所藏される。

013　過日集　二十卷・附名媛一卷、曾燦輯。一六七三康熙十二年序刊。

封面には、書名をはさんで、右上に「江右曾青藜輯」、左に「金石堂詩附　六松草堂藏版」とある。

曾燦の原名は傳燦、字は青藜、號は止山、江西贛州府寧都縣の人、一六二六～一六八九。一六四五順治二年五月、南京が清朝によって陷落すると、唐王朱聿鍵は福州で監國し、その指令で江西では門下侍郎(?)の曾應遴やその子の曾燦が抗清軍を組織した。しかし翌年、贛州で敗戰、父は死に、息子は僧服に改めて鄉里に戻り、同鄉の魏禧(字は冰叔、號は叔子、一六二四～一六八〇)らが陽明學をもとに開いた講學の場に參加、いわゆる易堂九子の一人に數えられる。明末に翰林院編修となり、桂王朱由榔に從っていた方以智(安徽安慶府桐城の人)が、廣西で敗れ僧名を無可と稱して易堂を訪ねてきたのは一六五九年のことであるが、この時以來、曾燦は方氏を師と仰ぐようになったらしい。しかし同じ年のうちに彼は南京に赴き、さらに「呉・越・閩・廣・燕・齊に出遊」した（曾燦「金石堂詩敍」）。このうち「呉」では一六五九年のうちに錢謙益に會ったにちがいない。曾氏兄弟の詩を集めた『金石堂詩』の錢氏「原序」（『有學集』巻十九では「曾青藜詩序」となっている）の年記が「己亥夏六月十八日」となっているからである。また「燕」すなわち京師では、一六七〇康熙九年（『明清江蘇文人年表』に曾燦の在京が確認されている）をはさむ相當の年數、龔鼎孶の幕下にいたらしい。曾氏は本集の「凡例」で次のようにのべる。

集中、和詩は惟だ合肥の龔芝麓のみ用意の跡無し。（中略）余 左右に周旋すること有年、毎《つね》に即席に韻を疊《かさ》ね、手に信《まか》せて篇を連ね、都《すべ》て妙麗を成すを見るに、蓋し天才の獨絶なり（集中和詩、惟合肥龔芝麓無用意之跡。（中略）余周旋左右有年、每見卽席疊韻、信手連篇、都成妙麗、蓋天才之獨絶也）。

「有年」とは多年の同義語である。また龔鼎孶のほうも、一六七三年に書かれた本集の序文で、曾氏について、

近ごろ 余 賓幕に延致し、飲酒論詩するに、古人に苟同するを欲せず、而も幷せて今人に苟異するを欲せず（近余延致賓幕、飲酒論詩、不欲苟同於古人、而幷不欲苟異於今人）。

と、のべている。龔氏は曾氏の父と一六三四崇禎七年の同年の進士であり、一六六六年から兵部尙書、ついで六九年から七三年の死までは禮部尙書であった。なお謝正光・佘汝豐編著『清初人選清初詩彙考』は、龔氏の幕賓として、ほかにも紀映鍾・杜濬らの遺民がいたことを指摘する（同書二〇二頁）。

さて本集の序文は四本あり、第一は龔鼎孶による一六七三年七月の撰。第二は沈荃、一六七二年十二月の撰で、浙江郷試に出張のおり、「毘陵」すなわち江蘇常州府武進縣で曾氏に會ったところ「其の刻は已に裒然として帙を成せり（其刻已裒然成帙矣）」としたうえで、次のように言う。

近世、詩は菁華を貴ぶも浮濫に傷《そこな》わるること無くんばあらず。有識者恆に之れに反するに質を以ってせんと欲し、

是こに於いて宋詩を尊尙して以って弊を救わんとす（近世詩貴菁華、不無傷於浮濫。有識者恆欲反之以質、於是尊尙宋詩以救弊）。

第三は施閏章の一六七三年十二月の撰。ことのついでに自分にも『藏山集』なる總集があるものの、出版には至っていないことをのべる。第四は毘陵の陳玉琪による、やはり七三年十月の撰である。

次には「凡例」二十則。まず第一に、書名の「過日」が、杜甫「贈別鄭鍊赴襄陽」のなかの、「把君詩過日、念此別驚神（君の詩を把りて日を過ごし、此の別かれを念いて神《こころ》を驚かす）」の句によっていることをのべる。とはいえ、本集に採錄された千六百七十一家の全てと、編者が面識をもっていたということではない。

第二には「人は乙酉に始まり、詩は癸丑に終わる（茲集人始乙酉、詩終癸丑）」、つまり一六四五順治二年以降も存命した人物について、一六七三康熙十二年までに作られた作品を載せるが、ただし「義に死せし諸公は選帙に登さず（死義諸公不登選帙）」と言う。ところが詩題のなかには「庚申」（康熙十九年、巻十五）・「癸亥」（同二十二年、巻三・巻十七）・「甲子」（同二十三年、巻四）のものも見える。實際の出版が豫定より十年以上も遲れ、その間に新しいものが追加された可能性がある。

第三には宋詩を肯定して、

今人は詩を論ずるに必らず漢・唐を宗とし、道理・議論を以って勝る者に至りては、斥けて宋詩と爲し、佳《よ》しと雖も錄せず。此れも亦た過ちなり。宋詩は至る處に到りて、格調の及ばざると雖も、亦た自ずから天地間に摩滅す可からず（今人論詩、必宗漢唐、至以道理議論勝者、斥爲宋詩、雖佳不錄。此亦過也。宋詩到至處、雖格調不及、亦自天地間不可摩滅）。

という。

第四には、錢謙益が鍾・譚の竟陵派を「詩妖」と斷じた（『列朝詩集』丁集・鍾惺の項）ことをあげ、鍾・譚が王・李の古文辭派を過度に貶めたと同樣に、今人は鍾・譚を過度に貶めているとしたうえで、「寧ろ鍾・譚の木客の吟嘯を爲すも、王・李の優孟の衣冠と爲ること無からん（寧爲鍾譚之木客吟嘯、無爲王李之優孟衣冠）」とのべる。

第五に「近代」すなわち清朝成立後三十年間に「詩品、漸く貴《たか》し」という。その理由は、「隆萬以來」すなわち一五六七年以降（明末までの七十七年間）に比べ、詩人が「安危治亂の故」に關心をもち、「滄桑（の變）を歷《へ》、變難に遭い、（もとの周の大夫や殷の箕子が、失われた宮室の地で）「黍離」や「麥秀」を徘徊し、人の散り家の亡《う》せるに坎坷」したからこそ、その詩は『詩經』大序の精神を體した「天地を感ぜしめ鬼神を泣かしむ（若歷滄桑、遭變難、徘徊於黍離麥秀、坎坷於人散家亡、則其爲詩、定有以感天地而泣鬼神）」ものとなったからである、と。

そして最後に本集成立の過程をのべる。すなわち、編輯は「十年を計りて後に成った（此集計十年而後成）」ものであり、詩篇の蒐輯では顧有孝（008『江左三大家詩鈔』の編者）ら四氏、參訂では魏禧ら六氏、較閲では張掄ら五氏、捐資では呉之振（012『八家詩選』の編者）ら三氏の、それぞれ協力を得た、とする。

「凡例」につづく「諸體評論」は本集に特有のもので、各詩體の特徴などを、採録の詩句を例示しながらのべたものである。參考までに簡單に紹介しておこう（例示は省略）。

「雜言」　四言詩は語の樸にして意の婉なるを貴び、古樂府は意の曲にして語の直なるを貴ぶ（四言詩貴語樸而意婉、古樂府貴意曲而語直）。

「五古」　詩は惟だ五言古のみ、格　最も變化す。凡そ經史諸子百家の書、皆な運用す可く、學問最大なり。蓋し性情を寫し事實を敍ぶるは、其の體　五古より宜しきは莫く、正に史家の列傳の如く發揮に供するに足るなり。詩は堅老古樸を以って上と爲し、清逸婉秀なる者、之れに次ぎ、高邁蘊藉なる者、又た之れに次ぐ（詩惟五言古、格最變化。

凡經史諸子百家之書、皆可運用、學問最大。蓋寫性情、敍事實、其體莫宜五古、正如史家列傳、足供發揮也。詩以堅老古樸爲上、清逸婉秀者次之、高邁蘊藉者又次之）。

「七古」　七言古は跌蕩頓挫（自由きままに勢いを變え）、起伏超忽（起伏がたちまちのうちに變わり）、蒼雄沈鷙（勇壯で落ちつきがある）を以って最上乘と爲す。章法の妙なる者は、百金の（高價な）戰馬の坡《おか》に駐《と》どまり澗《たに》を驀《のりこ》えて蹄跡の羈《つな》がざるが如し（七言古以跌蕩頓挫、起伏超忽、蒼雄沈鷙、爲最上乘。章法妙者、如百金戰馬、駐坡驀澗、蹄跡不羈）。

「五律」　五律は閒遠高秀を以って上と爲す。事外景外に別に風概を具え、人を使《し》て悠然として之れを言外に得せしむ。次は則わち老健典雅なり（五律以閒遠高秀爲上。事外景外、別具風概、使人悠然得之言外。次則老健典雅）。

「七律」　七律は五律より難し。既に二字を增して、體格氣色、便わち大いに同じからざれば、則わち首《はじ》めに沈壯典麗を推さざるを得ず、而して次には清逸の作なり。工部（杜甫）は其の正的なり（七律難於五律。既增二字、體格氣色、便大不同、則不得不首推沈壯典麗、而次清逸之作。工部其正的也）。

「五七排律」　楊仲弘（元・楊載の『詩法家數』に）曰わく「長律は妙は鋪敍に在り。時に一聯を將《も》って挑轉し、又た平平に說《ゆ》き去き、此くの如く轉換すること數匝、却って數語を將って收拾す」と。此の言已に奧室に入り、余 益す能わざるなり（楊仲弘曰、長律妙在鋪敍。時將一聯挑轉、又平平說去、如此轉換數匝、却將數語收拾。此言已入奧室、余不能益也）。

「五七絕」　謝茂秦（明・謝榛）曰わく「七言絕を作るに、起句は爆竹の如く、斬然として斷ち、結は鐘を撞くが如く、餘響輟《や》まず」と。善言と謂う可し（謝榛は後七子の一人であるが、その『詩家直說』巻一の文言と異同がある。「凡起句當如爆竹、驟響易徹。結句當如撞鐘、清音有餘」。このあと七言絕句一首を例にあげているから、曾燦の理解に間違いはない）。余謂《おも》えらく五言絕は反って是れ起句は枝頭の落花の如く飄然として來たり、結は空山の落石の如く⿴囗石然として住《と》ども、と。律は則わち、七、五より難く、絶は則わち、五、七より難し。然る所以の者は、詩は只だ四句にして、又た二字を減ずれば、情景意思、都て展布する處無ければなり（謝茂秦曰、作七言絕、起句如爆竹、斬然而斷、結如撞鐘、餘響不輟。可謂善言矣。余謂五言絕反是起句如枝頭落花、飄然而來、結如空山落石、囦然而住。律則七難於五、絕則五難於七。所以然者、詩只四句、又減二字、情景意思、都無展布處也）。

本集の構成は次のとおりである。各卷冒頭の詩人は、各詩體の名手であることが意識されている。

雜言　卷一、錢謙益以下八十八家。卷二、徐倬以下七十九家。

五言古　卷三、吳偉業以下百七十四家。卷四、龔鼎孳以下二百一家。卷五、魏禮以下百五十家。

七言古　卷六、吳偉業以下百家。卷七、錢秉鐙（澄之）以下百二十四家。卷八、杜濬以下百十三家。

五言律　卷九、宋琬以下二百二十六家。卷十、王士禛以下百九十二家。卷十一、杜濬以下二百三十七家。卷十二、姜梗以下二百五十九家。

七言律　卷十三、龔鼎孳以下百六十六家。卷十四、施閏章以下二百二十七家。卷十五、趙進美以下二百五十九家。卷十六、魏際瑞以下百八十二家。

五言排律　卷十七、毛甡（奇齡）以下六十三家。

七言排律　卷十八、彭而述以下十七家。

五言絕　卷十九、王士禛以下百四十三家。

七言絕　卷二十、錢謙益以下三百二十九家。

以上を合計すると延べ人數で三千三百二十九家、重複を除いた實人數は千五百二十五家となる。

（附録1）「名媛」一巻。雑言～七言絶、延べ二百四十一家、實人數は百四十六家。

（附録2）『金石堂詩』編者自身の「曾青藜詩」八巻、兄曾畹の「曾庭聞詩」一巻、弟曾炤の「曾麗天詩」一巻、銭謙益による一六五九順治十六年六月十八日撰の「原序」と曾燦が毘陵で記した「金石堂詩敍」が附く。

陳田は『明詩紀事』（一九一一宣統三年序刊）辛籤・巻二十八・曾燦の項で、「國初の選家」として王士禛014『感舊集』、陳維崧021『篋衍集』、銭謙益007『吾炙集』、葉方靄（字は訒菴）『獨賞集』（本稿不收）、鄧漢儀011『詩觀』、陳允衡（字は伯璣）『詩慰』（本稿不收）、と本集をあげて、「『過日』は『感舊』『篋衍』の精なるに及ばざると雖も、然れども捜採宏博なり（過日雖不及感舊・篋衍之精、然捜採宏博）」とのべる。

本集は内閣文庫に二十冊本と四十冊本の二本を藏する。しかし刷りは同一で、後者は所藏者が便宜的に巻の途中で分割したにすぎない。問題は四十冊本において、一七八二乾隆四十七年以降の禁書令を反映した抽燬と鏟除がおこなわれていることで（ただし姚覲元『清代禁燬書目』には見えない）、龔鼎孶の序の全文と、龔氏を巻頭にもつ巻十三全巻が抽燬され（ただし巻四は龔氏一人の姓氏だけを鏟除）、次の詩人について各巻目録と本文の姓氏が鏟除されている（詩句は殘存）。

銭謙益　巻一、四、六、九、二十。
龔鼎孶　巻四、六、九、十、十六、十七、十八、二十。
屈大均　巻四、七、十、十四、十七、十九、二十。
釋今釋（すなわち金堡）　巻十六。

いっぽう二十冊本では數名について姓氏の空白があるが、理由は分からない。また巻末において數家から二十數家を缺くところがあるが、版刻のミスであろうか。要するに本集は二本を對照することによって、はじめてその全貌に近づくことができるということである。

014　感舊集　十六巻、王士禛輯。一六七四康熙十三年序、一七五二乾隆十七年盧見曾序刊。

康熙・乾隆間刋本『王漁洋遺書』に収められる『漁洋山人感舊集』の封面には、書名が二行で大書された右肩に、「雅雨山人補傳」と記されている。序文としては、

「刻漁洋山人感舊集序」　乾隆壬申（同十七年、一七五二）夏六月・德州後學・盧見曾・撰。

「自序」　康熙十三年（一六七四）甲寅孟夏・濟南・王士正・序。

「原序」　布衣・秀水・朱彝尊・序（年記なし）。

が竝ぶ。「自序」が書かれたのち未刋のままであったのを、七十八年後に盧見曾が刋刻したものである。「自序」の署名が「王士正」となっているのは、もとより自署ではなく、一七二三年世宗雍正帝胤禛の即位にともない、その廟諱を避けて、原名の「王士禛」を、「士正」と改められたものである。なお、さらに一七七四乾隆三十九年十一月の詔敕で、「改めらる所の「正」字は原名と音太《はなは》だ相い近からず、恐らくは流傳すること日久しくして後世幾《ほと》んど復た何人爲《た》るかを知らざらしめん」という理由で「士禎」と改められ、「庶《こいねがわ》くは其の弟兄と、行派に混淆を致さざらん（王士正之名、原因恭避廟諱而改。但所改正字、與原名音太不相近、恐流傳日久、後世幾不復知爲何人。今改爲士禎、庶與其弟兄行派不致混淆）」（『清史列傳』巻九）となされた。長兄の名は士祿、次兄は士禧、三兄は士祜であった。

王士禛の「自序」の全文は次のごとくである。

僕、弱冠より京輦（みやこ）に薄游し、江介（長江べり）に浮湛し、中朝に入官す。嘗《つね》に當代の名流と服（四頭だて

馬車のうちうま）に襄《の》り驂（そえうま）に駕《の》るがごとくす。虞山（錢謙益）・婁江（吳偉業）・合肥（龔鼎孳）の諸遺老より流風未だ沫《や》まず、老成の具《とも》に存し、咸《み》な相い與《とも》に其の議論を上下し、頗る文を爲《つく》るの訣を窺う。時に年力壯盛にして窮愁憂生の嗟《なげ》きの名師益友に加わる無きも、近ごろ家庭に在りては忽忽として自ら其の樂しみを知らざるなり。彈指已往の才《わず》かに夙昔の如く（ごく最近のことが、もはやとうの昔のことのように思われ）、遂《か》くて死生契闊の感多し（僕自弱冠薄游京輦、浮湛江介、入官中朝。嘗與當代名流、服襄驂駕。自虞山・婁江・合肥諸遺老、流風未沫、老成具存、咸相與上下其議論、頗窺爲文之訣。時年力壯盛、無窮愁憂生之嗟、加名師益友、近在家庭、忽忽不自知其樂也。彈指已往、才如夙昔、遂多死生契闊之感）。

「弱冠」とは、本人の『香祖筆記』巻十一に「予 順治十二年乙未科を以って登第するに甫《はじ》めて弱冠なり（弱冠になったばかり。予以順治十二年乙未科登第、甫弱冠）」というように、一六五五年二十二歳での會試合格をさす。「江介」は一六五九年二十六歳から六四年までの、揚州府推官をさし、「入官中朝」は六五年三十二歳の禮部主客主事、七一年三十八歳戸部福建司郎中のことをさす。「近ごろ家庭に在りては忽忽として自ら其の樂しみを知らざるなり」は、次に示す母と長兄の死をふまえるのはもちろんであるが、その前の、七二年六月四日に次子啓渾十七歳を病死させたこともあるだろう。

康熙壬子秋、王事を以って巴蜀に于役し、褒斜谷中を行くに、舊游を回憶して羊曇の華屋の痛みに勝《た》えず。已にして舟を廻らせて峽を下るに、太夫人の諱を奉じ、徒跣して東歸し、先兄考功と相い依りて命と爲すに、未だ期（一年）ならずして考功も又た母に殉じて死せり。風流は頓に盡き、發言は賞する莫し。憶う昔、考功と從容として燕語し、每《つね》に選詩の「遇う所に故物無く、焉くんぞ速やかに老いざるを得んや」の句を擧げては、憮然たること之れを久しうす。詎んぞ謂《おも》わんや中年に備さに斯の境を歷るとは（康熙壬子秋、以王事于役巴蜀、行褒斜谷中、回憶

舊游、不勝羊曇華屋之痛。已而廻舟下峽、奉太夫人諱、徒跣東歸、與先兄考功相依爲命、未期而考功又殉母死矣。風流頓盡、發言莫賞。憶昔與考功從容燕語、每擧選詩所遇無故物、焉得不速老之句、憮然久之。詎謂中年備歷斯境）。

「康熙壬子秋、王事を以って巴蜀に于役し」とは、一六七二康熙十一年三十九歳の八月九日から十五日までの間、成都府において四川郷試主考官をつとめたことをさす。辭令は六月十五日に交付された。次子を亡くした十一日めである。本人の『蜀道驛程記』などによると、七月一日に京師を出立し、渭水ぞいに西行して、斜谷のある郿縣を通過したのは七月二十八日、鳳翔・寶鷄をへて陝南漢中府下の褒城に着いたのが閏七月七日であった。『蜀道集』所收の「閏七夕、褒城縣に抵る」詩で、彼は「褒斜十日の路、白髪忽ち侵尋す（「閏七夕抵褒城縣」褒斜十日路、白髪忽侵尋）」と詠んだ。そしてこの詩のすぐ前には、物故した先生や同人を懷って、次のような詩題の七律を作った。人名の（　）内に本名と、作詩當時における死後の年數を補っておく。

年來錢牧齋（謙益、八年）・吳梅村（偉業、一年）・周櫟園（亮工、半月）諸先生、鄒訏士（祇謨、二年）・陳伯璣（允衡、半年前後）・方爾止（文、三年）・董文友（以寧、三年）諸同人、相い繼いで徂謝し、棧道にて感懷し、愴然として賦有り（年來錢牧齋・吳梅村・周櫟園諸先生、鄒訏士・陳伯璣・方爾止・董文友諸同人、相繼徂謝、棧道感懷、愴然有賦）。

そして詩句は「載酒題襟處處同、平生師友廿年中（酒を載せ襟《おも》いを題《かきつ》け處處に同《とも》にす、平生の師友 廿年の中）」と歌いおこし、「白頭騎馬嘉陵路、惟有羊曇恨未窮（白頭騎馬 嘉陵の路、惟だ有り羊曇 恨みの未だ窮《つ》きざるもの）」とおさめる。東晉の羊曇は謝安の死後、たまたま思い出の場所にさしかかると、曹植の「箜篌引」にある二句「生存しては華屋に處り、零落しては山丘に歸す（生存華屋處、零落歸山丘）」を口にして慟哭した。ただし褒城が亡き先生や同人と特に關係のある土地だというわけではない。

自序にもどると、「舟を廻らして」成都を離れたのは九月二十五日、南まわりで十月十日に巴峡をくだり、荊州府江陵縣から北上、河南の鄭州から黄河を渡り、十一月八日、直隷順徳府內丘縣に來たところで母の訃報に接した。命日は八月一日であった。吏部考功司員外郎であった長兄の王士祿四十七歳は、この年の閏七月、吏部にたいする精査に連座して再び處分されたが、本人はむしろ母の孝養を喜んだとされる。しかし母が死ぬと、悲しみが昂じて本人も病いに臥し、翌一六七三年七月二十二日に亡くなった。自序が「憶う昔」としてあげる『文選』所收の詩句は「古詩十九首」其十一のものである。

考功の云《ここ》に亡じてより倏として半載に及び、恆に遺文を編綴して以って地下に報ぜんと欲するも、嗚咽し藏（はらわた）を摧《くだ》きては輒わち卷を掩いて止む。一日、魏太子「元城の令に與うる書」の「徐（幹）陳（琳）應（瑒）劉（楨）、一時に倶に逝く」、「謂《おも》えらく百年は己れの分にして、長く共に相い保つと。何ぞ圖らん數年の間に、零落殆んど盡くとは」、「既に逝く者を痛み、行くゆく自ら念う也」を讀む。又た歐陽子の作る所の「張君墓表」を讀むに、河南幕府の舊遊を敍述し、以って爲すに「君の卒してより、師魯（尹洙）死して且《まさ》に十餘年ならんとし、王顧なる者も死して亦た六・七年、其の君と府を同《とも》にして遊ぶ者、蓋し（十に）八・九は死せり。其の幸いにして在る者は、死せざれば則わち病いし、且つ衰うること予の如く是れなり」と。悵觸し（觸れうごかされ）て紆鬱たり、泣下《なみだ》りて襟を沾《うるお》すを禁ぜざるなり（自考功云亡、倏及半載、恆欲編綴遺文、以報地下、嗚咽摧藏、輒掩卷而止。一日讀魏太子與元城令書徐陳應劉、一時倶逝、謂百年己分、長共相保。何圖數年之間、零落殆盡、既痛逝者、行自念也。又讀歐陽子所作張君墓表、敍述河南幕府舊遊、以爲自君之卒、師魯死且十餘年、王顧者死亦六七年、其與君同府而遊者、蓋八九死矣。其幸而在者、不死則病、且衰如予是也。悵觸紆鬱、不禁泣下沾襟也）。

「魏太子」云々は、『文選』所收の曹丕「呉質に與うる書」のこと、「歐陽子」云々は、歐陽修の「河南府司錄張君墓表」のことである。張汝士が亡くなったとき、友人の尹洙がその墓誌をしるし、王顧が淸書した。その時から二十五年後の改葬のおりの文章である。

因りて念うに二十年中、得る所の師友の益ます多きを爲す。日月既に逝き、人事屢しば遷るも、此れを過ぎて以往は（それより以上のことは）、未だ今日の如何なるかを審視せず。而して僕は年事（とし）の長大にして、蒲柳の質、漸く以って衰に向かえば、歳月の斯くの如きを、詎ぞ把玩する（もてあそぶ）に堪えんや。子恆の「來者は誣《し》い難し」の言に感じ、輒わち篋衍（ふばこ）に藏する所の平生師友の作を取りて、之れが論次を爲し、都て一集と爲す

（因念二十年中、所得師友之益爲多。日月既逝、人事屢遷、過此以往、未審視今日如何。而僕年事長大、蒲柳之質、漸以向衰、歳月如斯、詎堪把玩。感子恆來者難誣之言、輒取篋衍所藏平生師友之作、爲之論次、都爲一集）。

子恆は曹丕の字。先の「與吳質書」に「後世畏る可く、來者は誣い難きも（あなどりがたいとはいえ）、然れども恐らくは吾れと足下と見るに及ばざらん（後世可畏、來者難誣、然恐吾與足下不及見也）」とある。

虞山より而下《いか》、凡そ若干人、詩若干首、又た向《さき》に撰錄する所の『神韻集』一編を取りて其の什に七を芟《けず》りて焉れに附す。通じて八卷と爲し、存と歿と悉く載せ、竊かに『篋中』の季川を收め『中州』の敏之を登すの例を取り、考功を以って焉れを終わり、命じて『感舊集』と曰う（自虞山而下、凡若干人、詩若干首、又取向所撰錄神韻集一編、芟其什七附焉。通爲八卷、存歿悉載、竊取篋中收季川、中州登敏之之例、以考功終焉、命曰感舊集）。

『神韻集』は本人が『居易錄』卷二十一で、「廣陵所刻の『唐詩七言律神韻集』は是れ予が三十年前、揚州に在り、（わが）啓涑兄弟の初めて家塾に入るに、暇日偶たま唐律絶句五七言を摘取して之れに授くる者にして頗る約にして精なり（廣陵所刻唐詩七言律神韻集、是予三十年前在揚州、啓涑兄弟初入家塾、暇日偶摘取唐律絶句五七言授之者、頗約而精）」とのべており、その製作を惠棟は一六六一順治十八年のこととしている。漁洋がこれを本集に附錄させたのは、次子啓渾への哀悼の念からだろう。しかし遺書本『感舊集』には見えない。いっぽう長兄士祿の作を附けたのには、唐・元結『篋

中集』が弟の元季川（一名融）の詩を、金・元好問『中州集』が兄の元敏之の詩を、それぞれ最終巻に附けたのにならうとする。遺書本でも第八巻に八十二首が載るが、最終巻ではない。また「存歿悉載」とはいうものの、死歿者は先の褒城縣での七家のほかは、程嘉燧（一六七四年四月の時點で死後三十一年）・林古度（八年）・龔鼎孶（一年）・宋琬（一年）・程可則（數ヶ月）などの數名にすぎない。本集の編輯が兄の死をきっかけになされたものであったことがよくわかる。

次に朱彝尊の「原序」は、本集の原本なるものに附けられたものであろう。『曝書亭集』巻三十六「感舊集序」よりも字句がやや多い。署名に「布衣」とかぶせ、文中に「今年且に半百にならんとす（今年且半百）」とあることから、一六七九康熙十八年五十一歳の四月、博學鴻詞科に合格して翰林院檢討を授けられるより以前に書かれたものであることは明らかである。楊謙の『朱竹垞先生年譜』によると、一六七三年四十五歳の秋から七六年まで、京師東郊で潞河通永道簽事龔佳育の幕僚となっており、七七年十月には、龔氏の江寧布政司への異動にともなって南京に赴いている。明の遺民が清朝官僚の幕僚となった例がここでも見られる。いっぽう王士禛は七五年四十二歳二月に服喪がおわって、七六年正月、戸部四川清吏司郎中に就き、翌七七年、亡兄士祿の遺集への序文を朱彝尊に求めている。『曝書亭集』巻三十八「王考功遺集序」に「新城王先生子底、……既に沒して四年、其の弟戸部君阮亭、其の遺す所の詩文を輯め、編んで若干巻と爲し、彝尊に屬して之れに序せしむ（新城王先生子底、……既沒四年、其弟戸部君阮亭、輯其所遺詩文、編爲若干卷、屬彝尊序之）」とあり、蔣寅『王漁洋事迹徵略』は朱氏が南京に出立する直前のこととしている。『感舊集』への序文を請うたのも、ほぼ同じころと考えていいだろう。王士禛は『感舊集』での附錄だけではあきたらず、ほとんど間をおかずに、兄の全詩文を「遺集」として發刊することを思いたったのだろうか。しかし『王漁洋遺書』に見えないことからすると、おそらく實現しなかったのだろう。ちなみに『王漁洋遺書』所收の『考功集選』四巻は一六九八康熙三十七年六十五歳のときの編刊である。「予、往《さ》きに感舊集を撰し、……今に二十五年なりき（予往撰感舊集、……

今二十五年矣）」（「刻考功選集序」）。

さて朱彝尊の「原序」は次のように書き出される。

新を見て舊を遺つるは人の情なり。然れば時に方に日び新に趨り、未だ必らずしも盡くは吾が意の存する所に愜《かな》わず、往往にして舊より出づる者の敝（きず）無きに若かざれば、則わち新なる者は反って陳《ふる》く、而して舊なる者のみ祇だ其の慕う可きを見るなり（見新而遺舊者人之情也。然時方日趨於新、未必盡愜吾意之所存、往往不若出於舊者之無敝、則新者反陳、而舊者祇見其可慕焉）。

「舊」とは、古典や時代物であるだけでなく、本集の詩人がほとんど存命中の人物であることを考えれば、それらに親近感をもっている人々までをも含むだろう。それにたいして「新」は今様、新しがり屋であって、朱彝尊がもっとも嫌うのは竟陵派の鍾惺・譚元春で、學問を捨て「專ら空疎・淺薄・詭譎を以って是れ尙ぶ（專以空疎淺薄詭譎是尙）」（「胡永叔詩序」）とする。その舊と新との違いを、成化の瓷器「鷄缸」と最近の景德鎭との價値の違いにたとえたあと、ようやく本集に言及する。

新城の王先生阮亭、詩を以って天下に名だたること久しく、學に於いて博からざる所無く、其の交友は予に較べて尤も廣し。時に感じ舊を懷い、平生の故人の詩を輯めて存と歿と兼ねて錄すること凡そ五百餘首、而して哲《すぐ》れし昆《あに》の考功を以って終わる。是の集に入る者は山澤憔悴の士の多きに居り、故に皆な予の舊識なり。其の詩、或いは往日に見し所は、謂《おも》いて異《あや》しむに足る無しと爲すも、茲《こ》こに之れを諷詠して信《まこと》に其の傳うる可く、之れを傳えて更に久しければ、後の嗟咨歎賞するは宜しく何如なるべきや（新城王先生阮亭、以詩名天下久、於學無所不博、其交友較予尤廣。感時懷舊、輯平生故人詩、存歿兼錄、凡五百餘首、而以哲昆考功終焉。入是集者、山澤憔悴之士居多、故皆予舊識。其詩或往日所見、謂爲無足異、茲諷詠之、而信其可傳、傳之更久、後之嗟咨歎賞、宜何如矣）。

「山澤憔悴の士」には朱氏の「布衣」としての思いがにじむ。彼の詩は巻十五に二十四首（補遺一首）が載る。

先の二つの序文から七十八年ほど後に發刊の序を記した盧見曾は、署名に「後學」とするように山東（濟南府清德縣）の人である。字は抱孫、號は雅雨、一六九〇～一七六八。一七二一康熙六十年の進士、縣・州・府の知事を轉々としたあと、一七三六乾隆元年、兩淮鹽運使に拔擢された。任地の揚州には安徽徽州府祁門縣出身の鹽商馬曰琯（字は秋玉、號は嶰谷、一六八八～一七五五）が、弟の馬曰璐（字は佩兮、號は半槎、生卒年未詳）とともに小玲瓏山館を構え、その叢書樓には「十萬餘卷」（楊立誠・金步瀛合編・俞運之校補『中國藏書家考略』一九八七年・上海古籍出版社刊）をそなえていた。盧見曾はかねてより、國初には錢謙益007『吾炙集』・葉方藹『獨賞集』（未詳）・施閏章『藏山集』（未詳）があるものの、開國より百年、唐でいえば盛唐にあたる時代の詩の總集が編まれていないことを憂慮し、馬曰琯とも相談したものの妙案がないまま、明くる一七三七年には直隸永平府知府に轉じた。その十四年後、一七五一年六十二歳の冬、直隸河間府滄州での長蘆鹽運使として京師に赴いた機會に、師の黄叔琳八十歳を私邸に訪ねると、師から『感舊集』の抄寫本を示された。

黄叔琳は字は崑圃、直隸順天府大興縣の人、一六七二～一七五六。一七〇八康熙四十七年から四年間、山東學政をつとめた。王士禛七十五歳から死去の年までにあたる。その後も、一七三六乾隆元年には山東按察使、翌年から二年間は同布政使となっており、そのいずれかの間に抄寫本を入手したのであろう。なお『中國藏書家考略』は、黄叔琳が萬卷樓の主人であったこと、漁洋の門人であったこと、『漁洋詩話』を刊行したこと、を指摘する。かくして盧見曾は、漁洋の歿後四十年にして、「僅かに其の序有るのみにして未だ其の書を流傳せざる（僅有其序、而未流傳其書）」本集を、たまたま上京していた馬曰琯とも語らって刊刻に移すことになった。

盧氏の「感舊集補傳凡例」で、彼は「聞くならく」として、漁洋の歿後、その甥の趙執端（字は好問、號は綏庵、山東青州府益都縣の人、趙執信の十一弟）が「其の家に卽きて遍ねく原本を索むれども得ず。散稾一束を得るに、開きに目録の抄存する有り。此の本は共に四大巻を爲し、巻ごとに百餘頁、考功は第二巻末に在り、と（聞先生沒後、其甥益都趙綏庵執端、卽其家遍索原本不得。得散稾一束、開有目錄抄存。此本共爲四大卷、卷百餘頁、考功在第二卷末）」と記す。これはおそらく、盧氏が入手したものとは別のものであろう。したがって彼が「凡例」で「原本」といい「抄本」というのは、いずれも黄氏から提示されたもののことと考えていいだろう。「是の集は虞山（錢謙益）より而下《いか》、凡そ三百三十三人、詩二千五百七十二首。（中略）其の人・其の詩は悉く原本に依り、敢えて妄りに增減有らず（是集自虞山而下、凡三百三十三人、詩二千五百七十二首。（中略）其人其詩、悉依原本、不敢妄有增減）」。「今は抄本の序次に依りて共に釐《おさ》めて十六巻と爲し（今依抄本序次、共釐爲十六卷）」、王士祿は巻八の最後に収められる。王氏「自序」が全八巻として兄を巻末におくとしたことや、朱氏「原序」が「凡そ五百餘首」としたこととの不一致について、盧氏は「其れ先生晩年、未だ成らざるの書を更定せしが爲なること、疑い無きなり（其爲先生晚年更定未成之書、無疑也）」と結論づける。そのうえで盧氏は、人によっては詩を補い、その數はあわせて百七首にのぼる。さらに各詩人について、原本ではほとんど名字だけであったものに、かなり詳しい傳記を補った。その補傳作成に協力したのは、顧棟高（字は復初、無錫の人、當時國子監司業、一六七九～一七五九）、張元（字は殿傳、號は楡村、淄川の人、擧人、一六七二～？）、宋弼（字は仲良、號は蒙泉、德州の人、翰林院編修、一七〇三～一七六八）、秦大士（字は魯一、江寧の人、擧人、この年に進士、一七一五～一七七七）であった。このうち張元・八十一歳は盧序と同じ一七五二年撰の「刻感舊集後序」で、自分の父が盧氏と鄉試同年であること、小傳作成の作業が鹽運使たる盧氏の長蘆の官舍でおこなわれたことなどを記す。「凡例」は最後に、「是の集は轉轉抄寫されて訛誤頗る多き（是集轉轉抄寫、訛誤頗多）」ことから、その訂正には宋弼が、校讐には張元の孫張宷と實子の盧謙があたり、その稽査には「玲瓏山館に藏書は棟に充つる（玲瓏山館藏書充棟）」がゆえに、厲鶚（字は太鴻、號は樊榭、錢塘の人、一六九二～一七五二）と陳章（字は授衣、錢塘の人、生卒年未詳）にゆだねられた。二人は馬氏詩社のメンバーであった。また厲鶚は馬曰琯の援助のもとに一七四六乾隆十一年に『宋詩紀事』百卷を完成させたが、盧序が書かれた一七五二年六月の三ヶ月後に亡くなった。

最初に記したように、盧氏の序が書かれたのは一七五二乾隆十七年であったが、この年のうちに本書の全卷が刊刻され普及したのではないらしい。五年後の一七五七年、惠棟が『精華錄訓纂』を著わしたとき、『師友錄』と『感舊集』の二書のみは「未だ曾て寓目せず（惜師友錄・感舊集二書、未曾寓目）」と、その凡例に記しているからである。

なお『清初人選清初詩彙考』によると、北京中國科學院圖書館藏の『感舊集』に鄧之誠（『清詩紀事初編』の著者、一八八七～一九六〇）が附けた「跋」には、一九五四年の冬に「原抄本『感舊集』を持示せる者有り。（中略）即わち趙執端の原本なるか否かを知らず（甲午冬月有持示原抄本『感舊集』者。（中略）不知卽趙執端原本否）」と疑問を呈したあと、それが「刻本と甚だしき異同は無く、唯だ屈大均の詩一首を删り、呂留良を改題して闕名と爲すのみ（與刻本無甚異同、唯删屈大均詩一首、改題呂留良爲闕名而已）」としている。遺書本では屈大均としては見えず、卷十三に釋今種（三十五首、補遺十四首）として載り、呂留良はまったく見えないので、鄧氏のいう「刻本」なるものからしてよく分からない。また盧氏の「補傳」にたいしては、陳衍（字は叔伊、號は石遺、140『近代詩鈔』の編者、一八五八～一九三八）が一九一六年に『感舊集小傳拾遺』四卷を作成し、特に明の遺民の顯彰につとめている。

『王漁洋遺書』は京大東アジアセンター、大阪府立圖書館、東大東洋文化研究所、東洋文庫などに藏せられる。所收の『感舊集』では、卷一の卷頭に錢謙益（二十二首、補遺十五首）を置く。また同じく乾隆十七年序・盧氏雅雨堂刊の單行本も、京大文學部、神戸市立吉川文庫、立命館大學、早大寧齋文庫、坦堂文庫などに藏せられる。いっぽう『清王士禎著・漁洋山人感舊集・中華圖書館印行』なる石印本（おそらく民國時代の刊行であろう）もあり、それでは卷一の前に「巻首」として錢謙益（二十二首、補遺十五首）が置かれ、補傳の何ヶ所かでは「錢牧齋」や「有學集」の部分が空格になっているなど、遺書本との間に多少の異同が見られる。

015　皇清詩選　十二巻、陸次雲輯。一六七八康熙十七年自序刊。

陸次雲、字は雲士、浙江杭州府錢塘縣の人。一六七九康熙十八年の博學鴻詞に推薦されたが録取されなかった。河南汝州郟縣の知縣ののち、一六八六年には江蘇常州府下の江陰知縣であったことが、017『群雅集』の序文から知られる。

本集の「自序」の年記は「時康熙戊午仲秋朔日、題于燕臺旅次」、つまり康熙十七年、鴻博の詔敕が出されて、陸氏が北京に客居していたときのものである。この序文は「詩は何を以ってか平と名づく。平とは、衆説の平らかならざるを平らぐなり（詩何以名平。平者平衆説之不平也）」で始まり、つづけて、『禮記』經解篇の「溫柔敦厚は詩の教えなり」を敷衍して、「溫厚和平は詩の教えなり（溫厚和平、詩之教也）」とのべる。「近ごろ又た詔もて博學宏詞にして文行に兼優するの士を取る（近又詔取博學宏詞、兼優文行之士）」、その聖旨を、文學和平の好機と見なしたのであろう。

「凡例」の條文から抜粋しておこう。

その一、本集を『皇淸詩選』と命名しつつ、內部では「選志を表」わして『詩平』とも呼ぶ、と。こちらの名を用いて144『晩晴簃詩匯』巻三十九・陸次雲での「詩話」は、「國初の詩を選び、名づけて『詩平』と曰う。博收は鄧孝威（名は漢儀、011『天下名家詩觀』）に逮ばざるも、約取は魏惟度（名は憲、016『皇朝百名家詩選』）に勝る（選國初詩、名曰詩平。博收不逮鄧孝威、約取勝於魏惟度）」とする。

その二、「一時の佳選」として次の四種の總集をあげる。

①「鄧孝威の『詩觀』」。陸次雲の自序に先立つのは、その「初集」（一六七二年序刊）のみである。

②「席允叔の『詩存』」。席居中、字は允叔、盛京（奉天）錦州府の漢軍の出身であるが、この總集については未詳。

③「宋牧仲の『詩正』」。宋犖、字は牧仲、號は漫堂、河南歸德府商丘縣の人、一六三四～一七一三。父宋權（一五九八～一六五二）は「明臣留用」（『清代職官年表』）によって順天巡撫から內翰林國史院大學士に昇った。宋犖は任子入官し、一六八七康熙二十六年・五十四歳には山東按察使、同年に江蘇布政使、翌年に江西巡撫、一六九二年江蘇巡撫、一七〇五年吏部尙書を歷任し、一七〇八年に退休した。その編輯した總集には024『江左十五子詩選』があるが、『詩正』についてはは分からない。

④「陳伯璣（璣は一に「正」に作る）の『詩源』」。『清初人選清初詩彙考』（一七四頁）では「陳伯璣」に作り、それだと陳允衡、字は伯璣、號は玉淵、江西建昌府南城縣の人、一六二二～一六七二、のことである。この人には『詩慰』初集・二集・續集の計三十九卷と『國雅初集』不分卷があるが、『詩源』については分からない。いっぽう章培恆『洪昇年譜』（一七七頁、一九七九年・上海古籍出版社刊）では「陳伯正」に作り、それだとその本名からして未詳である。

以上②③④の三種は、『四庫提要』にも、『清史稿』藝文志、およびその『補編』にも、また各人にかかわる傳記にも見えず、早くに散逸したことが考えられる。

その三、本集のために「廣く羅致を爲す者（廣爲羅致者）」として九家の名があがるが、そのうち袁佑（?～一六九八）と汪霖は一六七九年の鴻博に錄取され、洪昇（一六四五～一七〇四）は京師に滯在していた。

本集についいては、實は私は未見であるが、總集への言及があることから、『清初人選清初詩彙考』と『洪昇年譜』に載せられた「自序」と「凡例」によって、あえて取りあげることにした。

016　皇朝百名家詩選　八十九巻、魏憲輯。一六八二康熙二十一年「御製昇平嘉宴集序」刊。

魏憲、字は惟度、號は両峰、福建福州府下の福清縣、または閩縣の人、あるいは泉州府晉江縣の人。一六二八崇禎元年?〜?。祖父魏文焲、字は德章は、一五四四嘉靖二十三年の進士で、官は廣西按察使に至った。魏憲について023『明遺民詩』巻三に載ることから、錢仲聯主編『清詩紀事』（一九八七年・江蘇古籍出版社）は「明遺民巻」に收録して「明諸生」（二〇五五頁）とする。しかしこれが誤りであることは、後に示す記事によって明らかである。

魏憲はその生涯のほとんどを、各地を遍歴しての、詩の收集と編輯・出版に當てている。そのための財力をそなえていただけでなく、「魏氏枕江堂」なる出版事業をみずから兼ねていたとおもわれる。その事業は三種の詩の總集を同時に平行させるかたちで進められた。

その一、『補石倉詩選』三十二巻。鄉里の先輩曹學佺（字は能始、號は石倉、福建福州府侯官縣の人、一五七四〜一六四六）は、『歴代詩選』、またの名は『石倉十二代詩選』を編輯して、古詩・唐詩・宋詩・元詩・明詩・明續詩の小計九十七巻、南直・浙江・福建等各地の小計二百四十八巻、合計千二百十八巻を收録し、一六三一崇禎四年の序を附して刊行した（京大東アジアセンター藏）。これをうけて魏憲が明末の天啓甲子（同四年一六二四）より康熙壬子（同十一年一六七二）までの詩人を一人一集として補入し、吳偉業の「康熙辛亥夏日」、つまり同十年の序文を附して、魏氏枕江堂より刊行した（『清初人選清初詩彙考』一二七頁以下參照）。おそらく曹學佺の輯本に採られた詩人の作を補足したものであろうが、本文を見ることができないので、具體的なことは分からない。

その二、『詩持一集』四卷。「凡例」にまず「是の集は潭陽（湖南か？）に於て刻し、甲子（天啓四年）自り丙戌（順治三年一六四六）に至る總て二十三年の風雅、僅かに兩卷を得たり（是集刻於潭陽、自甲子至丙戌、總二十三年之風雅、僅得兩卷）」とする。おそらく前記『補石倉詩選』に收錄されない詩人を採りいれたのであろう。丙午（康熙五年一六六六）の時點で二卷本として成書していたのであるが、この年に北京に赴いたさい、新たに多量の詩篇を入手したことから、さらに二卷を增したのであろう。「自序」は次の『二集』『三集』におくれ、「康熙辛亥」、つまり同十年、「時に金閶の虎丘山房に寓す（時寓金閶之虎丘山房）」、つまり蘇州でのこととする。

『詩持二集』十卷。「凡例」にいう「丁亥（順治四年一六四七）より今日に至る（丁亥至今日）」の「今日」とは、年記がないので分からないが、一六六八康熙七年のころであろう。また「是の選は都門（北京）自り始まり白下（南京）に成る（是選始自都門、成于白下）」とも記す。

『詩持三集』十卷。「自序」に「余 近代の詩三百有餘家を擕えて雲間（江蘇松江府）に至る（余擕近代詩三百有餘家至雲間）」とし、「凡例」に「茲の三集は復た雲間に於て刻し、大約は皆な甲子（天啓四年）以後の詩なり（茲三集復刻於雲間、大約皆甲子以後詩）」と記す。年記は「康熙庚戌至日」、つまり同九年一六七〇の冬至の日である。

『詩持四集』一卷。一六七五康熙十四年、および同十九年、二度にわたって「大梁」、すなわち河南開封府に赴き、採詩と版刻をおこなった。年記は「康熙十有九年秋七月朔」である。

以上全四集の「自序」と「凡例」は『清初人選清初詩彙考』（一一二頁以下）の掲載によった。本文を見ることができないので、特に次の總集との關係が明らかでない。

その三、『皇朝百名家詩選』八十九卷。『四庫提要』卷百九十四に著錄されるのはこの集のみである。そこで「魏憲は……曹學佺に『十二代詩選』有り、天啓に止どまるを以って、因りて是の集を選して以って之れを補う（魏憲……以曹學佺有十二代詩選、止於天啓、因選是集以補之）」とするのは、その一の『補石倉詩選』のことと見なすべきであろう。ついで「天啓甲子自り以後、康熙壬子以前（自天啓甲子以後、康熙壬子以前）」とするのは、その二の『詩持』全四集のことと見なすべきで、『百名家詩選』の詩人や詩が康熙十二年以降に及ぶことは、あとに記す年譜によって明らかであろう。なお本集について144『晩晴簃詩滙』巻三十三・魏憲は、「別に百家を采りて『詩持廣集』と號す（別采百家、號詩持廣集）」とし、『清史稿』藝文志四も「（詩持）廣集八十九巻」とするが、その廣げた具體的な內容を知るには、『詩持』全四集との突きあわせを待たねばならない。

本集が「百名家」とすることについて、『四庫提要』は「縉紳由り方外に迄《いた》る、共に百人を得（由縉紳迄方外、共得百人）」としたうえで、「葉方藹以下十人に至りては、未だ其の詩を得ずして先ず其の目を列ぶ（至葉方藹以下十人、未得其詩、而先列其目）」とするが、京大東アジアセンター所藏本の「登選姓氏」に、その十家の名は見えない。また『淸初人選清初詩彙考』は、「登選姓氏」の九十一家（うち二家は范承謨の附錄）と未收の十家から、編者魏憲を除外すれば「百家」となる、とする。

本集は詩人八十九家を一巻ずつに配し、それぞれに多くて四十二首、少なくて四首の詩を載せるとともに、編者による「小引」を立てている（巻八十九は編輯者自身で、その「小引」は巻七十一の陸輿による）。巻の配列は、編者が面會、あるいは聽聞した順序によるのではなく、「登選姓氏」によれば、「詩を得たるの先後を以って次と爲す（以得詩之先後爲次）」。「小引」もそのつどに記されており、たとえば「今」とか「昨」の時點を特定することは、むずかしい。

では魏憲の採詩旅行を、「小引」を主な材料としてたどってみよう。ここからは、詩篇の收集に奔走した一人の文商と、自作の詩篇を總集にとどめようとする多くの詩人たちの姿を、垣間みることができよう。詩人の頭には、各巻の數目1～89を冠しておく。

一六四七順治四年丁亥、魏憲二十歳。

28部煥元、進士となる。「予 始めて弱冠、其の制擧の業を讀む（予始弱冠、讀其制擧業）」（28小引）とあることから、かりにこの年を二十歳としておく。

一六五三順治十年癸巳、二十六歳。

28部煥元、翌年にかけて湖廣學政（『清代職官年表』學政年表）。「余 舟を放ちて楚に入るに迨《およ》び、……凌玉（部氏の字）方《まさ》に文衡を秉《と》る（迨余放舟入楚、……凌玉方秉文衡）」（28小引）。『詩持一集』二巻本を潭陽で刻したのは、この年か？

一六五四順治十一年甲午、二十七歳。

「甲午の役、余 副車を悞《あや》まり」、漢軍正藍旗人の福建巡撫佟國器（字は匯白）「厥《そ》の事を監し、歎息を爲すこと久し（甲午之役、余悞副車、匯白夫子監厥事爲歎息者久之）」（12佟鳳彩小引）。130『金陵詩徵』巻四十一・寓賢・魏憲にも、「順治甲午副貢」と記す。副貢は、郷試の副榜として國子監入りを許される。「詩持三集自序」に「一たび青衫を領するに至り、長安の酒壚に質《しち》いれすること十五載（至一領青衫、質長安酒壚者十五載）」というのは、北京に滞在したことを示唆するかもしれない。ただし十五年というのは、あくまでも資格上のことであって、滞在期間を示すものではあるまい。

一六六一順治十八年辛丑、三十四歳。

「余 辛丑の秋、舟を大泖（江蘇松江府華亭縣）に汎《うか》べ、帆を九峯に挂《か》け」、7錢謙益・八十歳の「詩を陳徵君（未詳）の草堂に讀む（余辛丑之秋、汎舟大泖、挂帆九峯、讀先生詩于陳徵君草堂）」（7小引）。なお魏憲は錢氏について「命を本朝に歸し、天意の歸する攸《ところ》を知るは甚だ哲なり（歸命本朝、知天意攸歸甚哲）」（同上）と評する。

一六六三康熙二年癸卯、三十六歳。

17王士祿・三十八歳、七月、吏部稽勳司員外郎に遷る（18王士禛「王考功年譜」）。「余 仙霞（浙江福建省域）を渡り、檇李（浙江嘉興縣）を歴、棹《さお》を北固山下（江蘇丹徒縣北）に停《とど》め、金・焦間を望む。……忽ち友人の86呉學炯（字は星若）「笠澤（太湖）自り小舟を盪《うご》かし、就きて飲む。……乃わち一編を手にして示され、……曰わく、此れは司勳王西樵先生、遊覽の篇なり、と（余渡仙霞、歴檇李、停棹北固山下、望金焦間。忽友人呉星若自笠澤盪小舟就飲。……乃手一編見示、……曰、此司勳王西樵先生、遊覽之篇也）」（17小引）。

18王士禛・三十歳、順治十七年より康熙四年まで揚州府推官。「余 江湖を歴落し、石門（嘉興府下）鐵甕（鎭江の子城）の間を徘徊すること五、六年、未だ敢えて一たびも其の庭に造《いた》らず（余歴落江湖、徘徊于石門鐵甕間者五六年、未敢一造其庭）」（18小引）。

一六六四康熙三年甲辰、三十七歳。

1魏裔介・四十九歳、吏部尚書。十一月、內祕書院大學士。魏憲は「浪迹して燕に入り、蕭寺に僑居するを、……時に車騎を枉げて予を稠人廣坐の中に貰《まじ》う（予浪迹入燕、僑居蕭寺、……時枉車騎、貰予于稠人廣坐中）」（1小引）。別かれのおり「嶼舫詩」を贈られ、魏憲はそれを「雲間に翻刻し（松江府、一六七〇年のことか?）、紙 一時に貴《たか》し（臨岐以嶼舫詩贈、珍重行篋、翻刻雲間、紙貴一時）」（同上）。

2李霨・四十歳は、順治十五年、祕書學士として會試主考官をつとめ、この年にも弘文大學士として會試正考官をつとめた。魏憲はこの二度の機會に親戚の受驗生をとおして李霨の詩の手抄を入手し、『詩持』（一集?）に收録した（2小引）。

一六六六康熙五年丙午、三十九歳。

潭陽で刻した『詩持一集』二巻本を「丙午、攜えて京師に入る。紙　一時に貴きも、而して板も亦た漫滅せり。茲こに悉く原本に照らし、廣ぐること辛亥（康熙十年）に至る。稿を閲すること四百餘家、詩を得ること三千餘首、精にして以って嚴に至る（丙午攜入京師。紙貴一時、而板亦漫滅矣。茲悉照原本、廣至辛亥。閲稿四百餘家、得詩三千餘首、至精以嚴）」（「詩持一集凡例」）。

一六六七康熙六年丁未、四十歳。

「丁未、都を出でて白門（南京）に止どまり」、47李贊元の「詩を一《はじ》めて刻す（丁未出都、止白門、一刻其詩）」（47小引）。4龔鼎孶・五十三歳、兵部尙書。「余　丁未に先生の詩を白門・金閶（蘇州）の間に刻す（余丁未刻先生詩于白門・金閶間）」（4小引）。

「曩《さき》に余『詩持』を白門の……清涼峰下に選す（曩余選詩持白門……清涼峰下）」（85曹玉珂・小引）。

佟國器（一六五四年參照）退職後、滿洲より「白門に寓して、爲に『詩持』の選を襄《たす》け（寓白門、爲襄詩持之選）」（12小引）、一族の貴州巡撫12佟鳳彩を紹介す。まもなく貴州參政陳緑厓（未詳）、門人の86呉學炯を通じて「遠く先生の近集を寄こし（遠寄先生近集）」、康熙十年になって、魏憲はこれを上梓す（同上）。

佟國器、また34周令樹の詩を出して魏憲に貽《おく》る（34小引）。

「余『詩持』を選して南北の風雅を總べ、詞苑の大觀を爲さんと欲するも」、10申涵光（號は鳧盟、直隷廣平府永年縣の人）四十九歳の「詩を白下に得ること僅かに數首のみ（余選詩持、欲總南北風雅、爲詞苑大觀、得鳧盟申先生詩于白下僅數首）」（10小引）。

魏憲、白門を過《よ》ぎるに、月旦を善くする人、はじめに57計東（字は甫草）四十三歳の「才名を推し、口詠の數詩もて示され、已に予が『詩持』の選に梓したり（余過白門、……堂中人善月旦、首推甫草才名、口詠數詩見示、已梓予詩持之選）」（57小引）。

一六六八康熙七年戊申、四十一歲。

「丁戊（康熙六・七年）の際、余 白門に寓し」、33程可則・四十五歲の「佳什を得、『詩持』二・三集中に登す（丁戊之際、余寓白門得先生佳什、登詩持二三集中）」（33小引）。

『詩持二集』の「自序」「凡例」が撰せられたのはこの年であろう。「是の選は都門自り始まり白下に成る（是選始自都門、成于白下）」（同「凡例」）。

總集008『江左三大家詩鈔』刊。「近く吳門の諸子に『江左三大家』の刻有り」、4龔鼎孳・五十四歲の「全集を以って、虞山（7錢謙益）・婁東（8吳偉業）と轡を竝べて馳す。余が友顧茂倫（有孝）・趙山子（澐）は詞壇の董狐と稱し、固より確見有り（近吳門諸子有江左三大家之刻、以先生全集與虞山・婁東竝轡而馳。余友顧茂倫・趙山子稱詞壇董狐、固有確見）」（4小引）。

一六六九康熙八年己酉、四十二歲。

秋、江西布政司參議を辭職して二年めの20施閏章・五十二歲を、安徽宣城の閒居に訪う。「流連して晨夕を數《しば》しばし、相い與に蹇《あしな》え（の驢馬）に策《むちう》ちて敬亭（山）に坐し、相い看て之れに厭きず（流連數晨夕、相與策蹇敬亭坐、相看不厭之）」（20小引）。

同じ時、擧人の56梅清・四十七歲を宣城に訪い、「酒を把りて風に臨み、共に亭上に坐す（把酒臨風、共坐亭上）」（56小引）。

一六七〇康熙九年庚戌、四十三歲。

夏、8吳偉業・六十二歲を江蘇太倉州に訪ねる。「先生、爲に榻を下り、新舊の詩・古文辭を出して相い與に琴尊香茗の間に訂正すること、甚だ欸欸たるなり（先生爲下榻、出新舊詩古文辭、相與訂正琴尊香茗間、甚欸欸也）」（8小引）。『詩持三集』の編輯をする。「余 近代詩三百有餘家を攜えて雲間（江蘇松江府）に至り」、この地の糧捕通判たる36傅爲霖（字は暘谷、福建南安縣の人）を訪ねて論定をもとめる。「夏自り冬に徂《ゆ》き、六たび月を閲《へ》て始めて成るを告ぐ（余攜近代詩三百有餘家至雲間、訪暘谷傅先生論定。自夏徂冬、六閲月始告成）」（「詩持三集自序」）。

「余 庚戌の秋、雲間を浪遊し」、38嚴曾榘と定交、その同人へと交際が廣がる。すなわち江南提督の梁化鳳、學政の張安茂、知府の周茂源、通判の36傅爲霖、進士の董含、擧人の董俞、諸生（原文は「文學」）の72沈道映と86吳學炯である。なお嚴曾榘が21嚴沆・五十四歲の長子であることから「燕臺七子」への言及があり、22宋琬（山東）、趙賓（河南）、張文光（同）、20施閏章（安徽）、丁澎（浙江）、陳祚明（同）、21嚴沆（同）の名をあげる（38小引）。

一六七一康熙十年辛亥、四十四歲

「辛亥、雲間に遊び、三泖（泖湖）に棹《さお》し、再び47李贊元の詩を刻す（辛亥遊雲間、棹三泖、再刻其詩）」（47小引）。

「余 辛亥に雲間に遊び」、通判の36傅爲霖（號は石滃）を訪ね、その坐中にて72沈道映（號は彥徹）と交わりを定む（余于辛亥遊雲間、訪傅石滃別駕館。……因得與彥徹定交於石滃坐中）」（72小引）。

春、趙潛（別名は炎、總集009『詩藏初編』の編者）と8吳偉業・六十三歲を訪ね、36傅爲霖のために「傅石滃詩序」を依賴（馮其庸・葉君遠『吳梅村年譜』）。夏、吳偉業が病氣療養する蘇州の虎丘に赴き、『補石倉詩選』のための序文を請う（8小引。この年十二月二十四日、吳偉業死去）。

『詩持一集』（再版？）「自序」を撰す。「康熙辛亥中秋前五日、閩三山魏憲惟度題。時寓金閶之虎丘山房」。

「辛亥夏中、余 姑蘇に客たり」。21嚴沆・五十五歲、浙江餘杭縣より服喪あけの上京の途次、「余の舟と首尾して竝びに發す」。顧有孝・五十三歲（字は茂倫、蘇州府吳江縣の人）と57計東・四十七歲（字は甫草、吳江の人）「先生の意を道《みちび》き、余を邀《むか》えて謁を晉《すす》む（辛亥夏中、余客姑蘇。先生……與余舟首尾竝發。顧茂倫・計甫草諸同人道先生之意、邀余晉謁）」（21小引）。

「余　虎丘に寓すること五たび月を閲《へ》たり（余寓虎丘五閲月）」（52孔興釬・小引）。

「余　嘗て柴車に乗りて支硎山（呉縣西南）に登り、支遁の鶴を放ちし處に坐す（余嘗乘柴車、登支硎山、坐支遁放鶴處）」（88釋讀徹・小引）。

「辛亥秋中に至り」、12佟鳳彩の「近集」（一六六七年の項を參照）を攜えて河を渡り、「衞郡（河南衞輝府？）太守の」60程啓朱（字は念伊）と「較論し、遂に以って梓に付す（至辛亥秋中、攜之渡河、與衞郡太守程念伊先生較論、……遂以付梓）」（12小引）。

一六七二康熙十一年壬子、四十五歳。

1魏裔介・五十七歳、保和殿大學士を病免されて二年め、直隷趙州柏鄉縣に家居。「予　轅《ながえ》を北して衞を過《よ》ぎるに、典型（模範となる人）に密《ちか》く邇《ちか》く尺一（書信）を修めて走らせ、先生を候《うかが》う（予北轅過衞、密邇典型、修尺一走、候先生）」（1小引）。「壬子春暮、石倉の選を續くる（『詩持』をさす）を謀るに（壬子春暮、謀續石倉之選）」、魏氏は27孔衍樾に書を送り、その後援を托す（27小引）。孔氏は、字は心一、山東曲阜縣の聖裔。當時「牙を魏郡に建つ（建牙魏郡）」とは、直隷大名府の道員であったとおもわれる。魏氏の意をうけて孔氏は、學政の28郜煥元を通して「近詩を郵して相い示す（郵近詩相示）」（27小引）。

「余　壬子　衞源に客たるは、其の地に君子多く、以って麗《つら》なる澤の益を收む可きを以ってなり」。44王紫綬らと交わる。時に巡撫12佟鳳彩、參政47李贊元、知府60程啓朱、同知35李東燦ら「皆な詞林の夙譽を擅《ほし》いままにし、小子の朝夕に咨訪するを以って、琰琬（美玉のごとき詩）もて風雅を爲すを吝《おし》まず（余壬子客衞源、以其地多君子、可以

收麗澤之益。……皆擅詞林夙譽、以小子朝夕咨訪、不吝琰琬爲風雅）」（60小引）。

「余『詩持』（三集?）の選、固より已に之れを論次せり。壬子 衞に寓するに」、31毛逵（字は錦來）、知府60程啓朱（字は念伊）により「近集數種を寄せ示す（余詩持之選、固已論次之矣。壬子寓衞、錦來毛先生、憑太守程念伊、寄示近集數種）」（31小引）。

「壬子夏、初めて車を驅りて衞に入り」、65張祖詠（字は又益、四川資州內江縣の人）・毛會建（字は子霞、江蘇常州府武進縣の人）とともに、府同知35李衷燦（號は梅郁、安徽廬州府無爲州の人）に謁し、「遂に相い與に流連すること數月（壬子夏、初驅車入衞、與錦江張又益・毘陵毛子霞同謁郡司馬梅郁先生、……遂相與流連者數月）」（35小引）。

「衞源に消夏し」、65張祖詠と「嘯臺（河南尉氏縣）に讌坐す（消夏衞源、與內江張又益讌坐嘯臺）」（26魏裔魯・小引）。65張祖詠と「近く始めて交わりを河朔（河南省の黄河以北）に締《むす》び、比干の墓（衞輝府汲縣）に謁す」。35李衷燦先生は「張子の莫逆の交《とも》なり（今張子又益、……近始締交河朔、……謁比干之墓。……含山李梅郁先生、張子莫逆交也）」（65小引）。

66張鴻儀（號は企麓）は「壬子、余と交わりを衞源に定め、比干の墓に謁す（企麓張先生……壬子與余定交衞源、……謁比干之墓）」（66小引）。

「余 衞源に客たりて蘭若に寓すること、夏自り秋に徂く」。湖北出身の46王追騏（號は雪洲）「車馬を簇《ともな》い、竹戸を排して入り、晤對すること三たびの晨夕、其の詩を出だして示さる（余客衞源寓蘭若、自夏徂秋、……忽楚中王雪洲先生簇車馬、排竹戸而入、晤對三晨夕、出其の詩見示）」（46小引）。

「予 河朔に走り」、59孟瑤（字は二青、汲縣の人）の「詩を覓《もと》むるも得ず（予走河朔、覓二青詩不得）」（59小引）。

22宋琬・五十九歳、四月、四川按察使を授けらる（『清代職官年表』）。「今 荔裳（宋氏の號）且《まさ》に蜀中峩眉劍閣の間に總憲たらんとす（今茘裳且總憲蜀中峩眉劍閣之間）」（22小引。ちなみに宋琬は翌年、家族を任地に殘して入覲し、その間に成都が吳三桂の亂によって陷落し、おそらくそのショックで急死した）。

「壬子、節を持して黔に入り」、初めて貴州巡撫11曹申吉・三十八歳に面會す。「棄つるに一介の使を以ってせず、著わす所の『澹餘集』を緘《つつ》み、予に鍾阜（南京鍾山）の下《もと》に寄す（壬子持節入黔、初晤中丞、……而中丞不棄以一介使、緘所著澹餘集、……寄予于鍾阜之下）」（11小引。使いの目的・時期など、不明な點が多いが、かりにここに記載しておく）。

「偶たま蘇門（衛輝府輝縣西北）百泉の勝を聞き、蹇《あしな》えに策《むちう》ちて以って從う」。もと翰林官の44王紫綬（號は蓼航、輝縣の人）に「覯《あ》うを得、其の「柿菴」詩を讀む（偶聞蘇門百泉之勝、策蹇以從。……果得覯蓼航王太史、讀其柿菴詩）」（44小引）。

孫奇逢（字は鍾元）・八十九歳、晚年を蘇門の夏峰に過ごす。「年は幾《ほと》んど九十、今天子は其の名を廉《いさぎよ》くし、兩《ふた》び徵聘せり（孫鍾元……年幾九十、今天子廉其名、兩徵聘焉）」（18王士禛・小引）。

「近ごろ衛を過ぎり、……昨《きのう》蘇門を過ぎりて孫公（奇逢）を訪う。……壬子初秋十有二日（近過衛、……昨過蘇門訪孫公。……壬子初秋十有二日）」（47李贊元・小引）。

「近ごろ孫徵君を夏峰に訪ね、其の……『倚雉堂全集』を得たり（近訪孫徵君于夏峰、得其……倚雉堂全集）」（45竇鄰奇・小引）。

「近ごろ蹇えに策ちて都に入らんとし、路を大名に出だす（近策蹇入都、路出大名矣）」（39顧大申・小引）。

「壬子臘深、孔心一（名は衍樾）觀察（道員の尊稱）を魏博（直隸大名府）に訪う」。27孔衍樾は、禮部尚書の4龔鼎孳・五十八歳の「詩四十卷を出だす（壬子臘深訪孔心一觀察于魏博。……觀察復出先生詩四十卷）」（4小引）。

「余、石倉を采補する（『補石倉詩選』をさす）に、闕里の孔（衍樾）觀察は檗子（48紀映鍾・六十四歳の號）の詩を以って來たり、復た宗伯（4龔鼎孳）の八行を出だすに、敦切贊歎す（余釆補石倉、闕里孔觀察以檗子詩來、復出宗伯八行、敦切贊歎焉）」（48小引）。

「石倉を魏博に補うに、（56梅淸の）兒敬脩は眞州（江蘇揚州府儀眞縣）自り（父の）『瞿山全集』を以って至る（補石倉于魏博、兒敬脩自眞州以瞿山全集至）」（56小引）。

3王崇簡・七十歲、禮部尙書を退休して十一年め、順天府宛平縣に家居。「余 魏博を過ぎり、孔心一先生と之れを贊歎愛慕すること此くの如し（余過魏博、與孔心一先生贊歎愛慕之如此）」（3小引）。

1魏裔介、もとの四川左布政使13楊思聖（一六六三年卒）の「遺詩を以って遠寄す。余、……諸《こ》れを孔觀察に質す（栢鄕魏相國以方伯遺詩遠寄。余、……質諸孔觀察）」（13小引）。

14戴明說（字は道默）について、「予 道默先生の名を慕うこと久し。……偶《たま》たま觀察孔公に向かいて之れを言うに、觀察曰わく、……吾が篋中に襲藏し備わると（予慕道默先生之名久矣。……偶向觀察孔公言之、觀察曰、……吾篋中襲藏備矣）」（14小引）。

「27孔觀察心一を魏署に訪ぬるに迨《およ》び、……余は刺を持するを得るに因りて」、75劉元徵「先生の廬（大名府大名縣）に謁す（迨訪孔觀察心一于魏署、……余因得持刺、謁先生之廬）」（75小引）。

「近ごろ天雄（大名縣）を旅するに、……適《たま》たま衞司馬の」35李衷燦（號は梅邨）「介使を以って」、32成性の「新詩を持して示さる（近旅天雄、……適衞司馬梅邨李公、以介使持公新詩見示）」（32小引）。

52孔興釪について、「歲壬子、先生 五鹿（大名縣）を過ぎりて觀察（27孔衍樾）を省候す。余 方に天雄書院に寓し、風雅を論次す（歲壬子、先生過五鹿省候觀察。余方寓天雄書院、論次風雅）」（52小引）。

「近ごろ敝車を以って都に入るに、暫く五鹿に憩う（近以敝車入都、暫憩五鹿）」（34周令樹・小引）。

「近ごろ石倉を補うの役を以って、轅を五鹿に挂くるに、27孔心一觀察、忽ち車騎を枉ぐること甚だ都《みやび》なり（近以補石倉之役、挂轅五鹿、孔心一觀察、忽枉車騎甚都）」。一帙を示して、これは26魏裔魯先生の「劍南に宦せし時の一の繪圖なり（宦劍南時一繪圖也）」と（26小引）。

總集012『八家詩選』（序文年記「康熙壬子季秋之朔」）が刋行される。その巻六所收の33程可則・四十九歳について、「近ごろ復た『八家詩』を五鹿に得たり。先生の長安（北京）の作多く、其の尤《すぐ》れし者を抜きて先ず剞劂に付す（近復得八家詩于五鹿。多先生長安之作、拔其尤者、先付剞劂）」（33小引）。つづけて翌年のことであるが、「適たま聞くに先生に桂林に出守するの命有りと。喜びて觀察27孔公と言いて曰わく、甚だしきかな、天の、詩人を置くに巧みなるは、と（適聞先生有出守桂林之命。喜與觀察孔公言曰、甚矣、天之巧于置詩人也）」（同上。ところが着任後一ヶ月餘に三藩の亂がおこり、程可則は桂林府全州で卒した）。

學政の28郜煥元に『五鹿詩選』あり。その中の54袁佑（大名府東明縣の人）の詩について27孔衍樾と論評する（54小引）。

もとの內祕書院大學士成克鞏・六十五歳を、大名縣の自宅に訪い、「借りて以って吾が選を張らんと欲するも（欲借以張吾選焉）」、成氏は謙遜して、まず子息62成光の『素園集』を相い示す。時に成光の素園にて、學政28郜煥元、諸生86吳學炯、觀察27孔衍樾をまじえて會飲す（62小引）。

10申涵光（永年縣の人）五十四歳、「27孔觀察一日の交に因りて、全集を以って我れを知る者に簡し、且つ詞《ことば》を致す（因孔觀察一日之交、以全集簡知我者、且致詞焉）」（10小引）。

十月十一日、25范承謨・三十八歳、浙江巡撫より福建總督に異動（『清代職官年表』）。27孔衍樾觀察「金臺（北京）從《よ》り來たって余に（范氏の詩の）一帙を授け、方に剞劂を謀る。適たま聞くに吾が閩を總制するの命有りて、兩浙の父老は匍匐攀留して宸聽を動かすに至る、と（心一孔觀察從金臺來授余一帙、方謀剞劂。適聞有總制吾閩之命、兩浙父老匍匐攀留、至動宸聽）」（25小引。本文には二人の弟范承斌・范承烈の詩を附録する。なお范承謨は、康熙十三年三月、福建總督の任にありながら、三藩の亂の一角である耿精忠によって捕縛幽閉の身に置かれること七百餘日、康熙十五年春に殺害された。本集は最終的には、三藩の亂終結後の採詩をも含むが、巻二十五の時點では、まだそこまでくだっていないことになる）。「近ごろ沙麓（五鹿に同じ）を過ぎり」、69戴其員（字は雪看、安徽桐城縣の人）「先生の詩を讀むを得たり。……急ぎ攜えて27孔心一觀察と快讀す。……謁を司馬の郡署に晉《すす》むるに迨《およ》び、……交わりを定むること三たび月を閲《へ》たり。……旹《とき》に壬子の臘念有二日（近過沙麓、得讀戴雪看先生詩。……急攜與孔心一觀察快讀。……迨晉謁于司馬郡署、……定交者三閲月。……旹壬子之臘念有二日）」（69小引）。

一六七三康熙十二年癸丑、四十六歲。

大名縣の毛知縣から71陸輿（揚州人）の旅居を聞き、訪ねる。「復た爲《つく》る所の詩纍纍たるを出だし相い余に質す。……攜えて五鹿に歸り、出だして觀察の27孔公に示す（復出所爲詩纍纍、相質于余。……攜歸五鹿、出示觀察孔公）」（71小引）。

「余 五鹿を過ぎり、27孔觀察と詩を談ずるに（余過五鹿、與孔觀察談詩）」、首《はじ》めに元城縣（大名府の東北）の進士74孫郁を推す（74小引）。

「癸丑、魏博（大名府）に入り、天雄書院（大名縣）に寓すること三匝月」、元城の人66張鴻儀（號は企麓）の「家と隔つること半里許《ばか》りにして、……往來に虚日無し。……觀察27孔先生、復た斗酒を挈《たずさ》えて相い勞う（癸丑入魏博、寓天雄書院者三匝月、隔企麓家半里許、……往來無虚日。……觀察孔先生復挈斗酒相勞）」（66小引）。

元城の人63黃伸（字は美中）、「癸丑に進士と成る。觀察27孔公、詩を賦して之れに贈る。……余 觀察に報じて曰わく、魏子 江湖に長じて已に十年なりき、と（美中黄先生、癸丑成進士。觀察孔公賦詩贈之。……余報觀察曰、魏子長江湖已十年矣）」（63小引）。

61楊輝斗、「癸丑、內黄（河南彰徳府下の縣）に令たり。余 元城に客たり、相い隔つること僅かに百里（癸丑令內黄。余客元城、相隔僅百里）」（61小引）。

「魏博の東に鎭有り、……名づけて金沙灘と曰う（魏博之東有鎭焉、……名曰金沙灘）」（23張永祺・小引）。癸丑の春、「督糈使者」の43范周をその地に訪ね、『金灘倡和詩』一帙を得るに、中に23張永祺の作をみとめる（23小引）。

43范周について、「余 魏郡に客たるに、先生 金灘に駐節し、相い隔つること三十里。……郵して全集を示さる（余客魏郡、先生駐節金灘、相隔三十里。……郵示全集）」。觀察27孔衍樾、儀部（禮部主事）75劉元徵二公と快讀す（43小引）。

「癸丑春暮、車を驅って顓頊の故城（保定府高陽縣?）を過ぎるに（癸丑春暮、驅車過顓頊故城）」、縣廳にて72沈道映に邂逅す（一六七一年參照）。その『療鶴亭草』を示され、「急ぎて爲に攜え歸り、『石倉集』中に補入す（急爲攜歸、補入石倉集中）」（72小引）。

24梁清寬の詩について、「近ごろ澶州（大名府清豐縣）を旅するに、27孔觀察より一帙を緘示さる（近旅澶州、孔觀察緘示一帙）」（24小引）。

41周體觀（字は伯衡）の詩について、「余 澶州に客たるに、27孔心一觀察、寄せ至す（余客澶州、孔心一觀察寄伯衡周參藩詩至）」（41小引）。

「余 澶淵に客たり。夏日の初め、長く蕭寺半畝を僦《か》る。……忽ち魏博備兵使者27孔公」、53申涵盼（號は定舫、直隷永年縣の人）三十六歳の「詩を以って郵示す。……孔公の八行を讀むに云えらく、先生は詞林に官たり、……近ごろ始めて假歸し、乃兄の鳧盟（10申涵光・五十五歳）と倡す、と（余客澶淵。夏日初、長僦蕭寺半畝。……忽魏博備兵使者

孔公以定舫申先生詩郵示。……讀孔公八行云、先生官詞林、……近始假歸、與乃兄覓盟倡）」（53小引）。

「轅を澶州に挂くるに」、66張鴻儀の弟67張鴻佑（號は念麓、元城の人）と「晨夕に倡和するを得たり。……因りて28郜（煥元）學憲抜く所の『五鹿詩選』中に就きて、其の尤《すぐ》る者を鐫す（挂轅澶州、又得與念麓晨夕倡和。……因就郜學憲所抜五鹿詩選中、鐫其尤者）」（67小引）。

「余 郜雪嵐（名は煥元）の『五鹿詩選』を讀みて、天雄の多才なるを歎くなり（余讀郜雪嵐五鹿詩選、而歎天雄之多才也）」。擧人67張鴻佑、「余が寓齋を過ぎり（過余寓齋）」、73朱驊（滑縣の人）の集を出だす（73小引）。

55毛芳升（字は允大、浙江遂安の人）、「余と交わりを繁陽（大名府西南、河南彰德府內黃縣）に定むるに迨《およ》ぶ（迨允大與余定交繁陽）」（55小引）。

繁陽を過ぎるに、「方令尹竹友」（未詳）より85曹玉珂（陝西富平の人）の『緩齋集』を示さる（85小引）。

「癸丑、天雄に客たり。冬深くして雪無く、當事の諸公、民を憂う（癸丑客天雄。冬深無雪、當事諸公憂民）」。たまたま「同業の」86吳學炯（字は星若）、83毛師柱（字は亦史、江蘇太倉の人）の「詩刻成るを以って余に小序を促し（適同業吳星若、以毛亦史詩刻成、促余小序）」、これを白雪とみなして、東明知縣、元城知縣、大名知府および27孔觀察ら雪を賦す（83小引）。

「近ごろ駕を魏郡に稅《と》く。……27心一孔觀察より十數家を出だして貽《おく》らる（近稅駕魏郡。……心一孔觀察出十數家見貽）」。それらは75劉元徵、74孫郁、66張鴻儀、62成光、64黃任、63黃伸、84黃之鼎（元城の人）らのものであった（84小引）。

一六七四康熙十三年甲寅、四十七歲。

（予定どおりだと北京に入ったとおもわれるが、この年に關する記事はいっさいない）。

一六七五康熙十四年乙卯、四十八歲。

河南巡撫12佟鳳彩に招かれ開封府に赴く。「詩持四集自序」に「余 乙卯 梁に遊ぶ。大中丞佟公、館を艮嶽（城內東北隅）の側に假り、造《いた》りて請いて曰わく、中原の風雅、吹臺の響きを振いし自り後、何（景明）李（夢陽）之れを繼ぐに、忽ち千百年を經、詞壇は荒蕪し、華を增す者有る莫し。子《きみ》 盍んぞ厥の事を新たにせざるや、と（余乙卯遊梁。大中丞佟公、假館艮嶽之側、造而請曰、中原風雅、自吹臺振響後、何李繼之、忽經千百年、詞壇荒蕪、莫有增華者。子盍新厥事）」。

一六七九康熙十八年己未、五十二歲。

三月、博學鴻儒百四十三人を試し、うち20施閏章・六十二歲、54袁佑ら五十人を錄取して翰林官を授け、『明史』を纂修せしむ。

九月、翰林侍讀・明史纂修官の18王士禛・四十六歲、詩にて86吳學炯の開封に歸るを送る。すなわち五律「吳星若の大梁に歸るを送り、兼ねて魏惟度に答う（送吳星若歸大梁、兼答魏惟度）」（『漁洋續集』卷十二）に次のようにうたう。

　十日九風雨、秋陰晝不開。詩篇留碣石、行李向繁臺。別路重陽酒、歸心上番梅。儻逢魏公子、爲問鼓刀才（十日に九たびの風雨、秋陰 晝も開かず。詩篇 碣石に留め、行李 繁臺に向かう。別路 重陽の酒、歸心 上番の梅。儻《も》し魏公子に逢わば、爲に刀を鼓《な》らすの才を問え）。

一六八〇康熙十九年庚申、五十三歲。

開封にて「秋七月朔」に、「詩持四集自序」を撰す。「庚申、復た大梁に返る。同遊の諸子、爲に草堂を卜し、余に屬して重ねて舊業を理《おさ》めしむ（庚申復返大梁。同遊諸子、爲卜草堂、屬余重理舊業）」。（なお、巡撫の12佟鳳彩は一六七七年に死去）。ちなみに開封では「南征の兵（三藩の南軍）且《まさ》に城下に薄《せま》らんとする（南征兵且薄城下）」状態であったが、やがて「南服（南方軍）は款を納れ、健卒は日を指して（まもなく）凱旋すると傳う（傳南服納款、健卒指日凱旋）」ようになっていた。

一六八一康熙二十年辛酉、五十四歳。

冬、三藩の亂、平らぐ。

一六八二康熙二十一年壬戌、五十五歳。

本集には集序のたぐいがなく、かわって巻頭を飾るのは、「康熙二十一年正月十四日」附の「御製昇平嘉宴集序」と、朝臣九十四名による柏梁體の詩である。そのうち本集の八十九家と重なるのは、六番めの戸部尙書5梁清標・六十三歳、三十三番めの詹事府詹事15沈荃・五十九歳、四十四番めの少詹事79王澤弘・六十歳、五十二番めの右春坊右庶　酒［ママ］　18王士禛・四十九歳の四人だけである。この「集序」の年記によって、『清初人選清初詩彙考』は本集がこの年に刋行されたとする。もっとも、5梁清標を「大司馬」（5小引）と稱しているところから、梁氏が兵部尙書となった一六八四康熙二十三年九月以降の刋行であるかもしれない。

144
『晩晴簃詩匯』巻三十三では、魏憲について「嘗て國朝詩を選びて『詩持』を爲《つく》ること凡そ三集、又た別に百家を采りて『詩持廣集』と號す。中に顯宦多く、已《おの》れを末に列す。朱竹垞のみ獨り與《あず》からず（嘗選國朝詩爲詩持凡三集、又別采百家號詩持廣集。中多顯宦、列已於末。朱竹垞獨不與）」として、朱彝尊の、一七〇〇康熙三十九年・七十二歳のときの「近來二首」其二（『曝書亭集』巻十九）は、「卽わち此れを指す（卽指此）」とする。

近來論詩專序爵、不及歸田七品官。直待書坊有陳起、江湖諸集庶齊刋（近來　詩を論ずるは爵を序するを專らとし、歸田せし七品官に及ばず。直だ書坊に陳起有るを待ちて、江湖の諸集　齊《ひと》しく刋せらるるに庶《ちか》し）。

朱彝尊は、一六七九年の博學鴻詞によって從七品の翰林院檢討に任じられた。『詩持』はともかく、本集に限っていえば、「顯宦多く」の評は當たるまい。朱彝尊の出身地である浙江秀水縣は、魏憲が福建から江南へ出るさいに、かならず通過する地點にある。にもかかわらず朱氏の詩を錄取していないのには、何か別の理由がありそうである。

本集は、京大東アジアセンターに藏せられる。

017 群雅集　四卷、李振裕輯。一六八七康熙二十六年自序刊。

李振裕、字は經饒、號は醒齋、江西吉安府吉水縣の人。一六七〇康熙九年の進士。『淸代職官年表』によると、一六九一康熙三十年より工部尙書、一六九八年刑部尙書、翌年に戶部尙書に改められると、その後を王士禛（この年六十六歲）が繼ぎ、この關係が一七〇四年までつづく。この年、王士禛は免職となるが、李振裕は禮部尙書となって一七〇九年まで勤め、退休した。なお李氏に關する小傳の多くは「官は戶部尙書に至る」と記し、鄧之誠『淸詩紀事初編』（八六二頁）もそれを踏襲したうえで、「廢太子に黨するを以って革職して歸る。四十六年に卒す、年は六十七（以黨于廢太子革職歸。卒于四十六年、年六十七）」とするが、康熙四十六年（一七〇七）は禮部尙書在任中のはずである。

さて本集について『四庫提要』卷百九十四・集部・總集類存目によると、「是の編は乃わち其の江南を督學せし時」、つまり一六八四康熙二十三年に翰林院侍講より江南學政に赴いたとき、「諸生の詩賦雜文を選錄し、彙刻して集と成した（是編乃其督學江南時、選錄諸生詩賦雜文、彙刻成集）」もので、純然たる詩の總集ではない。目錄では「四卷」とするのを、本文では四卷・二卷・三卷・三卷の計「十二卷」に分割する。

「序」は、一六八七康熙二十六年に、工部右侍郎の孫在豐（一六四四～一六八九）と泰州知州の施世綸（一六五八～一七二二）によって記され、さらに「小序」が、一六八五年淮揚道の魯超、一六八六年江陰知縣の陸次雲（015『皇清詩選』の編者）、一六八七年興化縣學教諭宋實穎によって記されている。『提要』はさらに「隨時の續鐫に由っての故に輾轉增益す。其の編次の漫として體例無きは亦た是れに由るなり（由於隨時續鐫、故輾轉增益。其編次漫無體例、亦由於是也）」と記す。その例の一つとして、封面の見出しに「宗伯學士李大宗師鑒定」とする、その「大宗師」が學政の美稱であるのにたいして、「宗伯」は禮部尚書の美稱であり、一七〇四年以降に冠せられたものにちがいない。

また「輾轉增益」の二つめの例として、錢名世の詩賦が比較的多く採られていることがあげられる。錢名世、字は亮功、號は絅菴、常州府武進縣の人。その進士登第は一七〇三康熙四十三年であるから、その諸生時代は、本集の編輯開始時期よりかなりおくれるだろう。以下は後日譚ともいうべきもので、本集との直接の關係はないが、あえてここで言及しておこう。

錢名世は翰林院侍講に昇ったところで、一七二六雍正四年、陝西・四川兩省總督の年羹堯に詩を贈ったかどで朝廷を逐われ、雍正帝から「名敎罪人」の四字を榜書され、それを自宅の中堂に懸けさせられただけでなく、朝官の誹謗の標的とされた（年羹堯事件については、宮崎市定『雍正帝』一九五〇年・岩波新書に詳しい）。そのために錢氏の詩で殘るのは、宋犖の編輯した024『江左十五子詩選』のなかの二十題四十首のみとされ（144『晚晴簃詩匯』卷五十六、『淸詩紀事初編』卷四など）、そこから採錄したと思われる沈德潛の044『國朝詩別裁集』自定本に所載の人と詩も、045同・欽定本では人と詩もろとも削除される結果となった。このような事情を考えると、本集に收錄された錢氏の詩賦は、若年のものに限定されるとはいえ、資料的價値を有するといえよう。

本集は右にのべたような刊本が靜嘉堂文庫に藏せられる。

018　皇清詩選　三十巻、孫鋐輯評。一六八八康熙二十七年序刊。

本集は版心の柱の頭部に「皇清詩選」とあり、脚部に「盛集初編」とある。孫鋐は、字は思九、江蘇松江府華亭縣の諸生。編校にたずさわったのは黄朱芾、字は奕藻である。本集は詩體別に分けられ、巻一の四言古詩・樂府に始まり、巻三十の離合・廻文詩に終わる。

「皇清詩選序」としては三本ある。その一は、一六八八康熙二十七年の汪琬、當時六十五歳、蘇州府長洲縣に家居中のもの。そのなかで、「吾が門の孫子思九、素より才學を以って名を知られ、發して擧業の文を爲し、散華落藻、海隅に流聞す。其の暇に及ぶや、復た知交と詩歌を以って相い贈答し、（中略）間ま又た本朝士大夫及び騷人墨客方外の徒の作る所の、世に散見する者を取り、彙めて之れを葺して以って行わる（吾門孫子思九、素以才學知名、發爲擧業之文、散華落藻、流聞海隅。及其暇也、復與知交以詩歌相贈答、（中略）間又取本朝士大夫及騷人墨客方外之徒之所作散見於世者、彙而葺之以行）」と記す。

その二は、一六八七年の、徐乾學、當時五十七歳、都察院左都御史在任中のもの。いとこの章虞球（本名未詳）がその壻の孫鋐のために京師に來て、弁言と簡首をもとめたと記す。

その三は、一六八八年の陸慶臻のもの。孫氏の「同學弟」と稱し、『清初人選清初詩彙考』（二一七頁）によれば、その生卒年は、一六一三～一六九三、である。

次には、編者による「盛集初編刻略」がつづく。そのいくつかを見ておこう。

一、まず本集の編輯を、魏憲の「補石倉詩」、すなわち016『皇朝百名家詩選』の「遺意に庶幾《ちか》きのみ（庶幾魏子惟度補石倉詩之遺意）」とする。

二、魏裔介の曰わく「世の、詩を貴ぶ所《ゆえん》の者は、義もて倫物（人倫物理）に關わり、溫厚和平なる者を以って上と爲す（魏學士石生曰、世之所貴乎詩者、以義關倫物、溫厚和平者爲上）」（『兼濟堂集』二十巻本に見えず）と。ちなみに「溫厚和平」は、015『皇清詩選』の陸次雲「自序」のなかにも見えた。清初詩論の標語の一つと考えていいだろう。

三、再び魏憲を出し、その發言の「詩人に各おの性情の近しとする所有り、豈に能く強合せんや（詩人各有性情所近、豈能強合）」（出自未詳）を引き、明末以來の二つの潮流をしりぞける。すなわち、「今の詩を言う者、濟南（李攀龍）・竟陵（鍾惺）に於て日び相い戈を操るは、殊に無謂（無意味）に屬す（今之言詩者、於濟南・竟陵日相操戈、殊屬無謂）」。

四、これにたいして編者が掲げるのは宋詩である。「數年以來、又た眉山（蘇軾）を家ごとにし、劍南（陸游）を戸ごとにす。彼の天眞爛熳に在りては、畦徑（作詩法）は都《すべ》て絶たる。此れ誠に詩家の上乘なり（數年以來又家眉山而戸劍南矣。在彼天眞爛熳、畦徑都絶。此誠詩家上乘）」。その點では師の汪琬が「中年の後、劍南・石湖（范成大）を以って宗と爲す（中年後、以劍南・石湖爲宗）」（044『國朝詩別裁集』巻四・沈德潛評）のを繼ぐ。

五、編輯事業について、一六八〇康熙十九年の秋より始め、一六八八康熙二十七年の夏に竣《お》えた、とする。「諸家の善本二十餘種、專集雜稿數百部を得たり（得諸家善本二十餘種、專集雜稿數百部）」。その他では「郵筒」「酬倡」により、「壁間」「扇頭」にも及ぶと。

本集は、以上のような序文と「刻略」とを冠し、一六八八年より遲くない時期に版刻されたとおもわれる。ところが、現在我々が見るテキストは、裏表紙を「進呈御覽皇清詩盛初編」とする、いわば加上版である。その事情は、すべて朱刷りの、次のような文章の竝び（1～5で示す）によって明らかである。

1、「御製詩」。「甲子冬日、闕里を過ぎ（甲子冬日過闕里）」云々とあり、一六八四康熙二十三年の作。

2、「御製耕織圖序」。年記は「康熙三十五年（一六九六）春二月社日」。

3、編者の「恭進皇清詩盛初編奏章」。「共に兩京十五省より得る所の詩を合し、彙《あつ》めて三十卷と爲し、繕刻成帙し、聖駕の地方を經臨するに就きて、跪捧恭獻し、御覽を塵瀆す（共合兩京十五省所得之詩、彙爲三十卷、繕刻成帙、就聖駕經臨地方、跪捧恭獻、塵瀆御覽）」とのべ、最後に「康熙四十四年三月二十七日、江南松江府華亭縣學附監生臣孫鋐恭進」と記す。つまり一七〇五年から始まった康熙帝の第五次南巡に際して獻上されたものである。

4、編者の「恭紀」。その肩書きが「附監生候補典籍」となっている。

5、編者の「徵刻皇清詩盛二編啓」。初版本について「此れ鋐、戊辰（一六八八康熙二十七年）里居の歳に於いて業《すで》に『皇清詩盛』の鐫有り。是の鐫なるや、詩は幾んど萬首、人は約千家。顏に「初編」と曰うは、原より徐ろに夫の琬琰を搜し、茲こに「盛集」を標するは、益ます博く蓀荃を擥る（此鋐於戊辰里居之歲、業有皇淸詩盛之鐫。是鐫也、詩幾萬首、人約千家。顏曰初編、原徐搜夫琬琰、茲標盛集、益博擥蓀荃）」とのべる。以上の「初編」にたいして、さらに「二編」を編輯することを上申している。

本集について『四庫提要』巻百九十四・集部・總集類存目は、「其の選ぶ所は則わち皆な交游聲氣の地爲り、別裁する所有るに非ざる也（其所選則皆爲交游聲氣之地、非有所別裁也）」と評している。

本集は內閣文庫と天理大古義堂文庫に藏せられる。このうち古義堂文庫藏本は、裏表紙の標題部分のみ「進呈御覽皇朝詩盛初編」に作っている。加上版にも二種類があったということであろうか。

（附）清詩選選（和刻）　十巻、（日本）坂倉通貫選。一七五五（日本）寶曆五年刋。

『皇淸詩選』の和刻節錄本である。

坂倉通貫は浪華の人、字は之輔、號は澹翠。校閱者はやはり浪華の片岡正英、字は子蘭である。封面に「蜺巖梁田先生鑒定」と銘うつ。梁田邦美、字は景鸞、號は蛻巖、江戶の儒者、一六七二～一七五七。選者坂倉通貫の師である。

奥付に「寶暦五年乙亥秋九月」とあり、一七五五年、「書林赤石有馬屋莊橋」ら四氏によって刊行された。祖本が「詩は幾んど萬首、人は約千家」であるのにたいして、本集は六百一首・四百六十六家を選ぶ。祖本のいわばインデックスである。

「清詩選選序」は二本ある。その一は梁田蛻巖による「寶暦甲戌秋九月」、つまり一七五四寶暦四年の撰。冒頭より古文辭學の荻生徂徠（一六六六〜一七二八）への批判を展開する。「蘐老、清詩を論じて曰わく、明亡びて胡《えびす》興こり、草昧の間、文氣尚お閟《とざ》す（以下略）と（蘐老論清詩曰、明亡而胡興、草昧間、文氣尚閟）」。あるいは「唐後の詩、王（世貞）李（攀龍）に左袒し、以って清儒を譏るも、亦た未だ嘗て一言も『清詩選』に及ばざるは何ぞや（唐後詩左袒王李、以譏清儒、亦未嘗一言及清詩選何也）」と。これにたいして彼じしんについては、「近ごろ孫思九の『皇清詩選』を得て之れを讀むに、名公鉅卿を論ずる亡く、凡そ翩〻たる當世の佳き人士は、果して其の選に入る。前代の遺賢は、錢謙益・蔣之翹・吳偉業・金聖嘆の如き輩も亦た此の中に存す」とし、「豈に清人の、詩を善くせざると謂わんや（近得孫思九皇清詩選讀之、亡論名公鉅卿、凡翩〻當世佳人士、果入其選。前代遺賢如錢謙益・蔣之翹・吳偉業・金聖嘆輩、亦存乎此中。……豈謂清人不善詩哉）」とのべる。

その二は、選者坂倉氏による「寶暦壬申秋八月」、つまり寶暦二年の撰。「予が家に孫思九『皇清詩選』を藏し、嘗《つね》に之れを閲す。其の雋直は盛唐に溯り、中晩に出入し、又た故《ことさ》らに宋と明季に隨い、以って自ら喜ぶ者有り、鈞《ひと》しく是れ奇才なり。蓋し康熙帝、右文の政を尚び、髦士星羅、各おの其の才を盡くし、王・李の喉下に向《お》いて餘を乞うを欲せず。清詩の盛んなる所以、豈に宜ならざらんや（予家藏孫思九皇清詩選、嘗閲之。其雋直溯盛唐、出入中晩、又有故隨於宋與明季、以自喜者、鈞是奇才也。蓋康熙帝尚右文之政、髦士星羅、各盡其才、不欲向王李喉下乞餘。清詩之所以盛、豈不宜哉）」。

ついでは原序の一つ、汪琬の「皇清詩選序」を轉載する。その意圖は、梁田氏の識語に明らかである。「汪鈍翁は唐の初盛中晩の、以って四とする可からざるを論じ、而して遂に唐宋の、以って二とする可からざるに及ぶ（汪鈍翁論唐之初盛中晩不可以四焉、而遂及唐宋之不可以二焉）」と。

ちなみに書林有馬屋莊橋は識語で、「皇朝詩選三十册、洛儒井仲漸先生、其の友滕子龍と新刻を圖る（皇朝詩選三十册、洛儒井仲漸先生、與其友滕子龍圖新刻）」と、祖本出版の計畫もあったことを記す。

本集は國會圖書館に藏せられるが、一九七九年五月、汲古書院『和刻本漢詩集成・總集篇』第八輯に景印され、長澤規矩也氏の解題を附す。

019　嶺南三大家詩選　二十四巻　王隼輯。一六九二康熙三十一年序刊。

本集の內譯は、梁佩蘭（字は芝五、號は藥亭、廣東廣州府南海縣の人、一六二九～一七〇五）卷一～八、屈大均（字は介子、號は翁山、廣州府番禺縣の人、一六三〇～一六九六）卷九～十六、陳恭尹（字は元孝、晩號は獨漉山人、南海縣の人、一六三一～一七〇〇）卷十七～二十四、である。

編者の王隼は、字は蒲衣、南海縣の人、一六四四～一七〇〇。生涯隱士を通し、文學のほか琵琶を樂しんだ。趙執信（字は申符、山東青州府益都縣の人、一六六二～一七四四）のように、右の三家に加えて「嶺南四大家」とみなす人もいる（五古「南海陳恭尹元孝」云々の詩題）。

序文を撰した王煐は、字は子千、號は盤麓・紫詮・南村など。直隷順天府寶坻縣の人、生卒年は未詳。このなかで王煐は、一六八九康熙二十八年の秋に「事を惠陽に受く（受事惠陽）」、つまり惠州府知府として著任し、一六九二年九月、王隼が本集の選を完成させ、「序を予に問う（問序于予）」と記す。また三家有名の早晩について、屈大均が「世に見《あら》わるること最も早く（見於世最早）」、ついで梁佩蘭が一六五七順治十四年に「郷進士第一なるを以って、制藝は都下に喧傳さる（丁酉以郷進士第一、制藝喧傳都下）」。陳恭尹の詩の「世に行わるること最も晩し。蓋し其の操心慮思、敢えて驟《すみや》かに詩を以って世に問わざらん（行世最晩。蓋其操心慮思、不敢驟以詩問世）」とする。そして最後に三家を評して、梁詩は「才人の詩」、屈詩は「學者の詩」、陳詩は「詩人の詩」（『詩經』精神にのっとった、の意）とのべる。

王隼が三家をなぜこの配列にしたのか、については、まず第一に年齢順ということが考えられる。第二に、144『晩晴簃詩匯』巻四十九・梁佩蘭の項で徐世昌は、王隼の父王邦畿（字は說作、明の貢生、遺民、生卒年未詳）が梁氏と親しく、酬唱も多いことから、三家の首に置いたとする。第三に、『清詩紀事』遺民巻（八五二頁）に引く屈向邦（清末民國初の人であろうが未詳）の『粵東詩話』によれば、明の遺民を通した王隼としては、同じ遺民の屈・陳兩家のみを選びたかったのであろうが、梁氏を選び、しかも「冠首」にすえたのは、「或いは人の攻詰を避け、梁を以って幌子（かくれみの）と爲さんと欲するのみ（或欲避人攻詰、以梁爲幌子耳）」とする。

さて、これまでの清詩總集のおおむねは、詩人たちの活動の中心を北京か江南に置くものであった。それにたいして本集の出現は、嶺南という第三の地方が新たに加わったことを意味する。もっとも嶺南、なかでも廣東の詩人にたいする評價は、本集出現の二十年前、すなわち一六七一康熙十年ごろに、戶部福建郎中であった王士禛・三十八歲によって、すでになされている。それは『池北偶談』巻十一・談藝「粵詩」に見えるもので、屈大均・陳恭尹・王邦畿・梁佩蘭・王鳴雷（字は震生）・陳子升（字は喬生）の名をあげ、「皆な廣州の人にして、詩に工みなり（皆廣州人、工詩）」としてそれぞれの詩句に言及したあと、兵部職方郎中の程可則（字は周量、南海縣の人、一六二四〜一六七三）にむかって、「君が鄉なる東粵の、人才最も盛んなるは、正に嶺海に僻在し、中原・江左の習氣に熏染するを爲さざるを以っての故に尙お古風を存するのみ（君鄉東粵、人才最盛、正以僻在嶺海、不爲中原江左習氣熏染、故尙存古風耳）」と語った。近人の鄧之誠は本集について、「隱《ひそ》かに以って江左三家に抗す（隱以抗江左三家）」（『清詩紀事初編』梁佩蘭の項、九八六頁）と指摘する。

それでは、清詩のさきがけをなしたと見なされている008『江左三大家』錢謙益・龔鼎孳・吳偉業との對比においてはどうだろうか。本集の刊行から一世紀餘の一八〇〇嘉慶五年、洪亮吉（字は稚存、號は北江、江蘇常州府陽湖縣の人、一七四六～一八〇九）は、「道中事無く、偶たま論詩截句二十首を作る（道中無事、偶作論詩截句二十首）」（『更生齋詩』巻二「百日賜環集」所收）の其五で次のようにうたう。

藥亭獨漉許相參、吟苦時同佛一龕。尙得昔賢雄直氣、嶺南猶似勝江南（藥亭・獨漉 相い參《くら》ぶるを許し、吟苦は時に佛の一龕にあるに同じ。尙お得たり昔賢雄直の氣、嶺南は猶お江南に勝るが似《ごと》し）。

初句に梁佩蘭・陳恭尹が掲げられ屈大均を缺くのは、すでに屈氏が、一七三〇雍正八年の「詩文案」、および一七七四乾隆三十九年の「雨花臺衣冠冢案」によって禁燬措置の對象となっているからである。ちなみに「江左三大家」の一人錢謙益は一七六一乾隆二十六年の段階で禁燬の對象とされていたが、屈・錢の兩家は清代禁書のもっとも嚴しい例である。なお洪亮吉のこの詩は、翰林院編修として貴戚閣老の惡德を指摘したことが朝政批判と見なされ、新疆伊犂に流謫された途中の作である。

ところで嶺南が地方詩壇に終わらなかったのは、やはり北京や江南の人士との交流があったからである。そのことを含めて三家の經歷を簡單にたどっておこう（劉斯奮・周錫䪖選注『嶺南三家詩選』一九八一年一月・廣東人民文學出版社刊、および陳永正主編『屈大均詩詞編年箋校』二〇〇〇年十二月・中山大學出版社刊、また汪宗衍「屈翁山先生年譜」一九七〇年八月（澳門）于今書屋刊、などによる）。

一六四五順治二年。屈大均（この時の名は紹隆）十六歲、南海縣學の生員となり、業を陳邦彥（陳恭尹の父、舉人）より受け、始めて陳恭尹・十五歳を識る。

一六四六順治三年。十二月、南明の永暦帝が依據する廣州が清朝軍によって陷落、永暦帝は西北四百キロの廣西桂林府にのがれる。

一六四七順治四年。陳邦彥は南明反清軍を組織するが、失敗、捕えられて、家族全員が殺害。陳恭尹・十七歳のみ免れ、肇慶（廣州の西九十キロ）に移っていた永暦帝のもとに赴き、世襲錦衣衛指揮僉事を授かる。屈大均・十八歳は業師の軍に參加したあと、やはり肇慶に走るが、早々に辭歸する。

一六四九順治六年。屈大均・二十歳は父屈宜遇の病歿により、陳恭尹・十九歳は治葬により、ともに廣州に居住。

一六五〇順治七年。冬、前明の降將耿精忠と尙可喜の二王が廣州を平定、梁佩蘭・二十二歳は七古「養馬行」を作って實錄する。屈大均・二十一歳は清の追及をのがれて剃髮、法名は今種、字は一靈。陳恭尹・二十歳は西南四十キロの西樵山に隱れる。

一六五一順治八年。秋、陳恭尹・二十一歳、反清闘爭の同志を得るため、福建・江西・浙江・江蘇一帶へ旅だつ（〜一六五四年まで）。

一六五六順治十三年。夏、布衣朱彝尊（字は錫鬯、浙江嘉興府秀水縣の人）二十八歳が廣州に來、同鄉の廣東左布政使曹溶・四十四歳が輯《あつ》めた『嶺南詩選』を甄錄する（楊謙『朱竹垞先生年譜』は一六五七年のこととするが、「布政使年表」によると、曹溶の在任は一六五五年十月〜一六五六年九月である）。

一六五七順治十三年。梁佩蘭・二十九歳、鄉試第一（會試及第は一六八八年）。朱彝尊・二十九歳、廣州にとどまり屈大均・二十八歳を識る。朱氏に「東莞の客舍に屈五の過《よ》ぎりて羅浮の勝を譚《かた》る（東莞客舍屈五過譚羅浮之勝）」云々の詩がある（『曝書亭集』巻三）。のちの一六九三年、屈氏は「予 名を得るは錫邕自り始む。未だ嶺を出でざる時に、錫邕已に予の詩を持って遍く吳下に傳えり（予得名自錫邕始。未出嶺時、錫邕已持予詩遍傳吳下矣）」（『屈大均詩詞編年箋校』巻十「屢得友朋書札感賦」詩自注）とのべている。屈氏はついで東北へ向け離郷。

一六五八順治十五年。屈大均・二十九歳、春、北京に至り、明・崇禎帝を哀悼し「燕京述哀七首」を作る。夏、山東に至り、濟南で、進士となったばかりの王士禛・二十五歳を識る。王氏はのち「翁山詩は、予曾て爲に百篇を選び、以って唐宋以來の詩僧の及ぶ者無しと爲す（翁山詩、予曾爲選百篇、以爲唐宋以來詩僧無及者）」（『池北偶談』巻十一「粤詩」）とのべる。屈氏は冬、江南に赴く。

陳恭尹・二十八歳、再び出郷し、永曆帝の所在を求めて雲南・貴州に赴くが、兵戈に阻まれ、轉じて湖北・江蘇、河南へ向かう。

一六五九順治十六年。屈大均・三十歳、錢謙益・七十八歳を蘇州府常熟縣に訪ね、自作の詩を示す。錢氏は彼のために「羅浮種上人詩集序」を記す。その年記は「己亥三月十六日清明節日、虞山俗衲謙益書於紅豆閣中」である。清朝の禮部右侍郎を退いてのち十三年めのことである。屈氏はのち南京に赴き、明・太祖の孝陵を拜謁する。

陳恭尹・二十九歳、湖南で南明の滅亡を知る。

一六六〇順治十七年。屈大均・三十一歳、浙江に赴き、秀水で朱彝尊・三十二歳に會い、紹興で、殉節した祁彪佳（字は虎子、一六〇二～一六四五）の二人の遺児が營む寓山園に寄居する。

陳恭尹・三十歳、廣州の家郷に歸り、「是れ自り復た遠遊の志無し（自是無復遠遊之志）」（「中游集序」）。

一六六二康熙元年。屈大均・三十三歳、廣州に歸り、母の孝養のために再び髪を蓄え、名を大均と改める。

一六六四康熙三年。會試が開かれ、梁佩蘭・三十六歳が應じたもようで、かつてこの歳に「燕國に在り（昔我甲辰在燕國）」と記す。

一六六五康熙四年。屈大均・三十六歳、春再び北上して南京に至り、秋には浙江へ行き、十一月には南京から長江を渡って陝西に赴く。

一六六六康熙五年。屈大均・三十七歳、六月、西安府富平縣の布衣李因篤（字は天生）三十四歳とともに山西代州に赴き、遺民の顧炎武（字は寧人、江蘇蘇州府崑山縣の人）五十四歳を識る。顧氏に「屈山人大均 關中自り至る（屈山人大均自關中至）」の詩がある。また遺民の傅山・六十一歳を太原府に訪ねる。

一六六七康熙六年。總集008『江左三大家詩鈔』刊行。

一六六八康熙七年。屈大均・三十九歳、代州より陝西籍の新妻王氏をつれて北京に赴く。禮部儀制司員外郎の王士禛・三十五歳に「翁山子を送る五首（送翁山子五首）」がある。ついで南京にくだる。

一六六九康熙八年。梁佩蘭・四十一歳、廣州より屈大均・四十歳に五古「懐いを屈翁山の鴈門に客たるに寄す（寄懐屈翁山客鴈門）」を送り、「故人在關外、三載猶作客（故人 關外に在り、三載 猶お客と作《な》る）」と始め、「願言税歸鞅、省覲聊促膝（願わくば言《ここ》に歸りの鞅《むながい》を税《ほど》き、省覲して聊か膝を促《ちか》づけよ）」とすすめる。その屈氏は八月、夫婦して番禺の故里にもどる。陳恭尹・三十九歳に、「秋日西郊に宴集す。……時に翁山、塞上自り歸る（秋日西郊宴集。……時翁山歸自塞上）」として、屈・陳のほか王邦畿・梁佩蘭らあわせて十一人で集った七律がある（王隼の名は見えない）。

一六七〇康熙九年。屈大均・四十一歳、正月、妻王氏病歿、居を東莞縣に移す。

陳恭尹・四十歳、「今四十にして聞こゆる無く、老いたり（今四十無聞、老矣）」とのべる（總集030『五名家近體詩』「陳元孝詩」汪觀序に引く「自敍」）。

一六七一康熙十年。屈大均・四十二歳、四月より西南三百五十キロの雷州府に赴き友人の知府吳盛藻（安徽和州の人）のもとに七月まで滞在、「吾れの雷陽に奔走するは、故人の守爲り、升斗の粟を求め、以って親の養いと爲すを以ってなり（吾之奔走雷陽、以故人爲守、求升斗之粟、以爲親養）」（「稚女阿雁を哭する文」）。この間の六月、王氏の遺女雁・四歳を失う。

一六七二康熙十一年。009『詩藏初編』に屈大均・四十三歳、陳恭尹・四十二歳の詩、010『本事詩』に屈詩、011『天下名家詩觀・初集』に屈詩・陳詩が採録される。

一六七三康熙十二年。十一月、雲南の平西王吳三桂が叛し、翌年三月には福建の靖南王耿精忠、ついで廣東の平南王尙可喜の子尙之信が應じ、三藩の亂起こる（〜一六八一年まで）。屈大均・四十四歳、廣西桂林の吳三桂軍に參加（〜一六七六年まで）。

一六七四康熙十三年。014『感舊集』に屈大均・四十五歳（見出しは「今種」）、梁佩蘭・四十六歳、陳恭尹・四十四歳の詩が採錄。

一六七六康熙十五年。二月、屈大均・四十七歳、桂林の吳三桂軍から退いて廣州に歸り、以後は『廣東新語』などの文獻・文物・掌故の收集と編纂に專念する。

一六七七康熙十六年。屈大均・四十八歳、清朝の追及をおそれ、秋、南京に逃れる。

一六七八康熙十七年。陳恭尹・四十八歳、秋、叛亂參加の嫌疑で清朝官憲により逮捕、翌年春までの二百餘日、獄にくだされ、「獄中雜記二十六首」の詩を作る。前年に尙之信が投降し、この年には吳三桂が病死するなど、叛亂軍の劣勢が明らかとなる。011『天下名家詩觀・二集』に梁佩蘭・五十歳、屈大均・四十九歳の詩が採錄。

一六七九康熙十八年。博學鴻詞試が開かれ、及第者五十人のうち布衣は四人、うち二人は屈大均・五十歳の親友の朱彝尊・四十一歳と李因篤・四十七歳であった。

一六八一康熙二十年。屈大均・五十二歳、廣州に歸る。

一六八二康熙二十一年。會試がおこなわれ、二月、梁佩蘭・五十四歳上京。三月、刑部郎中宋犖（字は牧仲、河南歸德府商邱縣の人）四十九歳は梁氏および蔣景祁（字は京少、江蘇常州府宜興縣の人）三十七歳と芍藥を觀賞し、梁氏の詩を評して「幽燕の老將の如し（藥亭如幽燕老將）」という。下第。六月、國子監祭酒王士禛・四十九歳は蔣景祁・馮廷櫆（字は大木、山東濟南府德州縣の人）三十四歳、白子常（未詳）を招き詩酒の會を催す（蔣寅『王漁洋事迹徵略』による）。

屈大均・五十三歳、顧炎武・七十歳の死に哭する詩を作る。

陳恭尹・五十二歳、廣東督糧道耿文明（號は象翁）の去任を送る詩を作る（『雪橋詩話餘集』）。

一六八五康熙二十四年。梁佩蘭・五十七歳、會試に應じるが不第。滿州の貴公子納蘭性德（原名は成德、字は容若、武英殿大學士納蘭明珠・五十一歳の子）三十二歳への挽歌十二首を作る。

王士禛・五十二歳、詹事府少詹事・兼翰林院侍講學士として廣東に赴き、二月、南海での祭告を終えて廣州に入る。初めて陳恭尹・五十五歳と交わりを結び、陳氏は端硯に「獨漉之貽、漁洋寶之」と銘して贈り、名勝の遊覽に隨從する。四月上旬、王士禛が歸途のはじめ、肇慶府高要縣に兩廣總督の吳興祚（字は伯成、浙江紹興府山陰縣の人、漢軍正紅旗人）五十四歳が面會に來、ついで來たった屈大均・五十六歳にたいして、二人して出仕の推薦をもちかけるが、屈氏は「家に老母有り（家有老母）」として斷る。

一六八八康熙二十七年。梁佩蘭・六十歳、徐乾學（字は原一、江蘇蘇州府崑山縣の人）五十八歳の主持する會試にて進士となる。「進士と成るに至る時、年は六十餘たりき。未だ一歳ならずして卽わち假を乞うて歸る。同榜中、倶に前輩を以って之れに事う（至成進士時、年六十餘矣。未一歲、即乞假歸。同榜中俱以前輩事之）」（044『國朝詩別裁集』卷十六・小傳）。

前項『皇朝詩選』に屈大均・五十九歲、陳恭尹・五十八歲の詩が採錄。

一六八九康熙二十八年。陳恭尹・五十九歲、兩廣總督吳興祚・五十八歲の降調による去任を見送る。

王煐が惠州府知府として來任、「嘗て閒《ひま》を以って會城（省政府の所在地廣州）に抵るに、三先生の居址は皆な番禺兩山の間に在り（嘗以閒抵會城、而三先生居址皆在番禺兩山間）」（本集「序」）。

011『天下名家詩觀・三集』に屈大均・六十歲の詩が採錄。

一六九二康熙三十一年。九月、王隼・四十九歲による本集の編輯が成り、王煐が序文を撰する。

梁佩蘭・六十四歲、屈大均・六十三歲、陳恭尹・六十二歲。

本集は、京大文學部、同大東アジアセンター、阪大懷德堂文庫、內閣文庫、早大寧齋文庫、坦堂文庫などに藏せられる。

020　蘭言集　五卷、何之銑・林獬錦・李暾同輯。一六九五康熙三十四年敍刊。

書名の「蘭言」とは、『周易』繫辭上傳に「子曰わく、君子の道、或いは出《い》で或いは處《お》り、或いは默し或いは語る。二人、心を同じくすれば、其の利《するど》きこと金を斷つ。同心の言は、其の臭《にお》い蘭の如し、と（子曰、君子之道、或出或處、或默或語。二人同心、其利斷金。同心之言、其臭如蘭）」とあるのにもとづく。以下にも同名の書がいくつか出されるが、いずれも典據は同じである。

序文の年記は翰林院左諭徳の鄭開極（字は肇修、福建福州府侯官縣の人）のものが一六九五康熙三十四年である。彼はその五年前の一年間、浙江學政をつとめたことがある。

本集は、浙江寧波府とこれに屬する鄞・慈谿・奉化・鎮海・象山・定海六縣にゆかりのある人たち二百六十八家が、名所の月湖や鑑湖の元宵節の夜などを詩に詠んで寄せた、一種の記念集である。各巻の冒頭に「較」すなわち校閲者として、潮州別駕の孫鉥、前進士太常少卿の林時對、辛未進士候選大令の張起宗の名を列べ、その下に「敬輯」者として、鎮海縣儒學生員の何之銑、寧波府學生の林獬錦、監生の李暾の名を列べる。このうち李暾については『清詩紀事初編』二三五頁に傳があり、字は寅伯、別號は東門、鄞縣の人、一六六〇～一七三四である。また『清詩紀事』康熙朝巻・三九一九頁には、董沛143『四明清詩略』に引く『鄞縣志』の記事として「性として遊ぶを好み客を喜ぶ。四方の士、甬上に至れば李氏を叩かざるは無し（性好遊而喜客。四方之士、至甬上、無不叩李氏）」云々、とある。

首巻には外地人を含む「壽序」十四篇をかかげ、その最初に文華殿大學士張玉書（字は素存、號は潤甫、江蘇鎮江府丹徒縣の人、一六四二～一七一一）のものを載せる。巻一は「凡例」にいう「當事」の人々である。ここで興味深いのは、一地方の官員の序列であって、次のような肩書きが列ぶ。督闕光祿寺卿―分巡寧台道―寧波府知府―同知―通判―經歴―照磨―（六縣の）知縣―縣丞―典史―府學教授―（各縣の）縣儒學教諭―府儒學訓導―（各縣の）縣儒學訓導。巻二は「當事」の武官で、參將―遊擊―守備、である。

巻三は「薦紳」で、政府高官から進士・舉人に及ぶ。そのうち翰林院編修の仇兆鰲（字は滄柱、自號は龍溪老叟、鄞縣の人、一六三八～一七一七）は、二年前の一六九三年に「杜詩詳註序」を記した。また同じく翰林院編修の姜宸英（字は西溟、號は湛園、慈谿縣の人、一六二八～一六九九）の名も見える。巻四は貢生・監生、巻五は府・縣學の生員である。

「凡例」には「是の集、爵臺（爵位ある高官たち?）は刋行を欲せざるも、士民、事に從うを樂しむ（是集、爵臺不欲刋行、士民樂於從事）」とのべる。おそらく若手の人士が、世に出ようとする熱意にかられて編輯と刋行にたずさわったのであろう。

本集は國會圖書館に藏せられる。

021 篋衍集　十二卷、陳維崧輯。一六九七康熙三十六年序刋。

陳維崧、字は其年、號は迦陵、江蘇常州府宜興縣の人、一六二五天啓五年～一六八二康熙二十一年。

序文は四本あり、もっとも遲い年記は一六九七康熙三十六年である。

その一、宋犖撰、年記はない。まず詩の收集から成書について、「陳其年太史（翰林院檢討）嘗て本朝名公碩人の詩を鈔《かきうつ》して三百餘紙を得たるも、以って人に示さず、名づけて『篋衍集』と曰う。沒後數年、其の同里の蔣京少（名は景祁）氏、始めて之れを敝簏に得、因りて其の宗人蘿邨（蔣國祥）氏と、剞劂に付して之れを傳えんことを謀り、蘿邨、來たりて予に序を請う（陳其年太史嘗鈔本朝名公碩人之詩、得三百餘紙、不以示人、名曰篋衍集。沒後數年、其同里蔣京少氏、始得之於敝簏、因與其宗人蘿邨氏、謀付剞劂而傳之、蘿邨來請予序）」。ついで本集の特長について、「其年の此の集、意に矜愼を存し、備うるを求めざるなり（其年此集、意存矜愼、不求備也）」。「矜愼」は特に典據のある語ではないようだが、人にしろ詩にしろ、その選擇が謹嚴愼重になされたことを意味する。ちなみに011『天下名家詩觀・初集』に與えた仲之琮の「重輯詩觀序」（一七五〇乾隆十五年撰）では、「國朝、選政を攙《と》る者は數十家を下らず（國朝攙選政者不下數十家）」としたうえで、「『篋衍』一選は最も矜貴爲り（篋衍一選、最爲矜貴）」と評する。

さて、宋序の最後は書名の由來におよぶ。語は『莊子』外篇・天運篇の、顔淵が孔子の旅行について問うたときの、師金の答えにもとづく。あの祭祀に使うわら犬は、神前に奉納される前には、竹の櫃《ひつ》に入れられる。ところが奉納がすんだ後では、草刈人はそれを拾って焚きつけにしてしまう。「此れも亦た師金云う所の「芻狗の未だ陳《つら》ねざるや、盛るに篋衍を以ってす」の義なり。既に陳ねらるれば則わち「蘇《くさか》る者は取りて之れを爨《た》き」、而して又た何にか盛らん(此亦師金所云芻狗未陳、盛以篋衍之義也。既陳則蘇者取而爨之、而又何盛焉)」。宋氏の引用はここまでだが、暗に次の一節を示唆して、陳維崧を孔子になぞらえているのであろう。「夫子も亦た先王の已に陳ねし芻狗を取り、弟子を取《あつ》めて其の下に遊居寢臥す(夫子亦取先王已陳芻狗、取弟子、遊居寢臥其下)」(以上、訓讀は福永光司・興膳宏譯『老子・莊子』二〇〇四年五月・筑摩書房による)。この宋犖の詩を、本集は十首採錄する。

序文その二、王士禛撰。年記は「康熙壬申長至雪夜」、つまり一六九二康熙三十一年の冬至である。まず、順治末に陳允衡が、明・顧起綸の『國雅』・『續國雅』に續けて『國雅初集』(王士禛が康熙元年撰の序文を寄せている)を編輯したことにたいして、「意に矜愼を存し、予讀みて之れを善しとす(意存矜愼、予讀而善之)」としたあとに、錢謙益に007『吾炙集』、施閏章に『藏山集』、葉方藹に『獨賞集』がそれぞれあるが、「皆な祕めて人に示さず、意うに其の、唐人の旨に於て必らず合する者有らんも、惜しむらくは予の未だ見るに及ばざるなり(皆祕不示人、意其於唐人之旨、必有合者、而惜予之未及見也)」と記す。ちなみに『漁洋詩話』巻下に記すところによると、一六六一順治十八年の時點で、これら三集に『國雅(初集)』と『篋衍集』を加えた五集が撰せられていたが、この詩話が成書された一七〇八康熙四十七年・漁洋七十五歳の時點では、「今は惟だ『篋衍』一集のみ世に行わる(今惟篋衍一集行於世)」とする。

ところで陳維崧は王士禛と長い交遊をもつが、陳氏が「時に京師に官たるに」、つまり一六七九康熙十八年の博學鴻詞に錄取されて翰林院檢討・纂修明史の官を授けられたとき、「旬日ならずして予と輒わち相い見るも、未だ嘗て一語として此の書に及ばず（時官京師、不旬日與予輒相見、未嘗一語及此書）」とのべている。本集に採録した王士禛の詩四十七首についても、作者の聞見の及ばないところで書寫していたことになる。かくして王序は次のようにつづく。「歿して將に十年にならんとして、其の同里の蔣子京少（景祁）、始めて敝篋に得て之れを傳え、先ず以って予に質す（歿將十年、而其同里蔣子京少、始得於敝篋而傳之、先以質予）」と。次の二つの序文で見るように、發見者の蔣景祁が蔣國祥に出版の相談をもちかけたときより五年前のことであった。

序文その三、蔣景祁撰。字は景少、陳維崧と同じく宜興縣の人で、「後學」と稱している。一六七九年の鴻博に推擧されたが下第した。本集での採詩は五首。蔣寅『王漁洋事迹徵略』はその生卒を一六四六〜一六九九、としたうえで、一六八二年に次のような記事をのせる。「三月……（王士禛の）門人蔣景祁、豐臺に遊びて芍葯を觀る。……五月初七日（王氏の）友人陳維崧卒す、年五十九（三月……門人蔣景祁遊豐臺觀芍葯。……五月初七日、友人陳維崧卒、年五十九）」。王士禛・四十九歳は國子祭酒であった。さて蔣景祁の序文では次のように記す。陳維崧の歿後、その從子の陳枋が「檢べて之れを存し（既歿而其從子枋乃檢而存之）」ていた。「丁丑初夏」つまり一六九七康熙三十六年、一家の蔣國祥をたずね、「出だして斯の集を示す（出示斯集）」に、蔣國祥の言えらく、「本朝詩選の一を備うるに足れり。因りて敢えて祕めず、以って剞人に付せん（足備本朝詩選之一、因不敢祕、以付剞人）」と。

序文その四、蔣國祥撰。字は蘿邨、陳維崧の「後學」であるほかは未詳。この序文に限らないが、清人が清詩を編輯するさいに、まず念頭に置くのがいわゆる唐人選唐詩の例である。この序でも「今傳うる所の『篋中』諸集は唐人を以ってして唐詩を選ぶ者なり（今所傳篋中諸集、以唐人而選唐詩者也）」とする。とすれば本集の題名の由來について、『莊子』の語とともに、元結の選んだ『篋中集』になぞらえたとする意味もありうるだろう。「斯の選に與《あずか》る者は、大《おお》都《よそ》先生平昔の交遊の耳目に及ぶ所にして、亦た夫《か》の唐人の唐詩を選ぶが若《ごと》きなり。（中略）其の人の次《ついで》の錯出し、時代を分かたざるは、悉く（陳氏の）元本に遵い傅益する所無し（與斯選者、大都先生平昔交遊耳目所及、亦若夫唐人之選唐詩也。（中略）其人次錯出、不分時代、悉遵元本、無所傅益）」。もっとも蔣國祥は「校訂」をおこなったさいに、各詩人の小傳を附したと思われる。陳氏歿後の官職名が記されている例があるからである。とすれば、小傳に記されるそれぞれの詩集名についても、それらがすべて陳氏によって目睹されたとは限らない、ということになる。

さて本集に採録された詩人の數は百六十六家、詩は七百三十八題八百六十三首である。總集の分類からすれば故舊に屬するが、いわゆる應酬の作は二家二首にとどまる。

ここで陳維崧「平昔の交遊」のあとを簡單にさぐってみるならば、特に三つの機會が考えられる。

第一の機會は祖父と父を通してのものである。彼の祖父陳于廷（?～一六三五）は「東林黨の中核的な位置にいたメンバー」（小野和子『明季黨社考』一五八頁）であり、父陳貞慧（一六〇四～一六五六）も東林黨、ついで復社の成員となり、入清後は遺民を通した。その關係で陳維崧も、もとの黨社の成員や遺民と交遊し、あるいは彼らの詩篇に接したとおもわれる。

一六四二崇禎十五年、陳氏十八歳。陳子龍・三十五歳（採詩九首）に従って詩を學ぶ（周詔九選注『陳維崧撰集』附「陳維崧年表」一九九四年・上海古籍出版社）。

一六四六順治三年、二十二歳。其の父貞慧に代って書を作り、呉偉業・三十八歳（六十一首）に致す（馮其庸・葉君遠『呉梅村年譜』）。

一六五三年、二十九歳。呉偉業は陳維崧と鎮江に遇い舟中に招飲す。維崧、詩を以って贈らる。維崧少《わか》きより卽ち偉業に従って遊び、偉業之れを擧げて「江左三鳳凰の一」と（同右）。

一六五八年、三十四歳。秋、太倉を過《よ》ぎり、呉偉業之れを梅村に宴す（同右）。このとき許旭（一首）を紹介される

（「陳・年表」）。

このほか見知か聞知かは定めがたいが、黨社の成員としては錢謙益（三十一首）がおり、遺民としては屈大均（二十七首）、顧炎武（二十七首）、錢澄之（六首）がいる。

ついで第二の機會は、各地の旅行や、詩詞の會への參加である。陳維崧は一六四一崇禎十四年に童子試を受けて諸生となり、入清後、一六六六康熙五年・四十二歳で鄕試を受けて落第している（「陳・年表」）。清朝への出仕の意圖があったと見なしていいだろう。

一六五八年十一月、初めて如皋（江蘇通州下の縣）に至り、冒襄（採詩なし）の小三吾亭に館す（「陳・年表」）。このあと一六六三年にも如皋にいたことが知られる。

一六六〇年、三十六歳。三月、王士禛（四十七首）二十七歳が揚州府に推官として着任すると、陳氏は頻繁に訪れる（以下、主として『王漁洋事迹徵略』による）。例えば翌一六六一年三月、王氏の詞「菩薩蠻」にたいして陳氏ほか彭孫遹（三首）・鄒祇謨（一首）・程康莊（一首）が和し、四月には彭孫貽（三首）も加わった。

一六六二康熙元年、三十八歳。五月、『漁洋山人詩集』には陳氏ほか錢謙益・趙進美（五首）が序文を寄せた。六月、王氏ほか杜濬（三首）・陳允衡（二首）らと紅橋に舟を泛かべた。この年、揚州にて周亮工（五首）を識る（この項「陳・年表」）。

一六六四年、四十歳。三月、揚州に至り、王氏ほか林古度（二首）・杜濬・余懷（五首）らの紅橋修禊「冶春絶句」に和した。

一六六五年、四十一歳。七月、禮部主客主事に遷る王氏を、方文（五首）・吳嘉紀（四首）らとともに見送る。

一六六六年、四十二歳。三月、王氏の兄王士祿（九首）が揚州に遊ぶと、「故人」の陳氏ほか杜濬・宗元鼎（四首）・

鄧漢儀（二首）・王又旦（二十五首）・呉嘉紀ら十五氏との『紅橋唱和詩』を刻した。

一六六八年、四十四歳。六月、京師に至り、龔鼎孳（十首）のみ獨り之れを厚くし、塡詞して相い贈る（「陳・年表」）。

一六六九年、四十五歳。商丘（河南歸德府下）に遊び、「侯朝宗を哭す（哭侯朝宗）」詩を作る（同右）。侯方域（三首）の死は一六五四年。

一六七二年、四十八歳。呉門（蘇州）を過ぎり姜埰（七首）を訪う。翌年、姜氏卒し、文を作って之れを祭る（同右）。

一六七五年、五十一歳。冬、無錫（江蘇常州府下）に遊び、呉綺（八首）と酒樓に飲む（同右）。

一六七六年、五十二歳。詩を吟じざること已に三年。秋、宋琬（八首）の韻に和して五律十二首を得る（同右）。

一六七七年、五十三歳。六月、崑山（蘇州府下）の徐乾學（一首）と揚州に遊び、王士祿・士禛兄弟との往日遊從の樂しみを憶う（『王・徵略』）。

一六七八年、五十四歳。春、徐乾學の憺園中に讀書（「陳・年表」）。

さて、第三の機會は、一六七九康熙十八年・五十五歳、三月の博學鴻詞科である。その當事者側には葉方藹（一首）や李天馥（五首）がおり、錄取組には陳維崧ほか彭孫遹（三首）・李因篤（四首）・秦松齡（二首）・朱彝尊（十三首）・湯斌（二首）・汪琬（二十二首）・潘耒（九首）・施閏章（十五首）・黃與堅（二首）・徐釚（一首）・毛奇齡（七首）・高詠（三首）・嚴繩孫（二首）がいたし、下第組には鄧漢儀（二首）・李良年（四首）・呉雯（十二首）・邵長蘅（二首）がいた。本集の序文を撰した蔣景祁（五首）もその一人である。病身の傅山（一首）はベッドごと北京に運ばれ、未應試ながら中書舍人を授けられた。洪昇（十二首）は北京滯在中であった。同年十二月、『明史』纂修が始まると、翰林院侍讀學士の王士禛は十六人の纂修官の一人となったし、鴻博錄取組の五十人が分纂にあたった。

一六八〇年、五十六歳。五月、宋犖が贛關での権任を解かれて京師に復命すると、陳維崧は王士禛・曹貞吉（一首）

らと唱和した。またこの年のうちに梅庚（三首）・陸嘉淑（一首）・陳廷敬（四首）らと、さまざまな場で同席している（『王・徴略』）。

一六八一年、五十七歳。冬、呉兆騫（二首）が寧古塔の流刑地から放還され、徐乾學らと祝った（同右）。

一六八二年、五十八歳。五月七日卒。王士禛がその訃報に接したのは冬のことであった（同右）。

以上、本集所載の詩人について、特にその見知の交遊をあとづけてみた。あくまでも見知の證左とするだけで、それぞれの詩人と、それぞれの記事以前に面會している可能性は十分にある。ましてや沈德潛は一七六〇乾隆二十五年の044『國朝詩別裁集』凡例で次のように記している。「國朝の選本の詩、或いは名位を尊重し、或いは藉《か》りて交遊の結納と爲し、詩を論ずるを專らとせざるなり。陳檢討の『篋衍集』は諸本と較《くら》べて善しと爲す。然れども秖だ康熙癸丑に及ぶのみにして、以下は闕如たり（國朝選本詩、或尊重名位、或藉爲交遊結納、不專論詩也。陳檢討篋衍集、較諸本爲善、然秖及康熙癸丑、以下闕如）」。一六七三康熙十二年といえば、鴻博の年よりもかなり前ということになる。

最後に、私に特に興味ある事實を記しておく。それは王彥泓の詩が二十一題二十七首採られていることである。この數は他の詩人と比べてかなり多いほうだといえる。王彥泓、字は次回、江蘇鎮江府金壇縣の人。歲貢生ののち、松江府、あるいはその府下の華亭縣の訓導となった。その生卒年は、私の推測では、一五九八萬曆二十六年～一六四七順治四年である（拙稿「荷風と漢籍」一九九五年八月『太田進先生退休記念中國文學論集』所收。のち『明清詩文論考』に收錄）。彼の詩を、沈德潛は同じ凡例で、好ましくない詩の例としてあげる。「動《やや》もすれば溫柔鄉の語を作《な》し、王次回『疑雨集』の如きの類いは、最も人の心術を害するに足り、一概に（『別裁集』に）存せず（動作溫柔鄉語、如王次回疑雨集之類、最足害人心術、一概不存）」。王氏の交際は廣くはなく、その『疑雨集』四卷・『疑雲集』四卷に、陳維崧の名はもとより、本集所錄の詩人たちの名も見えない。陳氏の宜興と王氏の金壇とは近接しているから、見知であってもおかしくはないが、單なる聞知であったかもしれない。

本集は、京大文學部、愛知大學、早大寧齋文庫に藏せられる。

022 蘭言集 二十四卷（うち詩六卷）、王晫輯。一六九八康熙三十七年以後刊。

封面には、書名をはさんで、右上に「武林王丹麓輯」、左下に「霞擧堂藏板」とある。

王晫、初名は棐、あるいは僘、字は丹麓、號は木庵、あるいは松溪子、浙江杭州府仁和縣、あるいは錢塘縣の人。一六三六〜一六九九在世。一生を諸生のまま、藏書と出版と交遊とにあてた。『清史列傳』卷七十・文苑傳には次のように記す。「性として博覽を好み、藏する所の經史子集數萬卷を霞擧堂に聚め、縱《ほし》いままに之れを觀せしむ（性好博覽、聚所藏經史子集數萬卷於霞擧堂、縱觀之）」。「家は旣に落つれど、猶お刻書を喜び、嘗て刻するに『檀几叢書』五十卷有り（家旣落、猶喜刻書、嘗刻有檀几叢書五十卷）」。この叢書は一六九五康熙三十四年、僑寓さきの揚州で張潮（字は山來、號は心齋、安徽徽州府歙縣籍、江蘇揚州府江都縣の人、一六五〇〜?、編輯に『虞初新志』二十卷、『昭代叢書』九十卷などがある）と合纂したものである。また交遊については、晩年に隱れた牆東草堂において、「堂內に書を量《はか》る尺《ものさし》を設け、每歲、四方より投贈せらるる詩文を積み、除夕に之れを量るに、準《ひと》しく六尺（一九〇センチほど）を以って上下す（堂內設量書尺、每歲積四方投贈詩文、於除夕量之、準以六尺上下）」。

序文は二本あるが、どちらにも年記がない。「蘭言集舊序」をよせた朱一是は、字は近修、浙江杭州府海寧州の人。一六四二崇禎十五年の擧人で、入清後は仕官しなかった。次項の『明遺民詩』に載る。序文は、「人に千金を與うるは、一言の感動せしむる者に如かず（與人千金、不如一言之感動者）」という格言（典據未詳）をあげたあと、「予が友王子丹麓は當今の府庫なり。交わり天下に滿ち、人より受くるの贈も亦た天下に滿つ。惟《こ》れ先に其の贈る可きの美有りて、人より受くるの贈の美多し（予友王子丹麓當今之府庫也。交滿天下、受人贈亦滿天下。惟先有其可贈之美、多受人贈之美）」とのべる。

王晫みずからの「蘭言集舊序」では、まず「老子、孔子に送りて曰わく「富者は人に贈るに財を以ってし、仁者は人に贈るに言を以ってす」（老子送孔子曰、富者贈人以財、仁者贈人以言）」（『史記』孔子世家）とし、ついで「『荀子』に云う有り、「人に贈るに言を以ってするは、重きこと金石珠玉の如し」と（荀子有云、贈人以言、重如金石珠玉）」（非相篇では「如」を「於」に作る）としたあと、「是の集に載する所は皆な讌游贈答の詞（是集所載皆讌游贈答之詞）」であることを斷っている。

「舊序」とするのは、本集が、前刻に新たに加增し、息子の王言の檢校のもとに重刻されたからである。「例言」のなかに「戊寅長夏」、つまり一六九八康熙三十七年・王晫六十三歳の夏に『聽松圖題詞』六卷なるものをみずから編んだとするから、本集はその後の作である。詩六卷の部では黃周星（一六一一～一六八〇）・施閏章（一六一八～一六八三）から毛際可（一六三三～一七〇八）・洪昇（一六四五～一七〇四）などに及ぶ、つごう百六十九家を收めるが、「集中に載する所の諸先生、亡き者は過半なり（集中所載諸先生、亡者過半）」（「例言」）と記す。詩のほかの卷は主に序と尺牘であるが、時曲・集曲、あるいは雜劇を含むのが注目される。

ちなみに同じ編者による『今世說』八卷は、本集の姉妹編ともいうべきもので、一六八三年王氏四十八歳の「自序」をつけて出版されている。『四庫提要』卷百四十三・子部・小說家類存目が「猶お明代の詩社の餘習なり（猶明代詩社餘習也）」と評するのは、本集にもあてはまるだろう。

本集は內閣文庫に藏せられる。

023　明遺民詩

十二巻、卓爾堪選輯。一七〇一康熙四十年以後刊。

卓爾堪、字は子任、號は鹿墟、また寶香山人、江蘇揚州府江都縣の人。

本集については潘承玉著『清初詩壇：卓爾堪與『遺民詩』研究』（全四八二頁、二〇〇四年七月・中華書局）なる専著があり、ここでは主としてこの著書に依據する。

卓爾堪の生年については、一九六五年定稿の張慧劍『明清江蘇文人年表』が焦循輯の『揚州足徴錄』（一七參〔ママ〕『牆東雜鈔』）によって一六五三清順治十年とし、潘氏も結論を同じくする。張潮の生年を一六五〇年と割りだしたうえで、その張潮が卓氏の詩集『近青堂詩集』に與えた序文で「不知鹿墟尙少余三歳也（鹿墟の尙お余より少《わか》きこと三歳なるを知らざるなり）」と記すからである。もっとも、卓氏が李之芳（一六二二～一六九四）の耿精忠討伐軍に參入した「乙卯」、すなわち一六七五康熙十四年の時點で、070『淮海英靈集』甲集・巻一の小傳は「年未だ二十ならず（年未二十）」と記すから、それだと一六五七順治十四年以降の生まれということになる。潘氏にはこのことの言及はない。逆に044『國朝詩別裁集』巻八の「壯歳にして南のかた閩逆を征す（壯歳南征閩逆）」という記事によるならば、一六四〇年代の生まれということになる。また卒年について潘氏は「康熙五十四年（一七一五、六十三歳）のすこし前には世を去っていたにちがいない（應該在康熙五十四年稍前即已去世）」（『研究』一〇八頁）とする。

一六四四、明の崇禎十七年、清の順治元年、の舊曆三月十八日、崇禎帝は自經した。その翌年の四月二十五日、清軍が揚州に入って「屠城十日」をおこない、南明政權の督師大學士史可法は自刎した。潘氏によると、江都の卓氏一族は、かたや史可法に從って戰い、かたや八人の婦女たちが投身自殺したのち、浙江杭州府仁和縣の卓氏一族のもとへ逃れた。卓爾堪はそこで生まれた。

一六七四年康熙十三年の正月、清の平西王吳三桂が雲南で叛し、三月には靖南王耿精忠が福建で呼應した。この年卓爾堪は二十二歳、福建總督郎廷佐の募兵に應じた。『淮海英靈集』が記す「從軍七年」の初年である。その動機について潘氏は「借りて以って貧寒の家境を改變しようとした（借以改變貧寒家境）」（『研究』五二頁）のだとする。その翌年には浙江總督李之芳のもとに赴いた。李氏は「近青堂詩集序」（『淮海英靈集』所收）のなかで、卓爾堪を「年家子」とするが、一六四七順治四年の李氏の進士同年として『明清進士題名碑錄』に名前があがるのは卓彞、浙江湖州府武康縣の人である（『研究』八頁の仁和卓氏の家系圖に見える）。卓爾堪は「右軍前鋒」として浙江・福建・江西一帶を轉戰したが、一六八〇年二十八歳、母親の看病を理由に退役した。この從軍を根據として、079『熙朝雅頌集』巻三十一は卓氏を「漢軍人、官前鋒」とし、093『江蘇詩徵』巻百五十五は「官右軍前鋒」、144『晚晴簃詩匯』巻五十は「漢軍旗人」とするが、潘氏によると「右營前鋒偵察兵の小頭目に過ぎず（不過是右營前鋒偵察兵的一個小頭目）」（『研究』五四頁）、仕官したとまでは言いがたいものであった。

卓爾堪は仁和に戻ったあと、翌一六八一年には家をあげて本籍の揚州府に移住した。この時以來、卓氏は本集編輯などの文學的營爲に專念し、清朝での仕官をこころざすことはなかった。

揚州は、江寧（南京）・蘇州・杭州とともに「東南遺民の四大淵藪」（『研究』九三頁）であった。一般に明の遺民を自認する者は、科擧や博學鴻詞に赴くことはなかったが、清朝官員の幕僚となる例はこれまでも幾人かについて見えたし、まして官員の主宰する詩會には何のためらいもなく參加した。揚州における後者の現象として特筆されるのは、まずは王士禛が揚州府推官として着任した一六五九～一六六五（順治十六～康熙四）年の期間であったが、ついで卓氏の時代には、「桃花扇」の作者孔尚任（字は聘之、號は東塘、山東曲阜縣の人、一六四八～一七一八）が國子監博士として、一六八六康熙二十五年秋から一六八九年暮冬までの三年餘、揚州地方に着任した。

當時黃河は徐州府・淮安府北をへて江蘇北東の海に注いでおり、工部侍郎孫在豐がその海口の疏濬を命じられ、孔尚任は「淮南七邑の水患の爲め（予之來也、非爲淮南七邑水患而來也耶）」（孔尚任『湖海集』巻四「待漏館曉鶯堂記」）に派遣されたのだった。孔氏が各地の監督に轉々とする間にも、主として揚州で詩會が頻繁に催された。孔氏の當時の詩文集『湖海集』（『孔尚任詩文集』一九六二年・中華書局刊に所收）と卓氏の『近靑堂詩』（『明遺民詩』一九六一年・中華書局刊に附錄、孔氏に「詩序」あり）は、兩者の個人的な交際をうかがう資料であるとともに、當時の揚州地方の詩人たちの交流を知るうえでの資料でもある。例えば『湖海集』巻二「丁卯存稿」に見える、題を「停帆邗上」云々とする詩は、一六八七年、孔氏が揚州から興化の現場に向かうのを見送られた時のものであるが、この詩會を用意したのが卓爾堪ら春江社の七人であり、あわせて三十餘人が集まったが、そのなかには遺民である杜濬（本集十六巻本巻二收錄。字は于皇、號は茶村、湖北黃州府黃岡縣の人、一六一一～一六八七）・龔賢（巻八。字は半千、また野遺、號は柴文、江蘇蘇州府崑山縣の人、同江寧府上元縣籍、一六一九～一六八九）・査士標（巻十一。字は二瞻、號は梅壑、安徽徽州府休寧縣の人、一六一五～一六九八）らの名も見える。

卓爾堪は遺民詩の採集において、揚州という地の利を生かしたばかりでなく、各地への旅行もおこなっている。潘承玉氏の『研究』によれば、一六八三年三十一歳の春から秋にかけ、長江を遡行して江西に赴き、寧都直隷州で魏禮（巻八。字は和公、號は季子、一六三〇～一六九五）に會った。魏禧（巻三）はその仲兄である。卓氏はついで湖南をへて廣州に南下し、番禺縣の屈大均（巻七）を訪問した（ただし汪宗衍『屈翁山先生年譜』、陳永正主編『屈大均詩詞編年箋校』によっては確かめられない）。

本集十六巻通行本の系統をひく中華書局刊『明遺民詩』は、選輯者みずからの「遺民詩序」につづいて、宋犖（また の號は西陂）の「遺民詩序」、それに選輯者の「遺民詩凡例」を掲げるが、いずれにも年記はない。宋犖が江蘇巡撫の任にあったのは一六九二年から一七〇五年までの十四年にわたるが、潘氏によれば、序文の執筆は、一七〇〇年、揚州に駐札して賑災にあたっていた年の末のことであろうとされ、また翌年の秋には卓氏の『遺民詩』初編が基本的に完成していたであろうとされる（『研究』九三～九四頁）。鄧漢儀が揚州で011『天下名家詩觀・三集』の「自序」を一六八九年に記してから十二年後ということになる。宋犖は、明臣留用によって清朝の大學士にまで昇った宋權の子息として若いうちから清朝で重用された。江蘇巡撫は、先の孔尚任の官職に比べてはるかに高官である。卓氏が、遺民とは對極にあるような人物に序文を求めたのは、その編著書をとおして遺民の存在に公的な認知を與えるためであったろう。清朝が一六七九康熙十八年の博學鴻詞試を成功させて以來、遺民の存在は忘れられつつあったとおもわれる。いっぽう序文をひきうけた宋犖にも、遺民にたいする一種の敬意がうかがわれる。

明の遺民とは、明代最後の年、つまり一六四四崇禎十七年の北京陥落・皇帝自盡、あるいは翌年の南京陥落までに生まれた人間で、清朝に仕官しようとしなかった者である。したがって清代に生まれた卓爾堪は遺民ではない。卓序にはいう。「其の剛烈清正の氣、大なれば則わち發して死事の忠臣と爲り、次いでは則わち蘊《こも》りて肥遯の志士と爲る。死事する者、名の青史に垂るること固《もと》より論ずる無き已《のみ》。獨り是れ肥遯する者のみ迹《あと》を巖穴に斂《おさ》め、一たび往きて返らず（其剛烈清正之氣、大則發爲死事之忠臣、次則蘊爲肥遯之志士。死事者名垂青史、固無論已。獨是肥遯者斂迹巖穴、一往不返）」と。また宋序にはいう。「古今に稱する所の遺民は、大抵皆な凶荒喪亂亡國の餘に在りて、忠義の牢騷なる者、多く其の中より出づ。其の歌うや思い有り、其の哭するや懷《おも》い有り（古今所稱遺民、大抵皆在凶荒喪亂亡國之餘、而忠義牢騷者、多出於其中。其歌也有思、其哭也有懷）」と。そのうち明朝の臣下であった者は「遺臣」であるが、本集ではこれも「遺民」に包括される。その根據を、宋序も卓氏「凡例」も、『論語』微子篇に見える「逸民」に、政權にたずさわった人物が含まれることに求める。

本集のテキストとして通行してきたのは十六巻本である。中華書局本の「出版説明」によると、その系統は、まず原刻本『遺民詩』（刊行年未詳。なお『清史稿』巻百四十八・藝文志は「明遺民詩十六巻」とする）があり、ついで一九一〇年上海有正書局が原刻本によって影印し改題した『明末四百家遺民詩』となり、この有正書局本にもとづいて中華書局が一九六一年六月に斷句排印し、題を『明遺民詩』と改めた。これにたいして潘氏は、十二巻本こそが眞の原刻本であるとする。その邊の論證の要約を、潘氏の『研究』に冠せられた張俊氏の「序」（二〇〇三年七月十六日於北師大）によって見ておこう。

『遺民詩』の版本に關しては、清末民初より前世紀九〇年代末まで、關係する書目文獻や專著論文は、いずれも十六巻本をもって卓爾堪の康熙原刻本だと見なしてきた。（中略）潘承玉氏の論文は「『遺民詩』の版本研究」の章で、緻密な考證の結果、十六巻本は實はいずれも雍正年間の刻本で、十二巻本を改版加工したものであり、十二巻本こそが康熙原刻本であることを證明し、長らくゆきわたっていた誤解を晴らした。あわせて事實に卽して二種のテキストの關係を分析し、次の點を指摘した。すなわち十六巻本に選録された詩人は原刻の三百十七人からちょうど五百人に增えており、それは功績であるとしても、十六巻本はその改版の過程で、原刻本の遺民の民族的な氣概をかなりの程度「ひそかに覆し」、十二巻本の「編輯趣旨」に背馳したことは、明らかに缺點である、と（關

> 于『遺民詩』的版本、自清末民初、直到上世紀九〇年代末、有關書目文獻與專著論文、都把十六巻本當作爾堪康熙原刻本。（中略）承玉論文、專列『遺民詩』「版本研究」一章、經過細密考辨、查明十六巻本實際都是雍正間刻本、是對十二巻本改版加工而來、而十二巻本才是康熙件原刻本、澄淸了長期流行的一種誤解。幷實事求是分析了兩種本子的關係、指出十六巻本入選的詩人、由原有的三一七人、增至整五〇〇人、是其貢獻。但十六巻本、通過改版、在很大程度上「悄悄顚覆」了原刻本的遺民民族的氣節、背離了十二巻本的「編輯旨趣」、則是其明顯缺陷）。

「ひそかに覆し」（原文「悄悄顚覆」）の部分を本文（『研究』二九三頁以下）によって補うと、十六巻本で增えた百八十三人

については、その選詩基準が曖昧になって、例えば明の滅亡よりはるか前の作品が採録されているとされ、また十二巻本所載の小傳に改作がなされたことについては、次のように指摘される。すなわち、十二巻本が「乙酉」つまり一六四五年、南明の弘光元年五月の南都滅亡をもって眞の「國變」「鼎革」とし、「遺民たちが、自分たちの民族や國家が清人の手によって亡ぼされたがために種々憤慨棄世の擧を生んだ（遺民們爲自己民族國家亡于清人之手而產生的種種憤激棄世之擧）」（同三〇一頁）とするのにたいして、十六巻本は、「甲申」つまり一六四四崇禎十七年の北京陥落・莊烈帝自盡をもって明の滅亡とし、明の朝廷があたかも「亂臣賊子の李自成の輩によって覆滅されたかのように改變している（仿佛都變成了……亂臣賊子李自成之流覆滅而來）」（同）、換言すれば「民族矛盾がこっそりと階級矛盾に換えられてしまった（民族矛盾被悄悄換成了階級矛盾）」（同）のであると。

十二巻原刻本は北京師範大學圖書館に、十六巻傳「原刻本」は南京圖書館に、それぞれ所藏されるとのことであるが、日本では見られない。十六巻有正書局本は京大東アジアセンター等に藏される。

024　江左十五子詩選　十五巻、宋犖選、邵長蘅訂。一七〇三康熙四十二年序刊。

宋犖、字は牧仲、號は漫堂、また西坡、河南歸德府商邱縣の人、一六三四～一七一三。その序文の年記は「康熙癸未且月」、すなわち一七〇三康熙四十二年六月である。そこで「予不敏　節を建てて呉を撫すること且《まさ》に一紀ならんとす（予不敏建節撫呉、且一紀）」とのべるのは、一六九二年六月に江蘇巡撫の任に就いて十二年に近いことをいう。この間に「乃わち風雅を振興することを得、後先に名人才子を大江の南北間に賞識するに、凡そ十五子、篇に著われたり（乃得振興風雅、後先賞識名人才子於大江南北間、凡十五子著於篇）」。ついで本集が「老友」邵長蘅とともに「精選」されたことを記す。

邵長蘅、字は子湘、自號は青門山人、江蘇常州府武進縣の人、一六三七～一七〇四。諸生で終わり、一六七九康熙十八年の博學鴻詞科にも下第したが、その機會に施閏章や王士禛らと親しく交わった。晩年には宋犖の江蘇巡撫（その期間は一七〇五年十一月まで）の幕府に入り、一六九五年には『二家詩鈔』二十巻、つまり王士禛の詩十二巻と宋犖の詩八巻を編輯した。その「自序」で邵氏は、王・宋二家を「一代の宗」、つまり「其の人能く風雅を主持し、而して學ぶ者之れを尊事する（其人能主持風雅、而學者尊事之）」存在であるとたたえた。「其の才は以って餘子を包孕するに足り、其の學は以って古今を貫穿するに足り、其の識は以って僞體を別裁するに足る（其才足以包孕餘子、其學足以貫穿古今、其識足以別裁僞體）」。他方、同じく江蘇人によって編輯された008『江左三大家詩鈔』の錢謙益・呉偉業・龔鼎孳の三家を、「或いは文雄爲り、或いは詩伯爲り」と認めながらも、「亦た皆な前明の遺老なり（雖或爲文雄、或爲詩伯、亦皆前明之遺老）」と遠ざける。新王朝成立後五十年、019『嶺南三大家詩選』のごとく、「江左三大家」になぞらえる動きがある一方では、世代更替を告げる動きもあったことが、うかがわれる。

宋序に「詩に甲乙無く、齒を以って次第す（詩無甲乙、以齒次第）」と記すように、配列はほぼ年齢順である。

1、王式丹、字は方若、揚州府寶應縣の人、一六四五～一七一八。一七〇三年の進士。
2、呉廷楨、字は山掄、蘇州府長洲縣の人、生卒年未詳。一七〇三年の進士。
3、宮鴻曆、字は友鹿、揚州府泰州の人、一六五六～一七一八。一七〇六年の進士。
4、徐昂發、字は大臨、長洲縣の人、生卒年未詳、一七二二年在世。一七〇〇年の進士。
5、錢名世、字は亮功、常州府武進縣の人、生卒年未詳、一七二六年在世。一七〇三年の進士。
6、張大受、字は日容、太倉直隷州嘉定縣の人、一六六〇～一七二三。一七〇九年の進士。

7、楊棆、字は青邨、武進縣の人、生卒年、經歴ともに未詳。
8、吳士玉、字は荆山、蘇州府吳縣の人、一六六五～一七三三。一七〇六年の進士。
9、顧嗣立、字は俠君、長洲縣の人、一六六五～一七二二。一七一二年の進士。
10、李必恆、字は百藥、揚州府高郵州の人、一六六一～?。宋犖の幕僚。
11、蔣廷錫、字は揚孫、蘇州府常熟縣の人、一六六九～一七三二。一七〇三年の進士。
12、繆沅、字は湘芷、泰州の人、一六七二～一七二九。一七〇九年の進士。
13、王圖炳、字は麟照、松江府華亭縣の人、生卒年未詳、一七三七年在世。一七一二年の進士。
14、徐永宣、字は學人、武進縣の人、一六七四～一七三五。一七〇〇年の進士。
15、郭元釪、字は于宮、揚州府江都縣の人、一六七九?～一七二二。諸生より中書舍人となり、のちに知縣。
宋犖・邵長蘅、および「十五子」の功績に關して、本集刊行後の事例を含めて、二點を記しておきたい。

その一は、彼らが宋・金・元の詩人と詩の發掘・表彰・整理に深くかかわったことである。遺漏をかえりみずに列擧すれば、次のごとくである。

一六九四年、顧嗣立が『元詩選（初集）』を編輯、元の詩人百家を收錄（別に巻首に文宗・順宗の二家）、序文は宋犖。本集所收の「哭俞肩月八首」は、相談相手だった俞瑒（蘇州府吳江縣の人、一六四四～一六九四）が完成を見ずして亡くなったことを悼む。別に「題元百家詩集後二十首」も見える。また「秀水訪朱竹垞先生、賦此奉贈」の詩の自注で、二集編輯に際して朱彝尊より「家藏の元人遺稿」を借用したことを記す。その『元詩選・二集』は一七〇二年に刊行された。『同・三集』は一七二〇年の刊である。

一六九七年、宋犖が『施註蘇詩』四十二巻を刊行。蘇軾の詩にたいする南宋の施元之の註の傳本殘巻を宋氏が入手したが、うち十二巻が缺落していたので、宋氏は邵長蘅に委囑してその闕巻を補わしめ、最後は李必恆に繼續させた。その間、顧嗣立が輔佐した。また本書には、邵氏が南宋・王十朋の註に反駁した『王註正譌』一巻なども附録された。詳しくは筧文生・野村鮎子著『四庫提要北宋五十家研究』（二〇〇〇年二月・汲古書院）三一一頁以下を參照。

一七〇〇年十二月十九日、『施註蘇詩』刊行を記念して蘇軾誕生記念式典が蘇州で催され、宋犖が東坡の「笠屐圖像」を懸け、邵長蘅が「生日倡和詩序」を記し、吳士玉・顧嗣立・李必恆らも參加、蔣廷錫・徐永宣も詩を屆けた。その時の詩作のいくつかが本集に收録されている。

一七〇一年七月二十八日、蘇軾が亡くなった地常州で、徐永宣がその逝世六百年祭をおこなった。

一七〇九年、『御選宋金元明四朝詩』（宋七十八巻、金二十四巻、元八十巻、明百二十巻）が內府にて刊行。その編修に張大受・吳士玉・顧嗣立が參與した。

一七一一年、郭元釪の『全金詩』を稿本とする『御訂全金詩增補中州集』七十二巻・首二巻が刊行。

「十五子」の功績に關する二つめは、右の二例以外の敕撰事業への參與である。

一七〇〇年、敕撰『淵鑑類函』四百五十巻成る。王式丹・蔣廷錫・錢名世らが參與。

一七一一年、官修『佩文韻府』（正集）百六巻成る。「纂修兼校勘官」として翰林院侍講錢名世・同檢討蔣廷錫、「纂修官」として翰林院編修吳廷楨・同編修吳士玉、「校勘官」として內閣撰文中書舍人王圖炳が參加した。

一七一六年、敕撰『康熙字典』十二集四十二巻成る。翰林院侍講學士蔣廷錫・同編修繆沅が參與した。

一七一九年、敕撰『駢字類編』二百四十巻成る。錢名世が參與。

本集十五家のうち錢名世は雍正期に「名教罪人」の烙印を押されたことにより、彼の詩は本集にのみ殘る。また楊棆の詩も他の總集には見えない。

『四庫提要』巻百九十四・集部・總集類存目四は本集について次のように著録する。

（王）士禎既に同時の人を以って『十子詩選』を爲し、犖も亦た拔く所の士を以って編みて此の集を爲す。後進を奬成するは原《もと》より君子爲るの用心を失わざると雖も、究《つい》に未だ前明詩社の習いを免れざるなり。夫れ詩人の詩儻《も》し佳からざれば裒刻するも何の益あらん。其の詩果して佳ければ則わち人人各おの以って自ら傳うるに足る。又た何ぞ必ずしも此れを藉りて品題せんか（士禎既以同時之人爲十子詩選、犖亦以所拔之士編爲此集。雖奬成後進、原不失爲君子之用心、究未免前明詩社之習也。夫詩人詩儻不佳、裒刻何益。其詩果佳、則人人各足以自傳。又何必藉此品題乎）。

本集は一七〇三年商丘宋氏刋本が、京大東アジアセンター、阪大懷德堂文庫、內閣文庫などに藏せられる。また、民國になって刋行された（刋年未詳）埽葉山房石印本もある。

［參考］王士禛の表記について。『清史稿』巻二百六十六によると、王士禛は一七一一康熙五十年に卒したが、のち雍正帝の諱である胤禛を避けて「士正」と追改され、一七七四乾隆三十九年には士正の名が「原名と相い近からず」という理由で、上諭によって「士禎」と改められた。本稿ではこの三種の呼稱を各總集の記載どおりに用いる。

025　鳳池集　十卷、沈玉亮・吳陳琰同編。一七〇五康熙四十四年序刋。

沈玉亮、字は瑤岑、浙江湖州府武康縣（古名吳興）の人。自署以外にはまったく分からない。『明清進士題名碑錄索引』にも見えない。吳陳琰は、字は寶崖、杭州府錢塘縣の人。071『國朝杭郡詩輯』巻八は、名を陳炎とし、「字寶厓（亦作崖）、號芋町、錢塘監生」とする。

本集は、沈玉亮の序文のタイトルを「本朝應制詩賦鳳池集初編序」とするように、應制の詩を集録したものである（賦は巻八の「律賦」に限られる）。書名を「鳳池」とはするものの、應制の場と人は、宮廷内での高官によるとは限らない。特に康熙帝の南巡は、各地の退職官員や諸生、あるいは布衣にも、應制のチャンスを與えた。その詩が皇帝の眼に屆いたか否かは別として。本集成書のきっかけも、一七〇五康熙四十四年、康熙帝の第五次南巡にあったとおもわれる。

沈玉亮の序文にいう。「康熙四十四年、翠華東邁し、黄道（天子經由のみち）南行す。（天子の）睿藻を綸綍に聆《き》き、聖謨を筆札に昭らかにす（康熙四十四年、翠華東邁、黄道南行。聆睿藻于綸綍、昭聖謨于筆札）」。かくして「蟹舍に僻居し、漁庄に病臥（僻居蟹舍、病臥漁庄）」する編者にも、應制の機會が訪れた。いっぽう呉陳琰のばあいは、監生として京師にのぼったことが、應制のきっかけになったらしい。その序文にはいう。「近侍を頻りに宣せられ、玉階に召して引見せらる。綸綍を親しく受け、寶箋より出だすに賜書を以ってす。聖明特達の知に當たるを忻《よろこ》び、黼黻太平の助無かる可けんや。爰《ここ》に友人沈子玉亮と、正始を導揚し、諸家を捜輯し、多篇を藏弆して、都《すべ》て合集と爲す（近侍頻宣、召玉階而引見。綸綍親受、出寶箋以賜書。忻當聖明特達之知、可無黼黻太平之助。爰與友人沈子玉亮、導揚正始、捜輯諸家、藏弆多篇、都爲合集）」。この序の年記は「康熙四十四年乙酉七月中元日」である。

本集の內譯は、巻一・古體詩（附集經）、巻二・五言排律、巻三・七言排律（嗣刻）、巻四・五言律詩、巻五・七言律詩、巻六・五六言絶句詩、巻七・七言絶句詩（附廻文）、巻八・律賦、巻九・詩餘（附集古）、巻十・詞餘、である。例えば巻一は、一六五七順治十一年、禮部尚書王崇簡の「大有九章紀雨、應禱也」から始まる。收録された詩人の數は百三十八氏、うち沈玉亮（一首）と呉陳琰（六首）を含む。

「鳳池集編目」の最初に掲げられるのは「德清徐倬方虎氏定」である。徐倬の載録は七首。字は方虎、號は蘋村、浙江湖州府徳清縣の人、一六二四〜一七一三。一六七三康熙十二年の進士。一六九三年・七十歳、翰林院侍讀として順天郷試の主考をつとめたあと、退休した。ところが一七〇五康熙四十四年・八十二歳、康熙帝の南巡に際して、その編輯する『全唐詩錄』百巻を進呈したことが康熙帝の意にかない、皇帝みずから「御製全唐詩錄序」を撰した。そのなかにいう。「其の耄年の好學を嘉《よみ》し、秩を禮部侍郎に遷し、以って天下の學者の勸めと爲す。乃わち玆の集を取りて、親ら鑒定を爲し、賜うに帑金を以ってし、卽わち校刋を命ず（嘉其耄年好學、遷秩禮部侍郎、以爲天下學者之勸。乃取玆集、親爲鑒定、賜以帑金、卽命校刋）」と。その年記は「康熙四十五年三月初七日」であり、「御製全唐詩序」の「康熙四十六年四月十六日」に先立つこと一年餘であった。044『國朝詩別裁集』卷十の小傳は、「眞に盛世の幸人なり（眞盛世幸人也）」と評する。

さて「鳳池集編目」はこのあと、沈・吳兩氏の「集錄」とつづけ、ついで「同學」として六十九名を列擧して「仝參」とする。うち本集載錄は十三名である。ほとんどが浙江各地の出身者であるが、顧嗣立（一六六五〜一七二二）江蘇蘇州府長洲縣の人、のような例もある。またすべてが諸生ないしは監生であるかとおもえば、湯右曾（一六五六〜一七二二）一六八八康熙二十七年の進士、査嗣瑮（一六五二〜一七三三）一七〇〇康熙三十九年の進士、のような例もある。「同學」の意味する共通項が捉えがたい。また次には「受業」として二十四名を列擧して「分較」とする。うち本集載錄は二名である。この「受業」の意味するところも測りがたい。

『四庫提要』卷百九十四・集部・總集類存目は『鳳池集』について、そのテキストを「無卷數、內府藏本」とし、編者の一人を「吳陳琬」に作る。「是の編は康熙乙酉（四十四年）に刻せられ、國朝應制の詩を裒《あつ》む。分體に編輯し、詮擇する所無し。末に雜劇一折を附するは、則わち古え自り無き所の創例なり（是編刻於康熙乙酉、裒國朝應制之詩。分體編輯、無所詮擇。末附雜劇一折、則自古所無之創例也）」。

本集は内閣文庫に藏せられる。

026　明詩綜　百巻、朱彝尊編。一七〇五康熙四十四年序刊。

封面には、書名をはさんで、右上に「朱竹垞太史選本」、左下に「六峰閣藏版」とある。

朱彝尊は一六七九康熙十八年、布衣の身から博學鴻詞に選ばれて翰林檢討となったが、一六九二年には罷官した。本集の「自序」の年記は「康熙四十有四年月正人日」、つまり一七〇五年正月七日、編者七十七歳の時である。

明詩の總集として先行するものに錢謙益の『列朝詩集』一六五二順治九年序刊があるが、これは詩による歴史という趣旨に沿って、士人の最終グループの詩を「丁集、嘉靖至崇禎」の「六朝一百二十四年」とする。したがって清朝成立以降に死歿した人物は、ごく少數が「附見」として著録されるにすぎない。しかし本集『明詩綜』においては清以降の死歿者も、積極的かつ多量に採録される。そのことは編者の序文に明らかなので、その全文を引いておこう。


洪武より崇禎に迄《およ》ぶ詩を合して之れを甄綜し、上は帝后自り、近くしては宮壼宗潢、遠くしては藩服、旁《かたわ》ら婦寺僧尼道流、幽索の鬼神に及び、下は諸の謠諺を徵し、選に入るる者三千四百餘家なり。或いは詩に因りて其の人を存し、或いは人に因りて其の詩を存し、間ま綴るに詩話を以って其の本事を述べ、作者の旨《むね》を失わざらんことを期す。明の命は既に訖《おわ》り、封疆に死せる臣、亡國の大夫、黨錮の士、曁《およ》び遺民の野に在る者も、概して録に著わし、析《わ》けて百巻と爲す。庶幾《こいねが》わくは一代の書と成り、竊かに國史の義を取り、覽る者を俾《し》て以って夫《か》の得失の故を明らかにす可きことを（合洪武迄崇禎詩甄綜之、上自帝后、近而宮壼宗潢、遠而藩服、旁及婦寺僧尼道流、幽索之鬼神、下徵諸謠諺、入選者三千四百餘家。或因詩而存其人、或因人而存其詩、間綴以詩話、述其本事、期不失作者之旨。明命既訖、死

封疆之臣、亡國之大夫、黨錮之士、暨遺民之在野者、概著於録焉、析爲百卷。庶幾成一代之書、竊取國史之義、俾覽者可以明夫得失之故）。

本集編輯の意圖の一つに、詩篇をとおして明王朝滅亡の所以をさぐろうとしたことは確かで、そのためには清朝成立後にも生きのびた詩人たちの作品が不可缺であっただろう。本集が當初には『明詩觀』と題された（楊謙「朱竹垞先生年譜」）のも、うなずかれる。

『清詩紀事初編』で鄧之誠は「盡く遺老舊人の清初に沒する者を以って之れを明に歸するは最も卓見と爲す（盡以遺老舊人沒于清初者、歸之于明、最爲卓見）」（七四八頁）と指摘するが、一六四四崇禎十七・順治元年以降の詩を清詩と位置づける本稿の立場からすれば、部分的ではあるが、本集をもって清詩總集の一つと見なすことは許されるだろう。もっともその線引きはむずかしい。おおよそでいえば、卷七十三〜七十五に一六四四年から數年のあいだに落命した者がまとめられ、卷七十八〜八十二に明の遺民が集録されている。例えば卷七十八に錢秉鐙（澄之の初名、一六九三歿）・顧絳（すなわち炎武、一六八二歿）、卷七十九に歸莊（一六七三歿）、卷八十下に吳嘉紀（一六八四歿）、卷八十一下に杜濬（一六八七歿）、卷八十二に陳恭尹（一七〇〇歿）・屈大均（一六九六歿）である。ちなみに錢謙益と吳偉業が本集に採られていないのは、朱彝尊がこの兩氏を清人と認識していたことを示す。

錢謙益の不忠不孝、ないしは貳心が乾隆帝によって指彈されたのは、一七六一乾隆二十六年の045欽定本『國朝詩別裁集』の序文においてであった。ついで一七六九年にはその詩文集すべてを銷燬すべしとの敕命がくだされた。したがって一七八二年に完成した『四庫提要』において錢氏の詩文や編輯物は、當然ながらいっさい著録されていない。しかし他の場所をかりての言及は見える。同書卷百九十・集部・總集類の『明詩綜』の項では、「錢謙益の『列朝詩集』出づるに至り、記醜言僞の才を以って、濟《ま》すに黨同伐異の見を以って、其の恩怨を逞しくし、是非を顚倒し、黑白は混淆し、復た公論無し（至錢謙益列朝詩集出、以記醜言僞之才、濟以黨同伐異之見、逞其恩怨、顚倒是非、黒白混淆、無復公論）」としりぞけたあと、「六七十年以來」、ということは、康熙五十年代にすでに、ということになるが、「謙益の書、久しく已に澌滅して遺《のこ》る無し（謙益之書、久已澌滅無遺）」とする。そして、これに反比例するかたちで『明詩綜』が、「其の評品する所も亦た頗る平を持し、舊人の私憎私愛の談に於て往往にして匡正するところ多く（其所評品亦頗持平、於舊人私憎私愛之談、往往多匡正）」、「獨り詩家の傳誦する所と爲る（獨爲詩家所傳誦）」と記される。

なお、本集が各詩人にたいして字號や經歴のみならず『靜志居詩話』を附したことは、053『國朝松陵詩徵』の袁景輅の「例言」によれば、「集評の例」として、後につづく總集の一つのスタイルを作ったとされる。

本集は、康熙四十四年序刊本が、京大文學部、同東アジアセンターなどに藏せられる。また、楊家駱主編・歴代詩文總集の一として、一九六二民國五十一年、臺灣・世界書局により景印された。

027　今詩三體　十二卷、倪煒輯。一七〇八康熙四十七年序刊。

倪煒については他の總集、例えば093『江蘇詩徵』にも見えず、本集によって知るほかはない。それによると、字は彤文、江蘇蘇州府長洲縣の人。本集所收の賀弘（字は叔度、江蘇鎭江府丹陽縣の人、他の總集に見えず）の七言絶句の題に「彤文は老世の長兄にして、余と交わること五十年、今年倶に七十、（中略）時に丁亥孟冬下浣六日（彤文老世長兄、與余交五十年矣、今年倶七十、（中略）時丁亥孟冬下浣六日）」とすることから、一七〇七康熙四十六年に七十歳、これから推して一六三八崇禎十一年の生まれということになる。「老世」とは何代にもわたる交際をいう。また汪言（字は秋原、安徽徽州府休寧縣の人、他集不見）の五言律詩の題には「倪彤文文學に寄す（寄倪彤文文學）」とある。「文學」とは府州縣學の生員をさす。しかしそれも中斷したらしく、自序には「邇來學子の業を棄て去り、門を閉じ客を謝す（邇來棄去學子業、閉門謝客）」と記し、陳炳（字は虎文、蘇州府吳縣の人）の五律は「客舍にて倪彤文處士に逢う（客舍逢倪彤文處士）」と題する。なお賀理昭の七言律詩の題「彤文道長に呈す（呈彤文道長）」の「道長」とは、一般には道士にたいする敬稱として用いられるが、ここでもその意味であるのか否か、詳らかでない。「凡例」によると、詩の選定は一七〇六年に始まった。自序の後署は「康熙戊子立秋日、長洲迂亭倪燁題于旨鬷軒」、つまり一七〇八年、倪氏七十一歳である。

序文を寄せた賀寬は、字は瞻度、號は柘庵、また岑居。先の二人の賀氏と同じく丹陽縣の人で、一六五二順治九年の進士（『江蘇詩徵』巻百四十五）、一六八五康熙二十四年に蘇州紫陽書院の主となったこともある（『明清江蘇文人年表』）。その序文の後署には「鶴溪同學弟岑居賀寬、時年八十又二」とある。したがって一六二七天啓七年の生まれということになる。もっとも「同學弟」なる呼稱が兩人のいかなる關係をあらわすのか、詳らかにしない。

本集は五律・七律・七絕の三體各四巻から成る。採錄された詩人は三百九十五家、その顔ぶれは、自序にいう「當代の鉅公」と、編者倪燁に關係の深い親戚や友人の二つに大別される。前者では例えば錢謙益（歿後四十四年、計八首）、吳偉業（歿後三十七年、計九首）、宋琬（歿後三十五年、計四首）、龔鼎孳（歿後三十五年、計九首）、そして朱彝尊（八十歲、計四首）、王士禛（七十五歲、計六首）などである。後者でいえば、その多くは江蘇の出身者で、そのうちのかなりの人が『江蘇詩徵』に見えない。また採錄された詩には、編者あてのものが相當數ある。

「三體」とは、いうまでもなく南宋・周弼の『三體唐詩』にならったものであり、もとの書が七絕・七律・五律の順になっているのを變えたのは、「時下選詩の次第に從った（從乎時下選詩之次第）」までだと、「凡例」で斷っている。その自序によると、編者が十代の終わりに「外傳」の張掄（字は無擇、蘇州の人、他集不見）に就いたとき、その眼前にあったのが『三體唐詩』であり、「後學の津梁爲るに堪うる（堪爲後學津梁也）」ものであった。そして次のようにいう。宋人の詩は歐陽修・梅堯臣・黃庭堅・陳師道（なぜか蘇軾の名をあげない）、さらに陸游・范成大などによって「稱して最盛と爲すも、然れども其の時に唐音廢せらるること久し（稱爲最盛、然其時唐音廢久）」。ところが南宋の徐璣ら、いわゆる永嘉の四靈が「一時の弊を矯《た》め、四唐の衰を振るい、而して唐音は此れに由りて復興す（四人矯一時之弊、振四唐之衰、而唐音由此復興）」。ついでは周弼の選集も「唐律を以って是遵す（亦以唐律是遵）」。

また賀寛の序は、絶句も半截した律詩だと斷ったうえで七言詩を特筆し、「『唐人選唐詩』、及び元次山『唐詩鼓吹』、顧茂倫『唐詩英華』は皆な七言近體なり。亦た世人の好んで七言近體を爲《つく》るを以って諸體中に在りて最も難しと爲すも、學ぶ者は以って最も易しと爲す（唐人選唐詩、及元次山唐詩鼓吹、顧茂倫唐詩英華、皆七言近體。亦以世人好爲七言近體、在諸體中爲最難、而學者以爲最易）」とのべる。『唐人選唐詩』は八種本が、一六二八崇禎元年に毛晉の汲古閣から刊行されていた。ただし七言詩はむしろ少ない。「元次山」は「元遺山」の誤り。『唐詩鼓吹』については、003『鼓吹新編』で言及した。顧有孝、字は茂倫は、008『江左三大家詩鈔』の編者、その『唐詩英華』二十二卷は一六五八順治十五年の刊である。

倪煒が唐詩を愛好した例を一つあげておく。本集所錄の殷麗（字は羽青、吳縣の人、他集不見）の七律「人日　雨に倪彤文の齋中に留まる、卽事（人日雨留倪彤文齋中、卽事）」の二句「談到牧翁箋杜集、看來徐子說唐詩（談《かた》り到る牧翁の箋杜集、看《み》來たる徐子の說唐詩）」の自註に「時の刻に錢牧齋『註杜集』及び徐子能『說唐詩』有り（時刻有錢牧齋註杜集及徐子能說唐詩）」とある。前者は一六六七康熙十六年・季振宜序刊の『錢注杜詩』をさし、後者は徐增（字は子能、號は而庵、蘇州の人）の一六六六年序刊の『（而庵）說唐詩』二十二卷を指す。その徐增の七律「倪彤文に贈る（贈倪彤文）」の「綺齡秋興動公卿、國士無雙特達名（綺齡の秋興は公卿を動かし、國士の雙《なら》び無きは特に名を達す）」の自注に、「彤文に、杜工部の秋興に和する詩有り（彤文有和杜工部秋興詩）」とする。

「凡例」には、このあと、本集の「二編の選」、さらには『明詩三體』と『宋元三體』を計畫している旨を記す。本集は京大文學部に藏せられる。

028 檇李詩繫　四十二巻（うち清詩九巻）、沈季友編。一七一〇康熙四十九年序刊。

沈季友、字は客子、號は南疑、また秋圃、浙江嘉興府平湖縣の人。一六八七康熙二十六年の鄉試副榜、貢生。『清詩紀事初編』に「卒于康熙三十七年、年四十七」（八二三頁）とするのにしたがえば、その生卒は、一六五二～一六九八、ということになる。

「檇李」は、『春秋左氏傳』定公十四年（前四九六）に、越王句踐が、侵入してきた吳王闔閭を破って死なせた場所として見える。清では嘉興府のもとに嘉興・秀水・嘉善・海鹽・石門・平湖・桐鄉の七縣が屬する。

本集の構成は、巻一が漢の嚴忌（『楚辭』の詩人）から始まり、五代まで。以下、巻二・三が宋、巻四～六が元、巻七～二十一が明、巻二十三～二十九が國朝、巻三十～三十三が方外、巻三十四・三十五が閨秀、巻三十六が仙鬼、巻三十七～四十一が題詠、巻四十二が謠諺、である。このうち清詩は、方外と閨秀をふくめて四百五家を收錄する。なお部分けに「仙鬼」「謠諺」を立てるのは、朱彝尊の026『明詩綜』が巻九十九に「神鬼」を、巻百に「雜謠歌詞」を置くのに似る。

「序」「凡例」、そして『四庫提要』巻百九十の文言によると、嘉興一府の總集編纂には前歴があり、最初に明の景泰年間（一四五〇～一四五六）に嘉興の朱翰が洪武・永樂以降の詩を詮次して『檇李英華』とし、次いで崇禎末（最終年は一六四四）に秀水の蔣之翹（字は楚穉、號は石林）が大幅な追加をして『檇李詩乘』四十巻とした。本集は「二家の後を踵《つ》ぎて、更に詳博を加う（踵二家之後、而更加詳博）」（『提要』）ものである。
「凡例」で沈季友は、「是の集の重んずる所は詩に在るも、實は兼ねて人を論ず。是《こ》こを以って去取有るも褒譏無し。故に詩を借りて以って其の人を存する者有るは、姑《しばら》く其の工拙を深論せず（是集所重在詩、而實兼論人。是以有去取而無褒譏。故有借詩以存其人者、姑不深論其工拙）」と記す。確かに人物に關する敍述は、他の總集に比べて詳しい。「凡例」の年記は一六九七年十二月、つまり死去する前の年である。

　これにたいして朱彝尊の序文の年記は、編者の死後十一年の一七〇九年四月である（この年の十月に朱氏は亡くなっている）。編者が亡くなった時點で、本集がすでに一定の形を成していたのであろうか、朱氏は「有明一代の詩を編輯（編輯有明一代詩）」、つまり『明詩綜』を編輯している最中に、門人の陸奎勳（字は聚緱、平湖の人、一六六三～一七三八）が訪ねてきて、本集を「貽示」、おくりしめした。「其の、逸民・寓公・方外・閨秀に於て、蒐羅甚だ備われり。余は頗る什《じゅう》に一の助を得たり。宋・元より上《かみ》、以って今代に迄《およ》ぶ詩人に間《ま》ま闕略有り。卽わち聚緱と偕《とも》に手づから鈔して補入し、三月を越えて業を卒《お》う。噫嘻《ああ》是れ以って南疑の志を竟《つく》すに足れり（其於逸民寓公方外閨秀、蒐羅甚備。余頗得什一之助。宋元而上、以迄今代詩人、間有闕略。卽偕聚緱手鈔補入、越三月而卒業。噫嘻是足以竟南疑志矣）」。
「校閲」にあたった金南鍈（字は夏聲、平湖の人）の序文の年記は、朱序の翌年の一七一〇年十二月である。

　本集は、一七一〇康熙四十九年序・敦素堂刊本が、京大文學部に藏せられる。巻二十七（國朝）では、目次で一人分半行を切り取って空白のままにし、本文では切除したうえで紙をつぎ、後につづく數名を手寫して補った跡がある。この部分には「呂留良」が收錄されていたはずである。また巻三十三（方外）では、目次で明の最後に「丹霞大師今釋二十三首」とかかげるものの、本文では削除されている。さらに巻四十一（題詠）でも、錢謙益・呉偉業・龔鼎孳・屈大均・陶汝鼐が摘刪されている。本集は『四庫全書』巻百九十に收錄されているが、右に指摘した部分では、巻四十一の呉偉業が見えるほかは、いっさい見えない。

このような部分的削除は、朝廷の次のような禁燬命令に則って、所藏者がほどこしたものと思われる。

呂留良に關しては、一七二八雍正六年（歿後四十五年）、弟子の曾靜が、さらに其の弟子の張熙をつかわして川陝總督の岳鍾琪に謀叛を勸めるという事件がおこった。その結果、一七三二年十二月、呂留良の遺族は嚴罰に處せられたが、「この判決の後に、呂留良の著書は別に發禁處分を行うに及ばずというただし書きがつけ加えられて、（雍正）帝の腹の太いところを示している」（宮崎市定『雍正帝』一四三頁、岩波新書）。

今釋、俗姓は金、名は堡、浙江杭州の人。一六四〇崇禎十三年の進士。南明・永暦帝の桂林が陷落すると（一六五〇年十一月か?）、剃髪して僧となり、法名を今釋、字を澹歸とした、一六一四～一六八〇。その歿後九十五年の一七七五乾隆四十年にその著書『偏行堂集』が禁燬の對象となった（『清代文字獄檔』第三輯「澹歸和尚偏行堂集案」）。

一七七二乾隆三十七年正月四日、『四庫全書』編纂の敕命がくだるいっぽうで、一七七六年十一月十六日には「銷燬すべき書物の敕命もくだされ、錢謙益は「明に在りて已に大位に居りしに、又た復た身づから本朝に事えし（在明已居大位、又復身事本朝）」理由で、金堡と屈大均は「跡を淄流に遁《のが》れ、均しく節に死する能わず、靦顔もて活を苟《か》りそめにするを以って、乃わち名を勝國に托して妄肆に狂狺せし（遁跡淄流、均以不能死節、靦顔苟活、乃托名勝國、妄肆狂狺）」理由で、その對象とされた。また同年十二月三日には「國史館に命じて明季の貳臣傳を編列せしめ（命國史館編列明季貳臣傳）」、王永吉・龔鼎孳・呉偉業・張縉彦・房可壯・葉初春らが名指しされた（いずれも『高宗純皇帝實錄』）。

029 **詩乘**　十二卷、劉然輯。一七一〇康熙四十九年序刊。

本集は、書名をはさんで、右に「西澗劉簡齋先生選」、左下に「王穀堂藏板・拙眞堂増刋」とある。

130『金陵詩徵』巻九によると、劉然は、字は簡齋、また文江、また藜先、江蘇江寧府江寧縣の人。庠生（府學生員）。明初の功臣劉基（浙江處州府青田縣の人、一三一一～一三七五）の後裔とされる。その『西澗初集』六巻が『四庫提要』巻百八十三・集部・別集類存目に著録されており、一六七八康熙十七年の杜濬の序があるという。

本集は、劉然が選詩と論評を進めていたが、事業半ばで歿したため、その後を嗣いで同伴者の朱豫が完成させたものである。『金陵詩徵』巻九によると、朱豫は、字は介士、また東田、やはり江寧縣の人。一六九八康熙三十七年に歳貢生となり、官は訓導に至った。著書に『拙眞堂集』がある。

本集には序文が四本ある。そのうち四本めの、編者劉然のものの年記は、一七〇一康熙四十年である。しかし本集に關する敍述はなく、もっぱら朱豫への言及に終始し、それも「顧《かえ》って拙眞を以って其の集に名づく（顧以拙眞名其集）」などの文言から推して、本來は朱氏の文集に寄せたものを、本集の刋行に際して、あえて登載したものと思われる（私が見たテキストでは先頭部分が缺落していて、この間の事情をいっそう分かりにくくしている）。

本集の成立過程については、一本めの徐秉義の序文に詳しい。その年記は、劉序におくれること九年の、一七一〇年である。徐秉義は、初名與儀、字は彥和、號は果亭、江蘇蘇州府崑山縣の人、一六三三～一七一一、徐乾學（一六三一～一六九四）の弟である。一六七三年の進士で、吏部侍郎にまで昇り、一七〇四年に退休した。その序文に言う。劉然の原稿は、「獨《た》だ惜しむらくは其の集むること隘《せま》く、諸《もろ》もろの、詩壇に名を著わし雄を稱する所の者或いは闕《か》き、而して意を幽隱の士を表章するに加う（獨惜其集隘、諸所著名稱雄詩壇者或闕焉、而加意表章幽隱之士）」ものであった。おそらく編輯方針の變更を意味するのであろうが、朱豫は、「乃わち遍く諸もろの名家の詩を捜し、拔萃して尤《すぐ》るるを取（朱子乃遍搜諸名家詩、拔萃取尤）」った、と。また書名については、「乘は車なり。乘を以って編に名づくるは、將《まさ》に諸《こ》れを載せざる所《もの》無きの意に取らんとす（乘者車也。以乘名編、將取諸無所不載之意）」と記す。
二本めの丁灝（號は勗菴、浙江杭州府仁和縣の人）の序文の年記は一七〇九年で、『全唐詩』（一七〇七年四月序）編輯の敕命がくだされたことを傳える。三本めの胡任輿（字は孟行、また芝山、江寧府上元縣の人）の序文はきわめて早く、一六九〇康熙二十九年で、その四年後の一六九四年に進士、それも廷試一甲第一人であった。この序文だけは早くから劉氏の原稿に附されていたのであろう。

本集の採録人數は二百二十四家である。目録の冒頭に「選に隨いて刋に隨い、先後に拘わらず（隨選隨刋、不拘先後）」と斷るように、例えば王士禛・徐乾學が巻一に、錢謙益・吳偉業は巻九に載る。なお本集編輯の關係者では、徐秉義が巻二に、朱豫が巻六に、胡任輿が巻八に、丁灝が巻九に、劉然が巻十二の末尾に載る。

本集は神戸市立吉川文庫に藏せられる。

030　五名家近體詩　十六巻、汪觀輯。一七一五康熙五十四年序刋。

見返しに、書名をはさんで、右上に「松蘿汪瞻侯選」、左上に五先生を姓と號で列べ、左下に「靜遠堂梓」とある。

汪觀は、字は瞻侯、號は松蘿、安徽徽州府休寧縣の人。同じ編者による次項031『清詩大雅』二集の序の年記は一七三三雍正十一年とその翌年であるが、その「凡例」でみずから「僕の齒《よわい》は古稀に近し（僕齒近古稀）」と記している。このことから、『清初人選清初詩彙考』にならって、その生年を一六六六康熙五年ごろとするのが妥當であろう。所録の各家につけた序文の題識に「金閶」とか「虎丘」の名が見えることから、本集編輯時には蘇州に寓居していたことが分かる。なお、安徽宣城一縣の總集036『宛雅三編』巻九に、同姓同名で「字は顒若、順治乙未（十二年・一六五五）進士、湘郷縣に知たり（汪觀、字顒若、宣城人、順治乙未進士、知湘郷縣）」という人物が見えるが、別人であろう。

本集は019『嶺南三大家詩選』の三家に杜濬と閻爾梅を加えたもので、個人的な趣向の域をまったく出ないが、「總集」の多様性を示す例として、あえて取りあげておく。五家の配列の基準はよく分からない。

1、屈大均（一六三〇～一六九六）收錄二百七十七首。自序の年記は一七一五康熙五十四年、屈氏歿後十九年。初めは一六八六年編刻の『翁山詩外』十五巻（汪宗衍『屈翁山先生詩年譜』による）を讀み、さらに沈用濟（字は方舟、錢塘の人）が一七〇五年、屈氏の歿後九年に選刻した『道援堂集』十巻（同じく汪宗衍『年譜』）を讀んで「毎毎（そのたび）に拍案驚奇し（毎毎拍案驚奇）」、本集の一人に選入して「嶺南に復た杜陵有るを見し（嶺南復見有杜陵）」ことを讀者に知らしめるのだとする。

2、杜濬（一六一一～一六八七）二百七首。一七一四年、杜氏歿後二十七年。やはり「腹に杜陵を滿たす（滿腹杜陵）」と評價する。「余、（杜濬の）『變雅堂詩』を讀む毎に、全集を讀むを得ざるを以って恨みと爲す（余毎讀變雅堂詩、以不得讀全集爲恨）」と記すが、本集以前にその全集が刋行されていたのかどうか、疑わしい。『淸詩紀事初編』一八四頁が次のように指摘するからである。「其の詩は未だ盡くは刻せられず、刻する者も復た流行すること未だ廣からず。後來增輯する者は汪觀に『茶村詩』三巻有り、康熙五十二年に刻せられ、已に刻せる詩を取りて其の次第を亂し、序を錄せず、稍《や》や增益有り、詩を爲すこと共に二百餘首、獨り古體無し（其詩未盡刻、而刻者復流行未廣。後來增輯者、汪觀有茶村詩三巻、刻于康熙五十二年、取已刻詩亂其次第、不錄序、稍有增益、爲詩共二百餘首、獨無古體）」と。おそらく本集收錄の一年前に單行本として出版したのであろう。

3、閻爾梅（一六〇三～一六七九）二百七十七首。一七一三年、閻氏歿後三十四年。この序は小傳から始まり、「古沛（江蘇徐州府沛縣）の閻爾梅、字は用卿、號は古古、前明の孝廉（一六三〇崇禎三年擧人）、著に『白耷山人全集』有り

（古沛閻爾梅、字用卿、號古古、前明孝廉、著有白耷山人全集）」。その詩に關しては「唐賢に頡頏し、宋元諸家に類いせざる（頡頏唐賢、不類宋元諸家）」を評價する。

4、梁佩蘭（一六二九～一七〇五）　百五十一首。一七一五年、梁氏歿後十年。「少時」にその文を讀んで品の高さを慕ったが、その詩に接したのは二十年後の『嶺南三大家詩選』においてであったと記す。この總集の序刊が一六九二年であるから、「少時」を十五歳と假定して逆算すると、編者汪觀は、一六五七年ごろの生まれということになろう。しかし冒頭でのべたように一六六六年ごろの生まれとすれば、「少時」の年齢をより若くし、『詩選』閲讀の時期を、その序刊年より數年下げるべきであろう。

5、陳恭尹（一六三一～一七〇〇）　百五十七首。年記なし。『嶺南三大家詩選』の王瑛の序を踏まえたうえで、「才人（梁佩蘭）の詩は李（白）に近く、學者（屈大均）の詩は杜（甫）に類いし、詩人（陳恭尹）の詩は又た豈に李・杜・王（維）・孟（浩然）の間に在らざらんか（是才人之詩近乎李、學者之詩類乎杜、詩人之詩、又豈不在李杜王孟之間乎）」とする。

本集は、早大寧齋文庫と內閣文庫に藏せられる。

031

清詩大雅　不分卷、汪觀輯。一七一六康熙五十五年序刊。二集、不分卷、一七三四雍正十二年序刊。

見返しには、書名の上に横書きで「近體分編」、右上に「松轟汪瞻侯選」、左上に廣告（後出）、左下に「靜遠堂梓」とある。

編者は前項に同じ。自序が書かれたのは一七一六康熙五十五年、蘇州の虎丘に寓居してのことであった。前項同様

「靜遠堂梓」とするが、その詩集が『靜遠堂詩集』であることから、編者じしんの出版處であることが分かる。

本集は、書名が仰々しいわりには內實がともなっていない。採錄された詩人はわずかに二十家である。その自序でのべるのは、本集に採錄された釋戒顯の詩を編者がいかに採求したかに限られる。採錄の順序にしたがって初めの數名を列擧してみよう。

1、杜詔、自序の年には五十五歲。字は紫綸、江蘇常州府無錫縣の人、一六六六〜一七三六。一七〇四康熙四十三年、『中晚唐詩叩彈集』十五卷を出版。袁枚（字は子才、號は簡齋、一七一六〜一七九七）の『隨園詩話』補遺卷一には、「學ぶ者、玆《こ》れを入手して從《よ》り、粗硬槎枒の病を免る可し。而して法を少陵（杜甫）・山谷（黃庭堅）に宗《のつと》る者は、意頗る之れを輕んず（學者從玆入手、可免粗硬槎枒之病。而宗法少陵・山谷者、意頗輕之）」とある。康熙帝に知られ、一七一二年、特別に進士を賜って翰林庶吉士となったが、翌々年には辭職した。

2、葛鶴、字は雲臞、安徽寧國府宣城縣の人。『隨園詩話』補遺卷一に、「雍正間の布衣」として見える。本集には附錄として草衣山人朱灝の「哭葛鶴」の詩を載せる。朱灝は後の「凡例」にも出るように、安徽太平府蕪湖縣の人。『隨園詩話』には「貧士」（卷二）とか「白下（南京）の布衣」（卷九）などとして頻出する。さらに汪觀じしんの「題葛鶴詩後」も附せられており、この三人が詩會の同人であったことをうかがわせる。

3、魏裔介、歿後三十年。直隸趙州柏鄉縣の人、もと保和殿大學士。すでにたびたび登場した。

4、釋戒顯、字は願雲、號は晦山、江蘇太倉州の人。俗名は王瀚、字は原達、明の諸生。

5、魏象樞、歿後二十九年。字は環極、號は庸齋、山西大同府蔚州の人、もと刑部尚書、一六一七〜一六八七。

6、王材任、六十四歲。字は澹人、號は西澗、湖北黃州府黃岡縣の人、一六七九年の進士、官は僉都御史に至る、一六五三〜一七三九。

7、沈徳潛、四十四歳。字は確士、號は歸愚、江蘇蘇州府長州縣の人、一六七三～一七六九。本集の自序が書かれたのと同じ年（一七一六）に『竹嘯軒詩鈔』を版刻したが、まだ舉人ですらなかった。後日譚になるが、沈氏が一七六〇乾隆二十五年に044『國朝詩別裁』（自定重訂本）を出版したとき、その巻二十五に本集所録の15王文潛（字は清淮、廣東廣州府南海縣の人、布衣）の詩「丙申歳春留別松蘿」（つまり本集自序の年、汪觀を蘇州に留別）一首を載せ、「友人の册子の中從《よ》り録出す（從友人册子中録出）」と記すのは、本集を指すに違いない。

他の十三家については省略するが、うち八家は本集のみにしか載らない人物であり、しかも詩題に編者の名をもつ作をともなう。以上のことから本集が、編者の個人的で小ぶりな収集にすぎないことが分かるだろう。選人選詩、あるいは配列に特別の基準を見出せないが、それは本集の編輯方針が特に詩人を限定せず、應募にしたがって掲載するという、一種の同人誌のごときもので、本集はいわばその第一集と見なしうるからである。「凡例」には次のように記す。「是の選は先ず近體を梓し、……倘《も》し許可を蒙れば則わち古體も嗣いで出さん（是選先梓近體、……倘蒙許可、則古體嗣出）」。「詩の到れば選に隨いて梓に隨い、前後を序せず（詩到、隨選隨梓、不序前後）」。「同人は仕と隱とを分かたず、詩を見て卽わち拙《それがし》の選に登《のぼ》す（同人不分仕隱、見詩卽登拙選）」。「同人に或いは故友の遺編有りて、果して大雅の章に屬さば、寄せ到るに必らず先ず梓に付し、以って幽光を表わすこと、此れ僕の本志なり（同人或有故友遺編、果屬大雅之章、寄到必先付梓、以表幽光、此僕之本志也）」。

自薦他薦の詩篇の受けつけは主として郵筒によっておこなわれた。そのためまずは見返しに「諸名家の詩は選に隨いて梓に隨う。倘《も》し佳章の賜敎せらるる有らば、金閶門外山塘通貴橋湖田書屋に郵到されよ（諸名家詩、隨選隨梓。倘有佳章賜敎、郵到金閶門外山塘通貴橋湖田書屋）」と廣告し、「凡例」ではさらに蘇州のもう一つの居處である「虎丘仰蘇樓」を加えた。また友人にも應援をたのんで次のアドレスを掲げた。「蕪湖（安徽太平府下）浮橋南岸の朱草衣の處」、「漢口

（湖北漢陽府漢陽縣下）の汪遯漁（名は穎）の處」、「池州府（安徽）城内郭西街の郎趙客（名は遂）の處」、「都門（北京）西華門内栴檀寺入口の曹恆齋（名は曰瑛）の處」。

本集は京大東アジアセンターに藏せられる。

さて、以上は一七一六康熙五十五年自序・靜遠堂刊本をもって本集としてきたが、實はもう一本、『内閣文庫漢籍分類目錄』に、「清詩大雅　全八巻二集全一四〇巻、清汪觀編、清雍正一二序刊（靜遠堂）二六册」なるものが見える。實際は初集・二集ともに不分卷である。初集の家數は、康熙刊本の二十家から八家に減らされている。内譯は、上記1～4の四家と、16魏荔彤（字は念庭）、17萬際昌（字は爾言）、18張宗禎（字は安谷）と新たな馬世勳（字は良輔）である。序文は、康熙刊本の「自序」が、内容を同じく字樣を異にして再録されるうえに、一七三〇雍正八年の唐英、雍正七年の竇容恂、同じ年の李周望、雍正十一年の孔傳鐸、年記のない沈一葵、雍正四年の杜詔の計七篇が載る。また「凡例」での康熙刊本との出入りは二點、つまり「初集の梓成り、……今は現に二集を選梓するに在る（初集梓成、……今現在選梓二集）」こと、および、郵寄先で、自宅の「湖田書屋」はそのままだが、「虎丘仰蘇樓」に代わって「徽州休寧縣城裏西門橋由舟山房」となり、また友人の居處がすべて消滅していること、である。

ついで『清詩大雅二集』には百四十八家が收録される。例えば袁枚は『隨園詩話』補遺卷一で、「近ごろ汪松蘿の『清詩大雅』中に在りて」、十九歳で知を受けた「帥念祖の詩を見つけた（近在汪松蘿清詩大雅中、得帥公春園云）」と記すが、その名は百八番めに見えるから、袁枚がこの『二集』を見ていたことが分かる。その序文は、一七三四雍正十二年の王步青、雍正十一年の龔鑑、同じ年の許惟枚による三篇である。その「凡例」（年記なし）では、前項『五名家近體詩』で引いたように、「僕齒近古稀」と記している。

032　毘陵六逸詩鈔　二十三巻、莊令輿・徐永宣同輯。一七一七康熙五十六年序刊。

見返しには、書名の右に六家の姓・字號・名を二列に竝べ、左下に「壽南堂藏板」とある。

莊令輿は、字は蓀服、號は阮尊、江蘇常州府武進縣の人、一七〇六年の進士、翰林院編修、一六六二～一七四〇。徐永宣は、字は學人、號は辛齋、やはり武進縣の人、一七〇〇年の進士、六部主事、一六七四～一七三五。024『江左十五子詩選』の一人として、すでに見えた。

本集は武進縣、つまり昔の毘陵出身の二人が、一世代前の、鄉里の埋もれた先輩六家を世に顯彰したものである。「六逸」なる命名について、「凡例」は、「班孟堅の、『詩』を學ぶの士は逸《の》がれて布衣に在り、の語に感ずるに因る（因感班孟堅學詩之士逸在布衣語）」とする。すなわち『漢書』藝文志「詩賦」の班固の言葉に、「春秋の後、周の道は寖《よう》やく壞《やぶ》れ、聘問の歌詠は列國に行われず、『詩』を學ぶの士は逸《の》がれて布衣に在り、而して賢人 志を失うの賦作《おこ》れり（春秋之後、周道寖壞、聘問歌詠不行於列國、學詩之士、逸在布衣、而賢人失志之賦作矣）」にもとづいている。ただし、清初において「逸」は明の遺民か、その志をつぐ人士にふさわしい語であって、あとに見るように六家のなかの清の諸生に用いるには適切であるまい。

莊・徐二氏仝識の「凡例」の冒頭で、「六家の詩を鈔するは丙申（康熙五十五年）夏五に始まり丁酉（同五十六年）暮春に至って業を卒《お》う（鈔六家詩、始於丙申夏五、至丁酉暮春卒業）」と、この二氏の編輯になることを明記するが、全二十三巻の巻頭にはいずれも「芷園先生王嗣衍閲定、山陰孫讜椒園氏選」とある。王嗣衍（號は芷園、貴州貴陽府の人）は一七一六年からの常州知府、序文三本のうちの二つめを記している。孫讜（字は一士、號は椒園、浙江紹興府山陰縣の人）は一七一六年からの武進知縣、序文の三つめを記している。この二人は當地の爲政者として本集の出版に盡力したらしい。序文の最初を記した彭會淇（江蘇鎭江府溧陽縣の人、一六四一～？）は、工部右侍郎ののち退休した。序文の年記はいずれも一七一七年である。

所收の六家は以下のとおりである。

惲格、五卷。字は壽平、また正叔、號は南田、一六三三～一六九〇。一六四九順治六年、父惲日初（字は仲升、號は遜庵、一六〇一～一六七八）が福建で抗清軍事活動をおこなったのに從ったが、失敗したのち父子ともにひそかに鄉里に戻った（なお023『明遺民詩』卷十・惲日初の記述には息子との混同があると、144『晚晴簃詩匯』卷三十三・惲格の項は指摘する）。

楊宗發、一卷。字は起文。歸鄉後の惲日初について學んだが四十二歲で歿した。本集「凡例」が六家の配列を「齒を以って次第す（以齒次第）」とするのに從えば、その生卒年はほぼ、一六三四～一六七五、となるだろう。

胡香昊、五卷。字は芋莊、號は竹紆、一六三五～一七〇七。錢謙益の族孫で、武進に客居していた錢陸燦（字は湘靈、蘇州府常熟縣の人、一六一二～一六九八）から、後出の陳鍊・唐惲宸・董大倫らとともに詩を學んだ。一六九四年春「浣花會」を主宰して杜甫を記念し、これに陳・唐・董らも參加した。

陳鍊、五卷。字は道柔、號は西林、一六四五～一七一五。諸生より上級の試驗に及第しなかった。生徒を敎授し、本集の編者徐永宣は弟子の一人である。一七〇一年、蘇軾舊寓の地に同志十九人を召集して、その逝世六百年祭をおこなった（徐永宣の參加については一四九頁參照）。

唐惲宸、四卷。字は靖元、諸生、一七一五年以後の卒、歿年五十五歲。

董大倫、三卷。字は敷五、また疇叔、號は叔魚、諸生、一六六六～一七〇一。父の董以寧（字は文友、一六二九～一六六九）は「毘陵四子」の一人、006『十名家詩選・三集』に見えた。

「六逸詩話」三十一則は、六家についての言及を集錄したもの。例えば顧炎武の惲格・楊宗發にたいする、錢澄之の惲格にたいする、王士禛の董以寧から董大倫にたいする、朱彝尊の惲格、および徐永宣を通じての陳錬にたいする、査愼行の胡香昊にたいする、言及がある。

本集は京大東アジアセンター、および神戸市立吉川文庫に藏せられる。

033　國朝詩的　六十三巻、陶煊・張璨同輯。一七二二康熙六十一年刋。

各巻頭に「長沙陶煊奉長選、同里張璨豈石同輯」と記す。

陶煊（144『晩晴簃詩匯』巻五十三は「烜」に作る）、字は奉長、號は石谿、また松門、湖南長沙府寧郷縣の人。『清初人選清初詩彙考』（二八九頁）は一六五七順治十四年の生まれとし、「卒年不詳」。祖父の陶汝鼐（字は仲調、また燮友、號は密菴、一六〇二～一六八三）は、南明の湖廣等總督何騰蛟のもとで監軍となったことがあり、一六五三年には反逆罪で死刑判決を受けたが、辛うじて免れ、僧となった。また父の陶大雪（一名は之典、字は五徽、號は澹庵、一六二二～一七〇一）は、清の安親王の教習となったことがあるが、内閣中書の授與は辭退した。このような家系によってか陶煊は諸生にはなったものの、許炳（本集江南巻十三にその詩を收錄、以下同様。字號・生卒年未詳）の「序」によれば、「仕籍に登るを願わず（不願登仕籍）」であった。

張璨は、字は豈石、號は湘門、長沙府湘潭縣の人。一七〇八康熙四十七年の擧人で、官は大理寺少卿に至った。

本集の編輯に關しては、孫勷（山東巻一。字は子未、號は莪山、一六八五年進士、德州の人）の「序」に、「今、陶君は夙學の名流にして足迹は天下に遍ねく、交わる所は皆な賢豪なりしが、凡そ片辭隻字も採る可き者は、人の我れを識らざると雖も、悉く錄して以って歸り、數十年の苦心釐剔を積みて、迺わち始めて剞劂に擲付し、昭代の巨觀を裨成し、而して之れを標《しめ》して「的」と曰う（今陶君夙學名流、足迹遍天下、所交皆賢豪、凡片辭隻字可採者、雖人不我識、悉錄以歸、積數十年之苦心鼇剔、迺始撿付剞劂、裨成昭代巨觀、而標之曰的）」。その間、京師と揚州での出會いには二人の證言がある。すなわち、費錫璜（四川巻一。字は滋衡、成都府新繁縣の人）の「序」には、一六九六康熙三十五年、京師で陶煊と各地の詩を論じたことがあり、以來、「湘南（長沙）と江北（揚州）に相い隔たること數千里、見《まみ》えざること二十五年。一日、扁舟もて揚に至り、狂喜の後、則わち天下分省の『詩的』を出だして我れに示す（湘南江北、相隔數千里、不見者二十五年。一日扁舟至揚、狂喜之後、則出天下分省詩的示我）」と記す。また吳寅（江南巻八。字は秩三、號は賓廬、揚州府江都縣の貢生）の「跋」もよく似た内容で、やはり一六九六年、京師に客遊したおりに陶煊に接して「風雅を論ずるに資し（資論風雅）」たが、まもなく陶氏は「喪を以って藩邸（かつて父親が教習した王府か?）を去りて楚に還りし（以喪去藩邸還楚）」。一七二〇年、吳氏が揚州の文選樓にひそんでいる時に、「集むる所の本朝天下の詩を挾《さしはさ》んで來たる（挾所集本朝天下詩來揚州）」人があると聞いて出向いてみると陶氏だったと言い、「辛丑（一七二一、康熙六十年）秋に洎《およ》び、已に訂して帙を成し、將に雕氏に付さんとするを聞き、壬寅（一七二二年）夏、刻すること六十巻、署して『詩的』と曰い、工且《まさ》に竣《お》うるを告げんとす（洎辛丑秋、聞已訂成帙、將付雕氏、壬寅夏、刻六十巻、署曰詩的、工且告竣）」と記す。

編者の識《しる》す「凡例」には次のような事項が見える。

「顏（おもてがき）するに『詩的』を以ってするは固より張射（ゆみいる）者の鵠《まと》を以ってし、亦た既に頽《くず》るるの波を挽《ひきもど》すを以ってす（顏以詩的、固以張射者之鵠、亦以挽既頽之波）」。

「省を分かちて之れを編次するは、蓋し三百篇の遺意に倣う（分省而編次之、蓋倣三百篇遺意）」。

「茲《こ》の選は國朝定鼎の初めに始まる。山林遺老と雖も順治甲申（同元年一六四四）以後に沒する者は皆な盛世の人文にして、概ね收めて集に入る。昭代を重んずる所以なり（茲選始國朝定鼎之初。雖山林遺老沒於順治甲申以後者、皆盛世人文、概收入集、所以重昭代也）」。ここには遺民の子孫としての配慮がうかがわれよう。「近日、競いて宋人を譚《かた》り、幾んど大蘇（軾）を祖として范（成大）・陸（游）を宗とす。唐を學ぶ者も又た從って之れを排擊し、各おの旌幢を豎《た》てて水火の相い入れざるが如きは、怪しむ可きなり（近日競譚宋人、幾於祖大蘇而宗范陸。學唐者又從而排擊之、各豎旌幢、如水火之相不入、可怪也）」と、當時の文學情況を示したうえで、「是の選は的《まと》に中《あ》つるを要し、故に濃奇平淡も兼收せざるは無し（是選要於中的、故濃奇平淡、無不兼收）」とする。

序文は九本と多いが、そのうち文學史にかかわるものをあげておこう。

その最初は陳鵬年（湖廣卷六）のもの。字は北溟、號は滄州、長沙府湘潭縣の人で、陶煊とは同鄉、一六六三～一七二三。一六九一康熙三十年の進士。官は河道總督に至ったが、途中、二度にわたって獄に下されたときの、明の李夢陽の詩に次韻した「述憤、次李崆峒韻」（044『國朝詩別裁集』卷十七所收）がある。しかし序に言うところはむしろ逆である。

> （明の）弘治自り以來、何（景明）李（夢陽）前に倡え、王（世貞）李（攀龍）後に繼ぎ、天下靡然として之れに從い、未だ其の非を議する者有らざるなり。然れども漢魏と曰い盛唐と曰うは肖《に》るを聲調字句の間に求むるに過ぎず。（中略）崑山（歸有光）是こに於いて起ちて之れを訾《そし》り、虞山（錢謙益）又た從いて之れを劇論し、然る後に空同（李夢陽）元美（王世貞）の派に習いし者は漸く其の非を覺《さと》る（自弘治以來、何李倡於前、王李繼於後、天下靡然從之、未有議其非者也。然曰漢魏曰盛唐、不過求肖於聲調字句之間。（中略）崑山於是起而訾之、虞山又從而劇論之、然後習於空同元美之派者、漸覺其非夫）。

杜詔（江南卷十四）については031『清詩大雅』に既出。本集の序文が書かれた一七二一康熙六十年六月の前年に陶煊が無錫に來て「錄する所の江以南の詩を出だして予に眎《しめ》す（出所錄江以南詩眎予）」としたあと、次のようにのべる。

錢虞山（謙益）及び王新城（士禛）が如き輩、流れに沿いて源を溯り、以有《ゆえ》りて夫《そ》の前路を導くに、風を趨《お》いて附和し王（世貞）李（攀龍）に剽竊し鍾（惺）譚（元春）に蒙晦たるに至らず。故に詩學は本朝に至りて極盛たり（如錢虞山及王新城輩、沿流溯源、有以導夫前路、不至趨風附和、剽竊于王李、蒙晦于鍾譚。故詩學至本朝極盛）。

程夢星（江南巻十五）は、字は伍喬、また午橋、號は洴江、揚州府江都縣の人、一七一二康熙五十一年の進士、一六七九～一七五五。その『李義山詩集箋注』は『李商隱詩歌集解』（一九八八年・中華書局）の注釋箋評の一つに見える。

明に至りて始めて格調氣勢の論有り。（中略）是こに於いて何・李は前に倡え、王・李は後に沿う。公安・竟陵之れを矯め、雲間諸子（陳子龍ら）復た小《すこ》しく之れを異にし、而して一代の詩局、遂に終わる。虞山に至りて乃わち力めて山陰（陸游）を主とし、其の衆を挽《ひ》きて盡く宋に趨る。學《まね》る者は之れに從い、論を持する者は多く與《あずか》らざるなり。（中略）往《さき》に予が外王父蛟門汪公、宋詩の堂戸を闢《ひら》き、一時、槃敦（同志會盟の禮器）を奉ずる者頗る衆《おお》し（至於明、始有格調氣勢之論矣。（中略）於是何李倡於前、王李沿於後。公安・竟陵矯之、雲間諸子復小異之、而一代之詩局遂終。至於虞山乃力主山陰、挽其衆盡趨於宋。學者從之、持論者多不與也。（中略）往予外王父蛟門汪公、闢宋詩之堂戸、一時奉槃敦者頗衆）。

汪蛟門は名は懋麟（江南巻十）、字は季甪、江都縣の人、一六三九～一六八八。

序文の三本には年記があり、いずれも一七二一康熙六十年である。

本集の校閲にあずかった者は、「海內前較閲諸先生姓氏」に施閏章・王士禛以下百二十九家の名があがり、「後校閲諸先生姓氏」に陳鵬年以下二百一家の名があがる。潘承玉『清初詩壇：卓爾堪與「遺民詩」研究』（一〇八頁）は、「前較閲」を物故者、「後校閲」を健在者とし、「前較閲」に023『明遺民詩』の編者卓爾堪の名が見えることから、卓氏が「康熙六十年の前に已に辭世していた」證據とし、またその校閲は氏の最後の文學活動であろうとする。

「凡例」では「本朝の選本は殆んど人に乏しからず（本朝選本殆不乏人）」としながらも、陳允衡の『詩慰』（本稿不載）は「止《た》だ國初の人を載するのみ（止載國初之人）」、鄧漢儀の011『詩觀』と魏憲の『詩持』（九九頁參照）は「缺略殆んど甚だし（缺略殆甚）」としりぞけている。本集の採錄人數は二千六百三十六家で、確かにこれまでの總集と比べて他を壓倒している。この時期までの詩人の勢力地圖を示す材料となるので、省ごとの卷數と人數を列擧しておこう（用いたテキストに不備があるので、江南・江西・閩秀は『清初人選清初詩彙考』掲載の數にしたがう）。なお湖廣の卷末には陶煊著『石谿詩鈔』一卷と張璨著『石漁詩鈔』一卷を附錄する。

滿洲　一卷　二十四家。　盛京　二卷　六十家。　直隸　二卷　七十九家。　江南　十七卷　八百四十四家。
江西　二卷　二百七家。　浙江　八卷　三百八十二家。　福建　二卷　七十三家。　湖廣　十卷　三百三十五家。
山東　二卷　七十二家。　河南　二卷　六十一家。　山西　一卷　四十家。　陝西　二卷　六十四家。
四川　一卷　五十九家。　廣東　一卷　二十四家。　廣西　一卷　二十三家。　貴州　一卷　十一家。
雲南　一卷　二十一家。　方外　二卷　百四十七家。　閩秀　二卷　百十家。

湖廣が不釣合いに多いのは、編者の郷省だからである。

『清初人選清初詩彙考』は採錄人數を二千五百九十四家と數えたうえで、錢仲聯主編『清詩紀事』の「明遺民卷」「順治朝卷」「康熙朝卷」所收の詩人が千五百二十六家であることと對比し、本集をもって「順康兩朝の作者は當に此の書を以って最も完備すと稱すべし（順康兩朝之作者、當以此書最稱完備）」と結んでいる。

本集のテキストとして私が最初に見たのは、中國・浙江圖書館所藏のものであるが、そもそも閩秀の部分を缺くだけでなく、目錄の一部に缺葉がある。後になって尊經閣文庫にも藏せられることを知った。これには「閩秀二卷」が收錄されていること、序文の配列が浙江圖書館藏本と異なること、などに氣づいてはいたが、兩者の詳しい對校をおこなっていない。

034　國朝詩品　二十四巻、陳以剛・陳以樅・陳以明仝選。一七三四雍正十二年刊。

見返しには、書名の右肩に「天長季思・燭門・厚郕（竝列）仝選」、左下に「棣華書屋藏板」とある。

陳以剛、字は近峯、號は燭門、安徽泗州天長縣の人。一七一二康熙五十一年の進士。次項『詞科掌錄』によると、安徽池州府教授であった一七三六乾隆元年、安徽巡撫都察院右副都御史の王紘によって博學鴻詞に推擧されたが、入選には至らなかった。弟の陳以樅（號は季思）と陳以明（號は厚郕）の名は、わずかに前項『國朝詩的』と142『皖雅初集』に見える程度である。

陳以剛の自序によると、本集の編輯は一七二五雍正三年、池州府貴池縣の秋浦において始められ、一七三三年、梓に付された。年記は一七三四年七月である。

書名を「詩品」とするが、收錄の詩人を品等分けするのではなく、作品の「上」なるものを選んだという意味である。では、何をもって「上」となすか。自序は魏裔介の詩論を引用する（魏氏の『兼濟堂集』二十巻中には見えない）。義もて倫物に關わり、忠厚和平なる者を以って上と爲し、感慨の怨誹にして詞旨の激切なる者は之れに次ぐ。優游として（造物主、あるいは人德者の）化を觀《み》、性靈を舒寫する者を上と爲し、物に隨いて形を賦《あら》わし、工力の悉く敵《かな》う者は之れに次ぐ。寄託の凡ならず、了《つい》に塵翳無き者を上と爲し、興會の前に當たり、揮灑すること意に任《まか》す者は之れに次ぐ（魏石生論詩、以義關倫物、忠厚和平者爲上、感慨怨誹、詞旨激切者次之。優游觀化、舒寫性靈者爲上、隨物賦形、工力悉敵者次之。寄託不凡、了無塵翳者爲上、興會當前、揮灑任意者次之）。

ひとことで解説すれば、「詩經大序」と朱子學との融合ということになるだろう。このうち最初の「義もて倫物に關わり、忠厚和平なる者を以って上と爲」すは、018『皇清詩選』の編者孫鋐の「盛集初編刻略」によって引用されていた。清代初期の文學史で魏裔介は今や言及されることがないが、實は當時のオピニヨン・リーダーであった。また、「義關倫物」は、後の沈德潛044『國朝詩別裁集』で「關係」という語に結びついてゆく。

右の選詩基準は、陳氏の三名連記による「凡例」では、

茲の編に錄する所は皆な、經傳を發明し、及び世道人心に關わり有る者を取り、其の靡麗なる新聲は、一時に妙絕たると雖も亦た置きて錄する勿し（茲編所錄、皆取發明經傳、及有關於世道人心者、其靡麗新聲、雖妙絕一時亦置而勿錄）。

とされ、史上での典型としては、蘇武・李陵・「古詩十九首」以降は、阮籍・曹植・陶潛・杜甫の四家があげられる。

本集は、士人二十巻三百六十六家以上（巻十三は未確認）、方外二巻四十一家、閨門二巻二十七家の計二十四巻四百二十九家以上、から成る（『清初人選清初詩彙考』は士人二十一巻三百七十六家、方外二巻三十六家、閨門二巻二十二家の計二十五巻四百三十四家とする）。その配列は特異で、特に一巻一家が、巻一の吳偉業、巻三の錢謙益、巻九の王士禛（禛は禎に作るべし）、巻十四の常安（字は履坦、滿洲旗人、？～一七四七）、巻二十の陳悳榮（字は延彥、直隷保定府安州の人）に見られる。

そのうち吳偉業を冠首としたことについて「凡例」は、「遺山の、叔通を首とするの意に倣う（亦倣遺山首叔通之意）」、すなわち金の元好問の『中州集』が冠頭に宇文虛中を置いたことになぞらえた、とする。しかし一方で、蕭貢（字は眞卿、金の咸陽の人、一一五八～一二二三）が、『中州集』冠頭の宇文虛中ら四家がみな「宋儒」であり、金詩は序列五番めの蔡珪（字は正甫、一一五一、金の天德三年の進士）を「正傳の宗と爲す」とするのに贊同する。「國初の吳・錢諸公は當に簡端に列ぶべからず（國初吳錢諸公、亦猶宇文吳蔡、不當列於簡端）」なのである。

では清詩の正宗は誰なのか。これまでの總集では、特に「正宗」を標榜するわけではないが、012『八家詩選』では、

宋琬・曹爾堪・施閏章・沈荃・王士祿・程可則・王士禛・陳廷敬の名があがっていた。また030『五名家近體詩』では、屈大均・杜濬・閻爾梅・梁佩蘭・陳恭尹であった。これにたいして陳以剛らは、「我が朝の……詩家の正宗は當に孝感・桐城・澤州・新城の四大家を以って鼻祖と爲すべし（我朝……詩家正宗、當以孝感・桐城・澤州・新城四大家爲鼻祖）」とする。本集所録で、かつ清朝以降の進士という二つの條件をめどに、該當者をさぐってみよう。

「新城」（山東濟南府下）が王士禛であることは、疑いをいれない。巻九收錄。一六五五順治十二年の進士。「澤州」（山西澤州府）は陳廷敬であろう。巻七收錄。一六五八年の進士。問題はあとの二人で、特定するのは難しい。「孝感」（湖北漢陽府下）について。程正揆（字は端伯、一六〇四～一六七七）は巻四收錄、ただし明の一六三一崇禎四年の進士で、入清後、一六五五年に工部侍郎となった。006『十名家詩選・三集』に既出。熊賜履（字は素九、一六三五～一七〇九）は一六五八年の進士。『清詩紀事初編』（九三八頁）は「理學に自負す（賜履理學自負）」とする。ただし本集に收錄されない。この二人のいずれかであるのか、第三の人物であるのか、詳らかにしない。「桐城」（安徽安慶府下）について。方拱乾（字は肅之）は、一六二八崇禎元年の進士、入清後は、一六五二年に翰林學士に薦補された。巻四收錄。このあとは時代がかなり下って、張廷玉（字は衡臣、一六七二～一七五五）は巻十二に收錄、一七〇〇康熙三十九年の進士。この二人のいずれかであるのか、第三の人物であるのか、詳らかにしない。

本集は內閣文庫に藏せられる。『清初人選清初詩彙考』の指摘によると、本集の傳世は少なく、中國社會科學院文學研究所が十三巻本を、同圖書館が鄧之誠舊藏の二十巻本を藏するのみで、アメリカ・コロンビア大學圖書館所藏のものが「完整無缺」とされる。

なお法式善『陶廬雜錄』巻三に「『詩品』十八巻、附二巻、天長陳以剛選、雍正十二年に刻せらる。吳偉業自り以下三百四十餘家、方外三十餘家、閨集十九家。世故の見の存する有ると雖も、時時、隻眼を具うる處有り、沒する可からざるなり（詩品十八卷、附二卷、天長陳以剛選、刻於雍正十二年。自吳偉業以下三百四十餘家、方外三十餘家、閨集十九家。雖有世故之見存、時時有具隻眼處、不可沒也）」とする。この書は一八一七嘉慶二十二年の刋本で、錢謙益らにたいする禁燬を經過した後のことであり、その結果、卷數および家數の減少をきたしているのであろう。またその評價は、本集の自序と凡例に述べるところを、主たる對象としているのであろう。

035 詞科掌錄　十七卷、杭世駿編輯。一七三七乾隆二年博學鴻詞科補試後刋。

杭世駿、字は大宗、號は堇浦、浙江杭州府仁和縣の人。一七二四雍正二年擧人。一七三六乾隆元年の博學鴻詞科に、浙江總督程元章の薦擧によって臨み、一等五人のうちの一人に選ばれ、翰林院編修を授けられた。しかし一七六三年、「滿州人に（總）督（巡）撫に官する者多きに過ぐ（又言滿州人官督撫者過多）」（『清史列傳』卷七十一・文苑傳）との上言が皇帝の怒りに觸れて放還された。一六九六～一七七三。

本集は純然たる詩の總集ではなく、例えば『京都大學人文科學研究所漢籍目錄』では「史部政書類科學學校之屬」に分類される。しかし本集編輯の動機が乾隆期初年の劃期的な行事にあったこと、また收錄の多くが詩であることにかんがみ、あえて取りあげておく。

清朝において「制科」、すなわち「天子親ら詔して以って異等の才を待つ（天子親詔以待異等之才）」（『清史稿』卷百九・選擧志）博學鴻詞は、つごう三回おこなわれた。一六七九康熙十八年、一七三六乾隆元年、一九〇三光緒二十九年である。このうち二回めの上諭は、まず雍正帝によって一七三三雍正十一年四月八日にくだされた。

現任の翰（林）詹（事）の官員にして庸《も》って再び薦擧に應ずる無きを除くの外、其の他の已仕未仕の人は、京に在りては滿漢三品以上を著《し》て各おの知る所を擧げ、內閣に彙送せしめよ。外に在りては（總）督（巡）撫を著て該《そ》の學政を會同して心體を悉《つ》くして訪れ、遴選し考驗し、保題して部に送り、內閣に轉交せしめよ（除現任翰詹官員、無庸再應薦擧外、其他已仕未仕之人、在京著滿漢三品以上、各擧所知、彙送內閣。在外著督撫會同該學政、悉心體訪、遴選考驗、保題送部、轉交內閣）。

しかしその奏薦が「寥寥として幾《ほと》んど無し（寥寥無幾）」であったがために、一七三五雍正十三年二月二十七日に再度の上諭がくだされた。その八月二十三日、雍正帝は崩御した。かくして乾隆帝によって翌一七三六乾隆元年二月二十四日、あらためて上諭がくだされ、被薦擧者二百六十七人のうち百七十六人が、九月二十六日と二十八日に召試された。詩題は、「首場は賦・詩・論各一、二場は制策二（詩題首場賦詩論各一、二場制策二）」（『淸史稿』選擧志）、あるいは、首場は「試みるに經史二策を以ってし」、次場は「試みるに賦・排律・論三種を以ってす。賦題は「五六天地之中合」と爲し、七言排律十二韻は題して「山雞舞鏡、山字を得たり」と爲し、論題は「黃鐘は萬事の根本爲り」と爲す（二十六日爲首場、試以經史二策。二十八日爲次場、試以賦排律論三種。賦題爲五六天地之中合、七言排律十二韻題爲山雞舞鏡得山字、論題爲黃鐘爲萬事根本）」（徐珂『淸稗類鈔』考試類）であった。その結果、一等五人の劉綸・潘安禮・緒錦・于振・杭世駿が翰林院編修を、二等十人のうち陳兆崙・劉藻・夏之蓉・周長發・程恂が檢討を、楊度汪・沈廷芳・汪士鍠・陳士璠・齊召南が庶吉士を、それぞれ授けられた。また翌年の補試では二十六人の召試者のうち、一等の萬松齡と二等の張漢が檢討を、二等の朱荃と洪世澤が庶吉士を授けられた。

本集には序文がなく、先に引用した雍正・乾隆の「上諭」について「姓氏爵里」の一覧がかかげられる。そこでは最初の上諭からの四年間に薦擧をおこなった、宗人府左宗正の多羅愼郡王に始まり、內閣學士兼禮部侍郎方苞（一六六八〜一七四九）を含み、兵部右侍郎吳應棻に至る六十八人の名列、そしてそれぞれによって薦擧された二百六十七人の名列が記されている。巻一～十七の本文は、このうちの二百五十六人それぞれについて、經歴と、編者によって集められた賦・詩・文の呈示である。試驗の出題にたいする答案ではない。

近人の商衍鎏『清代科擧考試述録』（一四四頁。一九五八年・三聯書店）は、「文章詩賦」を能くしながら入選に至らなかった人物として、次の五人をあげている。推薦者とあわせて「姓氏爵里」より抜きだしておこう。

厲鶚「庚子（一七二〇康熙五十九年）擧人。浙江銭唐の人」。字は太鴻、號は樊榭、一六九二～一七五二。編者と同じく浙江總督程元章の擧。巻二に「詩を爲りて精深華妙、衆流を截斷す（爲詩精深華妙、截斷衆流）」と記す。

胡天游「（一七二九雍正七年）副榜貢生、浙江山陰の人」。字は稚威。一六九六～一七五八。禮部尚書任蘭枝の擧。

劉大櫆「（一七二九年）副榜貢生、江南桐城の人」。字は才甫、號は海峰、一六九八～一七七九。内閣學士兼禮部侍郎方苞の擧。

沈德潛「廩生、江南長洲の人」。字は確士、號は歸愚。一六七三～一七六九。兵部尚書江蘇巡撫高其倬の擧。巻五に「少くして詩に工みにして、名は大江以南に滿つ（少工詩、名滿大江以南）」と記す。

李鍇「原任は官庫筆帖式、黄旗漢軍の人」。字は眉山、號は蝶巣など、遼東鐵嶺の人。一六八六～一七五五。宗人府左宗正多羅愼郡王の擧。

私の意向で、あえて一人を追加しておこう。

袁枚「廩生、浙江仁和の人」。字は子才、號は簡齋、一七一六～一七九七。廣西巡撫兵部右侍郎金鉱の擧。編者は同郷の若い友人について、巻十三に「子才、諸徵士中に在りて最も年少爲り、兼ねて美才有り、一時、名は日下に滿つ（子才在諸徵士中最爲年少、兼有美才、一時名滿日下）」と記す。

本集は京大文學部、同東アジアセンター、内閣文庫に藏せられる。

036
宛雅三編　二十四巻（うち清詩十五巻）、施念曾・張汝霖輯。一七四九乾隆十四年序刊。

見返しに、中央に「宛雅三編」、右肩に「宣城施念曾・張汝霖（竝列）原編」、左下に「宛村劉樹本堂藏板」とある。「宛」は漢代の宛城、すなわち安徽寧國府宣城縣をさす。『宛雅初編』の梅鼎祚（字は禹金、宣城の人、一五四八～一六一五）の一五七二隆慶六年の序文に、「宛雅と命名するは、雅にして繫《か》けるに宛を以ってする者を言う（命名宛雅、言雅而繫以宛者）」と記す。また『宛雅二編』の李士琪（字は龍沙）の一六五七順治十四年の序文に、「宛の盛んにして以って（國）風の始めと爲るは、斷《さだ》めて謝太守元暉（朓）自り始まるなり。……土音の盛んなるは斷めて梅都官聖兪（堯臣）自り始まるなり（宛之盛以爲風始、斷自謝太守元暉始也。……土音之盛、斷自梅都官聖兪始也）」と記す。本集に先行する『宛雅』『續宛雅』は、本集と合册刊行の機會に、それぞれ『宛雅初編』『宛雅二編』と改められた。

施念曾は、字は德仍、號は蘖齋、宣城の人。142『皖雅初集』巻十九・寧國府宣城縣の項に施閏章（一六一八～一六八三）を載せ、附錄として「子彥恪、孫瑮、曾孫念曾」の詩も見える。廣東興寧縣知縣であったときに、廣東巡撫楊永斌によって一七三七乾隆二年の博學鴻詞の補試に薦擧されたが登第には至らなかった。張汝霖は、字は芸墅、やはり宣城の人。拔貢生から、官は澳門同知に至った。一七〇九～一七六九。

本集については、先行する二集とともに『四庫提要』巻百九十三・集部・總集類存目に著錄されているので、その全文を訓讀しておく。（　）内は私注である。

『宛雅』十巻、明・梅鼎祚編。載する所は皆な唐自り明に至る宣城の詩、凡そ九十二家（本集合册の「宛雅初編總目」では「詩八巻、共六百五十九首、人九十一人、唐二人、宋九人、元五十九人、明・洪武より正德に至る二十一人」とする）。『續宛雅』八巻、國朝蔡蓁春・施閏章同編。明嘉靖以後、崇禎末年に至る諸作を採り、以って鼎祚の所集に續く、凡そ六十五家（同じく「宛雅二編總目」では「詩八巻、共四百五十一首、人七十三人、明嘉靖十二人、明隆萬四十三人、明天崇十八」とする)。後に施念曾・張汝霖、又た唐宋諸詩の、二集より遺《おと》さるる所と爲る者を蒐採し、益すに國朝の作を以ってし、『宛雅三編』二十四巻と爲す。補う所は凡そ唐三人、五代一人、宋三人、元五人、明三十人、國朝二百十五人。閨閣は明一人、國朝三人。方外は唐五人、宋三人、元一人、明三人、國朝五人。妓女は唐一人。附するに聯句・逸句一巻、詩話三巻(「宛雅三編總目」では、附錄以外で「詩二十巻、共一千四百零一首、人二百七十九人」、以下の内譯は同じ)。前二集に視《くら》べ完備と爲す。惟だ近詩の錄する所稍《や》や繁なるは、蓋し一地の詩を選錄する者は大勢然るに類いし、但だに斯の集のみならざるなり(宛雅十巻、明梅鼎祚編。所載皆自唐至明宣城之詩、凡九十二家。續宛雅八巻、國朝蔡蓁春・施閏章同編。採明嘉靖以後至崇禎末年諸作、以續鼎祚所集、凡六十五家。後施念曾・張汝霖、又蒐採唐宋諸詩爲二集所遺者、益以國朝之作爲宛雅三編二十四巻。所補凡唐三人、五代一人、宋三人、元五人、明三十人、國朝二百十五人。閨閣、明一人、國朝三人。方外、唐五人、宋三人、元一人、明三人、國朝五人。妓女、唐一人。附聯句・逸句一巻、詩話三巻。視前二集爲完備。惟近詩所錄稍繁、蓋選錄一地之詩者、大勢類然、不但斯集也)。

劉方藹の序文が一七四三乾隆八年の撰であるのにたいして、張汝霖のそれは一七四九年である。そのなかで、「今を去ること又五、六年、是の書始めて厥《そ》の成るを觀し(去今又五六年、是書始觀厥成)」ときに、施念曾がすでに亡くなっていたことを記す。

法式善『陶廬雜錄』巻三は、本集について「刻於乾隆十七年」とする。しかし京大東アジアセンター、および阪大懷德堂文庫に藏するテキストには、そのような刋記は見あたらない。

037　國朝詩選　十四巻、彭廷梅選、張大法・易祖愉同輯。一七四九乾隆十四年刋。

封面に、書名の上に横書きで「乾隆十四年新鐫」、右上に「楚攸彭湘南先生選」、左に「二編續出 金陵書坊梓行」とある。

彭廷梅、字は湘南、湖南長沙府攸縣の人。河南懷慶府の河内縣丞を勤め、たぶんその後のことだろうが、愼郡王允禧（紫瓊道人）の幕客となった。144『晩晴簃詩匯』巻五十二・彭廷梅の項で、徐世昌の「詩話」は、「湘南、紫瓊道人の客と爲り、教えを承けて『國朝詩選』を輯す。嘗て句有りて「二三の宦豎 傳語を輕んじ、王は牀前に在りて自ら詩を檢《けみ》す」（詩題未詳）と云うは、卽わち此の時の作なり（湘南爲紫瓊道人客、承教輯國朝詩選。嘗有句云、二三宦豎輕傳語、王在牀前自檢詩、卽此時作也）」と、本集の編輯が王の指示によるとするのは、二つの序文とは異なる。同輯者の張大法は、字は廷平、號は鑑亭、安徽和州含山縣の人。また易祖愉は、號は天有、長沙府湘郷縣の人。この二人については、079『熙朝雅頌集』首集第四に愼靖郡王（愼郡王に同じ）がそれぞれに贈った詩が見え、やはりその幕客であったとおもわれる。

序文は二本あり、その一は、文末に「紫瓊道人題於西邸花間堂」とあり、愼郡王のものである。そのなかで、彭廷梅が「詩に長じ、余の幕府に遊ぶ。一日、其の據經樓にて選ぶ所の詩を持して、名づけて『國朝詩選』と曰い、余に序を屬す（楚攸彭湘南長於詩、遊余幕府。一日持其據經樓所選詩、名曰國朝詩選、屬余序）」と記す。

愼郡王は聖祖康熙帝の第二十一子で、名は胤禧、雍正帝胤禛が卽位してからは允禧と改められ、薨じてのちは諡を加えて愼靖郡王と表記される。一七一一～一七五八。『清詩紀事初編』巻六は、「外家は江南の陳氏（康熙帝の熙嬪であった生母陳氏）、故に南士に從って游ぶを喜ぶ（外家江南陳氏、故喜從南士游）」（六三九頁）とする。彭廷梅もその一人であったのだろう。春浮居士とも號し、さわやかな詩に秀で、書畫にも工みな風流王子であった。本集などいくつかの總集によるだけでも、この郡王が、彭氏や、漢軍旗人の公子でありながら隱遁した李鍇（鐵嶺の人、北京に居住、字は鐵君、號は豸青山人、一六八六～一七五五）らと山野を散策したもようが分かり、彼らの文藝サロンの一端がうかがわれる。

序文のその二は彭廷梅じしんのもので、「乾隆十四年己巳春」に、前序と同じ「西邸之青雲別業」で書かれている。そのなかで、「余 此れを選ぶこと凡そ三十餘年（余選此凡三十餘年）」と記し、「今は老いたり。首《こうべ》は皓く顔は蒼《くろ》く、跋涉に艱《なや》むも未だ蒐羅を盡さず（今老矣。首皓顏蒼、艱於跋涉、未盡蒐羅）」とのべる。

本集は、五言律・七言律より七言排律附五言長古までが、各體に分巻されている。各家あての所録數が少ないせいで、全體としてはさほど大部ではないが、詩家の總數は一千九十三家にのぼり、本集のみに見える詩家だけでも二百四十二家を數える。

「凡例」は、やはり彭廷梅によって書かれている。そこではまず、「朱邸を以って冠首とするは天潢を重んずるなり（以朱邸冠首、重天潢也）」とする。「天潢」すなわち皇族を優先するのは、これまでの總集には見られなかった方針である。とはいえ愼郡王の作がほとんどの詩體に、しかも比較的多く載るほかは、怡賢親王（允祥、康熙帝第十三子）の五言律一首、果毅親王（允禮、康熙帝第十七子）の五言律一首・七言絶句一首、寧郡王（弘晈、允祥第四子）の七言絶句一首が載るだけである。何はともあれ愼郡王は、皇族に詩人ありとの存在感を示した。それが十二年後に如實にあらわれることになる。すなわち044『國朝詩別裁集』の沈德潛自定本が、一七六一乾隆二十六年、045『國朝詩別裁集』の乾隆帝欽定本に改編されたとき、巻一巻頭において、自定本の錢謙益が削除され、代わって愼郡王が巻三十巻頭からこの位置に配置換された。

「凡例」ではついで、「集中の諸名家の詩は、詩を得るの遲早を以って次第を爲し、位置は參差たり（集中諸名家詩、以得詩遲早爲次第、位置參差）」とする。例えば巻三・七言律の目録では、「愼郡王、陳恭尹（一六三一～一七〇〇）、王士禛（禛は缺筆、一六三四～一七一一）、錢謙益（一五八二～一六六四）、吳嘉紀（一六一八～一六八四）、吳偉業（一六〇九～一六七二二」の順である。

「凡例」ではもう一つ、注目すべきことを記している。

茲の集は休明を鼓吹し、皆な盛世の元《まつた》き音なり。其の咏人逸客に、前明に生まるる有りて兵燹を目撃し、間ま一二の紀事の句有りて、其の境遇の究竟を寫すも、幷びに刺諷無し。此れを以って刪去するは未だ惜しむ可きを免れず。乾隆二年内に聖旨を欣奉すらく、凡そ人の詩中の陰私を發《あば》くは、叛逆の實蹟無き者を罪に坐す。而して作者選者は均しく咎戾を免るるを邀《もと》むるを得、と（茲集鼓吹休明、皆盛世元音。其咏人逸客、有生於前明、目撃兵燹、間有一二紀事之句、寫其境遇究竟、幷無刺諷。以此刪去、未免可惜。乾隆二年内、欣奉聖旨、凡發人詩中陰私、無叛逆實蹟者罪坐。而作者選者均得邀免咎戾）。

明の舊臣、あるいは遺民にたいして、乾隆帝も當初は寛容であった。その意向を編者は享けている。例えば錢謙益は目錄の巻三・七言律、巻五・五言古、巻十一・七言絶句、巻十三・五言排律に見える。また屈大均は巻二・五言律、巻八・七言古、巻十一・七言絶句に見える。しかし錢氏は先述のように、一七六一年以來、いわゆる貳臣とみなされ、屈氏は一七七四年の「雨花臺衣冠冢案」（019『嶺南三大家詩選』を參照）によって、いずれも禁燬措置の對象とされた。本集の、私が見たテキストでは、目錄は完全なかたちで保たれているものの、錢氏については、巻三第八葉オモテ・ウラが剜除、巻五第二葉ウラで該當部分が切除、巻十一第二葉ウラでも同様（巻十三は未調査）、屈氏については（巻二・巻八とも未調査）巻十一に重複掲載のうち、第三十二葉ウラでは該當部分が切除、第四十四葉オモテでは殘存、となっている。いかにも禁燬令にたいする應急措置といった印象を受ける。

本集の、私が見たテキストは、國會圖書館に藏せられる。

038 西江風雅　十二巻・補編一巻、金德瑛選・沈瀾輯。一七五三乾隆十八年序刊。

書名の右に、「仁和金德瑛慕齋選」「烏程沈瀾泊村編」と二行で記される。刊記はない。

金德瑛は、字は汝白、一字慕齋、號は檜門、浙江杭州府仁和縣の人。一七〇〇～一七六二。一七三六乾隆元年の博學鴻詞に、太僕寺卿蔣漣によって薦擧されていたが（035『詞科掌録』姓氏爵里）、同じ年に殿試第一人、つまり狀元で及第していた。のち一七四一年、翰林院修撰として江西學政に赴き、一七四四年にも、乾隆帝じきじきの命によって「再留任」した。のち一七五〇年より太常寺卿、一七五四年より內閣學士、一七五六年より禮部右侍郎となり、一七六一年に都察院左都御史に遷った。王昶077『湖海詩傳』巻五の「蒲褐山房詩話」は、「總憲（左都御史）は酷《はなは》だ涪翁（黃庭堅、字は魯直、又號山谷、一〇四五～一一〇五）を嗜《この》み、故に詩を論ずるに清新刻削・酸寒瘦澁を以って能と爲す（總憲酷嗜涪翁、故論詩以清新刻削・酸寒瘦澁爲能）」と評する。

沈瀾は、字は維涓、號は泊村、浙江湖州府烏程縣籍にして、同府歸安縣の人。一七三三雍正十一年の進士、官は江西の瑞州知府に至った。

本集は江西一省出身の清人、つごう百八十五家の詩を、詩體別に採録したものである。法式善『陶廬雜録』巻三には「（沈）瀾は騷壇の耆宿を以って自ら期許す。江右に官せし時、此の書を輯す。仁和の金侍郎德瑛、江右を視學するに之れを稱す。乾隆十八年に刻せらる。前に華亭王興吾・仁和湯聘の二序有り。雍正癸卯（元年・一七二三）起《よ》り乾隆癸酉（十八年・一七五三）に迄る三（原文は「二」に作る）十年の詩を採録す。未だ該備せざると雖も、乾隆初年の西江の名作に於いては、網羅殆んど盡き、去取に頗る別裁有り（瀾號泊村、以騷壇耆宿自期許。官江右時輯此書。仁和金侍郎德瑛視學江右稱之、刻於乾隆十八年。前有華亭王興吾・仁和湯聘二序。採録起雍正癸卯迄乾隆癸酉二〔ママ〕十年之詩。雖未該備、而於乾隆初年西江名作、網羅殆盡、去取頗有別裁）」と記す。

序文は實は三本ある。その一は湯聘のもの。字は莘來、號は稼堂、仁和縣の人、一七三六年の進士。つまり金德瑛とは同郷・同年であり、かつ金氏におくれて一七五〇年に江西學政となった。序文では、「西江詩派は廬陵（歐陽修、江西吉州廬陵縣の人、一〇〇七～一〇七二）より後、盛んに涪州（黄庭堅）を推す（西江詩派、廬陵而後、盛推涪州）」としたうえで、本集について、「癸酉」つまり一七五三年の夏、江西南昌府の豫章院長であった沈瀾が、「余が年友」金德瑛所選の『西江風雅』を取って編刻した、と記す。

序文その二は王興吾のもの。字は宗之、號は愼庵、江蘇松江府華亭縣の人で、王鴻緒（一六四五～一七二三）の孫、？～一七五九。一七二七雍正五年の進士。一七四五年の河南按察使、翌年の同布政使をへて、一七五〇年から一七五七年まで江西布政使を勤めた。江西人の詩歌の特徴として、「往往にして其の天眞に率《したが》い、性情を發抒し、而して剽掠雷同の言を爲すを耻ず。晉の靖節（陶潛、江西九江府の人、三六五～四二七）、宋の黄山谷の若きは其の尤も著わるる者にして、今に迄るも此の風は流傳して未だ替わらざるなり（往往率其天眞、發抒性情、而耻爲剽掠雷同之言、若晉之靖節・宋之黄山谷、其尤著者、迄於今此風流傳未替也）」とする。なお輯者沈瀾については、長らく筠州、すなわち瑞州府の守であった、とする。

序文その三はその沈瀾のもので、「乾隆癸酉初秋」、つまり十八年一七五三の識記がある。往歲、金德瑛が江西を視學したおりからのことを、「詩を談《かた》るを喜び、投贈する者有れば、輒わち甲乙を品隲し、鈔して商榷に寄せ、篋衍の間に庋置するも、蟫蝕すること過半なり（喜談詩、有投贈者、輒品隲甲乙、鈔寄商榷、庋置篋衍間、蟫蝕過半）」とのべる。

選者金德瑛の嗜好や湯序・王序の内容をとおして、本集の成立には、黄庭堅を宗とする宋代「江西詩派」の流れがうかがわれる。本集所收の百八十五家すべてがこの詩派に屬したか否かは卽斷できないとしても、例えば「乾隆三大家」の一人蔣士銓（字は心餘、號は苕生、廣信府鉛山縣の人、一七二五～一七八五、本集の巻二・五・八・十・十二に所收）について、袁枚『隨園詩話』巻八は、「蔣苕生は余と互相に推許するも、惟だ論詩に合わざる者《こと》、余は黄山谷を喜ばずして楊誠齋（名は萬里、江西吉安府吉水縣の人、一一二七～一二〇六）を喜び、蔣は楊を喜ばずして黄を喜ぶ。和して同ぜずと謂う可し（蔣苕生與余互相推許、惟論詩不合者、余不喜黄山谷而喜楊誠齋、蔣不喜楊而喜黄。可謂和而不同）」と記す。また近年では、「彼（蔣士銓）は袁（枚）・趙（翼）の〝性靈〟説を推稱したが、作品のほうはむしろ黄庭堅の影響を受け、骨力を追究した（他雖然推崇袁・趙的〝性靈〟説、但所作却受黄庭堅的影響、講究骨力）」（福建師範大學中文系選注『清詩選』一九八四年・人民文學出版社）といった評もある。

清朝に入って、「江西詩派」への關心は宋詩見直しの一環としておこったと思われる。例えば南宋の呂本中（字は居仁、河南開封府の人、一〇八四～一一四五）には『江西詩社宗派圖』があり、黄庭堅以降の、陳師道から呂本中に至る二十五家を系統づけるが、それを受けて清では、張泰來（字は扶長、江西南昌府豐城縣の人、一六七〇年の進士）が『江西詩社宗派圖錄』一巻（丁福保輯『清詩話』一九一六民國五年刊所收）で、各家の傳記を作っている。その「序」を、一六九一康熙三十年季秋の年記でもって書いたのが宋犖で、冒頭に「余嘗て江西詩派論を以って士に豫章に課するも、率《おおむ》ね題旨に昧《くら》く、人の意に當る者鮮し（余嘗以江西詩派論課士於豫章、率昧於題旨、鮮當人意者）」とのべる。宋犖が豫章に赴任したのは、江西巡撫としての一六八八年四月から一六九二年六月までのことである。このころは當の江西においても「江西詩派」への關心が薄かったことが分かる。宋犖が宋詩顯彰の一つとして『施註蘇詩』を刊行したことについては一四八頁でのべた。

最後に學政と諸生の關係についてふれておこう。蔣士銓の「清容居士行年錄」（『忠雅堂集校箋』附錄一。一九九三年・上海古籍出版社）によると、一七四六乾隆十一年、江西學政金德瑛・四十七歳のもとで、四月に童試がおこなわれ、蔣士銓二十二歳が第一名とされ、縣學に入った。ここまでは、しばしば見られる事例である。ところが金德瑛は蔣氏にたいして「恐らくは庸師、汝を誤またん。汝來たりて吾が遊に従うは可なるのみ（恐庸師誤汝。汝來從吾遊可耳）」と命じ、金氏が江西の六府を視學するのに従わせ、「是れ自り從學すること歳餘、船牕に署齋に、一燈にて侍側す（自是從學歳餘、船牕署齋、一燈侍側）」と記す。さらに一七五七年の會試では、禮部右侍郎の金氏五十八歳が「座主」、つまり副考官を務めるもとで、蔣氏三十三歳が進士となった。また、蔣氏の『忠雅堂詩集』にたいして金氏が、一七六二年の「臘月」でもって「序」を書いている（ただし金氏はこの年の正月に歿したはずなので、『忠雅堂集校箋』の邵海清の校文は、生前に書かれたものが刋布時に點竄改易されたのかもしれない、とする）。

本集は京大文學部に藏せられる。

039　七子詩選　十四卷、沈徳潛選。一七五三乾隆十八年自序刋。

見返しに、書名の右上に「沈歸愚先生定」、左に七家の姓名が二行で記されている。

沈徳潛、字は確士、あるいは別體の碻士で表記される。號は歸愚、江蘇蘇州府長洲縣の人、一六七三～一七六九。諡は文愨。その『自訂年譜』によって、本集編輯までの受驗歴・職歴および編輯歴を略述しておく。

郷試は一六九六康熙三十五年・二十四歳を初回として、一七三五雍正十三年・六十三歳に、十五回めとして順天郷試に應ずるが「不遇」。翌一七三六乾隆元年八月の順天郷試も「不遇」。九月の博學鴻詞では「題中の字を失寫し、格に合せざるを以って不遇なり（予失寫題中字、以不合格不遇）」。かくして一七三八乾隆三年・六十六歳でようやく及第、「是《こ》こに至るまで共に省門を踏むこと一十七回なりき（至是共踏省門一十七回矣）」。この間、一七一七康熙五十六年・四十五歳の正月に「唐詩別裁集序」、同年十月「刻成る」。一七一九年五月に「古詩源序」、一七二五雍正三年・五十三に同書「歳終、刻す」。一七三四年・六十二歳、周準（字は欽萊、號は迂村、長洲縣の人、生卒年未詳）と合輯の「明詩別裁、成る」。一七三八年六十六歳の七月、同書「序」。

一七三九乾隆四年・六十七歳、進士。「大司寇（刑部尙書）尹公繼善云えらく、（二甲）第八名は江南の老名士爲り、極めて詩に長ず、と（第八名爲江南老名士、極長於詩）」。乾隆帝の寵愛をうけ、一七四三年には、一年のうちに詹事府左春坊左中允（正六品）、翰林院侍講（從五品）、左春坊左庶子（正五品）、侍講學士（從四品）と特進し、一七四四年、詹事府少詹事（正四品）、翌年に詹事（正三品）、一七四六年、內閣學士（從二品）、翌年に禮部右侍郎（正二品）にまで昇ったが、一七四九年・七十七歳、歸休を申しでて許された。皇帝の言葉は、「朕は之れ（沈德潛）と、詩を以って始まり、亦た詩を以って終わる（朕與之以詩始、亦以詩終）」であった。一七五一年五月からは蘇州の紫陽書院を主宰した。一七五三年八十一歳、『自訂年譜』に『七子詩選』に關する言及は見えない。一七五七年、禮部尙書（從一品）の銜を加えられた。

七子の一人王昶は、その編著077『湖海詩傳』卷八で、「先生」の詩の作風について、「源を漢魏に本《もと》づけ、法を盛唐に效《なら》い、先ず老杜（杜甫）を宗とし、次いで昌黎（韓愈）・義山（李商隱）・東坡（蘇軾）・遺山（元好問）に及び、下っては青邱（高啓）・崆峒（李夢陽）・大復（何景明）・臥子（陳子龍）・阮亭（王士禛）に至り、皆な能く條貫を兼綜す（本源漢魏、效法盛唐、先宗老杜、次及昌黎・義山・東坡・遺山、下至青邱・崆峒・大復・臥子・阮亭、皆能兼綜條貫）」とのべる。

本集の自序で沈德潛は、まず、明の「前七子」「後七子」が「南皮（すなわち建安）七子の風を慕いて興起せし者（抑慕南皮七子之風而興起者耶）」であろうとし、本集の「吳地」の七子も、數のうえでたまたま合致したとはいえ、やはり前例の七子の「風を聞きて興起せる者」でないとはいえぬ（然亦不可謂非聞風興起者也）と、いささかもってまわった言いかたをする。ついでは沈氏自身の詩論を展開する。

予惟《おも》えらく、詩の道爲《た》るは、古今の作者、一ならず。然れども其の大端を攬《と》れば、始めは則わち宗旨を審らかにし、繼いでは則わち風格を標《しめ》し、終わりは則わち神韻を辨ず。是《か》くの如きのみ。（中略）竊《ひそ》かに謂《おも》うに、宗旨なる者は、性情に原《もとづ》く者なり。風格なる者は、氣骨に本づく者なり。神韻なる者は、才思の餘に流れ、虚與委蛇（ふわふわ、うねうね）として、其の迹《あと》を尋ぬる莫き者なり（予惟詩之爲道、古今作者不一。然攬其大端、始則審宗旨、繼則標風格、終則辨神韻、如是焉而已。（中略）竊謂宗旨者、原乎性情者也。風格者、本乎氣骨者也。神韻者、流於才思之餘、虚與委蛇、而莫尋其迹者也）。

そして、かの青年たちへの期待をのべる。

七子なる者は、心を秉《と》ること和平にして、志節を砥礪し、抜俗の才を抱きて、又た經に亭《と》どまり史を藉《し》き、根本を培《つちか》う。其の性情、其の氣骨、其の才思、三者具《つぶ》さに備わり、而《しか》も自然に歸す（七子者、秉心和平、砥礪志節、抱抜俗之才、而又亭經藉史、培乎根本。其性情、其氣骨、其才思、三者具備、而歸於自然）。

「呉中七子」とよばれたのは、いずれも江蘇省出身の、いまだ二十代から三十代の新進で、一七五三年の時點では、誰一人として進士にはなっていなかったが、いずれもが次に示すような詩集をもって詩界に登壇していた。本集は、それぞれの詩集からの選定である。

王鳴盛、『耕養齋集』。字は鳳喈、號は禮堂、また西莊、太倉州嘉定縣の人（本集刊行の翌一七五四年に殿試第一甲第二名及第）、一七二二〜一七九七。『湖海詩傳』巻十六に、「初めて沈文愨公入室の弟子爲り（初爲沈文愨公入室弟子）」とする。

呉泰來、『古香堂集』。字は企晉、號は竹嶼、選者と同じ長洲縣の人、當時は副榜貢生（一七六〇年進士）、一七二二〜一七八八。『湖海詩傳』巻二十三に、「呉中、數十年來、歸愚宗伯自《よ》り外《ほか》は、能く分手抗行する者無し（呉中數十年來、自歸愚宗伯外、無能分手抗行者）」とする。

王昶、『履二齋集』。字は德甫、號は述庵、また蘭泉、松江府青浦縣の人（一七五四年進士）、一七二五～一八〇七。144

『晩晴簃詩匯』巻八十三で、徐世昌の「詩話」は、「早年、沈文愨に從って游ぶ（早年從沈文愨游）」とする。

黄文蓮、『聽雨樓集』。字は芳亭、號は星槎、松江府上海縣の人。一七五〇年の擧人（生卒年未詳）。

趙文哲、『娵雅堂集』。字は升之、號は璞函、上海縣の人（一七六二年、南巡による召試で內閣中書を賜わる）、一七二五～一七七三。

錢大昕、『辛楣吟藁』。字は曉徵、號は竹汀、嘉定縣の人、王鳴盛の義弟。一七五一年、南巡による召試で內閣中書を賜わる（一七五四年進士）、一七二八～一八〇四。

曹仁虎、『宛委山房集』。字は來殷、號は習庵、嘉定縣の人（一七五七年、南巡召試による內閣中書。一七六一年進士）。「天台山歌、送沈歸愚夫子」の詩中に「先生」と稱する。一七三一～一七八七。

以上の七子のうち、『自訂年譜』では、王鳴盛・王昶・錢大昕については「門生」と明記し、曹仁虎については「書院中人」と記すが、他の三子については特別の記載がない。

本集は、神戸市立吉川文庫、國會圖書館、內閣文庫、早大寧齋文庫に藏せられる。

（附）七子詩選（和刻）　七巻・附録一巻、沈德潛原選・（日本）高彝編定、一七五七寶曆七年刋。

高彝、本名は高階彝、字は君秉、號は暘谷、瓊浦の人と稱するが、未詳。彼については沈德潛『自訂年譜』の一七五八乾隆二十五年八月の記事に、次のように見える。「日本の臣高彝、海外より書を寄すること千有餘言。詩學の源流を遡り、錢牧齋の持論の公ならざるを詆譏し、而して予を以って中正と爲す。又た詩四章を贈り、弟子の列に附かんことを願い、幷せて奬借（ほめすすめ）の一言を乞わんと欲す。意は誠ならざるに非ず。然れども外夷は文字の通いを以って往還するに宜しからざるなり。因りて答えずして、以って之れを拒む（八月、日本臣高彝、海外寄書千有餘言、遡詩學之源流、詆譏錢牧齋持論不公、而以予爲中正。又贈詩四章、願附弟子之列、并欲乞奬借一言。意非不誠、然外夷不宜以文字通往還也。因不答以拒之）」。本集の附録に収める、高彝の名義による「奉長洲沈歸愚夫子書」と七言律詩「呈沈歸愚夫子五首」がその書と詩に該當するのであろう（「四章」と「五首」の違いはあるが）。

なお本和刻本の刊行に先立って、一七五五年に、「沈公歸愚刻する所の七子詩選、日本に流傳し、大學頭　默眞迦、見て之れを嗜み、書を番船に附して以って上る（沈公歸愚所刻七子詩選、流傳日本、大學頭　默眞迦見而嗜之、附書番船以上）」という記事が、嚴榮の『王述庵昶先生年譜』に見える。

本集は、神戸市立吉川文庫、内閣文庫などに藏せられ、またその影印が長澤規矩也編『和刻本漢詩集成　總集編八輯』（一九七九年・汲古書院）に収められる。

040　續甬上耆舊詩

百二十巻、全祖望輯選。一七五五乾隆二十年編者歿時未定稿、一六一八民國七年排印刊。

封面には、書名の右上に「戊午冬十一月」すなわち民國七年、左下に「後學高振霄題」とあり、見返しには「據靈蕤舘謝氏藏本校印」とある。

「甬上」は浙江寧波府鄞縣をさす。

全祖望は、字は紹衣、號は謝山、鄞縣の人。生地は范氏・天一閣の近邊にあった。一七〇五〜一七五五。一七三六乾隆元年、戶部右侍郎趙殿最によって博學鴻詞に薦擧されていたが（035『詞科掌録』「姓氏爵里」）、同じ年の會試で進士となっていたので、受驗しなかった。かくして庶常館に入ったが、翌年の散館で「左遷外補」とされ、郷里に歸ったまま、二度と出仕の意向を示さなかった（董秉純『謝山先生年譜』）。

先行する『甬上耆舊詩』三十卷は清の胡文學編。胡氏は、字は卜言、鄞縣の人、一六五二順治九年の進士。それに材料を供した李鄴嗣は、本名は文胤、號は杲堂、やはり鄞縣の人、一六二三～一六八〇。『四庫提要』卷百九十・集部・總集類五は次のように記す。

（李）鄴嗣 嘗て『甬上耆舊傳』を撰し、其の鄉の先哲の行事を紀すこと頗る詳し。（胡）文學、因りて其の傳中の人に卽いて遺詩を搜錄し、論定編次し、而して各おの原傳を以って之れに係《か》く。周の文種、漢の大黃公自《よ》り始まり、明季の諸家に終わる、凡そ四百三十人、詩三千餘首を得たり。本《もと》は四十卷なるも、甫《はじ》めて梓を授くるに、文學卽世し、其の子得邁、因りて前三十卷を以って先ず之れを刊行す（鄴嗣嘗撰甬上耆舊傳、紀其鄉先哲行事頗詳。文學因卽其傳中之人搜錄遺詩、論定編次、而各以原傳係之。始自周文種・漢大黃公、終於明季諸家、凡四百三十人、得詩三千餘首。本四十卷、甫授梓而文學卽世、其子得邁、因以前三十卷先刊行之）。

「明季」とは隆慶・萬曆をさす。一六七六康熙十五年序刊本が內閣文庫に藏せられる。

董秉純『謝山先生年譜』によると、全祖望は、一七四四乾隆九年・四十歲に李鄴嗣の內稿を選定し、それをきっかけにして『甬上耆舊詩』の續編を思いたち、翌年には「同社の諸公及び門下の諸子に分任して鈔錄せしめ、人ごとに爲に傳を立つ（分任同社諸公及門下諸子鈔錄、人爲立傳）」。「同社」とは、一七四二年四月に全祖望が鄉里の同志五人と結んだ「眞率社」のことで、そのメンバーは、陳汝登（字は山學、號は南皐）・錢中盛（字は又起、號は芍庭）らであった。彼らの中には證人書院の講席にまじわる者もいた。この書院は縣の城西にあり、もとは萬泰（字は履安、號は悔庵、一五九八～一六五七）の別業であったが、一六六八康熙七年、黃宗羲（字は太沖、號は梨洲、一六一〇～一六九五）が紹興府餘姚縣から招かれて講學して以來、萬斯同（字は季野、號は石園、一六三八～一七〇二）が後を嗣ぎ、全祖望が、紹興の劉宗周

（字は起東、號は念臺、一五七八～一六四五）の證人書院と區別して「甬上證人書院」と命名するなど、いわゆる浙東學派の據點になっていた（現在、寧波市西郊に、一九三四に重建されたものが「白雲莊」として傳えられている）。

ところで、『續甬上耆舊詩』編纂事業は、開始十一年めの一七五五年五月、全祖望の死によって終結し、未定の「原稿本」が遺された。

本集は靈蕤舘謝氏藏本一百二十巻の排印で、一九一八民國七年十一月、四明文獻社より刊行された。序文のたぐいはなく、巻頭に『光緒鄞縣志』全祖望傳、ついで「續甬上耆舊詩集考略」、同「凡例」、同「目」、そして「識」のあとに、本文百二十巻がつづく。「考略」では張美翊（字は讓三、鄞縣の人）の「審定」と馮貞羣（字は孟顓、寧波府慈谿縣の人）の「編次」のもとに、「謝山全氏原稾本」より「靈蕤舘謝氏校補本」に至る、長短十條の考察と、ほぼ同數のテキストの檢討がなされる。

全祖望の遺稿は、高弟の四人、蔣學鏞（號は樗菴）、董秉純（號は小鈍）、盧鎬（號は月船）、葛繩先（號は巽亭）が手抄し、あるいは分錄し、あるいは分藏した。例えば蔣學鏞「續耆舊集題辭」（一七九六嘉慶元年記）は、全氏生前の取材のもようを、次のように記す。

先生念《おも》えらく、明季自《よ》り今に迄《いた》る又た百餘年、亟《すみ》やかに蒐訪を爲さずんば必らず盡く泯沒せん、と。乃わち遍ねく之れを求む。里中の故家及び諸人の後嗣、閟《と》ざして出だすを肯んぜざる者或《あ》れば、之れが爲に長跪して以って請うに至る。其の餘の片紙隻字、之れを織筐塵壁の間に得る者は、編次收拾し、儼《つつし》んで足本を成す（先生念自明季迄今又百餘年、不亟爲蒐訪、必盡泯沒、乃遍求之。里中故家及諸人後嗣、或閟不肯出者、至爲之長跪以請。其餘片紙隻字、得之織筐塵壁之間者、編次收拾、儼成足本）。

この蔣學鏞本八十巻は明末に終わり、刊行されることもなかった。いっぽう葛繩先が全部を手抄したテキストが盧鎬の抱經樓に藏せられたが、「道（光）咸（豐）の間に、兩《ふた》たびの兵燹（一八四〇年からのアヘン戰爭と一八五〇年からの太平天國の亂）に罹り（道咸之間、兩罹兵燹）」、分散してしまった（「楚生黃氏輯錄本」の考略）。結局のところ、初期段階の各種テキストが、本集すなわち靈蕤舘謝氏校補本にどのようにつながるのかは、分明でない。この謝氏、すなわち謝駿德（字は遹聲、一八五九咸豐九年の舉人、寧波府鎭海縣の人）が校補の底本としたのは「煙嶼樓徐氏三校本」とされる。徐氏、すなわち徐時棟（字は定宇、號は柳泉、一八四六道光二十六年の舉人、鄞縣の人）は、一八三八年九月記の「跋續甬上耆舊詩」（刋本ではない）で、全祖望の死後、「其の稿本は流落轉徙し、僅かにして存するを得たり（其稿本流落轉徙、僅而得存）」とし、その用いたテキストについても、「舊本の目錄は何《いず》れの人の手に出づるかを知らず、文義は乃わち牽合不順なり（舊本目錄不知出何人手、文義乃牽合不順）」とする。

本集の「識」語をあらわしたのは梁秉年（字は廉夫、鄞縣の人）で、一九一八年季冬月の年記をもつ。梁氏は謝駿德の娘婿にあたり、その校補本を所藏していた。それを出して馮貞羣に考訂・編次せしめ、刋行の大願を果したのだと、のべる。その識語で梁氏は、「隆（慶）萬（曆）自り明季に迄る、詩八十卷を得たり。國朝順（治）康（熙）間は詩四十卷を得たり。總て凡そ六百家、古今體詩を選錄すること一萬五千九百餘首（自隆萬迄明季得詩八十卷、國朝順康間得詩四十卷、總凡六百家、選錄古今體詩一萬五千九百餘首）」とする。もっとも、本稿のごとく一六四四年以降にも生存していた人物を淸人とみなす立場からすると、明詩八十卷のうち卷八「正氣錄十二公之一」以降を淸詩とみなすことになる。結局、全卷五百九十五家（うち「有目無詩」三十二家）のうち、前七十三卷に二百五十家（同二十家）、後四十卷に二百十五家（同十一家）、合計四百六十五家（同三十一家）となる。收錄された人物の幾人かをあげれば、卷十三「海外幾社六子之一」張煌言（一六二〇〜一六六四）、卷三十八「證人講社三黃之一」黃宗羲、卷五十三「硎里三李之一」李鄴嗣、卷七十八「寒松齋兄弟之一」萬斯同、などである。

本集は京大東アジアセンターに藏せられる。

041　國朝山左詩鈔　六十卷、盧見曾輯。一七五八乾隆二十三年自序刊。

「山左」は山東一省をさす。「鈔」とは、編者の「凡例」によれば、所收の詩家について「各おの本色を存し（鈔則各存本色）」、「一格の拘《とら》わる可き所に非ざる（非一格之所可拘）」收錄方式をいう。これにたいして「選」と銘うつばあいは、「選家、風旨を標立し、合う者は之れを收め、合わざる者は之れを去る（選家標立風旨、合者收之、不合者去之）」方式をいう。

盧見曾（一六九〇～一七六八）は、014『感舊集』の序文を一七五二乾隆十七年に記したあと、「凡例」によれば、翌一七五三年仲春に本集の編輯にかかり、一七五八年仲秋に成書した。關連する「藏書を借觀（借觀藏書）」したのは、『感舊集』のばあいと同じく、京師では黃叔琳であり、揚州では小玲瓏山館の馬曰琯・曰璐兄弟であった。

編者は「序」の冒頭を、「國初、詩學の盛んなるは山左より盛んなるは莫し（國初詩學之盛莫盛於山左）」とおこし、その理由として、「蓋し我が朝、肇《はじ》めに遼海より興こり、聲敎首《はじ》めに山東に及ぶに由る（蓋由我朝肇興遼海、聲敎首及山東）」とつづける。見かたをかえれば、山東は長城に比較的近く、滿洲軍の攻勢にほとんど無抵抗のままに降った、ということでもある。「顧《かえ》って百餘年來、未だ專選有らず。漁洋の『感舊集』は遍ねく海內の知交故舊に及ぶも、山左に於いては或いは缺略して未だ備わらず。先生嘗《つね》に以って憾みと爲せり。今、先生の歿してより距《へだ》たること又た四十餘年なりき（顧百餘年來未有專選。漁洋感舊集遍及海內之知交故舊、而於山左或缺略未備。先生嘗以爲憾。今距先生之歿、又四十餘年矣）」。

「凡例」では、まず詩家の收錄について、026『明詩綜』に載る者については、「概ね重錄せず、以って詩は世變に隨い、興朝雅意の、(天)啓(崇)禎を襲わざるを見《あら》わすなり(概不重錄、以見詩隨世變、興朝雅意之不襲乎啓禎也)」。詩家ごとに詳しい傳をほどこしたのは、錢謙益が『列朝詩集』において「詩を以って史を存(以詩存史)」したのにならったとする。かくして、「人の六百二十餘家を得、詩の五千九百有奇、又た附見詩一百十九首を得たり(得人六百二十餘家、得詩五千九百有奇、又附見詩一百十九首)」。なかでも評價の高い詩家は、兩卷以上にわたって收錄されている。以下の人々である。

宋琬、一六一四〜一六七四、卷一・二各全卷。
趙進美、一六二〇〜一六九二、卷三全卷と卷四の一部。
王士祿、一六二六〜一六七三、卷十三全卷と卷十四の一部。
王士禛(表記は「王士正」)、一六三四〜一七一一、卷十五・十六・十七各全卷。
田雯、一六三五〜一七〇四、卷二十四全卷と卷二十五の一部。
趙執信、一六六二〜一七四四、卷三十六全卷と卷三十七の一部。
張篤慶、生卒年未詳、卷四十三全卷と卷四十四の一部。

鄉黨文學の稱揚を目的とする總集において、編者にとってはなはだ困惑させられるのは、構成員間の反目である。本集においては、王士禛と趙執信の師弟間におこった確執は、その最たるものであった。まして趙氏が王氏の「甥婿」、つまり姪の夫という姻戚關係にあった。

盧見曾が本集の「序」で最初にあげたのは王士禛の名であった。「漁洋は實大聲宏の學を以って、海內の爲に騷壇の牛耳を執ること、五十餘年に垂《なんな》んとす(漁洋以實大聲宏之學、爲海內執騷壇牛耳、垂五十餘年)」。『感舊集』に日の目を見せたのも、もとより彼への尊崇の念による。いっぽう本集の「序」に先立つこと四年、一七五四乾隆十九年に盧氏は、趙執信の『飴山詩集』に序文を書いていた。そこではやはり冒頭に王士禛の名を出したあと、趙氏が「後に起ちて同異の論を持した（後起而持同異之論）」とのべ、盧氏自身も、「余 初めて詩を作りて自り、卽わち先生論詩の旨を奉じて依歸と爲し（余自初作詩、卽奉先生論詩之旨爲依歸）」たとする。とはいえ趙氏の『談龍錄』については、その「大旨は異を漁洋に持するも、未だ嘗て同じきに歸する者ならずんばあらず（大旨持異於漁洋、而未嘗不同歸者）」と判斷している。本集の巻三十六・趙執信の評記においても、「漁洋、初めは（趙氏の）爲に延譽するも、後《のち》は乃わち之れを銜《ふく》む。先生、『談龍錄』を著わして以って意を見《あら》わす（漁洋初爲延譽、後乃銜之、先生著談龍錄以見意）」と記し、その結果、「兩家の門弟子、互相に訾謷し、先生の此の書を引きて口實と爲すに至る（兩家門弟子互相訾謷、至引先生此書爲口實）」ことに、心を痛めている。その和解策として盧氏は、『談龍錄』（全三十七條）より、王氏にたいする「種種 微言を參《まじ》うるに足る（種種足參微言）」もの五條を引きながらも、それらの內容に深入りすることを避け、逆に、「其の（趙氏の）漁洋を論ずれば則わち大家と曰い、言語は天下に妙たりと曰えり（其論漁洋則曰大家、曰言語妙天下）」をあげて、「嗚呼、是れにて亦た足れり（嗚呼是亦足矣）」とする。いずれも『談龍錄』に見えるもので、前者は「或るひと余（趙氏）に問いて曰わく、阮翁（王氏）は其れ大家なるか、と。曰わく、然り、と（或問於余曰、阮翁其大家乎。曰、然）」、後者は「嘗て天章（吳雯）・昉思（洪昇）と阮翁を論ずるに、言語は天下に妙なる者と謂う可きなり、と（嘗與天章・昉思論阮翁、可謂言語妙天下者也）」に出る。かくて和解の結論を次のようにくだす。「竊《ひそ》かに謂《おも》えらく、詩は以って性情を道《い》う。其の體に風雅頌の同じからざる有り、又た比興賦の各おの異なる有り。三百篇自り以って今日に至り、詩を爲《つく》る者は第《た》だ各おの其の性情の近づく所に就く。必らず一格を執りて以って之れを繩《はか》らんと欲するは、豈に通論ならんや（竊謂詩以道性情。其體有風雅頌之不同、又有比興賦之各異。自三百篇以至今日、爲詩者第各就其性情之所近、必欲執一格以繩之、豈通論哉）」。

ちなみに、『四庫提要』巻百九十六・集部・詩文評類二の『談龍錄』一巻の項に、「近時 揚州にて此の書を刻し、二家の說を調停せんと欲し、遂に錄中に（王）士禎を攻駁するの語を擧げ、概ね刪汰を爲す（近時揚州刻此書、欲調停二家之說、遂擧錄中攻駁士禎之語、概爲刪汰）」と指摘する。これには盧見曾の意向が反映されていたのかもしれない。彼は一七三六年と一七五三年の二度にわたり、兩淮鹽運使として揚州に赴任したことがある。

本集は、京大文學部、同東アジアセンター、阪大懷德堂文庫、島根縣立圖書館、國會圖書館、內閣文庫、早大寧齋文庫、靜嘉堂文庫などに藏せられる。

042　本朝館閣詩　二十巻・附錄一巻・續附錄一巻、阮學浩・阮學濬同輯。一七五八乾隆二十三年刊。

封面には、中央の書名の上に「乾隆戊寅秋新鐫」（橫書き）同二十三年、右上に「長州［ママ］沈大宗伯・天台齊少宗伯（竝列）鑒定」、左に「山陽裴園・澂園（竝列）編次　困學書屋藏版」とある。

「館閣」は翰林院をさす。清朝の翰林院は、權力からは遠いが、あらゆる文獻の府として、皇帝の講學や作詩文に侍し、また人材の育成と確保をはかる部署であった。本集には大別して二種、すなわち翰林院在籍經驗者の作と、鄕試・會試での試帖詩が收錄される。詩題でいえば、前者は「應制」「恭和御製」「扈從」「隨駕」「恭紀」「恭祝」「紀恩」「恩賜」「召聯柏梁體詩」など、後者はもっぱら「賦得」である。詩體はもとよりすべてにわたるが、なかでも排律の比重が大きく、巻十二〜十五と附錄二巻は五言排律、巻十六・十七は七言排律、そのいずれも半數以上が賦得詩である。これは、本集刊行前年の乾隆二十二年に、鄕・會試における課題に「五言八韻律詩を增す（增五言八韻律詩）」（『清史稿』巻百八・選擧志）との詔敕が出されたことと、深くかかわっている。本集の「凡例」では、「載する所の館閣詩に止まるは、初學の試帖を攻《おさ》むる者の、焉《これ》に式《のっと》るが爲めなり（所載止館閣詩、爲初學攻試帖者式焉）」とする。

編輯者の一人阮學浩は、字は裴園、號は綏堂、また濬寧、江蘇淮南府山陽縣の人。一七三〇雍正八年の進士。一七四二乾隆七年、湖南學政となったときは翰林院檢討であり、その詩は本集に收錄されている。「自序」の年記は「乾隆二十二年嘉平月（十二月）」であり、その肩書きは「翰林院檢討、充皇清文穎纂修官」である。執筆當時にはすでに退休家居の身であった。そのなかで、本集所收の詩篇が『皇清文穎』によるところが大きいことをのべる。この書は、『清史稿』本紀と『四庫提要』卷百九十・集部・總集類五によれば、皇帝の御製が二十四卷、諸臣作が百卷の、全百二十四卷である。一七三四雍正十二年に「續輯」の詔敕が出されたが未完に終わり、乾隆に入って、一七四四乾隆九年までの作を「排纂して帙を成せ（排纂成帙）」との命令がくだされた、ただしこの書が何年に成書、あるいは刊行されたについては記載がない。阮學浩は、この書が成る以前の「搜討」の段階で、本集の編輯を考えていたのであろう。なお、本集には乾隆十年以降の作も收錄されている。

編輯者の他の一人阮學濬は、學浩の弟である。字は澂園、號は薑村、一七三三雍正十一年に進士となり、翰林院庶吉士となった。一七三八乾隆三年に貴州鄉試正考官に赴いたときは、同編修であり、その詩は本集に收錄されている。本集編輯は退休後の事業で、主に會試試帖詩の收集にあたった。一七五八年の「後序」では、清初より科擧に詩賦を課さなかった結果、次のような風潮が生じていたとのべる。

學ぶ者、束髮して書を受くれば、卽わち學びて應擧の文を爲し、槁項黃馘（痩せたうなじと黄ばんだ顔の老人）に迄《いた》るまで一の韻語も作る能わず、心を吟咏に耽《ふ》ける者有るを見れば、則わち羣《む》れて駴《おどろ》き且つ笑い、以って擧業に妨げ有りと爲す（學者束髮受書、卽學爲應擧之文、迄於槁項黃馘、不能作一韻語、見有耽心吟咏者則羣駴且笑、以爲有妨擧業）。

鑑定者の一人「長州沈大宗伯」は蘇州府長洲縣の沈德潛である。一七三九乾隆四年に進士となって翰林院庶吉士に改められて以來、一七四五年まで、詹事府とのあいだを往ききした。翌年、內閣學士となったときには、乾隆帝が沈德潛の詩に和韻し、そのことを沈氏は『自訂年譜』に「君、臣の韻に和するは、古えに未だ有らざるなり（君和臣韻、古未有也）」と記した。一七四八年閏七月、禮部右侍郎を最後に退休したが、その後も乾隆帝の南巡などに召され、そのつど應制の詩を獻上した。一七五七年に同尚書の銜を加えられた。本集にはかなりの數の作を收錄する。その序文では、「館閣の詩」が「臺閣の詩」とは異なって「性靈の屬する所（性靈之所屬）」であるとしたうえで、「鄉・會試に改めて五言八韻の詩を用うるを詔せらる（詔鄉會試改用五言八韻詩）」をうけて、「以って之れに準則を示す（以示之準則）」必要があるとし、阮氏兄弟が、「國初より今に迄る、名公鉅卿の休明を鼓吹するの什より、以って禮闈の試帖に及ぶを取（取國初迄今、名公鉅卿鼓吹休明之什、以及禮闈試帖）」ったことをたたえる。

鑒定者のもう一人「天台齊少宗伯」は浙江台州府天台縣の齊召南である。字は次風、一七〇三～一七六八。一七三六乾隆元年の博學鴻詞で庶吉士を授けられ、侍讀學士、內閣學士をへて、一七四八年には沈德潛のあとをうけて禮部右侍郎となった。序文執筆當時は浙江「敷文書院」の院長であった。その詩ももとより本集に收錄されている。

本集は宮廷詩の總集である。本編二十卷に三百五十六家、附錄二卷に百七家、合わせて四百六十三家の詩を收錄する。有名詩人も、ここでは宮廷詩人として登場する。その幾人かを例擧しておこう。

王士禛（表記は王士正、一六三四～一七一一）は、一六七八康熙十七年、翰林院侍讀のときの五古「早入瀛臺作」。一六八〇年、同じ官での五律「喜聞官軍已復保寧」。ついで同じ年の五古「初拜國子祭酒、釋菜太學作」。一六九一年、兵部右侍郎での七律「命典會試」、など。

朱彝尊（一六二九～一七〇九）は、一六七九年の博學鴻詞で翰林院檢討を授かったのちの、一六八二年の五律「保和殿侍宴」、またの五律「賜宴太和門」、一六八四年の七律「賜宴南書房」など。

查愼行（一六五〇～一七二七）は、一七〇三康熙四十二年に進士となったときの七律「乾清宮早朝」（『赴召集』所收）。

同年、避暑山荘に隨駕した諸作（『隨輦集』）。翌年、內廷に入直した諸作（『直廬集』）。一七〇五年、御書「敬業堂」を恩賜された五言排律十六韻（『考牧集』）、など。

本集は、京大東アジアセンター、國會圖書館、內閣文庫、靜嘉堂文庫に藏せられる。

本集のもつ二つの傾向、すなわち館閣詩と試帖詩は、一七五七乾隆二十二年以降、科擧の受驗志望者にとって、にわかに切實な科目となり、おのずからその對策に應える出版もめだつことになる。以下にそのいくつかを附錄として掲げておこう。

（附一）國朝試帖鳴盛　六卷、杜定基類注。一七五八乾隆二十三年自序刋。

杜定基については、その自序の署名などから、字は起元、號は淇園、江蘇江寧府の人、ということしか分からない。その「凡例」に次のようにのべる。

新例として郷・會試二場に五言排律一首を用うるを欽定せらるるを奉じ、今、是の選は五言排律を以って主と爲し、而して七言排律及び五、七言律は統《すべ》て應試の詩と爲すが故に、竝びに載するを得たり。古風・絶句の若き、均しく未だ採入せざるは、試場中に用いること罕なるが故を以ってなり（奉欽定新例郷會試二場用五言排律一首、今是選以五言排律爲主、而七言排律及五七言律、統爲應試之詩、故得竝載。若古風絶句均未採、以試場中罕用故也）。

かくして前三巻の「五言排律八韻」を、天文・山水・群物の三類に分け、後三巻に七排・五律・七律の天文類を配置する。例えば巻一には、一七五二年恩科第一甲第三名進士の盧文弨（字は召弓、號は檠齋、一七一七～一七九五）の「賦得晨光動翠華」、巻三には、一七五一年第二甲第七十名進士の戈濤（字は芥舟）の「賦得新鶯隱葉囀」が載る。

本集は國會圖書館に藏せられる。

（附二）庚辰集　五卷、紀昀編。一七六一乾隆二十六年序刋。

紀昀、字は曉嵐、一字春帆、號は石雲、直隷河間府獻縣の人、一七二四〜一八〇五。一七四七年の順天鄕試に及第し、一七五四年進士、翰林院庶吉士に改められ、一七五七年の散館では同編修となった。河北省滄州市文史資料研究委員會編『紀曉嵐年譜』によると、一七五九年、その閱微草堂に弟子の李淸彥や甥の馬葆善らを集めて經書を授けるかたわら、「唐の試律」を講じてメモをとらせ、『唐人試律說』として出版した（紀昀「唐人試律說序」）。いっぽうこの年の七月には山西鄕試の正考官に任ぜられ、翌年には會試同考官に充てられた。本集收錄の試卷・行卷にはこの時の經驗が生かされているとおもわれる。

ついで一七六一乾隆二十六年の春、紀昀は病氣療養の休暇を利用して、本集を編輯した。その自序を見ておこう。年記は「辛巳（乾隆二十六年）十月十日河間紀昀書」とする。

余 庚辰（乾隆二十五年）七月に戸を閉じて痾を養い、惟だ讀書を以って兒輩に課すのみ。時に科擧に方《まさ》に律詩を增す。既に『唐試律說』を點定して粗《ほ》ぼ程式を明らかにし、復た近人の選本に卽いて日び數首を取りて之れを講授し、半歲餘を閱《へ》て又た詩二、三百首を得たり。兒輩、作者の登科の先後を以って排纂して書を成す。適《たま》たま康熙庚辰（同三十九年、一七〇〇）に起こり、今の乾隆庚辰に至りて止どまり、因りて之れを名づけて『庚辰集』と曰う（余於庚辰七月閉戸養痾、惟以讀書課兒輩。時科擧方增律詩。既點定唐試律說、粗明程式、復卽近人選本、日取數首講授之、閱半歲餘、又得詩二三百首。兒輩以作者登科先後、排纂成書。適起康熙庚辰、至今乾隆庚辰止、因名之曰庚辰集）。

全五卷のうち、初めの四卷は「館閣詩」で、合わせて作者は百二十九人、詩は百八十三首である。卷一の冒頭は史貽直（一七〇〇年の進士から庶吉士、のち吏部尚書）の「乾坤爲天地」と題する五言八韻の排律。注釋は、題が『易』説卦傳に出ることのほか、詩語についても詳しくほどこされる。ついでは王式丹（一七〇三年の一甲一名進士から修撰）の五言八韻排律「菊殘猶有傲霜枝」についても、この賦得詩の題が蘇軾「贈劉景文」詩に出ることのほか、詩語に及ぶ。くだって巻四はほとんどが一七五四乾隆十九年の進士に占められ、巻頭は一甲一名の莊培因、ついでは同二名の王鳴盛、巻尾は王昶、といったぐあいである。

巻五は「試巻・行巻」である。試巻は會試での賦得詩に限っているようにおもわれる。例えば詩題「王道蕩蕩」について四名の作があがっているのは、一七六〇年の、紀昀が同考官であった時の課題であろう。このうち李文藻は、先の自序にある「兒輩」の一人である。ただしこの年は落第したらしく、翌一七六一年の恩科での進士である。また、「行巻」というのは、顧炎武『日知録』巻十六「十八房」に、「乙卯（一六一五萬暦四十三年）以後に至りて坊刻に四種有り。……行巻と曰うは則わち擧人の作なり（至乙卯以後而坊刻有四種。……曰行巻則擧人之作）」というように、郷試での試帖詩をさす。例えば詩題「水懷珠而川媚」について山西人三名の作が載るのは、一七五九年、紀昀が山西郷試の正考官であった時の課題であろう。

本集は内閣文庫に藏せられる。

（附三）本朝五言近體瓣香集　十六巻、許英編註。一七六三乾隆二十八年刊。

許英については、その署名から、字は海如、江蘇常州府金匱縣の人、ということしか分からない。『進士題名碑録』にも見えない。本集に自作十三首を収録し、その一つ「駕幸五臺恭紀」（巻五・地理）はいかにも館閣詩のごとくであるが、擬作であろう。

一七六三年五月撰の序文を寄せた呉培源は、この年「七十六歳老人」、字は岵瞻、號は蒙泉。『進士題名碑録』は一七三七乾隆二年の進士、「江南金匱」の人とする。本集に一首「夏雲多奇峯」（巻三・天象下）を収録する。本集の解題は、この序文でほとんど盡くされる。

許君海如は雅《もと》より讀書を好み、懷《おも》いを毫素（ぶんしょう）に寄す。國初以來の館閣詩は尤も篤好する所なり。曾て北遊に因りて盡く京師の佳本を得、嘆きて鉅觀と爲し、爰《ここ》に五律を輯《あつ》め、另《べつ》に一編と爲す（許君海如雅好讀書、寄懷毫素。國初以來館閣詩、尤所篤好。曾因北遊、盡得京師佳本、嘆爲鉅觀、爰輯五律、另爲一編）。

書名の「五言近體」にしろ、序文の「五律」にしろ、五言律詩と五言排律をさす。

凡そ郷・會・歳・科等の試、及び塾課擬作の詩も亦た焉《こ》れを附す（凡郷會歳科等試、及塾課擬作之詩亦附焉）。

「歳・科試」は府・州・縣學での學校試。歳試は、學政によっておこなわれる歳ごとの試驗。科試は、成績評價のためのもので、六等のうち一、二等が郷試受驗を許される。

名づけて「瓣香」と曰う。暇には輒わち名香を焼《た》き苦茗を啜り、二、三の同志と商榷校讐し、隨時增訂し、凡そ屢《しば》しば寒暑を易えて書を成す（名曰瓣香。暇輒焼名香啜苦茗、與二三同志商榷校讐、隨時增訂、凡屢易寒暑而成書）。

「瓣香」には、師承とか敬仰といった意味も付加される。

首には治道を列べ、次いで天文・時令……以って宮室・衣服・器物・珍寶・動物・植物・食物に至る凡そ二十有二門、而して雜詩を以って終わる。卷を爲すこと十有六、詩を得ること幾んど八百首（首列治道、次天文時令……以至宮室衣服器物珍寶動物植物食物凡二十有二門、而以雜詩終焉。爲卷十有六、得詩幾八百首）。

だが刊行を見ずに許英は歿し、その子の許元仁が遺志を繼いだ。

方今、聖天子は風雅を崇尚し、郷・會・小試は皆な五言排律一首を增入し、著して定例と爲す。海內の人士、翕然として風に向かい、卽わち素より詩を能くするに非ざる者も亦た心を聲律に究めんと欲す（方今聖天子崇尙風雅、鄉會小試皆增入五言排律一首、著爲定例。海內人士翕然向風、卽素非能詩者亦欲究心聲律）。

ついで「例言」より一條、各種試驗での詩體が明記されているので、引いておく。

試律は、鄉・會は俱に五言八韻を用い、小試は率ね六韻を用い、而して館閣詩は則わち四韻以上自りして百韻に至る者有り（試律、鄉會俱用五言八韻、小試率用六韻、而館閣詩則自四韻以上、有至百韻者）。

「小試」は前出の歳試・科試をいう。

本集は內閣文庫に藏せられる。

043　海虞詩苑　十八巻、王應奎輯。一七五九乾隆二十四年跋。

封面には、書名の右肩に「同邑王東溆輯」、左下に「古處堂藏板」とある。

「海虞」は江蘇蘇州府常熟縣の晉代での呼び名である。

編者の王應奎は、字は東溆、號は柳南、常熟の人。生年は、「柳南隨筆自序」に「乾隆丁丑立秋日、柳南七十四翁」と題しているところから、一六八四康熙二十三年である。卒年は、本集の、男子王錫畬らによる一七五九年季冬の「跋」に、「前年秋間、十七・十八兩卷を編輯し、甫《はじ》めて脫稿を經、小傳の尙お缺くるに、遽かに大故に遭う（前年秋間、編輯十七十八兩卷、甫經脫稿、小傳尙缺、遽遭大故）」とあるところから、一七五八年とおもわれるが、あるいはその前の一七五七年であるかもしれない（なお、「小傳の尙お缺く」とは、その完全でないことをいうのであろう）。

王應奎は十代で諸生となったが、それ以降の受験を斷念し、早々に隱居して讀書と著述に專念した。代表作の『柳南随筆』六巻には、顧士榮（字は文寧、常熟の人、處士、一六八九～一七五一）による序文があり、そこで顧氏は、「柳南」なる草堂が沈德潛の命名によること、この随筆集が南宋・洪邁の『容齋随筆』に倣ったものであることをのべる。

さて、常熟は錢謙益の出身地である。王氏は「凡例」十二則の冒頭で次のように記す。「吾が邑の詩學は錢宗伯 明季の衰を起こして一代の宗主と爲りて自り、兩馮君（馮舒・馮班）之れを繼ぎ、其の道 益ます昌んなり（吾邑詩學、自錢宗伯起明季之衰、爲一代宗主、而兩馮君繼之、其道益昌）」。本集が清朝の詩人に限定するとしても、錢謙益は「本朝に入りて自り二十餘年（その死は一六六四康熙三年）を歴て後に沒す（自入本朝歷二十餘年而後沒）」である以上は清人といえる。しかし王氏は、「之れを尊するが所以（所以尊之）」によって選入しないとする過去の例にならい、またその詩が廣く流布しているという理由から、「又た何ぞ余の闡發を待たんか（又何待余之闡發乎）」とする。本集編輯の意圖は「專ら潛《ひそ》めるを發《お》こし幽《かす》かなるを闡《あき》らかにするを主とする（專主發潛闡幽）」のである。

かくして巻一には錢陸燦と馮舒が竝ぶ。錢陸燦、字は爾弢、號は圓沙は、錢謙益の族孫である。一六一二～一六九八。『列朝詩集』から小傳の部分をとりだして補足是正を加え、一六九八康熙三十七年の序刊をおこなった。馮舒は、字は己蒼、號は默庵、明の諸生にして遺民、一五九三～一六四九。巻二には毛晉、字は子晉、號は潛在、汲古閣の主人、一五九九～一六五九。巻四に馮班、字は定遠、號は鈍吟、一六〇二～一六七一。巻十八所錄の陳祖范は本集の「序」の撰者である。一七二三雍正元年の進士で、のちに國子司業となった。一六七六～一七五四。また顧士榮は本集の校訂者である。字は亦韓。これらの人々を含めて、「共に一百八十三人、詩一千六百八十八首」（「跋」）である。

なお本集の刊行は、跋文の記す年よりもかなり早まる可能性がある。『陶廬雜錄』巻三に「刻版於乾隆初年」とあり、また『明清江蘇文人年表』では、一七五〇乾隆十五年の項に、『柳南文鈔』巻五によって、「常熟王應奎・顧士榮合纂『海虞詩苑』十八巻、有部分成稿」とする。

また、孫原湘（字は子瀟、號は心青、常熟に南接の昭文縣の人、一七六〇～一八二九）の『天眞閣集』に、「海虞詩苑續集序」なる文章があるが、總集そのものの所在がつかめない。

本集は京大文學部に藏せられる。

044　國朝詩別裁集（自定本）　沈德潛輯。初刻本三十六卷、一七五九乾隆二十四年刊。重訂本三十二卷、一七六一乾隆二十六年刊。

沈德潛については039『七子詩選』ですでにのべた。

本集の初刻本および重訂本に關して『自訂年譜』に次のように記している。

乾隆十九年甲戌（一七五四）年八十二。五月、『國朝詩別裁集』を評選すること起《はじ》まる（評選國朝詩別裁集起）。

二十二年丁丑（一七五七）年八十五。冬月、『國朝詩』を批選すること畢《お》わる（批選國朝詩畢）。

二十四年己卯（一七五九）年八十七。九月、蔣生子宣、『國朝詩』を刻することの成るを告ぐ（蔣生子宣刻國朝詩告成）。

二十五年庚辰（一七六〇）年八十八。三月、松兒（男子種松）、『國朝詩別裁集』を重刻す。蔣氏刻本の譌字太《はなは》だ多きを以ってなり（松兒重刻國朝詩別裁集、以蔣氏刻本譌字太多也）。

二十六年辛巳（一七六一）年八十九。二月、『增訂國朝詩』の刻成る（增訂國朝詩刻成）。

以下、それぞれの刻本に卽して見てゆこう。

まず初刻本の自序では、その年記を「乾隆二十四年暮春沈德潛自題、時年八十有七」とし、それまでの過程について、「凡例」で次のような事實をあげる。「是の集は乾隆乙丑（同十年一七四五）に挪始し、今戊寅（同二十三年一七五八）

を經て成るを告ぐ、共に十有四の寒暑なりき（是集搬始於乾隆乙丑、經今戊寅告成、共十有四寒暑矣）」。材料については、「黄崑圃侍郎、多く北方學者の詩を藏し、王遴汝上舍、多く南方學者の詩を藏す。余 兩處從り梱載して來たる。選中に收むる所は幾んど十分の四有り（黄崑圃侍郎多藏北方學者詩、王遴汝上舍多藏南方學者詩。余從兩處梱載而來。選中所收、幾有十分之四）」とする。黄崑圃、名は叔琳については014『感舊集』で言及した。一七二二康熙六十一年に刑部侍郎、翌一七二三雍正元年に吏部侍郎となり、翌年までその任にあった。沈德潛より一歳の年長で、一七五六乾隆二十一年に八十五歳で亡くなっている。本集の初刻本巻三十四・重訂本巻十七に詩二首を載せる。王遴汝については、本名をはじめ未詳。「上舍」は監生（太學生）をさす。おそらく。沈氏の門生であろう。

「凡例」はまた、その編輯について次のように記す。

中間、藁本を采取するは周子欽萊・翁子霽堂の力 多きに居る。去取を商搉するに顧子祿百・蔣生子宣の力 多きに居る。霽堂・欽萊 物故し、錢子思贊・陳生經邦 之れを輔理す。舛譌を校訂するは子宣と李生勉百・張生蔭嘉の功なり。剞劂の費は、子宣獨り任ず（中間采取藁本、周子欽萊・翁子霽堂之力居多。商搉去取、顧子祿百・蔣生子宣之力居多。霽堂・欽萊物故、錢子思贊・陳生經邦輔理之。校訂舛譌、子宣與李生勉百・張生蔭嘉之功也。剞劂之費、子宣獨任）。

周欽萊は周準、號は迂村、浙江杭州府錢塘縣の人、江蘇蘇州府長洲縣の籍、？～一七五六。本集の初刻・重訂とも巻三十に詩十五首を載せる。その標語は、一七五六乾隆二十一年の臨終のさい、「笑いを含みて親しむ所に謂いて曰わく、我 幸い甚だしき、我が詩の『別裁集』中に入る可かりき（臨終含笑謂所親曰、我幸甚、我詩可入別裁集中矣）」と記す。翁霽堂は翁照、字は朗夫、江蘇常州府江陰縣の人、一六七七～一七五五。監生として、一七三六乾隆元年の博學鴻詞科に薦擧されたが、受験にはあずからなかった。本集の初刻・重訂とも巻三十に詩十三首を載せる。周準と翁照の二人について『自訂年譜』は「予の生平の知己」とする。顧祿百は顧詒祿、長洲縣の人、貢生。蔣子宣は蔣重光、號は辛齋、蘇州府呉縣の人、一七〇八～一七六八。『自訂年譜』では「門生」と記す。おそらく沈氏の主宰する紫陽書院での受業生であろう。『中國藏書家考略』では「府庠增貢生」とし、「藏書甚富」と記す。出版も手がけていたのかもしれない。錢思贊は錢襄、呉縣の人らしいが未詳。陳經邦は陳魁、長洲縣の人、諸生。李勉百は李繩、字は勉伯とも記される。長洲縣の人。一七四一乾隆六年擧人。あとに見える048『江浙十二家詩選』の一人である。張蔭嘉は張玉穀、號は樂圃、呉縣の人。ちなみに王昶の077『湖海詩傳』巻十一・周準の項では、「沈文慤門下、其の指授を承ける者（沈文慤門下承其指授者）」の「最を爲す（爲最）」ものとして周準・顧詒祿・陳魁らの名をあげ、「其の後」のものとして、『七子詩選』のうちの、王昶ほか王鳴盛・錢大昕・曹仁虎の名をあげる。

かくして初刻本各巻の巻頭には次の名列が表記される。

「纂評」長洲沈德潛碻士。「同輯」江陰翁照霽堂。長洲顧詒祿祿百。長洲周準欽萊。呉縣蔣重光子宣。

ふたたび初刻本の自序にもどると、

予『國朝詩』を輯《あつ》めて共に九百九十三人、詩四千九十九首を得たり。（中略）書成りて凡そ三十六巻（予輯國朝詩、共得九百九十三人、詩四千九十九首。（中略）書成凡三十六巻）。

巻の内容は、巻三十一が名媛、巻三十二が詩僧・羽客、巻三十三以下が補遺となっており、かく補遺四巻を設けた理由を「凡例」で次のように斷っている。

郵寄の篇翰は先後齊《ひと》しからず。鋟版の將に成らんとするに陸續として遠きより到り、中に前輩人の詩品の焯焯たる者多く、埋沒するに忍びず、亦た倒置する能わざるなり。三十（三十二？）巻の外に於いて復た補遺四巻を輯め、其の體例の前後の位次は一に諸《こ》れを正集に準ず（郵寄篇翰、先後不齊。鋟版將成、陸續遠到、中多前輩人詩品焯焯者、不忍埋沒、亦不能倒置也。於三十《「ママ」》巻外、復輯補遺四巻。其體例之前後位次、一準諸正集）。

例えばのちに問題になる允禧（愼郡王）は巻三十六の十一番めに載せられている。

以上、初刻本の刋行は一七五九乾隆二十四年九月であった。それから半年後の一七六〇年三月には重刊に入った。理由は「譌字太だ多き」がためであり、言いだしたのは息子の種松であったらしい。

重訂本の自序の年記は「乾隆二十五年仲冬日沈德潛自題、時年八十有八」である。このあとに「德潛又識」として細字による斷り書きがある。

此れは係《こ》れ增減第一次本なり。初番の刻本は校對に精を欠き、錯誤良《まこと》に多く、甚だしきは標語の他篇に移入する者有り。茲《こ》こに既に一〻改正し、又た當代の名流、蒐羅に未だ廣からざれば、茲こに復た諸家を增入し、以って從前の闕略を補う（此係增減第一次本也。初番刻本、校對欠《ママ》精、錯誤良多、甚有標語移入他篇者。茲既一〻改正、又當代名流、蒐羅未廣、茲復增入諸家、以補從前闕略）。

編輯の過程については「凡例」で、「是の集は乾隆乙丑（同十年一七四五）に刱始し、戊寅（同二十三年一七五八）の歳に至りて鐫刻を成すを告ぐ。今歳庚辰（乾隆二十五年一七六〇）又た復た鏤版を增删し、共に十六の寒暑を經たり（是集刱始於乾隆乙丑、至戊寅歳告成鐫刻。今歳庚辰、又復增删鏤版、共經十六寒暑矣）」とする。藏書家と編輯擔當者の名は削られている。

かくして重訂本各巻巻頭の名列では蔣重光の名が削られ、息子の名が加わる。

「纂評」長洲沈德潛歸愚。「校字」男種松。「同輯」江陰翁照霽堂。長洲周準欽萊。

重訂本の自序にもどると、

予『國朝詩』を輯《あつ》めて共に九百九十六人、詩三千九百五十二首を得たり。（中略）書成りて凡そ三十二巻（予輯國朝

詩共得九百九十六人、詩三千九百五十二首。（中略）書成凡三十二卷）。

初刻本から重訂本へ、人數の三人の差は純增ではなく、目錄上で調べると三十七家が新たに加わっているから、逆に三十四家が削られていることになる。また詩篇百四十七首の減は詩家の增刪にのみよるのではなく、異動のない詩家についても出し入れがおこなわれている。例えば初刻・重訂とも卷一卷頭の錢謙益では、「題華州郭胤伯所藏西嶽華山廟碑」が削られている。また初刻・重訂とも卷一の五の吳偉業では、「黃河」「過淮陰有感」の二首が削られ、「詠拙政園山茶」「雜感」「西子」の三首が加わっている。改變は詩家についての小傳や標語にも及んでおり、例えば初刻・重訂とも卷四卷頭の王士正に關する評語のうち、次の一節が削られている。

集中「秋柳」詩の如きは乃わち公の少《わか》き年の「英雄 人を欺く」（李攀龍「唐詩選序」に見える語）の語なり。欺く所と爲る者は強いて爲に注釋して之れを究めんにも、秋にも切ならず、幷《なら》びに柳にも切ならず。其の何を以って人に勝るかを問うに、曰わく「佳處は正に切ならざるに在るなり」と。之れが爲に粲然たり（大笑いになった）（集中如秋柳詩、乃公少年英雄欺人語。爲所欺者強爲注釋究之、不切秋、幷不切柳。問其何以勝人。曰、佳處正在不切也。爲之粲然）。

全三十二卷のうち、卷三十一に名媛、卷三十二に詩僧・羽客が收められ、初刻本補遺四卷に所收の詩家は、「今は倶に三十二卷中に敍入し、竝びに正集に歸せり。故に卷數は較べて少なきも詩篇は較べて多し（今倶敍入三十二卷中、竝歸正集矣。故卷數較少、而詩篇較多）」（「凡例」）。ただし詩家は「較多」だが、詩篇は「較少」のはずである）。

本集は初刻本と重訂本とにかかわらずその編輯方針は一貫している。兩者に共通の文言をたどれば次のように言えよう。

本集はその書名が杜甫の詩「戲れに六絶句を爲る（戲爲六絶句）」其六の「僞體を別裁して風雅に親《ちか》づく（別裁僞體親

風雅）」の句にもとづいていることからも分かるように、從來の詩の總集が「國朝選本の詩、或いは名位を尊重し、或いは藉りて交遊の結納と爲し、詩を論ずるを專らにせざるなり（國朝選本詩、或尊重名位、或藉爲交遊結納、不專論詩也）」（「凡例」）ということの反省のうえに立っている。そのさいに沈氏が原則とするのは、「溫柔敦厚の旨」（「序」、『禮記』經解篇に出る）であり、「關係」である。「凡例」に次のようにのべる。

詩は必らず本を性情に原《もと》づけ、人倫日用、及び古今の成敗興壞の故に關わる者にして方《はじ》めて存する可きと爲す。所謂る其の「言に物有り」（『周易』家人、また『禮記』緇衣の語）なり。若し一たび關係無くんば、徒《いたず》らに浮華に辦《つと》むるのみ。又た或いは叫號撞搪して以って之れを出だすは、風人（『詩經』的な詩人）の指に非ざりき（詩必原本性情、關乎人倫日用、及古今成敗興壞之故者、方爲可存。所謂其言有物也。若一無關係、徒辦浮華。又或叫號撞搪以出之、非風人之指矣）。

采詩の官によって詩を諷諫の手段としようとする『詩經』的世界への回歸は、すでに清初からの強い傾向であるが、沈氏のばあい、この原理は、「詩を以って人を存し、人を以って詩を存せず（是選以詩存人、不以人存詩）」（「凡例」）という原則とあいまって、本集での選詩と選人に有效的にはたらいている。つまり人物よりも作品を優先させるということであって、高位有德の人物であるがゆえにその作品を採錄することはしない反面、朝廷に罪を得た人物の作品であろうと、朝廷にとって不名譽な事柄を歌った作品であろうと、採錄する結果となる。もっとも、人を選ぶ場合に一つの基準を設け、「前代の臣工にして我が朝の龍（みかど）に從うの佐《たすけ》と爲りし（前代臣工、爲我朝從龍之佐）」（「凡例」）人々と、「前代の遺老にして石隱の流れを爲す（前代遺老而爲石隱之流）」（同上）人々とを嚴密に區別することを表明したのは、おそらく沈氏に始まる。前者は本集の冒頭に竝び、後者はすでに一七三八乾隆三年の序のもとに刊行された『明詩別裁集』十二卷のほうに收錄されている。

本集の初刻本は京大東アジアセンターに藏せられる。重訂本は、教忠堂刋本の影印が中華書局から線装で一九七三年十月に出版され、洋装縮印で一九七五年十一月に出版された。

なお自定の初刻本と重訂本との比較、さらに自定本と次項045欽定本との比較については、詳しくは拙稿「沈徳潛と『清詩別裁集』」（『名古屋大學教養部紀要』第23輯A・一九七九年、のち『明清詩文論考』二〇〇八年に收録）を見ていただきたい。

045　國朝詩別裁集（欽定本）　沈徳潛纂評・乾隆帝欽定、三十二卷。一七六一乾隆二十六年序刋。

沈徳潛が自定重訂本を上進して乾隆帝の序文を請うたのにたいして、返ってきたのは嚴しい叱責であった。前項所載につづけて沈徳潛の『自訂年譜』は次のように記している。

乾隆二十六年辛巳（一七六一）年八十九。十一月、『歴朝聖母圖册』『國朝詩選』を進呈す。上　召見して慰勞し、緞一匹を賜わる。……十二月朔の又た三日、……又た諭せらく、「『國朝詩選』は應に銭謙益（卷一卷頭）を以って冠籍すべからず（a）。又た銭名世（卷十九の十七）の詩は應に選に入るべからず（b）。愼郡王（卷三十の一「允禧」）の詩は應に名を稱すべからず（c）。今已に南書房（翰林院）の諸臣に命じて删改せしめ、重ねて鐫刻に付く」と（十一月進呈歴朝聖母圖册・國朝詩選。上召見慰勞、賜緞一匹。……十二月朔又三日、……又諭國朝詩選不應以銭謙益冠籍。又銭名世詩不應入選。愼郡王詩不應稱名。今已命南書房諸臣删改、重付鐫刻）。

欽定本「御製沈徳潛選國朝詩別裁集序」は「乾隆二十有六年歳在辛巳仲冬月御筆」の銘をもつ。この序文は、「沈徳潛　國朝人の詩を選びて序を求め、以って其の集を光《かざ》らんとす。徳潛老いたり（沈徳潛選國朝人詩而求序、以光其集。徳潛老矣)」で始まる。以下、序文を書きだし、あわせて翰林院に命じて改訂させた跡をたどってみよう。

(a)前茅に列ぶ者は則わち錢謙益ら諸人なり。(中略)夫れ本朝に居りて妄りに前朝を思う者は亂民なり、國法の存する有り。身ずから明朝の達官と爲り、而も心を甘んじて復た國朝に事《つか》うるに至る者は、一時に宜しきを權《か》り、草昧に締搆して廢さざる所と雖も、其の人を知らんと要《ほっ》せば、則わち人の類いに非ざるなり。其の詩の自ずから在るは之れを聽《ゆる》して可なるも、選びて以って本朝の諸人に冠するは則わち可ならず。德潛に在りては則わち尤も可ならず。(中略)謙益諸人は忠爲《た》りしか、孝爲りしか。德潛宜しく深く此の義を知るべし(列前茅者則錢謙益諸人也。(中略)夫居本朝而妄思前朝者亂民也、有國法存。至身爲明朝達官而甘心復事國朝者、雖一時權宜、草昧締搆所不廢、要知其人、則非人類也。其詩自在、聽之可也、選以冠本朝諸人、則不可。在德潛則尤不可。(中略)謙益諸人爲忠乎、爲孝乎、德潛宜深知此義)。

ここで私たちは、かつて世祖順治帝に、「明の臣にして明を思わざる者は卽わち忠臣に非ず(明臣而不思明者卽非忠臣)」(五八頁參照)という言葉があったことを思いだすべきであろう。約一世紀後、この論理は覆えされ、いわゆる貳臣論が登場することになる。その結果、沈氏自定本卷一では卷頭の錢謙益ほか、王鐸・吳偉業・龔鼎孳ら六家、卷二では周亮工・趙進美ら十三家が刪除された。

(b)錢名世なる者は皇孝の所謂る「名教の罪人」にして、是れ更に宜しく選に入るべからず(錢名世者、皇孝所謂名教罪人、是更不宜入選)。

錢名世が「皇孝」雍正帝から「名敎罪人」四字を榜書させられたことは、すでに言及した(一一七頁)。かくして自定本卷十九から刪除された。

(c)愼郡王は則わち朕の叔父なり。(中略)平時、朕すら尚お之れを名ざしするに忍びず。德潛は本朝の臣子なれば、豈に宜しく其の名を直書すべけんや（愼郡王則朕之叔父也。（中略）平時朕尚不忍名之。德潛本朝臣子、豈宜直書其名）。愼郡王允禧が康熙帝の第二十一子であり、雍正帝の弟であることなど、すでに言及した（一八三頁）。かくて自定（重訂）本巻三十の一「允禧」は欽定本では巻一の巻頭に「愼郡王」として移され、あわせて弘曕などの皇族が世次を超えて巻一の初めに集められた。沈氏の合理的な配列方法はすっかり亂されたことになる。

欽定による自定本の改編は巻一と巻二においてきわめて顯著であるが、このほかにも、(a)と類を同じくする貳臣たち、(b)から一般化される得罪の人々、そして朝廷にとって不穩當な文字があった人々などが、やはり削除の對象とされた。のちの禁書につながる詩家に限って摘出しておこう。巻五では一六五七順治十四年「科場案」の吳兆騫（字は漢槎、一六三一～一六八四）、巻六では南明の史可法の幕にいた侯方域（字は朝宗、一六一八～一六五四）とその友人冒襄（字は辟疆、一六一一～一六九三）、巻八では一七三〇雍正八年「詩文案」の屈紹隆すなわち大均（字は介子、一六三〇～一六九六）、巻十二では遺民の傅山（字は青主、一六〇七～一六八四）、巻二十八では遺民の屈復（字は見心、一七三六乾隆元年の博學鴻詞を辭退、一六六八～一七三九在世）などである。なお『明清江蘇文人年表』は、巻二十二の宮鴻歷（字は友鹿、一六五六～一七一八）は、その名が乾隆帝の「弘曆」と同音であるがために削られたとする。

結果として詩家と詩篇の數の增減はどうだろうか。故宮博物院圖書館・遼寧省圖書館編著『清代內府刻書目錄解題』（四一二頁。一九九五年・紫禁城出版社）に『國朝詩別裁集三十二巻』を掲げ、「清乾隆二十八年尹繼善・沈德潛刻武英殿刷印袖珍本」とする。また「巻前有乾隆二十六年朱色御製沈德潛選國朝詩別裁集序。扇頁內大題『國朝詩別裁集』、『禮部尚書臣沈德潛纂修』」、そして「この書には清初から乾隆間に至る詩人九百二十七家、詩三千餘首を收錄している（該書收錄了清初至乾隆間詩人九百二十七家、詩三千餘首）」と記す。欽定本は自定重訂本に比べ、詩家にして六十九家の減、詩篇にして數百首の減ということになる。もっとも私が國學基本叢書『清詩別裁』によって數えたところでは、詩家は八百二十六家で百七十家の減、詩篇は三千七十四首で八百七十八首の減である。規模の縮小とともに、内容面では、隱微ながらも諷諫の書であった前身は、朝廷頌美の書へと改變させられたのである。なお「凡例」は、自定重訂本の十八項目のうち十五項目を踏襲し三項目を削除、以上の改變にかかわる文言はいっさいない。

欽定本が刊行されてのち『國朝詩別裁集』として世に通行するのはこちらのほうで、自定本が手近かに見られるようになるのは、一九七三年に重訂本の景印が出版されてからのちのことである。

本集は雜多なかたちで各地各機關に所藏されるとおもわれる。私が目睹したものに限ってあげれば、大阪府立圖書館藏の『欽定國朝詩別裁集』は「禮部尙書臣沈德潛纂評」とし、「御製沈德潛選國朝詩別裁集序」をもつ。先にかなりの部分を引用したのはこのテキストによる。これにたいして西尾市立岩瀬文庫藏の『欽定國朝詩別裁集』は袖珍版で、序文を缺き、大阪府立圖書館藏のものとわずかながら文字の異同がある。いっぽう京大文學部藏の『五朝詩別裁集』（刊年未詳）には『欽定國朝詩別裁集三十二卷』が收められており、民國後の掃葉山房石印『五朝詩別裁集』（京都府立大學、名古屋大學などに所藏）では『淸詩別裁集』と改められ、その序文では、原文の「國朝」や「本朝」が「淸朝」に改められている。また排印による國學基本叢書『淸詩別裁』（一九三三年初版・商務印書館）は「萬有文庫版本」を用いたとする。

（附一）淸詩選（和刻）　七卷、（日本）奧田元繼選定、高岡公恭輯。一八〇三享和三年刊。

奧田氏は字は志李、號は拙古、播州の人、一七二九～一八〇七。高岡氏はその門人。

奧田氏の序文は「日本享和三年癸亥正月上元日」の年記のもとに、

是れ亭林（顧炎武）・竹垞（朱彝尊）・鈍翁（汪琬）・漁洋（王士禛）・靈岩（畢沅）・蒙叟（錢謙益）の輩、原〻たる雅言、苟する所に非ざるなり（是亭林・竹坨・鈍翁・漁洋・靈岩・蒙叟輩、原々雅言、非所苟焉）。

としたあと、

予間者《このごろ》沈氏の二篇、曁び『感舊』『山木』二集に就きて、清新整麗、尤も能く一代の風裁を具する者を差擇し、

肇めて世に傳う（予間者就沈氏二篇、曁感舊・山木二集、差擇清新整麗、尤能具一代風裁者、肇傳於世）。

と記す。「沈氏の二篇」は039『七子詩選』と本集、それに王士禛の014『感舊集』であるが、『山木集』については未詳。詩體ごとに分巻され、「目次」によると、「集採共計三百六十九家、詩選統載五百五十一首」である。

本集は、一九七九年・汲古書院『和刻本漢詩集成 總集篇』第八輯に景印され、長澤規矩也氏の解題を附す。

（附二）清詩別裁選（和刻）七卷、（日本）荒井公廉選。刊年未詳。

荒井氏は字は廉平、號は鳴門、阿波の人、一七七五～一八五三。

本集は五古から七絶までを詩體別に分巻している。山本北山（名は信有、一七五二～一八一二）の序を載せるが、年記がない。國會圖書館藏本は一八八二明治十五年の再版である。

（附三）欽定國朝別裁絶句集（和刻）二卷、（日本）間部詮勝編集。刊年未詳。

間部氏は字は慈卿、號は松堂、越前の人、一八〇二～一八八四。

本集は各卷卷頭の名列を、「清禮部尚書沈德潛纂評、日本朝散大夫間詮勝編集」と記す。

本來は刊本であろうが、國會圖書館に藏するのはその寫本で、序文類もない。成書の時期は江戸末期から明治初期にかけてであろう。

046 江雨詩集初編　十五卷・補遺一卷、張廷珪輯。一七六二乾隆二十七年序刊。

「江」は江南の意、「雨」は友と音通である。杜甫の雜文「秋述」（『杜詩詳註』巻二十五）の冒頭に、「秋、杜子 病いに長安の旅次に臥し、多雨 魚を生じ、青苔 榻に及ぶ。常時車馬の客、舊雨は來たるも今雨は來たらず（秋、杜子臥病長安旅次、多雨生魚、青苔及榻。常時車馬之客、舊雨來、今雨不來）」とするのを、早い例とする。したがって本集は江南を舞臺とした、詩を通じての交友の記録である。

編者の張廷珪については、序文で「荊石」（おそらく字であろう）と署名し、各巻巻頭の表示で「淛（浙に同じ）東・仙華子輯」（おそらく號であろう）とする以外には分からない。序文ではその流浪の人生を次のように記す。「僕なるや越の人、吳楚の南北を往來し、飄忽として東西し、轉旋して驟《にわ》かに江にして湖、倏《たちま》ち淮にして海、踪を浮かべしは定めて三十餘春ならん（僕也越人、往來吳楚南北、飄忽東西、轉旋驟江而湖、倏淮而海、浮踪矣、定三十餘春）」。その年記には、「時在乾隆歲之壬午秋八月廿又四日、書於蕪湖吉祥寺僧院中、張廷珪荊石氏」とある。蕪湖は安徽太平府下の縣である。

「凡例」は十二則。そのすべてを「雨」で表現するが、いずれも友の字に置きかえてよい。一、「心雨」は「心交」。二、「神雨」は「夢想を千秋に結び、心情を千里に合す（結夢想於千秋、合心情於千里）」。三、「文雨」は「類として多く文字を以って心を賞す（類多以文字賞心）」。四、「古雨」は、「三十年の事、……遂に鬼錄に登る（三十年事、……遂登鬼錄）」。五、「今雨」は「今人は斯こに在り（今人斯在）」。六、「他雨」については、「江南は文藪にして四方より咸な集まる。……凡そ盟を江南の外に結ぶ者は載せず（江南文藪、四方咸集。……凡結盟於江南之外者不載）」と記す。七、「幽雨」の項では、「未だ顯達の士少なからざるも、然れども大抵は皆な布衣の交わりを作《な》すなり（未少顯達之士、然大抵皆作布衣交也）」と記す（以下省略）。

收錄された九十八家はほとんど無名であるが、名の通った人もいくらかは見られる。例えば巻一では、陳祖范は江蘇蘇州府常熟縣の人で、一七二三雍正元年の進士。043『海虞詩苑』の序文の撰者としてすでに見えた。田實發は、字は梅嶼、號は玉禾、安徽廬州府合肥縣の人、一六七一～?。一七三〇雍正八年の進士。屈復は陝西同州府蒲城縣の人、一六六八～一七三九在世。明の遺民を通し、前項『國朝詩別裁集』(欽定本)で削除の對象となった。巻四の盛錦は、字は庭堅、號は青嶁、蘇州府呉縣の人、?～一七五六。077『湖海詩傳』巻十一・周準の項で、沈德潛の門下のうち「其の指授を承ける者……最を爲す(承其指授者……爲最)」とされる一人であるが(二二一頁參照)、身は諸生で終わった。

本集は靜嘉堂文庫に藏せられる。

047 江左十子詩鈔 二十卷、王鳴盛采錄。一七六四乾隆二十九年刊。

見返しに、二行の書名の上に「甲申秋鐫」(横書き)、右上に「王西莊先生鑒定」、左下に「幽蘭巷寓居藏」とある。

王鳴盛、字は鳳喈、號は西莊、また西沚など。江蘇太倉州嘉定縣の人、「東呉」と自署する。一七二二～一七九七。沈德潛の高弟で、その編選になる039『七子詩選』の頭初にすでに見えた。一七五四乾隆十九年殿試第二人及第ののち、一七五九年に翰林侍讀學士(從四品)で福建鄉試の正考官として赴き、終了とともに內閣學士・兼禮部侍郎(從二品)に昇るが、福建で驛馬を濫用したとして彈劾され、翌年、光祿寺卿に降格された。一七六三年、母親の丁憂を機に辭職し、居を蘇州の閶門に移居した。このとき四十二歳である。以後三十餘年、二度と出仕することなく、著述と編輯に專念した。本集は退職後早々の事業で、師の『七子詩選』にならい、今度は自分が若手の顯彰につとめることにした、ということであろう。詩の選錄三部作の第一作である。

自序では、「聖天子令甲を更定し、詩を以って士を取る。海內 風を嚮《した》い、江左 尤も盛んにして、余の見る所を以って十子を得、乃わち鈔を合して之れを刻す（聖天子更定令甲、以詩取士。海內嚮風、江左尤盛。以余所見得十子焉、乃合鈔而刻之）」とのべる。「令甲を更定」とは、042『本朝館閣詩』で指摘したように、一七五七乾隆二十二年に鄕・會試における課題に「五言八韻律詩を增す」との詔敕が出されたことをさす。そして最後に、「夫《か》の十子なる者は竝びに業を余の門に受く（夫十子者竝受業于余之門）」とする。卷末に「余弟」と「從姪」が見えるが、これも門弟としての扱いである。全二十卷は、各人の詩集から「今 古今體各一卷を鈔す（今鈔古今體各一卷）とした結果である。その十子を「家數」から書きだしておく。

1　劉潢　字は企三、また西濤、蘇州吳縣の人。諸生。『月纓山房集』。
2　顧宗泰　字は景嶽、また星橋、蘇州元和縣の人。諸生。『月滿樓詩集』。
3　施朝幹　字は鐵如、また小鐵、揚州儀徵の人。癸未（乾隆二十八年）進士、禮部主事。『陵陽集』等（?～一七九七）。
4　范雲鵬　字は凌蒼、また立堂など、太倉寶山の人。諸生。『百城樓吟稾』。
5　徐鄴坡　字は薈林、松江靑浦の人。諸生。『蘊玉山樓稾』など。
6　任大椿　字は幼植、揚州興化の人。庚辰（乾隆二十五年）擧人。『苧村文鈔』。
7　葉抱崧　字は方宣、また書農など、松江南匯の人。諸生。『壺領山人集』。
8　諸廷槐　字は殿掄、また佃樗など、太倉嘉定の人。諸生。『嘯雪齋集』。
9　王廷諤　字は鶚起、また鶴谿。原名鳴韶、字は夔典、蘇州新陽籍、太倉嘉定の人。諸生。『翠微精廬小稾』。（王鳴盛の弟、一七三二～一七八八）。
10　王元勳　字は叔華、また秀峯、太倉嘉定の人。國子監生。『東溟草閣集』など。（王鳴盛の從姪）。

本集は內閣文庫に藏せられる。

048　江浙十二家詩選

二十四卷、王鳴盛采錄、高攀桂緝評。一七六五乾隆三十年刊。

見返しに、二行の書名の下に、小字で「苔岑集嗣出」とつづけ、上に横書きで「乾隆乙酉夏鐫」、右上に「王光祿西莊先生鑒定」、左下に「吳門幽蘭巷本衙藏板」とある。

緝評にあずかった高攀桂は、字は澹澄、蘇州府元和縣の人。王氏は自序で「我が友」とし、次項『苔岑集』巻六にその詩が採録されている。

本集は王鳴盛選詩三部作の第二作である。その自序ではまず、「曩に予に『江左十子詩鈔』有り、皆な業を予の門に受くる者なり（曩予有江左十子詩鈔、皆受業予門者也）」とのべたあと、次のようにつづける。

而して平生の老友、襟（むねのうち）を題《しる》せし（特に唱和した）雅故（ふるなじみ）は、或いは未だ之れに及ばず。且つ浙西の詩家は麻のごと（あまた）列びて江左を下らず。（中略）是こに于《お》いて復た『江浙十二家』の選を爲す（而平生老友、題襟雅故、或未之及。且浙西詩家麻列、不下江左。（中略）于是復爲江浙十二家之選）。

そして最後に、「江浙より外、天下の名流の佳篇を恵寄せらるるに至りては、行くゆく將に別に『苔岑集』を爲して世に行わんとす（至于江浙而外、天下名流惠寄佳篇、行將別爲苔岑集行世）」と、次項に掲げる總集の豫告をしている。該書はすでに完成に近い形をなしていたのであろう。

全二十四卷は、各家の詩集から「今 古今體各一卷を鈔す（今鈔古今體各一卷）」とした結果である。その十二家を「家數」から書きだしておく。「　」内は自序からの引用である。

1　李繩　字は綿百、また勉伯、江蘇蘇州府長洲縣の人。辛酉（乾隆六年一七四一）舉人。『葑田集』など。「予の同社」。（044『國朝詩別裁集』自定本の校訂にかかわった）。

2　汪棣　字は韡懷、安徽徽州府歙縣の人。諸生。『持雅堂集』。「予の同社」。（一七二〇～一八〇一）。

3　姜宸熙　字は檢芝、號は笠堂、浙江湖州府烏程縣の人。諸生。『陵陽集』など。「自ら弟子と稱す（自稱弟子）」。
4　蔡忠立　字は企閶、浙江嘉興府秀水縣の人。諸生。『蓀完齋小稿』。「自ら弟子と稱す」。
5　王廷魁　字は岡齡、また盤溪、蘇州府吳縣の人。貢生。『小停雲館吟稾』。「予の弟」。
6　張夢喈　字は鳳于、號は玉壘、江蘇松江府華亭縣の人。諸生。『塔射園詩鈔』。「予の同社」。
7　顧鴻志　字は學遜、松江府奉賢縣の人。諸生。『遜齋學古初編』。「自ら弟子と稱す」。
8　高景光　字は同春、蘇州府元和縣の人。諸生。『桐村小草』。「予の同社」。
9　廖景文　字は琴學、號は檀園、松江府青浦縣の人。丁卯（乾隆十二年一七四七）擧人。官は合肥令。『古檀集』など。「予の同社」「又た同年の友」。
10　薛龍光　字は少文、松江府上海縣の人。諸生。『酌雅堂集』。「自ら弟子と稱す」。
11　吳琦　字は赤玉、浙江杭州府仁和縣の人。諸生。『圭齋稿』。「自ら弟子と稱す」。
12　趙曉榮　字は陟庭、江蘇太倉直隸州嘉定縣の人。諸生。『阙古山房詩鈔』。「予の甥」。

本集は、蓬左文庫、國會圖書館、早大寧齋文庫、に藏せられる。

049　東皋詩存　四十八卷・詩餘四卷、汪之珩輯。一七六六乾隆三十一年序。重刻・一八〇五嘉慶十年序刊。

「東皋」は如皋の雅稱であろうが、その由來は分からない。一七二四雍正二年、江蘇通州が直隸州に昇格され、揚州府下の如皋・泰興の二縣が來屬した。

汪之珩は、字は楚白、號は璞莊、如皋縣の人。『明清江蘇文人年表』に見え、文人に宿所を提供したり、出版事業にかかわったようすがうかがわれる。一七一七〜一七六六。その「文園」は、本集毎葉の版心にも印されている。
「詩存」について、汪之珩は「凡例」で次のように記す。

　詩は未だ精ならずと雖も、亦た詩を藉りて以って人を存す。其の、文章功業有りて史乘に爛然たるも、詩の概見せざる者は、略さざるを得ず、名づけて「詩存」と曰い、旁《かたわ》らに及ぶこと無し（詩雖未精、亦藉詩以存人。其有文章功業、爛然史乘、而詩不概見者、不得不略、名曰詩存、無旁及焉）。

　袁枚の序文の年記は、その五十一歳の「乾隆丙戌（同三十一年一七六六）冬十有一月、銭塘袁枚子才氏撰」（『小倉山房文集』巻十一所收「東皋詩存序」には缺く。また本文にかなりの異同があるが、ここは本集所載のものに従う）。その冒頭に次のように記す。「庚辰秋、予 東皋を過《よ》ぎるに、邑侯何獻葵、邑人の汪君璞荘を高才の士なりと稱す。詩を好み、尤も予の詩を好むと（庚辰秋、予過東皋、邑侯何獻葵稱邑人汪君璞莊高才士也。好詩、尤好予詩）」。一七六〇年當時、如皋知縣は何廷模、字は獻葵であった。浙江杭州府仁和縣の人で、袁枚の「老友」として『隨園詩話』に見える。しかしこのときは旅を急ぐために、一歳下のこの支持者を訪ねることができなかった。そして六年後、汪之珩の死後まもなくとおもわれるころに、弟子の一人がやってきた。「一編を手にして曰わく「此れは汪君選ぶ所の東皋詩存と凡例なり。汪君易簀の時、命を遺すに、先生に序を乞い、而して焉《こ》れを梓せよ」と（手一編曰、此汪君所選東皋詩存凡例也。汪君易簀時、遺命乞先生序、而梓焉）」（『文集』では「凡例」二字を缺く）。この序文で袁枚が、汪之珩のごとき民間での采詩の前例として、「梅氏の『宛雅』に倣《なら》い、徧く土風を捜し、前人の光を遏抑するを懼る（仿梅氏宛雅、徧搜土風、懼遏抑前人光）」とするのは、036『宛雅三編』でのべたように、明・梅鼎祚の『宛雅（初編）』（一五七二隆慶六年序）のことをさしている。

　本集の詩四十八巻の内譯は次のとおりである（人數・首數は阮元の「重刻敍」による）。
巻一、宋、七人十三首。巻頭の胡瑗は、字は翼之。『宋史』巻四百三十二は「泰州海陵の人」と記す。九九三〜一〇五九。

卷二〜十、元、二人六首。明、八十二人千四百三十九首。うち卷九の冒襄（百五首）は、字は辟疆。水繪園の主で、明の遺民だが、王士禛などとも交遊があり、清人とみなしてもおかしくない人物である。一六一一〜一六九三。

卷十一〜三十七、國朝、三百二十三人四千三百十一首。冒頭の丁日乾は、字は謙龍、號は漢公、一六四五順治二年の擧人。

卷三十八・三十九、名媛、二十一人三百二十首。うち袁機（三十五首）については、小傳で「字は素文、江寧令枚の妹、富平縣丞高枋里の子繹祖に適《とつ》ぐ（字素文、江寧令枚妹、適富平縣丞高枋里子繹祖）」と記す。一七二〇〜一七五九。袁枚の四つ下の妹で、夫の暴力にあい、母と兄のいる隨園に出戻った。兄の序文が書かれた七年前に亡くなっている。いきさつは、兄の「女弟素文傳」「祭妹文」に詳しい。

卷四十・四十一、方外、十二人二百七十七首。

卷四十二〜四十六、流寓、二十二人八百十五首。

卷四十七・四十八卷、汪之珩、二百六十九首。


本集について私が見たのは重刻本である。その「敍」の年記・署名は「嘉慶十年春揚州阮元書于杭州節署」となっている。一八〇五年、江蘇揚州府儀徵縣出身の阮元（一七六四〜一八四九）は四十二歲、浙江巡撫となって六年めである（この年の閏六月、父の死去により憂免）。末二卷に汪之珩の詩を收錄したことについては、「編成りて汪君卒す。同人之れを傷み、因りて汪君の詩二百六十九首・詞十一首を錄し、其の末に殿す（編成而汪君卒。同人傷之、因錄汪君詩二百六十九首・詞十一首、殿其末）」と記す。また子の汪爲霖（字は春田、144『晚晴簃詩匯』卷百三に「歷官鎭安知府」とする）が「觀察官の部郎の時、嘗て此の書を朝に呈して『四庫提要』の存目に列入するを得たり（觀察官部郎時、嘗呈此書於朝、得列入四庫提要之存目）」、つづいて、「今又た江寧に重刻し、陽湖の孫淵如觀察之れが校を爲すこと兩歳、克《よ》く舊觀に復す（今又重刻於江寧、陽湖孫淵如觀察爲之校兩歳、克復舊觀）」と記す。孫淵如は、名は星衍、江蘇常州府陽湖縣の人。一七八七乾隆五十二年一甲二名進士。一八〇五年當時は督糧道であった。一七五三〜一八一八。「觀察」は道員にたいする尊稱。

『四庫提要』巻百九十四・集部・總集類存目四は、次のように著録する。

是の集は其の邑人の詩を選び、宋自り以って國朝に迄ぶ。人毎に各おの其の字號・官爵を詳らかにし、載する所は既に近時の作に多く、而して之珩の詩の收むること二百餘首に至る。王逸・徐陵・芮挺章自ら己れの作を錄するも、未だ是くの如きの繁富ならざるなり（是集選其邑人之詩、自宋以迄國朝、毎人各詳其字號官爵、所載既多近時之作、而之珩之詩收至二百餘首。王逸・徐陵・芮挺章自錄己作、未如是之繁富也）。

最後の部分はやはり『四庫提要』の巻百八十六・集部・總集類一「國秀集三巻」の著述に具體的である。「唐以前に總集を編輯するに、己れの作を以って選に入るる者は、始めて王逸の『楚辭』に錄するに見え、再び徐陵の『玉臺新詠』を撰するに見ゆ。（芮）挺章も亦た己れの作二篇を錄するは、蓋し其の例に仿《なら》うならん（唐以前編輯總集、以己作入選者、始見於王逸之錄楚辭、再見於徐陵之撰玉臺新詠。挺章亦錄己作二篇、蓋仿其例）」。

本集は重刻本が靜嘉堂文庫に藏せられる。

050　所知集　十二卷、陳毅輯。一七六七乾隆三十二年刋。

見返しには「所知集」と大書され、右上に「乾隆丁亥新鐫」、左下に「眠雲閣藏板」とあるが、版心には「所知集初編」に作る。

書名は『孟子』盡心篇下の、次のくだりにもとづく。「孟子曰わく、堯・舜由《よ》り湯（王）に至るまで五百有餘歲。禹・皐陶（舜の重臣）の若《ごと》きは則わち見て之れ（堯・舜の道）を知り、湯の若きは則わち聞きて之れを知る（孟子曰、由堯舜至於湯、五百有餘歲。若禹皐陶則見而知之、若湯則聞而知之）」。この典故をうけて袁枚（一七一六～一七九七）の序文は次のように記す。

孟子曰わく「見て之れを知る有り、聞きて之れを知る有り」と。道統にして是《か》くの如くんば、詩文のみ奚《な》んぞ獨り然らざらんや。陳子直方 近人の詩一集を選び、顏に曰わく「所知」と。蓋し其の身の見る所に及ぶ者半《なか》ばし、聞く所の者半ばするなり（孟子曰、有見而知之、有聞而知之。道統如是、詩文奚獨不然。陳子直方選近人詩一集、顏曰所知。蓋及其身之所見者半、所聞者半也）。

この序文の年記は「乾隆丙戌（同三十一年一七六六）春正月廿有三日、錢塘袁枚撰」である。本貫の浙江杭州府下の縣名を出しているが、このときの居住地は江蘇江寧府江寧縣、すなわち南京にあった。一七五二乾隆十七年・三十七歲の秋に陝西での知縣待遇を依願退官してから十四年めになる。その隨園は南京城外小倉山の北面にあった。

編輯者の陳毅は、字は直方、號は古漁、また古愚、江寧府上元縣の人。生卒年は未詳。早くは046『江雨詩集初編』卷十三に名前が見える。093『江蘇詩徵』卷二十八などは「監生」とするが、名目上にすぎなかったとおもわれる。袁枚の『隨園詩話』に「處士」とか「布衣」としてしばしば現われ、「詩を能くして貧なるも、余は資助する能わず（能詩而貧、余不能資助）」（卷十四）と記されている。

また王豫の081『羣雅集』卷九には次のようなエピソードをのせる。すなわち兩江總督の尹繼善（字は元長、號は望山、滿州旗人、一六九五～一七七一）が、廳舍のある南京の鍾山書院に招いて諸生のために詩を講義させようとしたところ、陳毅は、「宮保尚書尹制府に酬《かえ》し奉る（奉酬宮保尚書尹制府）」なる十六句の詩を呈し、そのなかに、「丞相 才を憐れむは千古に少なし、餓夫 將と爲れば一軍驚かん（丞相憐才千古少、餓夫爲將一軍驚）」という句があったために沙汰やみになったというのである。尹繼善は乾隆帝から、「我が朝百餘年來、滿洲科目中、惟だ鄂爾泰（字は毅庵、號は西林、滿洲旗人、一六七七〜一七四五）と尹繼善とのみ眞に學を知る者爲り（我朝百餘年來、滿洲科目中、惟鄂爾泰與尹繼善爲眞知學者）」（『清史稿』巻三百七）と評價される人物である。「一督雲・貴、三督川・陝、四督兩江」（同上）といわれるように總督の經歴が長く、なかでも江南にあること前後三十年で、四度めは一七五六乾隆二十一年からの九年間であった。この間、045『國朝詩別裁集』の欽定にかかわったらしいのは、一七六一年四月に入覲し、殿試讀巻官となった機會でのことではあるまいか。いっぽう江南における詩友の第一は袁枚であった。

本集の序文二本のうち他の一本は蔣士銓のものである。字は心餘、號は苕生、江西廣信府鉛山縣の人、一七二五〜一七八五。一七五七乾隆二十二年に進士となるが、一七六四年八月、翰林編修を辭し、翌年、「暫らく江寧十廟前に居り、貧甚だし（暫居江寧十廟前、貧甚）」（『淸容居士行年錄』）。このとき袁枚と交際を深め、その紹介で陳毅とも知りあったと、序文に記す。その文末には、「鉛山同學弟蔣士銓拜手書于白下紅雪樓中」と自署する。年記はないが、一七六六年には浙江紹興府の蕺山書院の主として招かれているので、執筆はそれ以前ということになる。

さて本集の編輯方針に關して、袁枚はその序文の冒頭で次のように記す。

> 梁の昭明は何遜の文を錄せず。其の生存するが爲めなり。唐の裴潾は之れに反すれば則わち又た交わりの好《よ》ろしきに非ざれば錄せず。是の二者は皆な偏《かたよ》る所有り（梁昭明不錄何遜之文、爲其生存也。唐裴潾反之、則又非交好不錄。是二者皆有所偏焉）。

裴潾の編撰については、『舊唐書』巻十七下・文宗本紀に大和八年（八三四）四月のこととして、「集賢學士裴潾、『通選』

三十巻を撰し、以って昭明太子『文選』に擬う。濟の取る所は偏僻にして時論の稱する所と爲らず（集賢學士裴濟撰通選三十巻、以擬昭明太子文選。濟所取偏僻、不爲時論所稱）」と見え、『唐書』巻六十・藝文志總集類に、「裴濟『大和通選』三十巻」と見える。袁枚のいう「是の二者」をしりぞけた結果は、陳毅の「凡例」の次のような方針となる。

國朝詩は前代に盛んにして、海內の選本甚だ多きも、大約は皆な故老に詳しくして近人に略《うす》し。茲の編は斷ちて雍正初年（一七二三）自り始めと爲す。凡そ詩人の康熙間に歿する者は、選家多悉たり、茲こに復た錄せず（國朝詩盛於前代、海內選本甚多、大約皆詳於故老、而略於近人。茲編斷自雍正初年爲始。凡詩人之歿於康熙間者、選家多悉、茲不復錄）。

袁序の書かれた一七六六年を基點とすると、歿後四十五年以上の詩家は收録されないわけである。「聞知」には上限が定められていることになる。また「凡例」は次のようにも記す。

是の編は十二巻、巻ごとに四十人、共に四百八十人なり。毎巻の中、廊廟（殿上人）を先にし、山林（民間人）を後にし、微《わず》かに分別有り（是編十二卷、卷四十人、共四百八十人。每卷中、先廊廟而後山林、微有分別）。

かくして、巻一の二に查愼行（歿後三十九年）、巻二の巻頭に尹繼善（在世七十一歳）、その三十八に呉敬梓（歿後十二年）、巻三の八に杭世駿（七十一歳）、その九に厲鶚（歿後十四年）などが見える。

また、總集の編年では、039『七子詩選』以降、格調説の沈德潛とその門人の編輯がつづいてきたが、本集においてはじめて、性靈説の袁枚とその友人の登場となった。兩者のあいだには文學論のうえでかなり嚴しい論爭があったが、詩の選録においては、袁序にいうような「交わりの好ろしき」か否かは、考慮されていない。かくして前者では、巻三の二に沈德潛（九十七歳）、巻七の十に王昶（四十二歳）、巻九の七に顧詒祿（生歿未詳）が見え、後者では、巻三の十四に袁枚（五十一歳）、巻四の十一に趙翼（六十四歳）、巻七の一に蔣士銓（四十二歳）が見える。

さらに、陳毅に親しいところでは、彼が參加した南京の「竹軒詩社」（『明清江蘇文人年表』一七五七乾隆二十二年の條を參照）のメンバーとして、袁枚のほかに、巻二の二十五の葛祖亮（生歿未詳）、巻四の一の王箴輿（歿後八年）、巻五の十九の岳夢淵（生歿未詳）、巻六の三十の涂逢豫（生歿未詳）、その三十七の陳製錦（生歿未詳）、巻八の十八の周榘（生歿未詳）らの名前が見える。最後に、本集刊行の資金面でいえば、「凡例」に「合肥の丁雪亭孝廉、貲を出だして之れを刊し、遂に是の選有り（合肥丁雪亭孝廉出貲刊之、遂有是選）」とするが、これは巻十二の二十八、すなわち士人の最後に載る丁家祥（字は嵩來、一七五二乾隆十七年武擧人。『清詩紀事』乾隆巻・五五三四頁參照）のことである。

なお、『陶廬雜錄』巻三は本集を「初編」とし、「二編」「三編」が續刊されたと記す。

陳毅、字は古漁。『所知集初編』十二巻を纂し、乾隆三十一年に成る。袁枚・蔣士銓 序して之れを行う。『二編』八巻、三十九年（一七七四）に成る。盧文弨（字は召弓、浙江紹興府餘姚縣の人、一七一七～一七九五）・何忠相（字は二山、江蘇太倉州崇明縣の人、生卒年未詳）序して之れを行う。『三編』十巻、五十六年（一七九一）に成る。其の時、古漁已に沒せり。懷寧（安徽安慶府下）の潘瑛（字は蘭如、江蘇揚州府江都縣の人、懷寧に居す、生卒年未詳）之れを刻し、王寬（未詳）序を作《な》す（陳毅、字古漁。纂所知集初編十二巻、成於乾隆三十一年。袁枚・蔣士銓序行之。二編八巻、成於三十九年。盧文弨・何忠相序行之。三編十巻、成於五十六年。其時古漁已沒、懷寧潘瑛刻之、王寬作序）。

本集は京大文學部、内閣文庫に藏せられる。

051　國朝六家詩鈔　八巻、劉執玉輯。一七六七乾隆三十二年刊。

封面には、中央の書名の上に横書きで「乾隆丁亥新鐫」、右上に竝列で「無錫鄒小山・長洲沈歸愚兩宗伯鑒定」、左上に二行で「宋荔裳・施愚山・王阮亭・趙秋谷・朱竹垞・查初白」、その下に「詒燕樓（劉執玉の室名）藏板」とある。

編者の劉執玉は、字は復燕、號は思茗、江蘇常州府無錫縣の人。『明清江蘇文人年表』によれば、その生卒年は一七〇九～一七七六。093『江蘇詩徵』巻八十は、顧光旭（字は華陽、無錫の人、一七三一～一七九七）の作とおもわれる『梁溪詩話』（梁溪は無錫の別稱）の次のような記述を引用する。

乾隆丁丑（同二十二年一七五七）以後、制科に試帖一首を用う。是こに于いて邑中の詩を學ぶ者、多く思茗の指授に從う。思茗謂《い》えらく、「初學は宜しく近人の詩從り入り、稍や格律を知るに及びて三唐・漢魏を遞追し、進んで日び上《のぼ》りて其の人を存すべし」と。因りて『國朝六家詩』を刻して世に行わる。思茗 既に詩を以って鄉里に教うるに、常に日び數家を課し、夜分にして返る。更夫 柝を擊つに相い謂いて曰わく「詩人は歸れるや」と。劉詩人の號 遂に著わる（乾隆丁丑以後、制科用試帖一首。于是邑中學詩者、多從思茗指授。思茗謂、初學宜從近人詩入、及稍知格律、遞追三唐漢魏、進而日上存乎其人。因刻國朝六家詩行世。思茗既以詩敎鄉里、常日課數家、夜分而返。更夫擊柝、相謂曰、詩人歸耶。劉詩人之號遂著）。

文學史のうえから見れば、本集は清朝成立後百二十年の時點において詩の最高峰を設定する一つの試みであったといえよう。從來の試みをふりかえると、008『江左三大家詩鈔』の三家については、貳臣論がそろそろ擡頭しつつあった。012『八家詩選』の八家、030『五名家近體詩』の五家についても、最高の詩人とみなすには、大方の贊同を得られないであろう。科擧にむけての詩の學習にあたって、模範となる詩人と作品を、人々は必要としていたのである。

詩人の配列は封面どおりである。「總目」によって、巻の割りふりと、「古近體詩」の收錄篇數を記しておく。

巻一、宋琬（一六一四～一六七四）百四十七首。

巻二、施閏章（一六一八～一六八三）二百三十一首。

巻三・四、王士正（一六三四～一七一一）四百八十九首。

巻五、趙執信（一六六二〜一七四四）百零三首。
巻六、朱彝尊（一六二九〜一七〇九）八十一首。
巻七・八、査慎行（一六五〇〜一七二七）三百三十六首。

この配列の基準はよく分からない。在世の早晩によるのではない。詩品の上下を示すわけでもない。六家の評價を主として、三氏の序と編者の凡例を見ておこう。

序のその一の年記と署名は、「乾隆三十二年七月既望、二知老人鄒一桂書」である。鄒一桂、字は元褒、號は小山、晩號二知、無錫の人、一六八六〜一七七二。一七二七雍正五年に進士となり、一七五二乾隆十七年に禮部侍郎。一七五六年に降格ののち、翌々年に致仕し、郷里の東林書院の講席を主宰した。死後に尚書を贈られた。

その序文では、「一代の詩には必らず數人有りて諸家の大成を集む（一代之詩、必有數人焉、集諸家之大成）」とし、例として、唐の李（白）杜（甫）韓（愈）白（居易）、王（維）孟（浩然）韋（應物）柳（宗元）、宋の蘇（軾）黄（庭堅）范（成大）陸（游）、元の虞（集）楊（載）范（梈）掲（傒斯）をあげる。そのあと、「我が朝 文運昌明にして名賢輩出す（我朝文運昌明、名賢輩出）」として、封面および「總目」どおりの順で六家をあげたうえで、「其の全集は汗漫にして學ぶ者偏く覽て盡く讀む能わざる（顧其全集汗漫、學者不能徧覽而盡讀也）」がゆえに、この選本が生まれたとする。

序のその二の年記と署名は、「乾隆丁亥夏五、長洲沈德潛書、時年九十有五」である。沈德潛は一七四七乾隆十二年六月に禮部侍郎となって一年餘をつとめ、一七四九年に致仕した。一七五七年に禮部尚書の銜を加えられたが、これは官歷とはならないだろう。封面の「宗伯」は禮部尚書にも用いられるようだが、鄒一桂のばあいも考えあわせると、ここは侍郎をさすとおもわれる。尚書を見出しにするときには「大宗伯」と記すはずである。

さて、その序文の冒頭で沈德潛は、「『國朝詩選』の刻」、つまり、044『國朝詩別裁集』（自定本）を編輯したさいに、無錫の劉瞻榕（字は于根）の『南榮集』を入手して巻二十九の四十三に收録したことを想起する。本集の編者劉執玉は「其の賢子」である、と。そのあと、六家の評價にうつる。

我が朝の人文は化成し、力めて雅頌を追い、而して牛耳を執る者は宜しく阮亭（王士正）を推すべし。其の詩を讀むに明麗博雅、渾厚高華にして、談藝四言（錢謙益「王貽上詩集序」に「其談藝四言、曰典、曰遠、曰諧、曰則」とある）を、阮亭は直ちに自ら道するのみ（我朝人文化成、力追雅頌、而執牛耳者、宜推阮亭。讀其詩明麗博雅、渾厚高華、談藝四言、阮亭直自道耳）。

阮亭と相い後先する者は則わち査初白（愼行）、磅礴奡兀として、眉山（蘇軾）を歩武す（與阮亭相後先者、則查初白磅礴奡兀、歩武眉山）。

他は愚山（施閏章）の敦厚溫柔、荔裳（宋琬）の雄健磊落の如く、各おの壇坫を樹《た》つると雖も、生面 獨り開く（他如愚山之敦厚溫柔、荔裳之雄健磊落、雖各樹壇坫、而生面獨開）。

竹垞は詩格稍や變ずるも、言は必らず唐音なり。秋谷は異才を抱負し、高きも詭《いつわ》らず（竹垞詩格稍變、而言必唐音。秋谷抱負異才、高而不詭）。

ついで再び『別裁集』にもどり、卷帙に限りがあり、詩篇の多くを割愛したのにたいして、本集が「余の未だ備えざる所を補う可き（可補余之所未備矣）」こと、また編者が「此の六家の詩を以って其の郷の子弟門下の士に教え、家ごとに一編を寫《か》きしめ（以此六家詩、教其郷之子弟門下士、家寫一編）」たことをのべる。

序のその三の年記・署名は、「丁亥暮春、桂宜諸洛序」である。『明清江蘇文人年表』などによると、諸洛は、字は杏程、號は類谷居、無錫の人、一七一一～一七九二（桂宜は未詳）。その序文では、從來の詩の總集をとりあげて次のようにいう。すなわち、錢謙益の007『吾炙集』、陳維崧の021『篋衍集』、王士正の014『感舊集』は、「皆な平生往還の作を取り、遍く海内の詞家に及ぶ能わず（皆取平生往還之作、不能遍及海內詞家）」。「沈宗伯の『淸詩別裁』の刻に至りては、洋洋乎として大觀せり（至沈宗伯淸詩別裁之刻、洋洋乎大觀矣）」。陳伯璣（名は允衡）の『國雅』（『淸初人選淸初詩彙考』の『國雅初集』を參考）と、聶晉人（名は先、江西吉安府廬陵縣の人）の『名家詩鈔』（未詳）は、「始めは矜重なると雖も、濫りに及ぶこと無くんばあらず（始雖矜重、不無濫及）」。汪觀の031『淸詩大雅』は、「縉紳を排比するに非ざる無く、風斯《こ》こに下れり（無非排比縉紳、風斯下矣）」。それにたいして本集への贊辭は次のようにのべられる。「此れ由りして上つかた三唐・六朝・漢魏に遡れば、則わち復燕の是の編、未だ必ずしも大雅扶輪の一助に非ずんばあらざらん（由此而上遡三唐六朝漢魏、則復燕是編、未必非大雅扶輪之一助也）」。

編者の「凡例」はまず、「我が朝 詩家林立し、漢唐を歩武して精深華妙、諸體を擅場する者（我朝詩家林立、歩武漢唐、而精深華妙、擅場諸體者）」という選人選詩の基本理念を示したうえで、「首《はじめ》に阮亭・査初白を推すに、格意は淸雄にして變化を矩矱に出《い》だし、中に神有るも迹《あと》無し（首推阮亭・査初白、格意淸雄、出變化於矩矱、中有神無迹）」と、沈德潛と軌を一にした評価をくだす。あとの四家については、まとめて「生面に各おの功力を開き、深く拔奇に到る（施愚山・朱竹垞・趙秋谷・宋荔裳、生面各開功力、深到拔奇）」とするのみである。

次には特に、王士正にたいする趙執信の「詆諆の少なからず（詆諆不少）」をとりあげ、「玆の選は兩家の精華を裒《あつ》め、正に魄力の相い敵し、兩美有りて兩傷無きを見《あら》わす（玆選裒兩家之精華、正見魄力相敵、有兩美無兩傷）」とする。

本集は、京大文學部、同東アジアセンター、阪大懷德堂文庫、神戸市立吉川文庫、國會圖書館、內閣文庫、早大寧齋文庫、坦堂文庫に藏せられる。

日本では一九〇七明治四十年、近藤元粹の增評のもとに鉛印されたことがある。

052 苕岑集　二十四卷・附錄二卷。二集、十卷・附錄一卷。王鳴盛采錄。（初集）一七六七乾隆三十二年序刊。（二集未詳）

王鳴盛選詩三部作の第三作は、詩による交友の記錄である。自序の年記は「乾隆丁亥季春上巳後三日」である。書名の「苕岑」は、晉の郭璞の詩「溫嶠に贈る五章」其三の句に、「爾《きみ》の臭味（同じ好み）に及び、苕を異にするも岑《みね》を同じくす（「贈溫嶠五章」及爾臭味、異苕同岑）」にもとづき、志向を同じくする友人をいう。

自序では、「戢孴（あまた）の朋舊より篇詠を貽《おく》られ、以って一編を成す（戢孴朋舊、見貽篇詠、以成一編）」ものの先例として、次のものをあげる。いかにも博學の考證學者らしく、ほとんどが稀覯である。「唐の元次山の『篋中集』」。元結のこの集は、021『篋衍集』でも意識された。「段柯古の『漢上題襟集』」は、段成式が溫庭筠や余知古らと襄陽で唱和したものとされる。「元の魏仲遠の『敦交集』」は、魏士達が本名であろう。「明の岳東伯の『今雨瑤華集』」は、岳岱が一五三九嘉靖十八年に「竝世十四人の詩を輯《あつ》めて一卷と爲す（輯竝世十四人詩爲一卷）」（『明清江蘇文人年表』）。『列朝詩集』丁集中に詩と小傳を載せ、他の十二人を附する。

卷一では、筆頭に顧詒祿を置く。沈德潛門下のうち、王鳴盛にとって兄弟子にあたる人物である（二一〇頁參照）。そのあと、039『七子詩選』の、本人を除く六子が、いわば同學として竝ぶ。以下の卷にもわたると、047『江左十子』のうちの九子、048『江浙十二家』のうちの六家の名前が見える。本集も「采錄」と記されるが、前二作が各人の詩集からの摘錄であったのにたいして、王氏に送られてきた應酬の作を主とするのであろう。全二十四卷に二百九十八家が收錄され、附錄二卷は閨秀十六家と方外十三家である。『陶廬雜錄』卷三は、「專ら現在の人を錄し、已往の者は載せざること、諸選本と同じからず。江南一時の知名の士は盡く網羅に入る（專錄現在之人、已往者不載、與諸選本不同。江南一時知名之士、盡入網羅）」と記す。

『苕岑二集』は、十巻と附録一巻に約百二十人（未確認）を載せる。序文はない。封面に「到るに随いて刊するに随い、爵歯に拘わらず。佳作は、卽わち郵寄して以って續登に便なるを祈る（随到随刊、不拘爵歯。佳作祈卽郵寄、以便續登）」と、廣告をのせる。同人誌のごとく隨時刊行する意圖のあったことが分かる。

本集は、二十四巻本が早大寧齋文庫に藏せられ、本稿はこれによった。ところが内閣文庫所藏本は「清孫鑲手批本」とする二十二巻・附二巻である（二集はない）。また靜嘉堂文庫所藏本は二十巻で終わっている。いずれも乾隆三十二年序刊であるが、刊行年にずれがあるのだろう。おそらくは二十四巻本、ついで二十二巻本、ついで二十巻本の順であって、その逆ではあるまい。いずれにしろ内容的に見て禁書措置とは關係がない。なお、『陶廬雜錄』が、「二巻・附録二巻」とするのには、明らかに數字のうえでの脱落がある。

053　國朝松陵詩徴　二十巻、袁景輅輯。一七六七乾隆三十二年序刊。

「松陵」は、江蘇蘇州府呉江縣の、唐代における呼び名である。本集は、呉江一縣における、「國初より今に迨《およ》ぶ百二十餘年間（國初迨今百二十餘年間）」（陳毓乾序）の詩を収録している。「作者は數百家、古今各體詩數千首を得たり」（同上）。具體的には、作者は四百四十一人である。全二十巻のうち、前十七巻が士人、後三巻が寓賢（十四人）・方外（二十二人）・名媛（二十九人）である。各人について小傳と集評、および編者じしんの評を載せる。

袁景輅は、字は質中、號は樸村、呉江縣の人。貢生として郷里の友人と竹溪詩社を結んだ。一七二四〜一七六七。一七三九乾隆四年、沈德潛は六十七歳で進士となると、年末に休暇を得て蘇州府長洲縣に歸り、その翌年、「仍って徒を呉江に課した（仍課徒於呉江）」（沈氏『自訂年譜』）。袁景輅・十七歳はそのときに弟子入りした。本集編輯の業をおえてまもなく、その年のうちに亡くなった。

序文は三本ある。いずれも「乾隆丁亥」、すなわち同三十二年の年記をもつ。

その一は師のもので、「長洲友生沈德潛、時垂九十有五」と署名する。編者歿後の撰である。この序はまず、「古來詩文に選有り（古來詩文有選）」として歴代の總集編纂をふりかえる。「梁代の昭明太子・高齋十學士自り始まる（自梁代昭明太子・高齋十學士始）」とする前者は『文選』。後者は、『南史』巻五十・庾肩吾傳に、晉安王（のちの梁・簡文帝）に命じられて、庾肩吾や劉孝威ら「十人、衆籍を抄撰し、其の果饌を豊かにし、高齋學士と號す（十人、抄撰衆籍、豐其果饌、號高齋學士）」と記されるのによるのだろうが、特定の總集が残るわけではあるまい。兩者とも、沈德潛が一七一九康熙五十八に序文を撰した『古詩源』編輯での思いを傳えるものであろう。つづいて、「嗣後　唐に『河嶽英靈』『篋中』『國秀』諸集有り（嗣後唐有河嶽英靈・篋中・國秀諸集）」は、それぞれ唐の殷璠・元結・芮挺章の編輯。沈氏は一七六三乾隆二十八年の序文でもって『唐詩別裁集』を編輯している。「宋に杜清碧の『谷音』有り、金に元裕之の『中州』有り、明に錢牧齋の『歴朝詩選』有り（宋有杜清碧之谷音、金有元裕之之中州、明有錢牧齋之歴朝詩選）」。杜清碧は元の杜本にたいする稱號。字は伯原、清代でいえば江西臨江府清江縣の人、一二八六～一三五〇。『元史』巻百九十九・隱逸傳に見える。『谷音』二巻は、「宋朝逸民」三十人、詩百一首を收録すると、一九五八年・中華書局排印刊の「出版説明」は記す。王士禛の「戯れに元遺山論詩絶句に傚う三十六首（戯傚元遺山論詩絶句三十六首）」（『漁洋詩集』巻十四・癸卯稿（一六六三康熙二年）所收）の其六に、「誰か嗣ぐ　篋中冰雪の句を、谷音一巻　獨り錚錚たり（誰嗣篋中冰雪句、谷音一巻獨錚錚）」とあり、原書に附けられた猶子浣注に、「『谷音』杜清碧撰、宋末逸民之作」とある。元裕之は金の元好問、一一九〇～一二五七。錢牧齋は錢謙益、一五八二～一六六四。『歴朝詩選』は正式な書名ではあるまい。「順治九年（一六五二）虞山毛氏刋本」は『列朝詩集』とし、『清史稿』藝文志も同様である。沈氏は、宋・金・元の詩の總集編輯にはかかわらなかったが、『明詩別裁集』を、一七三八乾隆三年の序文でもって刊行している。以上、歴代の詩の總集について、次のように總括する。「或いは幾朝を綜《す》べ、或いは一代を集め、此れを詩學の津梁と爲す可きも、采風の遺旨には非ざるなり（或綜幾朝、或集一代、此可爲詩學津梁、而非采風遺旨也）」。

ところが清朝での總集編輯については、『詩經』國風の遺旨を念頭におきながら、地方規模のものに限定し、それも小ぶりなもののみをあげることによって、本集の大きさを際立てようとする。「本朝は王漁洋に『濟南詩選』有り、一郡中に華泉・滄溟二家を取る（本朝王漁洋有濟南詩選、一郡中取華泉・滄溟二家）」。王士禛には、明の前七子の一人である邊貢についての『邊華泉集』四巻の編輯があるが、後七子の一人である李攀龍については記録が見えない。兩者を收めたとする『濟南詩選』なるものについても同様である。「吳梅村に『婁東詩選』有り、一州中、門下の十人に囿《かぎ》る（吳梅村有婁東詩選、一州中囿於門下十人）」。これは吳偉業による004『太倉十子詩選』十巻のことである。「宋商邱の『詩選』は大江の南北に徧《あまね》きも、而も收むる所は秖だ一十五子にして、一邑を專らにせず、人も亦た略ぼ存（生存）す（宋商邱詩選、徧於大江南北、而所收秖一十五子、不專一邑、人亦略存）」。これは宋犖による024『江左十五子詩選』十五巻をさす。「他は陸敷先の『虞山詩約』、潘蜀藻の『龍眠風雅』の如く、一邑を專らにせり。而るに收むる所の人は諸《こ》れを『十五子』の例に準じ、未だ網羅の蒐輯有らず（他如陸敷先之虞山詩約・潘蜀藻之龍眠風雅、專一邑矣。而所收之人、準諸十五子之例、未有網羅蒐輯）」。前者については人名・書名とも詳らかにしない。後者の潘江は、安徽安慶府桐城縣の人。一六七九康熙十八年の博學鴻詞に推擧された。武作成『清史稿藝文志補編』集部・總集類・地方詩文に、「『龍眠風雅集』六十四巻・『續集』二十八巻、潘江輯」と見える。

詩の收録について、沈氏は、全國詩選である044『國朝詩別裁集』の「凡例」では「是の選は詩を以って人を存し、人を以って詩を存せず（是選以詩存人、不以人存詩）」としたが、地方詩選である本集では、人物をも重視し、弟子の、次のような「例言」をそのまま引用する。「其の詩を選するの意に謂《い》えらく、「詩を以って人を存し、人を以って詩を存す。二者は偏《かたよ》りて廢す可からず」。「詩を以って人を存するは、後學の爲に先路を導くなり。人を以って詩を存するは、前哲の爲に苦心を表わすなり」と（其選詩之意、謂以詩存人、以人存詩、二者不可偏廢。以詩存人、爲後學導先路。以人存詩、爲前哲表苦心也）」。

沈氏が過去百二十餘年間の吴江の著名人としてあげるのは、次の五人である。卷一の一・朱鶴齡、字は長孺、一六〇六〜一六八三。著に『箋註李義山詩集』がある。卷二の二・顧有孝、字は茂倫、一六一九〜一六八九。008『江左三大家詩鈔』の編者。卷四の一・計東、字は草甫、一六二四〜一六七五。卷三の一・吴兆騫、字は漢槎、一六三一〜一六八四。一六五七順治十四年の順天府試「科場案」によって遼左に流謫せられ、多くの人士の關心を集めた。卷六の一・潘耒、字は次耕、號は稼堂、一六四六〜一七〇八。

本集の序文のその二は編者じしんによるもので、「秋七月、松陵袁景輅樸村、題於小桐廬之愛吟齋」と署名する。本集に先行する吴江の詩選で、顧有孝編『詩略』など四種の鈔本あるいは刋本がすべて消亡していることなどを記す。序文のその三は、署名を「秋、陳毓乾行之題」とする。「樸村の論詩は夙に吾が師歸愚先生の風格を稟承す（樸村論詩夙稟承於吾師歸愚先生風格）」とのべることから、同門の友であろうが、詳しいことは分からない。

袁氏の編輯方針は、師の『國朝詩別裁集』に依據している。その「例言」で、清初人について、「前代の遺老」は采録しないこと、近人について、「此の集の采る所は皆な已往の人（此集所采、皆已往之人）」であること、また「惟だ溫柔鄉の語は……、傳誦の作と雖も、概して敢えて登《の》せず（惟溫柔鄉語……、雖傳誦之作、概不敢登）」などは、ほとんどそのまま師作の「凡例」に見える。のみならず吴江の詩人については、ほとんど師作の再録である。そのばあい、テキストは自定本であって欽定本ではない。例えば卷五の一・葉燮についていえば、所録十九首のうち十八首が師作からの轉載であるが、うち「採柳謠」「湖天霜」など四首は、欽定本には見えない。なお、編者が獨自に載せた一首は「聞吳漢槎卒於京邸哭之（吳漢槎の京邸に卒するを聞き、之れを哭す）」である。

「例言」では、「此の集に收むる所は一律に拘わらず（此集所收不拘一律）」とするが、そのいっぽうで「予の生平 學ぶを願うは乃わち唐賢に在り（予生平願學乃在唐賢）」とし、すべての詩體について上品と次品のありようを開陳する。また、それとは直接のかかわりはないが、卷一の九・沈永令（一六一四～一六九八）の項で、編者の評が、「爾の時 鍾《か》（惺）譚（元春）盛行するも、吾が邑の詩派 蛙聲に墮ちざるは皆な先生砥柱の力なり（爾時鍾譚盛行、而吾邑詩派不墮蛙聲、皆先生砥柱力也）」とするのは、清初の竟陵派の流行と、それに染まらなかった一地方の實例を傳えている。

なお、のちの禁書との關連でいえば、錢謙益の『列朝詩集』がまだ堂々と掲げられていること、すでに沈序に見たし、袁氏の「例言」でも、「牧齋の『列朝詩』は『中州集』を倣いて之れが剪裁予奪を爲し、具さに史才を見《あら》わす（牧齋列朝詩、倣中州集、爲之剪裁予奪、具見史才）」とする。

本集は、京大文學部、同東アジアセンター、神戸市立吉川文庫、內閣文庫、早大寧齋文庫に藏せられる。

054　梅會詩選

十二卷、二集十六卷、三集四卷、李稻塍輯。一七六七乾隆三十二年序刊。

梅里、あるいは梅會里は、浙江嘉興府嘉興縣下の一つの鄉鎭である。同府秀水縣出身の朱彝尊（字は錫鬯、號は竹垞、一六二九～一七〇九）の『靜志居詩話』卷二一・王鏞の條に、「予（朱彝尊）……歲の己丑（一六四九順治六年二十一歲）に萑苻（盜賊）四もに起こり、乃わち家を梅會里に移す（予……歲己丑、萑苻四起、乃移家梅會里）」とある。嘉興縣の二十キロほど南に位置していたらしい。楊謙「朱竹垞先生年譜」によると、移居の年には「里中の」七人の「諸先生と詩課を爲す（與里中……諸先生爲詩課）」とある。その七人とは、王翃（字は介人、一六〇二～一六五五）、周篔（字は青士）、繆泳（字は天自）、沈進（字は山子）、それに「三李」とよばれた李繩遠（字は斯年、一六三三～一七〇八）・李良年（字は武曾、一六三五～一六九四）・李符（字は分虎、一六三九～一六八九）の三兄弟で、彼らはのちに梅里詩派とよばれることにもなった。朱彝尊は、その翌年と翌々年（二十二、二十三歳）には「徒に里中に授く（授徒里中）」とある。それ以降、しばしば旅行に出かけ、一六七九康熙十八年・五十一歳に博學鴻詞科によって翰林院檢討を與えられ、一六九二年・六十四歳に退休した。歸郷も、一六九六年に曝書亭を結んだのも、一七〇九年・八十一歳で卒したのも、いずれも梅會里においてであった。

本集の序文の年記と署名は、「乾隆三十二年陬月上澣（正月上旬）蛻菴居士李稻塍書」となっている。その書きだしはこうである。

本朝朱竹垞太史　詩名の盛んなるは、新城王尙書（士禛）と相い埒《ひと》しく、世に所謂る「南朱北王」是れなり。顧《かえ》って吾が里にて詩を稱すれば則わち必らず竝べて「朱李」を擧ぐ。蓋し秋錦徵士　竹垞太史と生まるるに時を同じくし、居るに閈（村里の門）を同じくし、又た同じく制科に擧げらる（本朝朱竹垞太史詩名之盛、與新城王尙書相埒、世所謂南朱北王是也。顧吾里稱詩、則必竝擧朱李。蓋秋錦徵士與竹垞太史生同時、居同閈、又同擧制科）。

「秋錦」は、さきの梅里詩課七人の一人李良年の號である。「同じく制科に擧げらる」とは、一六七九年の博學鴻詞科をさす。このとき朱彝尊は選ばれて翰林院檢討となったが、李良年は選からもれた。朱氏は「徵士李君行狀」（『曝書亭集』卷八十）のなかで、おそらく鴻博のおりのことだろうが、「一時の朝士　爭いて吾が兩人を識らんと欲し、客を召す每に客は輒わち坐中に朱李有るや否かを詢《と》う（一時朝士爭欲識吾兩人、每召客、客輒詢坐中有朱李否）」と記す。序文でいう「朱李」は、かならずしも鄕土びいき・親族びいきでないことが分かる。

この二人について李稻塍は、「爰《ここ》に族弟敬堂と、漁洋（王士禛）『精華錄』の意に仿い、其の菁英を掇《と》り、古今體詩各若干首を得、釐《おさ》めて十二卷と爲し、梓して之れを行う（爰與族弟敬堂、仿漁洋精華錄之意、掇其菁英、得古今體詩各若干首、釐爲十二卷、梓而行之）」とする。實は、李稻塍については、秀水縣の人であることのほかは、詳らかにしない。しかし「族弟敬堂」は、李集の別號である。077『湖海詩傳』卷二十八によると、「字は繹芻、秀水（縣）の人、武曾（すなわち李良年）の孫（『中國文學家大辭典・清代卷』によって「曾孫」とみなすべきである）、官は（湖北鄖陽府）鄖縣知縣」とある。とすれば李稻塍も、李良年の曾孫か、それにごく近い親族であろう。

本集はまず、陳廷敬（字は子端、山西澤州府の人、一六四〇～一七一二）の撰する「翰林院檢討竹垞朱公墓誌銘」、ついで朱氏による「徵士李君行狀」、ついで「竹垞詩話八則」を載せたあと、卷一～卷七に竹垞の古體詩と今體詩など、卷八～卷十二に秋錦の古體詩と今體詩を載せる。また、序文に「續けて兩編を纂し、竝びに剞劂に付す」というように、二集十六卷と三集四卷をつづける。二集では卷三～卷十四に、先の梅里詩課の「朱李」を除く六氏の名が見え、合わせて七十氏を收錄する。三集には、卷一に朱彝尊の子の朱昆田（字は文盎、號は西畯、太學生、一六五二～一六九九）、卷三に孫の朱稻孫（字は稼翁、號は芋陂、府學貢生、一六八二～一七六〇）、卷四に曾孫の朱振祖（一七〇三生）など、合わせて六十五氏を收錄し、附刻として、編輯にたずさわった李稻塍と李集の詩を載せる。

本集は內閣文庫に藏せられる。

055 **梅里詩輯**　原本三十卷、許燦輯、一七六七乾隆三十二年ごろ成書（?）傳鈔。補訂本二十八卷、朱緒曾補訂、一八五〇道光三十年刊。

本集の原本を編輯した許燦は、梅會里の「里人」である。字は衡紫、號は晦堂。076『兩浙輶軒錄』卷二十一は、「諸生」とし、「『梅里詩輯』三十卷を著わす」と記す。本集原本の卷數が知られるのはこの記事だけである。その青年時代に珍しい體驗をしている。編者の甘肅時代の『燉煌集』に寄せた朱稻孫（一六八二～一七六〇）の序文に次のように記されている。

晦堂は吾が友南州の哲嗣爲り。南州 侍衞を以って出でて甘州（甘肅所屬）參戎と爲り、歿す。晦堂生まれて三齡、母に隨い櫬《ひつぎ》を扶《たす》けて里に還り、苦志もて學に力め、弱冠にして文名有り。歲の甲寅（一七三四雍正十二年）其の先人 任內に辦駝せる核減の官逋（在任中に背負っていた審査輕減された租稅の上納分）の爲に甘州に抵りて簿に對し（訴狀にたちあい）、留めらるること數載なり。會《たま》たま今上（乾隆帝）卽位し、詔もて豁免を賜わる。歸家して益ます自奮し、羣籍に淹貫し、教授して母を養う（晦堂爲吾友南州哲嗣。南州以侍衞出爲甘州參戎、歿。晦堂生三齡、隨母扶櫬還里、苦志力學、弱冠有文名。歲甲寅爲其先人任內辦駝核減官逋、抵甘州對簿、留數載。會今上卽位、詔賜豁免。歸家益自奮、淹貫羣籍、教授養母）。

これからすると、一七一五康熙五十四年ごろの生まれとおもわれる。前項『梅會詩選』の編輯にたずさわった李稻塍や李集と同じく、朱彝尊の曾孫の世代に屬するだろう。また『兩浙輶軒錄』に別に引く鈕孝思「晦堂詩集序」が、「顏方伯に招かれて同《とも》に閩に入る（顏方伯招同入閩）」とするのは、『淸代職官年表』によれば、顏希深（廣東惠州府連平州の人、?～一七八〇）が福建布政使であった一七六三乾隆二十八年から一七六六年のこととなる。

許燦の原本は、おそらく自序もないままに傳鈔されてきた。本集として現在私たちが見る刊本は、朱緒曾による補訂をへたものである。見返しに「道光三十年庚戌栞於嘉興縣齋」とある。

朱緒曾は、字は述之、江蘇江寧府上元縣の人、?〜一八六一。一八二二道光二年の擧人。その序文の肩書きは「奉政大夫台州府海防同知・嘉興縣知縣」であり、年記は「道光三十年」の「相月（七月）既望」となっている。そこではまず、王士禛が朱彝尊の南歸を送る詩に見える「梅里」なる地名を特定したあと、前項にあげた李稻塍の『梅會詩選』は「竹垞の稿に因りて以って書を成すなり（因竹垞之稿以成書也）」とのべ、つづけて次のように記す。

道光戊申（同二十八年）、余 海昌（杭州府海寧縣）自り宰を嘉禾（嘉興縣の雅稱）に移し、事に因りて梅里に至り、其の風俗の淳厚にして里人皆な彬彬として禮讓あるを愛し、慨然として竹垞の遺風を慕い、所謂る曝書亭なる者を訪ねて憩えり（道光戊申、余自海昌移宰嘉禾、因事至梅里、愛其風俗淳厚、里人皆彬彬禮讓、慨然慕竹垞之遺風、訪所謂曝書亭者而憩焉）。

このとき村人から次のように告げられた。

「乾隆中の詩人許晦堂に『梅里詩輯』の作有り、亦た竹垞の舊稿に因りて廣く蒐輯を爲し、蛻庵の『詩選』に較べて更に備わると爲す」と（乾隆中詩人許晦堂有梅里詩輯之作、亦因竹垞之舊稿、廣爲蒐輯、較蛻庵詩選爲更備）。

しかしそれは傳鈔本であり、版刻本ではなかった。

晦堂の『詩輯』は僅かに傳鈔するの本にして、尤も刻せざる可からず。里人 欣然として之れを樂しまざるは莫く、遂に『詩輯』の稿本を覓め得て贈らる（晦堂詩輯僅傳鈔之本、尤不可不刻。里人莫不欣然樂之、遂覓得詩輯稿本見贈）。余暇に卽わち披閲し、潛心抉擇し、其の繁蕪を刪り、復た其の未だ采らざる所の者十數家を得、時代を按じて以って增入し、孫君次公に屬して讐校し梓に付せしむ。共に詩人三百三十四家を得、詩三千四百七十三首を得、分けて二十八卷と爲す。里人多く編輯の名を以って余に屬《すす》むるに、余之れを謝して曰わく、「晦堂は三十年の精力を以って此の編を成す。余何ぞ敢て其の美を掠めんや」と（余暇卽披閲、潛心抉擇、刪其繁蕪、復得其所未采者十數家、按時代以增入、屬孫君次公讐校付梓。共得詩人三百三十四家、得詩三千四百七十三首、分爲二十八卷。里人多以編輯之名屬於余、余謝之曰、晦堂以三十年精力成此編。余何敢掠其美）。

確かに各巻巻頭には、「里人許燦衡紫編」とのみ記される。

序文に見える「孫君次公」が跋文を書いている。「道光庚戌（三十年）秋七月、秀水孫瀜次公氏跋」。そのなかで「梅里の詩は向《さき》に李弈庵『梅里詩鈔』、李遯麓『梅里詩人遺集』、李蜺庵・（李）敬堂『梅會里詩選』の諸槧本有るも、均しく許晦堂『梅里詩輯』の賅備に若かず（梅里詩、向有李弈庵梅里詩鈔・李遯麓梅里詩人遺集・李蜺庵敬堂梅會里詩選諸槧本、均不若許晦堂梅里詩輯之賅備）」とのべる。その原本を「沈君遠香攜えて以って眎《しめ》さる（沈君遠香攜以見眎）」であったので、朱緒曾に「因りて鑒定を乞う（因乞鑒定）」た、と記す。

問題は本集原本がいつごろに成書されていたか、ということである。

本集原本の構成は、巻一～巻七が元・明にあてられ、巻八～巻二十七が「國朝」、巻二十八が閨秀・方外である。詩人にして二百九十二家である。朱彝尊は巻十二・十三に、李良年は巻十四に見える。前項『梅會詩選』と對比してみると、その三集の最終である巻四に載る人物の多くが、本集原本の巻二十五～巻二十七に見え、收録人物の下限が兩書でほとんど同じく、朱彝尊の曾孫の世代であることが分かる。先にのべたように、許燦が一七一五年ごろの生まれだとすると、甘州から歸家したとおもわれる一七三六乾隆元年には二十二歳、『梅會詩選』の序が書かれた一七六七乾隆三十二年には五十三歳ということになる。序文にいう「晦堂三十年の精力」と考えあわせれば、一七六七年の段階で本集原本はほとんど成書のかたちをなしていたとおもわれる。

本集は京大東アジアセンターに藏せられる。

056
越風　三十巻、商盤輯。一七六九乾隆三十四年序刊。

商盤は浙江紹興府會稽縣の人。蔣士銓の「寶意先生傳」（『忠雅堂文集』巻三）によると、字は蒼羽、號は寶意。一七〇一康熙四十年十月の生まれ。一七三〇雍正八年に進士、散館により翰林院編修。一七三八乾隆三年、外任を乞い、江蘇鎭江府同知、一七五四年からは廣西のいくつかの知州・知府となり、一七六四年からは雲南知府、翌々年雲南元江州知州、さらに翌年、清朝軍の緬甸征討に同行し、瘴癘にあたって發病、まもなく死去した。一七六七乾隆三十二年六月、享年六十七歳であった。

紹興一府の總集である本集の「原序」は、編者が生前に用意していたものである。その年記と署名は、「乾隆丙戌（同三十一年）三月舊史氏會稽商盤書」となっている。

上は順治に遡り乾隆に迄《およ》ぶ百餘年來、詩若干首を得、釐《おさ》めて若干巻と爲し、之れを蓋篋に藏す。聊か土風を備え、皆な其の敦厚溫柔にして敎化に關有る者を擇び、臆見を以って之れを品題す。集中體は比興を兼ね、義は勸懲を取る（上溯順治、迄於乾隆、百餘年來、得詩若干首、釐爲若干巻、藏之蓋篋。聊備土風、皆擇其敦厚溫柔、有關敎化者、以臆見品題之。集中體兼比興、義取勸懲）」。

同じく編者の「凡例十四則」では、第一則で、清朝での全國規模の詩の總集が、『國雅』（『清初人選清初詩彙考』の『國雅初集』を參考）、021『篋衍』、014『感舊』、044『別裁』、011『詩觀』、033『詩的』のほか、「數十家を下らず、皆な博く採り遐《とお》く搜して、人地に拘わらず（不下數十家、皆博採遐搜、不拘人地）」とする。また第六則では、「唐詩は含蓄、宋詩は流露」としたうえで、「茲の選は耑《もっぱ》ら唐音を取り、間ま宋格に流入する有り（唐詩含蓄、宋詩流露。……茲選耑取唐音、間有流入宋格）」とする。第十三則では、本集の原稿が成るまでの經緯をのべる。「乾隆甲子（同九年）潤州（鎭江府の舊名）に在りし時、詩を梓里（ふるさと）に徵し、之れを劉山人柟亭（名は文蔚、後出）に得る者多きに居る。今丙戌（乾隆三十一年）に迄びて二十二年を踰ゆ。其の間 官を吳・楚に歷、守を粤・滇に遷し、旅次の公餘、藉《よ》りて以って日を送る（乾隆甲子在潤州時、徵詩梓里、得之劉山人枘亭者居多。迄今丙戌踰二十二年。其間歷吳楚、遷守粤滇、旅次公餘、藉以送日）」。

かくして本集は全三十卷に四百八十家の詩を收錄する。主な詩家として、次のような名が見える。卷一、黃宗羲、餘姚縣の人、一六一〇〜一六九五。また張岱、山陰縣の人、一五九七〜一六八四。卷三、毛奇齡、蕭山縣の人、一六二三〜一七一六。卷十四、胡天游、山陰縣の人、一六九六〜一七五八。卷十六、盧文弨、餘姚縣の人、一七一七〜一七九五、など。このうち毛奇齡にたいして、編者は特に「凡例」第十則で次のように批判する。

西河（毛氏の稱號）太史に向《さき》に『吳越詩選』『越郡詩選』有りて世に行わる。其の詩は專ら浮華を尙び殊に雋意少なし。（後）七子の餘習、濡染して未だ除かれず。倘《も》しくは蒙叟（錢謙益）阮亭（王士禛）に遇えば、必らず共に掊擊を加うるに至らん。是の集の選ぶ所は一たび陳詞を洗い、作者の眞の性情・眞の面目の倶に出づるを庶《こいねが》えり（西河太史向有吳越詩選・越郡詩選、行世。其詩專尙浮華、殊少雋意。七子餘習、濡染未除。倘遇蒙叟・阮亭、必至共加掊擊。是集所選、一洗陳詞、庶作者之眞性情眞面目倶出矣）。

序文は二本あり、その一の年記と署名は、「乾隆己丑（同三十四年）夏五月、同館後學鉛山蔣士銓清容氏拜撰于蕺山書院」である。「同館後學」とは翰林院の後輩であることをいう。この年蔣士銓は四十五歲である。蔣氏は一七六四乾隆二十九年八月に、翰林編修を辭した。その『清容居士行年錄』には、翌々年の乾隆三十一年に「浙撫熊廉村學鵬 書を以って來たり、延《ひ》きて紹興府蕺山書院を主せしむ。交わりを任處泉應烈前輩・詩人劉豹君文蔚明經に得たり。山川は畫の如く、詩酒周旋して甚だ樂しきなり（浙撫熊廉村學鵬以書來、延主紹興府蕺山書院。得交任處泉應烈前輩・詩人劉豹君文蔚明經。山川如畫、詩酒周旋、甚樂也）」と記す。蕺山書院は明の劉宗周（山陰縣の人、一五七八〜一六四五）の講學に由來する。黃宗羲もここで受講した。この書院の主講を、蔣士銓は一七七二乾隆三十七年三月まで足かけ七年勤めた。その序文は越地方の歴史と風土をのべたあと、本集編輯のいきさつに入る。すなわち、商盤が「廿載來、手づから國朝郡人の詩數百家を輯《あつ》め、題して『越風』と曰った（廿載來手輯國朝郡人詩數百家、題曰越風）」こと、その間、「始終商訂裁擇せし者（始終商訂裁擇者）」は「老友」の劉文蔚一人であったこと、商氏の歿後、宗聖垣（字は芥颿、會稽縣の人、擧人）が「其の稿を抱き、護持して失うを恐れ、梓せんと欲するも貲無し（抱其稿、護持恐失、欲梓而無貲）」であったこと、ようやく王大治（字は又新、山陰縣の人）が資財を提供し、劉・宗二氏が參訂にとりかかったこと、などである。かくして、「先生揚扢の志、遂に昭然として身後に顯達す（先生揚扢之志、遂昭然顯達于身後）」。

序文のその二は「後序」で、その年記・署名は「乾隆己丑歳律中林鍾之月（六月）同里劉文蔚柟亭拜書」である。劉文蔚は、字は豹君、號は柟亭、商盤と同じく會稽縣の人。蔣氏『行年錄』での「明經」は貢生にたいする尊稱である。本集卷十七に收錄されるのは、商氏の配慮であろう。ともに本集が在世の人物をも收錄することを意味する。その序文では、編輯の經緯について商氏「凡例」第十三則の內容を補足するところがある。すなわち、商氏が「改めて鎭江司馬を授けられ（改授鎭江司馬）」たのち（「凡例」では一七四四乾隆九年）、『越風』を編輯出版したき旨の手紙を受けとり、「余に屬して代わりて搜輯を爲さしむ（屬余代爲搜輯）」。「選を寄する者百餘家を下らず、類として康熙・雍正間の人多し（寄選者不下百餘家、類多康熙雍正間人）」。そのご「契闊幾んど二十年、乾隆申酉の交（同二十九・三十年、一七六四・五）に至り、公　內艱を以って里居し、則わち『越風』已に裒然として集を成せり（契闊幾二十年、至乾隆申酉之交、公以內艱里居、則越風已裒然成集矣）」。服喪があけ、雲南知府として赴任したのちの「丙戌（一七六六年）の秋、再び公の書に接し、『越風自序』及び『凡例』數紙を以って寄商す（丙戌之秋、再接公書、以越風自序及凡例數紙寄商）」。

本集は京大文學部に藏せられる。

057　莆風清籟集　六十卷、鄭王臣輯。一七七二乾隆三十七年序刊。

見返しには、書名の右に「鄭蘭陔選本」とある。

序文の年記と署名は、「乾隆壬辰（同三十七年）七月既望、仁和錢琦謹序」である。錢琦は、字は湘人、また湘蕁、號は璵沙、浙江杭州府仁和縣の人、一七〇九～一七九〇。一七三七乾隆二年の進士、一七六三年五月・江蘇按察使、一七六五年閏二月・四川布政使、同十一月・江西布政使、翌年十月・福建布政使となり、一七七八年七月に退休した。錢琦が序文を撰したのは福建布政使着任六年めということになる。袁枚（一七一六～一七九七）は、この同郷の友人にたいする「錢公墓誌銘」（『小倉山房續文集』巻二十六）で、「枚 年十二、卽わち公と同《とも》に郡庠（杭州府學）に入り、好《よしみ》を交うること五十四年、故に公を知ること尤も深しと爲す（枚年十二、卽與公同入郡庠、交好五十四年、故知公爲尤深）」と記し、また「錢璵沙先生詩序」（同巻二十八）では、「先生は官の尊《たか》しと雖も雅《もと》より詩を吟ずるを好む（先生雖官尊、雅好吟詩）」とのべる。

編者の鄭王臣は、字は愼人、號は蘭陔、福建興化府莆田縣の人。一七四一乾隆六年に拔貢生となった。錢氏の序文によると、氏が一七六五年に「四川布政使と爲りし時、莆田の鄭君愼人、州佐を以って蜀の候補に來たる（余昔爲四川布政使時、莆田鄭君愼人以州佐來蜀候補）」。鄭氏の身分・待遇はよく分からないが、二人の關係はこのときに始まったのだろう。鄭氏は「其の後累遷して蘭州知府に至るも、病いもて歸りて以って卒す（其後累遷至蘭州知府、病歸以卒）」。「病卒せる時、年は僅かに艾（五十歲）を踰ゆるのみ（病卒時、年僅踰艾）」。その歿後に子の鄭學鄒が本集の原稿を持參して錢氏に序を請うたのである。

興化府は莆田と仙遊の二縣を領する。本集は莆田縣を主たる對象とするもので、六十卷中、卷五十三までをあて、後の七卷を「僊遊」縣にあてている。再び錢琦序によると、「斯の集の採る所の詩は三千餘篇に至る。唐・宋自り國朝に至る、仕宦より方外・閨秀に至る、著録する者凡そ一千九百餘人なり（斯集所採詩至三千餘篇。自唐宋至國朝、仕宦至方外・閨秀、著録者凡一千九百餘人）」。このうち「國朝」は莆田縣の士人が百八十九人（巻三十八～四十七）、方外・道士・閨秀などが三十三人（巻四十九～五十二）、「僊遊」縣の士人が八人（巻五十五）、釋子が十三人（巻五十六）などである。例えば巻四十一に載る彭鵬は、字は奮斯、一六三七～一七〇四。一六六〇順治十七年の擧人。一六七四年、三藩の一つとして叛亂した耿精忠により九度の就職をせまられたが全て拒否。三年後の平定ののち知縣より起官、一六九八康熙三十七年に貴州按察使、ついで歿するまで廣西、そして廣東の巡撫をつとめた。144『晩晴簃詩匯』巻三十一、錢仲聯主編『中國文學家辭典・清代巻』（一九九六年十月刊）に載る。

『四庫提要』巻百九十四・集部・總集類存目は本集を著録し、「是の集は興化一府の唐自り國朝に至るの詩を選ぶ（是集選興化一府自唐至國朝之詩）」とする。清人ではなく宋人についてのことであるが、次のような指摘をする。「其の仙遊の一縣は本と莆陽の舊地にして、唐時に析置さる（其仙遊一縣、本莆陽舊地、唐時析置）」。「然るに蔡襄（一〇一二～一〇六七）・蔡京（一〇四七～一一二六）・蔡卞（その弟）は本と同里爲るも、襄は名流に推重せらるるを以って遂に之れを莆田に收め、京・卞は姦蹟の彰聞するを以って遂に之れを仙遊に推す（然蔡襄・蔡京・蔡卞本爲同里、襄以名流推重、遂收之莆田、京・卞以姦蹟彰聞、遂推之仙遊）」。

本集は、京大文學部、阪大懷德堂文庫、內閣文庫に藏せられる。

058　金華詩録　六十巻・外集六巻・別集四巻、朱琰輯。一七七三乾隆三十八年刊。

封面には書名をはさんで、右上に「乾隆癸巳年鐫」、左下に「金華府學藏」とある。

浙江の金華府は、金華・蘭谿・東陽・義烏・永康・武義・浦江・湯溪の八つの縣を領する。本集は金華府學の領導のもとに編輯・出版された。八つの縣學の協力も、もちろんあっただろう。

「序」の題記は「誥授朝議大夫知金華府事漢州黄彬序」とある。黄彬の號（?）は映峯、ほかは未詳。漢州は四川成都府に屬する。「序例」の題記は「乾隆三十有八年冬十一月麗正書院掌教朱琰謹識」とある。「麗正書院」は府學の名、「掌教」は學長である。朱琰は他の總集では朱炎と表記される。字は桐川、號は笠亭、浙江嘉興府海鹽縣の人。一七六六乾隆三十一年の進士で、直隷正定府下の阜平知縣となったが、早々に退職したとおもわれる。

「金華後學周鎬」なる人の跋文は、本集成書の經緯について次のように記す。

辛卯（乾隆三十六年一七七一）初冬、會たま郡伯黄公 來たりて吾が婺（金華の別稱）に守たり。車を下りし伊《そ》の始め、卽わち文教を振興するを以って己《おの》が任と爲す。爰《ここ》に（われは）同志を糾《あわ》せ『詩粹』を以って公に呈し、增輯を加えて一郡の文獻の徵を備えんことを乞う。公 乙夜に披覽し、特に爲に許可するも、選政の人を得ること難し。笠亭朱先生は兩浙の知名の士なり。適たま聘せられて麗正書院の講席を主《つかさど》る。遂に選政を以って之れを任じ、相い與《とも》に遺編を徵討し、體例を商榷し、唐・宋・元・明自り以って本朝に訖《いた》る、凡そ家藏の善本、及び剩簡零箋、搜羅は綦《きわ》めて廣く、而して採擇は彌《いよ》いよ精しく、兩歳を閱《へ》て『詩錄』七十卷を成す（辛卯初冬、會郡伯黄公來守吾婺。下車伊始、卽以振興文教爲己任。爰糾同志、以詩粹呈公、乞加增輯、備一郡文獻之徵。公乙夜披覽、特爲許可、而難選政之得人。笠亭朱先生兩浙知名士也。適聘主麗正書院講席。遂以選政任之、相與徵討遺編、商榷體例、自唐宋元明以訖本朝、凡家藏善本、及剩簡零箋、搜羅綦廣、而採擇彌精、閱兩歳成詩錄七十卷）。

『詩粹』とは、朱琰の「序例」によると『金華詩粹』十二卷のことで、金華一府の明・萬曆までの二百五十三人を收錄して崇禎初めに編輯された。このほか蘭谿縣には『蘭皐風雅』八卷が百七十八人を收錄して崇禎末に編輯され、東陽縣では『東陽歴朝詩』九巻が順治までの百九十七人を収録していた。

黄彬の「序」は「夫れ金華は呂成公（名は祖謙、金華縣の人、一一三七～一一八一）朱子と講學して自り、四先生（何基・王柏・金履祥・許謙）踵を接して以って起こる（夫金華自呂成公與朱子講學、四先生接踵以起）」と記す。また「序例」は「金華は小鄒魯（鄒は孟子の、魯は孔子の生地）と稱され、名賢輩出し、考亭（朱熹）の傳に接し、濂・洛の緒を衍《ひろ》げ、理學を以って人間に聞こゆるも、詩は重んずる所に非ず（金華稱小鄒魯、名賢輩出、接考亭之傳、衍濂洛之緒、以理學聞于人間、詩非所重）」とのべる。宋・元・明における宋學の隆盛は、目録にあたる「姓氏家數」にもよくあらわれている。

唐、巻一・二　駱賓王（義烏縣の人）、僧貫休（蘭谿縣の人）など十二人。

宋、巻三～十　呂祖謙、金履祥（蘭谿縣）など七十七人。

元、巻十一～十九　許謙（金華縣）、黄溍（義烏縣）、柳貫（浦江縣）など三十七人。

明、巻二十～四十四　宋濂（浦江縣）、王禕（義烏縣）、胡應麟（蘭谿縣）など二百八十二人。

これにたいして「國朝」は、巻四十五～五十四に百四十五人、六百十七首。巻五十五～六十の補遺をあわせると二百二十四人、八百七首であるが、『中國文學家辭典・清代巻』に載るのは數人にすぎない。そのうちの一人、巻四十八の李漁（採錄詩三首。字は笠翁、蘭谿縣の人、一六一一～一六七九？）については、その本文の小傳の最後に次のように記す。「生平の著述を彙《あつ》めて一編と爲し、『一家言』と曰う。自ら序して以って爲すらく、「上は法を古えに取らず、中は肖《に》るを今に求めず、下は傳うるを後に覬《のぞ》まず、自ら一家を爲すに過ぎざるのみ」と（生平著述彙爲一編、曰一家言。自序以爲、上不取法于古、中不求肖于今、下不覬傳于後、不過自爲一家云爾）」。この書はのちに「禁書總目」のなかにリストアップされることになる。

「講學の書」（「序例」）が成ったのちの「書後」には、金華府知府黄彬の七言律詩、つづいて金華以下八縣の知縣の頌・

贊など、ついで府學教授の五言古詩、同訓導の和韻、さらに金華以下八縣の教諭と訓導の古今詩が列記され、當時の、地方における學校の構成をうかがい知ることができる。

本集は國會圖書館、および內閣文庫に藏せられる。

059 粤東古學觀海集　六卷（うち詩四卷）、李調元評選。一七七八乾隆四十三年序刋。

封面には、書名二行の右に「督學使者李評選」、左下に「拾芥園藏板」とある。

李調元は、『李調元詩注』（一九九三年三月・巴蜀書社）の羅煥章「前言」（一九九〇年五月於四川師大古文研）によれば、字は羹堂、號は雨村・童山など。四川綿州府羅江縣の人、一七三四〜一八〇二。一七六三乾隆二十八年の進士で、翰林院庶吉士となり、散館で吏部文選司主事となった。一七七四年、廣東鄕試副考官として出任し、任をおえて考功司員外郎に遷った。一七七七年に廣東學政となり、三年の任期をおえて京師にもどった。

自序には「乾隆四十三年又六月督學使者羅江李調元雨村書」と記す。すなわち本集は、李調元が廣東の「督學使者」つまり學政となっての二年め、府・州・縣學の生員にたいしておこなった歲試・科試の答案を選別し批評を加えたものである。

學政と歲試・科試について、宮崎市定著『科擧』（一九六三年・中公新書）から適宜引用しておこう。「各省の學政は三年の任期の間に、必ず二回は管轄下の府を巡回し、第一回は學校の生員を集め、平常の勤惰をしらべるための歲試を行なうが、二回目には科試を行なう」。「歲試の出題は四書題一、五經題一、詩題一であって、最後に『聖諭廣訓』の一條を清書させる。試驗は一日で終わり、その成績を六等に分ける」。「科試の出題は四書題一、策題一、詩題一から成り、ほかに『聖諭廣訓』の一條を清書させる。（中略）科試の成績は歳試と同じように六等に分かち、一、二等の優等は問題なく郷試に赴く資格を與える」。

廣東省には府が九、直隷州が七あり、その下に（散）州と縣をあわせて八十以上ある。李調元は二年間にすべての府と直隷州には、すくなくとも一回は出向いていたはずである。（散）州と縣にまで足を運んだか否かは分からない。ただし本集に採録された人物にはすべて所屬する府・州・縣學の肩書きがついており、（散）州と縣を對象とした歳試・科試も彼の責任のもとでおこなわれたことはまちがいない。

本集の構成は、巻一：賦、巻二：詩　擬古・樂府・五古・七古、巻三：詩　五律・七律、巻四：詩　五排・七排、巻五：詩　五絶・七絶、巻六：經解、となっている。詩の部分では、つごう百六十七人（重複あり）を採録する。

自序は行書で書かれており、その翻字は私の能力を超えるところがあり、引用が斷片的にならざるをえない。その始まりはこうである。「古えの人は九能にして大夫爲り、必らず「高きに登りて賦を能くす」と曰う（古之人、九能而爲大夫、必曰、登高能賦）」。これは『詩經』鄘風「定之方中」の句に「卜云其吉、終然允臧（卜《うらな》いて其れ吉と云う、終に然《しか》く允《まこと》に臧《よ》し）」とあり、その毛傳に、「國を建つるに必らず之れを卜う。故に邦を建つるに能く龜に命《つ》げ（建國必卜之。故建邦能命龜）」以下、「高きに升《のぼ》りて能く賦す（升高能賦）」を含む九方面の能力をあげ、「君子 此の九を能くする者にして德音有りと謂う可く、以って大夫と爲す可し（君子能此九者、可謂有德音、可以爲大夫）」とする。李調元は、「大夫」たる眞の知識人として詩とともに賦の制作能力を求めるのである。「我が朝は館選（翰林院庶吉士にたいする教習館での選考試驗）にて必らず試みるに詩賦を以ってす（我朝館選必試以詩賦）」。「予は歳・科（の試）に于いて兩《ふた》たび之れを試みる（予于歳科兩試之）」。賦は歳・科試の正規の出題科目ではない。詩でも「擬古・樂府・五古・七古」はそうである。李氏は學校にたいして、士大夫として持つべき、進士ののちにも通用するような、本來の教養を修得させる場ととらえ、八股文や五言排律など科擧にそなえる場とは見なさなかったのであろう。「豈に僅かに時藝にのみ擅長するのみ哉（豈僅時藝擅長已哉）」。これが本集の書名に「古學」の二字を附した動機であろう。また「觀海」については、自序の末尾に「其の觀海と曰うは、蓋し粤文の日に隆んなるの意を深く嘉するのみ（其曰觀海者、蓋深嘉粤文日隆之意云爾）」とする。

本集は國會圖書館に藏せられる。

060　蜀雅　二十卷、李調元選。一七八一乾隆四十六年序刊。

自序の年記と署名を、「乾隆四十六年歲次辛丑孟冬月、羅江李調元雨村撰」とする。前項の評選より三年後である。羅煥章氏の『李調元詩注』「前言」は、李調元は四十八歲のこの年に、「直隸通永兵備道に擢升せらる（擢升直隸通永兵備道）」と記す。道臺の分巡道のうち、「其の兵備を帶ぶる者」の一つに「直隸通永道」があり、通州に駐在した（以上『清史稿』卷百十六・職官志）。

自序は次のように記す。蜀では、清初より「百餘年來、英才蔚起し、而して岷峨の氣も又た磅礴たり（百餘年來、英才蔚起、而岷峨之氣又磅礴）」。しかしそれらが周知される努力がなされていない。「余 束髮して書を授かりしより來《いらい》、卽わち此の志を矢《ちか》い、廣く搜し遠く採り、收錄せざる靡《な》し。沙を批《しりぞ》け金を揀び、閱《ふ》るに歲時有り、彙《あつ》めて一册と爲し、名を統べて『蜀雅』と曰う（余束髮授書來、卽矢此志、廣搜遠採、靡不收錄。批沙揀金、閱有歲時、彙爲一册、統名曰蜀雅）」。

全二十卷に、採錄人數は百七十人である。その卷三・費密（六十首。字は此度、號は燕峯、成都府新繁縣の人、一六二五～一七〇一）のところでは、次のようにいう。蜀の詩人は、明の楊愼（字は用修、號は升菴、一四八八～一五五九）や趙貞吉（字は孟靜、號は大洲、諡は文肅、一五〇八～一五七六）らののち、「古學は幾《ほと》んど淩遞（だんだんの衰え）するも、費氏父子起《た》ちて之れを振るう。其の詩は漢・魏を以って宗と爲し、遂に西蜀巨靈の手と爲る（古學幾淩遲、費氏父子起而振之。其詩以漢魏爲宗、遂爲西蜀巨靈手）」と。王士禛は『池北偶談』巻十一・談藝で、次のようにいう。あるとき友人の机の上に詩集一巻を見つけ、その首篇に「大江流漢水、孤艇接殘春（大江 漢水に流れ、孤艇 殘春に接《つづ》く。五律「朝天峽」の第三・四句）」とあった。尋ねると費密の作であった。「遂に詩を賦して與《とも》に交わりを定む（遂賦詩與定交）」と。その長子費錫琮は巻四（九首）に、次子費錫璜は巻五〜巻八（百六十八首）に見える。くだって巻十六の王恕（二十二首。字は中安、重慶府桐梁縣の人、一七二一年の進士、一六八二〜一七四二）については、その全集を讀んで、「美は收める（いちどに鑑賞しきる）に勝えざるに幾《ちか》し。乃わち嘆くに、沈歸愚『別裁』（045欽定本・巻二十五）の取る所は、祇だ片鱗なるのみと（幾於美不勝收。乃嘆沈歸愚別裁所取、祇片鱗耳）」と記す。なお、法式善『陶廬雜錄』巻三の評價はやや辛い。「此の書は全蜀の詩人に於て完備する能わざると雖も、亦た大凡を覘《うかが》うに足る。續刻有ると聞くも（編者の「凡例」に明記する）、見ず（此書雖於全蜀詩人不能完備、而亦足覘大凡矣。聞有續刻、不見）」。

李調元は、家に、萬巻にいたる書を藏しており、乾隆中に『函海』四十函を編輯・出版した。約百五十種におよぶとおもわれる。『京都大學人文科學研究所漢籍目錄』によると、「乾隆中綿州李氏萬卷樓刊、嘉慶中重校本」には、その第二十一函に本集が收められ、また「光緒七年八年（一八八一・二）廣漢鍾氏樂道齋重刊本」には、その第三十五函に本集が收められている。

061　擷芳集　八十巻、汪啓淑輯。一七八五乾隆五十年序刊。

本集は、芳草をつみとる、と題するように、女性詩人たちの總集である。

編者の汪啓淑は、字は訒菴、號は秀峯。「凡例」に「古歙訒葊汪啓淑拜白」と記すように、安徽徽州府歙縣の人である。生卒年は分からない。張慧劍『明清江蘇文人年表』は、『訒庵詩存』巻一によって、一七四六乾隆十一年に「松江（江蘇下の府）に僑寓し、初めて著わす所の詩を定む（僑寓松江、初定所著詩）」ことから、一七九二年にも在世であったことを示す。あとで引くが、一七七三年に序文を寄せた倪承寬・六十二歳は、その題記に「愚弟」としている。この年に汪啓淑は六十歳前後であったと考えられる。また一七八五年に序文を寄せた沈初・五十一歳も、その題記に「愚弟」としている。汪啓淑のほうがかなり年長であったことは、まちがいあるまい。學歷についての記載はいっさいないが、官歷については、144『晩晴簃詩匯』巻八十五は「官は兵部主事」、つまり正六品官とし、楊立誠・金步瀛『中國藏書家考略』は「官は工部都水司郎中」、つまり正五品官とする。

袁枚の『隨園詩話補遺』巻五（刊行は一七九七嘉慶二年・袁氏八十二歳の歿後）には、次のように記す。

汪比部（刑部の呼び名）秀峰は婺州（浙江金華府下）の人にして、杭州に生長す。家は素より饒裕にして、顧阿瑛（名は瑛、一三一〇〜一三六九）・徐良夫（名は達左、一三三三〜一三九五、いずれも資産家で、文人のパトロン）の人と爲りを慕い、名士と交わるを愛し、少《わか》くして卽わち吾が鄕の杭（世駿、一六九六〜一七七三、杭州府仁和縣の人）・厲（鶚、一六九二〜一七五二、杭州府錢塘縣の人）諸公と交往す。晩に本朝閨秀詩一百巻を刻す。趙雲松（名は翼、一七二七〜一八一四、江蘇常州府陽湖縣の人）詩を贈りて云わく「交を論じては諸前輩に見《まみ》ゆるに及び、集を刻しては能く衆《おお》くの美人を傳う」と（汪比部秀峰、婺州人、生長杭州。家素饒裕、慕顧阿瑛・徐良夫之爲人、愛交名士、少卽與吾鄕杭・厲諸公交往。晩刻本朝閨秀詩一百巻。趙雲松贈詩云、論交及見諸前輩、刻集能傳衆美人）。

この記事では、官名は疑わしく、本籍はおそらく安徽徽州府婺源縣と混同、巻數は記憶ちがいだろう。

また『中國藏書家考略』は、一七七三乾隆三十八年五月に四庫全書館が設けられる前年の一七七二年、「詔して遺書を訪《もと》む（詔訪遺書）」に應じて、汪啓淑は六百種の書籍を進呈し、『古今圖書集成』一部の賞與にあずかった、と記す。私の單なる推測だが、このとき特別に兵部主事を授かったのではあるまいか。

　さて倪承寛の序文の年記と署名は、「乾隆三十八年歳次癸巳暮春敬堂愚弟倪承寛拜序」となっている。字は餘疆、號は敬堂、仁和縣の人、一七一二〜一七八三。一七五四年の進士で、一七七三年當時は戶部の倉場侍郎（從二品）であった。序文には次のように記す。「汪君訒菴選ぶ所の本朝閨秀詩は、海澨山陬に、高門縣薄に、章ごとに搜し句ごとに討《もと》め、亙るに年歳を以ってし、茲こに薈萃し、名づけて『擷芳集』と曰う（汪君訒菴所選本朝閨秀詩、海澨山陬、高門縣薄、章搜句討、亙以年歳、薈萃於茲、名曰擷芳集）。

　この時點で本集の原稿はほとんど揃っていたのだろう。ところが成書までにはさらに十二年を要している。その理由は、汪氏「凡例」の次の記事に示されている。

艸創甫《はじ》めて定むるに兩《ふた》たび祝融に厄《わざわ》いし、灰燼の餘を收拾するに、十に五、六を存す。原本は已に失われ校對は維《こ》れ艱《かた》し。白首頽齡、誠に汗靑（成書）に日無きを恐る。故に現存する所の者に就きて急ぎ棗梨に壽す（版木に刻んでながらえしめる）。閱者　幸いに其の草率を哂う毋かれ（艸創甫定、兩厄祝融、收拾灰燼之餘、十存五六。原本已失、校對維艱。白首頽齡、誠恐汗靑無日。故就所現存者急壽棗梨。閱者幸毋哂其草率）。

　かくして沈初の序文となる。その年記と署名は、「乾隆乙巳（同五十年・一七八五）新正平湖愚弟沈初拜撰」である。字は景初、號は雲椒、浙江嘉興府平湖縣の人、一七三五〜一七九九。一七六三年の進士。一七八〇年に兵部右侍郎（從二品）を授かるが、八二年十月に母の憂にあたり、八五年正月は服喪あけまでに四ヶ月を殘していた。汪啓淑が兵部主事（正六品）であったとすれば、二人は同鄉のうえ、同じ部署の上下關係にあったことになる。その序文は、「汪駕部（兵部をさす）秀峰は藏書數十萬卷、手自《てずか》ら校讐する者數十種（汪駕部秀峰藏書數十萬卷、手自校讐崧者數十種）」で始まり、あとは問答形式をとる。汪氏がいうに、「吾 選ぶ所の國朝名媛詩を將って梓に授くること凡そ若干巻、作者二千家有奇（吾將所選國朝名媛詩授梓凡若干巻、作者二千家有奇）」と。沈氏が、なぜかくも多きかと問うのにたいして、汪氏が答える。「凡そ足跡の至る所、遺聞を捜輯す。其の流傳せる佳什有れば必らず録して之れを藏す。地志・家乘・叢編・襍記に至る一切の刻本に載する所は偏く採らざる無く、之れを積むこと既に久し（凡足跡所至、捜輯遺聞。其有流傳佳什、必録而藏之。至地志家乘叢編襍記、一切刻本所載無不偏採、積之既久）」。

本集八十巻の部立てと家數は、巻一～十一・節婦・二百四家、巻十二・十三・貞女・四十八家、巻十四～六十六・才媛・千百七十四家、巻六十七～七十・姫侍・六十四家、巻七十一・七十二・方外・四十一家、巻七十三・七十四・青樓・五十四家までの六部七十四巻で千五百八十五家である。これに、巻七十五・七十六・無名氏・八十四家、巻七十七～八十・仙鬼・八十八件が加わる。清代半ばにしての千五百八十五家以上というのは、約一世紀後の103『國朝閨秀正始集』二十巻・一八三一道光十一年刋の九百二十九家はもとより、さらに九十年後の139『清代閨閣詩人徵略』十巻・一九二二民國十一年刋の千二百六十三家に比べても、その規模の大きさが分かる。ちなみに『清詩紀事』列女巻は三百家であり、本集からの利用はまったくない。

詩家各人の小傳や詩篇には、すべて據りどころとした材料が示されている。そのごく一端を拾っておこう。總集では、陳維崧（一六二五～一六八二）の『婦人集』（一巻、刋年未詳）。011『詩觀・三集』閨秀。044『國朝詩別裁集』巻三十一・閨閣。なお巻一所收の徐燦（貳臣の大學士陳之遴の妻）は045欽定本では削除されていることから、汪氏が據ったのが自定本であることが分かる。巻三十七所收の王端淑による『名媛詩緯』（未詳）。隨筆・雜著では、鈕琇『觚賸』（八巻・一七〇〇康熙三十九年刋、續編四巻・一七一四年刋）。袁枚『隨園詩話』（正編十六巻）。全巻まとめての刋行は本集刋行以後の一七九〇乾隆五十五年であるが、例えば本集巻五所收の方筠儀は『詩話』巻四に據っており、このことから逆に、『詩話』

が分巻のかたちで漸次刊行されていたことが分かる。なお袁枚067『女弟子詩選』（六巻）は本集より十一年後の一七九六嘉慶元年の序刊である。次に地方志では『海寧縣志』『隆昌縣志』など。詩篇からの取材では、巻七十四所收の范雲が王士正「秦淮雜詩」からする例がある。また詩家によっては個人の詩集を出しており、夫がその序文を記している例がしばしば見られる。

本集は、靜嘉堂文庫に完本が藏せられるが、國會圖書館所藏のものは巻十七までの零本である。

062　吳會英才集　二十四巻、畢沅輯。一七九〇乾隆五十五年成書、一七九六嘉慶元年以前刊。

本集は、「吳」すなわち江蘇と、「會」、會稽、すなわち浙江の、「英才」十六人の詩を、一人につき多くて二百六首、少なくて四十八首、收錄している。

編者の畢沅は、字は緗蘅、號は秋帆・弇山など、江蘇太倉州鎭洋縣の人、一七三〇～一七九七。一七六〇乾隆二十五年の進士。その年の會試・殿試について、當時八十八歲の沈德潛は、その『自訂年譜』に次のように記している。「四月、門生畢沅・金士松、進士と成る。五月殿試、畢沅に一甲第一人を賜わり、修撰を授く（四月、門生畢沅・金士松、成進士。五月殿試、賜畢沅一甲第一人、授修撰）」。その後、一七七三乾隆三十八年十一月より陝西巡撫にあること足かけ十三年、一七八五年二月より河南巡撫にあること四年、一七八八年七月より湖廣總督にあること十年、一七九七嘉慶二年七月、官舍で病歿した。

十四歲年長の袁枚は、『隨園詩話』巻十一で、次のようにのべている。

吳中の詩學は婁東（太倉州）を盛んと爲す。二百年來、前に鳳洲（王世貞）有り、繼いで梅村（吳偉業、004『太倉十子詩選』の編者）有り。今之れを繼ぐ者は其れ弇山尙書なるか。然れども兩公は僅かに文學有るのみにして功勳無ければ、則わち尙書之れに過ぐること遠し（吳中詩學、婁東爲盛。二百年來、前有鳳洲、繼有梅村。今繼之者、其弇山尙書乎。然兩公僅有文學、而無功勳、則尙書過之遠矣）。

ここでの「尙書」は總督に銜として加えられる兵部尙書をさし、實體をともなうものではない。また五歳年上の王昶は、その077『湖海詩傳』巻二十二・畢沅での「蒲褐山房詩話」で、「才を愛して士に下《へりくだ》り、海內の文人咸な幕府に歸す（愛才下士、海內文人咸歸幕府）」と記している。

本集の成書、ないしは刊行についても、本集に刊記がなく、また編者の自序に年記がないので、直接には知ることができない。ただし成書については、『明清江蘇文人年表』が、一七九〇乾隆五十五年、つまり畢沅が河南巡撫から湖廣總督となった二年め、王昶の『使楚叢譚』によって、詩家10番めの陳燮・六十一歳が「河南に在りて武陵書院の事を主《つかさど》り、畢沅の爲に『吳會英才集』を編みて成る（泰州陳燮在河南主武陵書院事、爲畢沅編吳會英才集成）」と記す。今はこの記事にしたがう。とすれば、7番めの楊倫に關して畢沅の小序が、「邇年（武昌の）漢江（書院）を主講し、公餘の談讌に著わす所の『杜詩鏡銓』一書を出《い》だし觀せ、其の力を少陵より得る者深きを知れり（邇年主講漢江、公餘談讌出觀所著杜詩鏡銓一書、知其得力於少陵者深矣）」と記すのは、その完成前のものであったことになる。『杜詩鏡銓』の自序は翌年の乾隆五十六年、畢沅の序はさらに翌年の乾隆五十七年の撰だからである。

いっぽう本集の刊行については、劉大觀「悔存詩鈔目錄後序」（『兩當軒集』附錄、一九八三年・上海古籍出版社刊）が、3番めの黃景仁に關して、「乾隆己酉（五十四年一七八九）……又た七年、吳下に客たりて仲則の遺稿を求むるも得ず、『吳會英才集』を得たるも亦た全本に非ず（乾隆己酉……又七年、客吳下求仲則遺稿不得、得吳會英才集、亦非全本）」と記すから、一七九六嘉慶元年には刊本が存在していたと考えられる。

　畢沅の自序は、「國家の盛んなるは人才に由り、而して人才の興こるは又た皆な、國家の承平百年、大化翔洽の後に在り（國家之盛、由於人才、而人才之興、又皆在國家承平百年、大化翔洽之後）」と說きおこし、漢の武帝の元狩年間には、殿上にて柏梁臺の歌が作られるいっぽうで、「嚴（忌）徐（?）枚（乘）馬（司馬相如）の倫出づ（嚴徐枚馬之倫出焉）」とし、唐の玄宗の開元年間には、殿上にて花萼樓での製作がなされるいっぽうで、「高（適）岑（參）王（維）李（白）諸人も亦た出づ（高岑王李諸人亦出焉）」とする。と同樣に、「今我が國家の承平なること亦た百餘年の久しく、御製の富むは古今に冠たり（今我國家承平、亦百餘年之久、御製之富冠於古今）」であるいっぽうで、「夫れ呉會は東南の一隅を持するのみ。而して人才の盛んなるは已に此くの如くなれば、則わち此れ自り以外、以って余の知らざる所に及ぶ者は又た當《まさ》に何如なるべきか（夫呉會持東南一隅耳。而人才之盛已如此、則自此以外、以及余之所不知者、又當何如乎）」と、とどめている。

所録の十六人は以下のとおりである。特に注記しない引用文は編者の小序である。

1　方正澍、巻一・二。字は子雲、安徽徽州府歙縣籍、江蘇江寧府江寧縣の人。監生、一七四三～?。「方居士 情を仕進に忘れ、志を衡門に樂しむ（方居士忘情仕進、樂志衡門）」。「袁簡齋（枚）太史と金陵に流寓し、風雅を激揚し、詩壇に長を争い、江東に昭燿たり（與袁簡齋太史流寓金陵、激揚風雅、詩壇爭長、昭燿江東）」。一七九〇年の本集成書當時には畢沅の湖廣總督（武昌）の幕下にあった。

2　洪亮吉、巻三・四。字は稚存、江蘇常州府陽湖縣の人、一七四六～一八〇九。「五古歌行、一世に傑立す。早年仲則（3黄景仁）と名を江左に齊しくし、時に洪黄と號せらる。後 經術を沈研し、著書 篋に盈ち、季逑（15孫星衍）と同《とも》に（畢氏の幕に）客たること最も久しく、學を論ずるに相い長じ、人は又た洪孫と稱す（五古歌行、傑立一世。早年與仲則齊名江左、時號洪黄。後沈研經術、著書盈篋、與季逑同客最久、論學相長、人又稱洪孫云）」。一七八一乾隆四十六年・三十六歳からは陝西巡撫（西安）のもとに、一七八五年四十歳からは河南巡撫（開封）のもとに、一七八八年四十三歳には湖廣總督（武昌）のもとにあったが、本集成書の一七九〇年春、第一甲第二名の進士となり、翰林院編修を授けられた。

3　黄景仁、巻五・六。字は仲則、江蘇常州府武進縣の人、一七四九〜一七八三。「初め竹君學使（朱筠、一七七一〜七三間の安徽學政）に依り、……時に神仙の望有り（初依竹君學使、……時有神仙之望）」。「（一七七五〜八二の間）京邑に遊びて自り、聲譽益ます華やかにして、卒に自ら檢束せざるを以って憔悴支離たり、丞倅（縣丞）に淪《しず》む（自遊京邑、聲譽益華、卒以不自檢束、憔悴支離、淪於丞倅）」。諸生の身で四庫全書館校録となり、その敍績から縣丞に候選されたことをいう。一七八一乾隆四十六年・三十三歳の秋、「曩《さき》に關中に薄游するを以って、綢繆として（情意をこめて）觴詠し、才賢竝び集い、實に勝游と謂う。年を踰えて安邑（山西解州下の縣）に客死す（曩以薄游關中、綢繆觴詠、才賢竝集、實謂勝游。踰年客死安邑）」。旅行の翌々年、都を出て、ふたたび西安に向かおうとする途次、四月下旬のことであった。

4　王復、巻七・八。字は敦初、號は秋塍、浙江嘉興府秀水縣の人、一七三八〜一七八八。「王大令は名父の子にして、翩翩たる佳士なり（王大令名父之子、翩翩佳士）」とは、河南河南府河南縣知縣であること、父が「浙西六家」の一人王又曾（一七〇六〜一七六二）であることをさす。「詩篇は蘊藉風流にして其の標格の如く、竹垞（朱彝尊）・樊榭（厲鶚）の嗣音 此れに在り（詩篇蘊藉風流、如其標格、竹垞・樊榭嗣音在此）」。監生のときであろうが、畢沅の陝西巡撫のもとにいたことがある。

5　徐書受、巻九・十。字は尚之、武進縣の人、一七五一〜一八〇五。「徐州倅は茶坪詩老の曾孫爲りて、學に本原有り（徐州倅爲茶坪詩老曾孫、學有本原）」とは、某州の同知であることと、徐永宣（字は學人、一六七四〜一七三五、024『江左十五子詩選』の一人）の曾孫であることをいう。「少《わか》くして著述に酖り、同里の趙億生（名は懷玉、一七四七〜一八二三）・楊西禾（7楊倫）と名を齊しくし、奇を争い美を競う（少耽著述、與同里趙億生・楊西禾齊名、爭奇競美）」。「曩に曉嵐（紀昀）・補山（孫士毅）二公 薦めて祕校と爲し、已に封章を草す（曩曉嵐・補山二公薦爲祕校、已草封章）」。077『湖海詩傳』巻三十八は「監生」とし、「四庫館の議敍に由りて（由四庫館議敍）」、官職を得たとする。

6　高文照、巻十一。字は潤中、號は東井、浙江湖州府武康縣の人、一七三八〜一七七六。「少時、宦に金陵に隨い、簡齋太史（袁枚）に從って遊ぶを得たり。朱笥河（筠）學士 學を皖江に典じて（安徽學政の）幕府を辟置するに、登臨嘯詠、幾んど虛日無し（少時隨宦金陵、得從簡齋太史遊。朱笥河學士典學皖江、辟置幕府、登臨嘯詠、幾無虛日）」。一七七四乾隆三十九年、三十九歳で擧人となったが、その二年後に南京で客死した。

7　楊倫、巻十二。字は西禾、陽湖縣の人。一七四七〜一八〇三。一七八一乾隆四十六年の進士。「博く羣書を極め、早《つと》に聲譽を傳え、孫淵如（15星衍）・洪稚存（2亮吉）・徐尚之（5書受）の輩と倡酬最も富む（博極羣書、早傳聲譽、與孫淵如・洪稚存・徐尚之輩、倡酬最富）」。その『杜詩鏡銓』については、本集成書の時期とかかわって、すでに言及した。

8　楊芳燦、巻十三・十四。字は才叔、號は蓉裳、江蘇常州府金匱縣の人、一七五三〜一八一五。「袁簡齋太史の「（倣元遺山）論詩（其二十七）」に云う所の「毘陵（常州府）の星象 文昌を聚め、洪（2亮吉）顧（9敏恆）孫（15星衍）楊（芳燦）各おの場を擅いままにす」る者なり（袁簡齋太史論詩所云、毘陵星象聚文昌、洪顧孫楊各擅場、者也）」。袁詩ではこのあとに3黄景仁をつづける。ところで楊芳燦を有名にしたのは、むしろ軍功にある。貢生から甘肅鞏昌府下の伏羌縣知縣であった一七八六乾隆五十一年・三十四歳、「回雰（ウィグルの戰氣）肆逼するに値《あ》い、城を攖《めぐ》らせて守禦す（値回雰肆逼、攖城守禦）」。このとき陝西按察使であった王昶・六十三歳が稱贊の詩を贈ると、「卽わち和章有り、竝びに自ら『伏羌紀事詩』一巻を著わす（卽有和章、竝自著伏羌紀事詩一卷）」。

9　顧敏恆、巻十五・十六。字は立方、金匱縣の人。一七八七乾隆五十二年進士、一七四八〜一八九二。「早年、蓉裳（8楊芳燦）州牧と秀を梁溪（金匱縣をとおって太湖に注ぐ川）に競う（早年與蓉裳州牧競秀梁溪）」。

10　陳燮、巻十七・十八。字は理堂、江蘇揚州府泰州の人、一七七九〜一八一一の間在世。「陳學博」、すなわち學官であった。「既に里選を以って都に入り、聲華藉甚たりて、述菴（王昶）笥河（朱筠）兩君の尤も激賞と爲る（既以里選入都、聲華藉甚、述菴・笥河兩君尤爲激賞）」。本集の成書にあずかったことは前述した。その後の一七九八嘉慶三年に擧人となった。

11　王嵩高、巻十九。字は海山、號は少林、揚州府寶應縣の人。一七六三乾隆二十八年進士、一七三五〜一八〇〇。「王司馬（府同知）は江左の清門にして、學に源本有り（王司馬江左清門、學有源本）」とは、王式丹（024『江左十五子詩選』の一人）の曾孫であることなどをさす。「早年に第を得、譽れは長安（北京）に滿つ。咸な未だ承明（朝廷）に入らざるを以って惜しむと爲す（早年得第、譽滿長安。咸以未入承明爲惜）」。

12　楊揆、巻二十。字は同叔、號は荔裳、8楊芳燦の弟、一七六〇〜一八〇四。「楊舍人」とは、一七八〇乾隆四十五年、皇帝の南巡召試のさいに擧人を賜わり、內閣中書を授けられたことによる。「頃暫（しばらく）假《ひま》に秦に遊ぶに、道みち大梁（開封）に出で、長句を投げ見《ら》る。時に蓉裳（楊芳燦）も偕に至り、而して子雲（1方正澍）・稚存（2洪亮吉）・淵如（15孫星衍）・秋塍（4王復）の輩 倶に座中に在り（頃暫假遊秦、道出大梁、見投長句。時蓉裳偕至、而子雲・稚存・淵如・秋塍輩倶在座中）」。

13　徐嵩、巻二十一。字は朗齋、金匱縣の人。一七八六乾隆五十一年擧人、生卒年は未詳。「徐孝廉は健葊尚書（徐乾學、一六三一〜一六九四）の後人爲り（徐孝廉爲健葊尚書後人）」。「梁谿は近日、顧立方（9敏恆）教授・楊蓉裳（8芳燦）州牧・荔裳（12楊揆）舍人、皆な名家に足る（梁谿近日顧立方教授・楊蓉裳州牧・荔裳舍人、皆足名家）」。

14　石渠、巻二十二。字は午橋、太倉州嘉定縣の人。編者と同州の人である。「石茂才」と記すから、生員であるが、『湖海詩傳』巻三十九は「監生」とする。

15　孫星衍、巻二十三。字は淵如、號は季逑、陽湖縣の人、一七五三〜一八一八。「孫孝廉」と擧人の肩書きで示されるが、實は成書より三年前の一七八七乾隆五十二年、一甲二名の進士である。ということは、この原稿が進士以前に書かれ、その後も訂正されなかったことを意味する。「既に壯にして節を讀書に折り、篆籀古文・聲音訓故の學を習い、其の詩什を棄て、百に一も存せず（既壯折節讀書、習篆籀古文・聲音訓故之學、棄其詩什、百不存一）」。そして最後に、「閨人早世し、亦た雋才有り。遺す所の『長離閣集』を、今 附錄す（閨人早世、亦有雋才。所遺長離閣集、今附錄云）」と、次項への斷りを記す。

16　王采薇、巻二十四。字は玉瑛、武進縣の人、一七五三〜一七七六。「孫季逑の妻王安人、才の慧《さと》きも早世す（孫季逑妻王安人、才慧早世）」。夫妻とも二十四歳のときであった。「袁簡齋太史 之れが墓志を爲し、其の詩の哀感頑豔・丁當清逸なるを稱す（袁簡齋太史爲之墓志、稱其詩哀感頑豔・丁當清逸）」。「孫星衍淵如亡妻王孺人墓誌銘」は『小倉山房外集』巻七に見える。

ところで、本集の巻數二十四、所錄詩家數十六、に關して、後世の言及にはいくつかの違いが見られる。理由は分からない。

『湖海詩傳』巻四十・孫星衍の項の『蒲褐山房詩話』では、「秋帆嘗て」として、1方・2洪・3黄・4王・5徐・6高・7楊・8楊・9顧・10陳の名をあげたあと、「及び15淵如の詩を以って之れを合選し、『呉會英才集』を爲す。十人〔ママ〕の數に足らず、乃わち淵如の配16王采薇の詩を取りて以って之れを足し、才の難《えがた》きの意を寓す。曾て予に序を爲すを索むるも、然れども古人に此の例無く、其の求めに應ずる能わざるなり（秋帆嘗以方正澍……陳燮及淵如詩合選之、爲呉會英才集、不足十人之數、乃取淵如配王采薇詩以足之、寓才難之意。曾索予爲序、然古人無此例、不能應其求也）」。

舒位（一七六五～一八一五）『瓶水齋詩話』「畢秋帆制府『呉會英才集』を選びて共に十人、采薇は殿末たり（畢秋帆制府選呉會英才集共十人、采薇殿末）」。引用は『清詩紀事』列女巻・王采薇・一五七四四頁による。

法式善『陶廬雜録』（一八一七年刊）巻三「『呉會英才集』二十巻、尙書畢沅輯。其の賓 之れを佐《たす》け、詩の名篇秀句、往往にして在り。作者十二人、多くは余の舊識爲り。各おの專集の世に行わる有り、此れは皆な其の少《わか》き作なり（呉會英才集二十巻、尙書畢沅輯。其賓佐之、詩名篇秀句、往往而在。作者十二人、多爲余舊識。各有專集行世、此皆其少作）」。

康發祥（道光年間の人）『伯山詩話』「畢秋帆沅中丞『呉會英才集』十六人の詩を梓し、方子雲布衣を以って其の首に弁ず（畢秋帆沅中丞梓呉會英才集十六人之詩、以方子雲布衣弁其首）」。引用は『清詩紀事』乾隆巻・方正澍・七二七一頁による。

144『晩晴簃詩匯』巻百三・徐書受「畢秋帆『呉會英才集』凡そ十二家を選刻するに、尙之は其の一なり（畢秋帆選刻呉會英才集、凡十二家、尙之其一也）」。

本集は、神戸市立吉川文庫と早大寧齋文庫に藏せられる。

063　懷舊集　不分巻、邵玘輯。一七九一乾隆五十六年序刊。

見返しには、書名を「褱舊集」に作り、右に「青浦邵西樵選輯」、左下に「寶樹堂藏板」とある。

邵玘は、王昶（一七二五～一八〇七）の077『湖海詩傳』巻十二に、「字珏庭、青浦人、貢生、有『西樵詩鈔』」として、詩一首を載せる。青浦は江蘇松江府下の縣である。王昶が本集に寄せた序文の年記と署名は、「乾隆辛亥（同五十六年）三月朔愚弟王昶拜撰」となっており、六十八歳、刑部右侍郎であった。その序文には、十二歳年長の友人について次のようにいう。

今は老いたりき。益ます客を好みて倦まざるも、少年縞紵の交わり、存亡相い半ばし、舊游を睠念し、心を（墓地の）宿草に傷め、微を顯にして幽を闡《あき》らかにする（『易』繫辭下傳の文章について本田濟氏が朱子の説によるのにしたがう）の意、殆んど愴然として自ずから已む能わざる者有り。爰《ここ》に王貽上・毛子霞の遺意に倣い、其の存せる詩を刋し、題して『懷舊』と曰う（今老矣。益好客不倦、而少年縞紵之交、存亡相半、睠念舊游、傷心宿草、微顯闡幽之意、殆有愴然不能自已者。爰倣王貽上・毛子霞遺意、刋其存詩、題曰懷舊）。

總集のうちのいわゆる故舊の代表作としてあげる二書のうち、前者は王士禛の014『感舊集』をさすが、後者については分からない。毛會建（字は子霞、號は客仙、江蘇常州府武進縣の人、一六一二～一六八〇在世）のことであろうが、該當する編著が見出せない。王序ではまた、編者や所收の人物についてふれる。

余は西樵（邵玘の號）の居と數武を越えず。余は冠して自り以後、學に四方に從い、盡く當世の賢豪長者を識るを得たり。而して山砠水涘に蕉悴して志を得ざるの人は、孤芳を自ら賞し、往往にして予《われ》を遐棄（おきざり）にせず。故に凡そ西樵に交わる者は余と多く舊くより相い識る（余與西樵居不越數武。余自冠以後、從學四方、得盡識當世賢豪長者。而山砠水涘、蕉悴不得志之人、孤芳自賞、往往不予遐棄。故凡交于西樵者與余多舊相識）。

編者の自序の年記と署名は、「乾隆五十六年歳次辛亥上元梧巢老人邵玘識、時年八十」となっている。これによってその生年が一七一二康熙五十一年であることが分かる（『明清江蘇文人年表』が王昶の『春融堂集』によって生卒年を一七一〇

〜一七九三、歿年八十四、とするのは疑問）。「梧巣」は別號の一つである。文章は王士禛作との對比から始まる。

昔 新城の王文簡公に『感舊集』の刻有り、一時の名宿は盡く著錄に入る。余 能は薄く才は譾《あさ》く、交游も亦た寡なく、豈に敢えて妄りに前喆（哲におなじ）を希《こいねが》わんや（昔新城王文簡公有感舊集之刻、一時名宿盡入著錄。余能薄才譾、交游亦寡、豈敢妄希前喆）。

本集に收錄された詩家については、次のように記す。

其の中の大半は皆な寒素の士にして孤芳を自ら賞し、聲氣黨援、一として憑藉無し。先師歸愚先生 045『國朝別裁』を選し、「凡例」に云えらく、「人の名位無き者は一生 他の嗜好無く、唯だ五字七字の中に孳孳矻矻たり。而して忽焉として徂謝し、苟しくも人の表して之れを章《あき》らかにする無くんば、人と詩と無何有の郷に歸せん」と。信《まこと》なるかな斯の言や（其中大半皆寒素之士、孤芳自賞、聲氣黨援、一無憑藉。先師歸愚先生選國朝別裁、凡例云、人之無名位者、一生無他嗜好、唯孳孳矻矻於五字七字之中。而忽焉徂謝、苟無人焉表而章之、人與詩歸無何有之鄉矣。信哉斯言）。

『明清江蘇文人年表』によると、邵玘は一七四四乾隆九年・三十三歳のとき、蘇州の紫陽書院で王峻（常熟縣の人、一六九四〜一七五一）について學んでいる（光緒『青浦縣志』）。沈德潛がこの書院の長となったのは一七五一年・七十九歳であり、邵氏が沈氏を師と仰ぐのはこのとき以降のことであろう。沈氏の『自訂年譜』には、王昶などの高弟が郷試や會試に合格した記事などは逐一に載るが、邵氏についてはいっさいない。

自序はさらに、詩家を收錄しない三つの原則をかかげる。

余 此の集を撰次するに、詩は傳うる可きと雖も、其の人の當に存すべき者は錄さず。已に專集有りて世に行なわる者は錄さず。其の詩を知るも未だ其の面を識らざる者は錄さず（余撰次此集、詩雖可傳、其人當存者不錄。已有專集行世者不錄。知其詩、未識其面者不錄）。

徹底して、野にひそみ、自分と親しい詩家の顯彰につとめているといえよう。

かくして收錄される二十五人の肩書は、「刺史」知州、「明府」縣令、「學博」學官、「司訓」縣學教諭、「徵君」徵士、「上舍」國子監生、「明經」貢生、「副貢」榜貢生、「茂才」生員などであり、その籍貫は、そのほとんどが松江府下の縣人であり、またそのほとんどは青浦縣の人である。さらに「附刻」としての三氏は、祖父の邵式誥「明經」、從伯父の邵成正「明府」、姪の邵淮「茂才」である。

本集は內閣文庫に藏せられる。

064　國朝武定詩鈔　十二卷・補鈔二卷、李衍孫輯。一七九四乾隆五十九年以降刊。

見返しには書名を二行で大書するのみである。

山東東北部の武定府は、もと濟南府の屬州であったが、一七二四雍正二年に直隸州とされ、一七三三年には府に改められ（『清史稿』卷六十一・地理志は一七二四年のこととするが、編者にしたがう）、州一・縣九を領する。

編者の李衍孫は、字は蕃升、號は味初、府下惠民縣の人。一七六五乾隆三十年の擧人。144『晚晴簃詩匯』卷九十二は、官は陝西の沔縣知縣とする。その自序は、武定府の先達とその交友について書きはじめる。

先の文襄公 家を進士に起こして自り、歷るに武功有り。時を同じくして經術を以って顯わるるは、霑化（縣）の范雪崖先生と爲す。聲偶を講ずるの學者は卽わち杜湄村觀察なり。吾が宗の吉津詹事は率ね王貽上・高念東諸先輩と縞紵の交わりを訂《さだ》め、學に淵源有るは偶然の者に非ず（自先文襄公起家進士、歷有武功。同時以經術顯爲霑化范雪崖先生。講聲偶之學者卽杜湄村觀察。吾宗吉津詹事率與王貽上・高念東諸先輩訂縞紵交、學有淵源、非偶然者）。

「文襄公」とは、李之芳をさす。字は鄴園、濟南府所屬時代の武定州の人。一六二二～一六九四。一六四七順治四年の進士。「武功」とは、一六七三康熙十二年から足かけ十年間の浙江總督のおりに、一六七四年に起こった耿精忠の亂を鎮定するのに功績があったことをいう。のち兵部尚書、吏部尚書、文華殿大學士を歴任した。編者はこの人物に「先の」と冠するが、直接の姻戚關係を示すものではあるまい。李之芳は本集の巻一に二首が錄せられる。ちなみに袁枚は『隨園詩話』巻十六で、「康熙間、山左の名臣最も多く、相國李文襄公之芳の功勳、湖廣總督郭瑞卿琇（膠州直隷州即墨縣の人）の剛正、兩浙總督董公訥（濟南府平原縣の人）の經濟の如き、皆な赫赫として人の耳目に在り、而《しか》も皆な詩を能くす。世人 知らざるは、其の名位の掩う所と爲るなり（康熙間、山左名臣最多、如相國李文襄公之芳之功勳、湖廣總督郭瑞卿琇之剛正、兩浙總督董公訥之經濟、皆赫赫在人耳目、而皆能詩。世人不知者、爲其名位所掩也）」と記す。山東は長城に近く、滿洲軍の侵攻にたいする抵抗も比較的少なく、清朝にたいする協力者が比較的早くに輩出した結果であるといえよう。

「范雪崖」は范明徵、字は仲亮、生卒年未詳。本集巻一に六首が錄せられる。「杜湄村」は杜漺、字は子濂、濱州の人、一六二二～一六九四。巻一巻頭に二十六首が錄せられる。「吾が宗の吉津詹事」は李呈祥。吉津はその字。霑化縣の人、一六一七～一六八七。明の一六四三崇禎十六年の進士であるが、清朝に仕えて官は詹事府少詹事（正四品）兼翰林侍講學士に至った。編者とは縣を異にするが、この人が宗祖ということになる。巻一に二十八首が收錄。「王貽上」は王士禛。濟南府新城縣の人、一六三四～一七一一。「高念東」は高珩。濟南府淄川縣の人、一六一二～一六九七。李呈祥と明の同年の進士で、入清後は刑部侍郎（正三品）に至った。

さて、山東に關する詩の總集では、041『國朝山左詩鈔』六十巻が、盧見曾によって三十六年ほど前に刊行されている。その「六百二十餘家」のうち、本集の自序によると、「吾が郡は四十餘家を得たり（吾郡得四十餘家）」とされる。李衍孫が本集を編輯した動機の一つは、『山左詩鈔』の遺漏を補うとともに、その後の詩家を收錄することにあったのだろう。遺漏を補った代表例は、右にあげた范明徵について、『山左詩鈔』の「凡例」が、「范雪崖の經術は、名德未だ湮《うず》もれざるも、遺詩は考する莫し（范雪崖之經術、名德未湮、而遺詩莫考）」とするのにたいして、その詩を收錄しえたことであろう。

　編者が沔縣知縣を辭したのは、おそらく一七九四乾隆五十九年であったのだろう。この年、つまり「甲寅の春、予は客を謝して里居し、偶たま案頭の郡人の詩を檢し、竝びに益すに家集を以ってして、輯めて十二卷を成す（甲寅春、予謝客里居、偶檢案頭郡人詩、竝益以家集、輯成十二卷）」と、自序にのべる。本集に收めるのは、補鈔を含めた全十四卷のうちに百七十四家であるが、いささか目だつのは、李姓で十首以上を收錄するのが十五家にのぼるということである。家集を世に披露しようというのが、本集編輯のもう一つの動機であったのだろう。

　本集は、早大寧齋文庫に藏せられる。

中論　清詩總集にたいする禁燬措置について

一七七二乾隆三十七年正月に乾隆帝の詔勅がくだり、翌年に四庫全書館が設立されてから十年の歳月を費やして、一七八二年七月に『四庫全書總目』二百卷が完成する。詩の總集でいえば、私が以上にとりあげた六十四種のうち、060『蜀雅』までが、この一七八二年までに刊行され、あるいは序文が書かれている。そのうち『四庫提要』に著錄されたのは、卷百九十・集部・總集類五に026『明詩綜』、028『檇李詩繫』、卷百九十三・集部・總集類存目三に036『宛雅三編』、卷百九十四・集部・總集類存目四に004『太倉十子詩選』、024『江左十五子詩選』、005『溯洄集』、016『（皇朝）百名家詩選』、018『皇清詩選』、017『群雅集』、011『（天下名家）詩觀』、025『鳳池集』、057『莆風清籟集』、049『東皐詩存』、などである。

　ところがいっぽうで、『清高宗實錄』巻九百六十四によると、乾隆三十九年（一七七四）八月丙戌（五日）に、軍機大臣に次のような敕諭をくだしている。

　若し本朝を詆毀するの書有るを見れば、或いは係《こ》れ稗官の私載なるも、或いは係れ詩文の専集なるも、應に共に切齒を知らざること無かるべし。豈に尚お其の潛匿流傳し、惑わしを後世に貽《のこ》すを聽《ゆる》すこと有らんや。知らず、各該の督撫等は遺書を查繳するに、此れ等に於て何の辨理を作《な》すかを。卽わち實に據る具奏を行わ著《し》めよ。各省の已に進到を經るの書に至りては、現に四庫全書處に交《わた》して檢查せしめ、如し關礙の者有れば、卽わち徹出銷燬を行え（若見有詆毀本朝之書、或係稗官私載、或係詩文專集、應無不共知切齒。豈有尚聽其潛匿流傳、貽惑後世。不知各該督撫等、查繳遺書、於此等作何辦理、著卽行據實具奏。至各省已經進到之書、現交四庫全書處檢查、如有關礙者、卽行徹出銷燬）。

また『清高宗實錄』巻千二十一・乾隆四十一年（一七七六）十一月甲申（十六日）にのせる敕諭では、『四庫全書』への「各種の遺書が陸續として送到される（陸續送到各種遺書）」なかで、「第《た》だ其の中に明季の諸人の書集にして、詞意の、本朝に抵觸する者有り、自ずから當に銷燬の列に在るべし（第其中有明季諸人書集、詞意抵觸本朝者、自當在銷燬之列）」として、具體的に三名の名指しをする。

　錢謙益の如きは明に在りて已に大位に居り、又た復た身ずから本朝に事う。而して金堡・屈大均は則わち又た緇流（僧籍）に遁跡し、均しく以って死節する能わず、靦顏もて苟活す。……其の書 豈に復た存す可けんや。自ずから應に逐細に查明し、概ね燬棄を行ない、以って臣節を勵まし、而して人心を正すべし（如錢謙益在明已居大位、又復身事本朝。而金堡・屈大均、則又遁跡緇流、均以不能死節、靦顏苟活。……其書豈可復存。自應逐細查明、概行燬棄、以勵臣節、而正人心）。

また同年十二月戊戌朔には、軍機大臣等への敕諭のなかで、十五年前の045『國朝詩別裁集』（欽定本）の「御製序文」にあわせて、歿後七年の沈德潛に言及する。

沈德潛の身故《まか》るの後、其の門下の士の識る無き者の流、又た復た潛かに（自定本の）刷印を行うは、則わち大いに不可なり。……如し未だ銷燬を經ざれば、卽わち員を委《つか》わし板片を將って京に解《おく》り、竝びに未だ刪定を經ざる刷印の原本を將って一併に（あわせて）查明し恭繳せしめよ（すなおに納めさせよ）（沈德潛身故後、其門下士無識者流、又復潛行刷印、則大不可。……如未經銷燬、卽委員將板片解京、竝將未經刪定之刷印原本、一併查明恭繳）。

かくして、一七八〇乾隆四十五年五月には、大學士四庫館正總裁管翰林院事なる英廉によって、「各省より解送の明代以後の各書を將って逐一に覆《ま》た檢閱を加え（將各省解送之明代以後各書、逐一覆加檢閱）」、そうして「應に銷燬を行うべき書（應行銷燬書）」と「應に酌量して抽燬すべき書（應酌量抽燬書）」のリストアップをおこなう旨の奏上がなされた。

さて、私が清詩總集にたいする禁燬措置について參考としたのは、次の三種の書である。

その一つめは『銷燬抽燬書目・禁書總目・違礙書目』である。もとは一八八三光緒九年刋の姚覲元輯『咫進齋叢書』に收錄されたもので、姚氏の「跋」は一八八二年七月の記、一九四四民國三十三年の再記である。一九七二年・廣文書局刋の景印本があり、張壽平氏の「敍錄」がつく。姚氏は、字は彥侍、浙江湖州府歸安縣の人。一八三一道光十一年の擧人で、官は一八七九～一八八二年の間、廣東布政使の任にあった。このうち『銷燬抽燬書目』は、一七八二乾隆四十七年五月、「四庫館提調辦事翰林官」六名の署名のもとになされた官撰で、

A「全燬書目」百四十六種

B「抽燬書目」百八十一種

に分かれる。『禁書總目』は、一七八八乾隆五十三年五月四日の上諭をうけて浙江布政司が發刋したもので、次の五

部に分かれる。

C「軍機處奏准全燬書目」七百四十九種

D「軍機處奏准抽燬書目　毋庸銷燬各書附」四十種

E「軍機處專案査辦應燬各書」（本來はDに附屬。張壽平「敍録」により別立てとする）は以下のものを含む。「應燬錢謙益著作書目」七種。同様に「屈大均」八種、「金堡」四種、「呂留良」八種、「王錫侯」十三種、「徐述夔」十二種、「應燬專案査辦悖妄各書」二十種、ほか。

F「浙江省査辦奏繳應燬書目」百五十四種

G「外省移咨應燬各種書目」三百五十五種

『違礙書目』には、一七七八乾隆四十三年十一月四日の上諭をうけて河南布政使榮柱が發刊したもので、次の二部に分かれる。

H「應繳違礙書籍各種名目」七百六種

I「續奉應禁書目」五十種

私が依據した參考書の二つめは、『清代禁燬書目（補遺）・清代禁書知見録』（一九五七年八月・商務印書館刊）である。このうち『清代禁燬書目』は前項所掲のものの銅活字版である。それに新たに附された「補遺」が三篇ある。

［補遺一］　Cにおいて、姚氏咫進齋本では、各書の本數と銷燬理由が省略されていたのを、吳氏小殘卷齋所藏の傳鈔本によって補ったもの。第一次〜第十次に分かれ（ただし第六次では書目を缺く）、配列も姚氏本と異なるだけでなく、書目にも出入りがある。

［補遺二］　Hにおいて、江寧布政使舊刊本による鄧實・國學保存會排印本「奏繳咨禁書目」によって、姚氏本の最

後部の缺落を補ったもの。

［補遺三］　前項で鄧實がよった江寧布政使舊刊本に殘缺があるため、その足本によってさらに補ったもの。

また、

『清代禁書知見錄』は孫殿起の編輯。「自序」には一九五六年五月の識記がある。

參考書の三つめは、次の書である。

『清代禁書總述』王彬主編。「出版說明」の年記は一九九一年三月、發行は一九九九年一月、中國書店刊。その內容のうち本稿では特に「清代禁書參考書目」と「清代禁書題解」を參考にした。

002　『詩源初集』［補遺二］に『詩源』として「安徽撫院閡咨會禁書」のうち、「悖逆誕妄、語多狂吠（悖逆誕妄にして、語に狂吠多し）」の十六種の一つとして載り、『知見錄』には「詩源、無卷數、吳興姚佺編、無刻書年月、約康熙間吳氏刋」と記される。『總述』にも、『詩源』として「安徽巡撫閡鶚元奏繳此書、「悖逆誕妄、語多狂吠」、乾隆四十四年（一七七九年）十一月初四日奏准禁燬」とある。

003　『鼓吹新編』本稿では禁書による「中途半端な」（一二頁）處置を指摘したが、『禁燬書目』、同「補遺」、『知見錄』には見えない。『總述』には「此書爲山東巡撫國泰奏繳、「內有錢謙益・閻爾梅詩句」、乾隆四十六年（一七八一年）六月二十九日奏准禁毀」とある。

004　『太倉十子詩選』錢謙益の序文があるにもかかわらず、『四庫全書總目』卷百九十四・集部・總集類存目四に著錄される。錢序の處遇については、『禁燬書目』、同「補遺」、『知見錄』また『總述』のいずれにも載らないので、分からない。

006 （附）『五大家詩鈔』『知見録』に「無卷數、梁溪鄒漪選、康熙間刊、錢牧齋・吳梅村・熊雪堂・龔芝麓・宋荔裳」とする。いっぽう『總述』には、『五家詩鈔』の名で、「清鄒漪輯。此書三十八卷。輯有錢謙益（八卷）・熊文擧（八卷）・宋琬（八卷）・吳偉業（七卷）・龔鼎孶（七卷）五家詩抄、因收有錢謙益詩、而爲閩浙總督三寶奏繳、乾隆四十四年（一七七九年）九月初六日奏准禁毀」とする。

007 『吾炙集』當然に禁燬の對象となるものであるが、いずれの參考書にも見えない。おそらく一九〇七光緒三十三年の刊行まで、鈔本のかたちで祕匿されていたのであろう。

008 『江左三大家詩鈔』Dに「內除錢謙益・龔鼎孶二家均應抽出銷燬外、其吳偉業詩集、現擬存留此詩鈔三卷、應請毋庸銷燬（內　錢謙益・龔鼎孶二家は均しく應に抽出銷燬すべきを除くの外は、其の吳偉業詩集は現に此の詩鈔の三卷を存留するを擬《はか》り、應に庸《も》って銷燬すること毋からんことを請うべし）」。またH、および『知見録』にも見える。ところが『總述』は、「此書爲浙江巡撫三寶奏繳、乾隆四十二年（一七七七年）四月初一日奏准禁毀」とする。なお、京大文學部所藏の書は、三家ともに揃っている。

009 『詩藏初編』錢謙益・龔鼎孶の詩を收録するにもかかわらず、參考書には見えない。

010 『本事詩』Dにおける指摘は、そのほとんどを本稿七〇頁でとりあげた。このあと「查無違礙、應請毋庸銷燬」につづけて、「惟內載錢謙益・屈大均各詩、及錢謙益詩話、仍請抽燬」とする。『知見録』にも見える。『總述』は、「此書爲兩江總督薩載奏繳、乾隆四十六年（一七八一年）四月二十四日奏准禁毀」とする。

011 『天下名家詩觀』第二集が『四庫全書總目』卷百九十四・集部・總集類存目四に著録される。いっぽう、Dには、『詩觀』として「皆選國初諸家之詩、凡五百餘人。內除錢謙益・屈大均・金堡等詩、及他人亦間有詞含憤激之作、均應抽燬外、其餘應請毋庸全燬（皆な國初諸家の詩、凡そ五百餘人を選ぶ。內に錢謙益・屈大均・金堡等の詩、及び他人も亦た間ま詞に憤激を含むの作有りて、均しく應に抽燬すべきを除くの外、其の餘は應に庸って全燬すること毋きを請うべし」」と記す。銭謙益は初集に、屈大均は初集・二集・三集のすべてに載るが、金堡はいずれにも載らない。またHには『天下名家詩觀』として記載される。『總述』は『名家詩觀初集』として、「此書爲湖廣總督圖恩德奏繳「内有銭謙益等人傳」。乾隆四十四年（一七七九年）十一月初一日奏准禁毀」とする。京大東アジアセンター所藏のテキストは、特に二集において數ヶ所に白葉を連ねる部分があるとはいえ、銭・屈二氏を具える點では完本といえる。ちなみに、王錫侯の編に『國朝詩觀』十六巻・二集六巻なるものがあるが、本集とは別物である。本稿ではとりあげていない。

012　『八家詩選』『知見錄』では八家の名を列擧したところで、施閏章のあとに「有銭謙益序」と注記する。しかし京大文學部所藏のテキストに銭氏の序は見えない。『總述』は、「此書爲安徽巡撫富弼奏繳、謂「悖謬誕妄、語多狂吠」。乾隆四十七年（一七八二年）奏准禁毀」とする。

013　『過日集』『禁燬書目』には見えないが、抽燬と鏟除がおこなわれていることは、本稿八五頁でのべた。『知見錄・外編』には、「過日集十六巻、寧都曾燦編、康熙間刊」とする。『總述』には見えない。

014　『感舊集』Dに「中間除銭謙益・屈大均等詩句、及所引有學集等各條、均應抽燬外、其餘査無干礙、應請毋庸全燬（中間、銭謙益・屈大均等の詩句、及び引く所の『有學集』等の各條は均しく應に抽燬すべきを除くの外、其の餘は査するに干礙無く、應に庸って全燬する毋きを請うべし）」。またHにも見える。『總述』には、「此書爲江西郝碩奏繳、乾隆間禁毀」とある。『王漁洋遺書』所收の乾隆十七年徳州盧氏刊本、および民國以後に刊行されたとおもわれる通行の中華圖書館印本『漁洋山人感舊集』は、いずれも完本である。

016　『皇朝百名家詩選』『四庫全書總目』巻百九十四・集部・總集類存目四に著錄されるいっぽう、［補遺三］のうちの「本省（江）寧局第玖批現在詳請奏繳新書三十七種內」の一つとして見え、「內有銭謙益・龔鼎孳詩、應鏟除抽禁、餘書仍行世（內に銭謙益・龔鼎孳の詩有るは應に鏟除抽禁すべく、餘の書は仍お世に行わん）」とある。『總述』は『皇清百名家詩』として、「此書爲兩江總督薩載奏繳、「內有銭謙益・龔鼎孳詩、應鏟除・抽禁、餘書仍行世」。乾隆四十六年（一七八一年）二月初八日奏准禁毀」とする。京大東アジアセンター所藏のものは完本である。

019　『嶺南三大家詩選』　D「內屈大均・陳恭尹二家、均應抽出銷燬外、其梁佩蘭一家尚無違礙、應請毋庸銷燬（內に屈大均・陳恭尹の二家は均しく應に抽出銷燬すべき外、其の梁佩蘭一家は尚お違礙無く、應に庸って銷燬すること毋きを請うべし）」。またFおよびHにも見える。『總述』は『嶺南三家詩』として、「爲安徽巡撫李質穎奏繳、乾隆四十年（一七七五年）十一月二十日奏准禁毀。此書亦爲閩浙總督三寶奏繳、然作『嶺南三家詩選』、應是一書、乾隆四十四年（一七七九年）九月初六日奏准禁毀」とする。京大文學部・同東アジアセンターに藏せられるテキストは三家揃った完本である。

021　『篋衍集』　Dに「內除銭謙益・屈大均等詩篇、俱應抽燬外、其餘各家尚無干礙、應請毋庸全燬（內に銭謙益・屈大均等の詩篇は、俱に應に抽燬すべきを除く外、其の餘の各家は尚お干礙無く、應に庸って全燬すること毋きを請うべし）」。『知見録』にも見える。『總述』には、「此書爲湖　南《［ママ］》總督三寶奏繳、謂「內有龔鼎孳・銭謙益・屈大均詩」。乾隆四十三年（一七七八年）二月初三日奏准禁毀」とする。京大文學部と愛知大學に所藏のテキストは完本である。

023　『明遺民詩』　Cには「『選遺民詩』卓爾堪撰」としてあがる。［補遺一］では「遺民詩一部八本。查遺民詩、係卓爾堪所撰明末諸人詩、其他人多已入本朝、而詩中詞句狂妄處不可勝數、應請銷燬」とする。また［補遺二］は、「荒誕悖逆、語多狂吠」の九種のうちの一つにかかげる。『總述』は、「爲安徽巡撫閔鶚元以「詩中詞句狂妄處不可勝數」奏繳、乾隆四十五年（一七八〇年）七月初八日奏准禁毀」と記す。

026『明詩綜』『四庫全書總目』巻百九十・集部・總集類五に著録されるいっぽう、Gに「內有屈大均等詩、應抽燬」とあり、『知見錄』には「內有應行敬避字樣。其中屈大均・金堡等詩、竝錢謙益評語、均應鏟除（內に應に敬避を行うべき字樣有り。其の中、屈大均・金堡等の詩、竝びに錢謙益の評語は、均しく應に鏟除すべし）」とある。『總述』は、「此書爲兩江總督薩載以「內有應行敬避字樣」、及有屈大均・金堡等語、錢謙益詩話爲由奏繳、乾隆四十九年（一七八四年）正月初四日奏准禁毀」とする。京大東アジアセンター所藏のもの（六峰閣本）は完全であるが、京大文學部所藏のものでは、「家數」巻八十二の「陳恭尹十五首、屈大均」が空白に處せられ、本文も十五頁にわたって空白である。一九六二年臺灣世界書局景印本では、「家數」のみが空白、本文は完全である。

027『今詩三體』錢謙益の詩を採り、『錢注杜詩』に言及するにもかかわらず、右にあげた三種の參考書には見えない。

028『檇李詩繫』本稿一五九頁ですでに指摘したように、『四庫全書總目』巻百九十・集部・總集類五に著録されるにもかかわらず、京大文學部所藏のテキストにおいて、呂留良・金堡などに關する摘刪がなされている。しかし三種の參考書には指摘がない。

029『詩乘』［補遺三］に「錢謙益・屈大均諸人詩、應請銷燬」とある。『知見錄』は「國朝詩乘初集十卷」とする。『總述』には、「兩江總督薩載奏繳此書、「錢謙益・屈大均諸人詩、應請銷毀」。乾隆四十六年（一七八一年）二月初八日奏准禁毀」とある。

030『五名家近體詩』屈大均・陳恭尹の詩を採るにもかかわらず、三種の參考書には見えない。

033『國朝詩的』E『應燬專案查辦悖妄各書（應に燬くべき、專案して悖妄を查辦せる各書）』二十種の一つに載り、Iの冒頭にも載る。また［補遺二］の「湖南撫院李奏繳書四種內」の一つとしても載る。『知見錄』は「內有錢謙益・

呂留良・龔鼎孳所作詩句、應請摘燬」とする。『總述』は、「乾隆間、此書被列入應毀專案查辦悖妄各書」とする。尊經閣文庫に所藏されるテキストは完本である。

034『國朝詩品』　Hにリストアップされ、『知見録』に「内有違礙詩句、應摘燬」とある。また『總述』では、「此書因「有吳偉業・錢謙益詩」、爲浙江巡撫三寶奏繳、乾隆四十二年（一七七七年）四月初一日奏准禁毀」とされる。

036『宛雅三編』　『四庫全書總目』巻百九十三・集部・總集類存目三に著録されるいっぽう、Gに見える。『知見録』では「有錢謙益評語、竝吳肅公詩、應摘燬」とされる。『總述』には、「此書因「有錢謙益評語、吳肅公詩」、而被安徽巡撫閔鶚元奏繳、乾隆四十六年（一七八一年）奏准禁毀」とある。京大東アジアセンター所藏の宛村劉氏樹本堂刊本では、吳肅公の詩十三首が巻十二に、目録・本文のいずれにも載る。

037『國朝詩選』　『知見録』に「内有錢謙益・屈大均・龔鼎孳・王仲儒詩、應請抽燬」とあるだけだが、『總述』には、「此書爲湖南巡撫劉墉奏繳、「内有吳偉業・陳恭尹・陶汝鼎《〔ママ〕》・屈大均・龔鼎孳・梁佩蘭・錢謙益等詩、均奉例禁。幷所選詩中、有違碍、應銷毀」。乾隆四十六年（一七八一年）十一月初七日奏准禁毀」とある。錢・屈兩氏にたいする剗除や切除の實例については本稿一八五頁に記した。

043『海虞詩苑』　錢謙益を祖と仰ぐものではあるが、三種の參考書には指摘がない。

044『國朝詩別裁集』（自定本）・045『國朝詩別裁集』（欽定本）　Hに記載され、注記に「初刻」とある。『知見録』には「國朝詩別裁集三十六卷、長洲沈德潛纂評、乾隆二十四年精刊。乾隆二十六年翰林院刪定重刊本三十二卷、剷除錢謙益詩、易以愼郡王詩、在書名上加欽定二字」とする。『總述』は、自定本について、「此書爲湖廣總督三寶奏繳、「沈德潛選、内有錢謙益・吳偉業・龔鼎孳詩」。乾隆四十三年（一七七八年）十月初四日奏准禁毀」とする。

054『梅會詩選』　うち「二集」がBに「梅會詩選二集四本」としてリストアップされ、「係國朝李稻塍・李集編次、乃選明代嘉興人詩。內卷一・李應徵「易州懷古詩」一首、卷二・李應徵「登薊門望塞上詩」四首、「塞上曲」四首、倶有空字偏謬。又卷二內錢謙益撰「李衷純墓誌銘」一首、均應請抽燬」と記される。『總述』には見えない。

以上をもって清詩總集にたいする禁燬措置の檢證をおえる。リストに載りながら完全な形で殘存しているものもあれば、部分的な刪除や切除の痕をのこしているものもある。忘れてならないのは、禁燬對象とされたがために、もはや私たちの目に觸れることができず、本稿にとりあげる機會を失してしまった總集もあるにちがいない、ということである。

一七九五年に乾隆期が終わり、翌年から嘉慶期が始まる段階では、個々の總集には、もはや禁書の痕がほとんど見られなくなるが、それは編輯者による自主規制の結果であることを留意すべきであろう。その狀態は、禁書が事實上解消される一八五〇年ごろ、遲くとも一八六〇ごろまでつづく。

本稿としては、時間的にも、また私が取りあげた總集の數のうえからも、以上をもって前半とし、以下を後半とする。

065

台山懷舊集　十二卷、張廷俊輯。一七九六嘉慶元年刋。

書名は、天台山邊において故舊を懷う詩集、の意である。天台山は浙江台州府天台縣の北に起隆する。

編者の張廷俊は、字は雨村、號は蓋竹山人。貫籍は杭州府仁和縣で、署名の地址も「西泠」とするが、祖父の代に天台に移住した。ほとんど無名の詩人で、官籍もない。

自序の年記は一七八八年の「乾隆戊申（五十三年）臘月十有四日」で、次のように記す。

元末の顧阿瑛、其の草堂觴詠の詩を輯《あつ》めて以って世に行わる。國朝の王漁洋は生平故人の詩を編みて都《すべ》て一集と爲し、題して『感舊』と曰う。大率《おおむね》は布衣の憔悴して未だ專集有らざる者の多きに居れり（元末顧阿瑛輯其草堂觴詠之詩、以行世。國朝王漁洋編生平故人之詩、都爲一集、題曰感舊、大率布衣憔悴、未有專集者居多）。

顧德輝、字は阿瑛、あるいは仲瑛（一三一〇〜一三六九）とその玉山草堂については、本稿においてもすでに何度か言及した。いまだに布衣の徒の思慕の對象となっているわけである。王士禛の書は014『感舊集』をさす。つづいて次のようにも記す。

予幼くして吟詠に耽ること昌歜（鹽づけのショウブの根、大好物の珍味）の嗜《この》みの如く、生平に作る所は二三十巻を下らず。而して台に寓すること數十年、土（土著）もて斯こに斷たるると、遊びて斯こに憇うとを論ずる無く、苟しくも其の氣誼の相い孚《あ》えば、每に懸榻を惜しまずして以って待し、之れに因りて詩壘は日びに新たに、贈言は篋に盈つ（予幼耽吟詠、如昌歜之嗜、生平所作不下二三十卷。而寓台數十年、無論土斷於斯、遊憇於斯、苟其氣誼相孚、每不惜懸榻以待、因之詩壘日新、贈言盈篋）。

かくして本集には、天台内外の詩家三十一人と、自身をふくむ親族十一人の、計四十二人の詩を収める。前者のうち、巻一の齊召南は御當地出身、字は次風、號は息園、官は禮部侍郎に至った、一七〇三〜一七六八。巻五の袁枚は仁和縣の人、一七一六〜一七九七。例えば一七八二乾隆四十七年・六十七歳での詩に、「台州に到りて詩人張雨村の家に寓す。雨村は外出すと雖も、諸郎の款接すること甚だ殷《さか》んなり。詩を留めて謝を寄す（到台州寓詩人張雨村家。雨村雖外出、而諸郎款接甚殷。留詩寄謝）」というのがある。また同じ巻の錢大昕は江蘇太倉州嘉定縣の人、字は及之、號は辛楣、一七二八〜一八〇四、である。

しかし張廷俊は本集の編輯を終えたところで卒し、子の張應虞らが梓に付した。新たに序文二本が撰せられたが、いずれの年記も一七九六「嘉慶元年孟冬」である。その一は顧光のもので、字は彦青、號は涑園、仁和縣の人。一七三八乾隆三年の擧人で、官は廣州知府に至った。本集について、「詩は必ずしも盡くは台に屬せざるも、人は則わち皆な嘗て台に遊び、台山に對すること其の人に對するが如し（詩不必盡屬於台、而人則皆嘗遊於台、對台山如對其人）」と記す。序文のその二は張樞のもので、字は碧滕、號は穀翁、杭州府錢塘縣の人。編者のことを「從兄雨村先生」と呼んでいる。

本集は阪大懷徳堂文庫に藏せられる。

066 三台詩録

三十二巻（うち清七巻）・續録四巻（清一巻）・詩餘二巻、戚學標輯。一七九六嘉慶元年刊。

封面には、書名の上に「嘉慶元年秋鐫」（横書き）、右に「太平戚鶴泉編」、左下に「本衙藏板」とある。

本集は浙江台州府出身の、唐・五代・宋から清朝乾隆までの詩家を收める。台州府のもとには臨海・黄巖・天台・仙居・寧海・太平の六縣が屬する。書名については、編者による「凡例」の最初に、「詩の三台を以って繫《つな》ぐは、吾が郡上は三台星に應じて地に誌《しる》せばなり（詩以三台繫者、吾郡上應三台星誌地也）」とある。

編者の戚學標は、字は翰芳、號は鶴泉、また南野居士、太平縣の人、一七四二～一八一五。天台縣出身の齊召南（字は次風、號は瓊臺、一七〇三～一七六八）の高弟で、一七八一乾隆四十六年の進士。河南の汲縣（衛輝府下。131『兩浙輶軒續録』巻十三による）、もしくは同じく渉縣（彰徳府下。144『晚晴簃詩匯』巻百四による）の知縣となったが、上官に忤って辭職した。その直後から本集の編輯にとりかかったのであろう。「凡例」に、「是の録は甲辰（一七八四乾隆四十九年）に始まり辛亥（一七九一同五十六年）に迄《およ》び、心を用うること凡そ八年の久しきなり（是錄始於甲辰迄辛亥、用心凡八年之久）」と記す。

「自序」の年記と署名は、「乾隆五十八年癸丑九月二十日、太平後學戚學標翰芳氏書於南野草堂」となっている。まず初めに、過去における台州詩の版刻について、南宋の李庚・林師蒧らによる『天台正續集、及別編』（計十四卷、『四庫全書』卷百八十七・集部・總集類二所收）、南宋・林表民編『赤城集』十八卷（同上同卷所收）、明・李時漸編『三台文獻錄』二十三卷（同上・卷百九十二・集部・總集類存目二所收）などをあげたあと、本集の編輯に關して次のようにのべる。

余が台の山水の秀は鍾まりて人物と爲り、而して發して文章を爲す者は、幾何《いくばく》にして湮沒せざらんや。余 心を桑梓の故實に留め、有年 燕・魯・吳・越を遨遊し、多く鄉邦の未だ載籍有らざるを閲《けみ》す。既に『外志』一書を成し、郡邑の乘（きろく）に未だ備えざる所を補う（余台山水之秀鍾爲人物、而發爲文章者、幾何而不湮沒耶。余留心桑梓故實、有年遨遊燕魯吳越、多閲鄉邦未有載籍。既成外志一書、補郡邑乘所未備）。

『台州外書』二十卷は、一七九九嘉慶四年の刋本が、京大東アジアセンターに藏せられる。

自（これよ）り外に邦人の一文一詩有れば、手錄せざるは靡《な》く、積むこと久しくして遂に夥しく、加うるに近くに蒐め遠くに訪ぬるを以ってす。同好も亦た郵寄する所有り、其の聚まりて散るを懼るるなり。因って先ず輯めて『三台詩錄』と爲し、唐・五季に肇まり國朝乾隆に訖《おわ》る、詩と爲《し》て凡そ三十一《ママ》卷、人と爲て一千數百、而して詩餘を焉《こ》れに附せり。續も又た補遺數卷を成す（自外有邦人一文一詩、靡不手錄、積久遂夥、加以近蒐遠訪。同好亦有所郵寄、懼其聚而散也。因先輯爲三台詩錄、肇唐五季訖國朝乾隆、爲詩凡三十一《ママ》卷、爲人一千數百、而詩餘附焉。續又成補遺數卷）。

本編三十二卷のうち清人は卷二十四・國朝順治一から卷三十・乾隆二までの七卷、人數にして二百三十五家である。師の齊召南は卷二十九・乾隆一の卷頭に見え、一頁以上の評傳をかかげる。卷三十一・方外での清人は十七家、卷三十二・閨閣での淸人は七家。『台詩續錄』四巻のうち、淸人は巻四に六十五家を収める。以上を合計すると三百二十四家である。

本集は京大東アジアセンターと內閣文庫に藏せられるが、後者所藏本は、「自序」「凡例」のすべてと、「引述各種書目」の前半を缺損している。

067　隨園女弟子詩選　六巻、袁枚輯。一七九六嘉慶元年刊

袁枚はもともと浙江杭州府仁和縣の人であるが、早々に江蘇江寧府江寧縣、つまり南京に邸宅をかまえ、隨園と稱した。字は子才、號は簡齋、晩號は隨園老人。

本集の序文の年記と署名は、「嘉慶丙辰夏五月、新安汪穀心農氏序」となっている。つまり一七九六嘉慶元年、安徽徽州府休寧縣出身の汪穀、字は琴田、號は心農（一七五四〜一八二一）の撰である。このとき袁枚は八十一歳である。その序文は次のように始まる。

（『易』の卦の）「兌」は「少女」と爲《みな》され、而して聖人は（象傳にて）之れを「以って朋友として講習す」に繫く。（卦の）「離」は「中女」と爲《みな》され、而して聖人は（象傳にて）之れを「文［ママ］明以って正しきに麗《つ》く」に繫く。（『詩經』國風・周南の）「葛覃」「巻耳」は、三百篇に首冠たりて、女子の詩を能くするは宜《むべ》なり（兌爲少女、而聖人繫之以朋友講習。離爲中女、而聖人繫之文［ママ］明以麗乎正。葛覃・巻耳首冠三百篇、女子之能詩、宜也）。

ついで袁枚と女性詩家とのかかわりに移る。

隨園先生は風雅の宗とする所にして、年　大耋（八十歳）に登り、行くゆく將に重ねて瓊林に宴せんとす。四方の女

士の其の名を聞く者、皆な欽《つつし》んで漢の伏生・夏侯勝の一流と爲し、故に到る所の處、皆な衽《おくみ》を斂《ととの》え地に扱（てつき）し、弟子の禮を以って見《まみ》ゆ（隨園先生風雅所宗、年登大耋、行將重宴瓊林矣。四方女士之聞其名者、皆欽爲漢之伏生・夏侯勝一流、故所到處、皆斂衽扱地、以弟子禮見）。

瓊林の宴は朝廷での新進士の祝宴に八十・九十の舊進士が招待されること。一七九六嘉慶元年春の次は一七九九年が殿試會試の年である。漢の伏生・夏侯勝とも老學者という點で共通する。その結果収集した女士たちの作品、すなわち本集の草稿を、袁枚は蘇州にもたらして汪穀に手渡し、その出版を請うた。しかしそのなかに汪氏の二人の「侍者」、すなわち側室である王碧珠（巻四、採錄七首、字は紺仙、蘇州の人）と朱意珠（巻四、六首、字は寶才、蘇州の人）が含まれていることからいったんは辭退したが、説得されて同意したのだという。「穀 辯ずる能わず、遂に其の原本に就きて以って梓人に付す（穀不能辯、遂就其原本以付梓人）」。

本集にはつごう十九家が収錄され、それぞれに小傳がつく。作品には獨自のもののほか、袁枚との應酬の作もかなり見え、雜作として、書簡や序文の類、あるいは詞なども附錄される。『隨園詩話補遺』十巻の記事をもあわせ見ながら、すこしく例をあげておこう。

席佩蘭、巻一、採錄五十首。「字は韻芬、洞庭山人。常熟の孫原湘孝廉（043『海虞詩苑』參照）に嫁ぐ。兩人 詩を工みにし、一時の佳偶爲り（兩人工詩、爲一時佳偶）。著に『長眞閣詩稿』有り」。袁枚が早くから注目する詩家で、その七言古詩「夫子の報罷されて歸るに、詩もて以って之れを慰む（夫子報罷歸、詩以慰之）」は、一七八三乾隆四十八年、夫・二十四歳が郷試に落第したときの作である。『詩話補遺』巻九には、一七九五年の郷試に孫氏が及第したとき、袁枚が二人の主考官に手紙を送り、十二年前、席氏が「人間試官不敢收、讓與李杜爲弟子（人間 試官は敢えて收めず、李杜に讓與して弟子爲らしむ）」と歌ったことを傳え、席氏にも知らせた、とする。

孫雲鳳、巻一、三十一首。「字は碧梧、杭州孫令宜廉使（四川按察使孫嘉樂、號は春巖、一七三三～一八〇〇）の長女、程氏に嫁ぐ」、一七六四～一八一四。『詩話補遺』巻一には、「孫春巖 滇南に觀察（雲南の道員）たり、姫人王氏、名は玉如を娶り、畫を善くし詩に工みにして、女公子雲鳳・雲鶴と閨房にて唱和し、林下の風有り（孫春巖觀察滇南、娶姫人王氏、名玉如、善畫工詩、與女公子雲鳳・雲鶴閨房唱和、有林下風）」と記す。王玉如は巻四に所收、五首、「雲南の人、令宜廉使の簉室」。孫雲鶴は巻三に所收、十三首、「字は蘭友、令宜廉使の次女、金氏に嫁ぐ」。

『詩話補遺』巻一にはまた、「閨秀は吾が浙に盛んと爲す。庚戌春、墓を杭州に掃くに、女弟子孫碧梧 女士十三人を邀え、大いに湖樓に會し、各おの詩畫を以って贄と爲す（閨秀、吾浙爲盛。庚戌春、掃墓杭州、女弟子孫碧梧邀女士十三人、大會于湖樓、各以詩畫爲贄）」とも記す。一七九〇乾隆五十五年、袁枚七十五歳のことである。このなかには錢琳もいた。巻四、十首、「字は曇如、杭州の人、福建布政使錢琦の女、同里の汪海樹秀才に嫁ぐ」。本集に「隨園先生 湖樓の閨秀十三人の送行詩册に題するを命ずるを以って四絶句を得たり（隨園先生以湖樓閨秀十三人送行詩册命題、得四絶句）」が見える。

一七九二年、袁枚は二度めの天台旅行を終え、歸途に杭州にたちよった。孫雲鳳には「隨園先生再び天台に游びて歸り、湖樓に招集して送別し、分かちて「歸」字を得たり（隨園先生再游天台歸、招集湖樓送別、分得歸字）」があり、孫雲鶴には同じ題で「韻を分かちて「臨」字を得たり（分韻得臨字）」があり、錢琳にも同じ題で「分かちて「山」字を得たり（分得山字）」がある。

駱綺蘭、巻三、四十六首。「字は佩香、句容（江蘇江寧府下）の人。江寧の龔氏に嫁ぐも早くに寡なり。著に『聽秋軒詩稿』有り」。『詩話補遺』巻三に、「句容の駱氏、相い傳えて右丞（唐の駱賓王?）の後と爲し、故《もと》より大家なり。秋亭女子にして名は綺蘭なる者有り、金陵の龔氏に嫁ぐ。……辛亥（一七九一乾隆五十六年）冬、京口（江蘇鎭江府丹徒縣）從り訊を執りて（手紙をよこし）來たり、自ら女弟子と稱し、詩を以って業を受く（句容駱氏、相傳爲右丞之後、故大家也。有秋亭女子、名綺蘭者、嫁金陵龔氏。……辛亥冬、從京口執訊來、自稱女弟子、以詩受業）」とのべ、詩を引いたうえで、「今　館閣（翰林院）の諸公、此れを能くする者、問うに幾人か有らん（今館閣諸公能此者、問有幾人）」とする。

かくして袁枚の、彼女たちへの評價は、より早くには、一七九三年、七十八歳のときに「二閨秀詩」（『小倉山房詩集』巻三十四）で孫雲鳳と席佩蘭をたたえたが、最晩年である一七九六嘉慶元年の末か翌年の初め（死はその年の十一月十七日）には、『詩話補遺』巻十の最後部分で、「余の女弟子は二十餘人と雖も、蕊珠の博雅（ものしり）、金纖纖の領解（わかりやすさ）、席佩蘭の推尊（けだかさ）の如きは本朝第一にして、皆な閨中の三大知己なり（余女弟子雖二十餘人、而如蕊珠之博雅、金纖纖之領解、席佩蘭之推尊、本朝第一、皆閨中之三大知己也）」と記す。嚴蕊珠は、巻四、十三首。「字は綠華、吳江（蘇州府下）の人、未だ字せず（未字）。著に『露香閣詩草』有り、年才《はじ》めて十七」。金逸は、巻二、七十六首。「字は纖纖、蘇州の人。陳竹士秀才（名は基、長洲縣の人、諸生）に嫁ぐ、亦た詩人なり。年二十五歳にて亡《し》す。『瘦吟樓詩草』有り」、一七七〇～一七九四。

本集には、『隨園三十種』所收の一七九六年刊本と、『隨園全集』所收の一九一八民國七年石印本があり、いずれも京大東アジアセンターに藏せられる。實はそのいずれのテキストにも、その目次には十九家のほかに有目無詩の九家の名が載っている。この件に關して『隨園全集』（香港・廣智書局刊、刊年不明）所收の、一九三四年「民國二十三年一月南匯朱惟公」なる序文には、「未だ何故かを識らず。豈に名字の或いは遺落有るか、抑《は》た稿本の未完なる歟（未識何故。豈名字或有遺落、抑稿本未完歟）」としている。たとえば畢沅（062『吳會英才集』參照）の夫人張絢霄（號は霞城）と娘畢智珠（號は蓮汀）も有目無詩の詩家であるが、『詩話補遺』巻八では兩者の詩を、「詩話に多くを載する能わざるに因り別に刻して諸《こ》れを女弟子集中に入る（因詩話不能多載、別刻入諸女弟子集中）」とする記事が見える。

（附）隨園女弟子詩選選（和刻）　二巻、（日本）大窪行選。一八三〇文政十三年刊。

選者の大窪氏は、字は天民、號は詩佛、常陸の人、一七六七～一八三七。

本集は、十九人の詩家をすべて登載させ、各家の作品を選録したもので、汪縠の序文も載せる。

原本は國會圖書館に藏せられるが、汲古書院景印『和刻本漢詩集成　總集篇』第八輯に收録され、長澤規矩也氏の解題に、「本書には、天保十五年（一八四四）大坂藤屋善七の後印本がある」とのことである。このような重ねての出版は、袁枚とその周邊の人たちが日本の多くの人たちに愛好されたことの一端を示していよう。

068　林下四家選集　二十九巻、張懷溎輯。一七九六嘉慶元年序刊。

張懷溎は、字は玉溪、四川成都府漢州の人。一七九四乾隆五十九年の擧人で、官は直隸趙州寧晉縣知縣に至った。父の張邦伸、字は石臣、號は雲谷は、一七五九乾隆二十四年の擧人で、官は河南光州固始縣知縣に至った。その父が、四川綿州羅江縣出身で、本集四番めの李調元と同年であったことから、張懷溎は幼少期から李氏に可愛がられ、のちにはその女婿となった。

本集の自序の年記と署名は、一七九五年の「乾隆六十年正月初十日、廣漢張懷溎玉溪氏撰」となっている。その自序は、「詩なる者は人の性靈を寫す所以なり（詩者所以寫人性靈也）」、また「性靈なる者は人の天趣なり（性靈者人之天趣也）」としたうえで、王士禛批判を展開し、性靈の詩人を稱揚する。

海内の宗とする所は尤も漁洋を以って壇主と爲す。然れども專ら聲色を取り、意を修飾に刻み、詞は好しと雖も性靈は泯《ほろ》べり（海内所宗、尤以漁洋爲壇主。然專取聲色、刻意修飾、詞雖好而性靈泯矣）。其の能く書卷を以って其の性靈を寫し、神氣を以って其の天趣を露わす者は、首として近日の林下四老の詩を推す（其能以書卷寫其性靈、以神氣露其天趣者、首推近日林下四老詩）。

四老なる者は皆な乾隆中の進士にして、人は「乾隆四子」と稱す。其の一は錢塘（浙江杭州府下の縣）の袁子才先生爲り。諱は枚、字は簡齋。己未（一七三九乾隆四年）の庶常（庶吉士）、散館にて改めて江南沭陽（江蘇海州下の縣）の令を授かり、江寧（江蘇江寧府下の縣）に調せられ、（一七四八年・三十三歳）歸るを乞い、金陵の隨園に卜居して以って終老す（四老者皆乾隆中進士、人稱乾隆四子。其一爲錢塘袁子才先生、諱枚、字簡齋。己未庶常、散館改授江南沭陽令、調江寧、乞歸、卜居金陵之隨園以終老）。

其の一は丹徒（江蘇鎭江府下の縣）の王夢樓先生爲り。諱は文治、字は禹卿。庚辰の探花（一七六〇乾隆二十五年、一甲三名）にして編修を授かり、侍讀に陞り、出でて臨安（雲南の府）に守たるも、（一七六七年・三十八歳）降調せられ、歸りて卽わち山を出でず、心を禪學に留めて以って老ゆ（其一爲丹徒王夢樓先生。諱文治、字禹卿。庚辰探花、授編修、陞侍讀、出守臨安、降調、歸卽不出山、留心禪學以老）。

其の一は陽湖（江蘇常州府下の縣）の趙雲松先生爲り。諱は翼、字は甌北。辛巳（一七六一乾隆二十六年、一甲三名進士による編修ののち、一七六六年）編修由り出でて鎭安（廣西の府）に守たり、官は貴西（兵備）道に至りて（一七七二年・四十六歳）歸るを乞う（其一爲陽湖趙雲松先生、諱翼、字甌北。辛巳由編修出守鎭安、官至貴西道乞歸）。

其の一は綿州の李雨村先生爲り。諱は調元、字は羹堂。癸未（一七六三乾隆二十八年）の庶常、散館にて吏部主事に改められ、員外に陞り、廣東に提學し、官は（直隸）通永（兵備）道にして（一七八五年・五十二歳）歸るを乞う（其

一爲綿州李雨村先生、諱調元、字羹堂。癸未庶常、散館改吏部主事、陞員外、提學廣東、官通永道乞歸）。

この四家は一七九五年の時點で、いまだ在世中である。自序はつづく。

四老は惟だ子才のみ壽最も高くして年八十、夢樓・雲松も亦た七十餘（實は六十六歳と六十九歳）、雨村も亦た六十餘（六十二歳）なり。此の四老は皆な又た太史（翰林院官）由り外任に至り、且つ現に林下に居り、而して其の詩は皆な性靈を以って主と爲し、又た善く典を用いて以って其の天趣を寫す者なり（四老惟子才壽最高、年八十。夢樓・雲松亦七十餘、雨村亦六十餘。此四老者、皆又由太史至外任、且現居林下、而其詩皆以性靈爲主、又善用典以寫其天趣者也）。

全二十九巻の內譯は次のようになっている。

『小倉選集』八巻、袁枚。編者の小序にかえて、李調元が『小倉山房詩集』に附した序文（原題未詳）を轉載している。この文の最後には、「適たま余に粤東提學の命有り（059『粤東古學觀海集』を參照）、敢えて自ら（袁氏の詩集を）祕めず、因りて梓して之れを行《めぐ》らす（適余有粤東提學之命、不敢自祕、因梓而行之）」とある。いっぽう『隨園詩話補遺』巻九には、李調元と「素より一面無きに、而も其の隨園詩を抄し得て、愛《め》でること骨髓に入るを蒙る。時に廣東に督學するに方《あた》り、遂に代わりて五巻を刻し、以って多士に敎う（素無一面、而蒙其抄得隨園詩、愛入骨髓。時方督學廣東、遂代刻五巻、以敎多士）」と記される。

『夢樓選集』四巻、王文治。以下の三つの選集にはすべて編者の小序があり、いずれも「嘉慶元年十月既望、廣漢張懷溎玉溪撰」の年記と署名がある。ここの小序では、「先生 吾が岳李雨村先生が癸未會試の房師爲り（先生爲吾岳李雨村先生癸未會試房師）」とする。王文治が進士となった三年め、「房師」とは、部屋別に答案を閲覽する係りである。また袁枚が李調元に與えた書信のなかで、「夢樓詩は其の奇橫排奡の處は蔣（士銓）・趙（翼）に如かざると雖も、而して細筋入骨、神韻の悠然たるは實に之れに過ぐると爲す（夢樓詩、其奇橫排奡處、雖不如蔣趙、而細筋入骨、神韻悠然、實爲過之)」とのべたとする。

『甌北選集』五巻、趙翼。小序にいう、「先生 原《もと》より『甌北集』有り。晩に林下に居ること十餘年、又た自ら刪りて『甌北詩鈔』を爲す。今 其の鈔の全てに就きて以って其の半ばを錄す(先生原有甌北集。晩居林下十餘年、又自刪爲甌北詩鈔。今就其鈔之全、以錄其半)」と。子息の趙廷俊らによる『甌北先生年譜』の、一七八〇乾隆四十五年・五十四歳での記事には、「癸巳(一七七三年)里に歸る自り計るに、(母の)養に侍すること五年、丁艱及び營葬に又た四年、今 補に赴くも又た病に廢し、命に限る所有るを知るなり。乃わち意を榮進に息《や》め、專ら著述を以って自ら娯しみ、此れ自り皆な里居の日なり(計自癸巳歸里、侍養者五年、丁艱及營葬又四年、今赴補又病廢、知命有所限也。乃息意榮進、專以著述自娯、自此皆里居之日矣)」とする。この年より小序の年までは十六年である。その間、趙翼は斷續的に三年間、揚州安定書院の主講をつとめているが、これも林下の居のうちである。なお『甌北全集』所收の『甌北詩鈔』二十巻は乾隆五十六年刋である(京大東アジアセンター藏)。

『童山選集』十二巻、李調元。『李調元詩注』(一九九三年・巴蜀書社刋)の羅煥章「前言」によると、李氏が直隷通永兵備道であった一七八二乾隆四十七年・四十九歳(060『蜀雅』を參照)、『文溯閣・四庫全書』を盛京に護送する途中、任地の通州から東へ約二〇〇キロの盧龍で雨にあい、黄箱を濡らしてしまった。そのかどで逮捕され、翌年二月にようやく出獄を許され、さらに翌々年の一七八五年に落職して四川に歸った。この年から小序の年までは十一年であるが、小序は「林下に優游すること幾んど二十年(優游林下幾二十年)」と記す。その岳父との關係についてHは、次のように記す。「玉溪髫年にして卽わち觚を操るを好み、而して聲調の一門に于いて尤も講切を加え、竊《ひそ》かに幸《こいねが》うに朝夕に親しく(側にはべって居坐にお疲れのときには外出をすすめて)杖を撰《と》るに隨い、得るに快領明誨を以ってせんことを(玉溪髫年卽好操觚、而于聲調一門、尤加講切、竊幸朝夕親隨撰杖、得以快領明誨)」。

本集は、『蜀雅』と同様、李調元輯の叢書『函海』の「乾隆中綿州李氏萬巻樓刋、嘉慶中重校本」では第二十四函に『林下四家選集』として収められるが、「光緒七年八年廣漢鍾氏樂道齋重刋本」にはない。また『百部叢書集成』に収められる『函海』は、前者を一九六八民國五十七年に景印したものであるが、本集については『四家選集』と改め、さらに『小倉選集』では、その後尾に「宣城宗後學」なる袁穀芳が撰した「小倉山房文集後序」を加え、『甌北選集』の後尾には、袁枚撰「趙雲松甌北集序」を加えている。特に前者は文集の序であるから、蛇足というほかはない。

『函海』は、京大東アジアセンター等に藏せられる。

069　湘灕合稾　十六巻、陸炳輯。一七九八嘉慶三年刋。

封面には、書名の右肩に「嘉慶三年」、左下に「呉門藏版」とある。

「湘灕」は「相離（而復相聚）」の雙關語である。本集の自序によると、「湘（江）灕（江）は一源なり。源は海陽山（廣西東北邊）自り山を出づること百里、鏵觜を衝きて分かれて二と爲る（湘灕一源也。源自海陽山、出山百里、衝鏵觜而分爲二）」。湘江は北上して洞庭湖に入り、長江に合して東海に注ぐ。灕江は（桂林府に入り、桂江となって）蒼梧（梧州府）をへて南海に注ぐ。これを「是れ相い離れて復た相い聚まる（是相離而復相聚）」と見なすわけである。

本集は交際の四家を對象とした故舊の書であり、あるいは編者じしんの作を加えた五家詩鈔ともいうべきものである。

陸炳については他の總集などにはまったく見えず、本集所載の詩や文章から判斷するほかはない。みずからの小傳によると、字は赤南、號は藜軒、また玡陵山人・一峯居士、江蘇鎭江府丹陽縣の人、一七三六～一七九八在世。應試と仕官の經驗はなく、十二年間の四川における、おそらくは幕僚の生活と、數次の旅行のほかは、ほとんど鄉里に隱れていたようである。以下、陸氏の遍歷を、四家との關係をまじえながらたどることにする。

後年、歸鄉後にうたった「盆莊歌」の自序に、「乾隆壬午（同二十七年・一七六二・二十七歲）、淮・徐間（江蘇淮安・徐州二府）に遊び、繼いで京自り蜀に入り、蜀に留《とど》まること十餘年（乾隆壬午遊淮徐間、繼自京入蜀、留蜀十餘年）」と記す。四川に入ったのは一七六六乾隆三十一年・三十一歲のときであろう。編者の「題宋中丞紅杏齋詩集後」によると、「乾隆己丑（同三十四年）」、成都府下簡州知州の宋思仁のもとに居り、「久しく簡州に留まる（久留簡州）」。宋思仁は、字は汝和、號は靄若、江蘇蘇州府長洲縣の人。諸生、一七三一～一七九八在世。そのとき宋思仁は、「宋中丞况梅先進の『紅杏齋詩集』及び自著『有方詩草』を出《い》だし、之れを梓せんと欲するも、旋《つ》いで中丞の京に卒するを聞きて克《よ》くせず（出宋中丞况梅先進紅杏齋詩集、及自著有方詩草、欲梓之。旋聞中丞卒於京、不克）」。父親の宋邦綏は、字は逸才、一字况梅、號は曉巖、長洲縣の人。一七三七乾隆二年進士、？～一七七〇。「中丞」とするのは、一七六二年から二年間、湖北巡撫であったからで、亡くなったときの官は戶部右侍郎の二年めであるから、息子は「先少司農公」と稱している。前揭の「題詩集後」の年記は「庚寅三月既望」、つまり宋氏の卒した年になっている。卷五～卷六、宋邦綏、百五十八首。

查禮、初名は爲禮、字は恂叔、號は儉堂、別號榕巢、直隸順天府宛平縣の人、一七一六～一七八三。長兄は查爲仁（字は心穀、號は蓮坡、一六九三～一七四九）、次兄は查爲義（字は履方）。「題查中丞銅鼓書堂詩集後」に、「後 天津に居り、水西莊・苔花館有りて、東南の士 名を慕いて至る者 舟車絕えず（後居天津、有水西莊苔花館、東南之士慕名而至者、舟車不絕）」とあるのは、查家の原籍が浙江杭州府海寧州、つまり查愼行（一六五〇～一七二七）と同族であるからだろう。

一七七五乾隆四十年の春、陸炳は成都に居た。このとき查禮は「觀察」、すなわち松茂道の道員として、四川西部の金川における異民族（羌族？）との戰いに對處していた。翌年に叛亂が平定されると、そのまた翌年の二月に陸炳は成都から歸郷の途につくにあたって、「十二年來滯一身（十二年來　一身を滯《とど》む）」と詠み、郷里近くの京口では「十六年來萬里行（十六年來　萬里の行）」と詠んだ。いっぽう査禮は、戰功により、一七七九年に四川按察使、翌年に同布政使、一七八二年には湖南巡撫に任ぜられた。この年陸炳が五年ぶりに四川を訪れたとき、査禮が任地に赴くことなく京師で亡くなったことを聞いた。「題詩集後」の年記は「嘉慶戊午（同三年）三月二日」である。巻一～巻四、査禮、三百五十六首。

陸炳は四川旅行の五年後、一七八七年・五十二歳、粤西旅行に出た。廣西桂林府の知府査淳の招きによるものであった。字は厚之、號は篆仙、査禮の子息である。一七三四～一七九八在世。この年の九日に桂林に着き、翌年二月に當地をたった。冒頭にのべた湘灘の舟旅はこのときのことである。査淳はのち江蘇常鎭通道の道員、すなわち「觀察」となった。「題査觀察梅舫詩集後」の年記は「嘉慶三年正月十一日」である。巻七～巻九、査淳、二百六十七首。

宋思仁との出會いは、その父宋邦綏のところでのべたように、四川の簡州においてであった。そのご宋思仁は、一七七三年から廣西で横州知州などを六年間つとめ、一七七九年に安徽和州知州、一七九〇年には山東泰安府知府にあり、一七九三年に山東糧道の道員などを歴任したが、この間、陸炳とじかに接した形跡はない。「題宋觀察槖餘集分湘灘合稾後」の年記は不分明で、「嘉慶二月望後一日」となっている。巻十～巻十三、宋思仁、四百首。

最後に、陸炳じしんについて、その小傳から著作の部分を引用しておく。「少くして蜀に遊び、梓する所に『劒嚢草』二集有り。繼いで著わす所に『劒嚢文集』及び『耕餘集』『陶情集』『盆莊集』『杖頭集』有り、合して『蔾軒類稾』と爲す、共に四十二巻。選ぶ所に『蜀遊詩鈔』『蜀遊詩續鈔』、竝びに『丹陽集續鈔』有り」。巻十四～巻十六、陸炳、四百首。

本集は、京大文學部と內閣文庫に藏せられる。

070　淮海英靈集　二十二卷、阮元輯。一七九八嘉慶三年刊。

阮元、字は伯元、號は芸臺、また雲臺に作る。江蘇揚州府儀徵縣（一九〇九宣統元年に「揚子」と改稱）の人。一七八九乾隆五十四年に進士となり、末は體仁閣大學士となった。嘉慶道光間の文化界の大御所である。謚は文達、一七六四～一八四九。

自序の年記と署名は、「嘉慶三年秋八月癸巳、郷人儀徵阮元謹序」である。そこでは次のように記す。經歷の補記は、清・張鑑撰『阮元年譜』（一九九五年・中華書局刊）、王章濤著『阮元年譜』（二〇〇三年・黃山書社刊）などによる。

元 幼時に卽わち（吾が郷）諸家を輯錄して以って一集を成さんと思うも、力 未だ逮ばず。（一七八八乾隆五十三年）都に入りし後、（翰林院編修、ついで詹事府詹事の）侍直に勤め、亦た未だ暇あらず。此の乾隆六十年に及んで、（同五十八年六月以來の）山左學政自り命を奉じて任を浙江（學政）に移し、桑梓（郷里）は遙かに非ず、徵訪較《や》や易く、遂に乃わち博く遺籍を求め、十二邑に遍し（元幼時卽思輯錄諸家以成一集、而力未逮。入都後、勤于侍直、亦未暇。及此乾隆六十年、自山左學政奉命移任浙江、桑梓非遙、徵訪較易、遂乃博求遺籍、遍于十二邑）。

「十二邑」は、『清史稿』卷五十八・地理志・江蘇の表記にしたがえば、「揚州府、領州二（高郵・泰）・縣六（江都・甘泉・揚子（すなわち儀徵）・興化・寶應・東臺）」の九邑と、「舊《も》と揚州に隸《したが》いし」（「凡例」）「通州直隸州、領縣二（如皋・泰興）」の三邑である。

遺山（元好問）『中州（集）』十集（甲集～癸集）の體に效い、錄して甲乙丙丁戊五集と爲し、又た壬集を以って閨秀を收め、癸集は方外を收む。己庚辛三集を虛しくするは、以って補錄を待つ。「淮海英靈」と曰う者《は》、宋の高郵の秦少游（名は觀）嘗て其の集に名づけて「淮海」と曰い、唐の殷蟠[ママ]唐詩を選びて亦た『河嶽英靈集』と曰えり（效遺山中州十集之體、錄爲甲乙丙丁戊五集、又以壬集收閨秀、癸集收方外。虛己庚辛三集以待補錄。曰淮海英靈者、宋高郵秦少游

嘗名其集曰淮海、唐殷蟠［ママ］選唐詩亦曰河嶽英靈集矣）。

最後に揚州文運の今昔をのべ、暗に本集編輯の動機とその難しさにふれる。

廣陵の耆舊は零落して百餘年なりき。康熙・雍正及び乾隆初年、已に刋せる專集は漸く散失に就き、近年の詩人の、集を刻する者は鮮し（廣陵耆舊零落百餘年矣。康熙雍正及乾隆初年、已刋專集漸就散失、近年詩人刻集者鮮）。

「凡例」九則のうちからいくつかを引いておこう。

一、「錄する所の詩人は皆な已に故《し》せる者を以って斷と爲す。遺編舊集は或いは之れを友人に訪ね、或いは之れを賢嗣に出《い》だし、或いは之れを書肆に購い、或いは之れを別集に捜す。人每に各おの小傳數行を爲し、以って爵里事蹟を紀す。或いは詩を以って人を存し、或いは人を以って詩を存す（所錄詩人皆以已故者爲斷。遺編舊集、或訪之友人、或出之賢嗣、或購之書肆、或搜之別集。每人各爲小傳數行、以紀爵里事蹟。或以詩存人、或以人存詩）」。

二、「每集各おの起訖を爲す。其の甲乙に集を分かつは皆な詩を得るの先後を以って定めと爲す（每集各爲起訖。其甲乙分集、皆以得詩先後爲定）」。

三、「外省人の揚州に入籍するは、其の生卒の揚州に在る者にして方《はじ》めて錄に入る。流寓詩人の若きは本より極めて繁多なり。且つ昔 王漁洋（士禛）司寇・盧雅雨（見曾）轉運・馬秋玉（曰琯）徵君等、名流を招集して觴詠すること尤も盛んにして、多くして收むるに勝えず、當に另纂を俟つべし（外省人入籍揚州、其生卒在揚州者方入錄。若流寓詩人、本極繁多。且昔王漁洋司寇・盧雅雨轉運・馬秋玉徵君等、招集名流、觴詠尤盛、多不勝收、當俟另纂）」。

四、最後に「編輯」と「徵詩」にかかわった「諸友」の名列があるが、その雙方に焦循の名が見える。彼は、阮元の山東學政の、ついで浙江學政の官署に館していたのである。字は里堂、江都の人、一七六三～一八二〇。

各集の收錄人數をあげ、注目すべき人物を摘出しておこう。「凡例」その二で斷るように、配列は年齡順でも地域別でもない。

甲集巻一～巻四、百十四家。

巻一の八、卓爾堪、江都の人、一六五三～一七一五以前。023『明遺民詩』の編者。その小傳は例外的に長い。

巻一の二十八、繆沅、泰州の人、一六七二～一七二九。024『江左十五子詩選』の一人。

巻二の五、汪懋麟、字は季甪、號は蛟門、江都の人、一六三九～一六八八。

巻三の十六、汪楫、字は舟次、安徽徽州府休寧縣籍、江都居住、一六二三～一六八九。

巻四の二、程夢星、字は午橋、江都の人、一六七九～一七五五。

乙集巻一～巻四、百八十五家。

巻三の二十七、馬曰琯、字は秋玉、安徽徽州府祁門縣籍。「鹺（しお）を揚州に業とし、遂に焉《こ》れに家す（業鹺揚州、遂家焉）」。江都居住、一六八八～一七五五。

巻三の二十八、馬曰璐、字は佩兮。「兄（曰琯）と名を齊しくし、揚州二馬と稱せらる（與兄齊名、稱揚州二馬）」。

丙集巻一～巻四、百六十四家。

巻一の一、季開生、字は天中、泰興の人。「建議を以って遼左に謫せらる。姜宸英稱して本朝第一の諫臣と爲す（以建議謫遼左。姜宸英稱爲本朝第一諫臣）」。一六三〇～一六六二。

巻一の三十九、王式丹、字は方若、寶應の人、一六四五～一七一八。『江左十五子詩選』の一人。

巻四の一、鄭燮、字は克柔、號は板橋、一六九三～一七六五。

丁集巻一～巻四、百九十三家。

巻一の三十、鄧漢儀、字は孝威、泰州の人、一六一七～一六八九。011『天下名家詩觀』の編者。

巻四の二十八、汪中、字は容夫、江都の人、一七四四～一七九四。

戊集巻一～巻四、百四十八家。

巻四は阮家の祖先、および祖母江氏、母林氏の一族。

壬集（一巻、閨秀）四十六家。

巻一の三十三、袁機、字は素文、如皋高振宜の妻、袁枚の妹。

巻一の三十四、袁棠、字は雲扶、儀徵汪孟翊の妻、袁枚の妹。

癸集（一巻、方外）十五家。

以上、合計八百六十五家である。

法式善は『陶盧雜錄』巻三にいう、「揚州の文獻を備うるに足るのみ（足備揚州文獻云）」と。なお123『國朝正雅集』の『采用書目』に、「『淮海英靈續集』儀徵阮亨輯」と見えるが、その所在は明らかでない。

本集は、儀徵阮氏小琅嬛僊館刊本（のち文選樓叢書に收錄）が、京大文學部、同京大東アジアセンター、阪大懷德堂文庫、靜嘉堂文庫に藏せられるほか、百部叢書集成に收錄されている。

071　國朝杭郡詩輯　十六巻、吳顥輯。一八〇〇嘉慶五年刊。

見返しに、書名が大字二行で記され、その右に「嘉慶五年鐫」、二行の下に細字二行で「杭城東橫河橋高官衖口吳宅藏板」とある。

本集は、浙江杭州府の詩家千四百九人の詩を收錄する。杭州府は、海寧州と、錢塘・仁和・富陽・餘杭・臨安・於潛・新城・昌化の八縣を領する。

　呉顥は、字は仰顥、號は洛波、また退庵、錢塘縣の人。一七五九乾隆二十四年に擧人となり、浙江處州府遂昌縣學の訓導となったがまもなく辭め、衣食を求めて全國の半ばを放浪し、そのごは樓を築いて孫の教育と著述に專念した。

　本集の自序の年記と署名は「嘉慶五年歳在庚申春三月、錢唐呉顥退庵序」となっている。その自序は次のように始まる。

　國朝の詩輯は夥頤（あまた）たり。惟だ杭郡を輯《あつ》むる者は、鯫生（小生）の聞くこと尠なきなり。前人の詩を選ぶは皆な宇內の諸家を綜括し、以って徵すること宏富なり。『國朝詩別裁』の選本は曾て欽定を經、亦た天下を合して詩を言う。故に杭人の選に入る者は少なし。且つ高宗の御序は（乾隆）二十六年（一七六一）に在れば、則わち此の後の數十年の詩は、多く未だ選録されず（國朝詩輯夥頤。惟輯杭郡者、鯫生之尠聞也。前人選詩、皆綜括宇內諸家、以徵宏富。國朝詩別裁選本曾經欽定、亦合天下而言詩。故杭人之入選者少。且高宗御序在二十六年、則此後數十年之詩、多未選録）。

「詩を言う（言詩）」については、おそらく045『國朝詩別裁集』（欽定本）の乾隆帝「御製序」の次の一節を踏まえるであろう。「且つ詩なる者は何ぞや、忠孝なるのみ。忠孝を離れて詩を言うは、吾れ其の詩爲るを知らざるなり（且詩者何、忠孝而已耳。離忠孝而言詩、吾不知其爲詩也）」。また、「今の（沈德潛の）選ぶ所は、其の宿昔の言詩の道に非ざるなり（今之所選、非其宿昔言詩之道也）」。とすれば、「故に杭人の選に入る者は少なし」とは、杭人の詩に忠孝にかかわる作品が少なかったからだ、ということになるだろう。しかし呉顥は、本集を編むにあたって、忠孝にかかわる杭人の詩を捜して、欽定本の缺を補おうというわけではない。むしろ逆に、忠孝にかかわらぬとして（その理由のみによるわけではないが）044自定本から削除された杭人を、まずは復活させようとしたかに見える。

　自定本の卷一すべてと卷二前半に屬する十九人の貳臣のうち、杭人は陳之遴（海寧州の人。一六三七崇禎十年の進士、一六五六順治十三年まで弘文院大學士）だけであるが、さすがに本集には收録されていない（105（二）『國朝杭郡詩續集』巻一に收録）。しかし自定本巻七所收の胡介（銭塘の人）は、貳臣の呉偉業をうたった詩のために欽定本で削除されたが、本集巻三に收録されている。同じように、巻八の汪志道（銭塘の人）は巻六に、巻十の汪霦（銭塘の人）は巻四に、巻十七の楊中訥（海寧州の人）は巻五に、巻二十三の沈元滄（仁和の人）は巻九に、巻二十九の陳景鍾（銭塘の人）は巻十七にと、合わせて六家が復活させられている（巻三十の楊錡（銭塘の人）は『國朝杭郡詩續集』に收録）。これらの人物は、次の文にいう「舊選の遺《わす》るる所（舊選所遺）」に該當するだろう。

自序にもどろう。

今顯 杭人を以って杭詩を輯むるに、竊かに謂《おも》えらく、舊選の遺《わす》るる所、及び後來の繼起は、皆な泯沒す可からざる者有り、と。是れを用って028『檇李詩繫』（嘉興府）・066『三台詩錄』（台州府）、及び056『越風』（紹興府）・040『甬上集』（寧波府鄞縣）の例に仿い、吾が杭一郡に就きて之れを輯め、國初自り以って嘉慶に迄《およ》び、四朝熙皞の風・一百五十餘年の作を採り、（中略）凡そ一千四百餘人を得たり（今顯以杭人輯杭詩、竊謂舊選所遺、及後來繼起、皆有不可泯沒者。用是仿檇李詩繫・三台詩錄、及越風・甬上集之例、就吾杭一郡輯之、自國初以迄嘉慶、採四朝熙皞之風一百五十餘年之作、（中略）凡得一千四百餘人）。

自序はさらに「捜集の本づく所は、名家の專集、及び011『詩觀』・045『別裁』の選ぶ所を除くの外（捜集所本、除名家專集及詩觀・別裁所選外）」に、次のような總集をあげる。孫以榮（字は可堂）の『湖墅詩鈔』（『清史稿』巻百二十三・藝文志四に「八巻」とある）、趙時敏（字は笠亭）の『郭西詩鈔』、柴杰（字は臨川）の『浙人詩存』（『清史稿』に「八巻」）。また、仁和の藏書家朱文藻（字は映漘、號は朗齋、諸生、一七三五～一八〇六）の處からは「二百餘家を得、以って無き所を增補す（得二百餘家、以增補所無）」。

本集の内譯は例えば次のようになっている。

卷一「順治年間有科目者」（卷頭）黄機、字は次辰、錢塘の人、一六四七順治四年進士。官は文華殿大學士兼吏部尙書に至る、一六一二～一六八六。

卷四「康熙三十年間無科目者、約畧爲次」洪昇、字は昉思、號は稗畦、錢塘の人、一六四五～一七〇四。

卷五「康熙三十二年至六十年以科目爲次」査愼行、字は悔餘、號は初白、海寧州の人、一七〇三康熙四十二年進士、一六五〇～一七二七。

厲鶚、字は太鴻、號は樊榭、錢塘の人、一七二〇康熙五十九年擧人、一六九二～一七五二。

卷八「雍正時人有沒於乾隆三十年者、約畧爲卷」金農、字は壽門、號は冬心、錢塘の人、一六八七～一七六四。

卷九「乾隆十三年以前有科目者」杭世駿、字は大宗、號は菫浦、仁和の人、一七二四雍正二年擧人、一七三六乾隆元年鴻博、一六九六～一七七三。

袁枚、字は子才、號は簡齋、錢塘の人、乾隆四年進士、一七一六～一七九七。

卷十四「無名氏・遺民・流寓併錄爲卷」（勝國遺民）談遷、字は孺木、海寧州の人、明の諸生、?～一六六五。

（名流寄寓）李漁、字は謫凡、號は笠翁、浙江寧波府蘭溪縣の人。

卷十五「閨秀」袁機・袁杼・袁棠（いずれも袁枚の妹）。

卷十六「方外」釋今釋。俗名は金堡、字は道隱、仁和の人。一六四〇崇禎十三年の進士。一六五〇順治七年、南明桂王の桂林が陷落してのち僧となった。

最後の今釋については注目に値する。「中論　清詩總集にたいする禁燬措置について」でのべたように、一七七六乾隆四十一年十一月、乾隆帝から名指しされた一人だからである。また金堡を收録する禁燬書目としては、例えば026『明詩綜』があがっていた。ところが本集では、小傳として「字澹歸、仁和人。有『徧行堂集』」と記したあと、次のような引用をする。

『靜志居詩話』師俗姓金、名堡、字衞公、一字道隱。明崇正庚辰進士、臨清知州。晩爲僧、居韶州丹霞山、卒于平湖。

しかし「清嘉慶二十四年扶荔山房刋本」によって斷句標點したとする『靜志居詩話』（一九九〇年十月・人民文學出版社刊）には見えない。また一九六二年臺灣世界書局景印本の『明詩綜』にも見えない。禁燬措置の敕命からわずか二十四年後に金堡の名がここに載るのは、驚くほかはない。許されてのことなのか、不用意なのか、確信犯なのか、今はその結論を保留するほかはない。

本集については『陶廬雜錄』巻三が、その內譯をはじめ、かなり詳しい紹介をしたあと、結論として、「蓋し詩を以って人を存するの意にして、多くは斷斷として聲律を講求する者の比《たぐ》いに非ず（蓋以詩存人之意、多非斷斷講求聲律者比）」と評している。本集が法式善の目睹するところであったことは確かである。

本集は、これを原本として、孫の吳振棫（字は仲雲、號は毅甫、また再翁、一七九三～一八七一）により重編本が編輯された。その次第を吳振棫は『國朝杭郡詩續輯』の序文の冒頭に次のように記す。

杭郡詩輯十六卷は、先大父退庵公 嘉慶庚申（同五年、一八〇〇）に刋す。越えて二十年にして火に燬かれ、又た十年の庚寅（一八三〇道光十年）、棫 憂里の門に居りて舊印本を得、重ねて纂錄を加え、釐《おさ》めて三十二卷と爲す（杭郡詩輯十六卷、先大父退庵公刋於嘉慶庚申。越二十年而燬于火、又十年庚寅、棫居憂里門、得舊印本、重加纂錄、釐爲三十二卷）。

原本である本集と重編本とのあいだの內容上の出入りについては、『國朝杭郡詩續輯』とあわせてのべることにする。

144『晩晴簃詩匯』が巻八十八・吳顥の項で、「嘗て順・康以來の杭州先輩の作を輯め、其の孫仲雲督部に至って編刻して『杭郡詩輯』三十二巻と爲す（嘗輯順康以來杭州先輩之作、至其孫仲雲督部編刻爲杭郡詩輯三十二卷）」とするのは、誤解である。

本集は京大東アジアセンターに藏せられる。

072 白山詩介　十巻、鐵保輯。一八〇一嘉慶六年刋。

見返しには、書名の上に横書きで「嘉慶辛酉孟春鐫」とあるが、書名の左右に文字は無い。

「白山」は長白山、吉林省の東部を朝鮮國境にそって走る山地で、これをもって遼寧・吉林・黑龍江の東三省、すなわち滿洲の代稱とする。本集は、滿洲・蒙古・漢軍の各八旗人の詩を編輯したものである。

鐵保は、字は冶亭、號は梅庵、滿洲の正黃旗人、一七五二～一八二四。將門の出身だが、一七七二乾隆三十七年に進士となった。王豫の081『羣雅集』卷十六は次のように記す。「時に百菊谿制府・法時帆學士と、天下は「三才士」と稱す。生平　賢を敬い士を禮すること飢渴するが如く、人倫の冰鑒（かがみ）にして、眞に鄂文端の後の一人なり（時與百菊谿制府・法時帆學士、天下稱三才士。生平敬賢禮士如飢渴、人倫冰鑒、眞鄂文端後一人）」と。百齡は、字は子頤、漢軍旗人で、官は兩江總督・協辦大學士に至った、一七四八～一八一六。法式善は、字は開文、またの號は梧門、蒙古旗人で、官は翰林院侍讀學士に至った、一七五三～一八一三。その著『陶盧雜錄』には淸詩總集に關する記事も多く、本稿でもしばしば引用している。二人とも本集の「參訂」にあずかった。また鄂爾泰は、字は毅庵、號は西林、滿州の鑲藍旗人、一六七七～一七四五、である。本集「爵里姓氏」の28番めに「康熙己卯（三十八年、一六九九）擧人、官大學士、謚文端」と記されている。

自序の年記は一七九二年の「乾隆五十七年壬子三月」、鐵保は禮部左侍郎であった。

余 性として詩を嗜《この》み、嘗て八旗の滿洲・蒙古・漢軍の諸遺集を編輯し、上は崇德（一六三六～一六四三）に溯る二百年間、作者百八十餘人、古今體詩五十餘卷を得、041『山左詩鈔』・『金華詩萃』（058『金華詩錄』をさすか）の諸選に效いて『大東景運詩集』と爲さんと欲するも、卷帙の繁富にして業を卒うること難しと爲す。茲こに其の精粹にして人口に膾炙する者を撮りて分體の一編と爲し、以って同好に供して之れを質す（余性嗜詩、嘗編輯八旗滿洲蒙古漢軍諸遺集、上溯崇德二百年間、得作者百八十餘人・古今體詩五十餘卷、欲效山左詩鈔・金華詩萃諸選、爲大東景運詩集、卷帙繁富、卒業爲難、茲撮其精粹膾炙人口者、爲分體一編、以供同好質之）。

その出版をうながしたのは翁方綱（號は覃溪、一七三三～一八一八）・紀昀（字は曉嵐、一七二四～一八〇五）・彭元瑞（號は雲楣、一七三一～一八〇三）・陸錫熊（號は耳山、一七三四～一七九二）らであったという。自序は最後に讀者に呼びかける。

是の集を讀む者は、前輩の典型（もはん）を懷わん。戰伐の餘に歌詠を廢せず、從政の暇に性情を抒寫し、必ずしも章句に沾沾とせず、而して自ずから卓犖として磨滅す可からずの氣有り、天壤を流露し、以って興こす可く以って觀る可く、爭って自ら策勵し、以って勉めて我が國家の作人（人材育成）右文（學問重視）の盛んなるに副う、を（讀是集者懷前輩典型、戰伐之餘、不廢歌詠、從政之暇、抒寫性情、不必沾沾於章句、而自有卓犖不可磨滅之氣、流露天壤、可以興可以觀、爭自策勵、以勉副我國家作人右文之盛）。

「凡例」は自序の數年後に書かれている。全十五則のうちからいくつかを摘出しておこう。

一、「旗籍の諸詩は、卓悟菴『白山詩選』・伊肩吾『白山詩存』の如し。第だ鈔本有るも未だ完書を爲さず。保 二公の未だ竟《お》えざるの志を繼ぎて用って是の選を成す（旗籍諸詩、如卓悟菴白山詩選・伊肩吾白山詩存。第有鈔本、未爲完書。保繼二公未竟之志、用成是選）」。卓奇圖は「爵里姓氏」の65番めに、字を別の表記により「誤菴、滿州人、官（戶部）

筆帖式」とする。伊福訥は同じく77番めに、別の字によって「兼吾、號抑堂、滿洲人、輝發納喇氏、雍正庚戌（八年、一七三〇）進士、官御史」とする。

二、「余 乾隆六十年（一七九五）に於て八旗通志總裁官に充てられ、偏く八旗詩文集を捜すを得、一編を選輯して通志に副え以って行わんと擬《ほっ》し、共に詩四十餘卷を得るも、篇帙浩繁にして尙お未だ業を卒えず、茲こに其の精華を萃《あつ》め、彙《あつ》めて一集と爲し、先行して梓に付し、以って梗概を存す（余於乾隆六十年充八旗通志總裁官、得徧捜八旗詩文集、擬選輯一編、副通志以行、共得詩四十餘卷、篇帙浩繁、尙未卒業、茲萃其精華、彙爲一集、先行付梓、以存梗概）」。

三、「詩は眞を貴び、各おの其の性の近づく所に隨い、一律に相い繩《しば》る可からず（詩貴眞、各隨其性之近所、不可一律相繩）」。また、「是の集の選は當時の際遇に就き、本地の風光を寫し、眞景實情、自然に妙に入る（是集之選、就當時之際遇、寫本地之風光、眞景實情、自然入妙）」。ちなみに袁枚は、本集の「校勘」にあずかったことを『隨園詩話補遺』卷五に、「鐵冶亭侍郎、『長白山詩』を選ぶ。皆な滿洲の已に故《な》きの人にして、余に校勘を命ず（鐵冶亭侍郎選長白山詩、皆滿洲已故之人、命余校勘）」とのべたうえで、そのうちの佳句を例示しているし、同書の卷七では、「近日 滿洲の風雅は遠く漢人に勝り、軍旅を司ると雖も詩を能くせざるは無し（近日滿洲風雅、遠勝漢人、雖司軍旅、無不能詩）」と斷言している。

四、「旗籍にては黃冠（道士）・緇服（佛僧）は倶に禁例を干《おか》す、故に詩に方外無し。一門の閨閣中、詩人に乏しからず（旗籍、黃冠緇服、倶干禁例、故詩無方外。一門閨閣中、不乏詩人）」。

五、「是の集の體例は陳其年（名は維崧）021『篋衍集』の各おの各體に歸するに仿い、唯だに便を讀者に取るのみならず、且つ工拙を使《し》て形《あら》わし易くし、稍や平衍に涉るは卽わち刪例に從い、故に顏を「介」と曰う（是集體例仿陳其年篋衍集各歸各體、不唯取便讀者、且使工拙易形、稍涉平衍、卽從刪例、故顏曰介）」。詩を鑑賞するうえでのたすけ、という意味であろう。

けっきょく本集に收録されたのは百四十二家である。その「爵里姓氏」の年齢順の名列を順に見てゆくと、「宗室」七氏のあとに次のような人物が記される。

8鄂貌圖、「麟閣、號遇羲、滿洲人、章佳氏。崇德丙子（同元年一六三六）擧人、禮部參政・宏文院學士」、一六一四〜一六六一。「凡例」でも、「本朝文治の盛んなるは、崇德間の鄂公麟閣卽わち詩を以って遼瀋（遼陽と瀋陽、のち盛京と改稱）に雄たり、風氣の先を開く（本朝文治之盛、崇德間鄂公麟閣、卽以詩雄於遼瀋、開風氣之先）」と特記される。

11范承謨、「覲公、號螺山、漢軍人。順治壬辰（同九年一六五二）進士、官福建總督、謚忠貞」。魏憲の016『皇朝百名家詩選』において、一六七二康熙十一年十月の記事に見えた。

17（納蘭）性德、「一名成德、字容若、滿洲人、葉赫納喇氏。康熙癸丑（同十二年一六七三）進士、官侍御」、一六五五〜一六八五。

21曹寅、「子清、號楝亭、漢軍人。官通政使江寧織造」。曹雪芹の祖父、一六五八〜一七一二。

33卓爾堪、「子立、漢軍人」。023『明遺民詩』の編者である。

72尹繼善、「元長、號望山、滿洲人、章佳氏。雍正癸卯（同元年一七二三）進士、官大學士、謚文端」、一六九五〜一七七一。

84鄂容安、「虛亭、滿洲人、西林覺羅氏、文端公子。雍正癸丑（同十一年一七三三）進士、官總督、謚剛烈」、?〜一七五五。

本書は京大文學部に藏せられる。

073 國朝全閩詩錄　初集二十一巻・初集續十一巻、鄭杰輯。一八〇一嘉慶六年序刊。

見返しには、書名をはさんで右に「嘉慶庚申年（同五年）鐫」、左に「初續二集 注韓居藏板」とある。しかし刊年は、後述するように、わけありの表記である。

編者の鄭杰は、字は昌英、號は注韓居、福建福州府侯官縣の人、?～一八〇〇。ほかはまったく分からない。初集の「敍」は、編者ではなく、齊弼が書いている。その年記と署名は、「嘉慶辛酉（六年）秋七月、蘭皋齊弼書於話雨軒」となっている。齊弼も侯官縣の人で、一七八一乾隆四十六年の進士。その「敍」はほとんど事實の記述に終始する。

まず編者の紹介からはじまる。「亡友鄭君昌英は嗜學の士なり。家は藏書に富む。弱冠自り諸生と爲りし時、即わち稽古に潛心し、科名を以って務めと爲すに汲々たらず（亡友鄭君昌英嗜學士也。家富於藏書。自弱冠爲諸生時、即潛心稽古、不汲々以科名爲務）」。ついで自分の歸鄉、編者との再會にうつる。「予 乾隆壬子の歳（同五十七年一七九二）自り湖湘に宦遊し、嘉慶戊午（同三年）に至り憂を以って里に旋るに、昌英と別かれて六載を逾えたり（予自乾隆壬子歳宦遊湖湘、至嘉慶戊午以憂旋里、與昌英別、逾六載矣）」。そのとき編者の口から本集の編輯が進んでいることを聞かされた。「人每に必らず其の生平出處を詳考し、兼ねて衆論を折衷し、時に或いは附するに己《おの》れの意を以ってし、其の後に旁注し、覽る者を俾《し》て稽考する所有らしめ、人を知り世を論ずるの一助なるを庶幾《こいねが》う（每人必詳考其生平出處、兼折衷乎衆論、時或附以己意、旁注其後、俾覽者有所稽考、庶幾知人論世之一助乎）」。ところが、一八〇〇嘉慶五年の五月、「工の未だ半ばに及ばずして、昌英 病革む（工未及半、昌英病革）」。死者の父慕林先生がその遺稿を抱きながら、齊弼にたいして共同で完成しようと申しでたのであった。最後に、編者の原稿にたいして、「予は固より未だ嘗て稍《いささ》かも其の間に增損する所有らざるなり（予固未嘗稍有所增損於其間也）」と斷っている。

ところで、初集續のほうには編者の「序」がある。その年記と署名は、「嘉慶庚申四月望後、侯官鄭杰書」となっていて、死歿一ヶ月前のものである。ほとんど全文を掲載しておく。

有唐自り勝代（明）に迄《およ》びては已に閩詩數千家を錄するも、尚お未だ梓に付せず。國朝は閩中の詩人輩出し、集の多くは祕して未だ傳わらず、急ぎ蒐緝を爲し、半載を歴て作者若干人を得、分けて若干巻と爲し、先ず梨棗に登《のぼ》す。錄する所の人は倶に已に棺を蓋いて論定まる。其の「初集」と曰うは、次集・三集の留めて待つ有るなり。「續」と曰うは、初集の未だ備わらざる所を補うなり（自有唐迄勝代已錄閩詩數千家、尚未付梓。國朝閩中詩人輩出、集多祕而未傳、急爲蒐緝、歴半載得作者若干人、分爲若干卷、先登梨棗。所錄之人倶已蓋棺論定。其曰初集者、次集三集留而有待也。曰續者、補初集所未備也）」。

かくして詩家の數は、「初集」二十一巻に百五十家を収め、次のような詩家が見える。

巻一、趙濳（またの名は炎）、009『詩藏初編』の編者。

巻五、魏憲、016『皇朝百名家詩選』の編者。

巻九、全巻をとおして黄任（字は辛田、一六八三～一七六八）、九十九首。

巻十六、鄭王臣、057『莆風清籟集』の編者。

「初集續」には三百四十二家、兩集あわせると四百九十二家である。

本集は早大寧齋文庫に藏せられる。

なお本集は、後年になって次のような補訂本が編輯された。

『閩詩錄』甲集六巻、乙集四巻、丙集二十三巻、丁集一巻、戊集七巻。鄭杰輯、陳衍補訂。一九一一宣統三年、侯官陳氏刋本。

陳衍は、字は叔伊、號は石遺、侯官縣の人、一八五八～一九三八、140『近代詩鈔』の編者である。その「補訂閩詩錄敍」の年記と署名は、「宣統二年二月二十六日侯官陳衍敍述」である。そこで陳衍は、「嘉慶間侯官の鄭昌英茂才（生員）緝《あつ》めて『全閩詩錄』有り。已に刻する者は惟だ國朝詩錄のみにして、順治自り乾隆に至りて止む。其の唐自り明に迄《およ》ぶ稿百餘册は、輾轉して鄕先生の家に流落す（嘉慶間侯官鄭昌英茂才緝有全閩詩錄。已刻者惟國朝詩錄、自順治至乾隆而止。其自唐迄明稿百餘册、輾轉流落於鄕先生之家）」と記す。その原稿を入手し、宋・元などに大幅な「補訂」をほどこして補訂本をしあげたとする。

この補訂本は、京大東アジアセンターに藏せられる。しかし「補訂閩詩錄凡例」は、「唐を甲集と爲し、五代を乙集と爲し、宋を丙集と爲し、金を丁集と爲し、元を戊集と爲し」としたあとに、つづけて「明を己集と爲す。國朝の順治より乾隆に至る原錄に有る所の者を庚集と爲す。嘉慶以後 續錄を擬すを辛集と爲す。唐自り國朝に至るは另《わ》けて補遺一集を編みて壬集と爲す。其の癸集は則わち以って來者を俟つ（明爲己集。國朝順治至乾隆原錄所有者爲庚集。嘉慶以後擬續錄爲辛集。自唐至國朝另編補遺一集爲壬集。其癸集則以俟來者）」と記すが、後半の部分が刋行されたのかどうか、定かではない。

（附）閩詩傳（初集）四卷（うち清二卷）・附一卷、曾士甲輯。（刋年未詳）

封面には、中央の「閩詩傳」の右上に「閩中曾客生輯」、右下の加刷に「初集」とあり、左下に「幻有堂藏板」、左上の加刷に「二集卽已嗣刻、八郡君子不我遐棄、幸惠全稿見示如初集、已輯者亦冀再見以廣同聲　士甲識」なる廣告がある。各卷冒頭の標題は「閩詩傳初集」に作る。編者曾士甲は侯官縣の人らしい。總集では、前項『國朝全閩詩錄』初集續の卷七にのみその名が見えるが、詳らかにしない。

本集の內譯は、卷一に明の萬曆と天啓、卷二に崇禎と「丙戌」（一六四六年）。卷三に順治で、五十六家、魏憲など。卷四に康熙で、わずか十八家である。編者との應酬の作が散見し、その年次のもっとも新しいのは、一六七九康熙十八年の作である。卷附には、釋氏・道人・閨秀・妓、そして曾士甲じしんの詩三十六首をのせる。前項『國朝全閩詩錄』に先だつこと百年以上ということになるが、『國朝全閩詩錄』に本集についての言及はない。福建の詩の總集として、『國朝全閩詩錄』をもってその嚆矢としない證しという意味で、あえて追記しておく。

本集は內閣文庫に藏せられる。

074　國朝滇南詩略　十八卷・補遺四卷・流寓二卷、袁文揆輯。（正編十八卷）一八〇〇嘉慶五年序刊。續刻十卷（うち清八卷）一八〇三年序刊。

「滇南」は、二字で雲南全域をさし、その南半分の意ではない。詩家の出身を一瞥しても、また序文の使いかたを見ても、そのように判斷される。

見返しには、「國朝滇南詩略」を中央にして、上に横書きで「嘉慶己未年鐫」、右に「古皖江岷雨・姚江翁鳳西（二行）兩先生鑒定」、左下に「肄雅堂藏板」とある。嘉慶己未（同四年一七九九）に卷の初めのほうが刻せられ、翌年以降に正編十八卷が竣刻、補遺四卷とあわせて一八〇二年後序刊、流寓二卷は一八〇〇年序刊。これに續刻十卷・一八〇三年序刊を加えて合册されたのであろう。鑒定の兩氏はともに序文の撰者である。肄雅堂は兄袁文典の室名である。

袁文揆は、字は時亮、號は蘇亭、雲南永昌府保山縣の人。王昶の077『湖海詩傳』卷四十四によると、王氏が、一七六九乾隆三十四年（四十六歲）、緬甸（ビルマ）との國境紛爭のさいに、雲貴總督阿桂のもとに文官として從軍し、駐屯地の永昌で袁氏にも業を授けたという。ちなみに、その前年、兩淮鹽運使であった盧見曾（041『國朝山左詩鈔』の編者）が特定の鹽商を「提引（ひきたて）」して「官商に竝びに侵蝕する有り（官商竝有侵蝕）」としたことが發覺し、逮捕・査問ののち獄死した（『清史稿』巻三百四十一・盧蔭溥傳附）。王氏は官憲の動きを前もって盧氏に傳えたとの疑いがもたれ、刑部郎中の職を解かれたので、みずから從軍を志願したのである。いっぽう袁文揆は、一七七七乾隆四十二年に抜貢生となり、甘肅蘭州府河州の州判となったが、祖母の養老を理由に歸郷し、雲南府學教諭となった。

「序」の一に年記はなく、署名は「古皖江濬源岷雨氏譔」とある。江濬源は、字は岷雨、號は介亭、安徽安慶府懷寧縣の人。一七七八乾隆四十三年の進士で、雲南最南の臨安府の知府をつとめた。その序文では、雲南について「滇雲は其れ尤も極南の區なるか（滇雲其尤極南之區乎）」とし、本集について「此れ保山の袁君時亮の爲す所、乃兄儀雅の『滇南明詩選』の後を繼ぎ、復た國朝滇詩の選有るなり（此保山袁君時亮所爲、繼乃兄儀雅滇南明詩選後、復有國朝滇詩之選也）」とする。兄の袁文典は、字は儀雅、號は陶村である。ついで、本集の時空に關して、「其の三迤十四郡七廳州、百有五十餘年の作者に於て（其於三迤十四郡七廳州、百有五十餘年之作者）」とする。「十四郡」は、『清史稿』巻七十四・地理二十一・雲南の最初に「共に府十四……を領す（共領府十四……）」と記す數に合致する。「三迤」は雲南全域の代稱であろう。ちなみに『清史稿』巻百十六・職官三・道員の項では、兵備を帶びる分巡道として、迤東道（駐曲靖）・迤西道（駐大理）・迤南道（駐普洱）があるが、雲南の道臺としては、このほかにも、雲南府・武定直隷州の屬する雲武分巡・糧儲道、臨安府・廣南府・開化府の屬する臨安開廣道がある。

「序」の二の年記と署名は、「嘉慶五年嘉平立春日、餘姚翁元圻載育甫撰」となっている。翁元圻は、字は載育、浙江紹興府餘姚縣の人。『清代職官年表』によると、一七八一乾隆四十六年の進士。着任時は未詳だが、一八〇九嘉慶十四年、迤南道の道員から貴集州按察使に移っている。その序文では、まず「滇詩は前明に在りて已に其の凡を發して其の例を起こせり（滇詩在前明已發其凡而起其例）」として、張含をあげる。張含は、字は愈光、號は禺山、永昌衛の人で、正德中（同二年一五〇七か？）の擧人、一四七九～一五六五。「張禺山 南園（父張志淳の號）の家學を承け、又た獻吉（李夢陽）に師事し、何仲默（景明）・楊升庵（愼）を友として力めて正始を追う（張禺山承南園家學、又師事獻吉、友何仲默・楊升庵、力追正始）」。このうち楊愼（字は用修、號は升庵、四川成都府新都縣の人、一五一一年殿試第一、一四八八～一五五九）は、一五二四嘉靖三年、翰林院の經筵講官として、嘉靖帝の生父母に關する大禮の儀を上疏した。それが帝の怒りにあい、廷杖のうえ永昌衛に謫戍された。そのご死ぬまでの三十五年間、流謫の地にあった。「升庵 建言を以って杖謫せられて滇に來たり、荒涼寂寞の鄉に處る（升庵以建言杖謫來滇、處荒涼寂寞之鄉）」。そのとき「詩酒酬唱」し、「以って其の抑鬱無聊の氣を抒ぶ（詩酒酬唱……以抒其抑鬱無聊之氣）」、その仲間が「楊門七學士」とよばれる人々で、先の張含ほか、王廷表（號は鈍庵）・楊士雲（號は宏山）・李元陽（號は中谿）・唐錡（字は池南）・胡廷祿（號は在軒）・吳懋（號は高河）である。この七氏については、王文才『楊愼學譜』（一九八八年・上海古籍出版社刊）の「楊門諸子」（七七頁）に詳しい。翁氏の序文はこのあと、本集について、「是の編は、多き者は百數十篇、少なき者は一二篇、捜抉爬羅し（ほりおこし、かきあつめ）、既に醇にして且つ備わること、雅雨堂の『山左詩鈔』と、未だ孰《いず》れか伯仲爲るかを知らず（是編、多者百數十篇、少者一二篇、捜抉爬羅、既醇且備、與雅雨堂山左詩鈔、未知孰爲伯仲）」とのべる。全省を對象として先驅するのは、たしかに、盧見曾輯のこの總集だけであった。

「弁言」の年記・署名は、「大清嘉慶四年歲次己未丙子月甲戌穀旦、古滇九隆袁文揆時亮甫撰幷書」である。「遂に國朝詩を編次して二十二卷を得、而して流寓も亦た焉《こ》れに附す（遂編次國朝詩得二十二卷、而流寓亦附焉）」とするのは、卷だては補遺を含めて全二十二卷とし、流寓二卷を附した原稿が、この時點で（「丙子月」は待考）成っていたことを意味する。

「凡例」九則を「肆雅堂主人識」とするのは、兄袁文典による。その一、書名を「詩略」とした理由について。「吾が滇の作者は多く稿を刊せず。……故に向《さき》に萃集梓行の詩文無し。茲の集既に成るも、或いは遺稿の漸く出でん（吾滇作者多不刊稿。……故向無萃集梓行之詩文。茲集既成、或遺稿漸出）」。その二、「凡そ採取する所は均しく已往の人に屬す（凡所採取、均屬已往之人）」。

「參訂諸家姓氏」五十六氏、「同輯諸家姓氏」五十二氏、「受業仝諸子姓氏」七氏。

收錄詩家は、全二十二卷をとおして合計二百九十六家である。うち、收錄首數が多く、かつ『中國文學家大辭典』（錢仲聯主編、一九九六年・中華書局刊）に登載されている人物を摘出しておこう。

卷一（卷頭）、趙士麟、四十六首。字は麟伯、號は玉峯、澂江府河陽縣の人。一六六四康熙三年進士、官は吏部左侍郎に至る、一六二九～一六九九。

卷二、張端亮、三十五首。字は寅揆、號は退菴、蒙化直隸廳の人。一六六九年擧人、官は山東濰縣知縣に至る。

卷三、許賀來、二十一首。字は燕公、號は秀山、臨安府石屛州の人。一六八五年進士、官は翰林院侍講に至る、一六五六～一七二五。

卷四、何其偉、百三首。字は石民、號は我堂、石屛州の人。一六九九年擧人、官は浙江處州府遂昌縣知縣に至る。

卷七、王思訓、七十六首。字は疇五、號は永齋、雲南府昆明縣の人。一七〇六年進士、官は翰林院侍講に至る。

卷九、張漢、百三十八首。字は月槎、號は蟄存、石屛州の人。一七一三年進士、一七三七乾隆二年鴻博、官は山東道御史に至る。

卷十二、李因培、四十五首。字は其材、號は鶴峯、雲南府晉寧州の人。一七四五乾隆十年進士、官は福建巡撫に至る、一七一七～一七六七。

「袁蘇亭滇南詩略後序」の年記・署名は、「嘉慶七年歳次壬戌除夕前二日、愚弟師範序於載書船中」である。師範は、字は端人、號は荔扉、大理府趙州の人。一七七四乾隆三十九年舉人、官は安徽安慶府望江縣知縣に至る、一七五四〜一八〇九。『滇繫』四十卷の著作がある。本集が、「十載を歴て卒に成るを潰《と》ぐ（歴十載而卒潰於成）」とのべ、編輯の過程で、「蘇亭 今の方伯雲嵓先生の幕に遊ぶこと前後十餘年、因りて廣く結納し博く采訪して以って其の意の欲する所を行うを得たり（蘇亭遊今方伯雲嵓先生幕前後十餘年、因得廣結納博采訪、以行其意所欲）」と記す。ただし『清代職官年表』の布政使の項を見ると、嘉慶七年の時點で雲南布政使であったのは陳孝昇（嘉慶二年二月〜同七年十二月？）ということになるが、彼が「雲嵓先生」に該當するのかどうかは、分からない。

「刻滇南詩略後序」の年記・署名は、「嘉慶五年歳次庚申嘉平上浣、陶邨袁文典再書於肄雅堂」である。

「滇南詩選序」の年記・署名は、「大清嘉慶六年歳次辛酉仲春上浣、撫滇使者萊陽初彭齡撰幷書」である。初彭齡は、字は紹祖、號は頤園、山東登州府萊陽縣の人。一七九九嘉慶四年五月から一八〇一年三月まで雲南巡撫の任にあった。序文は、政務のかたわら域内の書院の「課士の文を取りて之れを選訂（取課士文選訂之）」するとともに、袁氏昆季の『全滇明詩略』と『國朝滇詩略』にたいする鑒定を請われたことを記す。

もう一つの「滇南詩選序」の署名は、「年愚弟江都蕭霖拜題」である。蕭霖は、字は雨垓、號は曙堂、江蘇揚州府江都縣の人、一七五六乾隆二十一年の舉人である。普洱府寧洱縣の知縣として、兄弟の功業を駢儷文でたたえる。

ついで『國朝滇南流寓詩略』の序文は編者じしんのもので、その年記・署名は、「大清嘉慶庚申（同五年）秋七月既望、蘇亭袁文揆序」である。二卷あわせての收錄は六家にすぎない。

つづいて『滇南詩略續刻』十卷の序の年記・署名は、「嘉慶八年孟春月下澣、固坪居士樂恆拜手書於面壁書屋」である。樂恆は、字は見可、號は固坪、廣西直隸州彌勒縣の人。もう一つの序の年記・署名は、「嘉慶八年歳次癸亥仲春中、袁文撰蘇亭氏書於五華山館」である。前二巻に明人九家、後八巻に清人三十九家を収める。『陶廬雜錄』巻三は、「金碧蒼洱間の奇氣、何ぞ幸いに此の筆に薈萃たる（金碧蒼洱間奇氣、何幸薈萃於此筆）」とたたえる。法式善は、本集續刻の鑒定にあずかった一人である。

本集は東北大學と尊經閣文庫に藏せられる。前者所藏本は完本であるが、後者のそれは正編巻十三～巻二十二と流寓二巻とのみである。

075　國朝湖州詩錄　原編三十四巻、陳焯輯、一八〇一嘉慶六年以前成書、一八三〇道光十年刊。續錄十六巻、鄭佶輯、一八三一年刊。補編二巻、鄭祖琛輯、一八三一年刊。

浙江湖州府には、烏程・歸安・長興・德清・武康・安吉・孝豐の七縣が屬する。

本集「原編」については、阮元が次項076『兩浙輶軒錄』（一八〇一嘉慶六年序刊）の「所采諸書」の一つとして「歸安陳焯湖州詩錄」をあげているので、おそらくはその鈔本が阮氏の目睹するところとなったと考え、この場所に配置することにした。

陳焯は、077『湖海詩傳』巻三十九によると、字は映之、號は無軒、烏程縣の人。貢生で、寧波府鎮海縣縣學の訓導となった。

鄭佶は、「原編」と「續錄」とを合刻したさいの「凡例」で、「是の錄は陳无軒學博（學官）手づから編するも、序文・凡例無し（是錄陳无軒學博手編、而無序文凡例）」とする。なお、合刻本の見返しには、書名「國朝湖州詩錄」の右上に「道光庚寅年（同十年）鐫」、左下に「小谷口藏版」とある。

鄭佶は、字は柳門、歸安縣の人。その「湖州詩錄續錄合刻序」の年記と署名は、「道光九年歲次己丑冬月、柳門氏鄭佶識」である。そのなかで「今年八十」と記すから、一七五〇乾隆十五年の生まれ、ということになる。

「國朝沈太史（翰林官）樹本、六朝より昉《はじ》め以って康熙に迄《いた》りて『湖州詩摭』一百八十卷を編むも、未だ梓せずして散佚す（國朝沈太史樹本昉六朝以迄康熙、編湖州詩摭一百八十卷、未梓而散佚）」。沈樹本は、字は厚餘、號は操堂、歸安縣の人。一七一二康熙五十一年一甲二名進士、官は翰林院編修に至る、一六七一～?。原編卷十に收錄されている。

「陳无軒學博焯は掌故に志有る者なり。戴冏卿（太僕寺卿）璐 專ら國朝人の詩を錄し、太史の舊に仍りて『詩摭』と名づける者を以って、從って之れを廣め、題を『湖州詩錄』と改め、明季自り嘉慶に迄りて、凡そ九百餘人を得、釐《おさ》めて三十四卷と爲す（陳无軒學博焯有志掌故者也。以戴冏卿璐專錄國朝人詩、仍太史舊名詩摭者、從而廣之、改題湖州詩錄、自明季迄嘉慶、凡得九百餘人、釐爲三十四卷）」。戴璐は、字は敏夫、號は菔塘、歸安縣の人。一七六三乾隆二十八年進士、官は太僕寺卿に至る、一七三九～一八〇六。原編卷二十二に收錄。

「无軒歿せし後、烏程の邑侯（知縣）彭明府（知縣）志傑、頗る風雅を尙《とうと》び刻貲に任ずるも、刻するは僅かに四卷のみ、罷官して去りて止み、今に於て年有りき（无軒歿後、烏程邑侯彭明府志傑、頗尙風雅、任刻貲、刻僅四卷、罷官去而止、於今有年矣）」。陳焯が歿したのは、あとの記述からすると、一八〇六嘉慶十一年のすこしあと、ということになる。

「原本は沈敍軒觀察（道員）惇彝の處に留存す。（中略）歲丙戌（一八二六道光六年）の春、敍軒 余に寄せて梓を謀る。余讀みて歎きて曰わく、「（中略）今 无軒の歿より距たること幾んど二十年。昔存して今亡き者も又た多からん。合して續錄を編まん」と。又た二百餘家を得て、編みて十六卷と爲し、題して『湖州詩續錄』と曰う（原本留存沈敍軒觀察惇彝處。（中略）歲丙戌春、敍軒寄余謀梓。余讀而歎曰、（中略）今距无軒歿幾二十年。昔存而今亡者又多焉。合編續錄。又得二百餘家、編爲十六卷、題曰湖州詩續錄）」。沈惇彝は、字は積躬、號は敍軒、歸安縣の人。「太史」すなわち沈樹本の「三世下の族子」とされる。

「夫れ一郡の詩二百年間を以って前後共に一千一百餘家を得たり（夫以一郡之詩二百年間、前後共得一千一百餘家）」。實數で示すと、原編が八百八十四家、續錄が三百三十家である。

原編には、右にあげた人物のほかに、次のような人々の名も見える。

卷三、陳忱。字は遐心、號は雁宕山樵、烏程縣の人。明の遺民で、『水滸後傳』の作者。一六一三～?。

卷六、徐倬。字は方虎、號は蘋村、德清縣の人。一六七三康熙十二年の進士、『全唐詩錄』百卷の編者。一六二四～一七一三。

卷十四、嚴遂成。字は崧瞻、號は海珊、烏程縣の人。一七二四雍正二年の進士。099『浙西六家詩鈔』の一人、一六九四～?。

卷二十五、高文照。字は潤中、號は東井、武康縣の人。一七七四乾隆三十九年擧人。062『吳會英才集』の一人、一七三八～一七七六。

「補編」二卷には六十七家を收錄する。編者の鄭祖琛は、字は夢白、歸安縣（または烏程縣）の人。一八〇五嘉慶十年の進士、一七八四～?。『淸史列傳』卷四十三に詳しい傳があり、本編刊行の一八三一道光十年には、父の服喪があけ、福建按察使を授けられた。

本集は京大文學部に藏せられる。

076　兩浙輶軒錄　四十卷・一八〇一嘉慶六年序刊。補遺十卷、一八〇三序刊。阮元輯。

「兩浙」は錢塘江（および富春江）によって分けられる浙東と浙西、すなわち浙江省全域をさす。『清史稿』卷六十五・地理志・浙江の最初に、「領府十一・直隸廳一・州一・廳一・縣七十五」とある。「輶軒」は、天子の使臣の乘る車、ここでは學政および巡撫をさす。

阮元は、一七九五乾隆六十年（三十二歲）八月から一七九八嘉慶三年七月まで浙江學政の任にあり、その最終年に 070
『淮海英靈集』を刊行すると、同年のうちに兵部侍郎、ついで禮部侍郎、翌年に戶部侍郎、さらに翌年の一八〇〇嘉慶五年正月には浙江巡撫に任じられた（一八〇七年十二月まで。途中憂免をはさむ）。本集編輯の次第については、自序に次のように記す。年記と署名は「嘉慶六年夏六月甲子、揚州阮元撰」である。

> 余 浙に督學するに、輶軒に乘りて風を采るは非力の爲す能わざる所なり。爰《ここ》に遺編を訪ね總集を求めること十二郡に遍く（『清史稿』「府十一」との不整合については待考）、國初自り今に至りて三千餘家を得、甄《わ》けて之れを序《つい》じ、名づけて『兩浙輶軒錄』と曰う。嘉慶二年書成り、之れを學官に存するも未だ梓板に及ばず（余督學于浙、乘輶軒采風、非力之所不能爲也。爰訪遺編求總集、遍于十二郡、自國初至今、得三千餘家、甄而序之、名曰兩浙輶軒錄。嘉慶二年書成、存之學官、未及梓板）。
>
> （嘉慶）六年、浙江に巡撫するに、仁和の朱朗齋（名は文藻）・錢塘の陳曼生（名は鴻壽）、其の稿を出《い》だすを請い、共に之れを梓せんと願う。乃わち之れを畀《あた》えて重ねて編定を加えしめ、序して之れを行ない、別に條例を爲して以って其の詳しきを志《しる》す（六年巡撫浙江、仁和朱朗齋・錢塘陳曼生、請出其稿、願共梓之。乃畀之重加編定、序而行之、別爲條例以志其詳）。

「凡例」は十五則、「輶軒に乘りて風を采る」立場から、總集編輯にあたって定めた準則や收錄の過程を、引用しておこう。
一、「是の編は國初自り始め近年に迄りて、皆な其の人の已往に以って論定す可かりし者を取りて之れを錄す（是編始自國初迄於近年、皆取其人已往可以論定者錄之）」。これは要するに、例えば、すでに思想犯の烙印をおされた呂留良（嘉興府石門縣の人、一六二九～一六八三）などは採錄しないことを意味するだろう。
二、「前明の遺老は、凡そ已に026『明詩綜』に列ぶ者は復た錄入せず。其の本朝に入りて二、三十年の久しきに至る者有るは、間ま甄錄を爲す（前明遺老、凡已列明詩綜者不復錄入。其有入本朝至二三十年之久者、間爲甄錄）」。例えば黄宗羲（紹興府餘姚縣の人、一六一〇～一六九五）は『明詩綜』にないがために淸人であり、弟の黄宗炎（一六一六～一六八六）は、同書卷八十上に載るものの、淸に入って四十二年の久しきに至るがゆえに、兩者ともに卷一に列べた、ということになるのだろう。
三、「是の選は人に因って詩を存し、詩に因って人を存す。詩に因って人を存すれば、則わち詩は詳しくする所に在り、人に因って詩を存すれば、則わち詩は略する所に在り（是選因人存詩、因詩存人。因詩存人、則詩在所詳、因人存詩、則詩在所略）」。
四、「茲こに嘉慶丙辰（同元年一七九六）自り戊午（同三年）に至る三年の中《うち》、按試して到る所、或いは諸《こ》れを耆宿に訪ね、或いは之れを多士に詢《はか》り、各おの藏する所を出だし、收むるに隨い錄するに隨う。己未（同四年）以後、續けて得る所有るは、竝びに之れを增錄す（茲自嘉慶丙辰至戊午三年中、按試所到、或訪諸耆宿、或詢之多士、各出所藏、隨收隨錄。己未以後、續有所得、竝增錄之）」。
五、「是の編の採錄は得る所に隨って先後を爲し、初編・續編・補遺の分有り。茲こに各編を併せ、通じて時代を以って次と爲す（是編採錄、隨所得爲先後、有初編續編補遺之分。茲併各編、通以時代爲次）」。

六、「選詩は一、二首自り以って數十首に及び、多寡は一ならず、未だ能く甄擇の悉く當たらず。要は皆な作者の性情學力を見る可く、其の詩を讀むこと其の人に接するが如くせり（選詩自一二首以及數十首、多寡不一、未能甄擇悉當。要皆可見作者之性情學力、讀其詩如接其人焉）」。

七、「諸大家の宏編鉅集の、世に行われて已に久しき者は、略ぼ數編を採り、以って一家に備う。其の未だ刻せざる遺稿の有る者は、轉《うた》た多く之れを錄し、以って散佚を防ぐ（諸大家宏編鉅集、行世已久者、略採數編、以備一家。其有未刻遺稿者、轉多錄之、以防散佚）」。

八、「鄉會・舘閣の作は別に體裁有り、性靈を抒寫する者と別有り、是の編には概ね攙入せず（鄉會舘閣之作、別有體裁、與抒寫性靈者有別。是編概不攙入）」。「鄉會」は鄉試・會試での試帖詩をさす。「舘閣」は翰林院での作。後者については042『本朝舘閣詩』が、前者については042（附一）『國朝試帖鳴盛』が、兩者にかかわっては042（附二）『庚辰集』が、それぞれの總集としてあった。

九、「閨媛は德言を以って先務と爲し、釋道は心性を以って宗旨と爲す。詩は其の餘事にして本より尙ぶ所に非ず。然れども旣に得る所有りて湮沒す可からず。仍って前人選詩の例に照らし、卷後に綴錄す。其の餘の風化に關わる無き者は、概ね擯削に從う（閨媛以德言爲先務、釋道以心性爲宗旨。詩其餘事、本非所尙。然旣有所得、不可湮沒、仍照前人選詩之例、綴錄卷後。其餘無關風化者、概從擯削）」。

十、「是の編の采る所の諸書（是編所采諸書）」は、すべてを書きうつしておく。すべて浙人の編輯によるものである。秀水・諸錦『皇朝風雅』。會稽・商盤056『越風』。平湖・沈秀友（秀當作季）028『檇李詩繫』。烏程・戴璐『湖州詩摭』（前項參照）。歸安・陳焯075『湖州詩錄』。永嘉・曾唯『東甌詩存』（『淸史稿藝文志補編』集部・總集類に「四十卷」とある）。太平・戚學標066『三台詩錄』。海鹽・朱炎（或作琰）058『金華詩錄』。錢塘・朱彭『武林詩選』。錢塘・張廷俊

065『台山懷舊集』。桐郷・汪淮『兩浙詩鈔』。蕭山・毛奇齢『越郡詩選』。餘姚・張惟枚『姚江詩派』。秀水・許燦055『梅里詩輯』。蘭溪・江伯容『蘭皋風雅』。海寧・陳世修『平昌詩鈔』（四巻、處州府遂昌縣、明末まで。一七二九雍正七年序刊、内閣文庫藏）。寧波・胡文學『甬上耆舊詩』（040『續甬上耆舊詩』を參照）。

十一、「分任採訪諸人」として六氏、「參校補採諸人」として十五氏の名があがるほか、太僕寺卿戴璐と國子祭酒法式善は、「京邸に于いて校閲一過、訂正する所多し（于京邸校閲一過、多訂正所）」と記す。

かくして「總目」の最後に、「共三千一百三十三人、共詩九千二百四十一首」とする。別に「姓氏韻編」は閨秀・方外を除く全員が、出身地と巻數のもと、四聲の順にしたがって配列されている。

なお、阮元の自序では「嘉慶二年書成り、之れを學官に存するも未だ栞板に及ばず」とあったが、法式善が『陶廬雜録』巻三に記すところは、これとは異なる。すなわち、「己未年（嘉慶四年一七九九）夏、芸臺（阮元の號）（戸部）侍郎に官たり。直を退き余を邀えて瑯環仙館に至り、畫《[ママ]》を讀み詩を品するに、遂に此の書を以って勘を委ぬ。尚お未だ巻數を分かたず、束ねて十六捆を爲す。余 約十日もて兩捆を閲し、三月を歴て始めて畢え、間ま增入を爲す者有り（己未年夏、芸臺官侍郎、退直邀余至瑯環仙館、讀畫《[ママ]》品詩、遂以此書委勘。尚未分巻數、束爲十六捆。余約十日閲兩捆、歴三月始畢、間有爲增入者）」。阮元は浙江學政を終えたあと、本集の原稿を京師に運び、獨自に出版の準備にはいっていたとおもわれる。

「補遺」十巻の「自序」は、一八〇三嘉慶八年の撰である。阮氏はなお浙江巡撫の任にあった。「諸家を採輯（採輯諸家）」したのみならず、045『國朝詩別裁集』や『四庫全書』存目、また「各家選本の類」からも採ったとのべる。その數は、「總目」に「共一千一百二十人、共詩一千九百八十一首」とする。

本集は、一八〇一嘉慶六年序刊本が、神戸市立吉川文庫、國會圖書館、内閣文庫、静嘉堂文庫に藏せられ、一八九

○光緒十六年重刊本が、京大東アジアセンター、阪大懷德堂文庫、島根縣立圖書館、國會圖書館、靜嘉堂文庫、早大寧齋文庫、坦堂文庫に藏せられる。

077　湖海詩傳　四十六卷、王昶輯。一八〇三嘉慶八年序刊。

「湖海」は、四方の各地、すなわち全國をいう。

王昶は、字は德甫、號は述庵、また蘭泉、江蘇松江府青浦縣の人、一七二五～一八〇七。039『七子詩選』に「吳中七子」の一人としてすでに見えた。

自序の年記と署名は「嘉慶癸亥（同八年一八〇三）中秋　王昶書」である。そこではまず、詩の總集を二種類に分ける。

古人　詩を選ぶ者に二有り。一は則わち一代の詩を取り、精華を擷《つ》み、宏博を綜《す》べ、幷せて治亂興衰の故・朝章國典の大は、詩を以って史を證し、人を知り世を論ずるに裨《たす》け有り、『唐文粹』『宋文鑑』『元文類』に載る所の詩の如きは、各史と相い表裏を爲す者、是れなり（古人選詩者有二。一則取一代之詩、擷精華、綜宏博、幷治亂興衰之故、朝章國典之大、以詩證史、有裨於知人論世、如唐文粹・宋文鑑・元文類所載之詩、與各史相爲表裏者、是也）。一は則わち交游の贈る所・性情の嗜《この》む所を取り、偶たま會心する有らば輒わち管を操りて之れを錄し、以って人を懷い舊を思うの助けと爲す。人は必ずしも其の全きを取らず、詩は必ずしも其の備わるを求めず、元結・殷璠・高仲武・姚合の類の如く、所謂る唐人選唐詩なる者、是れなり。二者は義類已に同じからず（一則取交游之所贈、性情之所嗜、偶有會心、輒操管而錄之、以爲懷人思舊之助。人不必取其全、詩不必求其備、如元結・殷璠・高仲武・姚合之類、所謂唐人選唐詩者、是也。二者義類已不同矣）。

本集は後者に屬し、採られた詩のなかには王氏個人に關するものも散見する。

予弱冠の後、出でて當世の名流に交わり、洊《しき》りに朝宁（廷に同じ）に登り、四方を敭歴するに及び、……忽忽として將に六十年にならんとし、而して予の年も亦た八十なりき（予弱冠後、出交當世名流、及洊登朝宁、敭歴四方、……忽忽將六十年、而予年亦八十矣）。

詩中の人の長逝する者も亦た十の八九にして、幷せて聲消え跡滅《き》え、表見する所無き者有り、是れ急ぎ爲に世に傳えざるを得ざるなり。……共に六百餘人を得、四十六卷を編み、科第を以って次を爲し、康熙五十一年（一七一二）に起こり近日に迄ぶ（詩中之人長逝者亦十之八九、幷有聲消跡滅、無所表見者、是不得不急爲傳世也。……共得六百餘人、編四十六卷、以科第爲次、起於康熙五十一年迄於近日）。

其の間に布衣韋帶の士も亦た年齒を以って約略して之れに附し、而して門下の士も幷せて焉れに附見す。014『感舊』（詩人數三百三十三家）・021『篋衍』（同百六十四家）二集に視《くら》べて多きこと一倍有奇に至るは亦た富めりと云わん（其間布衣韋帶之士、亦以年齒約略附之、而門下士幷附見焉。視感舊・篋衍二集、多至一倍有奇、亦云富矣）。

間ま遺聞軼事を以って綴りて詩話を爲し、好事者の瀏覽に供するは、人を知り世を論ずるに比《なぞら》うに非ずと雖も、人を懷い舊を思うの助けと爲し、亦た元結諸公の遺を庶幾《こいねが》う（間以遺聞軼事綴爲詩話、供好事者之瀏覽、雖非比于知人論世、而爲懷人思舊之助、亦庶幾元結諸公之遺）。

往時盛んに詩名有るも契りを投《むす》ぶことの未だ及ばざる所と爲る者に至りては則わち姑らく之れを置く。蓋し此れを以って海內の詩を盡さんと欲するに非ざるなり（至于往時盛有詩名、而爲投契所未及者、則姑置之。蓋非欲以此盡海內之詩也）。

以上の自序で明言するように、本集はいわゆる故舊に屬することになる（したがって方外はいるが、閨閣は一人もいない)。しかし、「六百餘人」、實數で示せば六百十四人という人數の多さ、しかもそのうちの多くが、ほぼ十八世紀のあいだに詩壇を擔った人たちであること、さらに、編者の「蒲褐山房詩話」がけっして個人的な關係に終わっていないことからして、冒頭にいう「人を知り世を論ずる」本格的な總集の性格をも十分に持ちあわせており、沈德潛の044『國朝詩別裁集』(自定本)以來、半世紀もおこなわれなかった本格的な總集編輯の空白を埋めるに足るものである。

とはいえ今は、王昶の婿である嚴榮の『王述庵先生年譜』によりながら、故舊の側面をたどることにする。

一七五一乾隆十六年・王昶二十八歳。師の沈德潛・七十九歳(本集卷八に收錄、以下同じ)が、『七子詩選』(ただしその序は一七五三年の撰となっている)を刊行し、王氏ほか、その族兄の王鳴盛(卷十六)や錢大昕(卷十六)らの詩を收錄した。

一七五四年・三十一歳。進士となり、京師で、038『西江風雅』を編輯した內閣學士金德瑛(卷五)の招きを受け、錢載(卷十四)・王又曾(卷十六)・蔣士銓(卷二十一)とも親しく交わった。

一七五七年・三十四歳。服喪あけに、揚州の兩淮鹽運使であった041『國朝山左詩鈔』の盧見曾(卷二)に招かれ、ついで南京では袁枚(卷七)の隨園で、兩江總督の尹繼善(卷二)に會い、さらに錢塘では、035『詞科掌錄』の元翰林院編修杭世駿(卷五)とも會った。

一七六〇年・三十七歳。京師で蒲褐山房に移ってから、翰林院編修の趙翼(卷二十四)や、同じく翁方綱(卷十五)と隣りづきあいをした。

一七六四年・四十一歳。京師で056『越風』の商盤(卷四)が雲南知府として赴任するのを見送った。

一七六九年・四十六歳。雲南總督の阿桂のもとに從軍し、074『國朝滇南詩略』の袁文揆(卷四十四)に教授した。

一七七六年・五十三歳。四川西南の金川の戰いから五年ぶりに歸る途中、西安で、陝西巡撫にして062『吳會英才集』

編者の畢沅（巻二十二）の官署に泊まった。

一七八三年・六十歳。陝西按察使として西安に赴き、陝西巡撫畢沅のもとで、孫星衍（巻四十）・洪亮吉（巻四十九）に會うとともに、京師での門人黄景仁（巻三十四）の悲報を聞いた。

一七八六年・六十三歳。陝西按察使として、軍功のあった楊芳燦（巻三十五）に詩を贈った。

一七九〇年・六十七歳。京師にあり、刑部右侍郎として、072『白山詩介』の鐵保（巻三十三）とはほとんど毎日のように詩の酬唱をした。

一七九一年・六十八歳。鐵保のほか、070『淮海英靈集』・076『兩浙輶軒錄』の阮元（巻四十）をも含めて、文酒の會を催した。また邵玘（巻十二）の063『懷舊集』のために序文を撰した。

かくして本集は、王氏の退休後五年めの七十五歳、一七九八嘉慶三年に、いったん編輯を終えたが、實際に刊行されたのは八十歳のときであり、前掲の「年譜」に、「冬に至りて刻就《な》る（至冬刻就）」とある。なお、七十歳のときには、鄕里の詩詞をあつめた『青浦詩傳』を編輯している。「年譜」には、「（陸）機（陸）雲自り以下、近時の女士・方外に至るを、悉く甄錄を爲す（自機雲以下、至於近時女士方外、悉爲甄錄）」とある。

本集は、「嘉慶八年青浦王氏三泖漁莊刊本」が、京大文學部、同東アジアセンター、京都府立大學、阪大懷德堂文庫、島根縣立圖書館、國會圖書館、早大寧齋文庫、坦堂文庫などに藏せられるほか、一九三七年には排印本が國學基本叢書の一つとして出版されている。

（附）湖海詩傳鈔（和刻）二巻、（日本）川島孝編。一八七九明治十二年刊。

見返しには、書名を中央にして、上に横書きで「明治十二年一月新鐫」、右に「川島楳坪先生編輯」、左に「版權所

有 長嶋書屋藏」とある。

序文の年記と署名は、「明治十二年一月撰於埼玉縣中學師範學校、棋坪川島孝」である。

「凡例」に、「此の編は王蘭泉『湖海詩傳』に依り、悉く其の七絶に係る者を鈔錄し、敢えて妄りに取捨を加えざりき。批圈の如きは鄙見を以って之れを施す（此編依王蘭泉湖海詩傳、悉鈔錄其係七絕者、不敢妄加取捨焉。如批圈以鄙見施之）」とする。鈔錄の詩家は、二巻あわせて百五家である。

本集は內閣文庫に藏せられる。

078

（一）九家詩（または『試帖詩課合存』、原刻本）九巻、王芑孫輯、一七九五乾隆六十年序。

（二）九家試律詩鈔箋略（箋略本）十一巻、魏茂林輯、一八〇四嘉慶九年序。

（三）國朝註釋九家詩（箋略復刻本）十一巻、魏茂林輯、一八六二同治元年刋。

（四）註釋九家詩續刻　不分巻、李錫瓚評註、一八六二年刋。

本稿の材料としたのは（三）「箋略復刻本」とその（四）「續刻」とのみで、（一）「原刻本」はもとより、（二）「箋略本」も、私は目睹していない。

042『本朝舘閣詩』でのべたように、一七五七乾隆二十二年に鄉試・會試において五言八韻の排律が課せられるに至って、このスタイルの詩の作成が盛んになり、參考書のたぐいも手をかえ品をかえて出版されるようになった。その後の事情については、144『晚晴簃詩匯』巻九十六・吳錫麒の項に詳しい。

舊制は惟だ朝考御試の館課（翰林院での課題）にのみ詩を用う。乾隆二十二年丁丑、判表を易えて五言八韻律詩と爲し、士の帖括（經書拔粹歌）を習う者、聲病を顰求せざる靡し。金雨叔侍郎『今雨堂詩墨』・紀文達『館課存稾我法集』、尤も名有り。文達は又た『唐人試律說』『選注庚辰集』を作《な》し、程法を以って學ぶ者に開示す（舊制惟朝考御試館課用詩。乾隆二十二年丁丑、易判表爲五言八韻律詩、士之習帖括者、靡不顰求聲病。金雨叔侍郎今雨堂詩墨・紀文達館課存稾我法集、尤有名。文達又作唐人試律說・選注庚辰集、以程法開示學者）。

金甡、字は雨叔、浙江杭州府仁和縣の人、官は禮部侍郎に至った、一七〇二～一七八二。紀昀、字は曉嵐、謚は文達、直隸河間府獻縣の人、一七二四～一八〇五。042（附二）『庚辰集』を參照。なお、『注釋紀太史館課詩鈔（二卷）・賦鈔（二卷）』が京大東アジアセンターに藏せられる。

（一）『九家詩』、または『試帖詩課合存』（かりに「原刻本」と稱す）九卷、王芑孫輯、一七九五乾隆六十年序。

『晩晴簃詩匯』は、右の文につづけて、「其の後京師に『九家詩』の刻有り（其後京師有九家詩之刻）」として、左に列擧する九家を揭げたあと、「惕甫（王芑孫）各おの之れが序を爲し、目して『試帖詩課合存』と爲す（惕甫各爲之序、目爲試帖詩課合存）」とする。（二）『國朝註釋九家詩』（かりに「箋略復刻本」と稱す）は、「原刻本」の、全編にかかわる序文と、九家各人にたいする小序を、いずれも「原序」として收錄している。

まず全編にかかわる序文の年記と署名は、一七九五年の「乾隆六十年小除夕、長洲王芑孫書于京居之芳草堂」となっている。王芑孫は、字は念豐、號は惕甫、江蘇蘇州府長洲縣の人。一七八八乾隆五十三年、召試によって擧人を賜わり、候補國子監博士、あるいは咸安宮官學教習となり、一七九六嘉靖元年、江蘇松江府華亭縣學の教諭に轉じた。一七五五～一八一七。その序文には次のように記す。

「乾隆癸丑（同五十八年）の歲、予　咸安宮教習と爲り、禮部の試（會試）より下り、將に自ら免じて以って去らんとするも、諸もろの故人 勸めて之れを留む（乾隆癸丑之歲、予爲咸安宮教習、下禮部試、將自免以去、諸故人勸而留之）」。
咸安宮官學は十三歲以上、二十三歲以下の八旗の子弟を教育する學校である。

「其の年の冬、稍や旁近の諸君を邀えて詩課を作《な》し、學びて八韻賦得の體を爲す。十日に一たび會し、會すれば則わち各おの其の詩を出だし以って相い質し、明年四月に及びて止む。明年十月、復た是の課を擧げ、今年三月に迨びて止む（其年冬、稍邀旁近諸君作詩課、學爲八韻賦得之體。十日一會、會則各出其詩以相質、及明年四月而止。明年十月復擧是課、迨今年三月而止）」。

「毎課 予は蘭士（何道生）と皆な其の本を錄して之れを存し、日を積むこと既に久しく、詩を得ること彌いよ富む。今年夏、蘭士は熱河に扈蹕し、予は硯農（何元烺）・介夫（李如筠）と稿を錄し梓に付し、……今に及びて甫《はじ》めて九卷を得たり（毎課予與蘭士、皆錄其本存之、積日既久、得詩彌富。今年夏、蘭士扈蹕熱河、予與硯農・介夫、錄稿付梓、……及今甫得九卷）」。

「而して予は宮學の歲滿つるを以って當に出でて華亭教官と爲るべく、復た留まる可からず。輒わち遂に其の詩を以って印行し、而して各おの之れが序を其の卷端に爲す（而予以宮學歲滿、當出爲華亭教官、不可復留矣。輒遂以其詩印行、而各爲之序其卷端）」。

九家の內譯は次のごとくである。

1、吳錫麒『有正味齋試帖』、收錄八十首。字は聖徵、號は穀人、浙江杭州府錢塘縣の人。一七七五乾隆四十年進士、翰林院編修となり、國子監祭酒に至る、一七四六〜一八一八。

2、梁上國『芝音閣試帖』、八十首。號は九山、福建福州府長樂縣の人。一七七五年進士。「翰林に入り、清書（滿洲文字）を善くするを以って名有り（入翰林、以善清書有名）」。「九山 課に入ること稍や後るるも之れを作すこと甚だ勤む。毎課 同人の稿を出だすこと九山より多き者無し（九山入課稍後、而作之甚勤。毎課同人出稿無多於九山者）」。

3、法式善『存素堂試帖』、五十首。榜名運昌、字は開文、號は時帆、蒙古正黄旗人。一七八〇年進士、翰林院編修を授けられ、國子監祭酒に至る。「是の巻に存する所は、大半皆な舊作及び應試應制の篇なるのみ（是巻所存、大半皆舊作及應試應制之篇云）」。一七五三～一八一三。

4、王芑孫『芳草堂試帖』、百首。「予 前に家居して諸生爲ること十年、考試に非ざれば八韻の詩を作らず（予前家居爲諸生十年、非考試不作八韻詩）」。「既に召試にて一等に入り、詩賦を以って名を爲し、乃わち稍稍に之れを爲し、是こに及びて諸君と課を同じくし、作る所始めて漸く多し（既召試入一等、以詩賦爲名、乃稍稍爲之、及是與諸君同課、作所始漸多矣）」。「予聞くならく、試帖を講ずる者は皆な他詩と異なると謂い、試帖を能くする者は必らずしも兼ねて他詩を能くせず、と。予以爲らく、他詩と同じくし、且つ必らず他詩も皆な工みにして後に試帖は工みなる可く、必らず韓（愈）杜（甫）百韻の風力有りて後に沈（佺期）宋（之問）八韻の精能有り、と。是なるか非なるか、予以って自ら信ずる無きなり（予聞、講試帖者皆謂與他詩異、能試帖者不必兼能他詩。予以爲與他詩同、且必他詩皆工、而後試帖可工、必有韓杜百韻之風力、而後有沈宋八韻之精能。是耶非耶、予無以自信也）」。

5、雷爲霈『知不足齋試帖』八十首。名は一に維霈に作る。號は筠軒、江西建昌府南豐縣の人。一七八七乾隆五十二年進士。「課中の諸君は皆な予と素有るも、惟だ筠軒のみ課を同《とも》にするを以って始めて相い識る（課中諸君皆與予有素、惟筠軒以同課始相識）」。

6、何元烺『方雪齋試帖』、八十首。別名は道冲、字は良卿、號は硯農、山西霍州直隷州靈石縣の人。一七八七年進士。「硯農 先に詞館（翰林院）に在りて清書を習い、旋って戸曹に居り、八韻詩を作るに繇《よし》無し。故に舊作は幾ばくも無く、作る所は課中の題目多し（硯農先在詞館習清書、旋居戸曹、無繇作八韻詩。故舊作無幾、所作多課中題目）」。一七六一～一八二三。
7、王蘇『桑寄生齋試帖』（「原序」を缺く）。字は儕嶠、江蘇常州府江陰縣の人。一七九〇乾隆五十五年進士。翰林院編修より、一八〇五嘉慶十年、河南衞輝府知府にうつる。一七六三～一八一六。
8、李如筠『蛾術齋試帖』、百首。字は介夫、號は虛谷、江西南安府大庾縣の人。一七八七年進士、翰林院編修。「同課の諸君、或いは古えに篤く、或いは時に趨るも、惟だ介夫のみ其の中央に參會し、古人の雄直を以って今人の婉約を運ぶ（同課諸君、或篤於古、或趨於時、惟介夫參會其中央、以古人之雄直運今人之婉約）」。一七六五～一七九六。
9、何道生『雙籐書屋試帖』、百二十首。字は立之、號は蘭士、山西靈石縣の人、何元烺の弟。兄と同年の一七八七年の進士。「蘭士 科第を取ること早く、工部に入りて郎と爲り、其の職に勤む（蘭士取科第早、入工部爲郎、勤於其職）」。のち江西の九江知府となる。一七六六～一八〇六。
以上九家のほとんどは翰林官か學官で、職責上、試帖詩作成の練習を兼ねていたものと思われる。

（二）『九家試律詩鈔箋略』（かりに「箋略本」と稱す）十一卷、魏茂林輯、一八〇四嘉慶九年序。
　序文の年記と署名は、一八〇四年の「嘉慶歲在閼逢困敦（甲子、同九年）端月人日、豐溪居士魏茂林序」である。魏茂林についてはまったく分からない。次に引く序文の表記からは蘇州の人と察せられる。その序文では、まずは王芑孫について、「茂苑（蘇州の長洲苑）の宏才、勾吳の前輩有り（有茂苑宏才、勾吳前輩）」の下に自注をもうけて「惕甫先生を謂う（謂惕甫先生）」とし、つづけて、「日下に高翔して綸閣（もとは中書省の代稱、ここは內閣をさすか）の襟を題し來たり、都中に僑寓して鑾坡（翰林院）の草を分かち得たり（高翔日下、題來綸閣之襟。僑寓都中、分得鑾坡之草）」とのべる。ついで「原刻本」に關して、「八十字は奇を玉合（底と蓋のある盒）に捜《さぐ》り、七百首は句ごとに金聲（鐘の音）を擲つ（八十字奇搜玉合、七百首句擲金聲）」は、五言十六句の字數と九家詩の總數である。さらに本「箋略本」については、「鈔（ぬきがき）は惟だ百五十首、限局に縛られて以って多き無く、箋は八萬餘言に至り、支蔓（脈絡）を導くも眯《くら》きを恐る（鈔惟百五十首、限局縛以無多、箋至八萬餘言、導支蔓而恐眯）」。一首あたりの箋釋は平均して五百三十餘字ということになる。また如皋（江蘇通州直隷州下の縣）の冒銘なる人物（未詳）によって「畧例」六則が記されているが、その一つに、「九家の原詩は七百九十首、茲こに坊友の請う所に據って僅かに十分の二を錄す（九家原詩七百九十首、茲據坊友所請、僅錄十分之二）」とする。

（三）『國朝註釋九家詩』（かりに「箋略復刻本」と稱す）十一巻、魏茂林輯、一八六二同治元年刊。

封面は、書名二行の上に横書きで「同治元年鐫」、右に竝列で「河間紀曉嵐鑒定・豊溪魏茂林評註」、書名の下に「寶文堂藏板」とある。右の鑒定者・評註者の名は「箋略本」をそのまま襲ったものとおもわれる。紀昀は館閣詩・試帖詩の大御所として巷間の宣傳にふさわしい存在であった。序文に年記はなく、署名は「辛山弟林家桂頓首拜譔」となっている。林家桂、字は辛山、廣東高州府吳川縣の人、一八〇四嘉慶九年、すなわち「箋略本」の序文が書かれた年の擧人である。その序文では、「箋略本」を五十八年後に復刻するに至った經緯などについては記さない。むしろ特筆すべきは、そのなかに錢謙益の發言と著作を出していることである。すなわち一つは、「牧齋謂えらく、詩人に如《も》し解悟の處有れば、卽わち近人を看るも亦た好し、と（牧齋謂、詩人如有解悟處、卽看近人亦好。—出所待考）」であり、今一つは、「註釋は本詩の後に列ぶるは、……錢虞山『箋杜集註』の例を用う（註釋列本詩後、用……錢虞山箋杜集註例）」である。この記事は禁書解除の一端を示すもので、湯淺幸孫氏が「文字の禁」の解除について次のように記しておられる事實と、まさに符合する。

咸豊十年（一八六〇年―引用者注）に桐城の蕭穆が書いた「戴憂庵先生事略」に、「今又幸いに聖天子が久しく文字の禁を除かるるに逢う」と。『敬孚類稿』巻十所收。（「『宋詩鈔』の選者たち――「人」によって「史」を存す――」一九六五年『中國文學報』第二十册、のち同氏『中國倫理思想の研究』一九八一年同朋社刊、に収める）。

約半世紀後のことであり、その時點であらためて言及することになるだろう。

(四)『註釋九家詩續刻』不分巻、李錫瓚評註、一八六二年刊。

封面は、書名二行の上に横書きで「同治元年鐫」、書名の下に「映雪齋課本」とある。序文はなく、「目錄」の最初に「鎭洋李錫瓚評註」とある。李錫瓚については未詳、鎭洋は江蘇太倉直隷州下の縣。内容は、呉錫麒二十首、梁上國十首、法式善二首、王芑孫十七首、雷爲霈三首、何元烺十七首、王蘇四首、李如筠八首、何道生六首の詩を新たにとりあげ、前例にならって評註をほどこしている。

(三)『國朝註釋九家詩』十一巻・(四)『註釋九家詩續刻』不分巻（合册）は、京大文學部に藏せられる。

079　熙朝雅頌集　百三十四巻、鐵保輯、嘉慶帝欽定。一八〇四嘉慶九年御筆序刊。

封面には『欽定熙朝雅頌集』と大書されるだけで、上や左右に文字はない。

本集は清初から嘉慶初年に至る八旗人の詩の總集である。内譯は、首集二十六巻に四十九家、正集百六巻に五百十九家、餘集二巻に十六家、合計百三十四巻に五百八十四家（ただし標點本『熙朝雅頌集』前言は「凡五百三十四位」とする）

を収錄する。

欽定であるから、嘉慶帝の序文が冒頭に置かれるのは當然であるが、ここでは掲載の順序にこだわらず、編輯・刊行の經過を追うことにする。

鐵保が一七九二乾隆五十七年・四十一歳で自序を記した072『白山詩介』十巻は、百四十二家の旗人を収めるにとどまり、「茲こに其の精華を萃め、彙めて一集と爲し（茲萃其精華、彙爲一集）」たものであった。實はこのときすでに、これより四倍以上の人數の詩篇を蓄えていた。このとき鐵保は禮部左侍郎であったが、一七九五年には『八旗通志』總裁官となり、『白山詩介』が刊行された一八〇一嘉慶六年・五十歳には、漕運總督、ついで廣東巡撫となり、一八〇三年正月からは山東巡撫となっていた。

1、鐵保による奏片。年記はないが、一八〇二嘉慶七年とおもわれる。校閲者の交代を願いでるもの。

「臣去年陛見せし時、臣は『八旗通志』總裁の任内に在るを將って八旗詩集一部を選輯し、翰林院侍講學士汪廷珍を交《し》て校對せしめ、……恭んで御覽に呈し、奏明して旨の允行せらるるを奉ず。茲こに汪廷珍の現に安徽學政に放たれるに因り、臣と札商し、此の項の詩集を將って翰林院侍讀法式善を交《し》て專ら校閲を司らしめんとす（臣去年陛見時、將臣在八旗通志總裁任內、選輯八旗詩集一部、交翰林院侍講學士汪廷珍校對、……恭呈御覽、奏明奉旨允行。茲因汪廷珍現放安徽學政、與臣札商將此項詩集、交翰林院侍讀法式善專司校閲）」。嘉慶帝の硃批は「覽す、此れを欽め（覽、欽此）」であった。汪廷珍が安徽學政になったのは、一八〇二年三月十三日のことであった。また法式善はこの年に、翰林院侍讀（從五品）から侍講學士（從四品）に昇格したが、大考（部內試驗）により詹事府贊善（從六品）に降格、同じ年のうちに司經局洗馬（從五品）となった。洗馬は圖書經籍を掌る。

2、山東巡撫鐵保による上奏、年記は「嘉慶九年五月初二日奉」。

「八旗詩を恭輯して成るが爲に敬んで御覽に呈し、欽定の事を仰ぎ候《ま》つ（爲恭輯八旗詩成、敬呈御覽、仰候欽定事）」。

「竊《ひそ》かに臣は前に八旗通志館總裁官に充てられ、藝文を編輯して滿洲・蒙古・漢軍の詩鈔百數十家を得たるも、篇帙浩繁にして未だ能く悉く簡册に登せず、通志内に其の名目を列ぶるに當つ（竊臣前充八旗通志館總裁官、編輯藝文得滿洲蒙古漢軍詩鈔百數十家、篇帙浩繁、未能悉登簡册、當於通志内列其名目）」。しかしその後、總督、あるいは巡撫の任について藝苑のことに專念できなくなったので、嘉慶六年、洗馬の法式善らに事業の繼續を託した。

「茲こに法式善等 信を寄せて臣に到すに據り、業《すで》に正本を繕成し、敬謹して裝潢し、伏して欽定を候つ（茲據法式善等寄信到臣、業已繕成正本、敬謹裝潢、伏候欽定）」。この上奏文にたいする硃批は「詩は留覽す、此れを欽め（詩留覽、欽此）」であった。

3、嘉慶帝による「熙朝雅頌集序」。年記と署名は「嘉慶九年歳次甲子五月十九日御筆」である。

「夫れ開創の時は、武功赫奕たり、守成の世は、文敎振興す。吟詠詞章は本朝の尚ぶ所に非ざると雖も、心志を發抒するも亦た盛世の應に存すべし。此れ『熙朝雅頌集』の由りて作《な》る所なり（夫開創之時、武功赫奕、守成之世、文敎振興。雖吟咏詞章非本朝之所尚、而發抒心志、亦盛世之應存。此熙朝雅頌集之所由作也）」。

「斯の集は巡撫鐵保の編む所と爲り、八旗の諸王・百僚・庶尹自り以って武士・閨媛に及び、凡そ風俗・人心・節義・（善を）彰《あき》らむと（惡を）癉《にく》むに關わり有るの諸篇、一百三十四卷を得、薈萃して書を成し、名を請いて具奏す（斯集爲巡撫鐵保所編、自八旗諸王百僚庶尹、以及武士閨媛、凡有關風俗人心節義彰癉諸篇、得一百三十四卷、薈萃成書、請名具奏）」。

4、上諭、年記は「嘉慶九年五月十九日」。

「此れより前鐵保 京に在りて職に供し、曾て八旗の詩章を採輯するの請有り、朕の允行を經、茲こに奏進詩一百三十四巻に據りて書名を賜わるを請う（前此鐵保在京供職、曾有採輯八旗詩章之請、經朕允行、茲據奏進詩一百三十四卷、請賜書名）」。

「爰《ここ》に統べて『熙朝雅頌集』と命名し、竝びに序を製して簡端に冠し、以って教えを奕禩（代々）に垂る（爰統命名熙朝雅頌集、竝製序冠於簡端、以垂教奕禩）」。

5、鐵保の奏摺、年記は「嘉慶九年五月二十七日」。右の上諭にたいする感謝狀である。

「所有（すべて）に臣は下忱（わが微意）に感激し、理として合《まさ》に摺を繕《うつ》し、恭んで天恩に謝し、伏して皇上の睿鑒を乞いて謹み奏す（所有臣感激下忱、理合繕摺、恭謝天恩、伏乞皇上睿鑒、謹奏）」。これにたいする硃批は、「此の摺も亦た書内に刋入し、以って不朽を垂れよ、此れを欽め（此摺亦刋入書内、以垂不朽、欽此）」となされた。

6、鐵保による奏片、年記なし。印刷に關する許可願い。

「東省に刻工甚だ少なく、藝も亦た佳からず、以って事を集《な》すに難し。浙江撫臣阮元は係《こ》れ臣が會試にて取中せる門生にして、學問優長たり、素より書籍を刋刻するに善し（東省刻工甚少、藝亦不佳、難以集事。浙江撫臣阮元係臣取中會試門生、學問優長、素善刋刻書籍）」。これにたいして硃批は、「覽す、此れを欽め（覽、欽此）」とされた。阮元の進士は一七八九乾隆五十四年、禮部右侍郎の鐵保は副考官であった。

7、鐵保による、刋刻の完成を告げる表文、年記はない。

「臣鐵保　旨を奉じ八旗の滿洲・蒙古・漢軍人の詩を編録して、竣《お》えるを告げ、恭んで睿覽に呈す（臣鐵保奉旨編錄八旗滿洲蒙古漢軍人詩告竣、恭呈睿覽）」。

「凡例」は二十則あるが、そのうちの三則を引いておく。

一、「八旗詩は向《さき》に彙集の定本無く、惟だ伊福納に『白山詩鈔』有り、卓奇圖に『白山詩存』有るのみなるも、倶に未だ業を卒えず。是の書は之れを諸家の本集に採り、專集無き者は伊・卓の二書及び各選本從り輯入す（八旗詩向無彙集定本、惟伊福納有白山詩鈔、卓奇圖有白山詩存、倶未卒業。是書採之諸家本集、無專集者、從伊卓二書及各選本輯入）」。

一、「天潢（宗室）の詩は編を另《わ》けて首集と爲し、親王を先にし、郡王を次にし、貝勒・貝子を次にし、近支（近縁）を以って先と爲し、近支中は長幼を以って序を爲す（天潢詩另編爲首集、先親王、次郡王、次貝勒貝子、以近支爲先、近支中以長幼爲序）」。親王以下は爵位の名である。

一、「諸家の排比次序は『欽定國朝詩別裁集』の體例を參倣し、若干年を分けて一段落を爲す（諸家排比次序、參倣欽定國朝詩別裁集體例、分若干年爲一段落）」。欽定の詩の總集は045『國朝詩別裁集』（欽定本）についで本集が二番めである。

首集二十六巻に所收の四十九家はすべて宗室であるが、皇帝直系の皇子（皇太子は載らない）を摘出すると、次のとおりである。

第二代皇帝太宗ホンタイジ（在位一六二六～一六四三）の皇子、一家。

第六子鎭國慤厚公、十四首（首集巻第一）、名は高塞、號は敬一、『恭壽堂集』あり。

第三代世祖順治帝福臨（在位一六四三～一六六一）の皇子、なし。

第四代聖祖康熙帝玄燁（在位一六六一～一七二二）の皇子、九家。例えば、

第二子理密親王、二十四首（首巻一）、名は允礽。

第五子恆溫親王、十五首（首巻一）、名は允祺。

第十七子果毅親王、四十九首（首巻二）、名は允禮。『春和堂集』『靜遠齋集』『奉使紀行詩集』あり。

第二十一子愼靖郡王、九十八首（首巻三・四）、名は允禧、號は紫瓊道人。『花間堂詩鈔』『紫瓊巖詩鈔』『紫瓊巖詩

續鈔』あり。

第五代世宗雍正帝胤禛（在位一七二二～一七三五）の皇子、二家。

第五子和恭親王、三十五首（首卷五）、名は弘晝、『稽古齋集』あり。

第六子果恭親王、七十六首（首卷五）、名は弘瞻、號は經畬道人、『鳴盛集』あり。

第六代高宗乾隆帝弘曆（在位一七三五～一七九五）の皇子、三家。

第四子履端親王、百四十首（首卷六・七・八）、名は永珹、『寄暢齋詩稿』あり。

第六子質莊親王、八十六首（首卷九・十）、名は永瑢、『九思堂詩鈔』あり。

第十二子貝勒、五十九首（首卷十一）、名は永璂、『日課詩稿』あり。

以上の一覽から、滿洲皇室における漢語詩歌の制作は、順治朝での鎭國愨厚公を先達として、雍正朝からきわめて盛んになった樣子が見てとれる。ちなみに『國朝詩別裁集』（欽定本）卷一所收の宗室七家のうち、右の一覽にあるのは愼（靖）郡王のみであり、『白山詩介』の宗室七家のうちでは國鼐、すなわち鎭國愨厚公のみであるから、皇室での詩作情況はそれほど分明ではなかった。

本集は、故宮博物院圖書館・遼寧省圖書館編著『淸代內府刻書目錄』（一九九五年九月・紫禁城出版社）に著錄される。

本集は、京大文學部、同東アジアセンター、內閣文庫に藏せられる。また、「遼寧民族古籍整理文學類之二」として、趙志輝氏の校點補のもとに、橫組み・簡體字で、一九九二年六月、瀋陽の遼寧大學出版社から刊行された。

080　江西詩徵

九十四卷（うち淸二十卷）・補遺一卷、曾燠輯。一八〇四嘉慶九年敍刊。

曾燠は、字は庶蕃、號は賓谷、江西建昌府南城縣の人。一七八一乾隆四十六年の進士。一七九二年に兩淮鹽運使を授かり、一八〇七嘉慶十二年湖南按察使に轉じるまで、その任にあった。一七六〇～一八三一。144『晩晴簃詩匯』巻百四には次のように記す。「後 揚州に官たり、風雅もて士を愛し、紅橋・白塔に酒を載せて襟を題《しる》し、賓客は幾《ほと》んど時選を傾け、海內嚮慕して王貽上（士禛）・盧雅雨（見曾）の一流に比《なぞら》う（後官揚州、風雅愛士、紅橋白塔載酒題襟、賓客幾傾時選、海內嚮慕、比於王貽上・盧雅雨一流）」と。

本集正編九十四巻の內譯は次のとおりである。

巻一・晉。巻二～巻四・唐（うち五代を含む）。巻五～二十四・宋（うち金を含む）。巻二十五～三十八・元。巻三十九～六十四・明。巻六十五～八十四・國朝。巻八十五・八十六・名媛。巻八十七～九十・釋子。巻九十一・道流。巻九十二・雜流・名妓など。巻九十三・仙靈・鬼怪。巻九十四・歌謠・諺語など。

「敍」の年記と署名は、「嘉慶甲子（同九年）孟秋、南城曾燠」である。

その冒頭で、總集一般について、時代を限って全國を對象としたものと、地方を區切って通年にわたるものとの二種に分ける。

「著錄家總集の例として、或いは代を斷《き》りて以って其の凡《すべ》てを擧げ、或いは疆《さかい》を畫《かぎ》って以って其の佚せるを蒐《あつ》む。大要は文に因りて獻義（賢者のみち）を攷《かんが》え掌故を存するにして、一《ひと》えに文を論ずるを意《こころざ》す者とは別なり（著錄家總集之例、或斷代以擧其凡、或畫疆以蒐其佚。大要因文攷獻義、存掌故、與一意論文者別）」。

ついで後者について、さらに二種に分ける。

「其の疆を畫るにして論ずれば、或いは之れを鄕人に出だし、或いは之れを其の地に官たる者に出だす（其畫疆而論者、或出之鄕人、或出之官其地者）」。後者の例の一つとしてあげられる「近世」の『粤西詩載』二十五巻・附詞一巻は、浙江嘉興府桐郷縣の汪森（字は晉賢、一六五三～一七二六）が桂林府通判となって漢から明までの詩篇を収録したものである（『四庫提要』巻百九十・集部・總集類五、『陶盧雜錄』巻三を參照）。また前者の例としては、041『山左詩鈔』・028『檇李詩繫』のほかに、『松風餘韻』五十一巻があげられる。これは江蘇松江府婁縣の姚宏緒（號は聽巖、一六九一康熙三十年進士）が松江府における六朝から明までの詩人を収録したものである（『四庫提要』巻百九十四・集部・總集類存目四を參照）。本集はもちろん前者に屬する。

「今江西布政使は府十三・直隷州一・廳二・州縣七十六を領す」。府の名前だけをあげておくと、南昌・饒州・廣信・南康・九江・建昌・撫州・臨江・瑞州・袁州・吉安・贛州・南安である。

「其の地は（長）江を負い（鄱陽）湖を瞰《みおろ》し、呉を襟とし越を帯とし、楚・粤を控引す。文物は東南に甲たりて、歐陽（修、本集巻五）・曾（鞏、巻八）・王（安石、巻六）氏竝びに起こりて宋の盛んなるに當たりて自り、而して虞（集、巻二十七）・范（梈、巻二十九）・掲（傒斯、巻二十八）氏は踵を元の世に繼ぎ、天下に文章を言う者は之れを江西に歸す（其地負江瞰湖、襟呉帶越、控引楚粤。文物甲東南、自歐陽曾王氏竝起、當宋之盛、而虞范掲氏、繼踵元世。天下言文章者歸之江西）」。なお「例言」では、「是の編は惟だ陶詩（潛、巻一）のみ全てを錄し、餘の宋の歐・王・黃（庭堅、巻九、038『西江風雅』を參照）、元の虞・范・掲の如きは……未だ盡くを收むる能わず（是編惟陶詩全錄、餘如宋之歐王黃、元之虞范掲、……未能盡收）」とする。

「煥は南豐（曾鞏）の後を承けて盱江の上に生まれ、先公の遊宦に從って四方に少長し（少年・成年時代を過ごし）、朝に登るを冒すを忝くすること二十餘年、居家の日は少なく、父老子弟と黎獻（民衆のなかの賢人）を尋求するを克《よ》くせず、郷先生の文辭に於けると雖も、遍く觀て盡く識る能う無きなり。顧《かえ》って嘗て詩を學ぶに志有り、涉獵すること差《や》や廣く、是れに因りて囊箱を網羅し、郷人士君子の藏本の、墨を渝《いろあ》せ紙を敝《やぶ》るに遇う毎に輒わち從って購得し、歳久しく積むこと多く、畧《ほ》ぼ比葺（ならび、かさね）を爲す。彭澤先生（陶潛）自り斷ちて煥の見るに逮ぶ所に迄《いた》りて、作者若干人を得、凡そ詩若干首、釐めて九十四巻と爲し、板に鏤《きざ》みて之れを行ない、『江西詩徵』と曰う（煥承南豐之後、生盱江之上、從先公遊宦、少長四方、忝冒登朝二十餘年、居家日少、不克與父老子弟尋求黎獻、雖於郷先生之文辭、無能遍觀而盡識也。顧嘗有志學詩、涉獵差廣、因是網羅囊籍、每遇郷人士君子藏本、渝墨敝紙、輒從購得、歳久積多、畧爲比葺。斷自彭澤先生、迄乎煥所逮見、得作者若干人、凡詩若干首、釐爲九十四卷、鏤板行之、曰江西詩徵）」。曾煥の父曾廷槱は、一七七五乾隆四十年の進士で、山東曹州府知府などを歴任した。

「例言」三十七則より三則を引いておく。

一、「前明及び國朝諸家、奉禁銷燬は悉く錄せ弗《ざ》るに置くを除くの外は、其の止禁の他書、或いは文集而《ま》た詩集の、初めに違礙無く、竝びに四庫書目に入るを經し者は、仍って選錄す（前明及國朝諸家、除奉禁銷燬悉置弗錄外、其止禁他書、或文集而詩集、初無違礙、竝經入四庫書目者、仍選錄）」。

一、「是の編に收むる所は二千餘家を下らず。盛衰升降、大小正變、淺深優劣は未だ能く具さに論ぜず（是編所收不下二千餘家。盛衰升降、大小正變、淺深優劣、未能具論）」。

一、「是の編に輯むる所の國朝詩は僅かに四百餘家にして、巻帙尚お隘《せま》し。蓋し郷の先達及び山林の隱逸の專集遺文は多く未だ世に行われず（是編所輯國朝詩、僅四百餘家、巻帙尚隘。蓋郷先達及山林隱逸專集遺文、多未行世）」。清人の實數は、二十巻のうちに四百五十家、これに名媛三十二家、釋子二十家、補遺十一家が加わる。

ところで『陶廬雜錄』巻三は、本集に先だって、やはり曾煥編の『國朝江右八家詩選』なるものを著錄し、その自序に、「余 江西歷代の詩を彙鈔し、本朝は二百二十餘人を得たり（余彙鈔江西歷代詩、本朝得二百二十餘人）」とあるとし、「八家は蓋し傑出する者ならん（八家蓋傑出者也）」とのべる。その八家について、本集での所在を示しておこう（卷六十五が國朝二)。

陳允衡、國朝一。字は伯璣、號は玉淵、建昌府南城縣の人、一六二二〜一六七二。

王猷定、國朝一。字は于一、號は軫石、南昌府南昌縣の人、一五九八〜一六六二。

曾畹、國朝二。原名傳鐙、字は庭聞、寧都直隷州の人、一六五四順治十一年舉人。

帥家相、國朝十。字は伯子、號は卓山、南昌府奉新縣の人、一七三七乾隆二年進士。

蔣士銓、國朝十六。字は心餘、一字苕生、廣信府鉛山縣の人、一七二五〜一七八五。

汪軔、國朝十二。字は輦雲、號は魚亭、南昌府武寧縣の人、乾隆間優貢生。

楊垕、國朝十四。字は子載、號は恥夫、南昌府南昌縣の人、一七五三乾隆十八年拔貢生。

何在田、國朝十五。字は鶴年、建昌府廣昌縣の人、一七五六年舉人。

本集は、京大東アジアセンター、阪大懷德堂文庫、早大寧齋文庫、靜嘉堂文庫に藏せられる。

081　羣雅集（合册本）（初集）四十卷・二集九卷、王豫輯。（初集）一八〇九嘉慶十四年後序刊、二集・一八一一嘉慶十六年序刊。

王豫は、字は應和、號は柳村、江蘇鎭江府丹徒縣の人。諸生。『淸史列傳』卷七十三・文苑傳四は「布衣」とし、「性として酷《はなは》だ詩を嗜み、聞達を求めず（性酷嗜詩、不求聞達）」と記す。その生卒年は、『明淸江蘇文人年表』が引く卞萃文『卞徵君集』によると、一七六八乾隆三十三年の生まれ、一八二六道光六年の卒、行年五十九、である。本集編輯ののち、一八二一道光元年の自序のもとに、093『江蘇詩徵』を編輯することになる。

本集の初集（かりにこの語を用いる、以下同じ）には單刋本と、二集・附録を合わせた合册本が存在する。

初集單刋本には二篇の序文があり、その一の年記と署名は、一八〇七年の「嘉慶十二年孟冬、揚州阮元序」である。阮元（その詩は巻二十三に所收）については、070『淮海英靈集』と076『兩浙輶軒録』ですでに見た。序文の最後のところで「元將に覲に入らんとし、馬首に途を戒む（元將入覲、馬首戒途）」とあるから、父の服喪があけ、いったん上京して浙江巡撫に復歸するおりの撰であろう。この前年の春には、「大中丞阮雲臺先生、來たりて家兄柳村子を訪ね、種竹軒の林木幽邃なるを愛で、曲江亭を軒西に建て、夏を逭《のが》れ書を著わすの地と爲す（丙寅春、大中丞阮雲臺先生來訪家兄柳村子、愛種竹軒林木幽邃、建曲江亭於軒西、爲逭夏著書之地）」という交際があったことを、妹の王瓊が、附録として後にあげる『曲江亭唱和詩』の序文で記している。

　丹徒の王君柳村の詩を論ずるや、宗伯（沈德潛）を以って歸と爲す。近日の數大家　聲氣炫赫の時、王君は獨り之れを去ること浼《けが》るるが若く、殘を抱き拙を守り、以爲えらく、吾れ其の言の或いは雅に非ざるを恐るるなり、と。故を以って大江の金・焦兩山の北渚に伏處するも交遊は亦た幾んど海內に徧く、是れを用って045『國朝別裁』以後の諸家の詩を著録し、積みて巻帙を成し、之れを名づけて『羣雅集』と曰い、卽わち歸愚宗伯を以って首に居《お》く。先輩友人の爲に其の著作を録すと雖も、編詩の大恉は亦た卽わち是れに在り（丹徒王君柳村之論詩也、以宗伯爲歸。近日數大家聲氣炫赫之時、王君獨去之若浼、抱殘守拙、以爲吾恐其言之或非雅也。以故伏處大江金焦兩山之北渚、而交遊亦幾徧于海內、用是著録國朝別裁以後諸家之詩、積成巻帙、名之曰羣雅集、卽以歸愚宗伯居首。雖爲先輩友人録其著作、而編詩大恉亦卽在是）。

序文その二の年記と署名は、「嘉慶丁卯（同十二年）冬十一月、錢塘呉錫麒序」となっている。呉錫麒（巻十七）については078（二）『九家試律詩鈔箋略』のうちの一人として、すでに見た。呉氏がかつて揚州の安定書院を主宰していたときに王氏は教えを乞うたことがあると、みずからのべる。その序文では、書名のうちの「雅」にかかわって、「雅は正なり（雅者正也）」とし、「之れを要するに美刺を陳《つら》ね興衰を察し、變と雖も未だ正より出でざる者有らず、故に雅と曰うなり（要之陳美刺、察興衰、雖變而未有不出于正者、故曰雅也）」とする。ついで、この傳統を清朝において體現した人物として沈德潛をあげる。

本朝 人文は炳蔚たり、韶濩（殷の湯王の音樂）は鏘鳴す。新城の司寇（王士禛）は神韻を以って之れを前に導き、長洲の宗伯は體裁を以って之れを後に齊《ととの》え、溫柔敦厚の旨を稟《う》け、順成和動の音を揚げ、以って歩趨を正し、以って矩矱を端《ただ》す（本朝人文炳蔚、韶濩鏘鳴。新城司寇以神韻導之於前、長洲宗伯以體裁齊之於後、稟溫柔敦厚之旨、揚順成和動之音、以正歩趨、以端矩矱）。

今 王君柳村は宗伯の學を學ぶ者なり。復た宗伯の『國朝別裁集』を繼ぎて、其れ以後の諸家の詩を緝め、之れを名づけて『羣雅』と曰う（今王君柳村學宗伯之學者也。復繼宗伯國朝別裁集、而緝其以後諸家之詩、名之曰羣雅）。

二篇の序文のあとには二通の書がつづく。一通は法式善（卷十七）の「法悟門先生書」で、一八〇八嘉慶十三年「戊辰二月廿四日」の日付がある。なかに、「當に述庵侍郎（王昶）の077『湖海詩傳』と幷せ行わるべし。第だ侍郎の選ぶ所は宋派を兼收するも、尊選は獨り唐音の蹊逕のみを收め、微かに同じからざるのみ（當與述庵侍郎湖海詩傳幷行矣。第侍郎所選兼收宋派、而尊選獨收唐音蹊逕、微不同耳）」との指摘がある。あと一通は「秦小峴先生書」である。秦瀛（卷十六）は、字は淩滄、小峴は號である。江蘇常州府無錫縣の人、一七四三〜一八二一。年記はないが、書中の文言に、「轉進して槐棘の任に處るも、自ら毫も裨益する無きを知り、惟だ愧嘆を增すのみ（轉進而處槐棘之任、自知毫無裨益、惟增愧嘆）」とあるのは、『清史列傳』卷三十二・大臣傳次編七の本傳に、一八〇七嘉慶十二年正月、順天府府尹から刑部右侍郎に陞ったものの、同十三年には、上諭によって「年老無能」とされ、三級の降格をくらった時期に相當するだろう。

本集については、「選詩は最も難く、惟だ沈文愨のみ第一の巨眼と爲す。尊選は採錄精當、以って之れを繼ぐに足る（選詩最難、惟沈文愨爲第一巨眼。尊選採錄精當、足以繼之）」と記す。

ついで「羣雅集後序」一篇が載る。年記と署名は、一八〇七年の「嘉慶丁卯冬、儀徵阮亨拜撰於珠湖草堂」である。阮亨（巻三十二）は、字は仲嘉、號は梅叔、阮元の二十歳下の弟である。一七八四～一八五三。その序文のなかでは、「予が兄 爲に其の顚末を序せり。先生曰わく、是れは卽わち斯の集の凡例と爲すも也《ま》た可なり、と（予兄爲序其顚末矣。先生曰、是卽爲斯集之凡例也可）」と傳えるとともに、「宗伯の定むる所は大抵皆な已往の人なるも、斯の選は則わち已往・見在を論ずる無く皆な見る所に就きて存す（宗伯所定、大抵皆已往之人、而斯選則無論已往見在、皆就所見而存）」と指摘する。

「目次」および本文を見ると、巻一は、たしかに沈德潛を先頭にし、あとに杭世駿、そして袁枚がつづく。袁枚は沈德潛の論敵であり、編者王豫、および序文執筆者の贊同を得られぬ人物のはずだが、公平さが求められる總集である以上は、選外に置くわけにもいかなかったのであろう。かくして本集の初集は、巻一～巻三十四に五百五十一家、巻三十五～巻三十八に閨秀百六家、巻三十九・巻四十に方外五十一家、合計四十巻に七百八家を收錄する。

さて、合册本の初集は、單刊本と同じ版木をもちいた復刻本とおもわれるが、内容に多少の出入りがある。すなわち、阮序と呉序の順序が逆になり、二通の書が目次の後に置かれているが、もっとも大きな違いは、阮序と阮亨後序のあいだに、新たに「後序」がもう一篇加わっていることである。その年記と署名は、一八〇九年の「嘉慶己巳（同十四年）夏四月、琢堂弟石韞玉序」となっており、この年記から、合册本初集が單刊本より一年ほどのおくれであったと考えられる。石韞玉（その詩は初集ではなく二集巻二に收錄）は、字は執如、號は琢堂、江蘇蘇州府呉縣の人、一七五六～一八三七。この後序が書かれたときは、一八〇七年に山東按察使を病氣のために退き、家居の身であったとおもわれる。

本朝は詩學最も盛んにして、吾が郷の沈歸愚先生の『別裁』一集に、略ぼ其の大概を見れり。此れを繼ぎて今に至り、又た五六十年を歴たり。……丹徒の柳村王君、起ちて之れを絕續し、卽わち歸愚先生自り斷ちて始め、『羣雅集』四十卷を撰成し、收むる所の詩は七百餘家、勤めりと謂う可し（本朝詩學最盛、吾郷沈歸愚先生別裁一集、略見其大概矣。繼此至今、又歴五六十年。……丹徒柳村王君、起而絕續之、卽斷自歸愚先生始、撰成羣雅集四十卷、所收詩七百餘家、可謂勤矣）。

『羣雅二集』九卷では、まず序文が二篇ある。その一は編者じしんのもので、年記と署名は、一八一一年にあたる「嘉慶十有六年辛未春正月人日、柳村甫王豫識於江都翠屏洲之詩徵閣」である。短いので全文を引いておく。

僕の選ぶ所の『羣雅初集』は業《すで》に梓人に付し、正を海內の宗工に就けり。厥の後 諸名流の棄てざるを 辱《かたじけな》くし、陸續と郵寄せられ、裒然として篋に盈ち、其の久しくして遺失するを恐れ、亟かに取りて之れを采錄し、續けて『二集』を成す。科目を分かたず、行輩を序《つい》でざるは、到るに隨って刻するに隨うに因りし故なり。閱者 其の『初集』と異なるを誚《せ》める勿くんば幸甚なり（僕所選羣雅初集、業付梓人、就正海內宗工矣。厥後辱諸名流不棄、陸續郵寄、裒然盈篋、恐其久而遺失、亟取而采錄之、續成二集。不分科目、不序行輩、因隨到隨刻故也。閱者勿誚其與初集異、幸甚）。

序文の二つめの年記と署名は、「嘉慶辛未閏上巳、仲嘉阮亨識於道東書屋」である。そこでは、「王君因りて二集四十卷を編成す（王君因編成二集四十卷）」とするが、この卷數の違いのいきさつは分からない。また、「其の（初集に）失載せる各家に就きて予の輯むる所の『瀛舟筆談』『淮海英靈續集』（070の續編）中の詩の俊逸なる者を檢べ、補いて以って之れ（二集）に歸す（就其失載各家、檢予所輯瀛舟筆談・淮海英靈續集中詩之俊逸者、補以歸之）」とのべるが、阮亨所輯の二書については、今は待考とするほかはない。

次には法式善の「題辭」が載る。

『二集』九巻には、つごう百六十四家が收録される。うち名媛は八家、方外は五家、羽士は一家である。附録は二種。その一の『曲江亭閨秀唱和集』は、王豫の妹王瓊（字は碧雲、號は愛蘭）を中心とした女性たちの唱和集である。序文は二篇あり、その一の年記と署名は、「嘉慶十三年五月午日、華亭宗妹（王）燕生凝香譔於珠湖草堂」であり、その二も嘉慶十三年の「戊辰四月望日、愛蘭王瓊」である。附録の二は、いずれも丹徒縣の四人の女性の詩選各一巻で、王瓊の『愛蘭軒詩選』のほか、その兄（王豫か？）の女の王迺德（字は子一）の『竹淨軒詩選』、同じく王迺容（字は子莊）の『浣桐閣詩選』、それに季芳（字は如蘭）の『環翠軒詩選』である。

本集の、私が假に單刊本と稱したテキストは、二十九年前に上海圖書館で閲覽する機會を得たが、日本に在ることを知らない。合册本と稱したテキストは、内閣文庫に藏せられる。

082　國朝詩　十巻・外編一巻・補六巻、吳翌鳳輯。一八一二嘉慶十七年刊。

吳翌鳳は、字は伊仲、號は枚庵、江蘇蘇州府吳縣の人。諸生。一七四二～一八一九。一七九一乾隆五十六年・五十歳、蘇州府元和縣出身の姜晟（字は光宇、一七三〇～一八一〇）が湖南巡撫になるとともにその幕府に入り、一八〇〇嘉慶五年・五十九歳、姜氏が直隷總督に轉任となった機會に歸郷したとおもわれる。123『國朝正雅集』巻三十六に引く蔣寶齡『墨林今話』には、「中歲 楚南に遊び、匡盧・嶽麓・洞庭の諸勝を徧歷し、老いに垂《なんな》んとして始めて返り、居を城南にトし、書を著わし母に奉じ、其の室を題して『歸雲舫』と曰う（中歲遊楚南、徧歷匡盧・嶽麓・洞庭諸勝、垂老始返、卜居城南、著書奉母、題其室曰歸雲舫）」とある。本集の、一七九六年に書かれた自序の年記と署名は、「嘉慶元年丙辰春二月朔日、書於長沙寓齋」となっている。吳翌鳳は、編輯や箋注の事業に旺盛で、本集に先だつ一七九三乾隆五十八年・五十二歳には『宋金元詩選』六巻を、歸省後の一八一三嘉慶十八年・七十二歳には086『懷舊集』を、翌一八一四年には『梅村詩集箋注』十八巻を、一八一七年には087『印須集』を刊行している。

本集の自序には、清初の詩人を稱揚して次のように記す。

(順)治(康)熙の代、萊陽(山東登州府下)の宋氏(琬、本集巻一、二十一首)の渾雄、宣城(安徽寧國府下)の施氏(閏章、巻一、三十二首)の澹遠、新城(山東濟南府下)の王氏(士正、巻二、三十首)の音調諧暢、秀水(浙江嘉興府下)の朱氏(彝尊、巻六、二十六首)の意趣疎宕の若き、之れを古人に求むるも、未だ多く得ること易からず(治熙之代、若萊陽宋氏之渾雄、宣城施氏之澹遠、新城王氏之音調諧暢、秀水朱氏之意趣疎宕、求之古人、未易多得)。

本集は全十七巻に總じて五百十家を収録するが、右の一文によっても分かるとおり、その對象とするのは主に清初の詩家で、乾隆期の詩家はほとんど見えない。

ついで自序に「而して常山・婁東諸家の詩を以って焉《こ》れに附す(而以常山婁東諸家之詩附焉)」とするのは、外編一巻に關してであろう。うち婁東(蘇州府太倉州の異名)が呉偉業をさすのはまちがいないが、常山(浙江衢州府下の縣)が誰をさすのか分からない。外編には十三家が収録されており、その巻頭に「彭撝四十六首」とあるのには、編者の重視がうかがわれるが、この人物についてはまったく分からない。總集でも本集に採られるだけである。この人物のほかの十二家は、呉偉業(五十一首)、龔鼎孳(十三首)、周亮工(四首)、趙進美(十二首)などであるが、彼らはすべて、044『國朝詩別裁集』(自定本)の巻一と巻二前半に収録され、045同(欽定本)に改訂されるさいに刪除された人物なのである。ここに私たちは、貳臣論にたいするいささかの緩和を見てとることができよう。

呉偉業に關していえば、その『梅村集』四十巻は『四庫全書總目』巻百七十三・集部・別集類に著録されている。このテキストにはがんらい、錢謙益の「順治庚子(同十七年一六六〇)十月朔、虞山蒙叟錢謙益再拜謹序」なる序文と、

「附録與梅村先生書」が附せられており、もとより禁燬の對象となるものであるが、『四庫全書』は一般的に序文や目録のたぐいを載せない。いっぽう『清代禁書總述』によると、『呉梅村全集』については、「此書因「內有錢謙益序及書」、爲閩浙總督三寶奏繳、乾隆四十四年（一七七九年）九月初六日奏准禁毀」とあり、『呉梅村詩』については、「此書因「內有錢謙益唱和詩篇」、而爲閩浙總督三寶奏繳、乾隆四十四年九月初六日奏准禁毀」とある。呉翌鳳はこのような情況を周知したうえで、本集の編輯や『梅村詩集箋注』の纂修をおこなったにちがいない。

補六巻には、正編に見えない詩家の補足と、すでに見える詩家の詩の補足とが、あい半ばする。本集の刋行年は、目録の最後に、「壬申六月二日寫定、新陽趙元益校刻」とあるのにより、一八一二嘉慶十七年と見なした。

本集については、中國・浙江圖書館に「清朝詩十册凡一函」とあるのを、一九八〇年冬に閲覧したことがあるが、日本では、「同治十一年（一八七二）新陽趙氏刋本六册」が、神戸市立吉川文庫に藏せられるのを知るのみである。

083 國朝山左詩續鈔　三十二巻、張鵬展輯。一八一三嘉慶十八年刋。

見返しに、書名をはさんで、右上に「嘉慶癸酉年（同十八年）鐫」、左下に「四照樓藏板」とある。

張鵬展は、字は從中、號は南崧、廣西思恩府上林縣の人。一七八九乾隆五十四年の進士。一八一〇嘉慶十五年八月、光祿寺卿（從三品）より山東學政になり、一八一三年二月に通政使司通政使（正三品）に轉ずるまで、この任にあった。詩人としては總集類にまったく載らないから、詳しいことは分からない。

編者自序の年記と署名は、「時嘉慶癸酉、欽命提督山東學政・賜進士出身・通政使司通政使、上林張鵬展序」である。そこではまず、徳州盧運使雅雨堂『國朝山左詩』六十巻を纂す。郷獻を表わすや梓里の誼みなり（徳州盧運使雅雨堂纂國朝山左詩六十巻。表郷獻也、梓里之誼也）。

嘉慶庚午（同十五年）、余　典試（七月の山東郷試）を奉命し、因りて留まりて學を督し士を校《くら》ぶ。餘暇に十郡二州の著述巨編の散帙を徵し、裒集彙萃して後先に咸な敍《つい》で、高下に竝べ収め、三十二巻を續纂す。民風を觀るや、輶軒の職なり（嘉慶庚午、余奉命典試、因留督學校士。餘暇徵十郡二州之著述巨編散帙、裒集彙萃、後先咸敍、高下竝收、續纂三十二巻。觀民風也、輶軒之職也）。

と、盧見曾による041『國朝山左詩鈔』を掲げる。ついで、山東が領する十府は、濟南・東昌・泰安・武定・兗州・沂州・曹州・登州・萊州・青州であり、二直隷州は臨清・濟南である。

ついで、「三百五篇に齊は風に列《つら》なり、魯は頌に登る（三百五篇、齊列於風、魯登於頌）」とするのは、山左が先秦時代において、すでに作詩の盛んな土地であったことを言わんがためであり、さらに、漢の申培から始まる魯詩學派、おなじく漢の轅固から始まる齊詩學派をもちだすのは、「山左は固より詩學の淵源、風人の林藪なり（山左固詩學之淵源、風人之林藪也）」と結論づけんがためである。

我が國朝に入りて、文治は彪炳たり。荔裳（宋琬）・念東（高珩）・西樵（王士祿）・漁洋（王士禛）・秋谷（趙執信）・山薑（田雯）の諸鉅公自り後、家ごとに誦し戶ごとに絃し、聲を繼ぎ武《あし》を接《つ》ぎ、於々として未だ艾《た》えず（入我國朝、文治彪炳。自荔裳・念東・西樵・漁洋・秋谷・山薑諸鉅公後、家誦戶絃、繼聲接武、於々未艾）。

余　吟咏に渉《かか》ること粗《あら》く、學識は拘墟たり（井のなかのカワズのように狹い）。然れども茲こに三載、分に循い職を思い、昕夕に兢〻［ママ］たりて、鄙陋を揣《はか》らず輯錄成書し、齊魯の士習民風に三たび意を致す（余粗涉吟咏、學識拘墟。

然三載於茲、循分思職、昕夕兢〻〔ママ〕、不揣鄙陋、輯錄成書、於齊魯之士習民風、三致意焉）。

「三たび意を致す」とは、郷試考官と學政につぎ、本集編輯が三度め、という意味だろう。

「凡例」十八則よりいくつかを引いておく。
一、「前鈔に、順治時の人にして捜採の偶たま遺《お》つる者有り。今 各府州縣學の採送、竝びに沿棚（關係する朋黨）の紳士の呈出に由り、悉く登入を爲し、限斷に從う無く、仍って國初自り起《はじ》む（前鈔有順治時人而捜採偶遺者。今由各府州縣學採送、竝沿棚紳士呈出、悉爲登入、無從限斷、仍自國初起）」。編輯の過程を示す條でもある。
一、「前鈔は乾隆戊寅（同二十三年一七五八）に成り、康熙・雍正間の人にして其の時に現存する者有るは未だ前鈔に入らず、今竝びに採入す（前鈔成於乾隆戊寅、有康熙雍正間人、而其時現存者未入前鈔、今竝採入）」。別の項には、「前鈔は凡そ其の人の存する者は錄せず。今之れに遵う（前鈔凡其人存者不錄。今遵之）」とものべる。
一、次の三種の文獻をあげて、「茲の鈔に採取すること頗る多し（茲鈔採取頗多）」とする。そのうち「張觀察蕚樓『掖詩採錄』二卷」とあるのは、武作成『淸史稿藝文志補編』集部・總集類にあげる「『掖詩採錄』六卷、張彤輯」のことだろう。「李孝廉味初『武定詩鈔』六卷」は、064『國朝武定詩鈔』十二卷・補鈔二卷をさすにちがいない。また、「劉明經芳曙『渠風續集』四卷」は『淸史稿藝文志補編』に見えない。編者の本名も分からない。
一、「開雕以後に在る者は特に補遺一卷を設け、以って其の最も晩き者を增入するを待つ（在開雕以後者、特設補遺一卷、以待增入其最晩者）」。實際には補遺二卷となっているのは、「凡例」開雕後にも補入がつづけられたということであろうか。
一、「集を采るは按試の時に得る所多し。卷（答案）を閱して稍や暇あれば隨卽（ただち）に目を涉《とお》すも、未だ心を悉《つ》くして釐訂するに及ばず（采集多按試時所得。閱卷稍暇隨卽涉目、未及悉心釐訂）」。編輯過程についての、前記とは別の記載である。このあと、「所有《あらゆ》る纂輯（所有纂輯）」に關する六名の教員をあげ、「其の事に終始（終始其事）」し、あるいは「亦た與《あずか》って力有り（亦與有力焉）」とする。さらに「校對姓氏」の項には七十八名を列擧する。

一、「今鈔は辛未（嘉靖十六年一八一一）夏自り起《はじ》め癸酉（同十八年）秋に至りて事を蕆《ととの》う。捜輯倉卒にして僻遠者は或いは未だ送るに及ばず、恐らくは亦た漏畧を免れ難し。故に採る所は前鈔の多きに及ばず（今鈔自辛未夏起、至癸酉秋而蕆事。捜輯倉卒、僻遠者或未及送、恐亦難免漏畧、故所採不及前鈔之多）」。とはいえ、巻數こそ前鈔の六十巻にたいして今鈔は三十二巻（うち閨秀・方外等一巻、補遺二巻）であるが、家數は前鈔の「六百二十餘家」にたいして今鈔は千三百三十家と倍増している。

各家の採録首數のほとんどが一、二首であるなかで、ひときわ多く、かつ『中國文學家大辭典』に記載される人物を抜きだしておこう。

巻四、盧見曾、三十七首。字は抱孫、號は雅雨、濟南府德州の人、一六九〇～一七六八。

巻九、宋弼、百三十三首。字は仲良、號は蒙泉、德州の人、一七〇三～一七六八。

巻十四、韓夢周、百十一首。字は公復、號は理堂、萊州府濰縣の人、一七二九～一七九八。

巻十八、閻循觀、八十二首。字は懷庭、號は伊嵩、青州府昌樂縣の人、一七二四～一七六八。

巻二十・二十一、李懷民、二百二十六首。名は憲噩、字もて行わる、萊州府高密縣の人、生卒年未詳。

巻二十三・二十四、李憲喬、二百九十五首。字は子喬、號は少鶴、李懷民の弟、生卒年未詳。

巻二十八、桂馥、三十八首。字は冬卉、號は未谷、兗州府曲阜縣の人、一七三六～一八〇五。

本集は京大文學部に藏せられる。

084
粤東詩海　百巻（うち清四十巻）・補遺六巻、溫汝能輯。一八一三嘉慶十八年刊。

本集は廣東地方の、唐から清・嘉慶中期までの詩の總集である。その解題のほとんどを、呂永光整理、李曲齋・陳永正審定、一九九九年八月・中山大學出版社刊の排印本（以後「整理本」と略稱）にもとづくことにする。呂永光氏の、一九九五年秋の「前言」と「凡例」によれば、「舊本」は、嘉慶十八年、文畬堂によって刊刻され、一八六六同治五年、聚文堂によって翻刻された。整理本は、嘉慶本を底本とし、同治本を參校して、校對と標點を施し、作者小傳に修訂を加え、新たに作者索引を附したものである。特に作者小傳は、原刻本では簡略なため、多くの文獻資料や研究成果にもとづいて增訂したとされる。

溫汝能は、字は希禹、號は謙山、廣州府順德縣の人、一七四八〜一八一一。一七八八乾隆五十三年の舉人で、內閣中書舍人となったが、まもなく歸田し、編輯と著述に專念した。

本集の內譯は、「前言」によれば、唐代四巻・十三人、宋代二巻・三十人、元代一巻・九人、明代四十八巻・四百五十九人、清代四十巻・四百十六人、閨媛二巻・七十八人、方外二巻・三十人、仙佛・鬼一巻・二十人、計一千五十五人である。

序文は二篇ある。その一の年記と署名は、「嘉慶癸酉（同十八年）重陽、龍溪愚弟李威謹敍」とする。李威は、字は畏吾、號は鳳岡、福建漳州府龍溪縣の人。一七七八乾隆四十三年に進士となり、二十數年後に廣州府知府となった。「順德の溫謙山先生　既に粤東の文を編し、復た廣く詩詞を徵して纂輯成書し、一百餘巻を得、而して皆な之れを名づけて海と曰う（順德溫謙山先生既編粤東之文、復廣徵詩詞、纂輯成書、得一百餘巻、而皆名之曰海）」としるす。

その二は自序で、年記と署名を「嘉慶庚午（同十五年）孟冬、順德溫汝能書于聽松閣」とし、次のようにのべる。

余已に桑梓の文を論次し、復た遍く詩詞を徵し、甲子（嘉慶九年）自り庚午に迄《いた》り、凡そ七たび寒暑を閱《へ》たり。四方より緘寄する者千餘家、二三の同志と稍や裁擇を加え、咸な雅馴なら使《し》め、共に詩一百巻・補遺六巻を得たり。上は公卿自り、下は謠諺を徴し、旁ら僧道に及び、幽に鬼神を索め、體として有らざる無く、奇として備わらざる無し（余已論次桑梓之文、復遍徵詩詞、自甲子迄庚午、凡七閲寒暑。四方緘寄者千餘家、與二三同志稍加裁擇、咸使雅馴、共得詩一百巻・補遺六巻。上自公卿、下徵謠諺、旁及僧道、幽索鬼神、無體不有、無奇不備）。

原刻本の「例言」は、整理本の段分けによると、第一段の「玆の編は舊選に仍りて曲江（唐の張九齢）自り始む（玆編仍舊選自曲江始）」から、最終第五十二段の、「現在の諸公は未だ古人に雑入するに便ならず（現在諸公、未便雑入古人）」として別に『詩海續編』を用意する旨の表記に至る。その間の記述はほとんどが廣東詩史であり、内容上では、整理本「前言」の記述のほうが、具體的で分かりやすく、しかも嘉慶以降の詩界革命にまで及んでいる。

最後に禁忌の人物にふれておこう。まず錢謙益については、「例言」第二十三段に、明末の韓上桂（巻四十一、字は孟郁）に關して、『列朝詩選』（丁集十三下）が「推して萬暦間の嶺南第一才人と爲すは宜《むべ》なり（宜列朝詩選推爲萬暦間嶺南第一才人）」とし、また第二十七段、明の最後の李英に關して、「錢受之『列朝詩選』（閏集五・青衣）」が「之れを取る（取之）」としている。いっぽう屈大均については、整理本「凡例」が次のように指摘している。

詩人屈大均は、僧爲る時間は較《や》や短く、後には且つ儒に返る。其の詩文の多く反清に渉るを以って、卒後竟に清廷構える所の文字の獄に罹る。溫氏は其の詩を選んで其の禁を避け、特に屈氏逃禪時の法號一靈を以って（「國朝」の部ではなく）巻九十八・方外に編入するは、心を用いること良《まこと》に苦しむ（詩人屈大均、爲僧時間較短、後且返儒。以其詩文多涉反清、卒後竟罹清廷所構文字獄。溫氏選其詩而避其禁、特以屈氏逃禪時之法號一靈、編入巻九十八方外、用心良苦）。

禁忌の解消は微妙な段階にあったといえるだろう。

085（一）嶺南羣雅　六卷、劉彬華輯。一八一三嘉慶十八年刊。

封面には、書名をはさんで、右上に「嘉慶癸酉年（同十八年）鐫」、左下に「玉壺山房藏板」とある。「嶺南」は、自序に「吾粵詩」とするから、廣東一省をさす。

劉彬華は、字は藻林、號は樸石、廣東廣州府番禺縣の人。一八〇一嘉慶六年の進士、一七七一～一八二九。張維屏（本集の二集二に收錄）は、その編輯する102『國朝詩人徵略』の巻五十五に、みずからの『聽松廬文鈔』を引いて、同鄉で九歳年長の、この先輩についての事迹をかなり詳しく傳えている。例えば、「嘉慶辛酉（同六年）進士と成り、庶吉士に改めらる。散館にて編修を授かるに、假を請うて歸省するも贈公（父親）に見《まみ》ゆるに及ばざるを以って恨みと爲す。時に母太孺人多病にして、故を以って二十餘年 未だ嘗て再び都に入らず。先後して端溪・越華の講席に主たり（嘉慶辛酉成進士、改庶吉士。散館授編修、請假歸省、以贈公不及見爲恨。時母太孺人多病、以故二十餘年未嘗再入都、先後主端溪越華講席）」とある。生卒年もこの文から知られる。いっぽう、098『國朝嶺海詩鈔』巻十八で、凌揚藻は「選ぶ所の『嶺南羣雅集』は幾んど家ごとに其の書有り（所選嶺南羣雅集、幾於家有其書）」と記す。

自序の年記と署名は、「嘉慶癸酉八月、番禺劉彬華」である。

「吾が粵の詩は曲江（唐の張九齡）自り下、明季三家以上、作者は前後に蜿蟺して相い望み、煒なるかな盛んなりき（吾粵詩、自曲江而下、明季三家以上、作者前後蜿蟺相望、煒哉盛矣）」。「明季三家」とは019『嶺南三大家詩選』の屈大均・陳恭尹・梁佩蘭のことであるが、このうちの二家までが禁忌の詩人であることを慮って（二八〇頁參照）、明末へと斥けたのだろう。

「國朝は鉅手迭《たが》いに興こり、魚山・葯房・二樵諸公の崛起するに迨びて諸體を研鍊し、各おの長ずる所を擅いままにす（國朝鉅手迭興、迨魚山・葯房・二樵諸公崛起、研鍊諸體、各擅所長）」。馮敏昌（初集一）字は魚山、一字伯求、欽州

直隸州の人、一七七八乾隆四十三年進士、一七四七～一八〇六。張錦芳（初集一）字は粲夫、號は菂房、廣州府順德縣の人、一七八九乾隆五十四年進士、一七四三？～一七九六？。黎簡（初集三）字は簡民、號は二樵、順德縣の人、一七八九年拔貢生、一七四七～一七九九。

「爰《ここ》に數十家を彙《あつ》め、其の尤も雅なる者を擇び、魚山自り斷ちて以下二十九人を「初集」と爲し、而して先君子の遺詩を焉れに附す。其の現存する者は芷灣自り以下四十三人を「二集」と爲し、統べて名づけて『嶺南羣雅』と曰う（爰彙數十家、擇其尤雅者、斷自魚山以下二十九人爲初集、而先君子遺詩附焉。其現存者、自芷灣以下四十三人爲二集、統名曰嶺南羣雅）」。宋湘（二集一）字は煥襄、號は芷灣、嘉應直隸州の人、一七九九嘉慶四年進士、一七五六～一八二六。初集一～三、二集一～三の合わせて六卷に七十二人、それに初集三の最後に尊父の『筆耒軒吟稿』を附錄する。嚴密には總集というより選集というべきである。

「『詩』の小雅の材七十四（人）、大雅の材三十一（人）は、衆多なるを言うなり（つまり「羣」）。司馬長卿（相如の「上林の賦」に）曰わく、雲の罕《あみ》を（くるまに）載せ、羣雅を掩《とら》えん（「掩」は一に「揜」に作る）、と。之れを求むる者の勤むるを言うなり（詩小雅之材七十四、大雅之材三十一、言衆多也。司馬長卿曰、載雲罕、掩羣雅、言求之者勤也）」。

本集については、日本での所在は知れない。私は一九八〇年に浙江圖書館で閲覽する機會を得た。

085　（二一）嶺南四家詩鈔　不分卷、劉彬華輯。一八一三嘉慶十八年總序刊。

見返しには、中央に書名を大書するのみで、左右に文字はない。

前項と同じく廣東の詩人四家についての、同じ編者による編輯である。總序は前項のものより四ヶ月早いが、刊行の後先については分からない。

版心に「總序」とする年記と署名は、「嘉慶十有八年四月朔、寧化伊秉綬」である。伊秉綬は、字は組似、號は墨卿、福建汀州府寧化縣の人、一七五四～一八一五。一七八九乾隆五十四年進士。一七九八嘉慶三年、刑部員外郎として湖南鄉試副考官をつとめ、翌一七九九年、廣東惠州府知府に任ぜられ、一八〇二年までこの任にあった。一八〇四嘉慶九年からは江蘇揚州府知府となり、一八〇七年に解任されて歸省し、服喪もふくめて八年間の家居ののち、一八一五嘉慶二十年、復職の途中、揚州で病死した。したがって本總序が書かれたのは休職中であるが、場所は、後述するように廣東においてであった。

粤の風雅は曲江自り後、南園十先生、曁び海雪・獨漉・湊湟・藥亭諸公の踵出するに至りて一盛なり（粤風雅、自曲江後、至南園十先生、曁海雪・獨漉・湊湟・藥亭諸公踵出、而一盛）。

「曲江」は唐の張九齡。「南園十先生」は、「南園五子」と「南園後五子」とを合わせたいいかたである。すなわち『四庫提要』巻百九十三・集部・總集類存目三に、明・葛徵奇の編になる『南園五先生集』二巻が著録されており、洪武期の「廣中」の五人、孫蕡・王佐・黄哲・李德・趙介の詩を收錄するとしている。また『四庫提要』巻百九十四・集部・總集類存目四には、清の陳文藻らの編になる『南園後五子詩集』二十八巻が著錄されており、嘉靖期の廣東の五人、歐大任（一五一六～一五九五）以下、梁有譽・黎民表・吳旦・李時行の詩を收錄するとし、それを「南園後五子」というのは、「南園は卽わち抗風軒にして、廣州城東南の大忠祠の側に在り（南園卽抗風軒、在廣州城東南大忠祠側）」、明初の孫蕡らが、「此こに唱酬して南園五子と稱す（唱酬於此、稱南園五子）」がゆえにであると記す。なお、梁有譽は古文辭派「後七子」の一人であり、歐大任は王世貞「廣五子」の一人であるが、いずれもここでの呼稱とは無關係である。

「海雪」は鄺露（字は湛若、一六〇四～一六五〇）の號、「獨漉」は陳恭尹（字は元孝、一六三一～一七〇〇）の號、「湊湟」

（一に湟溱に作る）は程可則（字は周量、一六二四〜一六七三）の又の字、「藥亭」は梁佩蘭（字は芝五、一六二九〜一七〇五）の號である。なお、前項『嶺南羣雅』での記述で、屈大均・陳恭尹をさして「このうちの二家までが禁忌の詩人である」としたが、ここに陳恭尹の名があがるのは、彼にたいする禁忌が解消に向かっていた證しであろう。

今に洎《およ》んで馮魚山（敏昌）暨び張（錦芳）・黃（丹書）・黎（簡）・呂（堅）の四家竝び出でて又た一盛なり（洎于今、馮魚山暨張黃黎呂四家竝出、而又一盛）。

この五人との交遊については、馮敏昌とは「夙に古懽を惇《あつ》くし（夙惇古懽）」、張錦芳とは「同年の友爲り（爲同年友）」、いずれも「猶お余の未だ嶺を度らざる時に在るなり（猶在余未度嶺時也）」。おそらく京師においてのことだろう。ついで一七九九嘉慶四年、惠州府知府に着任すると、黃丹書・呂堅と交わりを結んだ。馮敏昌は粵秀書院の主講であった。しかし張錦芳はすでに亡くなっていたし（一七九六年？）、黎簡も病ののちに死歿し（一七九九年）、「一覯するを獲ず（不獲一覯）」であった。

今は余 三たび嶺南に至れり。魚山（一八〇六年卒）・盧舟（黃丹書、卒年未詳）は先後して道山に歸し、惟だ石颿（呂堅）のみ巋然として獨り存するも、又た老にして且つ貧なり（今者余三至嶺南矣。魚山・盧舟先後歸道山、惟石颿巋然獨存、又老且貧）。

念うに魚山の詩は已に都中の鉅公の選本有り。而して四家の詩は未だ裒《あつ》めて一編と爲す者有らず、之れを輯めんと欲するも未だ暇あらざるなり。番禺の劉樸石太史（彬華）は余の素交なり。膝を促《つ》めて故きを道うに、輯むる所の『四家詩鈔』を出だして示され、且つ序を爲すを屬せらる（念魚山詩已有都中鉅公選本。而四家詩未有裒爲一編者、欲輯之而未暇也。番禺劉樸石太史、余素交也。促膝道故、出所輯四家詩鈔見示、且屬爲序）。

四家にはそれぞれ小傳が用意されているが、それを版心には「序」と記している。各人の小傳は後の一覽にまとめることにし、ここでは、伊秉綬以前に廣東の詩界に深くかかわった人物二人にふれておこう。その一人は李調元で、一七七七乾隆四十二年から三年間の廣東學政時代、黄丹書の詩を見て感歎し、「優行を以って太學の廷試に貢（以優行貢太學廷試）」したとされる（黄丹書・序）。たしかに059『粤東古學觀海集』には詩賦の全ジャンルにわたって黄丹書の作品が収録されている。もう一人は李文藻である。字は素伯、號は南澗、山東青州府益都縣の人。李調元學政よりやや早いか、あるいは重なるころに、肇慶府恩平知縣、ついで潮州府潮陽知縣についた。張錦芳・馮敏昌・胡亦常が「嶺南三子」と稱され、また張錦芳・黄丹書・黎簡・呂堅が「嶺南四家」と號されたのは、「其の推許は皆な益都李南澗自り始まるなり（其推許皆自益都李南澗始也）」（張錦芳・序）。

本集の參閲に102『國朝詩人徵略』の編者張維屏があずかっている。

本集の內譯は次のようになっている。

張錦芳『逃虛閣詩鈔』百六十六首。

黄丹書『鴻雪齋詩鈔』百四十二首。字は廷受、號は虛舟、廣州府順德縣の人。一七九五年擧人、生卒年未詳。

黎簡『五百四峯堂詩鈔』百九十首。

呂堅『遲删集詩鈔』百三首。字は介卿、號は石颿、廣州府番禺縣の人。歳貢生、生卒年未詳。

本集は、早大寧齋文庫に藏せられる。

086　懷舊集　十二卷・續集六卷・又續集二卷・女士詩錄一卷、吴翌鳳輯。一八一三嘉慶十八年敍刊。

見返しには、中央の書名の左に二行で「前集十二卷　續集六卷　又續集二卷　女士詩錄一卷」とある。

呉翌鳳は082『國朝詩』の自序を一七九六嘉慶元年に書き、一八一二同十七年に刊行した翌年、七十二歳になって、本集の「敍」を書いた。その年記と署名は、「嘉慶十八年秋八月、呉翌鳳書於歸雲艸堂」である。

その冒頭には王士禛014『感舊集』・陳維崧021『篋衍集』・曾燦013『過日集』・鄧漢儀011『詩觀』四集を列擧して、本集が故舊の書であることを示す。

余不敏　束髮の時に卽わち喜んで有韻の語を爲し、稍や長じて謬って詞壇に廁《まじ》る。二三の前輩は引きて小友と爲し、一時談藪の士も亦た皆な我れを遐棄せず、與《ため》に攬環結佩の好しみを訂《むす》ぶ。江湖の浪迹に吟侶益ます多く、間ま嘗て其の作る所を錄し、諸れを篋笥に藏するも、怱怱として自ずから收拾せず。今は年八袠（十に同じ）に開き、頽然として老いたり（余不敏束髮時、卽喜爲有韻語、稍長謬廁詞壇。二三前輩引爲小友、一時談藪之士、亦皆不我遐棄、與訂攬環結佩之好。江湖浪迹、吟侶益多、間嘗錄其所作、藏諸篋笥、怱怱不自收拾。今者年開八袠、頽然老矣）。

幽居に事無く、爰こに五十餘年來、次第に錄する所の者を取り、重ねて補綴を加え、釐めて一十二卷と爲し、名づけて『懷舊集』と曰う。其の名位通顯し、及び詩に大家と號せられて播《し》きて人口に在る者は、固より是れを藉りて以って傳えず。夫《か》の山林寒瘦の士の若きは、幺弦孤韻にして浮湛隱約し、沒世の後に遺草零落し、恐らくは名字翳如たる（かげうすき）の歎き有るを免れざらん。此れ余の區區采集するの微意なり（幽居無事、爰取五十餘年來、次第所錄者、重加補綴、釐爲一十二卷、名曰懷舊集。其名位通顯、及詩號大家播在人口者、固不藉是以傳。若夫山林寒瘦之士、幺弦孤韻、浮湛隱約、沒世之後、遺草零落、恐不免有名字翳如之歎。此余區區采集之微意）。

「例言」八則のうちから三則を引いておく。

一、「是の編に錄する所は均しく已往の人に屬す。其の餘の今舊の雨（新舊の友人）の詩は另《わ》けて編して087『卬須集』と爲す（是編所錄均屬已往之人。其餘今舊雨之詩、另編爲卬須集）」。

一、「編次既に竟わるに復た遺集を以って貽らるる者多く、輯めて『續集』四卷と爲す。業《すで》に開雕を經るに又た得る所有りて隨時に編錄す。故に五、六卷以下は詩を得るの先後を以って次と爲し、以って將來の增輯するに便ならしむのみ（編次既竟、復多以遺集見貽者、輯爲續集四卷。業經開雕、又有所得、隨時編錄。故五六卷以下、以得詩之先後爲次、以便將來增輯云）」。これは續集六卷についての說明で、又續集二卷は「將來の增輯」なのだろう。

一、「女士若干人は、或いは其の夫と交わり、或いは其の子を友とし、亦た當に及ぶべき所を甄錄するなり。然れども「懷舊」の名に仍《よ》るは便ならず、別に『女士詩錄』一卷と爲す（女士若干人、或交其夫、或友其子、亦甄錄所當及也。然不便仍懷舊之名、別爲女士詩錄一卷）」。

かくして十二卷に二百三十人、續集六卷に百九十七人、又續集二卷に九十七人、女士詩錄一卷に二十五人、合計五百四十九人を收錄する。諸生に終った人物の、すでに死別した先輩・友人の數としては多いといえようが、そのほとんどは江蘇・浙江の人士に限られている。參考までに、年齡差と地域を注記しながら、「名位通顯」あるいは「詩號大家」を拾いあげておこう。

卷一、杭世駿（四十六歲年長、浙江）。沈德潛（六十九歲年長、江蘇）。袁枚（二十六歲年長、浙江）。卷二、王鳴盛（二十歲年長、江蘇）。卷五、畢沅（十二歲年長、江蘇）。卷九、汪中（二歲年下、江蘇）。卷十、黃景仁（七歲年下、江蘇）。卷十二、洪亮吉（四歲年下、江蘇）。續集卷一、姚鼐（十歲年長、安徽）。

本集は、京大文學部と國會圖書館に藏せられるが、後者所藏本は卷十一・十二と又續集・女士詩錄を缺く。

087 **印須集**　八卷・續集六卷・又續集六卷、女士詩錄（一卷）、吳翌鳳輯。一八一四嘉慶十九年敍、一八一七年續集引、同年刊。

見返しには、中央の書名の左に二行で「前集八卷　續集六卷　又續集六卷　女士詩錄」とし、その下に細字二行で「隨到隨刋」とする。

「敍」の年記と署名は、「嘉慶十九年歲在閼逢閹茂（甲戌）閏二月朔、漫翁自書於歸雲舫、時年七十有三」である。

余 平生の師友の詩を輯めて086『懷舊集』一十二卷と爲すは、均しく已往の人に屬す。又た今舊の雨の詩を采錄すること凡そ若干家、匏葉詩人の義を節取し、之れを名づけて『印須集』と曰う（余輯平生師友之詩爲懷舊集一十二卷、均屬已往之人。又采錄今舊雨之詩凡若干家、節取匏葉詩人之義、名之曰印須集）。

書名は『詩經』邶風の「匏に苦き葉有り（匏有苦葉）」の詩の最後に、「人は涉《わた》れど卬《わ》れは否《しかせ》ず、卬れは我が友を須《ま》つ（人涉卬否、卬須我友）」とあるのによる。吉川幸次郎譯は、「ひとは（渡し舟に）のってもわたしはのらない。わたしは仲間と待ちあわせてからにします」（中國詩人選集『詩經國風 上』岩波書店）とされる。次に展開される當代詩への批判と、おそらくはつながるだろう。

夫れ我が朝は右文の世・壇坫の盛に當たりて、前に新城（王士禛）有り、後に長洲（沈德潛）有り、力めて雅音を追い、風會を主持す（夫我朝當右文之世・壇坫之盛、前有新城、後有長洲、力追雅音、主持風會）。

三十餘年來、故老は云亡（死亡）し、承學の士は人の唾餘を拾いて互相に輕薄す。一時の尖新豪宕の習いは宇內に淪浹（浸透）し、人の骨髓に熏《し》み、洗滌す可き莫し。先民の榘矱は蕩然として存する無く、而して風雅の事は衰えり（三十餘年來、故老云亡、承學之士、拾人唾餘、互相輕薄。一時尖新豪宕之習、淪浹宇內、熏人骨髓、莫可洗滌。先民榘矱、蕩然無存、而風雅之事衰矣）。

余は艸茅の賤士にして學術は疎陋、風會を轉移するの力無く、惟だ談藪の諸賢と往來するを喜ぶのみ。僞體を別裁し、心を正始に抗《たか》くせざる無きは、卽今（ただいま）巻中に采る所の諸詩人是れなり（余艸茅賤士、學術疎陋、無轉移風會之力、惟喜往來談藪諸賢。無不別裁僞體、抗心正始、卽今巻中所采諸詩人是也）。

ついで「印須續集引」の年記と署名は、「丁丑小除枚庵鈍叟志」である。「丁丑」は一八一七嘉慶二十二年、「枚庵」は吳翌鳳の號、「鈍叟」は謙稱であろう。

往《さき》に甲戌（嘉慶十九年）の春、『印須集』八巻を編次し、今秋檢べて梓氏に付す。而して陸續として佳詩を以って投ぜられる者甚だ多く、倘《も》し一一鱗次して羼入（そばいれ）せんと欲すれば、則わち來者未だ已まず、刊刻に妨げ有り、因って別に『續集』を爲す（往于甲戌春、編次印須集八巻、今秋檢付梓氏。而陸續以佳詩見投者甚多、倘欲一一鱗次羼入、則來者未已、有妨刊刻、因別爲續集）。

昔　鄧孝威は011『詩觀』凡そ四集を撰し、近時、懷寧の潘鉷は『國朝詩萃』を撰し、亦た二集に分かつ。茲こに其の例を援《ひ》き、前集は畧ぼ科分・輩行を敍し、茲こは詩を得るの先後を以って次と爲し、以って隨時に編入するに便ならしむのみ（昔鄧孝威撰詩觀凡四集、近時懷寧潘鉷撰國朝詩萃、亦分二集。茲援其例、前集畧敍科分輩行、茲以得詩之先後爲次、以便隨時編入云）。

「潘鉷」は、一般には潘瑛に作る。字は蘭如。江蘇揚州府江都縣の人であるが、安徽安慶府懷寧縣に僑居した。?〜一八〇五。『國朝詩萃』は、『淸史稿』巻百四十八・藝文四・總集類に、「初集十巻、二集四巻」とし、142『皖雅初集』巻一・潘瑛では、「『詩萃』を選輯し、以って沈歸愚（德潛）宗伯045『別裁集』の後を續け、……嘉慶甲子の歳（同九年一八〇四）に刋せらる（選輯詩萃、以續沈歸愚宗伯別裁集之後、……刋于嘉慶甲子歲）」と記す。日本に在ることを知らない。

かくして八巻に九十一人、續集六巻に百三十二人、又續集六巻に百七十一人、女士詩錄（一巻）に二十人、合計四百十四人を収録する。例えば次のような名前が見える。

巻一、趙翼（十五歳年長、江蘇）。巻三、孫星衍（十一歳年下、江蘇）。王芑孫（十三歳年下、江蘇）。張問陶（二十二歳年下、四川）。續集巻五、唐仲冕（十一歳年下、湖南）。又續集巻一、陳文述（二十九歳年下、浙江）。

本集は、京大文學部と內閣文庫に藏せられる。

088 淮海同聲集　二十巻、汪之選輯。一八一七嘉慶二十二年序刊。

見返しには、中央に書名を大書するのみで、左右に文字は無い。

汪之選は、字は選山、號は月樵、浙江杭州府仁和縣の人。學歴については記録がない。職歴については、105（二）『國朝杭郡詩續輯』巻三十一に、「官餘東場大使」とされる。これは『清史稿』巻五十八・地理志五・江蘇の通州直隷州の解説に、「東北は大海にして鹽を產し、場五を置く（東北、大海產鹽、置場五）」として、餘東をふくむ五つの鹽場の名をあげ、「鹽課大使駐す」とする。揚州の東約二〇〇キロのところである。最終の巻二十には編者本人の詩六十四首を載せるが、そのなかに、「辛未仲春、平山堂樹下作、和吳穀人祭酒元韻」、つまり一八一一嘉慶十六年、揚州の名所平山堂での作、また、「丁丑仲春八日、奉陪吳穀人祭酒……遊平山堂、賞玉蘭花同賦」、つまり一八一七年同所での作が見える。吳穀人は、本名錫麒、編者と同郷の錢塘縣の人で、078（一）『九家詩』の一人である。

序文の年記と署名は、「嘉慶丁丑（同二十二年）夏五月、萍鄉劉鳳誥序」である。劉鳳誥は、字は承牧、號は金門、江西袁州府萍鄉縣の人、一七六一～一八三〇。一七八九乾隆五十四年一甲三名の進士。一八〇七嘉慶十二年八月、吏部右侍郎から浙江學政を拝命したが、一八〇九年四月、科場の失政を問われて黑龍江に流謫された。一八一三年に釋放されたが、この序文の執筆當時は、まだ謹愼中であった。汪之選との接觸はその學政時代のことであろう。本集での收録はない。

序文は駢儷體で、解釋に苦しむが、試みに一部を引いておく。

月樵汪君は、經室に拜勤し、詩龕に燈續す。少きより風雲の氣を鬱《あつ》め、潛かに金石の響きを發す（月樵汪君、經室拜勤、詩龕燈續。少鬱風雲之氣、潛發金石之響）。

一官は幾坊に落拓し、鹽角（樂曲の名）は羣雅を歌い殘す。流連して日を排《なら》べ、旗亭に勝ちを賭く。其の昔今の數雨（友人）の、聚散に星を懷くを以って、錦段（緞におなじ）もて人に贈り、書筒もて我れに寄こす（一官落拓幾坊、鹽角歌殘羣雅。流連排日、旗亭賭勝。以其昔今數雨、聚散懷星、錦段贈人、書筒寄我）。

大率は通門の父執（名家で、父の友人）、文坫の師資なり。上は龍言夔拊の賢自りし、次いでは亦た蘇（武?）を奪い曹（植?）を呑むの傑にして、淵源は具さに證せられ、朝埜に分無し（大率通門父執、文坫師資。上自龍言夔拊之賢、次亦蘇奪曹呑之傑、淵源具證、朝埜無分）。

縞紵（贈物）の投に逢う毎に、輒わち笙簧（樂音）の譜に入れ、千花を綴りて樹を同じくし、百寶を一航に裝う。此れ『淮海同聲集』、詩は千首を贏《あま》し、人は百家を匯《あつ》め、經歳（一年）を閲して以って編成るは、誠に一時の韻事なり（毎逢縞紵之投、輒入笙簧之譜、綴千花而同樹、裝百寶於一航。此淮海同聲集、詩贏千首、人匯百家、閲經歳以編成、誠一時之韻事也）。

實數としては、二十巻に八十八家・九百二首が收められる。

本集は、淮海（その中心は揚州）に出身・任官・寓居あるいは訪問した人々の詩を集めるが、作品は淮海の地を材料にするとは限らない。その詩家は大別して二つのグループに分けられる。

第一のグループは、高官ないしは名士であるが、詩は多くて十數首である。編者はおそらく、深い交際にまでは至らなかったであろう。例えば、

鐵保、巻五、一首。滿洲人。072『白山詩介』、079『熙朝雅頌集』の編者。

百齡、巻六、八首。滿洲人。詩の一つ、「庚午四月、督師高雷剿寇」云々は、一八一〇嘉慶十五年、兩廣總督として盜賊の平定にあたったときの作である。

曾燠、巻六、十四首。江西南城縣の人。一七九二年から一八〇七年まで兩淮鹽運使、080『江西詩徵』の編者。

阮元、巻六、十三首。當地儀徵縣の人。070『淮海英靈集』の編者。

伊秉綬、巻七、七首。福建寧化縣の人。一八〇四年から〇七年まで揚州府知府。085（二）『嶺南四家詩鈔』總序の撰者。

王豫、巻十三、三首。江蘇丹徒縣の人。081『羣雅集』、093『江蘇詩徵』の編者。

第二のグループは、一、二の例外を除けば、編者を含めて、ほとんどが無名の詩人たちであるが、詩は數十首に及ぶ。おそらく同郷の詩人を中心にして、異地での詩酒の會が頻繁に設けられたのであろう。そのうち高官は次の二人に限られる。

呉錫麒、巻一、四十六首。先に示した編者の詩から推察すると、編者にとって師匠格の存在であったのだろう。

許乃濟、巻八、三十一首。字は作舟、號は青士、錢塘縣の人。一八〇九年の進士、官は太常寺卿に至る。生卒年未詳。

編者の最後の詩は後序にかわるものである。五言古詩「淮海同聲集刊成、自吟拙什詩以誌愧（淮海同聲集の刊成り、自ら拙什の詩を吟じ以って愧を誌す）」全二十句から、一部を引いておこう。

頻年遊淮海、故交間新知。投報無瓊玖、永好結言詞。因思付剞劂、友誼誌一時（頻年淮海に遊び、故交に新知を間《まじ》う。投に報ずるに瓊玖無きも、永き好しみは言詞を結ぶ。因りて剞劂に付さんと思い、友誼一時を誌す）。

「投報」云々は、『詩經』衛風「木瓜」の「投我以木瓜、報之以瓊琚（我に投ずるに木瓜を以ってし、之れに報ずるに瓊琚を以ってす）」による。

本集は、神戸市立吉川文庫に藏せられる。

089　續檇李詩繫　四十卷、胡昌基輯。一八一七嘉慶二十二年凡例、一九一一宣統三年刊。

封面に二行で「續檇李詩繫四十卷」と記され、左隅に「平湖徐善（？）聞書」とある。また見返しには、「宣統辛亥（同三年）五月開雕」とある。

028『檇李詩繫』の續編である。浙江嘉興府は、嘉興・秀水・嘉善・海鹽・石門・平湖・桐鄉の七縣を領する。

胡昌基は、字は星祿、號は雲伃、平湖縣の人。一七八九乾隆五十四年の副貢生。あとにのべるように、「凡例」が書かれた一八一七年には八十餘歳であったから、一七三五年ごろの生まれであろう。その「凡例」の年記と署名は、「嘉慶二十有二年丁丑涂月（十二月）平湖胡昌基雲伃識」である。八則のうちからいくつかをあげておく。

「爰《ここ》に始めを康熙己未鴻博一科に託す。……我が郡の選に與《あず》かる者は四人。此れに於いて昭代の文治、前朝に跨越するを見るなり（爰託始於康熙己未鴻博一科。……我郡與選者四人。於此見昭代之文治、跨越前朝也）」。一六七九康熙十八年の第一回博學鴻詞には、次の四人が一等二十名のうちに科第し、本集卷一に列擧された。いずれも前編には收錄されていない。彭孫遹、海鹽縣の人、一六三一～一七〇〇。朱彝尊、秀水縣の人、一六二九～一七〇九。

陸棻、平湖縣の人、一六三〇～一六九九。徐嘉炎、秀水縣の人、一六三二～一七〇三。なお巻一にはもう一人、高士奇（一六四三～一七〇二）が載るが、彼は鴻博とは關係なく、しかも杭州府錢塘縣の人である。

「南疑先生自り後、陸陸堂太史……の如き皆な纂を續くるに志有るも、或いは見聞の限らるるを以って、或いは工費の鉅なるを以って、歳月を遷延し、書を成す無きに迄る（自南疑先生後、如陸陸堂太史……皆有志續纂、或以見聞限、或以工費鉅、遷延歳月、迄無成書）」。「南疑」は前編の編者沈季友、本集巻七所收。「陸陸堂」は陸奎勳、字は聚緱、號が陸堂、平湖縣の人、官は翰林院檢討に至る、一六六三～一七三八。本集巻十三所收。このあと六人の名があがるが省略する。

「（昌）基 心を捜訪に留め、有年を歴て各邑に徵求する所、大兒の金題は實に其の勞に任ずるも、不幸にして溘《たちま》ち朝露に先んず。此の事の遂に廢するを恐れ、爰に幼兒金勝に命じ、期を克《さだ》めて事を蕆《お》う。其の捜羅薈萃は均しく友朋の助けを藉り、另《わ》けて參訂姓氏を左に刋し、以って雅誼を誌す（基留心捜訪、歴有年所各邑徵求、大兒金題實任其勞、不幸溘先朝露。恐此事遂廢、爰命幼兒金勝、克期蕆事。其捜羅薈萃均藉友朋之助、另刋參訂姓氏於左、以誌雅誼）」。胡金題は、字は品佳、號は瘦山、諸生。胡金勝は、字は東井、號は夢香、諸生、である。「參閲姓氏」二十六人のなかには、郭麐（江蘇蘇州府呉江縣の人、一七六七～一八三一）や王豫（江蘇鎭江府丹徒縣の人、一七六八～一八二六、081『羣雅集』・093『江蘇詩徵』の編者）らの名が見える。

序文には年記がなく、署名も「平湖徐士芬序」とするのみである。徐士芬は、字は誦清、號は惺庵。一八一九嘉慶二十四年の進士で、一八三九道光十九年に工部右侍郎、一八四五年に戶部右侍郎を病免となった。一七九一～一八四八。胡昌基とは年齢差が大きく、「凡例」が書かれたときには二十七歳の若輩であるが、その内容からすると、それほどおくれての執筆ではないようにおもわれる。すなわち、

「吾が邑の沈南疑明經は『槜李詩繋』四十二卷を輯し、……康熙三十六年（一六九七、「凡例」の年記）に成る。……陸陸堂太史之れを續けんと擬《ほっ》し、……時に纔かに一紀（十二年）を閲するのみ（したがって一七〇九年のこと）。……今に迄るまで又た百餘年（一八一〇年代）、詩人輩出す（吾邑沈南疑明經輯槜李詩繋四十二卷、……成於康熙三十六年。……陸陸堂太史擬續之、……時纔閲一紀耳。……迄今又百餘年、詩人輩出）」。

「先生の長子瘦山 實に捜訪の役に任ず。瘦山歿し、次子東井之れを繼ぐ。今東井又た歿す。先生年八十を逾え、矇（めしい）を病むこと十餘年、今忽ち重ねて開き、因りて其の業を卒うるを得たり（先生長子瘦山實任捜訪之役。瘦山歿、次子東井繼之。今東井又歿。先生年逾八十、病矇十餘年、今忽重開、因得卒其業）」。

しかしこのときは出版に至らず、それまでには百年足らずの年月を待たねばならなかった。その間、世は激動の時代に入っていた。一八六一咸豐十一年、太平天國軍は紹興を陥落し、十二月には杭州を陥落した。さらに一九一一宣統三年八月二十日（陽曆十月十日）、革命黨が湖北武昌府武昌縣で起こした叛亂が辛亥革命となり、九月十五日（同十一月六日）には浙江でも獨立が宣布され、十月十二日（同十二月三日）には江寧（南京）が革命軍の手におちた。

本集の出版にかかわる「續槜李詩繋序」は三篇、後序が一篇ある。それぞれの年記と署名は次のとおりである。

その一、「宣統三年歲在辛亥、姚埭老民沈曾植序」。

その二、「壬子（一九一二民國元年）夏五月、桐鄉勞乃宣序」。

その三、「癸丑（一九一三）夏四月中浣、海鹽朱福詵謹序」。

その四、後序「壬子八月、秀州金兆蕃記」。

その一の沈曾植は、字は子培、號は乙盦、嘉興縣の人。一八八〇光緒六年の進士で、一九一〇年、安徽提學使兼署布政使を病氣のため免ぜられた。一八五〇〜一九二二。

「胡氏の輯むる所は、國初起《よ》り以って嘉慶に迄るを巻四十と爲し、著錄も亦た一千九百餘家なり（胡氏所輯、起國初以迄嘉慶爲巻四十、著錄亦一千九百餘家）」。實數を示せば千九百二十四家である。各詩家に076『兩浙輶軒錄』の阮元の詩話などを引用し、さらに胡昌基じしんの「石瀨山房詩話」を付す。

その二の勞乃宣は、字は玉初、號は韌叟。一八七一同治十年の進士で、一九一〇年に江寧提學使となり、翌年の革命でいったん退いたが、すぐに新政府の大學堂總監督に任ぜられた。一八四三～一九二一。

「余（一九一一年）金陵を去る時、學廨尙お存し書帙有り。城陷り廨は兵の據ると爲る。人有りて其の書笥を以って馬を飼い、地上の書は厚さ尺許《ばか》り、雜《まじ》るに馬糞を以ってするを見る。此の書竟に未だ斯の劫に罹らざるは亦た幸いと云えり（余去金陵時、學廨尙存、有書帙。城陷、廨爲兵據。有人見其以書笥飼馬、地上書厚尺許、雜以馬糞。此書竟未罹斯劫、亦云幸矣）」。

「相い傳うるに、咸豐間、粵寇平湖を陷るの前一日、雲佇先生の裔孫秋潭、書籍を檢視するに、此の書の內に兩つの蠹魚の極めて巨なる有るを見、蝕せ被《ら》るるを恐れ、諸れを庭に曝す。明午賊至り、諸書は倉卒に攜えるに及ばず、亟かに此の稿を以って諸れを行篋に納めて以って行き、因りて未だ失わず、と。噫《ああ》再び兵燹に遭うも、再び幸いに存するを得たり（相傳咸豐間、粵寇陷平湖之前一日、雲佇先生之裔孫秋潭、檢視書籍、見此書內有兩蠹魚極巨、恐被蝕、曝諸庭。明午賊至、諸書倉卒不及攜、亟以此稿納諸行篋以行、因而未失。噫再遭兵燹、再得幸存）」。「裔孫秋潭」は、144『晩晴簃詩匯』巻百七・胡昌基についての詩話では、「從曾孫敬堂」が、「方《まさ》に掇拾して掩護するに寇に遇いて殉ず。亂定まり、敬堂の子廣熙獨り遺書を抱く（方掇拾掩護、遇寇殉焉。亂定、敬堂子廣熙獨抱遺書）」と記される。

その三の、朱福詵は、字は叔基、號は桂卿。一八八〇光緒六年の進士で、一九一〇宣統二年には翰林院侍讀學士であった。ほとんど五十年前、「弱冠の後、拔萃（拔貢）を以って都に入り（弱冠後、以拔萃入都）」、同年の友人と「胡氏の詩繫を議す（議胡氏詩繫）」と記す。
後序の金兆蕃は、字は籛孫、「秀州」は嘉興縣をいう。胡昌基の「原稿は家に藏せられ、副本は三有り（原稿藏於家、副本有三）」の段階から、出版に至る經緯を、詳細に記す。
本集は阪大懷德堂文庫に藏せられる。

090　國朝三槎存雅　二卷・補二卷、甘受和輯。一八一九嘉慶二十四年序、一八八三光緒九年刊。

三槎は、江蘇太倉直隷州嘉定縣南翔鎭をさす。『清史稿』卷五十八・地理志五・嘉定縣の解説に、「鎭三、外岡・安亭・南翔。縣丞駐南翔」とある。また光緒『嘉定縣志』卷一・市鎭の部の「南境南翔鎭」の解説に、「其地有上槎・中槎・下槎三浦、故又名槎溪」とある。吳淞江を隔てた南側は松江府上海縣である。編者の甘受和については、本集での記載から、「里人」であること、字（または號）が「和孚」であることしか分からない。112『嘉定詩鈔』にも見えない。その「序」の年記と署名は、「嘉慶二十四年歲次己卯仲秋月、里人甘受和譔」である。

三槎は城南の巨鎭爲り、代よ名人有りて、吟詠詩章にも正に亦た乏しからず。先に經《かつ》て同里の朱竹尹先生の選ぶに『三槎風雅』若干卷有り。余 之れを披覽する下、竊かに 搜羅の太《はなは》だ富み、卷帙の繁きに過ぎ、讀者を令《し》て目すれど給賞せざるの歎有らしむるを嫌い、之れが刪去を爲すこと六七、精は益ます精を求め、名づけて『三槎存雅』と曰う（三槎爲城南巨鎭、代有名人、吟詠詩章、正亦不乏。先經同里朱竹尹先生、選有三槎風雅若干卷。余披覽之下、竊嫌搜羅太富、卷帙過繁、令讀者有目不給賞之歎、爲之刪去六七、精益求精、名曰三槎存雅）。

朱竹尹は、朱掄英、字は舜鄰、一の字が竹尹である。光緒『嘉定縣志』卷十九・人物・文學によると、錢大昕（嘉定縣の人、一七二八～一八〇四）より學を授かり、一七八一乾隆四十六年に進士となった。同縣志・巻二十八・藝文志五・總集類には、「三槎風雅十六巻　朱掄英輯、萬承風序」とあり、つづけて、「三槎存雅二巻・補一〔ママ〕巻　朱掄英原本、甘受和重輯」とある。ここで「重輯」という意味は、編者序文にいうとおりである。「存雅」の意味も了解できる。

人數は、巻一に六十六家、巻二に百四家、補二巻に人物の補入はないので、合計百七十家である。巻一巻頭の徐時勉（一六五四順治十一年擧人）から、巻二の巻尾に近い張秉機（一八〇一嘉慶六年擧人）に至るまで、『中國文學家大辭典』に載る人物は見あたらない。

本集の見返しには、書名をはさんで、右上に「光緒癸未年（同九年一八八三）鐫」とあり、左下に「萬巻樓藏板」とある。編者の序文が書かれてから六十年以上になるが、それまでに刊刻がなされなかったのかどうか、分からない。

本集は、國會圖書館と早大寧齋文庫に藏せられる。

091　東武詩存　十巻、王賡言輯。一八二〇嘉慶二十五年刊。

見返しに、書名をはさんで、右上に「嘉慶庚辰（同二十五年）鐫」、左下に「墨春園藏版」とある。

「東武」は山東青州府諸城縣。漢代、琅邪郡のもとに東武縣がおかれた。

王賡言は、字は簀山、諸城縣の人。144『晩晴簃詩匯』巻百八は「乾隆癸丑（同五十八年一七九三）進士」とするが、『明清進士題名碑錄索引』にはその名が見えず、乾隆六十年乙卯恩科の項に、「王賡琰　山東諸城」と出ている。どのような事情であるのかは分からない。官は、江蘇江寧府にある江安糧儲道に至り、自序に、「丙子（一八一六嘉慶二十一年）秋、余　督運公竣わり、假を請いて里に歸る（丙子秋、余督運公竣、請假歸里）」と記す。

序文は二篇あり、二つめが編者の自序である。その年記と署名は、「嘉慶二十五年歳次庚辰仲春、邑後學王賡言謹識」である。秦漢より隋唐に至る「千餘年間」、ほとんど聞こえることのなかったこの町を、文學の町として一躍有名ならしめたのは、蘇軾であった。彼は宋の一〇七四熙寧七年五月から二年餘、この町の前身である密州の知事となった。

宋の蘇子瞻　膠西に牧たる時、超然臺を建て、以って意を寄す。今　臺は尙お舊に仍り、杞菊を採る地にして城東に在り（宋蘇子瞻牧膠西時、建超然臺以寄意。今臺尙仍舊採杞菊地、在城東）。

膠州は東に隣接する萊州府にある。序文はついで東坡の詩句から當時の山水と、交遊にかかわった土地の人物を、逐一に抜きだす。諸城が文學の場としておこる例證をさぐりだすためであろう。

當時の文教は聿《こ》こに興こること彬〻として、爾雅を稱する者は定めて人に乏しからざらん。而るに殘膏賸馥は寂々として聞こゆる無し（當時文教聿興彬〻、稱爾雅者、定不乏人。而殘膏賸馥、寂々無聞）。

しかし清朝に入ると、「文教昌明し、詩學大いに振るい（文教昌明、詩學大振）」、あとに列擧するような人物が輩出し、新城（濟南府下）の王士禛、萊陽（登州府下）の宋琬、益都（青州府下）の趙進美、德州（濟南府下）の田雯らと時を同じくして、「道を分かち鑣《くつわ》を揚げ（才華をきそって）、聲を和して以って國家の盛を鳴らす（分道揚鑣、和聲以鳴國家之盛）」。

故に盧雅雨（名は見曾）運使の041『山左詩鈔』・張南崧（名は鵬展）學使の083『續詩鈔』は、諸城の詩數百首、計百餘家を登す（故盧雅雨運使山左詩鈔・張南崧學使續詩鈔、登諸城詩數百首・計百餘家）。

余生まるるや晩きも、……耆舊の傳聞、及び各家の世守する所を時〻に借鈔す。廿餘年來、搜輯頗富たり、意《おも》うに近時曾賓谷（名は燠）先生の080『江西詩徵』、阮芸臺（名は元）先生の070『淮海英靈集』に仿い、之れを剞劂に付し、以って其の傳を廣めんと欲す（余生也晩、……而耆舊之傳聞、及各家所世守、時〻借鈔。廿餘年來、搜輯頗富、意欲仿近時曾賓谷先生之江西詩徵・阮芸臺先生之淮海英靈集、付之剞劂、以廣其傳）。

前述したように、一八一六嘉慶二十一年秋に歸郷すると、原稿は「年を期せずして大よそ備わり（不年期而大備）」、當時の名家の一人吳嵩梁（字は子山、號は蘭雪、江西撫州府東郷縣の人、一七六六～一八三四）らの釐訂を加えて刋行された。

序文の一つめには年記が無く、署名には長たらしい肩書きがつくが、最後の部分から引くと、「提督四川學政、年愚姪聶銑敏頓首拜序」となっている。聶銑敏は、字は蓉峰、湖南衡州府衡山縣の人。一八〇五嘉慶十年に進士となり、一八一九年に四川學政に赴いた。「年姪」とは、父と同年の先輩にたいして用いる語であるが、『明清進士題名碑錄索引』には、乾隆五十八年にも、同六十年恩科にも、聶姓の名は記されていない。

東武は海岱の名區にして琅邪の勝蹟なり。超然臺畔、詞客の流連する所。盧敖洞邊、仙人茲こに來往す（東武海岱名區、琅邪勝蹟。超然臺畔、詞客之所流連。盧敖洞邊、仙人於茲來往）。

「盧敖洞」は、蘇軾「盧山五詠」の一つの詩題「盧敖洞」での自注に、「『（密州）圖經』云、敖、秦博士。避難此山、遂得道」とある。

簣山觀察　大雅を扶輪し、宗風を提唱す。燕寢（寢室）の餘閒を分かち、雞次（法規）の典故を蒐む（簣山觀察扶輪大雅、提唱宗風。分燕寢之餘閒、蒐雞次之典故）。

爰《ここ》に有明自り熙代に迄り、凡そ郷賢の詩の采錄を加う可き者は、廣く捜羅を爲し、裒然として帙を成し、系《か》けて『東武詩存』と曰う（爰自有明迄熙代、凡郷賢之詩可加采錄者、廣爲捜羅、裒然成帙、系曰東武詩存）。

全十卷のうち、卷一には明人二十六家、清人六家を收めるが、卷二以降はすべて清人で、つごう二百五十四家である。編者が自序に出した名まえのうち幾人かをあげておく。

卷二上、邱石常、三十五首。字は子廩、號は楚村、一六〇七～一六六一。

同、丁耀亢、百三十五首。字は西生、號は野鶴。

同、邱元武、百十二首。號は柯村。

卷三上、劉翼明、八十三首。字は子羽、號は鏡庵、萊州府膠州縣の人、一六〇七〜一六八九。

同、李澄中、百五十六首。號は漁村、一六二九〜一七〇〇。

本集は、早大寧齋文庫に藏せられる。

092　桐溪詩述

二十四卷（うち淸十九卷）、宋咸熙輯。一八二〇嘉慶二十五年刊。

見返しには、書名をはさんで、右上に「嘉慶庚辰（同二十五年）開雕」、左下に「板藏桐鄉學署」とある。

桐溪は浙江嘉興府桐鄉縣をさす。沈潮の序文にいう、「邑に梧桐多く、溪流灣環して城下を繞る、故に之れを桐溪と謂う（邑多梧桐、溪流灣環繞城下、故謂之桐溪）」と。

宋咸熙は、字は小茗、浙江杭州府仁和縣の人。『淸詩紀事』嘉慶卷（八四八〇頁）では、「嘉慶十二年丁卯（一八〇七）舉人、官石門教諭」とする。石門縣はやはり嘉興府にあり、桐鄉縣の西南に隣接する。その父は宋大樽、字は左彝、一字茗香、一七七四乾隆三十九年の舉人で、國子監助教となった。父子ともに生卒年は分からない。

序文は三篇ある。その一の年記と署名は、「嘉慶己卯（同二十四年）夏日、吳縣潘奕雋書於三松堂、時年八十」である。潘奕雋は、字は守愚、號は榕皋。一七六九乾隆三十四年に進士となり、官は戶部主事に至った。

　仁和の宋君小茗は經術精洽にして、生平の著述は早《つと》に吾が郡の錢竹汀（名は大昕）少詹・王蘭泉（名は昶）侍郎の賞する所と爲る。今　鐸を桐鄉に秉り、（縣學の教員として）士に課するの暇、先哲の遺詩を裒集し、遠く宋・元に溯りて昭代に曁び、縉紳自り以って閨閣に迄び、巨集鴻章、殘篇剩藁、甄錄せざる靡し（仁和宋君小茗、經術精洽、生平

著述、早爲吾郡錢竹汀少詹・王蘭泉侍郎所賞。今秉鐸桐鄕、課士之暇、裒集先哲遺詩、遠溯宋元、曁於昭代、自縉紳以迄閨閣、巨集鴻章、殘篇剩藁、靡不甄錄）。

序文その二の年記と署名は、「嘉慶戊寅（同二十三年）人日、語溪愚教弟施嵩頓首拜譔」である。施嵩については、石門縣の人であることのほかは未詳。「趨りて庠門に謁し、時時に緒論を飫聞す（趨謁庠門、時時飫聞緒論）」と記す。

嘉慶甲戌（同十九年）仁和の宋先生小茗、名孝廉を以って鐸を桐川に秉り、甫《はじ》めて下車するや卽わち文を徵し獻を考するを以って事と爲す。……四たび寒暑を閲し、書二十四卷を成し、名づけて『桐溪詩述』と曰う（嘉慶甲戌、仁和宋先生小茗、以名孝廉秉鐸桐川、甫下車卽以徵文考獻爲事。……四閱寒暑、成書二十四卷、名曰桐溪詩述）。

序文その三の年記と署名は、「嘉慶戊寅仲冬、愚姪沈潮謹序」である。沈潮については、桐鄕縣の人であることのほかは未詳。「丁丑（嘉慶二十二年）秋、潮 都中自り歸り、先生を學署に訪ぬ（丁丑秋、潮自都中歸、訪先生於學署）」と記す。「凡例」十四則の最初に、「是の編は、宋・元自り始め昭代に迄るを卷二十有四と爲し、詩七百餘家を得たり。皆な其の人の已に往き以って論定す可き者を取りて之れを錄す（是編始自宋元、迄於昭代、爲卷二十有四、得詩七百餘家。皆取其人已往可以論定者錄之）」とする。清人に限っていえば、卷四〜卷十八の間に士人が三百八十五家、卷十九・方外に二十三家、卷二十・閨秀に三十八家の、合計四百四十六家である。「七百餘家」とは、流寓・名宦のほか、「留題」をふくめた數であろう。著名人として、沈序は「本朝に至りては則わち張楊園先生（至本朝則張楊園先生）」、すなわち張履祥（字は考夫、明の諸生、一六一一〜一六七四）をあげるが、本文では卷三・明のところに收錄されている。「國朝」には次のような人物の名が見える。

汪森、卷五。貢生から、官は河南鄭州府知府に至る、一六五三〜一七二六。

朱荃、卷八。一七三七乾隆二年の博學鴻詞に科第し、一七四七年四川學政、一七五〇年、憂免の途中で死去。

金徳輿、巻十四。監生から刑部主事となった。法書名蹟や宋版の収藏家、一七五〇〜一八〇〇。
本集は內閣文庫に藏せられる。

093 江蘇詩徵　百八十三巻、王豫輯。一八二一道光元年自序刊。

王豫の出身地は、本集の自序と陳文述の序文によれば、揚州府江都縣である。いっぽう081『羣雅集』の阮元の序文では鎮江府丹徒縣の人とされる。その間のいきさつは分からない。一七六八〜一八二六。

本集には序文が三篇ある。その一は編者自序で、年記と署名は、「道光元年三月朔、江都柳村農隱王豫識于翠屏洲之曲江亭」である。冒頭に、「嘉慶十年乙丑秋」、つまり一八〇五・三十八歳、『羣雅集』の編輯をほぼ終えたころ、陳豹章（本名ほか未詳）が潘瑛（字は蘭如、本集巻三十三所録）の手紙を持ってきた。潘瑛は同じく江都縣の人であるが、一七九五乾隆六十年より安徽安慶府懷寧縣に入籍し、前年の一八〇四年、『國朝詩萃』を刊行していた（三六五頁參照）。その手紙の內容は、阮亨（字は仲嘉、號は梅叔、揚州府儀徵縣の人、阮元の弟）・この年二十二歳とともに「江南全省の詩」を編輯しようという誘いで、王豫は快諾の返事を送った。しかし潘瑛はその年のうちに急死し、陳豹章も安徽池州府の九華山に隠れてしまい、計畫はいったん頓挫した。しかし翌一八〇六嘉慶十一年、浙江巡撫から服喪中の阮元・四十三歳が訪ねてき、王豫が江蘇の詩集を數多所藏しているのを見て言った。

「余 揚（州）通（州）の詩に於いて070『淮海英靈集』を輯し、浙江に督學して076『兩浙輶軒錄』を輯し、久しく江蘇の詩を彙《あつ》めて之れを刻せんと欲するも、王事に勤勞し、實に暇日無く、諸れを心に銘するのみ。「惟《こ》れ桑と梓とをも、必ず恭敬す」（『詩經』小雅「小弁」）は、詩人の志なり。君如《も》し之れに任ずれば、鈔胥（筆耕）の費、梨棗（版木）の資は慮ること無かる可し」と（余於揚通詩輯淮海英靈集、督學浙江輯兩浙輶軒錄、久欲彙江蘇詩刻之、勤勞王事、實無暇日、銘諸心而已。惟桑與梓、必恭敬止、詩人志也。君如任之、鈔胥之費、梨棗之資、可無慮）。

豫其の意に感じ、遂に一切を屛棄し、日び捜討を事として寢食に遑あらず。嘗て榻を焦山の孝然祠に移し、屋と敏の兩兒を攜え、讐校披覽を司る。夜分に至りて萬籟喧《かまびす》からず、一燈寂然たり。殘編斷簡中に於て一佳句を得れば輒わち二子を呼びて之れを誦す。孤月江に横たわり、驚波座を撼がす。松聲竹影の間、啾啾唧唧として、吟魂の相い助くること有るが如く、自ら謂《おも》えらく此の境は古人も得るに未だ曾て有らざらん、と（豫感其意、遂屛棄一切、日事搜討、不遑寢食。嘗移榻焦山孝然祠、攜屋敏兩兒、司讐校披覽。至夜分、萬籟不喧、一燈寂然。於殘編斷簡中得一佳句、輒呼二子誦之。孤月横江、驚波撼座。松聲竹影間、啾啾唧唧、如有吟魂相助、自謂此境古人得未曾有）。

十二の寒暑を歴て、人五千四百餘家を得、一百八十三卷を編成し、名づけて『詩徵』と曰う。姚秋農侍郎之れを聞き、其の地に題して「詩徵閣」と曰う。戊寅（嘉慶二十三年一八一八）阮公は兩粵に開府し、書來たりて稿を索め、節署に開雕す。鐫成りし除夕、酒脯を設けて之れを祭り、賓僚は『詩徵』を祭るの詩を作る（歴十二寒暑、得人五千四百餘家、編成一百八十三卷、名曰詩徵。姚秋農侍郎聞之、題其地曰詩徵閣。戊寅、阮公開府兩粵、書來索稿、開雕節署。鐫成除夕、設酒脯祭之、賓僚作祭詩徵詩）。

人の實數は五千四百五十五家である。姚文田、字は秋農は、浙江湖州府歸安縣の人。一七九九嘉慶四年一甲一名の進士で、當時は戶部右侍郎であった。一七五八〜一八二七。阮元が湖廣總督から兩廣總督になったのは一八一七嘉慶二十二年九月、五十四歳のときであった。

序文のその二の年記と署名は、「庚辰（嘉慶二十五年一八二〇）夏六月、儀徵阮元序」である。

柳邨は詩を選ぶに謹んで歸愚045『別裁』の家法を守る。各おの諸家の才と派とに適うと雖も、大旨は雅正・忠節・

孝義・布衣・逸士の詩集の未だ世に行われざる者に衷《あた》りて録する所尤も多し（柳郁選詩、謹守歸愚別裁家法。雖各適諸家之才與派、而大旨衷於雅正忠節孝義布衣逸士詩集未行於世者、所錄尤多）。阮元の兩廣總督の公館で、王豫からもたらされた草稿の「刪訂校正」を託されたのは、同鄉揚州府の三人の幕僚であった。すなわち、江藩、字は子屛、號は鄭堂、甘泉縣の人、一七六一～一八五一。許珩、字は楚生、儀徵縣の人。凌曙、字は曉樓、江都縣の人、一七七五～一八二九、である。

序文のその三の年記と署名は、「道光元年（一八二一）四月、錢塘陳文述序於邗江官舍」である。陳文述は字は退庵、一八〇〇嘉慶五年の擧人。「邗江官舍」とは、江都縣知縣であったことをいう。

今年來たりて江都を治むるに、君の家は縣治を距つこと三十里ならざるも、僅かに農田水利の事を以って一たび過ぎらるるのみ。餘は則わち公けに非ざれば至らず、之れを招くと雖も亦た至らざるなり。今天子初めて登極し、詔もて孝廉方正の士を擧ぐ。余　君の名を以って應ずるも、君は書を貽りて反覆すること數百言、力めて辭して就かず。其の高澹醇雅の一端に非ざるか（今年來治江都、君家距縣治不三十里、僅以農田水利事一見過。餘則非公不至、雖招之亦不至也。今天子初登極、詔擧孝廉方正之士。余以君名應、君貽書反覆數百言、力辭不就。非其高澹醇雅之一端歟）。

「凡例」では十則のうちの最初に、依據した文庫四ヶ所をあげる。すなわち「豫の種竹軒」は王豫じしんの藏書。「阮氏の文選樓」は阮元のそれである。「秦氏の五〔ママ〕笥仙館」は、楊立誠・金步瀛合編『中國藏書家考略』に「秦恩復、字は敦夫、江都の人、乾隆丁未（同五十二年一七八七）進士、官は編修、居る所を玉〔ママ〕笥仙館と曰う」とある。また「陳氏素村の瓠室」については、本集卷二十八に、「陳本禮、字は嘉惠、號は素村、江都の人、監生、『瓠室詩鈔』を著わす」とし、特に陳文述の言を引いて、「瓠室を築き、書數十萬卷を藏し、祕本尤も多く、世は以って范氏（欽）の天一閣（浙江寧波府鄞縣）、毛氏（晉）の汲古閣（江蘇蘇州府常熟縣）、馬氏（曰琯・曰璐）の小玲瓏山館（揚州）、阮氏（元）の文選樓に比するのみ（築瓠室、藏書數十萬巻、祕本尤多、世以比范氏天一閣・毛氏汲古閣・馬氏小玲瓏山館・阮氏文選樓云）」とする。「凡例」が、「姓氏は皆な韻に依りて編次し、以って繙閲に便ならしむ（姓氏皆依韻編次、以便繙閲）」とするように、その「目録」は、平水韻にしたがって巻一（上平聲）一東から巻百七十七（入聲）十七洽、および名媛、巻百七十八・女尼、巻百七十九〜巻百八十三・釋氏および老氏、というように配列されている。總集の體裁としては初めての試みといえる。

本集は、京大文學部、同東アジアセンター、阪大懷徳堂文庫、島根縣立圖書館、國會圖書館、早大寧齋文庫、坦堂文庫、靜嘉堂文庫に藏せられる。

094　蘭言集　二十巻、謝堃輯。一八二三道光三年刊。

封面は、書名をはさんで、右上に「道光三年秋鐫」、左に「板存揚州藝古堂書坊印行」とある。同一の書名はすでに020・022に見えた。編者は書店の店主でもあったらしい。

謝堃は、字は轡和、一字佩禾、江蘇揚州府甘泉縣の人、一七八四〜一八四四。本集を刊行した年・四十歳の時點では、學歴・官歴ともにない。123『國朝正雅集』巻七十六・謝堃に引く梁九圖（字は福章、廣東廣州府順德縣の人）の『十二石山齋詩話』には次のように記される。

佩禾は書畫に善く、詩を能くし、兼ねて詞曲に工みなり。少《わか》くに孤にして、苦しみて市に隱る。後 阮仲嘉（名は亨、本集巻一所收、本集刊行當時四十歳で在世か？）爲に譽れを當路に延ぶ。是こに於て陶雲汀（名は澍、巻二、四十六歳在世）・曾賓谷（名は燠、巻二、六十三歳在世）・鄭夢白（名は祖琛、不收録、四十歳在世）・麟見亭（名は慶、不收録、三十三歳在世）の諸公、皆な與《とも》に交わりを訂《むす》び、詩名遂《か》くて譟《さわ》ぐ（佩禾善書畫能詩、兼工詞曲。少孤、苦隱於市。後阮仲嘉爲延譽於當路、於是陶雲汀・曾賓谷・鄭夢白・麟見亭諸公、皆與訂交、詩名遂譟）。

「自敍」の年記と署名は、「道光三年秋九月、甘泉謝堃自敍」である。全文を引いておく。

余嘗て沈歸愚（德潛）宗伯選ぶ所の三『別裁』（『唐詩』『明詩』『國朝詩』）を讀み、卷を掩う每に其の精にして且つ約なるに服するなり。十餘年來、幕に江淮に游び、大人先生・緇流逸士に親しむを得、或いは贈らるるに全藁を以ってし、或いは投ぜらるるに篇章を以ってし、日夕に唫誦し、今人中に未だ嘗て古人無くんばあらざるを覺ゆるなり（余嘗讀沈歸愚宗伯所選三別裁、每掩卷、服其精且約也。十餘年來游幕江淮、得親大人先生緇流逸士、或贈以全藁、或投以篇章、日夕唫誦、覺今人中未嘗無古人也）。之れを久しくして聲調の『別裁』に近き者若干首を得、釐《おさ》めて二十卷と爲す。今年秋、汪君客舟・陳君穆堂 資を助けて梓に付さんとし、其の意を却く能わず、爰《ここ》に數語を卷端に識す（久之得聲調之近於別裁者若干首、釐爲二十卷。今年秋、汪君客舟・陳君穆堂助資付梓、不能却其意、爰識數語於卷端）。

汪客舟については未詳。陳穆堂は、名は逢衡、揚州府江都縣の人。本集卷二所收、當時四十六歳の在世者であった。

「凡例」五則より。

「舊識にして已に故《し》せる者は錄す。未識にして現在する者は錄す。已に故して未だ面を識らざる者は、概ね錄せず（舊識已故者錄。未識現在者錄。已故未識面者、概不錄）」。舊識にして現在する者を錄するのは、言を待たないということであろう。これらすべてを合わせて四百三十四家にのぼる。

「穀人・曼生・船山の諸君は、集の久しく世に行われ、故に僅かに一、二首を錄するのみ（穀人・曼生・船山諸君、集久行世、故僅錄一二首）」。穀人は吳錫麒、卷一所收、歿後五年。曼生は陳鴻壽、卷三、歿後一年。船山は張問陶、巻一、歿後九年。ついでながら總集の編輯者を拔きだしてみよう。巻一では070・076の阮元、七十歳在世。また、088の汪之選、在否未詳。巻二では080・100の曾燠、既出。巻四、081・093の王豫、五十六歳在世。巻十、072・079の鐵保、七十二歳在世。巻十四、082・086・087の吳翌鳳、歿後四年。巻十五、085（一）（二）の劉彬華、五十三歳在世。「海內の君子　如《も》し大作を以って是の編を光《かがや》かしむる者は、揚州轅門橋藝古堂に郵寄されよ、悞まる無かれ（海內君子如以大作光是編者、郵寄揚州轅門橋藝古堂、無悞）」。編者に續刊の意圖があったことが分かる。張慧劍『明清江蘇文人年表』によると、一八二六道光六年にはすでに『蘭言二集』を刊行しており、一八二八年には『三集』を編輯したようだが、兩集とも日本にあることを知らない。

本集は國會圖書館に藏せられる。

095　津門詩鈔　三十巻、梅成棟輯。一八二四道光四年弁詞刋。

見返しに、書名をはさんで、右に「欲起竹間樓纂輯」、左下に「思誠書屋藏板」とある。刋記はない。

本集は直隸最初の總集である。直隸の天津府は一州六縣を領し、そのうちの「津門」、すなわち天津縣の詩家を主に收錄するが、他の州縣にも及んでいる。

本集の構成と收錄人數は、巻一～巻十九が「邑賢」、すなわち天津縣の詩家で百五十五人、巻二十がその「閨秀」十八人、以上の小計は百七十三人。以下は「郡賢」で、巻二十一が靜海（縣）二十四人、巻二十二が青縣六人と滄州十四人、巻二十三が南皮（縣）七人と鹽山（縣）六人、巻二十四が慶雲（縣）二十五人である。ついで巻二十五・二十六の「流寓」は「國朝」だけで四十三人、巻二十七・二十八の「寓賢」は三十七人、巻二十九の「附見流寓」は二十八人、巻三十の「方外・仙鬼」が十三人となっている。

編者の梅成棟は、字は樹君、號は吟齋、天津縣の人。一八〇〇嘉慶五年の擧人で、官は直隷永平府學の訓導となった。144『晩晴簃詩匯』巻百十四・梅成棟で、徐世昌の「詩話」は次のように記す。

樹君は崔曉林（名は旭、慶雲縣の人、本集巻二十四所收）と同《とも》に張船山（名は問陶、四川潼川府遂寧縣の人、巻二十九所收）の門に出、公車に十三たび上るも第せず。朋好と查蓮坡（名は爲仁、巻七所收）の水西莊の舊址に就きて梅花詩社を立て『津門詩鈔』を選す。又た陶鳧薌（名は樑）の109『畿輔詩傳』を選するを佐く（樹君與崔曉林同出張船山門、公車十三上不第。與朋好就查蓮坡水西莊舊址、立梅花詩社、選津門詩鈔。又佐陶鳧薌選畿輔詩傳）。

同じく巻百十四・崔旭のところでは、梅・崔兩氏が「燕南の二俊」と稱されたと記す。一八〇〇年、翰林院檢討の張問陶・三十七歳は、その九月、順天鄉試同考官となった（胡傳淮『張問陶年譜』二〇〇五年・巴蜀書社）。

序文にかわるものとして編者の「弁詞」がある。その年記と署名は「道光四年甲申四月朔日、天津梅成棟樹君氏書於欲起竹間樓」である。

棟 童年自り癖として聲韻を嗜み、前修を景仰す。市坊を過《よ》ぎる毎に、塵編蠹巻の中に於いて、心を搜檢に留め、同邑先輩の舊稿に遇えば、輒わち便わち鬻《か》いて回る。之れを久しくして同人 往往にして藏する所を出だし、余が抄錄に供し、年を積みて帙を成す（棟自童年癖嗜聲韻、景仰前修。每過市坊、於塵編蠹巻中、留心搜檢、遇同邑先輩舊稿、輒便鬻回。久之、同人往往出所藏、供余抄錄、積年成帙）。

我が朝康熙・雍正間自り、前輩の風流畧ぼ梗概（大體の方向）を悉《つ》くす。大抵 津門の詩學、其の風を倡うる者は、惟れ遂閒堂張氏を首と爲し、之れを繼ぐ者は則わち于斯堂查氏なり（我朝自康熙雍正間、前輩風流、畧悉梗概。大抵津門詩學、倡其風者、惟遂閒堂張氏爲首、繼之者則于斯堂查氏也）。

まず前者については、「張氏は魯菴方伯・帆齋舎人自り、廣く館舎を開き、名流を延接す（張氏自魯菴方伯・帆齋舍人、廣開館舍、延接名流）」とする。張霖（巻五所收）は、字は汝作、號が魯菴、もと直隷永平府撫寧縣の人であるが、天津に居をかまえた。貢生から身をおこし、一六九五康熙三十四年に安徽按察使となり、一六九八年には福建布政使となったが、翌年に解任されて家居した。『遂閒堂集』がある。また弟の張霔（巻五・六）は、字は念藝、號は笨山、室名が帆齋。やはり貢生から、官は内閣中書に至った。

この二人のところに、「一時其の家に往來する者（一時往來其家者）」として、十人の名があがる。例えば趙執信（巻二十六。號は秋谷、山東青州府益都縣の人、一六六二～一七四四）、吳雯（巻二十六。號は蓮洋、もと奉天・奉天府遼陽州の人、山西蒲州府に移居、一六四四～一七〇四）、馬長海（巻二十六。號は淸癡、滿洲鑲紅旗人）などである。そのうち趙執信の『飴山詩集』巻九「涓流集」の冒頭には、題を「天津にて老友吳天章に晤《あ》うを喜び、兼ねて其の所主張君に贈る（天津喜晤老友吳天章、兼贈其所主張君）」とする詩が見える。吳天章は吳雯であり、張君はおそらく張霖をさす。その次には「門人張逸峯坦に贈り、因りて其の尊人魯庵霖に呈し、且つ以って別かれを爲す四首（贈門人張逸峯坦、因呈其尊人魯庵霖、且以爲別四首）」なる詩がつづく。李森文『趙執信年譜』（一九八八年・齊魯書社）によれば、一七〇一康熙四十年・趙氏四十歳の秋以降の作である。

これら流寓の詩家とともに、「邑の先輩（邑先輩）」も「同時に唱和し、翕然として大いに振るう（同時唱和、翕然大振）」。名があがるのは五人、梁洪（巻一。字は崇此）、龍震（巻一。號は東溟）、查曦（巻七。字は漢客）らである。

ついで、「弁詞」所引の後者については、「查氏は蓮坡老人 水西莊を築いて自り、館客は一時……諸名輩有り、遞《たが》いに齊盟（同盟）を主る（查氏自蓮坡老人築水西莊、館客一時有……諸名輩、遞主齊盟）」として、十一人の名をあげる。蓮坡老人は查爲仁、字は心穀、號は蓮坡・于斯堂など。原籍は浙江杭州府海寧州であるが、順天府宛平縣に移った。一七一

一康熙五十年、順天鄉試で第一に擧げられたが、考官が指彈されたあおりをくらって罪を得、八年の投獄ののちによ
うやく釋放された。一六九三～一七四九。王昶の077『湖海詩傳』卷一・査爲仁では、その弟の査禮（本集卷七・八所收。
原名爲禮、號は儉堂、一七一六～一七八三）と親しかったことから、その兄を蓮坡先生と稱し、釋放ののち、「因りて發憤
して讀書し、典故に博通し、居る所の天津水西莊に書萬卷を貯う（因發憤讀書、博通典故、所居天津水西莊、貯書萬卷）」と
記し、さらに、「今 下世して四十餘年、而して莊も亦た改まりて公廨と爲れり（今下世四十餘年、而莊亦改爲公廨矣）」と
記す。また李調元の『雨村詩話』は査爲仁について、「天津の醝商（酒商人）なり。詩を以って名あり。水西莊を築き、
運河に濱す（天津醝商也。以詩名。築水西莊、濱運河）」、「蓮坡の譴謫の後自り、水西には復た過問する無かりき（自蓮坡譴
謫之後、水西無復過問矣）」と記し、さらに「蓮坡と盧雅雨（名は見曾）とは倶に賢を好み士に下るも、未だ幾ばくもあら
ずして前後の事も亦た相い同じなるは異とす可きなり（蓮坡與盧雅雨倶好賢下士、未幾而前後事亦相同、可異也）」と結ぶ（『清
詩紀事』康熙卷・三四一五頁の引用より。『清詩話續編』所收『雨村詩話』上下卷には見えない）。さて「弁詞」にもどると、十
一人の「諸名輩」には、萬光泰（卷二十七。字は循初、浙江嘉興府秀水縣の人、一七一二～一七五〇）、汪沆（卷二十七。號は
槐堂、浙江杭州府錢塘縣の人、一七四七乾隆十二年の鴻博に推擧）、杭世駿（收錄なし。字は大宗、杭州府仁和縣の人、一六九六～
一七七三）、齊召南（收錄なし。字は次風、浙江台州府天台縣の人、一七〇三～一七六八）らの名が見える。

又た張・査の間に頡頏する者には子昇金氏・麓村安氏有りて、宏く風流を奬め、爭いて壇坫を樹つ（又頡頏於張査
間者、有子昇金氏・麓村安氏、宏奬風流、爭樹壇坫）。

この二人は金平（卷九。字は子昇、天津縣の人。原籍は浙江紹興府山陰縣）と安歧（收錄なし。號は麓村、天津縣の人）である。

しかし乾隆期に入ると津門詩學は衰退する。その理由を編者は試帖詩の復活に求める。

制藝（八股文）は文と言うも未だ文と爲すに足らざるなり。試帖は詩と言うも未だ詩と爲すに足らざるなり。學は

古えを汲まざれば何ぞ用を致すに足らん。士は性を正さざれば奚ぞ情を言うに足らん。是れも亦た風會の憂なり（制藝言文、未足爲文也。試帖言詩、未足爲詩也。學不汲古、何足致用。士不正性、奚足言情。是亦風會之憂也）。

棟 生まるるや晩く、未だ耆宿を仰接し、其の緒論を領するに及ばず。見る所の乾隆時の詩人は僅かに周子大迂・金子野田のみ。卽《たと》い康子達夫なるも曾て未だ一面せず（棟生也晩、未及仰接耆宿、領其緒論。所見乾隆時詩人、僅周子大迂・金子野田。卽康子達夫、曾未一面焉）。

この三人は、周自郃（巻十五。號は大迂、天津縣の人）、金銓（収錄なし。號は野田、天津縣の人）、康堯衢（巻十五。號は達夫、天津縣の人）である。

「凡例」は十四則、特筆すべき事項はない。

後序にかわる「題辭」として七言律詩二首がある。その一の初二句は、「鼠嚙蟫穿二百年、搜求遺草出塵煙（鼠は嚙り蟫《しみ》は穿つ二百年、遺草を搜求して塵煙より出だす）」と始まり、その二の末二句は、「漫道漁洋常感舊、詞壇振臂望同扶（漫ろに道う 漁洋（王士禛）は常に舊に感ずと、詞壇 臂を振いて同《とも》に扶くるを望まん）」と結ばれる。

本集は早大寧齋文庫に藏せられる。

096

（一）詳註分韻試帖靑雲集　四卷、楊逢春輯。一八二五道光五年刋。

（二）分韻詳加注釋試帖靑雲集　四卷、楊逢春輯。一八五二咸豐二年刋。

（三）重校批點靑雲集合註　四卷、楊逢春輯、葉祺昌合註。一八七八光緒四年刋。

（一）『詳註分韻試帖靑雲集』四卷、楊逢春輯。一八二五道光五年刋。

封面には、二行の書名の上に横書きで「道光五年秋鐫」とあり、左下に「小於舟藏板」とある。

「青雲」とは、科擧の考試が春官の禮部の管轄に屬するところから來ている。

楊逢春は、字は杏橋、浙江嘉興府海鹽縣の人。あとは李宗昉の序文によって知るのみである。李宗昉は、字は靜遠、號は芝齡、江蘇淮安府山陽縣の人、一七七九～一八四六。一八〇二嘉慶七年に進士となり、一八一六年八月、翰林院侍講學士より浙江學政となった。序文の年記と署名は「道光五年春三月、通家生李宗昉書於聞妙香室」である。

嘗て謂えらく、詩の律有るは猶お文の法有るがごとし。文は清眞雅正を貴び、試律は尤も典顯清靈を貴ぶ。若し徒らに堆砌雕琢を事とし、而して理を題《しる》し神を題すに于いて毫も關切せざれば當たる無きなり、と（嘗謂詩之有律、文之有法。文貴清眞雅正、試律尤貴典顯清靈。若徒事堆砌雕琢、而于題理題神、毫不關切、無當也）。門下の士海鹽の楊生逢春は古えを嗜《この》み文を能くす。歲丁丑（一八一七嘉慶二十二年）・戊寅（一八一八年）士を校するに嘉禾もて拔取し、以って多士に冠たり。庚辰（一八二〇年）曾て『近科郷會詩鈔』を梓し、世に行わる。茲こに復た其の友蕭生應槐・徐生紹曾・沈生景福と『青雲』一集を輯し、正を余に就く（門下士海鹽楊生逢春嗜古能文。歲丁丑戊寅校士、嘉禾拔取、以冠多士。庚辰曾梓近科郷會詩鈔行世。茲復與其友蕭生應槐・徐生紹曾・沈生景福、輯青雲一集、就正于余）。友人の蕭應槐は、字は子衡、號は雨香、海鹽縣の人、恩貢生。徐紹曾は、字は壽魚、杭州府海寧州の人、廩生。沈景福は、字は竺橋、海鹽縣の人、である。序文の最後は、「允に試律の準繩爲り（允爲試律準繩）」と結ばれる。「詳註」の部分は、各卷頭の表記によって、楊逢春の「受業」生である沈品華ら四兄弟の擔當であることが分かる。

構成は脚韻によって分類される。卷一は上平一東～七虞、卷二は八齊～十五刪、卷三は下平一先～七陽、卷四は八庚～十五咸、である。つごう二百五十五家の試律三百八十一首のなかには、一七七二乾隆三十七年進士の百齡、一八〇二年進士の李宗昉など郷會試の及第者のみならず、編輯にたずさわった楊逢春・蕭應槐・沈景福や註釋者の沈氏兄弟などの諸生も含まれる反面、清朝の詩界を代表する人物の名は見あたらない。

　本集は國會圖書館に藏せられる。

(二)『分韻詳加注釋試帖靑雲集』四卷、楊逢春輯。一八五二咸豐二年刋。
　封面には、中央に「試帖靑雲集」、右に「分韻詳加注釋」、上に横書きで「咸豐壬子年（同二年）鐫」、左に「金閶會文堂藏板」とある。前記（一）と序文・本文とも內容を同じくしながら、金閶すなわち蘇州で重版された。さらに「光緒甲申」つまり一八八四年に「重鐫」された掃葉山房藏板の刋本もある。

　本集のうち、會文堂藏板本は國會圖書館に、掃葉山房藏板本は阪大懷德堂文庫に藏せられる。

(三)『重校批點靑雲集合註』四卷、楊逢春輯、葉祺昌合註。一八七八光緒四年刋。
　見返しには、二行にわたって「重校批點靑雲集合註」、右に「光緒戊寅年（同四年）新鐫」、書名の下に「文勝堂梓」とある。しかし各卷頭書の見出しは、「分韻試帖靑雲集合註」となっている。

　まず前記と同文の李宗昉の序文について、新たに葉祺昌の序文が加わっている。その年記と署名は「時光緒三年端陽之吉、吟舫葉祺昌書於夢蝶仙館」である。葉祺昌については、山東東昌府聊城縣の人、ということしか分からない。

　試帖の註釋有るは『庚辰集』自り始まり、其の盛んなるを繼ぐ者は惟だ『有正味齋』のみ、考據の詳明にして後學に嘉惠し、眞に枕中の鴻寶なり（試帖之有註釋、自庚辰集始、繼其盛者、惟有正味齋、考據詳明、嘉惠後學、眞枕中鴻寶也）。

　紀昀の『庚辰集』については042（附二）ですでに言及した。『有正味齋』についても078（一）『九家詩』の『有正味齋試帖』収録八十首ですでに言及したが、別に『呉氏一家稿』には「試帖」四巻を収録する（京大東アジアセンター藏）。

楊杏橋先生『青雲集』を編輯して以って世に行われ、而して沈氏昆仲 復た註釋を加え、誠に律詩至善の本たり。然るに其の中に猶お跌《あやま》ちて未だ備わらざるの憾み有り（楊杏橋先生編輯青雲集以行世、而沈氏昆仲復加註釋、誠律詩至善之本。然其中猶有跌而未備之憾）。

この文から察すると、前記（一）の『詳註』本の前に、楊逢春の選輯だけの刊本が先行していたと考えられる。

余 翦（淺に通ず）陋を揣《はか》らずして妄りに增註を爲せば、則わち遺憾は頓に釋《と》け、而して腹笥の未だ充たざる者に獲益すること良に多し。坊友に原註・增註を將って合して一と爲さんと欲する者有りて、序を余に問う（余不揣翦陋、妄爲增註、則遺憾頓釋、而腹笥未充者、獲益良多矣。坊友有欲將原註增註合而爲一者、問序於余）。

本集は京大東アジアセンターに藏せられる。

097　山南詩選　四巻、嚴如熤輯。一八二五道光五年例言、一八八七光緒十三年序刊。

この「山」は陝西の南山、すなわち終南山、また秦嶺である。「山南」はその南の陝南である。

嚴如熤は、字は炳文、號は樂園、一號蘇亭、湖南辰州府漵浦縣の人、一七五九～一八二六。十三歳で諸生となり、優貢生に擧げられた。一七九五乾隆六十年、一二〇〇キロ西の省境から貴州苗族の叛亂集團が侵入してくると、「平苗議十二章」を地方政府に上申した。一八〇〇嘉慶五年、制科の孝廉方正に擧げられ、翌年、陝南の洵陽縣知縣となり、これより二十四年間の陝南生活を送ることになった。當時、四川・湖北・陝西の省域では、「教匪」すなわち白蓮教徒の殘黨が、なお出沒をくりかえしていた。嚴如熤の相手は南山にひそむ「教匪」であった。一八〇八年からまもなく、西の漢中府知府に抜擢されると、農事・紡織などの民生にも心がけ、漢中書院を修復して教育にもたずさわった。一八二一道光元年には陜安道に抜擢、漢中に駐在し、漢中（廳三・州一・縣八を領す）・興安（廳一・縣六を領す）二府を管轄した。一八二六年に入覲し、陜西按察使の辭令がおりたところで卒した。

本集は任地での教育活動の一環として成ったが、刊行には至らなかった。編者の序文はなく、「例言」十三則の年記と署名は、「道光五年八月、漵浦嚴如熤樂園識」となっている。もともと『詩經』大雅「江漢」以來の詩人を記載することを意圖しており、漢の張騫（漢中府城固縣の人）や後漢の李固三代（同じく南鄭縣の人）から朝代をくだる。

國朝　仁は漸《ひた》され義は摩《みが》かれ、庠序は遠く播《し》く。百八十年中、山間嚮學の士は蒸蒸として蔚起し、獨り科第の聯翩たるのみならず、經を窮め古えを汲み、後先に迭出す。巖を捜《さぐ》り幹を採り、士を司る者の與《あず》かりて責め有り（國朝仁漸義摩、庠序遠播。百八十年中、山間嚮學之士、蒸蒸蔚起、不獨科第聯翩、窮經汲古、後先迭出。捜巖採幹、司士者與有責焉）。

なお、地方の總集として特に二種、060『蜀雅』と070『淮海英靈集』とをあげつつも、「彼は皆な鄕人を以って先達を傳う。此れは則わち微《わず》かに不同有り（彼皆以鄕人傳先達。此則微有不同）」とする。

内譯は、卷一が唐の權德輿から明末までで、卷二以下に清人百十一家をあてる。このうち『中國文學家大辭典・清代卷』に載るのは、靖逆將軍張勇（字は非熊、漢中府洋縣の人、？〜一六八四）である。

本集は約六十年後、漢中府城固縣出身の高萬鵬によって刊行された。その序文の年記と署名は、「光緒十有三年歲次丁亥（一八八七）九月乙卯朔、城固高萬鵬摶九氏識於順天尹署」である。

樂園嚴公は國朝の名臣爲りて、陜南に官たること久しく、善政は枚擧す可からず。尤も意を人才を培植するに加え、時の鄕の先達は皆な其の門に出づ。先父蘭溪公も亦た焉れに與《あず》かる（樂園嚴公爲國朝名臣、官陜南久、善政不可枚擧。尤加意培植人才、時鄕先達皆出其門。先父蘭溪公亦與焉）。

高萬鵬の父は、名は建瓴、字は漢屋、號が蘭溪で、本集巻三に收録される。

一八八二光緒八年、高萬鵬は湖南常徳府の知府となり、ついで長沙府知府に移った。その機會に、西へ二五〇キロを道して嚴如熤の古里漵浦を訪ねると、遺族から『南山詩選』の稿本を寄せられた。そのご安徽の鳳潁道を經て京尹となり、「公餘に詳しく校訂を加え、都門に梓（公餘詳加校訂、梓於都門）」した。

竊かに念うに、陝南は同治の初め兵燹に遭い、老成は凋謝して殆んど盡く。萬鵬の閤家は殉難し、先世の遺稿は散佚して存する無し。茲の編は猶お遺詩數章を載すれば、則わち此の集の傳は、惟だに公の素願に副うのみに非ず、實に亦た吾が鄉の深く幸いとする所なり（竊念、陝南同治初遭兵燹、老成凋謝殆盡。萬鵬閤家殉難、先世遺稿散佚無存。茲編猶載遺詩數章、則此集之傳、非惟副公素願、實亦吾鄉所深幸也）。

一八六二同治元年・太平天國十二年の四月、太平軍の扶王陳德才が陝西に進入した。

漢南書院は昔 川楚（四川・湖北・湖南）教匪の亂を經、廢されて行館と爲る。公 資を捐《す》て地を拓き、人文を重修して盛を稱す。公の訃至るに迨び、漢郡の士民は櫬を迎えて南山に入るを請うも得ず。因りて位を書院に設け以って哭す。公の忌日に値いては輒わち紳耆を集め奠醊を申ね、歳ごとに以って常と爲す。公の靈爽 固より此れに式憑するに宜なるか。今詩板は漢南書院に寄存せんと擬《ほっ》し、吾が鄉の後起する者 永く護惜を加えんことを冀う（漢南書院昔經川楚教匪之亂、廢爲行館。公捐資拓地、重修人文稱盛。迨公訃至、漢郡士民請迎櫬入南山不得、因設位書院以哭。値公忌日、輒集紳耆、申奠醊、歳以爲常。公之靈爽固宜於此式憑歟。今詩板擬寄存漢南書院、冀吾鄉後起者永加護惜）。

本集は京大東アジアセンターに藏せられる。

098　國朝嶺海詩鈔　二十四卷、凌揚藻輯。一八二六道光六年刊。

封面には、二行の書名をはさんで、右に「番禺凌藥洲評纂 道光丙戌（同六年）秋鐫」、書名の下に「藥洲詩畧附 狎鷗亭藏板」とある。

「嶺海」は、一般的には廣東・廣西の兩省をさすが、ここは廣東一省に限られる。

凌揚藻については、張維屏（一七八〇～一八五九）の102『國朝詩人徵略』二編・卷五十六に載せる「藥洲事畧」に詳しい。字は譽釗、號は藥洲、廣東廣州府番禺縣の人、一七六〇～一八四五。諸生で終ったが、高官からはたびたび知遇を得た。すなわち二十五歳には、學政の平恕（字は寛夫、?～一八〇四）により廣州府學の「弟子員」（ここは附生か?）となり、朱珪（字は石君、一七三一～一八〇六）が一七九四乾隆五十九年に廣東巡撫として「開府」したときには、「三日に一たび集め令《し》め、親しく之れを督敎（令三日一集、親督敎之）」するうちの一人であった。また姚文田（字は秋農、一七五八～一八二七）が一八〇一嘉慶六年に廣東學政として來任したときには「增廣生」に補せられた。阮元が一八一七年以來の兩廣總督時代に編輯した『廣東通志』（一八二二道光二年刊）にも、「傳を撰して（編輯）局に送り、乃わち采入せらるるを獲《え》（撰傳送局、乃獲采入）」た。「其の他 潛を發し幽を闡し、『嶺海詩鈔』に見ゆる者、指もて屈するに勝えず（其他發潛闡幽、見於嶺海詩鈔者、指不勝屈）」。

張維屏は、この先輩について『松心文鈔』のなかで次のように記している。

> 藥洲は鄕に居し余は城に居す。同邑と雖も面を會わすこと少なし。余 江右自り歸るに及びて、藥翁は年將に八十にならんとせり。一日訪ね見《ら》れ著わす所を出だして余に刪定を屬するも、披覽未だ徧からずして翁は已に道山に歸す（藥洲居鄕、余居城。雖同邑、少會面。及余歸自江右、而藥翁年將八十矣。一日見訪、出所著、屬余刪定、披覽未徧、而翁已歸道山）。

本集の自序の年記と署名は、「嘉慶二十五年（一八二〇）庚辰春上元日、番禺凌揚藻題於桃花潭之柘陰草堂」となっており、さらに小字で、「是編成於嘉慶二十五年。後六年、同人乃取以付剞劂。故科目編至道光丙戌（同六年）、而序文歳月仍紀庚辰也（是の編は嘉慶二十五年に成る。後六年、同人乃わち取りて以って剞劂に付す。故に科目は編して道光丙戌に至るも、序文の歳月は仍って庚辰を紀《しる》すなり）」と注記される。

余 年の弱冠を踰えて同人の詩を譔次するを喜び、蘊《つ》むも未だ世に施されざる者二十八人を得、『停雲集』と號す。靖節（陶潛）の親友を思う意を取りて以って自ら娯び、言を借りて選政するに非ざるなり（余年踰弱冠、喜譔次同人詩、得蘊而未施於世者二十八人、號停雲集。取靖節思親友意以自娯、非借言選政也）。

吾が父母の邦の詩の選は、……本朝の作を録するは則わち高士黄積庵・進士梁崇一自り始まる。然れども采摭未だ富まず、以って巨観と爲す可からず。近きは則わち溫謙山舍人の084『粤東詩海』は號して大備と稱するも見在の者は登る弗し。劉樸石太史の085（一）『嶺南羣雅』は存沒兼收するも又た數十家にして止む（吾父母之邦之詩之選、……錄本朝之作、則自高士黄積庵・進士梁崇一始。然采摭未富、不可以爲巨觀。近則溫謙山舍人粤東詩海、號稱大備、而見在者弗登。劉樸石太史嶺南羣雅、存沒兼收、又數十家而止）。

黄積庵は、名は登、字は俊升、號が積庵、番禺縣の人。その『嶺南五朝詩選』三十五巻は『四庫提要』巻百九十四・集部・總集類存目四に著錄されている。梁崇一は、名は善長、字が崇一、廣州府順德縣の人、一七三九乾隆四年の進士。その『廣東詩粹』十二巻も『四庫提要』巻百九十四に著錄され、「此の集の選ぶ所の廣東の詩は、上は唐に起こり下は國朝に至る凡そ四百一十三家、一千五百五十餘首、各おの之れが評註を爲す。是れより先、黄登に『五朝詩選』有り。善長 其の持擇の未だ精ならざるを以って、故に更に蒐訪を加え、定めて此の集を爲すのみ（此集所選廣東詩、上起於唐、下至國朝、凡四百一十三家、一千五百五十餘首、各爲之評註。先是、黄登有五朝詩選。善長以其持擇未精、故更加蒐訪、定爲此集云）」とある。溫謙山は、名は汝能、字は希禹、號が謙山。廣州府順德縣の人、一七八八乾隆五十三年の擧人、一七四八～一八一一。その『粤東詩海』は百卷・補遺六卷、一八一三嘉慶十八年刊、であった。また劉樸石は、名は彬華、その『嶺南羣雅』の收錄人數は七十二人であった。

爰《ここ》に篋衍に儲《たくわ》うる所を出だし、羣公の選本と與《とも》にして之れを甄綜し、既に又た向《さき》に輯むる所の『羣居課詩析疑集』を取りて芟附す。『停雲集』と合わせて六百四十餘家を得、更めて『國朝嶺海詩鈔』と曰う（爰出篋衍所儲、與羣公選本而甄綜之、既又取向所輯羣居課詩析疑集芟附焉、合停雲集得六百四十餘家、更曰國朝嶺海詩鈔）。

實數を示せば六百四十八家である。卷一は程可則（廣州府南海縣の人、一六二四～一六七三）で始まり、士人最終の卷二十三は、編者の子息の凌湘蘅で終わる。

「凡例」は十則、「助栞姓字」として九十六人の氏名を列記する。

本集において注目すべきは、卷三に屈紹隆（大均）の名が見えることである。復習になるが、『嶺南羣雅』での記述では、「嶺南三大家」のうちの「二家までが禁忌の詩人」（三五七頁）とした。うち陳恭尹（本集卷二所收）については、確かにその對象とはされたものの、045『國朝詩別裁集』欽定本、082『國朝詩』、そして『國朝詩人徵略』のいずれにも收錄されていることからかんがみて、實際にはほとんど忌避されなかったと考えられる。いっぽう屈大均にたいしては嚴しく、045欽定本で抹殺されて以來、『國朝詩人徵略』にも採られず、144『晩晴簃詩匯』でようやく復活している。そんななかでの本集での收錄である。そのことについての編者のコメントはない。朱彝尊の「九歌草堂詩集序」と、同じく026『明詩綜』での評語を引用するだけである。

屈大均が、本集においては收錄され、『國朝詩人徵略』においては收錄されていないという事實をどのように解釋すればいいのだろうか。私の試案としては、公的な禁忌の規制がはずされ、あとは編者各自の私的な判斷にゆだねられる時點で、凌揚藻は同郷の先達としてあらためて顯彰したのにたいして、張維屏は、たとえ同郷の先達であるとしても、いったん國事犯の烙印を捺された人物の名譽回復を認めがたいとする態度をとった、としておく。

本集は京大文學部に藏せられる。

099

浙西六家詩鈔　六巻、呉應和輯。一八二七道光七年刊。

見返しには、書名をはさんで、右上に「道光丁亥（同七年）仲夏新鐫」、左下に「紫微山館藏板」とある。呉應和は、原名甯、字は子安、號は榕園、浙江嘉興府海鹽縣の人。131『兩浙輶軒續錄』巻十五に記載があり、『縣志』の次のような紹介を引く。

應和は行に敦く學に力め、詩・古文・詞を善くし、竝びに音韻の學に精し。選ぶ所の何大復（明の何景明）『菁華錄』及び『浙西六家詩』は評論精當なり。著に『毛詩纂詁』『榕園詞韻』有り（應和敦行力學、善詩古文詞、竝精音韻之學。所選何大復菁華錄、及浙西六家詩、評論精當。著有毛詩纂詁・榕園詞韻）。

學校歷・科擧歷、また職歷ともにまったくなく、布衣にして研究と著述に專念していたことがうかがわれる。

自序の年記と署名は、「道光七年歲次丁亥夏四月既望、海鹽呉應和書於硤石紫微山館」である。その冒頭は、「昌黎（韓愈）は三代兩漢の書に非ずんば敢えて觀ず。北地（李夢陽）信陽（何景明）は唐以後の書を讀まず。立論の嚴しきは此くの如し（昌黎非三代兩漢之書不敢觀。北地信陽不讀唐以後書。立論之嚴如此）」で始まる。明末以來、古文辭派前七子の名が出るのは珍しい。ついで王士禛が二十五家の詩を選ぼうとして果たさなかったことにかんがみ、「竊かに其の意を取りて更めて之れを定む（竊取其意而更定之）」とする。彼が選んだ二十五家は次の詩人であった。曹植、陶潛、謝靈運、鮑照、謝朓、庾信、李白、杜甫、王維、韋應物、白居易、韓愈、李商隱、蘇軾、黄庭堅、陸游、元好問、虞集、高啓、李夢陽、何景明、呉偉業、王士禛、朱彝尊、査愼行。これを『古今二十五家詩』とし、さらに『漢魏詩選』と『盛唐詩選』をも編輯したうえで、「今は老いたりき。纂述に懶《ものう》く、偶然に興の發する所にして、『浙西六家詩鈔』を編刻す（今老矣。懶於纂述、偶然興之所發、編刻浙西六家詩鈔）」とのべる。その六家それぞれにたいする評語に、「總目」を併記し、いささかの注釋を加えれば、次のようになる。

「樊榭徵君の清峭」。巻一、『樊榭山房詩』一百六十五首。厲鶚、杭州府錢塘縣の人。一七三六乾隆元年、博學鴻詞科に薦擧、一六九二～一七五二。

「海珊刺史の豪邁」。巻二、『海珊詩』一百十一首。嚴遂成、湖州府烏程縣の人。官は雲南の雲南府嵩明州知州に至る、一六九四～?。

「穀原比部の沈靜」。巻三、『丁辛老屋詩』一百二十首。王又曾、嘉興府秀水縣の人。官は刑部主事に至る、一七〇六～一七六二。

「蘀石宗伯の博大」。巻四、『蘀石齋詩』一百三十九首。錢載、秀水縣の人。官は禮部侍郎に至る、一七〇八～一七九三。

「隨園太史の奇詭」。巻五、『小倉山房詩』一百十首。袁枚、錢塘縣の人。一七三九乾隆四年、進士ののちに翰林院庶吉士を授けらる、一七一六～一七九七。

「穀人司成の工錬」。巻六、『有正味齋詩』八十五首。呉錫麒、錢塘縣の人。一八〇一嘉慶六年、國子監祭酒を授けらる、一七四六～一八一八。

この六家にたいして、「皆な朱（彝尊）査（愼行）を繼ぎて世の爲に法を取るに足る（皆足繼朱查爲世取法）」と認めながらも、袁枚にたいしてだけは、但し書きをつける。

獨り怪しむに、隨園は專ら才情を尙びて古えを師とせず、放浪褻狎して、自ら風流と命《な》づく。數十年來、詩を學ぶ者は爭いて相い揣摩し、嚴しく之れを汰《あら》わざるを得ず、以って「（思い）邪無し」の旨に悖らざるを求むるは、斯れ可なり。是れは則わち詩教を輔翼するの微意なり（獨怪隨園專尙才情而不師古、放浪褻狎、自命風流。數十年來、學詩者爭相揣摩、不得不嚴汰之、以求不悖於無邪之旨、斯可矣。是則輔翼詩敎之微意也）。

また卷五の評傳でも、「惟だ是れ輕薄浮蕩の習氣は「三百篇 邪無し」の旨と相い悖る。數年來、聲譽は折減すと雖も詩は猶お人口に膾炙し、流弊は正に底止する無し。茲こには雅正にして圭臬と爲す可き者を取りて之れを錄す（惟是輕薄浮蕩習氣、與三百篇無邪之旨相悖。數年來雖聲譽折減、而詩猶膾炙人口、流弊正無底止。茲取雅正可爲圭臬者錄之）」と記す。

さて、本集編輯の動機について、自序では「偶然に興の發する所」としていたが、「凡例」では、より具體的にのべる。すなわち、そもそもは「康熙朝」の051『國朝六家詩鈔』が、「南北の家數相い等しく、審定は精當にして海內に風行（南北家數相等、審定精當、風行海內）」したのにならって、「乾隆朝の詩」についても『續六家詩鈔』を編輯しようとしたが、「江・浙の人多きに緣りて遂爾に中輟（緣多江浙人、遂爾中輟）」し、本集編輯につながったという。

本集の成立には數多の協力者がいる。まず、六家のいずれもが別の一人との「同選」となっており、つごう五人（うち一人は二卷にまたがる）はすべて海昌（杭州府海寧州）の人であるが、うち查有新（號は春園）は144『晚晴簃詩匯』卷百二十二に記載される。また「參訂姓氏」には七十人が列記されている。うち查揆（字は伯葵、號は梅史、一七七〇～一八三四）も、いわゆる海寧の查氏の一人である。編者の「妹婿」にあたり、先の『續六家詩鈔』を計劃したときの同選者でもあった。

本集は、京大文學部、神戸市立吉川文庫、內閣文庫、早大寧齋文庫に藏せられる。なお、いずれの漢籍目錄にも「清呉應和・馬洵（同）輯」と表記されるが、馬洵が「同選」したのは巻一と巻六とだけである。

（附一）浙西六家詩鈔（和刻）六巻、呉應和輯、（日本）賴襄評、後藤機校點。一八四九嘉永二年刋。

賴襄は、字は子成、號は山陽、安藝の人、一七八〇〜一八三二。その「選評」の年記は一八三一天保二年である。後藤機は、字は世張、號は松陰、美濃の人、一七九七〜一八六四。序文の年記は嘉永二年、撰者は篠崎弼、字は承弼、號は小竹、浪華の人で、後藤の義父にあたる、一七八一〜一八五一。江戸書林須原屋茂兵衛等の刋。阪大懷德堂文庫、神戸市立吉川文庫、國會圖書館、內閣文庫に藏せられる。

（附二）浙西六家詩鈔（覆淸刻本和刻）六巻、呉應和輯。一八五三嘉永六年刋。

淸本の覆刻で二種あり、一は京都林芳兵衞等刋本が、國會圖書館に藏せられ、一は大阪河內屋茂兵衞等刋本が、神戸市立吉川文庫と國會圖書館に藏せられる。內閣文庫所藏のものがそのいずれであるかの確認はしていない。

（附三）評訂浙西六家詩鈔（和刻）六巻、呉應和輯、（日本）近藤元粹評訂。一九〇三明治三十六年刋。

近藤は元粹が本名、字は純叔、號は南州、また螢雪軒、讃岐の人、一八五〇〜一九二二。大阪靑木嵩山堂による鉛印である。京大東アジアセンター、阪大懷德堂文庫、國會圖書館等に藏せられる。

100　同岑五家詩鈔　十四巻、曾燠輯。一八二九道光九年刋。

見返しに、書名をはさんで、右上に「道光己丑年（同九年）栞」、左下に「朱爲弼題」とある。「同岑」の出處は、052『苔岑集』と同じく、郭璞の詩句「及爾臭味、異苔同岑」である。

曾燠は080『江西詩徴』の編者としてすでに見えた。江西建昌府南城縣の人。一七九二乾隆五十七年に兩淮鹽運使となり、一八〇七嘉慶十二年に湖南按察使に轉じたが、本集は、その十五年間の揚州時代に交際したうちの五家についての總集である。當時の編者について、081『羣雅集』巻二十二・曾燠は、「題襟館を築きて海內の名士を召致し、絃詩鬭酒す（築題襟館、召致海內名士、絃詩鬭酒）」と記す。

先に「目錄」を轉寫し、簡單な注釋を加えておこう。

趙函『樂潛堂集』二卷。字は艮甫。江蘇蘇州府震澤縣の人であるが、巻頭の署名の下に「寄籍金匱」、つまり江蘇常州府金匱縣に籍を寄せたとする。一七八〇〜一八四五。諸生で、官歷はない。

顧翰『拜石山房集』四卷。字は蒹塘、また簡堂。常州府無錫縣の人、一七八二〜一八六〇。一八一〇嘉慶十五年の擧人、官は安徽寧國府下の涇縣知縣、ついで同じく宣城縣知縣となった。

顧翃『金粟莽集』二卷。字は駿孫、號は蘭厓、また南厓。顧翰の從弟、一七八五〜一八六一。貢生から、官は宣城縣學、また蘇州府昭文縣學の訓導となった。

徐寶善『壺園集』四卷。字は廉峰、安徽徽州府歙縣の人（「寄籍」の有無については待考）、一七九〇〜一八三六。一八二〇嘉慶二十五年の進士、官は翰林院編修より山西道監察御史に至った。

楊夔生『眞松閣集』二卷。初名は承憲、字は伯夔、號は浣薌、金匱縣の人。生卒年未詳。監生から、官は直隷順天府薊州知州に至った。

自序の年記と署名は、「道光己丑嘉平、南城曾燠」である。その冒頭に、本集が、編者の認識により、「無錫」の趙函・顧翰・顧翃と、「金匱」の徐寶善・楊夔生の「五家の作る所（五家之所作）」であると記し、そのあと、揚州時代の追憶に入る。

因りて曩者《さき》に襟を揚州に題《しる》し、一時に江を過《よ》ぎりて來たり、大雅の鱗萃するを念う（因念曩者題襟揚州、一時過江而來、大雅鱗萃）。

そのなかには、次のような詩家がいた。

趙翼、號は甌北、常州府陽湖縣の人、一七二七〜一八一四。
秦瀛、號は小峴、無錫縣の人、一七四三〜一八二一。
洪亮吉、字は稚存、陽湖縣の人、一七四六〜一八〇九。
孫星衍、號は淵如、陽湖縣の人、一七五三〜一八一八。
趙懷玉、號は味辛、常州府武進縣の人、一七四七〜一八二三。
楊芳燦、號は蓉裳、金匱縣の人、一七五三〜一八一五。
徐鏴慶、字は閬齋、金匱縣の人、一七五八〜一八〇二。
楊倫、字は西河、陽湖縣の人、一七四七〜一八〇三。

すべて常州府下、すなわち廣い意味での毘陵の詩人であり、編者曾燠（一七六〇〜一八三一）からすると、多くて三十三歳、少なくて二歳の年長者であった。これにたいして自分より二十歳ないし三十歳若い人々はどうであったか。

惜しむ所此の五家の者は、惟だ廉峰（徐寶善）のみ著作の才を以って精華の選に與《あず》かるを得るも、餘は則わち簿書もて鞅掌し（書類を持って走りまわり）、冷笈は飄蕭たりて（しがない負いばこはすっからかんで）、以って老輩の簪纓、同時の圭組に視《くら》ぶるに、時命の同じからずして升沈の小《いささ》かの異なりに慨《なげ》き無かる能わず。而して其の白社（詩作の結社をいうか?）の聲名を要するに、已に十子（先の八家をさすか?）の縹囊（書巻）の事業を超え、竝びに千秋（特長）有り（所惜此五家者、惟廉峯以著作之才、得與精華之選、餘則簿書鞅掌、冷笈飄蕭、以視老輩簪纓、同時圭組、不能無慨於時命之不同、而升沈之小異焉。而要其白社聲名、已超十子縹囊事業、竝有千秋）。余の素髪全く凋《か》れ、黄壚（肉體？）久しく痛むを以って、（五家の詩集の）新製を観るを獲、儼《おごそ》かに前の（よき）徽《しるし》を覩、苔岑を感念し、蓋し言を已むる能わざりき（以余素髪全凋、黄壚久痛、獲觀新製、儼覩前徽、感念苔岑、蓋不能已於言矣）。

本集は阪大懷德堂文庫に藏せられる。

101　國初十大家詩鈔　七十五卷、王相輯。一八三〇道光十年刊。

封面には二行にわたって書名が記され、その下に「信芳閣藏」とある。

「十大家」とは稱するものの、清初を代表する詩家という意味ではない。こころみにこれまでの全國的總集をふりかえってみると、本集の十家のうち、006『十名家詩選・二集』に1曹溶、2周亮工、012『八家詩選』に5王士祿、016『皇朝百名家詩選』に曹溶、王士祿を見出すにすぎず、030『五名家近體詩』・051『國朝六家詩鈔』には見えない。本集は、忘れられた詩家を復活させようとするものなのである。そのなかには、禁忌という政治的壓力でもって、忘れることを強いられた詩家もいた。編者は無言であるが、本集の讀者には、禁忌の人物の復權をこころみる編者の意圖を明白に察したとおもわれる。

編者の王相は、字は惜菴、號は雨卿、浙江嘉興府秀水縣の人、一七八九～一八五二。學歷・科擧歷はない。123『國朝正雅集』卷六十九・王相に、「宿遷（江蘇徐州府下の縣）に居り、鹽課司提擧に候選す（居宿遷、候選鹽課司提擧）」とある。「候選」は捐納によって空きポストへの就任を待つことらしい。また所引の『寄心盦詩話』には、「其の家の藏書は數萬卷、顏に池東書庫と曰う（其家藏書數萬卷、顏曰池東書庫）」と記すが、封面にある「信芳閣」もまたの室名である。

本集には編者みずからの序文や例言がなく、あるのは友人の「序」だけである。その年記と署名は、「上章攝提格（庚寅、道光十年）壯月上澣日（八月上旬）古巢楊欲仁拜手題」となっている。「古巢」は安徽廬州府巢縣。楊欲仁は、字は體之、號は鐵梅、そのほかのことは分からない。『明淸進士題名碑錄』にも載らない。

詩は傳う可しと雖も、未だ賞識の人に遇わざれば、則わち傳わらず。幸いに賞識の人に遇うも、古きを好み學を積むの士の之れが傳うるを爲す無くんば、則わち亦た傳わらず（詩雖可傳、而未遇賞識之人、則不傳。幸遇賞識之人、而無好古積學之士爲之傳、則亦不傳焉）。

惜しむ可き所の者は、傳わるの旣に久しきも、散佚無くんばあらず。卽《たと》い嗜古の士有りて、偶たま其の一二を殘編斷簡中に得て、之れが愛慕流連を爲すも、終に其の全豹を窺うを得ざるを以って慨《なげ》きと爲す（所可惜者、傳之旣久、而不無散佚。卽有嗜古之士、偶得其一二於殘編斷簡中、爲之愛慕流連、終以不得窺其全豹爲慨焉）。

吾が友王君惜菴は志を古えに篤くし、數十年を踰えて藏書最も富み、世を論じ人を知り、得失を考鏡し、風雅を崇高し、而して國初諸家の詩集を講求すること尤も意を加えり。茲こに十家の舊印僅かに存する者、竝びに傳鈔の本を得、彙めて『十家詩鈔』と爲し、用って剞劂に付し、久遠に垂れんことを期す（吾友王君惜菴篤志於古、踰數十年、藏書最富、論世知人、考鏡得失、崇高風雅、而講求於國初諸家詩集、尤加意焉。茲得十家舊印僅存者、竝傳鈔之本、彙爲十家詩鈔、用付剞劂、期垂久遠）。

最後に、十家への理解を深めるために、詩家の全てに、鄭方坤の『本朝名家詩鈔小傳』の記事を附載すると斷っている。鄭方坤は、字は則厚、號は荔鄉、福建建寧府建安縣の人、一七二三雍正元年の進士、生卒年未詳。この書は四卷（あるいは二卷、また三卷に作る）、順治・康熙・雍正年間の、つごう百五家の詩人の傳記を載せるもので、詩の鈔錄はない。一七九四乾隆五十九年『龍威祕書』所收本以下の各種があり、近くは、一九七一民國六十年『古今詩話叢編』所收景印本、一九八六年『三百年來詩壇人物評點小傳匯錄』所收排印本（馬俊良刪訂・楊揚點校、中州古籍出版社）などがある。

1、曹溶『靜惕堂詩』八卷。曹溶は、字は秋岳、號は倦圃、浙江嘉興府嘉興縣の人、一六一三〜一六八五。044『國朝詩別裁集』自定本・卷二所收が、045欽定本で削除された。『清史列傳』（清闕名輯、一九二八民國十七年刊）では卷七十八・貳臣傳に著録される。

この集に序文のたぐいはない。卷六に「哀顧寧人歿于華陰」の作、卷八に「送顧寧人入都」「用顧寧人韻、贈耀宸」の作が見える。前述の「中論　清詩總集にたいする禁燬措置について」の表記にならうと、顧炎武は、D「軍機處奏准抽燬書目」において、『亭林遺書』のなかの『亭林文集』と『亭林詩集』が、「均しく偏謬の詞句有り、應に銷燬を行うべし（均有偏謬詞句、應行銷燬）」とされ、H「應繳違礙書籍」では『亭林集』がリストアップされ、G「外省移咨應燬各種書目」では『日知錄』がリストアップされ、「補遺二」でも『日知錄』が「悖逆誕妄、語多狂吠」十六種の一つにあげられた。

鄧之誠『清詩紀事初編』卷七（七四一頁）は次のように記す。『靜惕堂詩集』四十四卷は一七二五雍正三年、直隸總督李維鈞によって刻せられたが、その年の冬、李維鈞が年羹堯の黨として有罪となったために、その原序などが削られたほか、「凡そ「兵亂」及び「前朝」の字樣は皆な黒釘を作《な》され、是の時已に忌諱有るを知る（凡兵亂及前朝字樣、皆作黑釘、知是時已有忌諱）」。道光中、王相が『清初十大家詩鈔』を刻し、「其の集を求めて僅かに鈔本を得、八卷を選刻す。今日正に信芳閣本に賴りて、以って其の缺字を補う可し（求其集僅得鈔本、選刻八卷。今日正賴信芳閣本、可以補其缺字）」と。

2、周亮工『賴古堂詩』十二卷。周亮工は、字は元亮、號は櫟園、河南開封府祥符縣の人、一六一二〜一六七二。『國朝詩別裁集』自定本・卷二所收が、やはり欽定本で削除された。『清史列傳』卷七十九・貳臣傳に著録される。禁燬書目では、B「抽燬書目」において、『賴古堂集』六本が、「卷八・卷十二・卷十三に錢謙益に渉る字樣三處有り、應に抽燬を請うべし（卷八卷十二卷十三有渉錢謙益字樣三處、應請抽燬）」とされる。

この集には序文が七篇ある。その一は「賴古堂合集序」である。署名はない。『賴古堂集』二十四卷（うち詩集十二卷）は一六七五康熙十四年刋本が傳わっており、その景印は、上海古籍出版社「清人別集叢刋」一九七九年にも收録されている。そこには「賴古堂詩集序」があり、內容は、本集所收のものとまったく同じだが、文末に、「年家老友虞山蒙叟錢謙益譔」の十二字がある。あとの序文の體裁からすると、標題の下に署名があるべきところを、編者王相があえて記さなかったのであろう。序文その二の標題は、「原序　孟津　王鐸　覺期」である。王鐸は一五九二〜一六五二。『國朝詩別裁集』自定本・卷一所收が、欽定本で削除され、『清史列傳』卷七十九・貳臣傳に著録される人物である。その三は、「原序　河陽　薛所蘊　行屋」である。薛所蘊は一六〇〇〜一六六七、『清史列傳』卷七十九・貳臣傳に著録される。その四は、「中州詩選序　焦獲　孫枝蔚　豹人」、孫枝蔚は一六二〇〜一六八七である。その著『漑堂前後續集』がG「外省移咨應燬各種書目」にリストアップされている。その五は、「榕巵序　皖桐　方拱乾　坦菴」、方拱乾の生卒年は未詳。『國朝詩別裁集』自定本・卷一所收が、欽定本で削除された。その六は、「紥咢序　秣陵　陳丹衷　旻昭」、陳丹衷については未詳。その七は、「原序　古歙　汪修武　聖昭」、汪修武も未詳。

この集卷八の、「錢□□先生賦詩相送張石丙・顧與治、皆有和次韻留別」なる詩で、二字の空格があるが、先述の康熙十四年刋本『賴古堂集』卷之八では「錢牧齋先生」となっている。

3、惲格『南田詩』五巻。惲格は、字は壽平、また正叔、號は南田、江蘇常州府武進縣の人、一六三三～一六九〇。この集に序文はない。032『毘陵六逸詩鈔』に『南田詩鈔』五巻が收録されている。

4、周篔『采山堂詩』八巻。周篔は、字は青士、號は簹谷、浙江嘉興縣の人、一六二三～一六八七。054『梅會詩選』に見える朱彝尊の七人の詩友の一人である。

序文は三篇あり、その一「采山堂詩序」の文末の署名は、「王之梁淶父書」である。周篔の「同閈」の友としるすが未詳。その二「題采山堂詩集」の文末の署名は、「平湖陸奎勳拜書」。陸奎勳は、字は聚緱、またの號は坡星、一六六三～一七三八である。その三「原序」の文末の署名は、「李維鈞書」。この人物は1曹溶の項に見えた。浙江嘉興府秀水縣の人である。『清詩紀事初編』巻二（二七六頁）は、王相が『采山堂集』八巻を得たのは『梅會詩人集』のなかからであるとし、それは「雍正中、李維鈞の刻する所」であるという。

この集の巻五には、「屈五大均約游山陰作」「送屈五之山陰、兼訊祁六」「爲屈五悼亡」「懷屈五」、巻六には「懷翁山寓天界寺」と、いずれも屈大均にかかわる作を載せている。しかし禁燬書目のなかに『梅會詩人集』も『采山堂詩集』も見えない。

5、王士祿『十笏草堂詩』四巻。王士祿は、字は子底、號は西樵、山東濟南府新城縣の人、一六二六～一六七三。001『濤音集』の編者である。この集について袁行雲『清人詩集敍録』（一九九四・文化藝術出版社）巻八（二五八頁）は、「大抵、已刻三集の範圍を出づる無し（大抵無出已刻三集範圍）」と指摘する。「已刻三集」とは、『十笏草堂詩選』九巻・『辛甲集』七巻・『上浮集』二巻を合册にした康熙中刊本である。

この集には序文が三篇ある。その一「十笏草堂詩序」の文末の署名は、「堯峯汪琬撰」。汪琬は一六二四～一六九一。その二「十笏草堂詩序」の文末の署名は、「秀水朱彝尊撰」。朱彝尊は一六二九～一七〇九。その三「原序」の文末の署名は、「弟士正謹序」、王士正は一六三四～一七一一。なお、名まえの表記は、康熙中刊本のままだと士禛のはずだし、王相の判斷によったのであれば士禎とするところだろう。

6、高詠『遺山詩』四卷。高詠は、字は阮懷、號は遺山、安徽寧國府宣城縣の人、一六二二～?。

序文はない。『清詩紀事初編』卷五（五八二頁）は、「爲す所の『遺山堂集』は傳わらず。王相 舊鈔本を得、汰《あら》いて『遺山詩』四卷と爲す（所爲遺山堂集不傳。王相得舊鈔本、汰爲遺山詩四卷）」とする。

7、邵長蘅『青門詩』十卷。邵長蘅は、字は子湘、號は青門山人、江蘇武進縣の人、一六三七～一七〇四。諸生で終ったが、若くして京師にのぼり、王士禛らと親しく交わり、晩年には宋犖の江蘇巡撫（在任は一六九二年六月～一七〇五年十一月）の幕府に入った。その間に、王・宋二家を風雅の「一代の宗」として『二家詩鈔』二十卷を編輯し、一六九五康熙三十四年の「自序」を附して刊行した。

この集には序文が八篇ある。その一は「青門詩序　商邱　宋犖　牧仲」、その二は「原序　新城　王士禛　貽上」である。その三は「原序　莆田　彭鵬　古愚」、文末の年記は「康熙乙亥仲冬」、すなわち同三十四年一六九五、である。その四は「原序　河朔　王元烜　似軒」、文末の年記は「康熙癸酉嘉平月」、すなわち同三十二年十二月。その五は、『青門簏稿詩』六卷にたいする「簏稿詩序　蘄州　顧景生　赤方」、文末の年記は「康熙己未夏五」、すなわち同十八年。その六「自序」は、『青門簏稿』を康熙十七年に重刻したときのもの。その七「自序」は、康熙十八年から同三十年までの詩文を収めた『青門旅稿』六卷にたいするもの。その八は「賸稿詩序」、文末の署名は「商邱宋犖」、康熙三十一年以降の作を収めた『賸稿詩』三卷にたいするものである。

8、吳嘉紀『陋軒詩』六卷。吳嘉紀は、字は賓賢、また野人、江蘇揚州府泰州縣の人、一六一八～一六八四。023『明遺民詩』卷八に見える。禁燬書目では、C「軍機處奏准全燬書目」に『陋軒詩』があげられ、［補遺一］に「陋軒詩一部四本」について、「詩中の詞に憤激多く、應に銷燬を請うべし（詩中詞多憤激、應請銷燬）」とされ、さらに［補遺二］に『陋軒詩』について、「此の書 内に屈翁山を送る詩二首有り。且つ違礙の語句有り、應に銷燬を請うべし（此書內有送屈翁山詩二首。且有違礙語句、應請銷燬）」とされる。

この集には序文が四篇ある。その一「陋軒詩序」文末の年記と署名は、「時康熙十八年己未六月望日、郡同學弟汪懋麟拜譔於百尺梧桐閣」、すなわち一六七九年のものである。汪懋麟は一六三九～一六八八。その二「泰州呉野人先生詩序」の文末の年記と署名は、「康熙戊申首夏、呉下同學弟計東書于廣陵玉笑亭」、すなわち康熙七年のものである。計東は一六二四～一六七五。その三は「陋軒詩序　同郡陸廷掄撰」、文中に「今年癸亥」、つまり康熙二十二年とする。陸廷掄も明遺民だが、生卒年は未詳。その四の「序」の署名は「屏山宗同學弟周祚拜書」、呉周祚についても未詳。

この集の巻一には、林古度に贈った七言歌行十四句の「一錢行、贈林茂之」が見え、その末二句は、「酒人一見皆垂涙、乃是先朝萬曆錢」と出ている。この詩は、一六七九康熙十八年の原序をもつ一八四〇道光二十年の『陋軒詩』重校刊本では「乃是□□□□錢」となっている。この四字分の空格は康熙時のことであろう。なお『國朝詩別裁集』自定本・巻六に呉嘉紀とこの詩が採錄されたが（二句は「酒人睇視皆垂涙、乃是先朝萬曆錢」とある）、欽定本では、詩人はのこされたものの、この詩は削除された。またこの集の巻五には、五言古詩「送屈翁山之白門」、題下注「屈廣東人」なる作二首が見える。これを、道光間泰州夏退庵刻本を底本とした『呉嘉紀詩箋校』（楊積慶箋校、一九八〇年・上海古籍出版社）では、詩題を「送友人之白門」、題下注を「友廣東人」に作る。

9、徐昂發『畏壘山人詩』十卷。徐昂發は、字は大臨、號は絅菴、江蘇蘇州府崑山縣の人、同長洲縣籍。024『江左十五子詩選』の一人、生卒年は未詳。

この集の巻一の標題「畏壘山人詩巻一」の下注に「原編乙未亭集」とある。つまりこの集十巻は、『乙未亭詩集』六巻と『畏壘山人詩集』四巻とをまとめたものである。袁行雲『淸人詩集敍錄』巻十四（五〇一頁）によれば、二本ともに「康熙間刋本」である。後者は『四庫提要』巻百八十四・集部・別集類存目十一に著録される。

この集の序文は一篇、「畏壘山人詩序」で、文末の署名を「慕廬韓菼序」とする。文中に「吾友大臨」と記す。もとは『乙未亭詩集』に載せられていたものである。

10、屈復『弱水詩』八巻。屈復は、字は見心、號は悔翁、また金粟道人、陝西同州府蒲城縣の人、一六六八～一七三九在世。『國朝詩別裁集』自定本・巻二十八に採錄されたが、欽定本では削除されている。禁燬書目では、C「軍機處奏准全燬書目」に『弱水集』があげられ、「補遺二」では「弱水集一部四本」について、「詩中に違悖の語多く、應に銷燬を請うべし（詩中多違悖語、應請銷燬）」とある。

この集に序文はない。『淸人詩集敍錄』巻十九（六四一頁）は、「弱水集二十二巻　乾隆九年刻本」と記す。

禁書措置について整理すると、1曹溶、2周亮工の存在から、貳臣論は拂拭されていたと考えていいだろう。別の理由で禁燬の對象とされたこの二人のほかに、8吳嘉紀・10屈復も復活した。もっとも嚴しい對象とされた錢謙益と屈大均はどうか。錢謙益は、その氏名が伏せられていることから、なお愼重な扱いが必要だったのだろう。その完全な復活は、一八六二同治元年に刋行された078（三）『國朝註釋九家詩』に見たところである。屈大均は、一八二〇嘉慶二十五年に自序が書かれた098『國朝嶺海詩鈔』（刋行は一八二六道光六年）においてすでに復活していた。これらの例から、禁書の全般的解消は、本集が刋行された一八三〇道光十年の時點でほとんどなされていたが、完全とするには未だしであったとすべきだろう。なお、禁書解消の時期について、湯淺幸孫氏に「咸豐十年」（一八六〇）説があることはすでに紹介したが（三三四頁）、さらに私あての書信で、「江藩が嘉慶二十三年、つまり一八一八年の序刊本の『國朝漢學師承記』で、閻若璩の條において錢謙益に明白に言及した一節」がある旨、ご指摘を受けた。すでに拙著『明清詩文論考』に記したところであるが（三三七頁）、念のために再錄しておく。

本集は、京大文學部、同東アジアセンター、早大寧齋文庫、靜嘉堂文庫に藏せられる。

102　國朝詩人徵略（初編）六十巻・二編六十四巻、張維屏輯。（初編）一八三〇道光十年「再識」刊、二編・一八四二年「巻首」刊。

張維屏、字は子樹、號は南山、廣東廣州府番禺縣の人。一八二二道光二年進士ののち、一八二六年までの五年間、湖北黃州府下の黃梅縣、ついで廣濟縣の知縣となったが、病氣のためにいったん休職した。一八三五年、服闋ののち江西南康府知府に署せられるが、一年もたたずに退官し、家居した。一八三八年・五十九歳には、湖廣總督の林則徐（この年五十四歳）がアヘン禁止事務のため、欽差大臣として廣東に來任し、張維屏を訪問した。アヘン戰爭勃發後の一八四一年には「三元里歌」を作った。この詩は、126『國朝詩鐸』巻十三・島夷の按語に、「此の篇は蓋し辛丑の歳、廣州の鄉民　夷寇を禦ぐの事を指すならん（按此篇蓋指辛丑歲、廣州鄉民禦夷寇事）」とあり、同年五月、廣州城北三キロの三元里の鄉民がイギリス軍にたいして武裝抵抗したありさまを描いたものである。一七八〇〜一八五九。

初編の自序の年記と署名は、「嘉慶二十有四年歳次己卯夏四月、番禺張維屏」となっている。一八一九年は、進士となる前の年である。

國朝は文治昌明にして人材輩出し、名臣名儒　後先に相い望む。卽《も》し詩を以って論ずれば、朝廷自り以って閭巷に逮ぶまで、其の間に風を揚げ雅を扢《あ》げ、休明を鼓吹し、或いは有德の言を爲し、或いは專家の業を擅いままにす（國朝文治昌明、人材輩出、名臣名儒 後先相望。卽以詩論、自朝廷以逮閭巷、其間揚風扢雅、鼓吹休明、或爲有德之言、或擅專家之業）。

屛は賦性顓愚にして嗜好する所寡く、暇日には輒わち古人の詩を誦するを喜び、其の詩を誦しては其の人を知らんと欲し、而して其の人の生平の事蹟は大都《おおよそ》諸家の文集、及び志乘說部の諸書に散見し、爰《ここ》に卽わち流覽の及ぶ所、隨意に之れを錄し、篇幅の稍や繁なる者は之れを節錄す。或いは其の事を見るも未だ其の詩を見ず、或いは偶たま其の詩を見るも未だ會心に遇わざる者は姑く之れを闕く。歲月旣に積み、卷帙遂に增し、纂述の餘に用って興觀の助を廣げんことを思い、因りて釐めて□〔ママ〕十□〔ママ〕卷と爲し、名づけて『國朝詩人徵略』と曰う（屛賦性顓愚、寡所嗜好、暇日輒喜誦古人詩、誦其詩欲知其人、而其人生平事蹟、大都散見於諸家文集、及志乘說部諸書、爰卽流覽所及、隨意錄之、篇幅稍繁者節錄之。或見其事、未見其詩、或偶見其詩、而未遇會心者、姑闕之。歲月旣積、卷帙遂增、思於纂述之餘、用廣興觀之助、因釐爲□〔ママ〕十□〔ママ〕卷、名曰國朝詩人徵略）。

この自序には「再識」がある。その年記と署名は、「道光十年二月、維屛再識」となっている。湖北在任五年ののち、病氣による家居四年めのことである。

回思すれば楚に在ること五年、簿書迷悶の餘、風雨蕭寥の會に當たる每に、卷を開きて益有り、聊か以って自ら娛しむ。論者謂えらく、聞見を增廣し性靈を陶冶するに均しく裨助有り、と。慫慂に因りて梓に付し、里に旋ること四載、刻して六十卷に至る（回思在楚五年、每當簿書迷悶之餘、風雨蕭寥之會、開卷有益、聊以自娛。論者謂、增廣聞見、陶冶性靈、均有裨助。因慫慂付梓、旋里四載、刻至六十卷）。

初編の刊行は、自序が書かれたあとではなく、「再識」が書かれたあとである。總集の引用でもっとも新しいのは、

『國朝嶺海詩鈔』一八二六道光六年刊、である。

二編「巻首」の年記と署名は、「道光二十有二年歳次壬寅（一八四二）夏五月、珠海老漁張維屏書于聽松廬之松心室」となっている。

曩に『國朝詩人徵略』を輯し、刻して六十巻に至り、是れを「初編」と爲す。今又た二十年、海内の師友耆老、先後に凋謝す。初編已鐫の板には羼《まじ》え入る可からず、當に別に一編と爲して以って之れに續くべし。而して二百年來の人、の事、の詩、昔未だ見ずして今始めて見、昔未だ詳らかならずして今始めて詳らかなれば、則わち又た當に別に一編を爲して以って之れを補うべし。今補うと續くと、既に合して一書と爲し、補と言わば則わち續を遺《おと》し、續と言わば則わち補を遺す。因りて渾《す》べて之れを名づけて「二編」と曰う（曩輯國朝詩人徵略、刻至六十巻、是爲初編。今又二十年、海内師友耆老、先後凋謝。初編已鐫之板、不可羼入、當別爲一編以續之。而二百年來之人、之事、之詩、昔未見而今始見、昔未詳而今始詳、則又當別爲一編以補之。今補與續、既合爲一書、言補則遺續、言續則遺補。因渾而名之曰二編）。

「今又二十年」は「今又十二年」の誤刻（じっさいは誤植）であろう。二編での總集引用には、115『沅湘耆舊集』一八四四道光二十四年刊、が見える。

收錄人數は、初編六十巻では、「目錄」に九百三十二家、本文では八百九十九家である。ちなみに、陳友琴「關於清代重要詩人的評介――讀張維屏『國朝詩人徵略』」（『晚晴軒文集』一九八五年・巴蜀書社刊所收、原載『河北師範學報』一九八二年第一期）では、初編について「一〇九五家」（『徵略』第一編只有六十巻、收了一〇九五家的作品）とするが、そのもとづくところを知らない。二編六十四巻では、初編との重出をも含め、「目錄」の百四十九家にたいして、本文では二百六十四家である。本集は、「目錄」と本文のあいだに人數の多寡があることによっても分かるように、丁寧な編輯・印行とはいえず、特に二編では、原稿も未完成のうちに印刷に移されたのかとおもわれる。

本集は、編者によってはノート、ないしはメモランダムであり、讀者にとっては手引き書であるといえよう。各詩家での構成は、まず小傳が記され、ついで各種文獻所載の紹介や評論が引用され、さらに編者自身による文言、そして詩の例示が、一首全體への注目は「標題」で、部分的な注目は「摘句」でなされる。

詩家の巻立ては、主として科第の年次によっているが、特に清初の配列には編者の工夫が見られる。私なりの理解を示せば、次のようになる。

巻一・鄂貌圖・魏象樞・宋琬・施閏章など。開國の文化事業にかかわり、早々に應試した人たち。

巻三・顧炎武・黄宗羲・傅山・萬斯同など。明の遺民、またはそれに準ずる人々。清詩では第一の世代。

巻四・王士正・汪琬など。清詩に新しい波をもたらした第二の世代。

巻八・陸隴其・徐乾學など。清朝のイデオローグ。

巻十～十三・毛奇齡・朱彝尊・陳維崧・鄧漢儀など。博學鴻詞をとおして清朝の文化政策に協力した人たち。

巻十四・閻若璩・洪昇・蒲松齡など。鴻博や會試に失敗し、かえって文學的には成功をおさめた若手たち。

このように、清詩を擔った人々を一定期間ごとに追ってゆくのに目やすとなるものである。なお、編者が出身した廣東の無名の詩家を多く收録して、全體のバランスを崩している印象は否めない。いっぽうで、大先輩である屈大均の名はない。

各詩家の紹介や評論に用いられた文獻は百種をこえるが、その大半について書名と引用數をあげておこう。

全國的な總集（故舊交友を含む）

011『天下名家詩觀』二例。016『皇朝百名家詩選』「小引」七例。023『明遺民詩』二例。035『詞科掌錄』三十三例。

045『國朝詩別裁集』欽定本・百例。本集巻一から巻二十五までの、配列の參考にもされている。ちなみに、自定本巻一所收の六家、および巻二所收の十二家はいずれも本集に載らない。編者が自定本を目睹していないきらいもある。077『湖海詩傳』百三十一例。自定本のあとを承けるかたちで、巻二十一から巻五十六までに頻出する。

079『熙朝雅頌集』十八例。081『羣雅集』十一例。

地方的な總集（故舊交友を含む）

江蘇：053『國朝松陵詩徵』四例。070『淮海英靈集』十一例。093『江蘇詩徵』三十七例。

浙江：028『檇李詩繫』二例。055『梅里詩輯』三例。056『越風』七例。058『金華詩錄』二例。071『國朝杭郡詩輯』十二例。076『兩浙輶軒錄』三十一例。105（二）『國朝杭郡詩續輯』二例。

江蘇・浙江：062『吳會英才集』十三例。

山西：『國朝山右詩存』一例、未詳。

山東：041『國朝山左詩鈔』十七例。083『國朝山左詩續鈔』八例。

江西：080『江西詩徵』八例。

湖南：115『沅湘耆舊集』三例。

廣東：084『粤東詩海』十二例。085（一）『嶺南羣雅』二十四例。098『國朝嶺海詩鈔』三十一例。113『楚庭耆舊遺詩』七例。『粤臺徵雅錄』二例、羅元煥輯、一八五〇道光三十年刊。『嶺表詩傳』二例、未詳。

全國的な文獻

『四庫提要』百九十六例、二百巻、一七八二乾隆四十七年敕撰。

『大清一統志』十七例、三百五十六巻、一七四四乾隆九年刊、重修四百二十四巻、一七九〇年刊。

『熙朝新語』四例、十六卷、余金輯、一八二四道光四年刊。

個人的著作

王士正（士禛）『居易錄』六例、一七〇一康熙四十年刊。同『池北偶談』二十二例、同上年刊。同『香祖筆記』二例、一七〇五年刊。朱彝尊『曝書亭集』九例、一七〇八年刊。同『靜志居詩話』十二例、一七一九嘉慶二十四年刊。王晫『今世說』十三例、一六八三年刊。陳廷敬『午亭文編』二例、一七〇八年刊。沈德潛『歸愚文鈔』七例、乾隆中刊。袁枚『隨園詩話』二十二例、一七九〇乾隆五十五年刊。同『小倉山房文集』十三例、一七九六嘉慶元年刊。鄭方坤『本朝名家詩鈔小傳』四十九例、一七九四年刊。彭紹升『二林居集』十一例、一七九九嘉慶四年刊。同『測海集』二十四例、一八一九年刊。王芑孫『惕甫未定稿』五例、一八〇四年刊。錢大昕『潛研堂文集』六例、一八〇六年刊。王昶『春融堂集』十九例、一八〇七年刊。姚鼐『惜抱軒文集』十九例、一八〇七年刊。惲敬『大雲山房文稾』六例、一八一一年刊。蔣士銓『忠雅堂集』四例、一八一六年刊。江藩『國朝漢學師承記』六例、一八一八年刊。趙懷玉『亦有生齋集』三例、一八一九年刊。『荻汀錄』十三例、撰者・刊年未詳。

地方志

八旗『八旗通志』。盛京『盛京通志』。山東『山東通志』。江蘇『江南通志』『揚州府志』『丹徒縣志』『崑山縣志』。安徽『安徽通志』。浙江『浙江通志』『杭州府志』『湖州府志』『嘉興府志』『紹興府志』。江西『贛州府志』。湖北『黃梅縣志』『廣濟縣志』『黃安縣志』。湖南『湖南通志』。福建『泉州府志』。廣東『廣東通志』『番禺縣志』『香山縣志』『龍門縣志』『新會縣志』『南海縣志』『順德縣志』『東安縣志』。

引用自著

『聽松廬詩話』『聽松廬文鈔』『松軒隨筆』『松心日錄』『松心文鈔』。

本集は、京大文學部、同東アジアセンター、京都府立大學、立命館大學、阪大懷德堂文庫、早大寧齋文庫、東洋文庫などに藏せられる。以上、我が國の少くとも七ヶ所の圖書館・文庫に八本が藏せられ、丁紙の亂落や文字の異同はわずかに見られるものの、原板は同一と思われる。また、楊家駱主編・歷代詩史長編の一つとして、題を『淸朝詩人徵略』と改められ、一九七一民國六十年に臺灣・鼎文書局から出版された景印本もある。

103 國朝閨秀正始集 二十卷・附錄一卷・補遺一卷、惲珠輯。一八三一道光十一年刊。

見返しには、中央の書名を「閨秀正始集」とし、右上に「道光辛卯（同十一年）鐫」、左下に「紅香館藏板」とある。

本集は、本敍錄では最初の、女性編輯者による女性詩家の總集である。

「正始」は、『詩經』「周南」の序に、「周南・召南は正始の道、王化の基なり（周南召南、正始之道、王化之基）」とあるのにもとづく。孔穎達の正義は、「文王 其の家を正し、而る後に其の國に及ぶ、是れ其の始めを正すなり（文王正其家、而後及其國、是正其始也）」とする。

惲珠は、字は珍浦、また星聯、晩號は蓉湖道人、江蘇常州府陽湖縣の人、一七七一～一八三三。惲毓秀の女。滿洲旗人で山東泰安府知府となった完顏廷璐に嫁いだ。その長子完顏麟慶は一八〇九嘉慶十四年の進士で、湖北巡撫、河南河道總督などを歷任した。

はしがきは「弁言」と「序」二篇からなる。まず編者の「弁言」の年記と署名は「道光九年歲次屠維赤奮若（己丑）如月（二月）長白完顏惲珠書於大梁道署補梅書屋」となっている。おそらく河南開封の、長子の官舍においてのことだろう。

昔孔子 詩を刪るに閨秀の作を廢せず。後世の鄉先生は每に、婦人女子は酒漿縫紝を職司するのみ、と謂う。知らず、『周禮』に「九嬪は婦學の法《ほっ》を掌る」と。婦德の下に、繼ぐに婦言を以ってす。（婦言の）言は固より辭章の謂いに非ず、辭章を離れざらんと要する者是れに近ければ、則わち女子の詩を學ぶは、庸《あ》に何をか傷《そこな》わんや（昔孔子刪詩、不廢閨秀之作。後世鄉先生、每謂婦人女子職司酒漿縫紝而已。不知周禮、九嬪掌婦學之法。婦德之下、繼以婦言。言固非辭章之謂、要不離乎辭章者近是、則女子學詩、庸何傷乎）。

『周禮』天官の原文は、「九嬪、掌婦學之灋、以敎九御。婦德・婦言・婦容・婦功、各帥其屬」である。

余 年の齠齔に在るに、先大人以爲えらく、當に書を讀み理を明らむべしと。遂に命じて二兄と同《とも》に家塾に學ばしめ、四子・孝經・毛詩・爾雅の諸書を受く。少《や》や長じて、先大人 親《みずか》ら古今體詩を授け、諄諄として正始を以って敎えと爲す。余始めて稍や吟詠を學び、閨中の傳作較《や》や鮮なきに因り、針黹の餘、偶たま名媛の各集を得れば、輒わち一二を手錄し、以って心儀に誌す（余年在齠齔、先大人以爲當讀書明理、遂命與二兄同學家塾、受四子・孝經・毛詩・爾雅諸書。少長、先大人親授古今體詩、諄諄以正始爲敎。余始稍學吟詠、因閨中傳作較鮮、針黹之餘、偶得名媛各集、輒手錄一二、以誌心儀）。

丙戌（道光六年）冬、大兒麟慶 防河の偶たま暇なるに、余の舊篋に存する所、及び閨秀の諸もろの同調投贈の作、幷びに近日得る所の各集を檢べ、鈔錄して帙を成し、計りて國朝閨秀詩三千餘首を得、請うて諸れを棗氏に付し、以って流傳を廣む（丙戌冬、大兒麟慶防河偶暇、檢余舊篋所存、及閨秀諸同調投贈之作、幷近日所得各集、鈔錄成帙、計得國朝閨秀詩三千餘首、請付諸棗氏、以廣流傳）。

「序」その一の年記と署名は「道光己丑（同九年）仲夏、若耶女史汪潘素心謹序」である。汪潤に嫁いだのでこの表記にしている。潘素心は、字は虛白、浙江紹興府山陰縣の人、一七六四～?。

是の編 詩は千七百首を下らず、計九百餘人なり。凡そ浮華靡麗の什は概して置きて錄する弗し。且つ詩を以って存せず、人を以って傳うる者有り（是編詩不下千七百首、計九百餘人。凡浮華靡麗之什、概置弗錄。且有不以詩存、而以人傳者）。

詩家の實數は九百二十九人、詩篇のそれは千七百三十六首である。九十一年後の一九二二民國十一年刊139『清代閨閣詩人徵略』の千二百六十三人と對比するとき、この時代としては網羅というに近いものであろう。

「序」その二の年記と署名は「道光十一年歲次辛卯夏五月既望、宛平黃友琴謹序」である。黃友琴の字は美心、直隸順天府宛平縣の人。

女子の詩に於けるは男子に較べて尤も近しと爲す。何ぞや。男子は四方を以って志と爲し、德を立て功を立て、畢生殫《つ》くる莫く、吟詠の一端は宜しく其れを餘藝と視爲《みな》すべし。女子は則わち衣服を供し酒食を議するの外、固より暇時多く、又た門內にて外事に與《あずか》ること罕にして、離合悲喜の感發、往往にして諸れを篇什に形《あら》わす（女子之於詩、較男子爲尤近。何也。男子以四方爲志、立德立功、畢生莫殫、吟詠一端、宜其視爲餘藝。女子則供衣服議酒食而外、固多暇時、又門內罕與外事、離合悲喜之感發、往往形諸篇什）。

「例言」十一則のうちから三則をあげておく。

一、「卷中の提行欵式に至りて、敬して参仿（至卷中提行欵式、敬参仿）」するのは、079『熙朝雅頌集』と045『國朝詩別裁集』（欽定本）の「體例」であること。「列聖の廟諱に恭遇すれば、敬して史館の成規に遵い、元・允・宏・容等の字を以って之れに代う（恭遇列聖廟諱、敬遵史館成規、以元允宏容等字代之）」こと。それぞれ、玄燁（康熙帝）・胤禛（雍正帝）・弘暦（乾隆帝）・顒瑞（嘉慶帝）の避諱である。「御名の下の一字は、謹んで缺筆に遵う（御名下一字、謹遵缺筆）」。「惟だ人名に遇わば、請うに甯字を以って代書せん（惟遇人名、請以甯字代書）」。これは、姓の寧を甯として旻寧（道光帝）を避けようというのだろう。

二、「我が朝 閨秀詩を專選する者（我朝專選閨秀詩者）」として次の七種をあげている。(1)「王西樵『然脂集』」は王士祿輯。『四庫提要』卷百九十七・集部・詩文評類存目に「然脂集例一卷」として著錄されるものだろう。(2)「陳其年『婦人集』」は陳維崧輯。『淸史稿』藝文志・集部・總集類に「婦人集一卷」とある。(3)「胡抱一『名媛詩鈔』」は、『本朝名媛詩鈔』六卷のこと。胡孝思と朱珖の共輯で、一七六六乾隆三十一年序刋本が內閣文庫に藏せられる。(4)「汪心農『擷芳全集』」は汪穀輯。061『擷芳集』の汪啓淑と同じく安徽の人で、兩者には近い關係が感じられるが、詳しいことは分からない。(5)「蔣涇西『名媛繡鍼』」は、本名ほか未詳。(6)「許山臞『雕華集』」も、本名ほか未詳。さらに「女史」の編輯になるものとして、(7)「王玉映『名媛詩緯』」をあげている。王端淑、字は玉映、號は映然子、浙江山陰縣の人。王思任の女、諸生丁肇聖の妻。その名はつとに011『天下名家詩觀』初集・卷十二に見え、本集卷二にも載る。なお、067『隨園女弟子詩選』所收の詩家がほとんど採られているにもかかわらずこの集の名が出されていないのは、編者が袁枚にたいして含むところがあってのことだろう。

三、「靑樓失行の婦人は每に風雲月露の作多し。前人の諸選は津津として道《い》うを樂しむも、玆の集は錄せず。然れども柳（如）是……諸人の如きは、實に能く晚節を以って蓋わる。故に國家旌旌の例に遵い、選んで附錄に入れ、以って節取を示す（靑樓失行婦人、每多風雲月露之作。前人諸選津津樂道、玆集不錄。然如柳是……諸人、實能以晚節蓋。故遵國家准旌之例、選入附錄、以示節取）」。「附錄」に入れられるのは、これら「出籍名妓」のほか、「淸修尼」「女冠」と「朝鮮國閨秀」などである。

本集は、京大文學部、阪大懷德堂文庫、坦堂文庫に藏せられる。

104

（一）批點七家詩選箋註　七卷、張熙宇輯評。一八三二道光十二年弁言、一八六〇咸豐十年刊。

見返しには、右二行の書名の下に「聚錦旭記藏板」とあり、左二行に七家の籍貫・姓名、上段に横書きで「咸豐庚申年（同十年一八六〇）鐫」とある。「弁言」の年記と署名は「道光壬辰（同十二年）秋九月、玉田張熙宇書」である。實用書に近い書物であるから、「弁言」が書かれてまもなく出版されたと思われる。078（二）『九家試律詩鈔箋略』で、144『晩晴簃詩匯』卷九十六・吳錫麒に關する「詩話」を引用したが（三二九頁）、この引用に續く文に、「道光壬辰、峩眉の張熙宇玉田『七家詩』を輯す」として七家の籍貫・姓名・字號を列擧している。このテキストは、原本「七家詩」に「箋註」を施したもののようにおもえるが、未調査・未確認のまま記録しておく。

張熙宇は、字は玉田、四川嘉定府峩眉縣の人。「弁言」を書いた翌道光十三年に進士となった。のち一八五〇道光三十年に甘肅按察使、翌咸豐元年に安徽按察使をつとめた。

「凡例」七則の一つには、「茲の集 止《た》だ限るに七家を以ってするは、試帖の工み 遂に此れに盡くと謂うに非ず。此の選を錄して家塾の課本と爲し、兒輩の誦習 義は精を求むるに在るを起見し、故に收むる所は復た多く及ばず（茲集止限以七家者、非謂試帖之工遂盡於此。錄此選爲家塾課本、起見兒輩誦習、義在求精、故所收不復多及）」と斷っている。

七家は左のとおりである。各家につき各一卷。

1、王廷紹『澹香齋試帖』四十六首。字は楷堂、直隸順天府大興縣の人、一七九九嘉慶四年進士ののち翰林庶吉士。

2、那清安『修竹齋試帖』五十七首。字は慎修、滿洲正白旗人、一八一一年進士。

3、劉嗣綰『尙絅堂試帖』四十四首。字は醇甫、號は芙初、江蘇常州府陽湖縣の人、一八〇八年進士ののち翰林庶吉士。

4、路德『檉花館試帖』三十九首。字は閏生、陝西西安府盩厔縣の人、一八〇九年進士ののち翰林庶吉士。

5、楊庚『桐雲閣試帖』五十一首。字は少白、また星山、四川瀘州江安縣の人、一八一三年擧人。
6、李惺『西漚試帖』三十三首。字は伯子、四川忠州墊江縣の人、一八一七年進士ののち翰林庶吉士。
7、陳沆『簡學齋館課試律存』四十首。字は太初、號は秋舫、湖北黃州府蘄水縣の人、一八一九年狀元。

本集は、國會圖書館に藏せられる。

104 （二）七家詩帖輯註彙鈔　九卷、張熙宇輯評、王植桂輯註、一八七〇同治九年刊。

封面には書名のみ大書され、見返しに「同治九年夏卯月、板藏京師瑠璃廠」とある。

張熙宇輯「七家詩」にたいして、王植桂が、路德の試帖のみは既成の輯註を「輯錄」するにとどめ、他の六家の試帖に「輯註」を施し、楊庚・李惺については各二卷とした。

王植桂は、字は馨山、直隸順天府大城縣の人。一八三九道光十九年に童試を受け、一八五九咸豐九年に擧人となった。その「例言」十則の年記と署名は、「同治丙寅（同五年）重九前五日、大城王植桂馨山氏謹識」である。その第十則に次のように記す。

余 初學の時、祜庭・東甫の兩兄（ともに名は不明）授くるに此の集（「七家詩」原本）を以ってし、一作を讀む每に輒わち桂に命じて輯註せしむ。然れども家に曹倉（曹曾のごとき書倉）鮮なく、腹に邊笥（邊韶のごとき書笥のなき）を慚ず。賴《さいわ》いに兩兄 時に指正有り、以って業を卒うるを得たり。惜しむらくは、草稿甫《はじ》めて脱するに兩兄は卽わち相い繼ぎて世を謝《さ》る。故に因循すること數年、終に定本に非ざるなり（余初學時、祜庭・東甫兩兄授以此集、每讀一作、輒命桂輯註。然家鮮曹倉、腹慚邊笥。賴兩兄時有指正、得以卒業。惜草稿甫脱、兩兄卽相繼謝世、故因循數年、終非定本也）。

序文は二篇あり、うち一篇の年記と署名は、「道光歳次庚戌（同三十年一八五〇）端陽後十日、同邑任聯第杏田氏拜書」と、確かに早い時期に書かれている。任聯第は王植桂の兄たちと「莫逆の交わりを爲した（余與馨山諸昆爲莫逆交）」間柄だという。「近く張君玉田の『七家詩』の刻有り。其の評選は精當にして允に遺憾無し（近有張君玉田七家詩之刻。其評選精當、允無遺憾）」としながらも、輯註は路徳の試帖以外にはなく、「讀者の每《つね》に以って恨みと爲す（讀者每以爲恨）」と記す。

序文の他の一篇の年記と署名は、「同治六年歳在丁卯、同邑年世愚弟劉湗年頓首拜序」である。劉湗年は、王植桂とは郷試同年で、翌一八六〇咸豐十年に進士となった。都で「賢士大夫」と交遊するうち、「張君玉田の『七家詩』の刻は洵に津梁とするに足る（張君玉田七家詩之刻、洵足津梁）」ことに話がおよび、「竟に之れが註を爲す者無き（竟無爲之註者）」ことを惜しみ、王植桂に「夙に輯して是の編有るを知る（予夙知馨山輯有是編）」ことから、出資者をつのって刊行におよんだという。

本集は、京大東アジアセンターと國會圖書館に藏せられる。

なお、書名を『增註七家詩彙鈔』と兪樾の書で記した排印本が、一八九二光緒十八年、上海圖書集成印書局から刊行されている。内容は變らない。「增註」とは、王植桂の輯註をさす。京大東アジアセンターに藏せられる。

また、『批點增註七家詩選』七巻が、張熙宇訂、旭昶輯として、王潤生が一八八〇光緒六年に刊行した掃葉山房藏板もある。國會圖書館に藏せられる。

105（一）國朝杭郡詩輯　三十二卷、吳顥原輯、吳振棫重輯。一八三〇道光十年以後刋、一八七四同治十三年重校刋。

吳顥原輯の071『國朝杭郡詩輯』十六卷本にたいして、三十年後に、吳振棫が重輯をおこなった（三〇五頁參照）。しかし重輯原刻本も火に燬かれ、重校ののち刋行された。見返しに、「吳氏原刻燬于咸豐辛酉之歲（同十一年一八六一）、越十三年、同治甲戌（同十三年）同里丁氏重校刋行」とある。

吳振棫は吳顥の孫で、字は仲雲、號は毅甫、また再翁、浙江杭州府錢塘縣の人。一八一四嘉慶十九年の進士。本集編輯ののち、一八四三道光二十三年に貴州按察使、一八五八咸豐八年に雲貴總督となった。一七九三～一八七一。

本集は、原輯十六卷にたいして、卷立てをより細分して三十二卷とし、小傳や採詩に新たな增加をほどこした。配列替えでは、例えば原輯卷十四「勝國遺民」の談遷を、卷二「前明遺老、入國朝有年者」に移している。收錄詩家は、原輯の千四百九人にたいして、本集の「總目」に「凡一千三百九十人」としるす。あらためての序文がないのでよくは分からないが、原輯から削られた十九人は、何らかの形で明に仕官した人物かと思われる。

本集は、京大東アジアセンター、阪大懷德堂文庫、國會圖書館、早大寧齋文庫、靜嘉堂文庫に藏せられる。

105（二）國朝杭郡詩續輯　四十六卷、吳振棫輯。一八三四道光十四年刋、一八七六光緒二年重校刋。

重校本の見返しには、「錢唐吳氏原刻本、光緒丙子（同二年）閏五月、同里丁氏重校刋」とある。

自序には署名のみ「錢唐吳振棫毅父氏序」とあり、年記はない。右の刋年は、134『國朝杭郡詩三輯』の序文に「刋は道光甲午（同十四年）の歲に成る（刋成於道光甲午之歲）」とあるのによる。ただし卷十四所收の道光十五年科目者に先んじることになる。

自序はまず『國朝杭郡詩輯』の071十六巻原輯本、および105（一）三十二巻重輯本に言及する（三〇五頁の引用文を參照）。つづけて次のようにのべる。

伏して念うに順（治）康（熙）以來、（祖父呉顥の）原輯に閒ま脱漏有り。先大父嘗て續輯を爲すも未だ成書に及ばず。庚申（原輯刊行の一八〇〇嘉慶五年）自り今を去ること三十年を踰え、名卿耆宿、魁儒雋流は、飄忽として殂謝し、計數す可からず、遂に復た捜羅編次して一千七百五十八人を得、續輯四十六巻と爲す（伏念順康以來、原輯閒有脱漏。先大父嘗爲續輯而未及成書。自庚申去今踰三十年、名卿耆宿、魁儒雋流、飄忽殂謝、不可計數、遂復捜羅編次得一千七百五十八人、爲續輯四十六巻）。

「草稿既に定まり、官に補せられて北行（草稿既定、補官北行）」することになり、あとを、同じく錢塘縣の汪遠孫（字は久也、號は小米）に、ついで弟の汪适孫（字は亞虞、號は又村）に託して完結させた。

續輯とはいえ原輯の「脱漏」を補うから、巻一・五十人は「順治朝有科目者」、巻二・四十三人は「順治康熙閒人」と清初から始まり、巻四十・十八人の「道光元年辛巳（一八二一）至十五年乙未（一八三五）以科目爲次」に及び、閨秀・方外で終巻となる。

本集は、京大東アジアセンター、阪大懷德堂文庫、國會圖書館、早大寧齋文庫、靜嘉堂文庫に藏せられる。

106　蘭言集　十二巻、趙紹祖輯。一八三三道光十三年編者歿年時既刊。

見返しには、中央に書名が大書され、左下に「古墨齋藏板」とある。

書名を「蘭言」とするのは、094『蘭言集』（謝堃輯）についで二つめである。本集には序例のたぐいがまったくない。

各巻冒頭の署名は、「江南涇縣趙紹祖琴士手鈔、男國楨・孫同璋仝校」とする。

趙紹祖は、字は繩伯、號は琴士、安徽寧國府涇縣の人、一七五二～一八三三。その『琴士詩鈔』十二巻では、見返しの年記を「道光壬辰年（同十二年）鐫」とするのにたいして、「趙琴士徵君傳」の年記を「道光十有六年」とする。この『詩鈔』に、陶澍の「趙君墓誌銘」が載せられている。陶澍は、字は子霖、湖南長沙府安化縣の人、一七七八～一八三九、である。

その墓誌銘によると、趙紹祖は、一七七一乾隆三十六年・二十歳、安徽學政の朱筠（字は竹君、號は笥河、直隷順天府大興縣の人、一七二九～一七八一）に認められて縣學に入り、廩膳生となった。しかしその後は十數回の鄕試に受からず、「遂に八比の藝を棄て去り、力を經史百家、及び碑版書畫の屬に専らにす（遂棄去八比藝、專力於經史百家、及碑版書畫之屬）」。一八二一道光元年、制科の一つである孝廉方正科に安徽布政使陶澍の薦擧を受けたが、「年已に七十にして北上するを欲せず（年已七十、不欲北上）」。道光三年、陶澍が安徽巡撫となり、『安徽通志』の編輯が始まると、「遂に纂輯の事を以って君を任ず（遂以纂輯事任君）」。職歴としては、安徽省内の滁州・廣德の兩直隷州での訓導、ついで同省内の池州府・太平府の兩書院での主講のみである。著書は、特に史學方面での「樸學」、すなわち考證學關係のものが多いが、「又た其の生平の師友の詩を輯めて『蘭言集』十二巻と爲し、文は『同心集』一巻と爲し、……皆な世に行わる（又輯其生平師友詩爲蘭言集十二卷、文爲同心集一卷、……皆行于世）」。この墓誌銘には年記がないが、趙紹祖の歿後まもなくの撰であろうから、本集がその生前にすでに刊行されていたと考えていいだろう。

本集は、全十二巻のうちに百二十一家を收錄する。配列はほとんど年齢順かとおもわれる。巻一筆頭に袁枚（一七一六～一七九七）を置き、小傳のあとの私記に、「余 隨園の門に往來すること十餘年、未だ敢えて自ら弟子の列に附せずと雖も、然れども亦た竊かに先生の緖論を聞けり（余往來隨園之門十餘年、雖未敢自附於弟子之列、然亦竊聞先生之緖論矣）」

云々と記す。ついで巻二に、姚鼐（一七三一～一八一五）、恩師の朱筠、巻三に法式善（一七五三～一八一三）、孫星衍（一七五三～一八一八）、巻四に阮元（一七六四～一八四九）、洪亮吉（一七四六～一八〇九）、巻七に「里人」朱琦（「趙琴士徵君傳」の撰者）、巻八に薦擧者の陶澍、巻十に王豫（一七六八～一八二六）、などの名が見える。

本集は京大文學部に藏せられる。

107　高郵耆舊詩存　初冊一巻・二冊一巻・附冊一巻・別冊一巻（詩餘一巻）、周敍・王敬之・夏崑林同輯。初冊・一八三四道光十四年序、二冊以下・一八三六年序刊。

高郵は江蘇揚州府高郵州。周敍は、字は雨窗、高郵の人、ほかは未詳。王敬之は、字は寬甫、高郵の人。貢生で、官は戸部主事に至る、一七七八～一八五六。王引之（字は伯申、一七六六～一八三四）の弟である。夏崑林は、字は瘦生、ほかは未詳。

序例のたぐいには、まず「徵刻高郵感舊詩集啓（高郵感舊詩集を徵刻するの啓）」があり、その年記と署名は、「道光十年（一八三〇）歲在庚寅、邑後學雨窗周敍謹啓」である。この啓は、「敍丙子の歲（嘉慶二十一年一八一六）、文を徵するの小啓を成し、爰《ここ》に邑中の前輩の遺文を掇拾し、諸れを剞劂に付するを得たり（敍丙子歲成徵文小啓、爰得掇拾邑中前輩遺文、付諸剞劂）」で始まる。このあと、「茲こに敍 前輩の遺詩を掇拾して『感舊集』を爲さんと欲す。王子寬甫 既に余が助を爲すを許《みと》め、而して又た老師宿儒、曁び諸もろの同志 代わりて采訪を爲すを得、以って業を卒うる可きに庶幾《ちか》きか（茲敍欲掇拾前輩遺詩、爲感舊集。王子寬甫既許爲余助、而又得老師宿儒、曁諸同志、代爲采訪、庶幾可以卒業乎）」とのべる。

ついで「高郵耆舊詩存初冊序」として、年記と署名を、「道光甲午（同十四年）嘉平月、里人宋茂初拜手謹題」とするものがあり、右の啓文をなぞって、周敍が王敬之と「共訂」したことをのべる。また「高郵耆舊詩存初册跋」の年記と署名は「道光十有四年初夏、邑後學王敬之謹書」である。書名を變更した理由を、「漁洋山人栞する所の詩に014『感舊集』有るを攷《かんが》え、茲こに相い淆《まじ》るを恐る（攷漁洋山人所栞詩有感舊集、茲恐相淆）」とし、「初册」とするのは、「此の後に或いは人後に人を補い、或いは人後に詩を補う（此後或人後補人、或人後補詩）」ことを考えてのことだとする。

「初册說畧」八則では、一つに、070『淮海英靈集』に高郵の詩人も數多採られているので、「茲こは其の姓名の采外する所に在る者を取り、以って文獻の缺を補う（茲取其姓名在所采外者、以補文獻之缺）」こと、ただし『高郵州志』に載る者は「復たとは錄載せず（不復錄載）」とする。また一つには、「初册」に載せるのは、「沒世の乾隆乙卯（同六十年一七九五）以前に在るの諸家を以って斷と爲す（此册所載、以沒世在乾隆乙卯以前諸家爲斷）」と斷っている。以上、「初册」には、元・明の各一人を除き、清人三十四家を載せる。

「二册序」の年記と署名は、「道光十六年七月、後學王敬之記」である。「初册」を編輯した翌年、夏崑林がやって來、「共に搜葺し、因りて更に三人の得る所に就き、錄して『二册』と爲す（共搜葺、因更就三人所得、錄爲二册）」とする。それが「嘉慶を以って限りと爲す（以嘉慶爲限）」とするのは、次の「附册序」においてである。以上、「二册」には、元人一人を除き、清人八十二家を載せる。

「附册序」の年記と署名は、「道光十六年十月、周敍序」である。「道光十餘年來」に「怛化」した人たちを載せるとする。夏崑林の父夏紀堂、周敍の兄周敏を含め九家である。

「別册序」の年記と署名は、「道光十六年七月、後學夏崑林序」である。「別」とは「初册の例に別かつなり（別於初册之例也）」の謂いだとする。宋から明までの五家をのぞき、清人三家を載せる。

以上、四册をあわせた收錄人數は百二十八家である。

本集は京大東アジアセンターに藏せられる。

108　國朝閨秀正始續集

十卷・附錄一卷・補遺一卷（輓詩一册）、惲珠輯、妙蓮保・佛芸保編校。一八三六道光十六年刊。

見返しは、103『國朝閨秀正始集』に準じて、「閨秀正始續集」とし、右上に「道光丙申鐫」つまり同十六年刊、左下に「紅香館藏板」とある。各卷の掲出は、「完顏惲珠珍浦選、女孫妙蓮保・佛芸保編校」である。

妙蓮保は惲珠の孫女で、その父は完顏麟慶であろう。佛芸保については分からない。本集成立の經緯や內容は、その「小引」に詳しい。年記と署名は、「道光十有五年歲次乙未七月、孫女妙蓮保謹誌」である。

道光癸巳（同十三年）夏四月十有四日、祖慈 病 革《あらた》む。一編を手にして相い授けて曰わく、「此れは吾れ『正始集』を刊行して後、四方の女士 風を聞きて投贈し、曾て點定を爲すこと一過、續刻に入るるを允《みと》む。今病めり。恐らくは起つこと能わざらん。但だ聖賢に宿諾無く、佛家は誑言を戒め、來者の心に負く可からず。汝其れ另《わ》かち錄して以って吾が志を成せ」と（道光癸巳夏四月十有四日、祖慈病革。手一編相授曰、此吾刊行正始集後、四方女士聞風投贈、曾爲點定一過、允入續刻。今病矣、恐不能起。但聖賢無宿諾、佛家戒誑言、不可負來者之心。汝其另錄以成吾志）。

今に越ゆること三載、嚴慈（ちち）服闋の禮成る。乃わち二親に復た檢定を加えんことを請う。其の祖慈の手づから訂《ただ》す所の者は一として增減する無く、共に十卷を得、又た一卷を附錄し、計《あわ》せて四百五十九人、詩九百一十九首なり。吾が母 復た補遺一卷を輯し、一百三十四人、詩三百十首を得たり。末に輓詩一册を附し、以って雅誼を志《しる》す（越今三載、嚴慈服闋禮成。乃請於二親復加檢定。其祖慈所手訂者、一無增減、共得十卷、又附錄一卷、計四百五十九人、

詩九百一十九首。吾母復輯補遺一卷、得一百三十四人、詩三百十首。末附輓詩一册、以志雅誼）。

「附録」は、前集同様、「里居姓氏無攷閨秀」「清修尼及女冠」「出籍名妓」の人々である。

序文は二篇あり、その一の年記と署名は、「道光十五年乙未伏日、若耶女史汪潘素心謹序」、すなわち前集のその一の序文の撰者である。惲珠が「汴梁の官舍」、すなわち長子麟慶の任地先で亡くなったこと、その翌年秋、妙蓮保から、續集刊行の「遺命」があった旨の郵書を得たことをのべ、最後に、「余 太夫人と交わりを訂《さだ》むること二十餘年、始めて聯吟し、繼ぎて贈別し、既にして哭輓し、一刹那の頃、恍なること夢幻の如し（余與太夫人訂交二十餘年、始而聯吟、繼而贈別、既而哭輓、一刹那頃、恍如夢幻）」と結ぶ。

序文その二の年記と署名は、「道光十六年丙申二月、平江女弟子金翁瑛謹序」である。「平江」は江蘇蘇州府呉縣の雅稱。金堤の妻である。「江南の寒族にして讀書を喜び、丹青を嗜む（江南寒族、喜讀書、嗜丹青）」自分が、「任に豫中に隨うに比《およ》び（比隨任豫中）」、つまり夫の任地である河南に赴くことになり、道光六年にあたる「丙戌の秋、太夫人 才を憐れむを以って訪いを下さり、遂に贄を門牆に執るを得たり（丙戌秋、太夫人以憐才下訪、遂得執贄門牆）」とする。

本集は阪大懷德堂文庫に藏せられる。

109　國朝畿輔詩傳　六十卷、陶樑輯。一八三九道光十九年刋。

見返しには、中央の書名をはさんで、右上に「道光己亥」、すなわち同十九年、左下に「紅豆樹館藏板」とある。「畿輔」は直隸である。順天・保定・正定・大名・順德・廣平・天津・河間・永德・朝陽・宣化の十一府のほか、直隸州七、直隸廳三、などを領する。

431　109　國朝畿輔詩傳

陶樑は、字は甯求、號は鳧薌（一に郷に作る）、江蘇蘇州府長洲縣の人、一七七二～一八五七。王昶077『湖海詩傳』の編輯に協力し、一八〇三嘉慶八年・三十二歳に刊行された。一八〇八・三十七歳に進士。本集の自序の年記は「道光戊戌三月」、同十八年・六十七歳である。署名の肩書きを全て示すと、「賜進士出身、前翰林院編修、日講起居注官、國史館提調、直隷清河道・署按察使司按察使、知大名府事、長洲陶樑」である。前の三つが「京師」においてであり、後の二つが「畿輔」においてである。「官を斯こ（畿輔）に繫ぐこと前後凡そ二十三載（繫官於斯、前後凡二十三載）」であった。

自序の始めには、「畿輔は輦轂の近地爲り、之れを前漢に較ぶれば廼わち左馮翊右扶風なり。其の沐浴を聖化に比《およ》び、而して以って至意を仰承し、休明を鼓吹する者は尤も他省の跂及す可き所に非ず（畿輔爲輦轂近地、較之前漢、廼左馮翊右扶風、比其沐浴於聖化、而以仰承至意、鼓吹休明者、尤非他省所可跂及）」とのべ、終わりには、「樑不材なりと雖も、顧って以って入りて禁林に侍し、出でて大郡を典《つかさど》る。職を奉ずること棐忱（補佐の誠實）、遺佚を蒐訪し、輶軒使者の俯采を備えんことを冀う。蓋し風なるも、雅頌は其の中に在り（樑雖不材、顧以入侍禁林、出典大郡。奉職棐忱、蒐訪遺佚、冀備輶軒使者之俯采。蓋風也、而雅頌在其中矣）」と記す。

「凡例」十二則より。

その十二、成書の經緯について。「風を采り俗を問う、職は史官に在り。余畿輔に備員（仕官）すること二十餘年、毎《つね》に車輶の經る所、即わち心を蒐訪に留む。嗣いで崔明府（知縣）旭・高孝廉（擧人）繼珩、家に舊本有るを聞き、因りて各おの藏する所を出だし、互いに考證を爲す。復た書を各府州縣の廣文（學校）中の志を同じくする者に馳せ、詳しく采輯を加う（采風問俗、職在史官。余備員畿輔二十餘年、每車輶所經、即留心蒐訪。嗣聞崔明府旭・高孝廉繼珩、家有舊本、因各出所藏、互爲考證。復馳書各府州縣廣文中之同志者、詳加采輯）」。このことについて144『晩晴簃詩匯』巻百十九・陶樑の項で徐世昌は、「道光初、崔念堂・高寄泉、畿輔の詩を采輯するも未だ成らず。鳧郷 大名に守たり、寄泉を署齋に延《ひ》き、子に課して梅樹君・邊袖石と選事を商榷し、詩八百六十餘家を得、『畿輔詩傳』六十卷を刋す（道光初、崔念堂・高寄泉采輯畿輔詩未成。鳧郷守大名、延寄泉於署齋、課子與梅樹君・邊袖石商榷選事、得詩八百六十餘家、刋畿輔詩傳六十卷）」と記し、あわせて陶樑の次のような題の七言律詩二首をのせる。「道光丙申（同十六年）余に『畿輔詩傳』の選有り。梅樹君學博（學官）・崔念堂大令（知縣）先後して郡に來たり、實に此の擧を襄《な》し成す。繼いで各おの事に因りて別去し、其の行に于いてや賦し贈る（道光丙申、余有畿輔詩傳之選。梅樹君學博・崔念堂大令、先後來郡、實襄成此擧。繼各因事別去、于其行也賦贈）」。崔旭は『晩晴簃詩匯』卷百十四に見え、字は曉林、號は念堂、直隷天津府慶雲縣の人。一八〇〇嘉慶五年の擧人。山西隰州府下の蒲縣知縣となったのが大名府時代の前か後かは分からない。高繼珩は123『國朝正雅集』卷六十五に見え、字は寄泉、直隷順天府寶坻縣の人。一八一八嘉慶二十三年の擧人。陶樑の招きで大名府學の教諭となった。梅樹君は、名は成棟、095『津門詩鈔』の編者である。邊袖石は、名は浴禮。『晩晴簃詩匯』卷百四十五に見え、直隷河間府任邱縣の人。本集刋行後の一八四四道光二十四年の進士である。

「凡例」その一、「茲こに選ぶは順治丙戌（同三年一六四六）自り道光丁酉（同十七年一八三七）に迄《いた》り、共に八百七十五家を得、彙《あつ》めて六十卷を成し、畧ぼ『昭明文選』の例に倣いて生者は錄せず（茲選自順治丙戌迄道光丁酉、共得八百七十五家、彙成六十卷、畧仿昭明文選之例、生者不錄）」。

その三、「順治丙戌の會榜、凡そ一百餘人を得たり（順治丙戌會榜、凡得一百餘人）」。「而して高陽の相國は勛業巍然たりて、……卷首に列ぶ（而高陽相國勛業巍然、……列於卷首）」。李霨（字は坦園、保定府高陽縣の人で、戸部尚書、一六二五～一六八四）を單獨で卷一に据える。卷二には二人、魏裔介（字は石生、趙州直隷州栢鄉縣の人、一六一六～一六八六）

と、魏象樞（字は環極、一六一七～一六八七。その出身地宣化府蔚州は、一七二八雍正六年、山西大同府から直隷に移屬された）である。

その四、「山林の隱逸」。「容城の孫奇逢の如きは……自ら勝國の遺民と謂うも、『畿輔通志』は儒家の首に列ぶ（如容城孫奇逢……自謂勝國遺民、而畿輔通志列於儒家之首）」。巻九に孫奇逢（字は啓泰、保定府容城縣の人、一五八四～一六七五）とその門人たちを列べる。

その五、「八旗の京師に分駐する氏族は……前に079『熙朝雅頌集』に見え、……洵《まこと》に長白の宏大を萃め、盛京の傑作を標《しる》すに足る（八旗分駐京師氏族……前見熙朝雅頌集、……洵足萃長白之宏大、標盛京之傑作）」。

その七、「諸家の選本を歴觀するに、往往にして南に詳らかにして北に畧《はぶ》かる。知らず、詩人の何れの地にか蔑《ないがし》ろの有るを（歴觀諸家選本、往往詳于南而畧于北。不知詩人何地蔑有）」。「近日朱文正・紀文達・翁覃溪三公の詩集の如きは、高文典册にして以って休明を鼓吹するに足る（近日如朱文正・紀文達・翁覃溪三公詩集、高文典册、足以鼓吹休明）」。それぞれ單獨で、朱珪（字は石君、順天府大興縣の人、一七三一～一八〇六）は巻三十七に、紀昀（字は曉嵐、河間府河間縣の人、一七二四～一八〇五）は巻四十二に、翁方綱（字は正三、大興縣の人、一七三三～一八一八）は巻三十九に列ぶ。

その九、「徵引書目」。「史傳・志乘・碑銘・誌狀」から「叢書・薈說・瑣事・遺聞」に及ぶ「共に百十餘種」が列擧される。最初は『明史』『欽定四庫全書提要』『畿輔通志』『太學題名碑錄』などから始まり、中間には、本敍錄でとりあげた總集も數多く見え、最後は、李簡『歴代畿輔詩選』、梅成棟『津門詩鈔』で終わる。

その十、「詩は專集を以って重しと爲す。其の選本自り得たる者は零章碎句にして未だ能く全豹を窺見せず（詩以專集爲重。其得自選本者、零章碎句、未能窺見全豹）」として、「共に五百餘種」を列擧する。本集收錄の「八百七十五家」のうちの五百餘がそれぞれの別集によって選錄されたことを意味する。

本集は、京大東アジアセンター、立命館大學（西園寺文庫）、早大寧齋文庫、靜嘉堂文庫に藏せられる。

110 粵十三家集　百八十二巻（うち清人四家四十一巻）、伍元薇（改名崇曜）輯。一八四〇道光二十年刊。

封面には書名のみを記し、見返しに「道光廿年九月南海伍氏開雕」とする。本集は廣東の十三人の詩集を收録する。その內譯は、宋が李昴英・趙必瑑・區仕衡の三家、明が李時行・黎民表・區大相・陳子壯・黎遂球・陳子升の六家、清が方殿元・梁佩蘭・王隼・易宏の四家である。

伍元薇は、のち改名して崇曜、字は紫垣、廣東廣州府南海縣の人。縣學の廩生、一八一〇～一八六三。一八九二同治十一年刊『南海縣志』巻十四・列傳によると、伍家の先世が福建より廣東に移住し、父伍秉鑑は國の內外の貿易によって「手に貨利の樞機を握る者數《こと》十年（手握貨利樞機者數十年）」であった。その碑文は阮元が兩廣總督時代（一八一七嘉慶二十二年～一八二六道光六年）に書いた。伍元薇も、「先志を仰承し、公家に急有れば必らず臂を攘いて先を争う。道光廿年自り後、地方に事多く、庫帑の支絀《かが》み、已むを得ず資を商人に借るに、諸商人は又た伍氏を推して首と爲す（仰承先志、公家有急、必攘臂爭先。自道光廿年後、地方多事、庫帑支絀、不得已借資商人、諸商人又推伍氏爲首）」と記される。

その文化事業は廣東先賢の發掘を主とする。『嶺南遺書』は、「序」が一八三一道光十一年に書かれ、「後序」が一八四七年に書かれているが、この十七年の間に、漢から明に至る二十四種と清の二十九種の「遺書」が收録されている。その「後序」には、「復た其の間に於て『粵十三家集』の刻有りて、別集較《や》や繁きなり。113『楚庭耆舊遺詩』前後集の刻有りて、近賢同《とも》に愛するなり（復於其間有粵十三家集之刻焉、別集較繁也。有楚庭耆舊遺詩前後集之刻焉、近賢同愛也）」とのべる。

本集は、淸人についていえば、四家の各別集の合冊である。その自序の年記と署名は、「道光庚子（同二十年）小春、後學伍元薇謹序」である。

淸初の作風と詩人について。「明季　滄桑自りして後、南中（嶺南）の風雅は彌いよ新たに、轉《うた》た益を多師に獲、屑《いさぎよ》く材を異地に借る。陳獨漉（名は恭尹、一六三一～一七〇〇）の集は業《すで》に巖野（陳邦彥の號、廣州府順德縣の人、一六〇三～一六四七）の繼聲爲り、程湟溱（名は可則、一六二四～一六七三）の詩は蘇齋（未詳）の減色爲らず。同《とも》に屈・鄺（屈士燝一六二七～一六七五・屈士煌一六三〇～一六八五の兄弟と、鄺露一六〇四～一六五〇）の鶴唳猿吟を悲しみ、竊かに馮・黎（馮敏昌一七四七～一八〇六と、黎簡一七四七～一七九九）の鵾爭鯨吼を數う。何報之（名は夢瑤、一七三〇進士）は畧ぼ宋格を存し、張葯房（名は錦芳、一七四三?～一七九六?）は頗る唐音を具う（明季自滄桑而後、南中之風雅彌新、轉獲益於多師、屑借材於異地。陳獨漉之集、業爲巖野繼聲、程湟溱之詩、不爲蘇齋減色。同悲屈鄺鶴唳猿吟、竊數馮黎鵾爭鯨吼。何報之畧存宋格、張葯房頗具唐音）。

蒐集と編輯の經緯について。「爰《ここ》に卽わち崎嶇として（とっかえひっかえ）借り得、輾轉として鈔《うつ》し成す。藏山に貽《のこ》る所は、市を閱して偶たま見ゆ。隨いて剞劂に付し、仍《しき》りに校讐に勉む。書成りて十三家を得、卽わち之れに署《しる》して『粵十三家集』と曰う（爰卽崎嶇借得、輾轉鈔成。藏山所貽、閱市偶見。隨付剞劂、仍勉校讐。書成得十三家、卽署之曰粵十三家集）」。

從來の總集について。「遠くは則わち區啓圖・王蒲衣の舊輯、體例　知り難し。近くは則わち劉太史・凌茂才の新編、現存　兼ねて錄す（遠則區啓圖・王蒲衣之舊輯、體例難知。近則劉太史・凌茂才之新編、現存兼錄）」。區啓圖は、名は懷瑞。084『粵東詩海』卷四十五に明人として載る。肇慶府高明縣の人、一六二七天啓七年の擧人。その編する總集について、同書溫汝能の自序は、「嘗て諸集を會萃し、編して嶠雅と爲す。……唐自り明に迄《いた》りて五百餘家を得、盛んと謂う可し。而るに刋の未だ竟《お》うるに及ばず、浸《や》や已に散佚す（嘗會萃諸集、編爲嶠雅。……自唐迄明、得五百餘家、可謂盛矣。而刋未及竟、浸已散佚）」と記す。王蒲衣は、名は隼、019『嶺南三大家詩選』の編者で、本集收錄四家の一人である。劉太史は、名は彬華、085（一）『嶺南羣雅』・085（二）『嶺南四家詩鈔』の編者である。凌茂才は、名は揚藻、098『國朝嶺海詩鈔』の編者である。

協力者について。「玉生譚君、心を訪求に苦しめ、力めて訂正を襄《な》す（玉生譚君、心苦訪求、力襄訂正）」。譚瑩、字は兆仁、號は玉生、南海縣の人。伍元薇より年長の一八〇〇～一八七一。本集刋行後の一八四四道光二十四年擧人。『淸史列傳』巻七十三・文苑傳四には次のように記す。「博く粤中の文獻を考え、凡そ粤人の著述は、蒐羅して盡く之れを讀む。其の罕に見る者は其の友伍崇曜に告げて之れを彙刻す（博考粤中文獻、凡粤人著述、蒐羅而盡讀之。其罕見者、告其友伍崇曜彙刻之）」。そして『嶺南遺書』五十九種（?）、『粤十三家集』一百八十二巻、および「近人の詩を選刻（選刻近人詩）」した『楚庭耆舊遺詩』七十四巻（?）を擧げる。

本集の淸人四家は次のとおりである。

『九谷集』六巻（うち樂府・詩四巻）、方殿元著。字は蒙章、號は九谷、廣州府番禺縣の人。一六六四康熙三年の進士。「自序」には年記がなく、署名も「九谷子題」とするのみである。

『六瑩堂集』九巻・二集八巻、梁佩蘭著。字は芝五、號は藥亭、南海縣の人。一六八八康熙二十七年の進士、一六二九～一七〇五。019『嶺南三大家詩選』の一人。初集には序文が六篇ある。

序文その一に年記はなく、署名は「同里陳恭尹元孝氏譔」、すなわち嶺南三大家のまたの一人である。自分を含めた三家への評として、「予竊かに謂えらく、翁山（屈大均）は江河の水なり、藥亭は瀑布の水なり、予は幽澗の水なり。翁山の味は醇にして冽、藥亭の味は潔にして旨、予の味は澹にして永（予竊謂、翁山江河之水也、藥亭瀑布之水也、予幽澗之水也。翁山之味醇而冽、藥亭之味潔而旨、予之味澹而永）」とのべ、本集の成立について、「辛酉（康熙二十年一六八一）の冬、藥亭將に北上せんとし、率率として其の詩數十篇を刻し、以って予及び同人に行《めぐ》らし、集まりて六瑩堂に送り、縱論此れに及び、因りて其の卷端に書す（辛酉之冬、藥亭將北上、率率刻其詩數十篇、以行予及同人、集送六瑩堂、縱論及此、因書其卷端）」と記す。

序文その二にも年記はなく、署名は「同里屈大均翁山氏譔」、すなわち嶺南三大家のさらなる一人である。文末に、「蓋し詩を學ぶは必らず先に易を學び、易を學びて後に能く其の天を得、易を學びて後に能く其の人を用う。藥亭は故《も》と易を以って家を起こし、故に爲に其の『六瑩堂集』に序し、之れを言うこと此くの若し（蓋學詩必先學易、學易而後能得其天、學易而後能用其人。藥亭故以易起家、故爲序其六瑩堂集、言之若此）」とする。ちなみに、以上の引用により、嶺南三家が、『嶺南羣雅』ではいったん「明季」に斥けられたものの、本集において、間接的にしろ、清初人に復活したといえるだろう。

序文その三の年記と署名は、「重光作噩之歳（辛酉、康熙二十年）陽月、同學世姪王隼蒲衣拜譔」、すなわち『嶺南三大家詩選』の編者であり、本集四家の一人である。その四は「檇李同學弟朱茂晭譔」、その五は「康熙戊子（同四十七年一七〇八）孟夏、年眷弟吳江後學張尙瑗拜譔」、その六は文末を缺くために撰者不明である。

梁佩蘭の歿後に出された『二集』の序文は二篇、「康熙乙酉（四十四年）嘉平、西泠門年弟翁嵩年頓首拜譔」と、「時乙酉歲嘉平月、香山長龍眠通家子方正玉拜譔於禺山寓舍」である。このほか、「哀詞」は方正玉の作、「評詞」は王士禛・朱彝尊等二十家のものを載せる。

『大樗堂初集』十二卷、王隼著。各卷の掲出では「番禺」の人とする。一六四四〜一七〇〇。「敍」の二篇は、「兄（王）鳴雷東郁撰」と、「南海梁佩蘭藥亭譔」であり、「題辭」は「莘汀屈士煌泰士譔」である。

『雲華閣詩畧』八巻、易宏著。字は渭遠、號は坡亭など。廣州府新會縣の人、生卒年未詳。吳興祚が兩廣總督であった一六八一康熙二十年から一六八九年までの間、その詩が認められて幕府に招じ入れられた。家族をもたず、晩年は佛寺にこもって著述をもっぱらとした。その「自序」の署名を「芙蓉城客雲華君書」とし、文の初めを「予なるや風雲を骨と爲し、月露を懷と爲し、每に心を有恨の人に寄せ、而して哀しみを無情の地に興こす（予也風雲爲骨、月露爲懷、每寄心於有恨之人、而興哀於無情之地）」とする。「題辭」は二首、「留村吳興祚」と「靜容張靚」のもの、さらに「吟影自贊」を收める。

本集は、京大東アジアセンター、阪大懷德堂文庫、神戸市立吉川文庫に藏せられる。

111　國朝中州詩鈔　三十二巻、楊淮輯。一八四二道光二十二年成書、翌年刊。

本集は河南一省の清人の詩の總集である。

楊淮は、河南汝州直隸州寶豐縣の人。その名は他の總集に見えない。『明清進士題名碑錄』にもない。いくつかの資料にあたってみると、道光二十年序刊『直隸汝州全志』「捐修姓氏」に「訓導楊淮」、「人物義士」に「候補訓導・楊淮・捐銀七百兩」、「選舉寶豐縣薦辟例貢捐錢吏員」として「楊淮・廪貢、任訓導、例貢」と見え、道光二十三年至二十五年刊『國朝中州文徵』の「鑒定助梓校字姓氏」に「寶豐楊澄波膳部淮」と見える。これにより、字は澄波、（捐錢により？）廪貢生から州學の（候補）訓導、ついで膳部（禮部精膳司）の官員になったとおもわれる。

本集は見返しに書名のみを大書し、次葉はただちに巻一となる。その間に序文・例言・目錄のたぐいがいっさいない。おそらく缺落であろう。したがって編者についても、また編輯の動機や經緯についても、ほとんど考える材料がなく、頼れるのは、後述するごとく、物故士人の最後に載せられる李方についての小傳と、その「國朝中州詩鈔書後」のみである。

全三十二巻の内譯は、巻一～二十七に物故士人四百七十家、巻二十八に閨秀二十二家、巻二十九に流寓三家、巻三十に方外十家、巻三十一・三十二に時人三十六家、合計五百四十一家である。人によってはかなり詳しい小傳をつけている。

物故士人についてすこし例示しておこう。巻一の巻頭は董篤行、河南府洛陽縣の人、一六四六順治三年の進士。ついで王紫綬は開封府祥符縣の人、順治三年の進士。「孫徵君」を詠んだ詩で、編者は、孫奇逢について、「直隷（保定府）容城人。萬曆庚子（同二十八年一六〇〇）擧于鄉。國初遷（衞輝府）輝縣、講學蘇門山」などと詳しい小傳をつけ、「先生は吟詠を以って長を見《あら》わさず、兼ねて前明の科名有り、集に入るるを克《よ》くせず（先生不以吟詠見長、兼有前明科名、不克入集）」としている。巻一の最後は楊歸仁で、その小傳に「洛陽諸生、淮八世伯祖也」と記し、さらに「季弟歸禮、淮本派八世祖也。遷寶豐、遂世爲寶豐人」と記している。

巻二の巻頭は宋犖、歸德府商邱縣の人。順治四年、年十四、「大臣の子を以って宿衞に入る（以大臣子入宿衞）」。ついで侯方域も、商邱縣の人。順治八年の鄕試に「已に豫省第一に擬せらるるも、榜を掲ぐるに及び、主司は蜚語に中り、副車（副貢生）に抑置す（已擬豫省第一、及掲榜、主司中蜚語、抑置副車）」と記す。巻四の周在浚は祥符縣の人、周亮工の子。その父について、「惜しむらくは前明の官階有り、錄入するを克くせず（惜有前明官階、不克錄入）」とする。

以下には編者の親族と先師のみを拾いだしておく。巻二十五巻頭の楊岱は、字は覲東、號は魯詹、「布政司經歷職、淮先大父也」。後出の李方に「魯詹公傳畧」があり、一八一〇嘉慶十五年に河南學政として來任した姚文田から「楹帖」を贈られたことなどを記す。五十歳で亡くなったのは一八三〇道光十年のことであろう。物故士人としては最終の巻二十七の巻頭の楊岸清は、字は鏡湖、號は觀亭、「寶豐諸生、議敍八品職銜、淮先君子也」。開封府中牟縣教諭耿興宗なる人に「先君子義行錄」があり、五十二歳で亡くなったのは一八四七道光二十七年のことであろう。同じ卷の秦福田は、字は符五、「寶豐監生、淮舅氏也」、母の兄である。また牛芳は、字は蘭若、「淮先師也」。寶豐の人で、道光元年の擧人である。

さて巻二十七の最後に置かれるのが李方である。小傳によると、字は鏡塘、號は月橋、河南府新安縣の人。「幼くして常に其の大父に隨い寶豐に館す（幼常隨其大父、館于寶豐）」。一八二五道光五年に擧人。その伯祖と從兄の二人の擧人が「先後して教えを淮の家に設け、故を以って鏡塘は淮と交情甚だ篤し（先後設教淮家、以故鏡塘與淮交情甚篤）」。道光十二年に進士。道光十九年、「命の陝甘に典試するの事を奉じ、出でて山西の平陽に守たり（奉命典試陝甘事、出守山西平陽）」。道光二十年「秋、甘肅蘭州道に晉む（秋晉甘肅蘭州道）」。「年餘、積勞より疾いを成して歿す、惜しいかな（年餘、積勞成疾而歿、惜哉）」。歿年はおそらく一八四二道光二十二年のことであろう。

鏡塘の京師に官たりし時に當たりて、淮曾て『中州詩鈔』の草本を以って質に就くに、頗る嘆賞を邀《むか》え、梓に付するを慫恿し、幷せて詩一首を系《つな》ぎ、厥の成るを樂觀す。鏡塘は宦途に鞅掌たり。此の集は數年を越え、收輯更に廣くして始めて開雕を行うも、鏡塘は復た覩ざりき。知己の感、固より未だ一日として忘るる能わざるなり。寶豐は新安より距つこと四百餘里、其の全稿を覓むる能わず、僅かに玆の作を存するのみ、之れを錄して以って此の集に殿するのみ（當鏡塘官京師時、淮曾以中州詩鈔草本就質、頗邀嘆賞、慫恿付梓、幷系詩一首、樂觀厥成。鏡塘鞅掌宦途。此集越數年收輯更廣、始行開雕、而鏡塘不復覩矣。知己之感、固未能一日忘也。寶豐距新安四百餘里、不能覓其全稿、僅存玆作、錄之以殿此集云）。

李方の唯一の詩「國朝中州詩鈔書後」は七言古詩・全五十八句である。その後半のほとんどを引いておこう。

寶豐楊君澄波氏、詞源倒瀉巫峽水。

家藏玉海三萬軸、交遍兩河知名士。

不惜千金購遺書、詩草束與牛腰比。」

僉曰中州諸老今已往、忍使琳琅終弃捐。

乙未十月言始定、爰委友朋搜遺編。

數經寒暑方竣事、甲乙排定付雕鐫。」

澄波本屬予故知、兩世通家常和詩。

予今出守君司鐸、兩情相念每相違。」

寄來新纂中州集、讀之拍案大稱奇。

詩聖里閈有後進、梁園風雅重鼓吹。」

羨君此舉超恆流、事業彪炳垂千秋。

兩河從此足文獻、端賴砥柱立中流。

嗟予不敏得附驥、倚馬願獻韓荊州。」


寶豐の楊君 澄波氏、詞源を倒瀉す 巫峽の水。

家には藏す 玉海 三萬軸、交わりは兩河（河南の黄河南北）に遍く名士を知る。

千金を惜しまず遺書を購い、詩草は束ねて牛腰（の太さ）と比ぶ。」

僉（めしぶみ）して曰わく「中州の諸老 今已に往き、琳琅（たからもの）をして終に弃捐せ使《し》むるに忍びんや」と。

乙未（道光十五年）十月 言（はなし）始めて定まり、爰《ここ》に友朋に委ねて遺編を捜さしむ。

數しば寒暑を經て方めて事を竣え、甲乙に排定して雕鐫に付す。」

澄波は本と予が故知に屬し、兩世に通家して常に詩を和す。

予は今 守（知府）に出で 君は鐸を司る（學官に就く）、兩情相い念うも毎に相い違う。」

寄せ來たる新纂の『中州集』、之れを讀みて案を拍ち大いに奇と稱す。

詩聖の里閈（杜甫の故郷）に後進有り、梁園の風雅（李白・高適らとの詩作）重ねて鼓吹す。」

君を羨やむ 此の擧 恆流を超え、事業の彪炳（かがやき）千秋に垂るるを。

兩河は此れ從り文獻足り、端《まさ》に砥柱に頼《よ》りて中流に立たん。

嗟《ああ》予不敏 驥に附するを得、馬に倚りて願わくば韓荊州に獻ぜん（唐の韓朝宗は士人に景慕された)。」

楊淮作の小傳と李方作の書後詩をつきあわせてみると、楊淮が草本を送った段階では、李方の詩を一首も入手していなかったのだから、その名を「時人」の巻に収めることすらなかったのであろう。李方が「予今出守」とするのは、一八三九道光十九年のことである。この時點で李方が驥尾に附すのを喜んだのは、その書後詩が文字どおり書後に附されるのを期したからであろうし、楊淮もそのつもりであったろう。しかし一八四二道光二十二年に訃報に接すると、楊淮は、ほとんど刻しおわっていた版木に、書後詩を巻中に移すという變更を加えたのであろう。本集の成書は、李方の歿した年であろうし、版刻が成ったのも同じ年か、せいぜいがその翌年であろう。ちなみに、「時人」でもっとも新しい記事は、巻三十一・張行澍が道光十七年に擧人になったことである。

本集は早大寧齋文庫に藏せられる。

112　嘉定詩鈔（初集）五十二巻・二集十八巻、莊爾保輯。一八四三道光二十三年刊。

二集の封面は、中央の「嘉定詩鈔二集」の右上に、「道光癸卯（同二十三年）陽月」とある。

嘉定は江蘇太倉直隷州に屬する四縣の一つである。一六四五順治二年での清軍の進攻のありさまは、朱子素『嘉定屠城紀略』によって天下に知られるところとなった。本集は、一城市單位でありながら、そこで詩家が輩出し、また總集があいついで編まれるという文學情況の一端を、知らせてくれる。

莊爾保については、一八八一光緒七年刊『嘉定縣志』巻十九・文學に、字は桐生、一八三六道光十六年の「恩貢」

とされ、「少くして詩を以って鳴り、寶山の印徵士庚實に賞せ見《ら》る（少以詩鳴、見賞於寶山印徵士庚實）」と記される。寶山は嘉定の隣縣、印庚實は、名は鴻禕、一七五五～一八〇八、である。また巻二十八・藝文志・總集類に、本集編輯の前に浙江金華府金華縣の『金華詩鈔』を編輯しており、父莊東來（一七九七嘉慶二年擧人）の金華知縣赴任に随行した時のものであるとされる。

序文の年記と署名は、「道光二十三年閏七月朔日、黄鉉譔」である。黄鉉は『嘉定縣志』巻十九・文學に、字は子仁、一字石香、諸生、「議もて主簿に敍せらる（議敍主簿）」と記される。主簿は知縣の下の縣丞につぐ官である。編者の「凡例」では「黄丈樗父」という稱號を用いている。

「余は幼き自り心を郷先生の遺稿に留め、收藏は數百家を下らず、鼠損蠹傷し、篇章は斷爛す。……往歳 莊子桐生と論次して之れに及ぶ（余自幼留心郷先生遺稿、收藏不下數百家、鼠損蠹傷、篇章斷爛。……往歳與莊子桐生論次及之）」。「比《このご》ろ聞くならく、李子小巖『南翔詩選』を以って商《はかりごと》を桐生に就く、と。余謂《おも》えらく、其の一郷（鎮）の詩を集むる與《よ》りは一邑（縣）の詩を統選するに孰若《いずれ》ぞ、と。桐生慨然として之れに任せ、因りて盡く藏する所を出だして相い屬し、復た近今の諸稿の存する者の錄せざるを採訪し、若干家を得、存詩若干首を刪りて兩集に分く。初集は五十二巻、二集は十八巻、二年ならずして事を蕆《お》えたり（比聞李子小巖以南翔詩選就商桐生。余謂與其集一郷之詩、孰若統選一邑之詩。桐生慨然任之、因盡出所藏相屬、復採訪近今諸稿存者弗錄、得若干家、刪存詩若干首、分兩集。初集五十二巻、二集十八巻、不二年而蕆事）」。南翔は嘉定縣下の一つの鎮である。その詩選とは、090『國朝三槎存雅』を補うことを意圖したものであろう。

「凡例」九則の年記と署名は、「道光二十三年季秋、莊爾保識」である。

その一に、「凡そ一家に三十首より三百以上に至るを得るは初集に入れ、餘は二集に入る（凡一家得三十首至三百以上入初集、餘入二集）」とする。これにより初集五十二巻に四十九家を収め（二家が二巻にわたる）、二集十八巻に五百十四家を収める。

その二、「前輩選詩」として以下のものをあげる。『嘉定縣志』巻二十八・藝文志・總集類の記載を參考にしながら轉寫しておく。明・翟啓英（名は校）廣文（訓導）『鍊音集』七卷。國朝・王如齋（名は輔銘）明經（貢生）『鍊音集輔』七卷。侯鳳阿（名は開國）上舍（監生）『吳謳詩選』百卷。戴冰揆（名は鑑）上舍『嘉定詩徵』（巻數不記）。林厚堂（名は大中）明經『鍊雅』百卷。張華坪（名は灝）文學（諸生）『續鍊雅』二卷。

その三、「吾が邑の詩」にして「各おの專集有りて世に行われ、流傳已に久しきは復た鈔入せず（吾邑詩……各有專集行世、流傳已久、不復鈔入）」として十二家を列擧する。うち『中國文學家大辭典・清代卷』に載る九家をあげておく。汪价、號は三儂、一六七五在世。孫致彌、號は松坪、一六四二〜一七〇九。趙兪、號は蒙泉、一六三六〜一七一三。張雲章、號は樸村、一六四八〜一七二六。張鵬翀、號は南華、一六八八〜一七四五。王鳴盛、晩號西沚、一七二二〜一七九七。錢大昕、號は竹汀、一七二八〜一八〇四。張錫爵、號は擔伯、一六九二〜一七七三。王初桐、號は竹所、一七三〇〜一八二一。

その四、「是の集は去春自り創始し、夏 島夷（英人）の亂に値いて中止し、冬に入りて始めて續成せんと擬《ほっ》す。……今夏に至りて事を蕆う（是集自去春創始、夏値島夷亂中止、入冬始擬續成。……至今夏蕆事）」。

本集は京大文學部に藏せられる。

113

楚庭耆舊遺詩　前集・後集、伍崇曜（原名元薇）輯。一八四三道光二十三年序刊。

「楚庭」については、屈大均『廣東新語』巻十七・宮語・楚庭に、「越の宮室は楚庭に始まる。初め周の惠王 楚子熊惲に胙（ひもろぎ）を賜い、之れに命じて曰わく、爾が南方夷越の亂を鎭めよ、と。是こに於いて南海は楚に臣服し楚庭と作《な》せり（越宮室始於楚庭。初、周惠王賜楚子熊惲胙、命之曰、鎭爾南方夷越之亂。於是南海臣服於楚、作楚庭焉）」とある。

伍崇曜は110『粤十三家集』の編者である。本集はそのときの協力者であった「學博」（學官）の譚瑩とともに編んだ故舊の書である。自序の年記と署名は、「道光癸卯（同十三年）閏七夕、南海伍崇曜謹序」となっている。

爰《ここ》に學博と露に鈔し雪に纂し、好く寫して眞を留む。或いは昆弟の交わりを稱し、或いは丈人（親戚の長者）の行《なら》びに屬す。或いは業（書册）を執るは曾て事とする所、或いは聲を聞きて輒わち相い思う。或いは望（名望）重くして羣を紀《しる》し、或いは姻して秦晉（のよしみ）を聯ぬ（爰與學博露鈔雪纂、好寫留眞。或稱昆弟之交、或屬丈人之行。或執業所曾事、或聞聲輒相思。或望重紀羣、或姻聯秦晉）。

本集の解題は、144『晩晴簃詩匯』に要約されている。すなわちその巻百三十四・伍秉鏞は、字は序之、號は東坪、南海の人、貢生。編者の父伍秉鑑と輩行を同じくする人である。徐世昌の「詩話」に次のように記す。

伍紫垣崇曜、同里の師友の遺詩を輯刻し、『楚庭耆舊集』と號す。前集は陳觀樓（字）昌齊（名。雷州府海康縣の人、一七七一乾隆三十六年進士）に始まり、後集は吳石華（字）蘭修（名。嘉應直隸州の人、一八〇八嘉慶十三年舉人）に始まり、各おの十有九人。（伍）東坪は其の諸父の行《なら》びにして、從兄（伍）霖川（號）宗澤（名）と殿に採る。後集自序に謂えらく、（元）遺山『中州集』・（朱）竹垞026『明詩綜』の例を用いるなり、と（伍紫垣崇曜輯刻同里師友遺詩、號楚庭耆舊集。前集始陳觀樓昌齊、後集始吳石華蘭修、各十有九人。東坪其諸父行、與從兄霖川宗澤採殿。後集自序謂用遺山中州集・竹垞明詩綜例也）。

本集は、日本にはおそらく存在せず、私は三十年前に上海圖書館で閲覧したときに一部分をコピーした。

114 續岡州遺稿　八巻、言良鈺輯。一八四三道光二十三年序刋。

「岡州」は廣東廣州府新會縣をさす。

言良鈺は、字は寶侯、江蘇蘇州府常熟縣の人。他の總集にも、『明清進士題名碑錄』にも見えない。後出の自序から察するに、新會知縣として來任していたのであろう。

本集に先行する『岡州遺稿』六巻は、元明二代の、新會縣出身の詩家五十九家を收錄する。陳獻章（白沙先生、一四二八～一五〇〇）などの名が見える。「編集」者の顧嗣協は、字は迂客、蘇州府長洲縣の人、一六六三～一七一一。その新會知縣のおりの編輯で、序文の年記は「康熙庚寅（同四十九年一七一〇）閏七月」である。その「同選」者は弟の顧嗣立で、字は俠君、一六六五～一七二二、である。その序文の年記も兄のものと同じである。法式善『陶廬雜錄』巻三に著錄され、「版刻極佳」と賞されている。

『續岡州遺稿』は、清代の詩家を、八巻に百十八家收錄する。例えば巻一の蘇楫汝は、字は用濟、一六六一順治十八年の進士である。その封面は、書名の左に「道光壬寅（同二十二年）鐫　松溪精舍藏板」となっているが、序文の年記は一年後で、「時在道光癸卯春二月、吳郡言良鈺謹序」となっている。

顧迂客前輩の『岡州遺稿』を選刻して自り今に訖《いた》る百數十年、超才輩出し、妙手森羅たり。良鈺官に茲の土に涖《のぞ》みて三たび歲華を易う。都人士 予を遐棄せず、藝を譚じ詩を論じ、月に凡數 簿書を作すの暇、因りて國朝以來の諸家を裒輯し、『續岡州遺稿』と爲す。事を辛丑（道光二十一年）孟秋に始め、事を壬寅春仲に訖《お》う（自顧迂客前輩選刻岡州遺稿、訖今百數十年、超才輩出、妙手森羅。良鈺涖官茲土、三易歲華。都人士不予遐棄、譚藝論詩、月凡數作簿書之暇、因裒輯國朝以來諸家、爲續岡州遺稿。始事於辛丑孟秋、訖事於壬寅春仲）。

顧選の板は已に漫漶し、茲こに『續稿』と一例に開雕し、其の遺漏を補う。之れを離せば各おの一集爲り、之れを合すれば聯珠と號す可し。敢えて後に據りて前を棄て、前人を凌厲せざるなり（顧選板已漫漶、茲與續稿一例開雕、補其遺漏。離之各爲一集、合之可號聯珠。不敢據後棄前、凌厲前人也）。

すなわち、『續稿』とは別册のかたちで、封面を「道光癸卯（同二十三年）春月　重鐫岡州遺稿　松溪精舍藏板」とし、「增岡州遺稿」十家を加え、『續稿』と前後の竝びにした、というわけである。

本集は京大文學部に藏せられる。

115　沅湘耆舊集　二百卷（うち清百五十七卷）、鄧顯鶴輯。一八四四道光二十四年刊。

本集は湖南の詩の總集である。湖南では三本の大河が南から北の洞庭湖に向かって流れている。東側を、長沙府善化縣を通って流れるのが湘江である。西側を、常德府を通って流れるのが沅江である。中央を、長沙府益陽縣を通って流れるのが資江である。

鄧顯鶴は、字は子立、號は湘皐、湖南寶慶府新化縣の人。一八一〇嘉慶十五年の擧人、一七七七～一八五一。144『晩晴簃詩匯』卷百二十一・鄧顯鶴での「詩話」では、「湘皐 極めて鄉州の文獻を重んじ、『資江』『沅湘』兩集に、楚南の耆舊の甄採略ぼ備わる（湘皐極重鄉州文獻、資江・沅湘兩集、楚南耆舊甄採略備）」と記される。この「兩集」とは、『清史稿』卷百四十八・藝文志・總集類にあげる『資江耆舊集』六十四卷・『沅湘耆舊集』二百卷のことである。なお、詩人としての鄧顯鶴について、北京大學中文系文學專門化・一九五五級小組選註『近代詩選』（一九六三年・北京・人民文學出版社）の「前言」では、程恩澤（一七八五～一八三七）らの「宋詩運動」派の一人にあげられている。

本集には「前編」があり、晉人から元人まで、三百三十家二千二百三十餘首を收錄する。例えば卷一に陳の陰鏗、巻二に唐の歐陽詢、巻三十二に元の歐陽元の名が見える。その封面が「資江耆舊集」であるのにたいして、見開きが「沅湘耆舊集　前編四十巻　道光廿有四年　新化鄧氏小九華山樓開雕」となっている。これは前掲の「兩集」の一つである『資江耆舊集』六十四巻本そのものではなく、あとの序文や「例言」に記されるように、それを擴大改編して「前編」四十巻と次の「續編」二百巻としたことの名残りであろう。各巻の掲出に「新化鄧顯鶴子立審編、男琮謹輯」とあるように、實際には子息鄧琮の編輯である。序文は二篇あり、その一の年記と署名は、「道光十九年（一八三九）歲次己亥嘉平月、長白裕泰序幷書」となっており、おそらく舊六十四巻本に載せられたものの轉記であろう。裕泰は、字は東巖、滿洲正紅旗人で、この年には湖南巡撫であった、?〜一八五一。序文その二の年記と署名は、「道光二十有四年歲次甲辰秋七月、新化鄧顯鶴謹識於朗江講舍」となっており、「續編」の序文より後の撰である。

さて、「續編」である本集二百巻には、明清の詩家「一千六百九十九人、詩一萬五千六百八十一首」（編者序文）を收錄する。うち明人は巻一〜巻四十三の四十三巻で、巻七・八に李東陽（長沙府茶陵州の人、一四四七〜一五一六）、巻三十三・三十四に王夫之（船山先生、衡州府衡陽縣の人、一六一九〜一六九二）などの名が見える。清人は巻四十四〜巻二百の百五十七巻に約千百五十家を收める。その封面は「沅湘耆舊詩鈔」であるのにたいして、見開きは「資江耆舊集」となっている。

序文は四篇あり、うち二篇は裕泰のものである。その一つめの年記は、「道光二十年（一八四〇）歲次庚子秋七月」であり、二つめの年記は、「道光二十有二年重陽前日」であり、肩書きは「總督湖廣等處」となっている。二つめには次のように記す。

邇來新化の鄧湘皐學博（學官）既に『資江耆舊集』を輯し、安化の陶文毅公を經て刻行し、余曾て之れが序を爲せり。比《このご》ろ復た大湖以南の、洪（武）永（樂）自り以來昭代に至る五百年の詩を輯して二百巻と爲し、仍りて『資江』

の各名人を以って朝代を按じて編入し、統べて『沅湘耆舊集』と爲す。蓋し湖以南の詩家と言うは盡く是れに在り（邇來新化鄧湘皐學博既輯資江耆舊集、經安化陶文毅公刻行、余曾爲之序矣。比復輯大湖以南、自洪永以來至昭代五百年詩、爲二百卷、仍以資江各名人、按朝代編入、統爲沅湘耆舊集。蓋湖以南言詩家、盡在是矣）。

陶文毅は、名は澍、字は子霖、長沙府安化縣の人。一八三〇道光十年以來兩江總督であったが、同十九年病免となり、ついで歿した、一七七八～一八三九。本集卷百三十七・百三十八に收録される。

序文その三の年記と署名は、「道光二十三年春三月、善化賀熙齡」である。字は光甫、また柘農、長沙府善化縣の人。一八一四嘉慶十九年の進士、官は四川道監察御史、晩年には歸郷して城南書院の主講となった、一七八八～一八四六。

湘皐は一官に落拓し、宦槖蕭然たり。零縑碎錦を、數百年後の荒江寂寞の濱に搜剔す。其の力は尤も難しと爲すなり（湘皐一官落拓、宦槖蕭然。搜剔零縑碎錦於數百年後荒江寂寞之濱。其力爲尤難也）。

序文その四は編者のもので、「例言」とあわせ、その年記と署名は、「道光二十三年歳在昭陽單閼（癸卯）立秋後一日、新化鄧顯鶴湘皐謹識於邵州濂溪講舍」である。

荒村に伏處し、見聞孤陋たりて、故家の名集は十に一も得ず、大いに瞢昧に咎を獲るを懼る。書成りて迺わち同里の諸君子の先を爭いて貲を寄せ刋を助くるを蒙り、遂に本宅に開雕す。先祠は壬寅（道光二十二年）春仲に始まり、次年秋に至りて工竣わる。凡そ緡錢一百八十萬有奇を費やす（伏處荒村、見聞孤陋、故家名集十不得一、大懼瞢昧獲咎。書成、迺蒙同里諸君子爭先寄貲助刋、遂開雕本宅。先祠始於壬寅春仲、至次年秋工竣。凡費緡錢一百八十萬有奇）。

「搜訪姓氏」三十一家には、先の賀熙齡のほか、魏源（字は默深、寶慶府邵陽縣の人、一七九四～一八五七）や何紹基（字は子貞、永州府道州の人、一七九九～一八七三）らの名も見える。

「例言」十九則より。

その一、「湘（江）は東に長たり、沅（江）は西に雄たり。故に沅・湘を擧げて湖以南の水は盡く是れに在り。卽わち湖以南の郡縣は盡く是れに在り。其の『沅湘耆舊集』と曰うは卽わち「湖南詩徵」の變名なり（湘長於東、沅雄於西。故擧沅湘而湖以南水盡在是、卽湖以南郡縣盡在是。其曰沅湘耆舊集、卽湖南詩徵之變名也）」。

その二、「顯鶴……長ずるに迨び詩を以って海内の名宿と交わるを獲、吾が鄉の唐陶山丈・陶文毅の二公に於て尤も投分（意氣投合）を稱す。憶うに三十年前、唐丈と同《とも》に淮南に寓し、卽わち「湖南詩徵」を擧げて相い勉む。近くは文毅 兩江を總督し、余が爲に『資江耆舊集』を校刊するも、甫《はじ》めて竟りて公は卒す。卒する前の半月、手書もて余に寄せ、猶お諄諄として屬するに此の事を以ってす（顯鶴……迨長、以詩獲交海內名宿、於吾鄉唐陶山丈・陶文毅二公、尤稱投分。憶三十年前與唐丈同寓淮南、卽擧湖南詩徵相勉。近文毅總督兩江、爲余校刊資江耆舊集、甫竟而公卒。卒前半月、手書寄余、猶諄諄屬以此事）」。唐陶山は、名は仲冕、字は六枳、善化縣の人、一七九三乾隆五十八年進士。三十年前の江蘇淮南で、海州か通州の知州であった、一七五三〜一八二七。本集卷百十八・百十九に收錄される。

「乃わち書成り、今 貴州巡撫賀公 之れを聞き、首先に百金を寄助す。是こに於て哲弟柘農侍御熙齡、陳堯農水部本欽と書を以って遍く同鄉諸君子に抵《いた》し、先後して多金を寄せ到し、遂に本宅に開雕す（乃書成、今貴州巡撫賀公聞之、首先寄助百金。於是哲弟柘農侍御熙齡、與陳堯農水部本欽、以書遍抵同鄉諸君子、先後寄到多金、遂開雕本宅）」。賀熙齡の兄は賀長齡、字は耦庚、一八〇八嘉慶十三年の進士、一七八五〜一八四八。陳本欽については未詳。

その三、「爰に兒子琮の積年掇拾する所に就きて詳しく審定を爲し、元自り以上、漢魏六朝に至るを編次し、其の若干卷を一集と爲し、名づけて『沅湘耆舊集前編』と曰い、而して向後に得る所の明以來の諸家を以って『續編』と爲す（爰就兒子琮積年所掇拾、詳爲審定、編次自元以上至漢魏六朝、其若干卷爲一集、名曰沅湘耆舊集前編、而以向後所得明以來諸家爲續編）」。

その四、「後來互相に標榜するの風、……近代吾が楚の陶烜（一に煊に作る）の033『國朝詩的』、彭廷梅の037『國朝詩選』は均しく此の病いに坐す。今本は棺を蓋うを以って定めと爲し、差《や》や詩社の錮習を免る（後來互相標榜之風、……近代吾楚陶烜國朝詩的・彭廷梅國朝詩選、均坐此病。今本以蓋棺爲定、差免詩社錮習）」。

その五、「楚詩は向《さき》に總集無し。今傳うる所の廖氏『楚風補』『楚詩紀』、陶氏『詩的』二書は挂漏（一を挂《かか》げて萬を漏らす）譌舛（あやまり）、一にして足らず（楚詩向無總集。今所傳廖氏楚風補・楚詩紀、陶氏詩的二書、挂漏譌舛、不一而足）」。

廖元度は本集巻五十七に收錄、その『楚風補』は明末までの詩家をあつめる。

その六、詩家の表記のしかたとして「錢受之『列朝詩選』」の例にならって官階・字號を併記すること、また「『列朝詩選』の舊稱」にならって、生員を秀才と稱し監生を國子と稱するなど、錢謙益とその著作を明記しているのは、一時代前には考えられないことであった。

本集は、阪大懷德堂文庫、國會圖書館、靜嘉堂文庫に藏せられる。

116　國朝滄州詩鈔　十二巻、王國均輯。一八四六道光二十六年序刊。

見返しに書名のみを二行で大書する。

滄州は直隸天津府に屬する州である。095『津門詩鈔』は同府下の天津縣の總集であった。

王國均は、字は侶樵、滄州の人。144『晚晴簃詩匯』巻百四十八に記載されるが、學歷・職歷はない。「手づから『滄州詩』二十巻、共に二百餘家を輯し、世に行わる。又た同時人の詩を輯して『滄江舊雨集』と爲すも未だ梓せず（手輯滄州詩二十卷、共二百餘家、行於世。又輯同時人詩爲滄江舊雨集、未梓）」とするが、本集と巻數・家數ともに異なる。

本集の各巻掲出は二名連記で、「纂輯」の王國均にたいして、「編次」は「同里」で「表弟」の葉圭書である。字は易庵、號は芸士。道光二十六年當時は山東濟南府歴城縣知縣であったとおもわれる（一八五七咸豐七年、濟東泰武寧道の道員から山東按察使となり、咸豐十年に降格された）。

王國均の「序例」の年記と署名は、「道光丙午（同二十六年）長夏、滄州王國均侶樵甫識於歴下官廨」である。葉圭書の官舍においてであろう。

「滄詩の鈔は……初め葉芸士表弟と畧ぼ取舍を定むるも、未だ敢えて自ら是とせず、之れを慶雲の崔念堂旭・會稽の陳石生光緒兩先生に質し、詳しく刪訂を加え、彙めて十二巻と爲し、芸士梓して之れを行う（滄詩之鈔……初與葉芸士表弟、畧定取舍、未敢自是、質之慶雲崔念堂旭・會稽陳石生光緒兩先生、詳加刪訂、彙爲十二巻、芸士梓而行之）」。崔旭は天津府慶雲縣の人、109『國朝畿輔詩傳』の成立にかかわった。陳光緒は、字は子修、號は石生、浙江紹興府會稽縣の人。道光十三年進士、山東武定府同知。

「魏（憲）氏の『詩持廣集』（すなわち016『皇朝百名家詩選』）、鄧（漢儀）氏の011『（天下名家）詩觀』、及び近出の梅（成棟）氏の『津門詩鈔』、陶（樑）氏の『（國朝）畿輔詩傳』の如きは、倶に宏く備うると稱するも、滄に於ては則わち寥寥たる數人、詩も亦た寥寥たる數篇なり。倘しくは同里にて蒐輯を爲さざれば、前輩の風徽、久しきを歴て將に墜ちんとす。爰《ここ》に丁酉（道光十七年）夏自り丙午春に至り、凡そ十たび寒暑を閲て巻帙を彙成し、採擇を備う可きに庶幾《ちか》し（如魏氏之詩持廣集、鄧氏之詩觀、及近出梅氏之津門詩鈔、陶氏之畿輔詩傳、倶稱宏備、而於滄則寥寥數人、詩亦寥寥數篇。倘同里不爲蒐輯、前輩風徽、歴久將墜。爰自丁酉夏至丙午春、凡十閲寒暑、彙成巻帙、庶幾可備採擇）」。

「世の選政を操る者は皆な門戸を恪守し、意旨を獨標し、合えば則わち存し、合わざれば則わち去る。此の鈔は阡陌を立てず、竝びに作者の本色を存し、敢えて稱して詩選と爲さざるなり。故に名づけて詩鈔と曰う（世之操選政

116　國朝滄州詩鈔

者、皆恪守門戶、獨標意旨、合則存、不合則去。此鈔不立阡陌、竝存作者本色、不敢稱爲詩選也。故名曰詩鈔）」。「是の編既に成り、計りて一百二十二家、詩一千三百九十六首を得たり。小傳に附見する者は此の數に在らず（是編既成、計得一百二十二家、詩一千三百九十六首。附見於小傳者、不在此數）」。卷一卷頭に置かれるのは宋起鳳である。字は來儀、一六五一順治八年副貢生。先世は浙江紹興府餘姚縣の人であるが、明末に籍を移した。鄧之誠『清詩紀事初編』（八四二頁）は浙江の部に置く。

順序が後先になったが、本集の最初に置かれる序文の年記と署名は、「道光二十六年夏月、大興牛坤拜手」である。牛坤は直隸順天府大興縣の人。一七九九嘉慶四年の進士で、嘉慶二十一年、戶部主事から雲南學政となったが、その後の經歷は分からない。王國均について、「侶樵は本と滄州の望族にして、博學能文、幼くして病い多く、進取の志無し。遠地に遨遊すると雖も古書を耽嗜して目を去らず、古物を摩挲して手を去らず、兩目は之れが爲に晦きも悔いず。予と葉芸士明府（縣令）の署中に晤《あ》い、時に過從して相い甚しき歡びを得たり（侶樵本滄州望族、博學能文、幼多病、無進取志。雖遨遊遠地、而耽嗜古書不去目、摩挲古物不去手、兩目爲之晦而不悔。與予晤於葉芸士明府署中、時過從相得甚歡）」と記す。「後序」の署名と年記は、「會稽陳光緒書於歷下半舫寓齋。時道光二十六年立秋前三日也」であり、「跋」の署名は、「海鹽湛持兪浩撰」である。兪浩は、123『國朝正雅集』卷六十七に、「字は孟亭、一字四香、浙江（嘉興府）海鹽縣の人、監生」と見える。

本集は、早大寧齋文庫に藏せられる。

117 苔岑集初刊　十八卷、蔣棨渭・毛永柏・毛永椿同輯。一八五〇道光三十年刊。

書名に「苔岑」を用いるのは、052『苔岑集』（王鳴盛采錄）についで二つめである。

本集は七家七集からなる交友の總集である。七集をまとめるのは「總目」だけで、總序のたぐいはなく、編輯者を明記することもないが、後述するような內容によって、右の三家の同輯と見なしておく。各集に表紙があり、その見返しにはいずれも、中央に「苔岑集初刊」、右肩に「道光庚戌（同三十年）栞」と記し、左下に各詩家の稱號を記す。また各集の最初に蔣棨渭識の「小引」をかかげる。その年記は、いずれも道光三十年である。月日は一定しない。

蔣棨渭は、本集第五に『萬壑雲樓詩』二卷が收錄される。123『國朝正雅集』卷七十六に、「字遇溪、江蘇（蘇州府）吳縣人、諸生」とのみ記される。本集の自識「小引」では、一八一〇嘉慶十五年に「受業」の門に入り、同十九年に「應試」、おそらく童試であろう。また一八二九道光九年のこととして次のようにのべる。

「己丑に及び、淮上に客たりて復た業を鎭洋の盛子履夫子に受け、爲《つく》る所の詩を呈し、悉く點勘を經たり。今忽忽として又た二十餘年、老いの將に至らんとせり。而も學殖は荒落し、場屋に困しむこと固より道うに足る無し（及己丑客淮上、復受業於鎭洋盛子履夫子、呈所爲詩、悉經點勘。今忽忽又二十餘年、老將至矣。而學殖荒落、困場屋固無足道）」。

盛大士は、字は子履、江蘇太倉直隷州鎭洋縣の人。一八〇〇嘉慶五年の擧人、淮安府山陽縣學の教諭であった。一七七一～一八三九。

「小引」はこのあと、本集の編輯に言及する。

「近ごろ素存（毛永柏）に『苔岑』の刋有り、指を屈して予に及び、辭するを獲ず。已む無く鎭洋夫子鑒る所の戊子（道光八年）以前の詩に就きて畧ぼ百餘首を摘し命に應ず（近素存有苔岑之刋、屈指及予、辭不獲。無已就鎭洋夫子所鑒戊子以前詩、畧摘百餘首應命）」。

毛永柏は、本集第六に『小紅薇館吟草』四巻が収録される。『國朝正雅集』巻八十三に、「字素存、江蘇呉縣人、奉天金州（廳）籍、現官（山東）青州府知府」と記される（この總集は一八五七咸豐七年の刊）。この第六集には「敍」があって、順天府平谷縣知縣の方廷瑚（字は鐵珊、浙江嘉興府石門縣の人、一八〇八嘉慶十三年の擧人）が、一八四四道光二十四年に撰したもので、おそらく毛永柏詩集原本からの轉載であろう。そこには、「君 畿輔に來たりて二紀を閲《ふ》るに迨ぶ。曩に（直隷永平府）灤州の陳沅香（本名未詳）刺史の署中に（幕客として）館し、伊《かれ》の兄竹士先生（陳基、本集第一所收）曁び刺史と時に相い唱和す（君來畿輔迨閲二紀。曩館灤州陳沅香刺史署中、與伊兄竹士先生曁刺史、時相唱和）」と記し、また、この「敍」が記されるのと同時に、「津門」すなわち天津府天津縣に任官したとのべる。

ついで蔣棨渭「小引」では、毛永柏が陳基と「姻契を訂《むす》んだ（訂姻契）」關係であることのほかに、次のように記す。

「往《さき》に（天）津の署に在りし時、君は嘗て抑鋒（弟の毛永椿）と予と偕に舊蹤を雜憶し、同好を追懷し、竹士・少白（馬鎭、本集第二所收）・子霞（錢瑤鶴、同第三）・藝卿（呉均、同第四）の若き各《ごと》おの先後して殂謝し、恐らく遺稿の購存も久しくして散佚に仍《よ》れば、宜しく剞劂に付せん（と）。幷せて謂えらく、予三人 離聚時ならず。茲こに（呉縣より）二千里の外、幸いに晨夕を共にす。盍んぞ手藁を出だして互相に披閲し、其の完善等の作を擇び、多寡を論ずる無く、竹士四君と併せて一集と爲し、以って（雪泥）鴻爪の概（おもむき）を存せざらん、と。然れども志有りて未だ逮ばざる者《こと》、又た幾何《いくばく》の時ぞ。去臘始めて予に屬し彙加刪錄せしめ、之れを編次し、題して『苕岑』と曰うは、交契を誌すなり（往在津署時、君嘗偕抑鋒與予雜憶舊蹤、追懷同好、若竹士・少白・子霞・藝卿、各先後殂謝、恐遺稿購存、久仍散佚、宜付剞劂。幷謂予三人離聚不時。茲二千里外、幸共晨夕。盍出手藁、互相披閲、擇其完善等作、無論多寡、與竹士四君併爲一集、以存鴻爪之概。然有志未逮者、又幾何時。去臘始屬予彙加刪錄、編次之、題曰苕岑、誌交契也）」。

毛永椿は、本集第七に『思無邪室吟草』三巻が収録される。『國朝正雅集』巻八十三に、「字抑鋒、江蘇呉縣人、奉天金州（廳）籍、官直隷北河同知」と記される。蔣棨渭「小引」では、第四所收の吳均と「最も先んじて莫逆（最先莫逆）」の仲であったこと、自分にとっては「良友」であり「畏友」であったと記す。

本集收錄第一から第四は次のとおりである。

陳基、『味清堂詩鈔』三卷。『國朝正雅集』卷四十七に、「字竹士、江蘇（蘇州府）長洲縣人、諸生」とある。一七七一～?。蔣棨渭「小引」では、まず、一八三〇道光十年正月の「六十壽」に毛永椿と「稱觴の席に往き、三人に他客無く、詩を論ずること竟日、相い見ること晩きを恨む（往稱觴席、三人無他客、詩論竟日、恨相見晩）」と記す。ついで、若いころに「隨園（袁枚）の門に游び（游隨園之門）」、師から「一代の淸才」と賞されたこと、また、金夫人、すなわち金逸、字は纖纖（067『隨園女弟子詩選』卷二、二九〇頁參照）と「繪閣に相い唱和し、羣目は神仙中の人と爲す（繪閣相唱和、羣目爲神仙中人）」。その早歿後の繼室である王夫人、すなわち王倩、號は梅卿（『隨園女弟子詩選』卷五）も「筆墨・倚聲（塡詞）」に優れた女性であったことをのべる。

馬鎭、『半閒雲詩』二卷。『國朝正雅集』卷六十に、「字濟于、號少白、江蘇長洲縣人、布衣」とある。蔣棨渭「小引」では、「吳の窮士なり（吳之窮士也）」と記し、また、一八一六嘉慶二十一年の秋に「予始めて之れを兩毛君（毛永柏・毛永椿）の齋中に識る（予始識之於兩毛君齋中）」とし、さらに「抑鋒と交わり最も久し（與抑鋒交最久）」とする。

錢瑤鶴、『焦尾編』二卷。102『國朝詩人徵略』二編・卷五十八に、「字子霞、江蘇長洲縣人、國學生、有敝帚草」とある。蔣棨渭「小引」では、吳均・毛永柏・毛永椿と「相い友善たり（相友善）」とし、「予は閒に一たび訪ねり（予閒一訪焉）」、しかし道光十年に死去したと記す。

吳均、『霏玉軒詩草』二卷。字は藝卿、蘇州府元和縣の人。蔣棨渭「小引」では、「素存と交わること最も洽《あまね》く、姻好を締《むす》べり。抑鋒の善く過ちを規《ただ》すを以って益友と爲し、十數年一日の如し（與素存交最洽、締姻好焉。以抑鋒善規過爲益友、十數年如一日)」と記し、自分とは、道光六年の春、「偕に長沙（湖南）に往くに、予が季父卽わち延きて諸弟に課せしめ、因りて相い與《とも》に吟詠すること虚夕無し（偕往長沙、予季父卽延課諸弟、因相與吟詠無虚夕）」と記す。道光十一年の夏、北京にて「肺病に患りて歸り、尋いで歿す（患肺病歸、尋歿）」。

本集は、京大文學部、阪大懷德堂文庫に藏せられる。

118　續梅里詩輯　十二卷・補遺一卷、沈愛蓮輯。一八五〇道光三十年刊。

「梅里」あるいは「梅會里」が浙江嘉興府嘉興縣の一つの鄉鎭であることは、054『梅會詩選』においてすでに見た。

本集は、許燦輯055『梅里詩輯』（以下「正編」と稱す）と同時に刊行された。見返しの表記は正編と字體もひとしい「道光三十年庚戌栞於嘉興縣齋」であり、序文を撰した朱緒曾の肩書きも「奉政大夫台州府海防同知・嘉興縣知縣」と、まったく變らない。ただしその年記だけは一ヶ月おくれで、「道光三十年」の「壯月（八月）朔」である。

本集各卷の揭出は、補遺をふくめて、「里人沈愛蓮遠香」となっている。131『兩浙輶軒續錄』卷三十三に、「沈愛蓮、字遠香、嘉興人。著有珊龕詩稿・小靈蘭僊館詩鈔」とし、許仁杰（本名未詳）曰わくとして、「遠香 雅《つね》より耽吟の癖もて意を鄉邦の文獻に留め、嘗て『續梅里詩輯』十二卷を編み、以って許燦蘅紫の書を繼ぎ、上元の朱緒曾嘉興に宰して爲に之れを刊行す（遠香雅耽吟癖、留意鄉邦之文獻、嘗編續梅里詩輯十二卷、以繼許燦蘅紫之書、上元朱緒曾宰嘉興爲刊行之）」と見える。

朱緒曾の序文は次のようにのべる。

余既に許晦堂『梅里詩輯』を梓す。沈君遠香又た別本の詩輯を以って至り、李薌沚廣文の藏する所と爲す。眉間に阮文達公（元）の筆有り。則わち076『兩浙輶軒錄』を輯する時に選擇する所の者なり。後に薌沚の續輯する所の凡そ十六家有り（余既梓許晦堂梅里詩輯。沈君遠香又以別本詩輯至、爲李薌沚廣文所藏。眉間有阮文達公筆、則輯兩浙輶軒錄時所選擇者。後有薌沚所續輯凡十六家）。

李薌沚は、名は富孫。144『晩晴簃詩匯』巻百十六に、「字既汸、號薌沚、嘉興人、嘉慶辛酉（同六年一八〇一）拔貢、有校經廎集」とある。「廣文」は縣學の訓導。そこで朱緒曾は、一々の名は省略するが、學官ら四人と相談し、「當に廣く搜采を爲し以って竹垞（朱彝尊）の詩派を衍《ひろ》ぐべし（當廣爲搜采、以衍竹垞之詩派）」とした結果、六人から得るものがあった。

余は又た沈君遠香に屬して薌沚の輯する所を合わせ、彙《あつ》めて之れを續く。共に一百五十四家、一千二百五十六首を得、巻十二と爲す（余又屬沈君遠香合薌沚所輯、彙而續之。共得一百五十四家、一千二百五十六首、爲巻十二）。

これに補遺の二十五家を加えると合計百七十九家ということになる。ただし梅會里の屬する嘉興縣のみならず、朱彝尊の出身地秀水縣の詩家もかなり採られており、『鶴徵錄』の著者李集（初名は集鳳、字は繹芻、號は敬堂、秀水縣の人。一七六二乾隆二十八年の進士、李富孫の「族祖」）を收める巻三までは正編の補遺というべく、許燦一人にあてた巻四以降が時間上の續編ということになる。

編者沈愛蓮の「跋」の年記は「咸豐紀元歳次辛亥（一八五一）三月既望」と、見返しの表記の一年後になっている。司馬朱述之先生、吾が邑に令たりし時、既に許氏『梅里詩輯』を取り、序して之れを行い、復た命ずるに、續けて蒐輯を爲し、以って許氏の後に坿せ、と（司馬朱述之先生令吾邑時、既取許氏梅里詩輯、序而行之、復命續爲蒐輯、以坿許氏後）。

是こに於て益すに李明經（貢生）纂する所の十六家、及び同人の采る所を以ってし、都べて一集と爲し、以って正

を先生に就く（於是益以李明經所纂十六家、及同人所采、都爲一集、以就正先生）。

ところで本集には、さらに「後跋」があって、原板の受難と「補刊」の次第を記す。その署名は「里人沈人偉子奇」、すなわち沈愛蓮の子息であり、年記は「同治十一年（一八七二）九月上澣」である。

> 許氏『梅里詩輯』二十八巻、道光庚戌（同三十年）邑尊朱司馬捐俸して之れを刊す。復た先父に命じて一十二巻を續蒐せしめ、同時に梓に付す（許氏梅里詩輯二十八卷、道光庚戌、邑尊朱司馬捐俸刊之。復命先父續蒐一十二卷、同時付梓）。工既に竣わり、板を崇始の清芬祠に藏す。粵寇（太平天國軍）の里中を擾すに、民屋は焚毀すること大半、祠屋は幸いに傷害無きも、詩板は頗る散失有り。甲子（同治三年）春杪、歙浦自り歸り、里東の書肆に於て先後して一百二十餘塊を購回す。知るに、饑亂の時、老嫗の售りて薪料の者と作す所と爲る、と。其の餘の四十餘板は則わち已に從《よ》りて物色する無し（工既竣、藏板於崇始清芬祠。粵寇擾里中、民屋焚毀大半、祠屋幸無傷害、詩板頗有散失。甲子春杪、歸自歙浦、於里東書肆、先後購回一百二十餘塊。知饑亂之時、爲老嫗所售作薪料者。其餘四十餘板、則已無從物色）。數年來、飢えに驅られて外に在り、未だ能く補刊に謀及せず。今夏五月、楚南の鄧書田總戎玉林（未詳）駐營して里に來たり、祠宇の清幽なるを喜び、因りて急ぎ是の編を爲し、計りて金を出だし以って剞劂の用を賃《か》り、既に修整の事に充てて遂に蕆わる（數年來飢驅在外、未能謀及補刊。今夏五月、楚南鄧書田總戎玉林駐營來里、喜祠宇清幽、因急爲是編、計出金以賃剞劂之用、既充修整之事遂蕆）。

本集は京大東アジアセンターに藏せられる。

119　桐舊集　四十卷、徐璈輯。一八五一咸豐元年序刋、一九二七民國十六年景印。

「桐舊」は、安徽安慶府桐城縣の耆舊をさす。本集は、あとに引く「後序」によると、明初から清・一八四〇道光二十年までの「作者一千二百餘人、詩七千七百餘首」を收錄する。そのうち清人は約千二十人を占める。

徐璈については、123『國朝正雅集』卷六十三に、「字六驤、號樗亭、安徽桐城縣人。嘉慶甲戌（同十九年一八一四）進士、官山西（澤州府）陽城縣知縣、著有樗亭詩文集」とある。？～一八四一。

以下、序・引・跋と例言を、執筆年順にたどることにする。

編者の「引」の年記と署名は、「道光歲次乙未（同十五年一八三五）初夏、徐璈六驤氏識于都城之試館」である。

余不敏にして簿の冗《わずらわ》しきに浮沈し、能を世に酬いる所無く、而して言《ここ》に曩者《さき》を念い、方來を俯慨し、竊かに施・阮諸公の『宛雅』『廣陵』詩事を輯するの意に效い、錢・王諸先生の緒を賡續せんと欲し、鄉邑先輩の詩章、竝びに言行の他書に表見する者を採萃し、寸に累ね尺に積み、彙めて若干卷と爲し、顏して『桐舊集』と曰う（余不敏浮沈簿冗、無所酬能於世、而言念曩者、俯慨方來、竊欲效施阮諸公輯宛雅・廣陵詩事之意、賡續錢王諸先生之緒、採萃鄉邑先輩詩章、竝言行之表見於他書者、寸累尺積、彙爲若干卷、顏曰桐舊集）。

例擧された總集は、最初が施念曾（および張汝霖）輯の036『宛雅三編』である。ついで「阮公」の「廣陵」というのは、おそらく阮元輯070『淮海英靈集』のことであろう。「錢先生」は錢澄之のこと。號は田間、一六一二～一六九三。本集卷十に初名の秉鐙で收錄される。次の「例言」に、「錢田間先生詩選」を觀ることができなかったと記す。書名は分からない。また「王先生」とは王灼のことで、號は悔生、一七八六乾隆五十一年の擧人、本集卷三十一に收錄。この引文のなかで、その『樅陽詩選』二十卷が「總集の佳本」と稱されている。

編者の「例言」六則に年記はなく、署名のみが「樗亭徐璈識」と記される。

その一、「是の編は明初に起《はじ》まり今の逝く者に迄び、093『江蘇詩徵』の例に仿い、姓を分けて巻に列ぶ（是編起于明初迄于今之逝者、仿江蘇詩徵之例、分姓列卷）」。

その二、「各家の專集は繁簡同じからず。今詩家の詩に於て錄する所は、少なき者は僅かに一二首、多き者も八九十首に過ぎず、妄りに去取を爲すに非ざるなり。凡そ千二百餘家、之れを約せざる能わず（各家專集、繁簡不同。今於詩家之詩所錄、少者僅一二首、多者不過八九十首、非妄爲去取也。凡千二百餘家、不能不約之）」。

序文二篇のうち、その一の年記と署名は、「道光三十年（一八五〇）十月己卯、馬樹華謹序」である。先の「例言」の最後に、「蒐輯校訂は同年の馬君公實の力に頼《よ》ること多と爲す（蒐輯校訂、賴同年馬君公實之力爲多焉）」と謝意をのべられているのと同一人物であろう。『明清進士題名碑錄』に見えないから、鄕試での同年だろう。また次の姚瑩の序文などに「馬公實通守」とあるから、どこかの府の通判であったらしい。この馬樹華が、徐璈とは別に、唐以降の鄕里の先輩の詩を『桐城詩錄』としつつあったが、「精神漸く衰え、詩鈔成ると雖も猶お未だ梓に付せざらん（精神漸衰、詩鈔雖成猶未付梓）」という思いに至った。

遂に向《さき》に藏弆する所の數十家を擧げ、悉く以って之れを寄せ、嗣いで續獲有れば隨時郵致す。樗亭乃わち四十二卷を編定し、梓に十數卷を付するに、已に錢六十餘萬を用う。庚子（道光二十年一八四〇）の冬、言《われ》歸りて將に其の事を竣うるを謀らんとするに、意わざりき獻歲（歲首正月）遽かに卒す（遂擧向所藏弆數十家、悉以寄之、嗣有續獲、隨時郵致。樗亭乃編定四十二卷、付梓十數卷、已用錢六十餘萬。庚子之冬、言歸將謀竣其事、不意獻歲遽卒）。

序文その二の年記と署名は、「咸豐元年春正月、姚瑩謹序」である。姚瑩については、144『晚晴簃詩匯』卷百二十に、「字石甫、一字明叔、號展如、桐城人。嘉慶戊辰（同十三年一八〇八）進士、歷官湖南按察使。有後湘詩集」とある。一七八五〜一八五二。いわゆる桐城派文學の代表者の一人姚鼐（字は姬傳、號は惜抱、一七三一〜一八一五、本集卷七に收錄）

の從孫である。徐世昌の「詩話」に次のように記す。

石甫 家學に濡染し、才思飆發たり。其の從祖惜抱先生嘗て其の詩を評して謂えらく、其の進を聲色臭味の外に求むるも、然れども速成する可からず、其の自ずから至るを俟たん。此の關の未だ透らざれば、則わち只だ尋常の境界に在るのみ、と。期許する所以の者甚だ厚し。惜抱平日詩を論ずるに、排律は少陵（杜甫）を宗とし、七律は山谷（黃庭堅）に擬う。石甫の作る所を觀るに、此の旨に於て殊に悟入多し（石甫濡染家學、才思飆發。其從祖惜抱先生嘗評其詩、謂其求進於聲色臭味之外、然不可速成、俟其自至。此關未透、則只在尋常境界耳。所以期許之者甚厚。惜抱平日論詩、排律宗少陵、七律擬山谷。觀石甫所作、於此旨殊多悟入）。

さて、その序文には次のように言う。

國朝持論の善く天下の大公を愜《み》たすに足る者は、前に新城尙書（王士禛）有り、後に吾が從祖惜抱先生有り、其の允《まこと》に庶《ちか》きか。歸愚沈氏（德潛）の得る所は本より論詩淺く、僅かに面貌を存するのみにして神味は茫如たり。其の人心の大公に當たる者は蓋し寡なかりき（國朝持論之善足愜天下大公者、前有新城尙書、後有吾從祖惜抱先生、庶其允乎。歸愚沈氏所得、本淺論詩、僅存面貌、而神味茫如。其當乎人心之大公者、蓋寡矣）。

では、「一都一邑の作」として、桐城についてはどうか。

齊蓉川（名は之鸞、字は瑞卿、一四八三～一五三四、本集卷十一所收）廉訪 詩を以って有明中葉に著われて自り、錢田間晩季に振う。是れ自り作者は林の如く、是こを以って康熙中潘木厓（名は江、字は蜀藻、一六七九康熙十八年博學鴻詞に推擧、本集卷三十四所收）に『龍眠詩』の選有るも猶お未だ其の盛んを極めざるなり。海峯（劉大櫆、字は才甫、一六九八～一七七九、本集卷二十五）出でて大いに振い、惜翁（姚鼐）起ちて之れを繼ぎ、然る後に詩道大いに昌んなり（自齊蓉川廉訪以詩著有明中葉、錢田間振于晩季。自是作者如林、是以康熙中潘木厓有龍眠詩之選、猶未極其盛也。海峯出而大振、惜翁起而繼之、然後詩道昌）。

潘江の作は『清史稿藝文志及補編』の補編・集部・總集類に、「『龍眠風雅集』六十四巻、『續編』二十八巻」と見える。

海内の諸賢謂えらく、古文の道は桐城に在り、と。豈に知らんや、詩も亦た然《しか》有るを。亡友徐樗亭嘗て木厓の未だ後來の盛んを見ざるを以って、前後を通じて更に之れを鈔せんと欲し、購求精擇すること二十餘年、乃わち『桐舊集』の鈔有り、其の人の存する者は錄せず（海内諸賢謂古文之道在桐城。豈知詩亦有然哉。亡友徐樗亭嘗以木厓未見後來之盛、欲通前後更鈔之、購求精擇二十餘年、乃有桐舊集之鈔、其人存者不錄）。

しかして、「樗亭の作を徐氏の末（巻三十六）に附す。君已に亡ぜるが爲なり（而附樗亭之作于徐氏末、爲君已亡也）」。

ちなみに、例えば王凱符・漆緒邦選注『桐城派文選』（一九八六年・黄山書社）の「前言」では、桐城派の「創始人」として、戴名世（字は田有、號は南山、一六五三〜一七一三）・方苞（字は靈皋、號は望溪、一六六八〜一七四九。本集巻三所收）・劉大櫆・姚鼐があがるが、このうち戴名世だけは本集に收録されない。おそらく、一七一一康熙五十年の「南山集文字獄案」によって處刑されたことで、依然として忌諱されていたのであろう。同書の紹介では、「道光二十一年（一八四一）、同郷の後人戴存莊がその遺文を捜集し、『戴南山先生全集』十四巻を編輯し、光緒間に始めて刊本が出た」、つまり公刊されたのが一八七五年以降であったことをのべる。總集でその名が載るのは、一九二九民國十八年（序）刊の142『皖雅初集』と144『晩晴簃詩匯』のみである。

「校刊桐舊集後序」の年記と署名は、「咸豐元年辛亥秋八月、蘇惇元謹識」である。蘇惇元については『國朝正雅集』巻八十九に、「字厚子、號欽齋、安徽桐城縣人、諸生。著有欽齋詩稿」とある。この文のなかでは、徐璈のことを「舅」、すなわち母方のおじと呼び、馬樹華の家で「授徒」していた關係から「相い與《とも》に商訂校勘した（相與商訂校勘）」したと記す。

「跋」の年記と署名は、「咸豐元年歳在辛亥八月既望、從子寅・裕謹跋」、すなわち徐寅・徐裕兄弟の撰である。そこでは、潘江の『龍眠風雅集』が「前明洪武自り本朝康煕間に迄る三百餘年を正續二集と爲す（自前明洪武迄本朝康煕間三百餘年爲正續二集）」もので、「叔父は康煕自り今の道光間に迄る又た二百年に近く、作者林立するを念い、久しくして散佚するを恐る（叔父念自康煕迄今道光間、又近二百年、作者林立、恐久而散佚）」、「是こに于て廣く徵採を爲し、潘本と合して竝びに之れを選び、彙めて一編と爲し、題して『桐舊集』と曰う（于是廣爲徵採、合潘本而竝選之、彙爲一編、題曰桐舊集）」とする。また本集の刋行を働きかけた相手として、姚瑩のほかに、方東樹（字は植之、一七七二～一八五一）、馬瑞辰（字は元伯、一七八二～一八五三）、光聰諧（字は律原、一八三六年まで直隷布政使）らの名が見える。

本集の、京大東アジアセンター所藏本は、見返しに「丁卯九月用原刻本影印」とあり、一九二七民國十六年に同邑の光雲錦（字は農聞）が識語を附した景印本である。最後に、二十五元から二百元に至る捐金の一覽を載せる。

120　播雅　二十四卷、鄭珍輯。一八五三咸豐三年序刋、一九一一宣統三年排印刋。

貴州遵義府は廳一、州一、縣四を領する。唐の貞觀年間に播州が置かれた土地である。

本集各卷の揭出は、「遵義鄭珍子尹編輯、遵義唐樹義子方校訂」である。

鄭珍は、字は子尹、號は柴翁、遵義縣の人。一八二五道光五年、拔貢生に選ばれ、戸部侍郎の程恩澤（號は春海、一七八五～一八三七）について學んだ。道光十七年擧人、貴州最南端の都匀府荔波縣學の訓導をつとめた。一八〇六～一八六四。140『近代詩鈔』第二册で陳衍の「石遺室詩話」は、「竊かに謂えらく、子尹は前人の未だ歴ざる所の境を歴、人の狀し難き所の狀を狀し、杜（甫）韓（愈）を學びて杜・韓を摹仿するに非ざるは、則わち多く書を讀みし故なり。

此れ與《とも》に知る可き者の道なるのみ（竊謂子尹歷前人所未歷之境、狀人所難狀之狀、學杜韓而非摹仿杜韓、則多讀書故也。此可與知者道耳）」と評する。

さて、「引」の年記と署名は、「咸豐癸丑（同三年）三月初十日、遵義鄭珍子尹引」である。

余束髮して來《このかた》、人に從って郡中の文獻を問うを喜び、遺作を得れば輒わち之れを錄す。久しくして乃わち粗《あら》かた卷帙を分かち、名づけて『遵義詩鈔』と曰い、篋衍に弆《たくわ》えて有年なりき。屢しば整比して之れを鋟行せんと欲するも資無く且つ暇あらず（余束髮來、喜從人問郡中文獻、得遺作輒錄之。久乃粗分卷帙、名曰遵義詩鈔、弆篋衍有年矣。屢欲整比鋟行之、無資且不暇）。

（去年）窮冬　暇多く、盡く前鈔を出だし、重ねて去取を加え、復た新たに獲たる二三十家を增し、兒子知同に命じて寫定せしむ。計るに明萬　歷［ママ］辛丑（同二十九年一六〇一）の改流自り今に至る二百五十二年閒、凡そ二百二十人、詩二千三十八首を得、次いで二十四卷と爲す。登載する所は必ずしも盡くは工みならざるも、然れども纖佻惡俗は則わち尟なし。更めて『播雅』と曰い、方伯（布政使の唐樹義）に奉りて訂正し、而して之れを刻す（窮冬多暇、盡出前鈔、重加去取、復增新獲二三十家、命兒子知同寫定。計自明萬　歷［ママ］辛丑改流、至今二百五十二年閒、凡得二百二十人、詩二千三十八首、次爲二十四卷。所登載不必盡工、然纖佻惡俗則尟矣。更曰播雅、奉方伯訂正而刻之）。

所錄の人數・首數のうち、淸詩は卷三以後の二百六人、千九百四十一首である。なお「改流」とは、改土歸流のことで、ある地方の統治を、土司から朝廷派遣の流官に改めることをいう。『明史』『淸史稿』によると、明代の播州は四川省に屬し、土司の首領である楊應龍を播州宣慰使に任じていたが、一五九六萬曆二十四年六月、その楊應龍が叛亂をおこし、同二十八年六月にようやく平定された。いわゆる萬曆三大征の一つである。そこで明廷は、萬曆二十九年四月、播州を二府に分割し、遵義軍民府を從來どおり四川省に所屬させ、平越軍民府を新たに貴州省に所屬させた。

遵義府が貴州省の所屬に改められたのは、清の一七二七雍正五年のことである。

序文二篇のその一の年記と署名は、「咸豐癸丑（同三年）六月中澣、遵義唐樹義於武昌行署」である。唐樹義は、字は子方、謚號は威恪、遵義縣の人。一八一六嘉慶二十一年擧人。一八四七道光二十七年に湖北布政使となり、同二十九年に病免。咸豐三年湖北按察使となったが、翌四年二月、太平天國軍との江上の戰いで歿した。?～一八五四。

子尹の學は精核にして淹贍、鄕國の文獻に於て尤も心を究むる所なり。嘗て慨然として謂えらく、播の詩を稱する者は、此れより前に概して未だ采輯有らず、と。是こに於て孜孜として蒐討し、廣く諮り碎《こまか》く掇《ひろ》い、沈むを鉤《かぎ》とり幽《くら》きを發すること凡そ十有餘年、再び稿を易えて詮次し、乃わち定む。都て二十四巻と爲し、之れを梓行し、而して播の詩は始めて蔚然として觀る可し（子尹之學精核淹贍、於鄕國之文獻尤所究心。嘗慨然謂、播之稱詩者、前此概未有采輯。於是孜孜蒐討、廣諮碎掇、鉤沈發幽、凡十有餘年、再易稿詮次乃定。都爲二十四卷、梓行之、而播之詩始蔚然可觀）。

序文その二の年記と署名は、「咸豐三年秋八月、獨山莫友芝」である。莫友芝は、字は子偲、號は郘亭、貴州都勻府獨山州の人。一八三一道光十一年擧人、一八一一～一八七一。鄭珍とは姻戚關係にあった。『近代詩鈔』第一册で陳衍の「詩話」は、「黔の詩人鄭・莫は竝び稱せられ、均しく亂離の作多し。子尹は經學・小學に精しく、子偲は史地の學に長ず。二人の工力は略ぼ相い伯仲す（黔詩人鄭莫竝稱、均多亂離之作。子尹精經學小學、子偲長於史地之學。二人工力略相伯仲）」と評している。この序文でも、遵義について、漢の犍爲郡・牂柯郡から始め、唐では、李白が「珍（州）夜郎（遵義府桐梓縣）に坐流せらるるも亦た已に道を半ばにして放還（坐流珍夜郎、亦已半道放還）」され、また劉禹錫がいったん播州に流謫を宣告されたとき、柳宗元が「人の居る所に非ずと謂うに至り、願うに（柳氏の流謫先である）柳州を以って易え、其の（劉氏の）母を將《ひき》いるに便なるを以ってす。劉・柳も又た皆な果して來らず（劉夢得謫播州。柳子厚至謂非人所居、願以柳州易、便其將母。劉柳又皆不果來）」と殘念がっている。

友芝嘗て貴州の、明自り以來の、名の詩家を能くするの製を略取し、一帙を爲さんと欲するに、遵義に於て尤も意を措く（友芝嘗欲略取貴州自明以來名能詩家之製、爲一帙、於遵義尤措意）。

このあと清初の遵義の詩家數名をあげたあと、「夫の諸老の最も著しき者にして友芝の蒐求の已に難きこと此くの如し。而して吾が子尹二十餘年、餘力を遺さずして以って此の編を成すなり（夫諸老最著者而友芝蒐求已難如此。而吾子尹二十餘年、不遺餘力以成此編也）」と、鄭珍の業績をたたえる。

莫友芝の序文についてはこれまでとして、右の引用文に關連して、莫友芝に、貴州省全體の明人についての總集があることを付記しておこう。それは『黔詩紀略』三十三巻で、その死後の一八七三同治十二年に刊行された。清人についても別の人によって編輯が進められていたが、戰亂のために原稿全てが失われた。莫友芝の次男莫繩孫による「同治十二年十月丙子」の「巻首題記」に、次のように記す。

咸豐癸丑（同三年）遵義の唐威恪（樹義）公黔人の詩歌を采り薈萃して編を成さんと欲す。國朝の人を以って之れを黎先生伯容（名は兆勳）に屬するも、亂に因りて稿は盡く亡失す。先君は明代を輯するを任ず。舊く徵錄する所既に多く、而して黔西の潘君文炳及び先君の門人胡君長新益して相い采拾を助く。甲寅（咸豐四年）夏に訖《いた》りて二百十有六人を得、方外及び雜謠も又た卅六首、都べて一集と爲し、巻三十〔ママ〕を成す（咸豐癸丑遵義唐威恪公欲采黔人詩歌、薈萃成編。以國朝人屬之黎先生伯容、因亂稿盡亡失。先君任輯明代。舊所徵錄既多、而黔西潘君文炳及先君門人胡君長新益相助采拾。訖甲寅夏、得二百十有六人、方外及雜謠又卅六首、都爲一集、成巻三十〔ママ〕）。

黎兆勳については144『晩晴簃詩匯』巻百四十八に、「字伯庸〔ママ〕、號檬村、遵義人、諸生。官（湖北德安府）隋州州判、有侍雪堂詩」とし、その「詩話」に「長じて鄭子尹珍と同《とも》に學び、貫串博洽、才力を縱いままにして詩を爲る（長與鄭子尹珍同學、貫串博洽、縱才力爲詩）」、また「子尹の詩と、從《よ》りて入るは同じからざるも、成就は異なる無し（與子尹詩、從入不同、成就無異）」と評される。

本集は、京大文學部および尊經閣文庫に、見返しを、一九一一「宣統三年八月、文通書局印行」とする排印本が藏せられる。しかしその前の一八五三咸豐三年からまもなく刋行されたであろうこと、鄭珍「引」、唐樹義「序」のほか、莫友芝「序」にも「唐子方方伯 之れに資して刋成る（唐子方方伯資之刋成）」と記されていることから、間違いないだろう。

121 盛湖詩萃　十二卷、王鯤輯、一八五五咸豐五年序刋。續編四卷、王致望輯、咸豐四年刋。

正編の封面には書名を大書するのみで、見返しにも刋記がない。續編の封面は正編と文字も體裁をも異にし、「咸豐甲寅孟冬少呂王致望」なる刋記をもつ。

李廷芳の「舊序」は、「盛湖は猶お吳江の舊治なり（盛湖猶吳江舊治）」とする。江蘇蘇州府吳江縣である。ただし『清史稿』卷五十八・地理志・蘇州府では、一七二四雍正二年に、「吳江（縣）に震澤（縣）を置く（吳江置震澤）」とする。053『國朝松陵詩徵』では言及しなかったが、この總集を「吳江一縣における」（二三七頁）ものとしたのは、震澤縣を含むものとして進めている。その編者袁景輅にして、總集によっては「震澤人」としている。本集の編者王鯤においても、張慧劍『明清江蘇文人年表』は震澤の人としている。よって本集も震澤縣を含むものと考える。

王鯤は、本集『續編』卷一に、「字瀛之、號旭樓、監生楠次子、國學生、候選州吏目、有養眞精舍詩集」とあり、錢大昕（一七二八～一八〇四）や洪亮吉（一七四六～一八〇九）の評を載せることから、彼らとの親交のほどがうかがわれる。錢大昕は「鑒閲姓氏」十六人にも名を列ねている。『明清江蘇文人年表』は、一八三二道光十二年に「舊く輯する所の

『盛湖詩萃』を以って柳樹芳（字は湄生、號は古槎、諸生、呉江縣の人、一七八七～一八五〇）に示す（以舊所輯盛湖詩萃示柳樹芳）」とし、その生卒年を、一七五五～一八三二、卒年七十八、とする。

『續編』の編者王致望はその子息である。字は少呂。

本集は、正續編の編輯から刊行までに約四十年を費やし、その間に王氏三代がかかわっている。まず序文類の年記と署名を列擧しておこう。

舊序「嘉慶二十一年（一八一六）歳在丙子夏四月、濟南李廷芳識于呉江官廨之靜志堂」。

序その一、「道光戊申（同二十八年一八四八）六月、殷壽彭拜撰」。

序その二、「乙卯（咸豐五年一八五五）中秋日、通家愚弟北平王壽邁拜敍」。

「例言」に年記・署名はない。また『續編』に序文類はない。

本集に收錄されるのは、正編では、元・明から清の嘉慶まで二百六十二家、うち清人は二百二十七家である。續編は咸豐四年までの百七十六家である。

まず編者は「例言」六則のうちで、次のように記す。

> 國朝に至りて詩敎振興し、里中の先輩は雅《もと》より吟詠を尙ぶも、惜しむらくは前人未だ編輯を經ず、諸大家の采選從う無きを致すは、徵無きの歎きを免れ難し。鯤數十年來、心を采訪に留め、元・明自り國朝嘉慶年に迄りて止どめ、旁ら寓賢・方外・閨閣に及び、編次して十二卷を得たり（至國朝詩敎振興、里中先輩雅尙吟詠、惜前人未經編輯、致諸大家采選無從、難免無徵之歎。鯤數十年來、留心采訪、自元明迄國朝嘉慶年止、旁及寓賢方外閨閣、編次得十二卷）。

ここで不可解なのは、他の序文類を含めて、『國朝松陵詩徵』についてまったく觸れていないことである。例えば計東（呉江縣の人、一六二四～一六七五）は、本集においても卷三に載るが、袁景輅は見えない。その理由は、行政區劃の變化にあるのではなく、本集の取材不足にあるのだろう。

「舊序」の李廷芳は、123『國朝正雅集』巻四十三に「字湘浦、山東（濟南府）歷城縣人。乾隆甲寅（同五十九年一七九四）擧人、官（廣東廣州府）南海縣知縣、著有湘浦詩鈔」とある。署名での「吳江官廨」とは、知縣のそれをいうのだろう。總集一般として、時代的なものと地域的なものとの違いについて、次のように記す。

詩の史と志とに繫《つな》げる者に二有り、而して選詩の義は類《おおむ》ね之れに因る。史と相い表裏する者は時代の後先を綜べ、風會の升降を分かち、一朝の詩を取り、網羅蒐采し、以って其の治亂盛衰を驗すに足る。『唐文粹』『宋文鑑』『元文類』『明文衡』に載る所の詩の如き是れなり。志と相い表裏する者は、山澤 靈を鍾《あつ》むる所、宗教 淑《よ》く艾《おさ》むる所、一鄉の詩を取り、其の里居を別にして件ごとに之れを繫ぐ。名づけて總集と爲すも、實は則わち輿記と士風土俗と中に錯見す。『宛陵羣英』・028『檇李詩繫』の類いの如き是れなり。二者の取る所は同じからず、而して或いは係《か》くるに時を以ってし、或いは係くるに地を以ってし、文を徵し獻を考ずる者は胥《み》な是れに於てか在り（詩之繫於史與志者有二、而選詩之義類因之。與史相表裏者、綜時代之後先、分風會之升降、取一朝之詩、網羅蒐采、足以驗其治亂盛衰、如唐文粹・宋文鑑・元文類・明文衡所載之詩是也。與志相表裏者、山澤所鍾靈、宗教所淑艾、取一鄉之詩、別其里居而件繫之。名爲總集、實則輿記與士風土俗、錯見于中、如宛陵羣英・檇李詩繫之類是也。二者所取不同、而或係以時、或係以地、徵文考獻者胥於是乎在）。

『宛陵羣英集』は『四庫全書』集部・別集類に收錄されている。十二巻、元・王澤民・張師愚同輯、である。この「舊序」は、王鯤の原稿とともに、鈔本のかたちで傳えられていたのであろう。

「序」その一の殷壽彭は、字は雉尌、號は述齋、吳江縣の人。王鯤にたいして「丈」と稱しているから、親戚筋かもしれない。「王丈旭樓先生 古きを汲みて書を著わし、尤も心を經世の學に究む。嘗て吳江縣志の久しく闕きて修せられざるを痛み、『松陵見聞録』十巻を作す《な》（王文旭樓先生汲古著書、尤究心經世之學。嘗痛吳江縣志久闕不修、作松陵見聞録十巻）」と記し、本集が「實に與《とも》に『聞見録《ママ》』一書と表裏し、以って相い發明するに足る者なり（實足與表裏聞見録《ママ》一書、以相發明者）」とのべる。さらに、「先生歿し、哲嗣少呂又た十數年內の里人の詩を取り、『續編』四巻を輯す（先生歿、哲嗣少呂又取十數年內里人之詩、輯續編四巻）」とものべる。

「序」その二の王壽邁については未詳。「通家」は姻親關係をさす。「北平」は、直隸順天府が明・成祖の一四〇三永樂元年に改稱されるまでの名まえである。咸豐四年の秋、「余 松陵に權宰し、都人士と接を晉《すす》むるに、嘗て少呂明經（貢生）の名を耳にするも、惜しむらくは痾を養うを以って戶を閉じ、足音は聞くこと尠し（余權宰松陵、與都人士晉接、嘗耳少呂明經名、惜以養痾閉戶、足音尠聞）」。その翌年、つまり今年の春、その子息王有穀が「縣試冠軍」、つまり童試首席による縣學への入學を機會に『松陵見聞録』の存在を知り、あわせて本集を示されてその序文を請われた、とのべる。ちなみに、「盛湖は邑の西南數十里に在り（盛湖在邑西南數十里）」と記す。おそらく震澤縣に屬し、浙江省境に近い位置にあったと思われる。

本集は京大東アジアセンターに藏せられる。

122　四家詩鈔　不分巻、馬國翰輯。一八五六咸豐六年刊。

見返しに、書名をはさんで、右上に「咸豐丙辰（同六年）鐫」、左下に「得月軒藏板」とある。各家詩鈔の掲出は、「歴城馬國翰竹吾選、會稽司馬鵬翼甫校」である。本集は、司馬鵬の、すでに死歿した家族親戚四家の詩を集めた家集である。全體で三十七張七十四頁の小冊子である。

馬國翰については、128『國朝歴下詩鈔』巻四に、「字竹吾、（山東濟南府）歴城縣人。道光壬辰科（同十二年一八三二）聯捷進士、官（陝西鳳翔府）隴州知州。有玉函山房詩集」とある。『玉函山房輯佚書』など、多數の編著書がある。

馬國翰の本集の「序」にいう。「會稽の司馬翼甫先生は城東に卜築し、……余と鄰ること僅かに一巷を隔つのみにして、休《よ》く暢《の》び言い歡《わら》いて、數しば晨夕を共にす（會稽司馬翼甫先生卜築於城東、……與余鄰僅隔一巷、休暢言歡、數共晨夕）」。「春日過訪するに復た殘稿四帙を出だして示さる（春日過訪、復出殘稿四帙見示）」。「余受けて披讀するに、詩筆は異なると雖も、要は皆な卓然として自ずから家を成すに足る。因りて就きて詮次し、漁洋山人（王士禛）の『十種唐詩選』の例に仿いて、人ごとに一巻と爲し、『四家詩鈔』を以って諸編の首に顏す（余受而披讀、詩筆雖異、要皆卓然足自成家。因就詮次、仿漁洋山人十種唐詩選例、人爲一巻、而以四家詩鈔顏諸編首）」。

司馬鵬は、字は翼甫、會稽すなわち浙江紹興府下の縣の人。それ以外のことは分からない。四家についても同様である。それぞれの詩鈔に「小引」を記しているので、お互いの關係が垣間見られるだけである。

『豐山詩鈔』三十一首。陸鐘、字は聲伯、浙江杭州府錢塘縣の人。司馬氏からは「外祖」、相手からは「外孫」。「申韓の術を以って山左に游び、治を佐けて聲有り、當道爭って迎う（以申韓術游山左、佐治有聲、當道爭迎）」。「申韓の術」とは法家の學術をいう。「卒年七十三」。

『范墅詩鈔』三十二首。周溢釁、字は范墅、歴城の人。司馬氏の「岳父」、相手からは「子壻」。增廣生。友人ら六人と「吟社を明湖に結び、當時 有明七子を以って之れに擬う（結吟社於明湖。當時以有明七子擬之）」。

『苹埜詩鈔』十六首。王正雅、字は肄三、號は苹埜、江西吉安府安福縣の人。長女の夫王棨祖の祖父、相手からは「姻姪」。一七八八乾隆五十三年擧人、翌年「聯捷して進士と成り（聯捷成進士）」、官は「戶部通州中倉に欽差され糧儲を監督する（欽差戶部通州中倉、監督糧儲）」に至る。

『鄆生詩鈔』三十二首。王棨祖、字は鄆生。王正雅の孫、司馬氏の「壻」。「弱冠にして度支（經理）の學を習い（弱冠習度支之學）」、山東の州縣の幕中に入った。「余 長女を以って之れに妻《めあ》わし、家に館す（余以長女妻之、館于家）」。咸豐五年春、「禹城（濟南府下の縣）の幕自り回省し、疾に遘《あ》いて卒す、年三十有五。一子有り名は文杰、甫《はじ》めて六歲（自禹城幕回省、遘疾卒、年三十有五。有一子、名文杰、甫六歲）」。

本集は京大文學部に藏せられる。

123 國朝正雅集　百卷、符葆森輯。一八五七咸豐七年刊。

封面に二行で「國朝正雅集百卷」、見返しに「咸豐六年丙辰九月開雕于京師半畝園、七年丁巳五月工竣」とある。

序文が九篇あり、その年記はすべて咸豐七年の正月から五月の間である。

序一、陶樑撰。109『國朝畿輔詩傳』一八三九道光十九年刊、の編者である。一七七二～一八五七。本集卷五十六に收錄され、その小傳に「字鳬薌、江蘇（蘇州府）長洲縣人。嘉慶戊辰（同十三年一八〇八）進士、歷官禮部侍郎。著有晚香堂集」と記される。陶樑が禮部左侍郎であったのは、『清代職官年表』「部院漢侍郎年表」によると、咸豐四年五月からで、同六年十二月に病免となり、翌七年に亡くなった。この序文が「四月朔旦」とするのは、死の直前ということになる。

さて符葆森は、その「寄心盦詩話」で、「鳬薌先生 詩詞を以って海內に名あること數十年、（我は）壬子（咸豐二年）に入都し、始めて一謁を獲たり。時に已に八十一なりき（鳬薌先生以詩詞名海內者數十年、壬子入都、始獲一謁、時已八十一矣）」、また「丙辰（咸豐六年）春に至りて復た入都するに、言論丰采 仍お往時の如し。余の輯する所の是の集を重んじ、因りて張詩舲（名は祥河、後出）先生と同《とも》に極力提倡し、貲を鳩《あつ》めて刋に付す（至丙辰春復入都、言論丰采仍如往時、重余所輯是集、因同張詩舲先生極力提倡、鳩貲付刋）」と記す。

序二、祁寯藻撰。一七九三～一八六六。本集卷六十四に收錄され、その小傳に「字叔頴、一字淳甫、山西（平定直隸州）壽陽縣人。嘉慶甲戌（同十九年）進士、官體仁閣大學士致仕。著有饅𩚏亭集」とある。「大學士年表」によると、祁寯藻が體仁閣大學士にあったのは、道光三十年六月から咸豐四年十一月までで、その後は「體仁閣大學士致仕」という肩書きで病氣療養にあった（「年表」が「咸五死」とするのは誤り）。

序三、張祥河撰。一七八五～一八六二。本集卷六十六に收錄され、小傳に「初名公璠、字元卿、一字詩舲、江蘇（太倉直隸州）華亭縣人。嘉慶庚辰（同二十五年）進士、現官吏部右侍郎、順天府兼尹。著有小重山房集・詩舲詩錄」とある。「部院漢侍郎年表」によると、張祥河が吏部右侍郎になったのは咸豐四年四月である。同八年十一月に左都御史にうつることになる。「寄心盦詩話」には次のように記す。「丙辰（咸豐六年）春、始めて先生に京師に謁す。時に都下の諸名公皆な座に在り。先生 余の詩を嘉賞し、之れが揄揚を爲し、嗣いで陶鳧 香〔ママ〕先生と拙輯『正雅集』を刻するを商し、提倡して餘力を遺さざるは感ず可きなり（丙辰春始謁先生於京師。時都下諸名公皆在座。先生嘉賞余詩、爲之揄揚、嗣與陶鳧 〔ママ〕香先生商刻拙輯正雅集、提倡不遺餘力可感也）」。

序四、花沙納撰。?～一八五九。本集卷七十七に收錄され、小傳に「字毓仲、號松岑、蒙古正黃旗人。道光壬辰（同十二年）進士、現官吏部尙書。著有韻雪齋小草・出塞雜詠・東使吟草・沜園集」と記される。「部院大臣年表」によると、その吏部尙書は咸豐四年十月以來のことで、同九年十二月に在官のまま亡くなる。

序五、瑞常撰。?～一八七二。本集卷七十七に收錄され、小傳に「字芝生、蒙古鑲黃旗人。道光壬辰進士、現官吏部左侍郎。著有如舟吟館詩鈔」と記される。「部院滿侍郎年表」によると、道光三十年三月、花沙納のあとをうけて吏部侍郎となり、咸豐七年八月、左都御史にうつっている。その間、咸豐元年六月、江南鄉試に正考官として赴いた。「寄心龕詩話」に次のように記す。「芝生先生は葆森の座師爲り（芝生先生爲葆森座師）」、また「丙辰（咸豐六年）京師に寓する時、教益を辱《かたじけな》くし、并せて爲に是の集を鑒訂し、改正する所多く、深く感ず可きなり（丙辰寓京師時、辱教益、并爲鑒訂是集、多所改正、深可感也）」。

序六、沈兆霖撰。一八〇一～一八六二。本集卷八十二に收錄され、小傳に「字子菉、號朗亭、浙江（杭州府）錢塘縣人。道光丙申（同十六年）進士、現官戶部左侍郎・南書房行走。著有秦中・使滇蜀・輶使西江・使金陵諸草」と記される。「部院漢侍郎年表」によると、沈兆霖が戶部左侍郎となったのは咸豐六年十一月であり、同九年五月、左都御史にうつることになる。

序七、朱琦撰。一八〇三～一八六一。本集卷七十九に收錄され、小傳に「字伯韓、一字濂甫、廣西（桂林府）臨桂縣人。道光乙未（同十五年）進士、由翰林改官御史候選兵備道。著有來鶴山房詩稿」と記される。

序八、崇實撰。?～一八七六。本集卷八十九に收錄され、小傳に「字樸山、一字適齋、滿洲鑲黃族人。道光庚戌（同三十年）進士、由翰林院編修、歷官工部侍郎、現官四品京堂三品銜。著有小瑯玕館詩存」と記される。崇實が工部侍郎となったのは、「部院滿侍郎年表」によると、咸豐五年四月であるが、その年の六月には「降三調」とされた。また「寄心龕詩話」には、「崇君樸山は麟見亭師の長君爲り（崇君樸山爲麟見亭師長君）」と記す。崇實の父麟慶は、字は伯餘、號は見亭。嘉慶十四年進士、一七九一～一八四六、本集卷五十八に收錄される。符葆森との關係はあとにのべる。

序九は編者の「自序」である。符葆森については次項124『篤舊集』卷十八に、「字南樵、江蘇（揚州府）江都（縣）人。咸豐辛亥（同元年）擧人。著有寄鷗館詩錄」とある。本集の各處からその履歷や本集の編輯經緯、またその內容などについて、右の序文をも參考にしながら、順をおってたどることにする。

一、符葆森の履歴について。

崇實の序文にいう。「先大夫 昔 河督に官たりし時、士を崇實書院（息子と同名）に課し、符君南樵の巻を得、……遂に之れを抜きて以って多士に冠す（先大夫昔官河督時、課士崇實書院、得符君南樵卷、……遂拔之以冠多士）」。麟慶が江南河道總督として江蘇淮安府の清江浦に駐在したのは、「總督年表」によると、一八三三道光十三年三月から同二十二年の十一月までである。「嗣いで諸れを（淮安府）清河（縣）の學博（縣學學官）に訊き、識るに、揚郡の江都の人爲り、淮安に客し、教授周止菴先生の高弟爲り、と（嗣訊諸清河學博、識爲揚郡之江都人、客於淮安、爲教授周止菴先生高弟）」。周濟は本集巻五十六に収録され、「字保緒、一字介存、號止菴、江蘇（常州府）荊溪縣人。嘉慶乙丑（同十年）進士、官淮安府學教授。著有味雋齋詩文詞集」と記される。一七八一～一八三九。また「寄心盦詩話」に、「丙申・丁酉（道光十六・七年）間、先生に淮陰に依り、日びに訓廸を承け、學業增長す。今先生久しく道山に歸し、此れを念えば能く睠睠たること無からんや（丙申丁酉間依先生於淮陰、日承訓廸、學業增長。今先生久歸道山、念此能無睠睠）」と記す。崇實・序はさらにつづける。「是の年丁酉（道光十七年）の秋賦（郷試）に、先大夫は其の必らず售《とお》らんことを期するも、期する所は否に竟わり、甚だ悵然たるなり（是年丁酉秋賦、先大夫期其必售、而所期竟否、甚悵然也）」。

「自序」に、沈德潛045『國朝詩別裁集』の續集を編輯することを決意したあとに、次のように記す。「是こに於て己亥（道光十九年）の冬、居を梅花書院東偏の五賢祠に借り、始めて諸もろの書を藏する所の者より假りて若干集を得たり（於是己亥之冬、借居梅花書院東偏之五賢祠、始假於諸所藏書者得若干集）」。梅花書院は、李斗の『揚州畫舫録』巻三・新城北録上に、「在廣儲門外。明湛尚書若水書院故址也」とある。「遂に復た吳に之き越に之き豫章に之き、江を渡り河を涉り、訪求せざるは靡し（遂復之吳之越之豫章、渡江涉河、靡不訪求焉）」。

「自序」をつづける。「粤《こ》こに十年の己酉（道光二十九年）嶺南の張南山先生（張維屛102『國朝詩人徵略』を參照）之れを聞き、函《ふみ》を疊ねて梓を促し、乃わち庚戌（道光三十年）の春に於て開雕し、甫めて二十餘巻を成すに、而して癸丑（咸豐三年）に揚郡の變作《おこ》れり。先ず稿本を攜えて出づるを期し、倉皇として地を避け、荒湖の旁らに伏處して幸いに恙無きなり（粤十年己酉、嶺南張南山先生聞之、疊函促梓、乃於庚戌春開雕、甫成二十餘巻、而癸丑揚郡之變作矣。先期攜稿本出、倉皇避地、伏處荒湖之旁、幸恙無也）。咸豐三年はまた太平天國三年、天國軍の洪秀全は長江沿岸の城市を攻撃し、二月には江寧（南京）を占領して國都とした。

この間の補足として、瑞常の序文は「江都符生南樵は余が辛亥（咸豐元年）に取る所の士爲り（江都符生南樵爲余辛亥所取士）と記す。また崇實の序文は次のように記す。「十餘歳を閲《へ》て、今上改元の初め、南樵始めて魁を以って江南の榜に選中す。明年（咸豐二年）禮部の試（恩科）に赴きて都下に來たり相い見る。報罷の後、卽わち都を出で、皖江の方伯の招きに赴く。又た明年（咸豐三年）江上の變に、南樵は郡城に家するに寇を避けて去り、果して（會試に）來たらず（閲十餘歳、今上改元之初、南樵始以魁選中江南榜。明年赴禮部試來都下相見。報罷後卽出都、赴皖江方伯之招。又明年江上之變、南樵家郡城、避寇去、不果來）」。皖江の方伯とは李本仁のことだろう。咸豐元年五月から同三年二月まで安徽布政使であった。字は藹如、浙江杭州府錢塘縣の人。本集巻八十一に收錄される。

二、命名と刋行について。

「自序」にいう。「丙辰（咸豐六年）公車を以って禮部の試に赴くも報罷さる。陶鳬薌（樑）・張詩舲（祥河）兩先生殷《さか》んに是の集を詢《はか》りて謂えらく、烽火の餘にも未だ損する或《あ》らざるや、皆な子《きみ》の精神 作者の精神と相い默注を爲す。況んや子の取る所の詩 體は正しく意は雅、詩の流失を挽《ひきもど》して功を百年の内に有《も》つ可き者なり、と。爰《ここ》に名を訂《さだ》めて『正雅』と曰い、乃わち代りて諸名公に謀り、貲を鳩めて焉れを梓せり。是れより先、葆森 劉舍人の言に「余の心 寄する有り」と曰うを取り、謂いて『寄心集』と爲す。上に『別裁』を接《つな》ぐと雖も、敢えて續くと言わざるなり。是れ自り訂して今の名と爲す。蓋し取る所の詩に因りて名づくるなり。亦た敢えて自らを正雅と謂うに非ざるなり（丙辰以公車赴禮部試報罷。陶鳧薌・張詩舲兩先生殷詢是集、謂烽火之餘、未或損也、皆子之精神與作者之精神相爲默注。况子所取詩、體正而意雅、可挽詩之流失、而有功於百年內者。爰訂名曰正雅、乃代謀於諸名公、鳩貲梓焉。先是葆森取劉舍人之言曰余心有寄、謂爲寄心集。雖上接別裁、而不敢言續也。自是訂爲今名。蓋因所取之詩名也、亦非敢自謂正雅也）」。劉舍人云々は、劉勰『文心雕龍』の最終第五十章「序志」の贊の最後の二句に「文果載心、余心有寄（文果して心を載すれば、余の心 寄する有り）」とあるのによる。

朱琦・序にいう。「是の集 初めは『寄心』と名づく。去年（咸豐六年）南樵 京師に來たり、陶・張兩侍郎の審定を經て今の名に更めらる。既に又た樸山崇（實）侍郎に館して昕夕に凡その詩の錄傳す可き者を探討して之れを梓す（是集初名寄心。去年南樵來京師、經陶張兩侍郎審定、更今名。既又館樸山崇侍郎、昕夕探討凡詩之可錄傳者梓之）」。

崇實・序にいう。「余が家に小園有り、先大夫の遺す所と爲る。南樵を邀えて其の中に寓せしめ、昕夕に商訂す。竊かに喜ぶに、鄙見之れと合する者十に六七を得たるを（余家有小園、爲先大夫所遺、邀南樵寓其中、昕夕商訂、竊喜鄙見與之合者得十六七焉）」。

三、『別裁』以後の總集について。

陶樑・序より。「歸愚尙書『別裁詩選』は乾隆以前の作を薈萃し、蔚として風雅の鉅觀爲りき。嘉慶の初め蘭泉司寇（王昶）予告して里に歸り、乃わち077『湖海詩傳』の刻有り（歸愚尙書別裁詩選薈萃乾隆以前之作、蔚爲風雅鉅觀矣。嘉慶初蘭泉司寇予告歸里、乃有湖海詩傳之刻）」。

また、「予の出でて（直隷下の）大名に守たるに洎び、復た『畿輔詩選』有り。收むる所は較や狹きも猶お前志なり（洎予出守大名、復有畿輔詩選、所收較狹、猶前志也）」。

張祥河・序より。「我が郷の青浦王侍郎『湖海詩傳』、及び丹徒王柳村（豫）氏の081『羣雅初・二集』は皆な『別裁』を繼ぎて成り、人口に膾炙す。然れども『湖海』は止《た》だ交游を列ね、『羣雅』は嘉慶の世に終わるのみ。今南樵の書出で、二王の選ぶ所に視《くら》べて益ます備わると爲す（我郷青浦王侍郎湖海詩傳、及丹徒王柳村氏羣雅初二集、皆繼別裁而成、膾炙人口。然湖海止列交游、羣雅終於嘉慶世。今南樵之書出、視二王所選爲益備矣）」。

朱琦・序より。「乾隆初元に當たり、天下は方に全盛晏然たりて、兵革の警無し。……其の之れを著錄に見《あら》わすは079『熙朝雅頌』・『湖海詩傳』・062『呉會英才』・115『沅湘耆舊』諸集の如く、彬彬として備うると稱せざるに非ざるなり。然れども其の書爲るは猶お區ぎるに時地を以ってし、限るに卷帙を以ってし、未だ文愨（沈德潛）の如く諸家の體製を萃めて一編と爲し、以って一代の著作の盛んを極むる者有らず（當乾隆初元、天下方全盛晏然、無兵革之警。……其見之著錄、如熙朝雅頌・湖海詩傳・呉會英才・沅湘耆舊諸集、非不彬彬稱備也。然其爲書、猶區以時地、限以卷帙、未有如文愨萃諸家體製爲一編、以極一代著作之盛者）」。

四、本集の内容について。

「自序」より。「乾隆丙辰（同元年一七三六）鴻博科の託始して自り今に迄る百二十有二年、道光己亥（同十九年一八三九）纂輯に事有りて由り今に迄りて十有九年を歷、編する所の詩人は凡そ二千餘家、其の詩を釐《おさ》めて百卷と爲し、其の詩は凡そ八千有奇なるのみ（自乾隆丙辰鴻博科託始迄今百二十有二年、由道光己亥有事纂輯迄今歷十有九年、所編詩人凡二千餘家、釐其詩爲百卷、其詩凡八千有奇云）」。實數で示すと、詩人は二千四十五家である。

「例言」十四則のうちから。

その一、『別裁集』暨び『熙朝雅頌集』の例にならって「卷首」を設け、四人の王を配す。

その二、乾隆元年の鴻博で「薦擧得職者十五人、補試取者四人」、したがって杭世駿（字は大宗、一六九六～一七七二）

ら十九人が巻一に配される。

その三、「身は草野に居りて詩人の爲に傳を作るを得ず。其の或いは佳句の采る可きと、詩中の事の存す可き有る者とは、撰に『寄心盦詩話』有りて、竝びに附列を爲す（身居草野、不得爲詩人作傳。其或佳句可采、與詩中之事有可存者、撰有寄心盦詩話、竝爲附列）」。

その四、「編詩は修史に異なり、例として寛に從う可し。是の集は生歿に拘らず竝びに之れを收め、少しく『別裁』と異なり、本を訂して自ずから一例と爲す（編詩異於修史、例可從寛。是集不拘生歿竝收之、少異於別裁、訂本而自爲一例）」。

その五、「閨媛詩は毘陵惲太夫人の103『正始集』を以って最も廣きと爲し、國初由り今に至る凡そ一千五百餘人なり。是の集に登る所『正始集』に較べ僅かに什分の一に及ぶのみなるは、閨媛を專録せざるを以ってなり（閨媛詩以毘陵惲太夫人正始集爲最廣、由國初至今凡一千五百餘人。是集所登較正始集僅及什分之一、以不專録閨媛也）」。

その六、本集刊行後に屆いた詩篇について。「擬するに二十巻を以って補編を彙録し、百巻の後に續刊せんとす（擬以二十巻彙録補編、續刊於百巻後）」。ただしこれは實現していないとおもわれる。

このあと「采用書目」として、『四庫提要』・『國朝題名碑録』から始まる、總集・文集・筆記・詩話など二百五十三種を列擧する。このうち本敍録が著録するのは三十九種である。

本集は、京大東アジアセンター、島根縣立圖書館、東北大學に藏せられる。

124 篤舊集

十八巻、劉存仁輯。一八五九咸豐九年刊。

封面には書名のみをかかげ、見返しに「咸豐九年秋八月刻於蘭州」とある。

劉存仁については、前項123『國朝正雅集』巻八十八に、「字念莪、一字烔甫、福建（福州府）閩縣人。道光己酉（同二十九年一八四五）擧人、咸豐丙辰（同六年）薦擧孝廉方正、甘肅知縣。著有屺雲樓集」とし、「寄心盦詩話」に、「烔甫曾て林文忠公（名は則徐、後出）に隨って粵西に赴き、賊を剿《ころ》す。文忠 道に卒し、烔甫 其の靈輀を送りて閩に還る。余は丙辰四月に、京師慈仁寺に晤《あ》う（烔甫曾隨林文忠公赴粵西剿賊。文忠卒於道、烔甫送其靈輀還閩。余於丙辰四月晤於京師慈仁寺）」と記す。

序文は二篇あり、その一は「自序」で、「先に梓人に付するのみ（先付梓人云）」と斷ったうえで、その年記と署名を「咸豐十年歳次庚申春三月、閩縣劉存仁自識於莊浪官舍」と記す。

余少くして詩を好み、師友間に佳什有れば輒わち之れを錄す。乙卯（咸豐五年）の後、京師に羈滯し、賢士大夫に從って遊ぶを獲、見聞益ます廣く、晨に書き暝に寫して都て一集と爲す。朱伯韓觀察（名は琦、道員、後出）顔して「篤舊」と曰う。戊午（咸豐八年）挈《たずさ》えて（甘肅）蘭州（府下の縣？）に來たり、明年、莊浪同知に權す（余少好詩、師友間有佳什、輒錄之。乙卯後、羈滯京師、獲從賢士大夫遊、見聞益廣、晨書暝寫、都爲一集。朱伯韓觀察顔曰篤舊。戊午挈來蘭州、明年、權莊浪同知）。

莊浪は涼州府下の廳で、蘭州の北西九〇キロにある。權同知は副知事代行。「自序」ではまた、「篋中の藏を發して之れを讀めば存歿相い半ばす（發篋中藏讀之、存歿相半）」、あるいは「爰に重ねて釐定を加え、凡そ八十五家（爰重加釐定、凡八十五家）」とも記す。

序文その二の年記と署名は「咸豐十年十一月、錢塘陳墉序」である。「伯韓は吾が（進士）同年生」として、朱琦との親交を強調する。陳墉は本集巻六に收録され、その小傳を、「字作甫、號卓廬、浙江錢塘縣人。道光乙未（同十五年）

進士、現官甘肅大通縣知縣。著有卓廬別草」とする。大通縣は蘭州から北西に一二〇キロの城市である。

本集は知人朋友の詩の總集であるから、存歿八十五家と、規模は小さいが、アヘン戰爭、ついで太平天國の亂に對決した人たちの言動が散見する。從來の總集の關係者とあわせて、幾人かをとりあげておく。

卷一、陶樑。109『國朝畿輔詩傳』の編者、ならびに『國朝正雅集』の序文の撰者。編者の「屺雲樓詩話」に、「咸豐乙卯、存仁三たび京師に至り、始めて詩を投じて謁を晉むるを得たり。……時に年已に八十有四なりき（咸豐乙卯、存仁三至京師、始得投詩晉謁。……時年已八十有四矣）」と記す。所收の詩の一つに「贈劉炯甫徵君」七言律詩四首があり、そのうちの二句「病到彌留師未捷、猶聞宗澤渡河聲（病いは彌留（不治）に到るも師は未だ捷《か》たず、猶お宗澤が渡河の聲を聞くがごとし）」の自注に、「君は林文忠公の幕に在り、臨歿の時に代りて遺摺を草す（君在林文忠公幕、臨歿時、代草遺摺）」とする。宗澤は、北宋末に二帝が金によって拉致されたときの東京留守である。最後は、「出師未捷身先死、長使英雄涙滿襟（師を出だすも未だ捷たず身は先に死し、長く英雄を使《し》て涙 襟に滿たしむ）」と言い、「河を過《わた》れ（過河）」と三呼して亡くなった（『宋史』卷三百六十）。

卷一、林則徐。小傳に「字少穆、晩號竢邨、福建（福州府）侯官人。嘉慶辛未（同十六年、一八一一）進士、歷官雲貴總督、晉宮保、在籍加欽差大臣、贈宮傅。謚文忠、祀名宦鄉賢祠。著有雲左山房詩鈔」とされる。また「屺雲樓詩話」には、「道光三十年（一八五〇）引疾して里に歸るも、甫めて半載、詔もて起ちて師を粵西に督す。維《こ》の時、存仁を召して戎幕に參ぜしむるに、行くゆく普甯に抵りて將星忽ち隕つ。慟哭して輀を護りて南に旋る。是れ自り南北に奔馳し、益ます漠然として向かう所無し（道光三十年引疾歸里、甫半載、詔起督師粵西。維時召存仁參戎幕、行抵普甯、將星忽隕。慟哭護輀南旋。自是南北奔馳、益漠然無所向）」と記す。普甯縣は、廣西に向かう途中の、廣東潮州府下にある。その死は十月十九日、享年六十六歳であった。一七八五～一八五〇。

卷五、張維屏。102『國朝詩人徵略』の編者。「詩話」に「(我)繼いで京師に遊ぶに、符南樵(葆森)及び賢士大夫は咸な嘖嘖として置かず(繼遊京師、符南樵及賢士大夫咸嘖嘖不置)」と記す。

卷六、朱琦。『國朝正雅集』の序文の撰者。「詩話」に「余が姻の林香溪(名は昌彝、後出)教授と相い友善たり。教授『射鷹樓詩話』(鷹は英國の英と音通)を輯し、其の新鐃歌四十九章を採りて殿と爲す(與余姻林香溪教授相友善。教授輯射鷹樓詩話、採其新鐃歌四十九章爲殿)」、また「粤西に返りて後十年、咸豐乙卯、再び京師に來たり、余始めて交わりを訂《むす》ぶを獲たり(返粤西後十年、咸豐乙卯再來京師、余始獲訂交)」と記す。本集の命名者であることは、編者「自序」にも見えた。

卷十一、林昌彝。小傳に「字惠常、一字薫裳、號薌谿、福建侯官縣人。道光己亥(同十九年、一八三九)擧人。咸豐三年進呈所著三禮通釋四十卷、欽賞教授。著有遂初樓詩鈔」とある。號は先の引用では「香溪」に作る。「教授を欽賞」されたのち、福建の建寧府學、また邵武府學の教授となった。林則徐の同族である。一八〇三〜?。劉存仁の「詩話」にいう、「少くして教授と總角(あげまき)に交わりを摯《いた》し、申《かさ》ぬるに婚姻を以ってす。各おの孤兒を以って崛起し、互相に砥礪す(少與教授總角摯交、申以婚姻。各以孤兒崛起、互相砥礪)」と。

卷十四、魏源。小傳に「字默深、一字墨生、湖南(寶慶府)邵陽縣人。道光甲辰(同二十四年)進士、官(江蘇揚州府)高郵州知州。著有古微堂詩鈔」とする。一七九四〜一八五七。「詩話」には「余が友林香溪 都に入り、默深と交わりて尤も摯《あつ》し(余友林香溪入都、與默深交尤摯)」とするが、彼じしんには面識がなかったようである。また、『射鷹樓詩話』が、その『聖武記』と『海國圖志』について「尤も有用の書爲り(尤爲有用之書)」とするのを引く。

卷十八、符葆森。『國朝正雅集』の編者。「詩話」に、「丙辰(咸豐六年)春、南樵を京師に識る(丙辰春、識南樵于京師)」とし、『正雅集』については、「余は則わち素より親炙する所の者に就きて約して是の編を爲す(余則就素所親炙者、約爲是編）」、また「年を逾えて丁巳、南樵の書の刻成る。余も亦た筮《はじ》めて蘭州に仕え、先後して都を出で、久しく音問無し（逾年丁巳、南樵書刻成。余亦筮仕蘭州、先後出都、久無音問）」と記す。所收の詩の一つに、「送炯甫之官甘肅（炯甫の官に甘肅に之くを送る）」七言古詩二十四句があり、そのうちの二句に「五十旬時判袂去、四千里外心悠悠（五十の旬時 袂を判かちて去り、四千里外 心は悠悠たり）」とある。「五十旬時」とは、五十という十の區切り、という意味だろう。兩者の年格好を示したものとおもわれる。

本集は京大文學部に藏せられる。

125 貞豐詩萃　五卷、陶煦輯。一八六四同治三年刊。

封面には、二行の書名の下に「儀一堂藏本」とされ、見返しに「咸豐辛酉（同十一年一八六一）孟冬開雕、同治甲子（同三年）仲秋工竣」とされる。刊行に時間がかかったのは、戰亂のためであろう。

「貞豐」は、編者の「凡例」によると、江蘇蘇州府元和縣周莊鎮下の「貞豐里」である。陶煦については、本集の掲出に「里中後學陶煦子春氏輯」とする。それ以外はほとんど分からない。

序文類は、編者のものを含めて三篇ある。書かれた年次にしたがって見ておこう。

その一の「敍」は同治元年、蘇州府震澤縣の莊慶椿の撰である。この人物についても分からない。「吳中は庚申（咸豐十年一八六〇）・辛酉（同十一年）自り寇畧に遭罹し、故家の藏書は、其れ衣甲に紉作され、且つ爇《や》かれて薪と爲る有り（吳中自庚申・辛酉遭罹寇畧、故家藏書、其有紉作衣甲、且爇爲薪）」。「寇畧」とは、太平天國の亂をさす。咸豐十年は太平天國十年でもある。その四月に忠王李秀成が蘇州を攻略し、城內の拙政園を忠王府とした。現在の蘇州博物館の場所である（唐雲俊主編『江蘇文物古迹通覽』二〇〇〇年・上海古籍出版社、二五一頁による）。周莊鎮からは北西に三〇キロの位置になる。この「敍」が書かれたのは、蘇州がまだその占領下にあった時である。その占領が解けるのは同治二年冬十二月のことである。「敍」の最後には次のように記す。「抑《そもそ》も聞くならく、李穆堂先生（名は紱、一六七三〜一七五〇）の「凡そ人の遺文賸稿を拾いて代わりて之れを存するは、其の功德、棄兒を哺み枯骨を葬ると同じなり」と云うを（抑聞李穆堂先生云凡拾人遺文賸稿、而代存之者、其功德與哺棄兒葬枯骨同）」。

その二は編者の「自序」で、同治二年に書かれ、その署名を「陶煦子春氏書於儀一堂」とする。當地の文學的名所を、「陸魯望（名は龜蒙、唐・？〜八八一頃）の茶竈は此こを曾《へ》て逍遙す（陸魯望之茶竈、曾此逍遙）」とか、「『談藝』の才高くして、昌穀（徐禎卿、明・一四七九〜一五一一）の祠は故《もと》の如し（談藝才高、昌穀之祠如故）」と紹介したあと、「煦は蓺苑に叨《みだり》に游び、詞林に忝くも附し、心に先進を儀《のり》とし、手に名篇を輯す。既に墨を弄んで以って晨に書き、復た脂を燃して瞑に寫す。或いは全集を披けば則わち其の精金を揀び、或いは單辭を檢すれば則わち其の片羽を留む。……捃摭の及ぶ所に就きて、先ず詮排して以って編を成す。約して百人を得、釐めて五卷と爲す（煦蓺苑叨游、詞林忝附、心儀先進、手輯名篇。既弄墨以晨書、復燃脂而瞑寫。或披全集、則揀其精金、或檢單辭、則留其片羽。……就捃摭之所及、先詮排以成編。約得百人、釐爲五卷）」と記す。「蓺苑・詞林」は、次にあげる「序」の、陶煦が翰林院待詔であったことをさすのだろう。收錄人數の實數は、已往の里人百六家と寓賢三十六家である。なお「凡例」では、本集に先立って、一七五三乾隆十八年には章綠天によって『貞豐擬乘』が成り、一八〇八嘉慶十三年には陳墨莊によってその增輯が刊行されたことを記す。

その三の「序」は、同治三年四月、すなわち太平軍による蘇州占據が解かれたあとの撰である（李秀成は同治三年六月に捕われ七月に處刑された）。その署名を、浙江杭州府の「錢唐袁鍾林」とするが、この人物についても未詳である。その冒頭に、「元和の東南に周莊鎭有り、又た貞豐と名づく。余 茲こに攝篆（首長代行）してより已に一載なりき。時に兵興初めて定まり、治は尙お簡易たり。因りて其の賢士夫と游ぶこと温温盅盅、類として志の潔く行いの芳しき者多し。翰林院待詔陶君子春は文辭を以って名あり、嘗て其の先進の詩五卷を集めて『貞豐詩萃』と曰う（元和之東南有周莊鎭、又名貞豐。余攝篆於茲已一載矣。時兵興初定、治尙簡易。因與其賢士夫游温温盅盅、類多志潔行芳者。翰林院待詔陶君子春以文辭名、嘗集其先進詩五卷、曰貞豐詩萃）」と記す。

本集は京大文學部に藏せられる。

126　國朝詩鐸　二十六卷、張應昌輯。一八六九同治八年刋。

本集には「詩人名氏爵里著作目」があり、所收の詩家九百十一人（うち最後の二人は「附存」）を列擧しているが、その九百十番めは編者じしんで、

（浙江杭州府）錢唐（縣）張應昌、（字）仲甫、號寄庵、原籍（浙江湖州府）歸安（縣）。增生（增廣生員）、嘉慶庚午（同十五年一八一〇）舉人、內閣中書。有『彝壽軒詩』。

とする。またこの「詩人目」の最後には、參考にした清代「樂府」をあげるなかで、自分の經歴にふれており、「余久客吳閶」すなわち蘇州、「余牧靈武五年」すなわち甘肅寧夏府靈州の知州、「余客通州四載」すなわち江蘇通州直隸州、とする。いずれも擧人から、最終官の內閣中書舍人に至るまでのことであろう。排印本『清詩鐸』（一九六〇年・中華書局）は「出版說明」で、その生卒年を、「一七九〇～一八七四」とする。また、その著作をあげたうちで、「『忠孝節義の事を詠歌』した『國朝正氣集』を編輯したことがあるが、つとに亡佚して傳わらない」と記す。144『晩晴簃詩匯』

巻百二十一・張應昌では、作品の例示として「自題國朝詩鐸」と「自題國朝詩正氣集」の二首のみをあげている。

書名の由來については「自序」のなかで言及されている。その年記と署名は、「咸豐七年（一八五七）夏五、錢唐張應昌仲甫氏書於彝壽東軒」である。

「孔子曰わく「詩に興こる」と。晦翁以爲えらく、「學ぶ者の善を好み惡を惡むの心を興起す」と。其の「言を爲して知り易く、而して人を感ぜしめて入り易き」を取るなり（孔子曰、興於詩。晦翁以爲興起學者好善惡惡之心。取其爲言易知而感人易入也）」。『論語』泰伯篇「子曰、興於詩、立於禮、成於樂」の、最初の部分である。朱子の『論語集注』からは、「興、起也。詩本性情、有邪有正。其爲言既易知、而吟詠之間、抑揚反覆、其感人又易入。故學者之初、所以興起其好善惡惡之心、而不能自已者、心能此而得之」からの要約である。

「三百篇に豈に直言諷刺の作無からんや。其の必らずしも諱まざる者は固より之れを言うを妨げず。所謂る「言う者は罪無く、聞く者は戒しむるに足る」なり。而して坐して論ずる者は必らず起ちて行う可きなり。苟しくも政を授けて達せざれば、詩を論ずるも亦た奚《なに》をか以って爲さん（三百篇豈無直言諷刺之作。其不必諱者、固不妨言之。所謂言者無罪、聞者足戒焉。而坐而論者、必可起而行也。苟授政不達、論詩亦奚以爲乎）」。引用部分は『毛詩』「大序」の、「上は以って下を風化し、下は以って上を風刺し、文を主として譎諫し、之れを言う者は罪無く、之れを聞く者は以って戒しむるに足る、故に風と曰う（上以風化下、下以風刺上、主文而譎諫、言之者無罪、聞之者足以戒、故曰風）」による。

「嘗て子美（杜甫）の「潼關吏」「石壕吏」諸篇、及び香山（白居易）・文昌（張籍）・仲初（王建）の新樂府を讀むに、洵に所謂る「言は知り易くして、感ぜしめて入り易き」者なり。當今の世、子美・香山・文昌・仲初の詠少なからず、各集中に散見す。爰《ここ》に見る所に就きて選輯彙編し、名づけて『國朝詩鐸』と曰い、是れを以って遒人の路に警《いまし》むと爲し、是れを以って太史の風を陳《なら》ぶるを佐《たす》く（嘗讀子美潼關吏・石壕吏諸篇、及香山・文昌・仲初新樂府、洵所謂言易知而感易入者。當今之世、不少子美・香山・文昌・仲初之詠、散見於各集中。爰就所見、選輯彙編、名曰國朝詩鐸、以是爲遒人之警路、以是佐太史之陳風）」。「遒人」は、『尚書』夏書「胤征」に「毎歳孟春、遒人 木鐸を以って路に徇《とな》う（毎歳孟春、遒人以木鐸徇于路）」とあり、孔氏傳に、「遒人は、宣令の官なり。木鐸は金鈴木舌、文教を振るう所以なり（遒人、宣令之官。木鐸、金鈴木舌、所以振文教）」とされる。また「太史」は、『禮記』王制に、「天子 五年に一たび巡守す。歲二月 東に巡守し、岱宗に至り、柴《しば》きて山川を望祀し、諸侯を覲《み》、百年の者に問いて就きて之れを見、大師［ママ］に命じて詩を陳べしめ、以って民風を觀る（天子五年一巡守。歲二月東巡守、至于岱宗、柴而望祀山川、覲諸侯、問百年者就見之、命大師［ママ］陳詩、以觀民風）」とあり、鄭氏注に、「詩を陳ぶとは、其の詩を采りて之れを視るを謂う（陳詩謂采其詩而視之）」とされる。

編者の「凡例」九則より。

その一、「是の編は本より吏治民風の爲に輯し、他選の、世を論じ詩を評する者と同じからず、事に遇いて矜式する（敬いて法とする）所有るを以って居要と爲す（是編本爲吏治民風而輯、與他選之論世評詩者不同、以遇事有所矜式爲居要）」。

その二、「輯は咸豐丙辰（同六年）に始まり今（同七年か？同治七年頃か？）に至り、見るに隨いて增入に隨う。其の選に入る者は已に千家に近く、人ごとに或いは一、二首、或いは數十首、共に詩五千餘首を得たり。又た重ねて裁別を加え、其の尤雅精警の作を擇びて之れを存するも、亦た二千餘首有りき（輯始於咸豐丙辰、至於今、隨見隨增入。其入選者已近千家、人或一二首、或數十首、共得詩五千餘首。又重加裁別、擇其尤雅精警之作存之、亦有二千餘首矣）」。

他者の序文は三篇ある。その一の年記と署名は、「咸豐八年歲在戊午秋七月、金陵愚弟朱緒曾序」である。朱緒曾の生年を『明清江蘇文人年表』は一八〇五嘉慶十年とする。本集「詩人目」七百五十番めの略歴では、「（江蘇江寧府）上元（縣人）、（字）述之。道光壬午（同二年一八二二）擧人、官至浙江知州。咸豐辛酉（同十一年）殉粤逆難。有『耽古齋集』」とする。したがって本集の刋行を見ることなく終ったことになる。

「高宗純皇帝 幾暇の餘、復た唐臣白居易の樂府に和し、其の指歸を暢《の》ばし、風を以って天下に示す。是こに於て館閣の詞臣、曁び膠庠の俊秀、山澤漁釣の人、皆な興起する所有り。凡そ見聞の及ぶ所、土俗・民風・農桑・水旱に於て、之れを聲詩に播さざる無く、以って（詩の）六義に合するを求む（高宗純皇帝幾暇之餘、復和唐臣白居易樂府、暢其指歸、以風示天下。於是館閣詞臣、曁膠庠俊秀、山澤漁釣之人、皆有所興起。凡見聞所及、於土俗民風農桑水旱、無不播之聲詩、以求合乎六義）」。乾隆帝といえば、その二十二年一七五七に試帖詩の復活がなされた。右に記される樂府の唱和と、あるいは關係するかもしれない。

序文その二の年記と署名は、「咸豐八年歳次戊午季夏六月、上海王慶勳拜書於武林邸舍」である。王慶勳は「詩人目」八百六十二番めに、「（江蘇松江府）上海（縣人）、（字）叔彝。諸生、官浙江候補道。有『詒安堂詩稿』」とされる。

序文その三の年記と署名は、「同治七年秋八月、永康應寶時拜手謹序於蘇松太兵備道署」である。前の「自序」から十一年、序文二篇から十年ののちに、本集刋行の資金提供者がようやく現われたことになる。應寶時は本集に收録されていない。『晩晴簃詩匯』巻百四十六・應寶時によると、字は可帆、號は敏齋、浙江金華府永康縣の人。道光二十四年一八四四の擧人、歴官江蘇按察使（同治八年六月～光緒元年一八七五・八月）である。

「寶時は陋として不學、先生の深微を闚う無し。唯だ是れ忝くも分巡に任じ、兢兢として民の瘼《やま》い・時の艱《なや》みを以って念と爲すも、而も克《よ》く措く所を善くする罔し。先生の茲の編を讀むに悠悠然として思い、怦怦焉として其の動有るを禁じざるなり。乃わち爲に出資して之れを刻す（寶時陋不學、無闚先生之深微。唯是忝任分巡、兢兢以民瘼時艱爲念、而罔克善所措。讀先生茲編、不禁悠悠然思、怦怦焉其有動也、乃爲出資刻之）」。張應昌じしんも、「分類目」の最後で、應寶時が「出資代刋」してくれたことに謝意を表している。

その「分類目」では、二十六巻のうちに百五十二項目が分載される。例擧すれば、巻一その一の「歳時」から始まり、巻二その二「米穀」、その三「漕政」、巻三その四「鹽莢」、巻四その四「河防」、巻七その一「蠶桑」、巻八その四「力役」、巻十その二「盜賊」、巻十一その一「兵事」、巻十二その一「將帥」、その二「兵卒」、巻十三その五「島夷」、巻十五その一「水災」、その二「旱災」、巻十七その一「流民」、巻二十四その一「鬼神」、巻二十六その七「倡優」、そして最後のその十二「鴉片煙」などである。私はかつて、巻十五その八「地震」を材料として、「清代の地震の詩」（『一海知義著作集』月報七・二〇〇九年）、また「鴉片煙」を材料として、「清末のアヘン詩」（『中國文藝研究會報』第五十期・一九八五年、のち『明清詩文論考』二〇〇八年に收録）という、いずれも短かい文章を書いたことがある。

本集は、同治八年・應氏秀芝堂刋本が、國會圖書館、および早大寧齋文庫に藏せられる。また、本項の初めに引いた中華書局版『清詩鐸』は秀芝堂刋本を底本として標點を加え、「作者索引」を附している。ただし「出版説明」には、「いかなる資料價値もなく、また民族の團結に利することのない若干篇を省略した」と注記している。

127　永平詩存　二十四巻・續編四巻、史夢蘭輯。一八七一同治十年刋。

封面に、書名をはさんで右上に「同治辛未嘉平（同十年十二月）」、左下に「鐵嶺楊儒題」とある。この人物は未詳。

直隷永平府は一州六縣を領する。長城の、山海關に至るもっとも東側の線を中央にして、その南北に廣がる地域である。

史夢蘭は、字は香厓、府下樂亭縣の人。道光二十年（一八四〇）擧人。一八一三～一八九八。『清史列傳』巻七十三は

次のような事例を記す。「藏書數萬巻、日に經史を以って自ら娯しむ（藏書數萬卷、日以經史自娯）」。また一八六〇咸豐十年、つまりイギリス・フランス聯合軍が北京を陥れ圓明園を焚燒した年、「英法の内犯するに、（蒙古の親王にして領將の）僧格林沁は師を督して欒亭に至り、夢蘭に囑して郷勇の團練を招き、事の平らぎて五品銜を奬む（英法内犯、僧格林沁督師至欒亭、囑夢蘭招郷勇團練、事平、奬五品銜）」。また「大學士曾國藩 直隷を總督するに（同治七年七月～同九年八月）、手書もて招致し、與《とも》に古今の圖史及び地方の利弊を論じ、深く之れを器重す（大學士曾國藩總督直隷、手書招致、與論古今圖史及地方利弊、深器重之）」と。本集の刊行はその直後ということになる。「（光緒）二十四年卒、年八十六」。多數の編著書があり、その二十三種が道光から光緒の間に『止園叢書』に収められた。本集もそのうちの一つである。

自序は無く、「凡例」八則がある。

その一、「永平の先哲は首《はじ》めに（伯）夷（叔）齊を推す（永平先哲、首推夷齊）」。當初は歴代の總集を企圖したが、永平人としての確定がむずかしく、詩篇も少ないことから、「故に止だ國朝にのみ就きて百餘家を得、二十四巻に分かつ（故止就國朝得百餘家、分二十四卷）」。實數は百五十九家であり、續編四卷では二十家である。

その二、旗人の扱いについて。079『熙朝雅頌集』は「專ら滿蒙漢旗籍の詩を錄して百有八巻に至り（この巻數の由來は不明）、蒐羅は宏富と云う可し（專錄滿蒙漢旗籍之詩、至百有八卷、蒐羅可云宏富）」。これにたいして109『國朝畿輔詩傳』は「旗籍を收めず、亦た八旗の京畿に分駐するを以って州縣の統轄に歸せず（不收旗籍、亦以八旗分駐京畿、不歸州縣統轄）」。本集においては、「第だ滿蒙のみ曩に屯居無し。今漢軍の屯居する者は、國朝以前に在りては原《もと》より民籍に係り、族を斯れに聚むること有年を歷し、滿蒙と同じからざる所なれば、故に其の詩は一例に收入し、以って向隅（仲間はずれ）を免がる（第滿蒙曩無屯居。今漢軍之屯居者、在國朝以前、原係民籍、聚族於斯歷有年、所與滿蒙不同、故其詩一例收入、以免向隅）」。

その三、各家について、小傳や府州縣志記載の引用のあと、「後に『止園詩話』を以って之れを繼ぐ（後以止園詩話繼之）」。

序文の年記と署名は、「同治十年歳次辛未孟冬之月、（安徽）和州（直隷州）鮑源深序於京城宣南廣舍之補竹軒」である。鮑源深は字は華潭、號は穆堂、道光二十七年の進士。『清代職官年表』「學政年表」によると、同治九年八月、工部侍郎の身で順天學政に任じられ、三年の任期を終えずに、翌年九月、山西巡撫に改められている。永平府にもいまだ至っていないと、序文のなかでいう。したがってこの文章は山西に赴任するまえに北京の宿舍で記したことになる。「余 命を奉りて畿輔を視學し、明年に試を其の地に案ぜんと擬《ほっ》す（余奉命視學畿輔、擬明年案試其地）」とは、任期中に直隷下十一の府をまわって學校試をおこなうことをいう。「迺わち旋って山右を巡撫せよとの命を拜し、未だ此の役を竟うるを得ず（迺旋拜巡撫山右之命、未得竟此役）」。「而して吾が同年の郭廉夫比部『永平詩存』を以って授け見《ら》る。蓋し其の郡の史香厓孝廉 選輯すること有年、而して廉夫之れを助け、捜采して以って成る（而吾同年郭廉夫比部以永平詩存見授。蓋其郡史香厓孝廉選輯有年、而廉夫助之、捜采以成）」。郭長清は、字は懌琴、號が廉夫、府下臨楡縣の人で、本集の續編巻一に收錄される。咸豐六年の進士であるから、「同年」とは、進士のそれではない。「比部」は刑部。

その郭長清が「跋」を書いている。年記と署名は、「同治十年辛未夏六月朔、臨 渝［ママ］ 郭長清敬跋于都門寓齋」である。「咸豐初載（一八五二）長 之れ（史夢蘭）と郡城に會し、風雅を暢談し、毎に鄉人の遺稾の散逸して存せざるを歎き、因りて采詩の約を訂《さだ》む（咸豐初載、長與之會郡城、暢談風雅、毎歎鄉人遺稾散逸不存、因訂采詩之約）」。「乙丑（同治四年一八六七）春日、稾を以って寄せ、長は參訂し、幷せて屬繕清綜す（乙丑春日、以稾寄、長參訂幷屬繕清綜）」。

本集は京大東アジアセンターに藏せられる。

128　國朝歴下詩鈔　四巻、王鍾霖輯。一八七八光緒四年刋。

「歴下」は、山東濟南府に屬する十五縣のうちの一つの歴城縣で、府の負郭の城市である。特に名勝大明湖を擁することから文人墨客の往來繁く、近年の張傳實・李伯齊選注『濟南詩文選』（一九八二年・齊魯書社）や于國俊主編『咏魯詩選注』（一九八三年・山東人民出版社）を開くと、遲くとも宋の曾鞏以來の詩材となっており、また清初の一六五七順治十四年には新城の若き王士禛が「秋柳四首」によって一躍その名を馳せたところである。

封面には書名のみが記され、見返しに二行で「光緒四年戊寅、漁陽山人仲夏初付雕、仲冬望刋竣」、左下に細字二行で「板暫存京瑠璃廠翰茂齋」とある。漁陽山人は編者の別號である。各巻の掲出は「同邑王鍾霖雨生編輯」である。

編者の經歴と本集成書の經緯を知るために、まず「後跋」を見ておこう。その年記と署名は「光緒己卯大暑節（同五年六月中旬）、天津聞妙香館主人梅寶璐（字）小樹謹綴」となっている。年記は見返しの「刋竣」よりおくれる。梅寶璐は、144『晩晴簃詩匯』巻百六十八に「天津人、諸生」とある。「後跋」は最初に七言律詩二首を載せており、その自注で、王鍾霖の「表伯」祖父方のおじ金洙（字は文波、本集巻三所收）、また「母舅」母方のおじ謝焜（字は問山、本集巻三所收）が、いずれも自分の「舊父執」、父親の舊い友人であったとする。また王鍾霖が「道光甲辰科（同二十四年一八四四）の郷魁に擧げられ、屢しば春闈に躓き、遂に挑（選抜）に赴きて敎職に就く（擧道光甲辰科郷魁、屢躓春闈、遂赴挑就敎職）」とも注記する。詩につづく文章ではまず「『歴下詩鈔』共四巻は、王雨生觀察鍾霖 長蘆薊永分司の任內に在りて手づから輯する所の者なり（歴下詩鈔共四巻、王雨生觀察鍾霖、在長蘆薊永分司任內、所手輯者也）」と記す。「觀察」は道員で、編者の最終官職をさす。「長蘆薊永分司」はおそらく、都轉鹽運使司に屬し、庫大使（從八品）として長蘆にあり、また運判（從六品）として直隷薊（州）永（平府）分司にあったのだろう。ついで「光緒戊寅年（同四年一八四四）秋に刋を發《はじ》むるも、未だ校對に及ばずして、意《おも》わざりき九月下旬、倏ち危疴に遘い、津城の公寓に仙逝す（光緒戊寅年秋發刋、未及校對、不意九月下旬倏遘危疴、仙逝於津城公寓）」と記す。天津の道臺といえば海關道であろう。さらに「危に瀕せし時、諄諄として哲嗣蔭卿に命じ、璐に囑して代わりて其の事を終えしむ（瀕危時、諄諄命哲嗣蔭卿、囑璐代終其事）」と記す。

自序の年記は「戊寅孟夏八日」である。その冒頭に次のように記す。「歴下の詩は、何爲れぞ鈔して梓するや。先訓を尊び、舅父を慰むればなり（歴下詩、何爲鈔而梓也。尊先訓、慰舅父也）」と。「舅父」とは先に「母舅」とされた謝焜のことである。このおじが、盧見曾の041『國朝山左詩鈔』をついで『海岱英華集』二十巻を編輯した。ところが、「千金に非ずんば開雕する能わず（非千金不能開雕）」、しかも「暮年、目 酒に盲《めし》いたり（暮年目盲於酒）」。そこで甥のもとへきて、「當に能く吾が志を成し、鄭重に交付すべし（當能成吾志、鄭重交付）」と言いおいた。これが「先訓」である。その後十年、また十年しての最近、余正酉（字は秋門、道光五年擧人、官は山西解州直隸州平陸縣知縣。本集卷三所收）の『國朝山左詩彙鈔』を讀むに、舅父の輯本中の詩が多く見られた。そこで歴城縣下に限り、獨自に若干の詩を加えて『歴下詩鈔』を上梓したのである。「未だ海岱の英華を揚げざると雖も、且《しばら》く先ず歴下の名士を彰わす（雖未揚海岱之英華、且先彰歴下之名士）」。各巻目錄の末尾に人數と首數を明記しており、それらを合計すると、四巻に百八十五人、一千百十八首である。なお、一九二四民國十三年縣志局編『續修歴城縣志』巻三十・藝文によると、余正酉の編輯を『國朝山左詩彙鈔後集』三十九巻としており、それは『國朝山左詩鈔』（宋弼との共編とみなす）と張鵬展の083『國朝山左詩續鈔』とを「國朝山左詩彙鈔前集」とみなしてのことだとする。

本集は早大寧齋文庫に藏せられる。

129　湖北詩徵傳略　四十卷、丁宿章輯。一八八一光緒七年刊。

封面に書名と巻數をかかげ、見返しに「光緒辛巳（同七年）孝感丁氏涇北艸堂開雕」として、ただちに「凡例」、そして「總目」に入り、序文類はいっさいない。

孝感は湖北漢陽府下の縣である。編者丁宿章については他の文獻に見えない。各巻の掲出によって、その字（あるいは號）が「星海」であることが分かるだけである。「凡例」十則の年記と署名は「光緒辛巳季冬、孝感丁宿章父識」である。

その一、「楚詩を綜輯するの最も古き者は廖大隱の『楚風補』『楚詩紀』の、蒐羅詳富に如く莫く、曾て『四庫全書』に收入さる。第だ大隱は長沙（湖南長沙府下の縣）の產爲りて（洞庭）湖以南に詳し（綜輯楚詩之最古者、莫如廖大隱之楚風補・楚詩紀、蒐羅詳富、曾收入四庫全書。第大隱爲長沙產、詳於湖以南）」。『四庫提要』巻百九十四・集部・總集類存目四に「『楚風補』五十巻、國朝廖元度編。元度、字大隱、長沙人」として、次のように著錄する。「是の書は康熙甲子（同二十三年一六八四）・丙子（同三十五年）の間に成り、乾隆丙寅（同十一年一七四六）長沙知府呂肅高 重ねて刪定を爲して之れを刻す（是書成於康熙甲子・丙子之間、乾隆丙寅、長沙知府呂肅高重爲刪定刻之）」。『楚詩紀』は著錄されていない。

その二、「成廟（道光帝）の時、吳門の陶鳧薌侍郎樑、黃州を觀察し、吾が楚の風雅の主持を爲す。曾て王子壽比部・王香雪明經を招きて幕に入れ、『湖北詩徵』の輯を爲す。未だ幾ばくならずして內遷し、遂に稿を攜えて北去す。近ごろ聞くに已に散佚淨盡せり、と。始めて知る、三十餘年前、已に吾が先路を導く者有るを（成廟時、吳門陶鳧薌侍郎樑、觀察黃州、爲吾楚風雅主持。曾招王子壽比部・王香雪明經入幕、爲湖北詩徵之輯。未幾內遷、遂攜稿北去。近聞已散佚淨盡、始知三十餘年前、已有導吾先路者）」。陶樑は109『國朝畿輔詩傳』の編者である。一八四二道光二十二年、湖南糧儲道に補せられたあと、いつかの時點で湖北漢黃德道に調せられた。漢陽・黃州・德安三府を管轄する、兵備を帯びた分巡道である。道光二十八年六月に甘肅按察使に遷るまでその任にあった。王子壽は、名は柏心、道光二十四年の進士で、官は刑部主事。荆州府監利縣の人で、本集巻三十三に收録される。王香雪については未詳、明經は貢士をさす。

その三、「茲の編は戊寅（光緒四年）夏に始まり、辛巳（同七年）秋に迄び、再び寒暑を閲《へ》たり（茲編始於戊寅夏、迄於辛巳秋、再閲寒暑）」。

ところで「凡例」にはまったく言及されていないが、法式善『陶廬雜録』巻三には、「『湖北詩録』、鍾祥（縣）高士熙編」が見える。「不分巻にして、湖北の各郡（府）に依りて排比す。武昌を首とし、次は漢陽、次は黄州、……次は鄖陽。大抵安陸一府の詩　十の四に居る。蓋し士熙は其の郡の人爲りて、捜討に易きのみ。郷曲の見も亦た未だ免る能わず。版を乾隆三十七年（一七七二）に鏤《きざ》み、版式は局促として殊に大雅を傷《そこ》なう。何ぞ大力有る者の之れを重刻するを爲すを得ん（不分巻、而依湖北各郡排比。首武昌、次漢陽、次黄州、……次鄖陽。大抵安陸一府之詩居十之四。蓋士熙爲其郡人、易於捜討耳。郷曲之見亦未能免。鏤版於乾隆三十七年。版式局促、殊傷大雅。何得有大力者爲重刻之）」。高士熙その人は本集巻二十五に收録されるから、何らかの理由でその編輯物を目睹するに及ばなかったのだろう。

湖北は、府十、直隷州一、直隷廳一、縣六十を領する。本集は、先秦・漢から清・光緒期に至る詩家を、各縣ごとに配置する。そのうち清人は千三百餘家である。略傳のほか、地志・詩話などからの轉載が多く、詩句の引用はむしろ少ない。

本集は京大東アジアセンター、坦堂文庫、静嘉堂文庫に藏せられる。

130　國朝金陵詩徵　四十八巻、朱緒曾輯。一八八七光緒十三年刊。

「金陵」は清代では江蘇江寧府とされ、上元・江寧・句容・溧水・江浦・大合・高淳の七縣を領する。六朝に都城が置かれ、下っては明代に留都南京とされ、その滅亡後も福王朱由崧の南明政權の據りどころとして、特に遺民たちの懷舊措く能わざる場所となった。さらにくだっては一八五三咸豐三年・太平天國三年の二月、太平軍の洪秀全がここを國都として天京と稱し、その狀態は一八六四同治三年・太平天國十四年の五月、政府軍の曾國藩が奪回するまでつづいた。

編者の朱緒曾は、字は述之、上元縣の人。一八二二道光二年の舉人で、浙江の知州となった（ただし後出の顧雲「序」では「觀察」つまり道員とする）。126『國朝詩鐸』の序文の撰者の一人である。跋文には、本集の編輯開始が道光十二年・二十八歳の時であったと記す。しかしその完成を見ないまま、一八六一咸豐十一年、太平軍との戰いで歿した。

本集は封面に書名のみを掲げ、見返しに「光緒乙酉（同十一年）孟夏、德清俞樾署檢」とある。ただしこの年記は刊行の年を示すものではない。序文類の年記を追って、本集成書の經緯などをたどることにする。

その一、「光緒五年門五日（未詳）、江甯汪士鐸序」。汪士鐸は140『近代詩鈔』第三册に、「字振庵、別字梅村、江蘇江寧人。道光庚子（同二十年）舉人、薦授國子監助教銜。有『悔翁詩鈔』」とある。

「述之官に卒す。哲嗣桂模謹んで其の稿を兵燹顚沛中に護り、今復た繕いて清本百有餘巻を爲す（述之卒於官。哲嗣桂模謹護其稿於兵燹顚沛中、今復繕爲清本百有餘巻）」。「百有餘巻」というのは、清代以前の詩を含む數である。

「（朱）君は予と同《とも》に知を歸安の姚文僖公に受け、齒は相い次ぎ、耆好は相い等しく、而して君に良子有りて其の志を繼ぎて、失墜する無から俾《し》む（君與予同受知於歸安姚文僖公、齒相次、耆好相等、而君有良子繼其志、俾無失墜）」。姚文僖公は、名は文田、字は秋農、浙江湖州府歸安縣の人。一八一九嘉慶二十四年、戶部左侍郎として江蘇學政をつとめた（一八二一道光元年まで？）。一七五八～一八二七。

その二、目録のあとの識語、「光緒十二年丙戌五月二日、男桂模謹識」。朱桂模の經歴については、顧雲「序」で「學博（學官）」としている。それ以外は分からない。

「先大夫 是の編を捜輯し、人ごとに繫ぐに傳を以ってし、六朝を洗馬（先頭）、嘉（慶）道（光）を獲麟（最後）として薄蹏蠅草（薄紙の罫紙にハエのごとき草書？）二十有六册、册ごとに厚さ寸許、上下二千年、一郡七邑十數朝を萃む（先大夫捜輯是編、人繫以傳、洗馬六朝、獲麟嘉道、薄蹏蠅草二十有六册、册厚寸許、上下二千年、萃一郡七邑十數朝）」。

「庭侍すること未だ幾ばくならずして黒山 警を告ぐ（庭侍未幾、黒山告警）」。「黒山」は後漢末、黄巾の亂をうけて起こった叛亂軍の一派である。

「笈を擔い車に盈たし、拱《おお》いなる璧を閒關す（あちこちと移動させる）。適たま天幸に賴《よ》りて險を秦燔より出だし、缺くるを拾い殘《そこな》うを理め、獨り閨秀・方外の太半を遺し、他は倶に完好たり（擔笈盈車、閒關拱璧。適賴天幸、出險秦燔、拾缺理殘、獨遺閨秀方外之太半、他倶完好）」。

「帙富み、資の繼がざるに苦しみ、其の近くする所を先にして『國朝金陵詩徵』四十有八卷を刋す（帙富、苦資不繼、先其所近、刋國朝金陵詩徵四十有八卷）」。しかし朱桂模も、その刻竣を見ないまま卒した。

その三、序文、「光緒十有三年秋八月、德清俞樾書」。俞樾は、字は蔭甫、號は曲園、浙江湖州府德清縣の人。一八五〇道光三十年の進士。一八五七咸豐七年、翰林院編修を退いた。『清史稿』卷四百八十二・儒林傳三には、「歸りし後は蘇州に僑居して蘇州紫陽・上海求志の各書院を主講し、而して杭州詁經精舍に主たること三十餘年にして最も久し（歸後、僑居蘇州、主講蘇州紫陽・上海求志各書院、而主杭州詁經精舍三十餘年、最久）」と記される。一八二一～一九〇六。二人が出會ったとすれば、朱緒曾の最晩年、俞樾の退官後まもなく、浙江においてのことだろう。

「獨り怪しむに、金陵は東南の大都會爲りて、六朝の時、王氣焉《ここ》に鍾まり、有明に至りて又た留都爲り、其の江山の勝・人物の英 海內に甲たるも、而も其の詩を裒聚して都て一集と爲す者有るを聞かず（獨怪金陵爲東南大都會、六朝之時、王氣鍾焉、至有明又爲留都、其江山之勝・人物之英、甲於海內、而不聞有裒聚其詩都爲一集者）」。

「朱述之先生 是こに於て『金陵詩徵』の作有り、遠くは六朝自り近くは昭代に至り、上は名公鉅卿の製自り、下は勞人思婦の詞に逮び、旁ら緇衣黃冠の作に及ぶ（朱述之先生於是有金陵詩徵之作、遠自六朝、近至昭代、上自名公鉅卿之製、下逮勞人思婦之詞、旁及緇衣黃冠之作）」。

「其の子桂模……其の淹沒を聽《ゆる》す可からず、乃わち謀りて近き由り遠きに及び、先ず『國朝金陵詩徵』四十有八巻を刻す。刻既に成り、序を余に問う（其子桂模……不可聽其淹沒、乃謀由近及遠、先刻國朝金陵詩徵四十有八巻。刻既成、問序於余）」。文末に「吾衰老すと雖も、猶お全書の 畢《ことごと》く出づるを見るに及ぶなり（吾雖衰老、猶及見全書之畢出也）」とも記すから、本集がこの年のうちに刋行されたことは間違いないだろう。

その四、「邑後學顧雲謹序」、年記はない。顧雲は、『近代詩鈔』第十三冊に、「字子鵬、號石公、江蘇上元人。諸生、官訓導。有『盋山詩錄』」とある。

「何《いく》ばくも亡くして、學博（朱桂模）も又た卒す。議する者遂に分任せり。校訂の煩、綜覈の瑣を極め、書を成すこと四十八巻、『國朝金陵詩徵』と曰う（亡何、學博又卒。議者奉煩、綜覈之瑣、成書四十八巻、曰國朝金陵詩徵）」。

「助刋姓氏」には、四十六氏について、それぞれの出資額を明示する。

收錄家數は、一般士人が巻一～四十に二千二十家、寓賢が巻四十一～四十六に百七十家、閨秀が巻四十七に七十二家、方外が巻四十八に五十六家、合計二千三百十八家である。總集の編輯關係者でいえば、巻九に029『詩乘』の劉然、およびその完成者の朱豫、巻十九に050『所知集』の陳毅、巻四十一に016『皇朝百名家詩選』の魏憲、巻四十二に023『明遺民詩』の卓爾堪、巻四十五に067『隨園女弟子詩選』の袁枚、などの名が見える。

本集は京大東アジアセンター、ならびに靜嘉堂文庫に藏せられる。

131 兩浙輶軒續錄　五十四卷・補遺六卷、潘衍桐輯。一八九一光緒十七年刋。

本集は「076『兩浙輶軒錄』阮元輯。四十卷、一八〇一嘉慶六年序刋。補遺十卷、一八〇三序刋」の續編である。嘉慶以降約百年の詩家を對象とする。正編・補遺とも、見返しに「光緒十七年、浙江書局刻」とある。この書局は本集出版のため特別に設けられたもので、光緒十七年初夏に開雕され、秋末に刻竣となった。

潘衍桐は、榜名汝桐、字は峯庭、あるいは振淸、號は嶧琴、廣東廣州府南海縣の人。一八六八同治七年の進士で、一八八八光緒十四年、翰林院侍講學士として浙江學政の任についた。

本集の編輯はきわめて組織的におこなわれた。浙江巡撫としては崧駿が、光緒十四年十月以來、その任にあった（同十九年同官のまま死去）。字は鎭青、滿洲鑲藍旗人、一八五八咸豐八年の擧人である。本集の「敍」の年記と署名は、「時光緒辛卯（同十七年）仲秋、葉赫崧駿撰」である。

學使（潘衍桐）命を銜み浙に來たり、詩教の廢缺を慮り、下車して伊《こ》の始め、卽わち學官に檄して廣く徵集を爲し、今果して迺《こ》こに厥《そ》の成るを觀る（學使銜命來浙、慮詩教之廢缺、下車伊始、卽檄學官、廣爲徵集、今果迺觀厥成）。

「自敍」の年記と署名は、「光緒十有七年星査入牛斗日（未詳）、南海潘衍桐書于緝雅堂」である。

余往春に于《おい》て詩を徵するの事有り、啓もて兩浙に布き、羣集を搜采せしめ、輶軒の至る所、取錄寔《まこと》に多し。是れに嗣いで薦紳大夫・學官生徒、或いは諸家の刻を取り、或いは其の遺燼を拾い、投贈は紛紜たり、寫官は駱驛たりて、未だ朞年に及ばざるに、已に萬家を逾え、試事既に畢る。蓋し力を此れに幷せ、六百日の久しきを以って數十人の力を集め、博く收め愼しみ選び、日を窮め夜に至り、今茲《ここ》に迄《いた》る（余于往春、有徵詩之事、啓布兩浙、搜采羣集、輶軒所至、取錄寔多。嗣是薦紳大夫・學官生徒、或取諸家刻、或拾其遺燼、投贈紛紜、寫官駱驛、未及朞年、已逾萬家、試事既畢。蓋幷力于此、以六百日之久、集數十人之力、博收愼選、窮日至夜、迄于今茲）。書は凡そ五十四卷、刻貲六百萬錢なり。茲の事の成るは寔に同年の鎭靑撫部の力なり（書凡五十四卷、刻貲六百萬錢。茲事之成、寔同年鎭靑撫部之力也）。

「徵詩啓」に日付はないが、「自敍」によると、光緒十六年春のことである。前言として、「兵燹以後、版片は存する無く、乃わち諸《こ》れを中丞（巡撫）に請い、『兩浙防護錄』『兩浙金石志』と合わせ、重ねて手民（雕板排字工）に付す（兵燹以後、版片無存、乃請諸中丞、合兩浙防護錄・兩浙金石志、重付手民）」と記す。太平天國の亂が終熄して二十八年である。また、「咸（豐）同（治）の間、城邑は淪陷し、忠烈の士は計るに勝《た》う可からず、尤も當に博徵廣輯して以って大節を存すべし。此れ後來の責にして亦た使者の職なり（咸同之間、城邑淪陷、忠烈之士不可勝計、尤當博徵廣輯、以存大節。此後來之責、亦使者之職也）」とも記す。このあと十二條を列擧するが、結果が「凡例」に詳しいので、引用は一條のみにとどめておく。

　編詩は時代を以って次と爲す。編の定まれば卽わち移易に難く、故に送詩は宜しく限期を定むべし。凡そ杭（州）嘉（興）湖（州）甯（波）紹（興）衢（州）嚴（州）の七郡（府）は本年臘尾に送至するを限と爲す。台（州）金（華）溫（州）處（州）四郡は明春二月に送至するを限と爲す。歲暮の科試の蕆《おわ》るを告ぐるを僂《ゆびお》り計《かぞ》え、來年の政隙に、庶《こいねがわ》くは編纂成書す可し（編詩以時代爲次。編定卽難移易、故送詩宜定限期。凡杭嘉湖甯紹衢嚴七郡、送至本年臘尾爲限。台金溫處四郡、送至明春二月爲限。僂計歲暮科試告蕆、來年政隙、庶可編纂成書）。

「凡例」二十四則より。

その一、「阮録の……未だ見ざるの書は、是の録に起例するに仍お國初自り昉《はじ》め、次を以って編輯す（阮録……未見之書、是録起例、仍昉自國初、以次編輯）」。例えば023『明遺民詩』の編者卓爾堪（本集巻二収録）のように、前録に収められなかった詩家が、巻の初めのほうに見える。

その二、「各家の溥集」を「借鈔」した藏書家として二ヶ所、杭州府錢塘縣の丁丙（あとの134『國朝杭郡詩三輯』の編者）の「八千巻樓」と、湖州府歸安縣の陸心源（字は剛父、一八三四〜一八九四）の「皕宋樓」。ほかに嘉興府嘉興縣の陳其榮（字は桂廎）には同府百餘家の詩集が藏されていた。また府縣單位の七種の總集が、この機會に編まれた。「皆な此の役に因り特に一書を成す（皆因此役、特成一書）」。

その三、是の編は「綜計四千七百九家、詩一萬三千五百四十三首」を収める。なお、補遺六巻には六百七十五家を収める。「初めは萬家を存するも、芟薙 半ばに及ぶ。濫竽の誚《せ》め有り、或いは賸馥の尚お多きを恐るればなり（初存萬家、芟薙及半、恐濫竽之有誚、或賸馥之尚多）」。

その四、「是の編の采る所の諸書（是編所采諸書）」として四十種がリストアップされる。うち本敍録が著録するのは、077『湖海詩傳』、087『印須集』、086『懷舊集』、123『國朝正雅集』、126『國朝詩鐸』、071（または105（一））『杭郡詩初輯』、105（二）『杭郡詩續輯』、134『杭郡詩三輯』、118『梅里詩續輯』、092『桐溪詩述』、040『甬上耆舊續集』の十一種である。

その五、「各府の采輯事に溥屬有り（各府采輯事有溥屬）」として、嘉興以下の七府には特定の一、二名を張りつけ、杭州は「地は省會に居り、采輯者衆し（地居省會、采輯者衆）」、衢・嚴・處の三府は、「家數較《や》や少なく、率ね郡縣學官に由る（家數較少、率由郡縣學官）」。

その六、四十四の府州縣學の「各學學官」のうち、「先ず檄を行《めぐら》すに調せられて省に來たり校を襄《たす》くる（先行檄調來省襄校）」もの三人、「此の外に分任采訪する者（此外分任采訪者）」として、つごう「六十餘人」の肩書きと姓名が列擧される。

その七、「本省の同官」のうち、巡撫の崧駿、布政使の許應鑅（字は星台、廣州府番禺縣の人）や各府州縣知事など十四人は、「咸な蒐采を助け、我に貺《たま》うこと寔に多し（咸助蒐采、貺我寔多）」。

その八、「本省士大夫の京に在る者（本省士大夫之在京者）」、禮部左侍郎錢應溥（字は子密、嘉興縣の人）ら十人、「其の外に在る者（其在外者）」、廣東布政使姚覲元（字は彥侍、湖州府歸安縣の人、『清代禁燬書目』の著者）ら九人、「其の在籍する者（其在籍者）」、擧人孫詒讓（字は仲容、溫州府瑞安縣の人）ら六十一人、「均しく徵訪を爲し、采輯 帙を成す（均爲徵訪、采輯成帙）」。さらに「德清の俞院長樾（前項『國朝金陵詩徵』の序文の撰者）適たま湖上精舍に來たりて相い與《とも》に討論し、諟正する所多し（德清俞院長樾、適來湖上精舍、相與討論、多所諟正）」。

「補遺敍例」には特に年記も署名もないが、正編「凡例」につづき、編者によって書かれたものであろう。八則のうちの一つに、啓文に、後發組を「送至明春二月爲限」としたのをうけて、「畫するに（光緒十七年）二月の杪《すえ》を以ってし、後來の篇什は概ね補遺に入る（畫以二月之杪、後來篇什、概入補遺）」と記す。

本集は、京大東アジアセンター、阪大懷德堂文庫、國會圖書館、坦堂文庫、靜嘉堂文庫に藏せられる。

132 （一）徐州詩徵　八巻、桂中行輯。一八九一光緒十七年刊。

封面には書名のみをかかげ、見返しに「光緒辛卯（同十七年）三月刊成」とある。

江蘇徐州府は州一・縣七を領する。

桂中行は、字は履眞、江西撫州府臨川縣の人。『進士題名碑錄』には見えない。光緒二十三年、湖南按察使として在官死去した。自序の年記と署名は、「光緒辛卯春三月、臨川桂中行」とある。まず自分の經歷を記して、「再び徐を治めること七歲なりき（再治徐七歲矣）」とする。「再び」とは、徐州知府の任期を二度重ねたことをいうのだろう。ついで當地の文學的由緒をのべて、「古えの『詩（經）』を治める者（古之治詩者）」のうち魯詩と齊詩の二學派が「竝びに徐に邇《ちか》し（竝邇徐）」、また「漢の「大風」一歌は且《まさ》に百世風詩の祖爲らんとするに、詩を徐に采ること其の所自りするなり（漢大風一歌、且爲百世風詩之祖、采詩於徐、自其所也）」。確かに漢の高祖の出身地沛縣はそのまま徐州府下の縣の名である。最後に本集編輯の經緯を記し、「丁亥（光緒十三年）に始まり庚寅（同十六年）に迄る（始於丁亥迄庚寅）」こと、また甄采者として、鎭江府金壇縣の翰林院編修馮煦（字は夢華、光緒十二年進士）と府下の三人の教員の名をあげる。

全八卷のうちに、清初からの詩家二百五十五家が、銅山縣を始めとして州縣ごとに收錄される。

本集は阪大懷德堂文庫に藏せられる。

132　(二)　徐州續詩徵　二十二卷、張伯英輯。一九三五民國二十四年刋。

見返しに「銅山張氏小來禽館本廿有二卷、甲戌（民國二十三年）冬北平文嵐簃承印、乙亥（同二十四年）夏五月成」とある。

編者については各卷揭出に、「銅山張伯英勻圃選」とあることしか分からない。その序文に、前編について、「臨川（桂中行）徵詩、先金壇師爲主選事」と記すから、馮煦に師事したことがあるのだろう。

まず「己巳（民國十八年）暮春」付の「徵詩小簡」で、最初に次のようにのべる。「臨川の桂履眞先生 徐に守たりて『徐州詩徵』『二遺民集』の刋有り、吾が鄉の文獻の甚だ盛んなる事を繫ぐ所と爲るなり。『詩徵』の成書、時の遺漏を促す者《こと》多し（臨川桂履眞先生守徐、有徐州詩徵・二遺民集之刋、爲吾鄉文獻所繫甚盛事也。詩徵成書、時促遺漏者多）」。また最後には次のようにのべる。「『續徵』を爲し、一は以って前書の未だ備えざる所を補い、一は以って近賢の遺著を存せんと擬《ほっ》す。乞うらくは我が八邑の同志の、分任して採訪し、見聞の切近し、漏略の鮮きに庶《ちか》きを（擬爲續徵、一以補前書所未備、一以存近賢之遺著。乞我八邑同志、分任採訪、見聞切近、庶鮮漏略）」と。そして「採訪姓氏」二十五人を州縣別に列擧する。

編者序文の年記は「癸酉（民國二十二年）閏夏」である。まずその編輯が「剏始より今に迄るは越えて五年に及ぶ（剏始迄今、越及五年）」こと、ついで「今其の書を續くるに一に（金壇）師の例に遵い、詩五百家、其の一倍を增す（今續其書、一遵師例、詩五百家、增其一倍）」こと、そのうち「予の舊游は十に三、四に及び、聲音笑貌、巻を展《ひろ》ぐれば見《まみ》ゆるが如し（予之舊游十及三四、聲音笑貌、展卷如見）」と結ぶ。收錄人數の實數は五百二十四家である。

本集は、京大東アジアセンターに藏せられる。

133　柳營詩傳　四卷、三多輯。一八九一光緒十七年序刋。

「柳營」は、兪樾の序文によると「杭州滿洲駐防營」をいう。封面には書名の右肩に「庚寅（光緒十六年）季秋」とあるが、これは自序の年記と等しく、他の序文二篇のそれは一年後となっている。左下には「許庚身題」とある。

編者の三多については、137『道咸同光四朝詩史』甲集巻六に、「字は六橋、蒙古鑲紅旗人、現官庫倫辦事大臣」とあり、140『近代詩鈔』第二十册には、「蒙古人、杭州駐防官、奉天都統、有可園詩鈔」とある。その自序の署名は「鄉後學依氏三多謹書可園」である。

「今夏三多 吾が師王夢薇先生の『杭防營志』を撰するを襄《たす》け、其の藝文一門を成す（今夏三多襄吾師王夢薇先生撰杭防營志、成其藝文一門）」。王夢薇は次に見える王廷鼎のことである。「（王先生）因りて三多に屬して別に『柳營詩傳』一書を輯し、以って其の闕を補わしむ（因屬三多別輯柳營詩傳一書、以補其闕）」。

王廷鼎については、144『晚晴簃詩匯』巻百七十九に、「字夢薇、（江蘇蘇州府下）震澤人、官浙江縣丞、有紫薇花館稾」とあり、徐世昌の「詩話」に「夢薇は末僚を以って浙江に需次（空きポスト待ち）し、業を詁經精舍に肄《なら》いて俞曲園の高足の弟子と爲る（夢薇以末僚需次浙江、肄業於詁經精舍、爲俞曲園高足弟子）」と記される。

その序文の年記と署名は、「光緒辛卯（同十七年）中夏、震澤王廷鼎書於花市小築」である。

「杭州駐防の營は本と士卒を簡《えら》びて海疆を捍《ふせ》ぐ爲に設けらる（杭州駐防之營、本爲簡士卒捍海疆而設）」。

「己丑（光緒十五年）冬、余曾て爲に『杭防營志』を撰す（己丑冬、余曾爲撰杭防營志）」。「（三多は）復た自ら其の營中諸先達の遺詩を蒪輯し、窮搜冥訪すること國初自り今に迄る都て三十餘家なり（復自蒪輯其營中諸先達遺詩、窮搜冥訪、自國初迄今、都三十餘家）」。

俞曲園、すなわち俞樾については、130『國朝金陵詩徵』の序文の撰者として、また131『兩浙輶軒續錄』の討論者として、すでに見えた。その序文の年記と署名は、「光緒辛卯季春、曲園俞樾」である。

「六橋君なる者は、余の門下の士王君夢薇の高足の弟子にして、曾て夢薇を介して余を俞樓に見る（六橋君者、余門下士王君夢薇之高足弟子、曾介夢薇見余於俞樓）」。

「我が朝の滿洲に興こるは猶お周家の邠岐に興こるがごときなり。八旗の我が浙に分駐するは、即わち其の德化の南方に流被するなり（我朝之興於滿洲、猶周家之興於邠岐也。八旗之分駐我浙者、卽其德化流被於南方也）」。「今聞くならく營中に風雅の士多く、琴を彈じ詩を詠じ、文酒遊醼すること虛日無し、と。夢薇は偏く其の賢士大夫と交わり、而して余は夢薇に因りて以って六橋を識り、此の編を讀むを得たり。惜しむらくは老病相い尋ぎ、意興衰落し、騷壇雅坫の間に追逐するに及ばざるなり（今聞營中多風雅士、彈琴詠詩、文酒遊醼、無虛日。夢薇偏交其賢士大夫、而余因夢薇以識六橋、得讀此編。惜老病相尋、意興衰落、不及追逐於騷壇雅坫間也）」。この年七十一歳であった。「凡例」四則の最後には、「是書共爲四卷。卷一・卷二詩、卷三存閨秀、卷四附詩餘」と記す。卷一・卷二に收錄されるのは三十家、卷三は二家である。

本集は京大文學部に藏せられる。

134　國朝杭郡詩三輯　百卷、丁申・丁丙同輯。一八九三光緒十九年刊。

丁申については、144『晚晴簃詩匯』卷百六十七に「字竹舟、（杭州府）錢塘（縣）人。諸生、候選主事」とある。吳晗『江浙藏書家史略』（一九八一年中華書局）は、『杭州府志』卷百四十二を引いて次のように記す。「咸豐十一年（一八六一）冬、太平軍再び省城を陷るるに、身を跳《おど》らせて免る。文瀾閣の書を煨燼瓦礫の中に拾い、萬餘冊を得たり。城復し、權《かり》に府學に儲《たくわ》う。其の後巡撫譚鐘麟奏して文瀾閣を重建せんことを請い、申は弟の丙と藏書を出だし殘闕を繕補して（府學にある）尊經閣中に藏し、以って舊觀を復す（咸豐十一年冬、太平軍再陷省城、跳身免。拾文瀾閣書於煨燼瓦礫中、得萬餘冊。城復、權儲府學。其後巡撫譚鐘麟奏請重建文瀾閣、申與弟丙出藏書、繕補殘闕、藏尊經閣中、以復舊觀）」。あとで見るように、吳慶坻の序文が書かれた光緒十四年十月の一年前に卒した。

丁丙については、『晩晴簃詩匯』に丁申につづけて、「字嘉魚、號松生、晩號松存、錢塘人。諸生、江蘇知縣。有松夢寮詩槀」とある。『江浙藏書家史略』は、その生卒年を「一八三二～一八九九」としたうえで、葉昌熾（字は頌魯、江蘇蘇州府長洲縣の人）の『藏書紀事詩』巻七に附記される文言を引用する。兪樾撰の「丁松生家傳」の一節である。

君が先世　本《もと》より藏書に富む。君が祖掌六公（丁國典）に八千卷樓有り。君益すに二樓を以ってし、後八千卷と曰い、小八千卷と曰う。然れども君の藏する所を辜較するに固より三八千に止どまらざるなり。君は天語に『嘉惠士林』の奬有るを以って、因りて總べて藏書の所を名づけて嘉惠堂と曰う（君先世本富藏書。君祖掌六公有八千卷樓。君益以二樓、曰後八千卷、曰小八千卷。然辜較君所藏、固不止三八千也。君以天語有嘉惠士林之奬、因總名藏書之所曰嘉惠堂）。

卒後にその藏書は南京圖書館に移された。

序文は一篇、年記と署名は「光緒十四年戊子孟冬之月、錢塘吳慶坻敬彊氏序」である。吳慶坻は137『道咸同光四朝詩史』乙集巻五に、「字子脩、浙江錢塘人。光緒丙戌（同十二年、進士後）翰林、由編脩、歴官至湖南提學使、有補松廬詩錄六卷」とある。071『國朝杭郡詩輯』十六巻本の編者吳顥の玄孫であり、105（一）『國朝杭郡詩輯』重輯三十二巻本、および105（二）『國朝杭郡詩續輯』の編者吳振棫の孫である。

「往者《さき》に先高祖學博君（吳顥）嘗て『杭郡詩』を輯し、上は國初自り下は嘉慶に逮び、刋は庚申の歳（嘉慶五年一八〇〇）に成る（往者先高祖學博君嘗輯杭郡詩、上自國初、下逮嘉慶、刋成於庚申之歳）」。

「越えて三十年、先大父更に『杭郡詩續輯』を爲し、……刋は道光甲午の歳（同十四年一八三四）に成る（越三十年、先大父更爲杭郡詩續輯、……刋成於道光甲午之歳）」。

「而して同里の丁丈竹舟（申）・松生（丙）兩先生に復た『杭郡詩三輯』の選有り。兩先生は學に劬《くる》しみ古えを耆《この》み、中に兵燹を更《へ》、奮然として遺《わす》らるるを抱き墜《お》つるを訂《ただ》すを以って志と爲す。既に『詩輯』『續輯』を取りて之れを覆刻し、乃わち博く道光以來の詩を采り、而して前百餘年に舊《もと》に未だ采らざる所の者の爲に竝びに補錄せり（而同里丁丈竹舟・松生兩先生、復有杭郡詩三輯之選。兩先生劬學耆古、中更兵燹、奮然以抱遺訂墜爲志。既取詩輯・續輯覆刻之、乃博采道光以來之詩、而前百餘年爲舊所未采者、竝補錄焉）」。前二輯の覆刻についていえば、京大東アジアセンター所藏の『國朝杭郡詩輯』三十二卷本の見返し刊記には「吳氏原刻燬于咸豐辛酉之歲（同十一年一八六一）、越十三年、同治甲戌（同十三年一八七四）同里丁氏重校刊行」とあり、『國朝杭郡詩續輯』のそれには、「錢唐吳氏原刻本、光緒丙子（同二年一八七六）閏五月、同里丁氏重校刊」とある。

「庚辛の難に抗節者衆《おお》く、別に四卷を爲し、以って潛德を闡《あき》らむ。八旗駐防は二百年を歷て人文炳然たり、作る所を甄采し以って國家の教養培育の厚きを彰わす（庚辛之難、抗節者衆、別爲四卷、以闡潛德。八旗駐防、歷二百年、人文炳然、甄采所作、以彰國家教養培育之厚）」。「庚辛の難」とは、咸豐十年・太平天國十年の二月、太平軍の忠王李秀成が杭州を襲破し、翌年十一月にも再び杭州を擊破した事件である。

「『三輯』脫稾し、甫めて槧人に授くるに竹舟先生遽かに歿し、稘（一年）を踰えて蕆るを告ぐ（三輯脫稾、甫授槧人、竹舟先生遽歿、踰稘而告蕆）」。この序文が記されてから、見返しに記される「癸巳（光緒十九年）」までに五年の間がある。丁申の服喪を考慮してのことであろうか。

本集は、百卷の總目の最後に「凡四千七百八十五人」と記される。その內譯は次のとおりである。

一、『詩輯』三十二卷本相當期間、卷一「順治朝有科目者」から卷二十「乾隆嘉慶間人」まで、士人千五百九十八人。『詩輯』との重複はまったくない。ちなみに『詩輯』「凡一千三百九十人」のうち士人は千二百十八人であるから、

本集は前輯より多くの詩家を新たに收錄したことになる。

二、『續輯』相當期間、卷二十一「嘉慶元年至六年以科目爲次」から卷五十六「道光十五年・十六年以科目爲次」ま

で、士人千四百四十七人。『續輯』との重複はまったくない。ちなみに『續輯』「凡一千七百五十八人」のうち士人は千三百九十七人であるから、本集は前輯より多くの詩家を新たに收録したことになる。

三、『三輯』獨自の期間における士人は、巻五十七「道光十七年科目」から、巻七十七以下四巻「咸豐庚申・辛酉殉粤寇之難者」をへて、巻九十二「駐防有科目者」・巻九十三「駐防諸人」まで、千二百七十四人。

四、巻九十四「閨秀一」から巻百「方外」まで、四百六十六人。

本集は、京大東アジアセンター、阪大懷德堂文庫、靜嘉堂文庫に藏せられる。

135　嘉道六家絶句（和選）

六巻、（日本）菊池晉・內野悟輯。一九〇二明治三十五年刋。

封面には書名のみが記され、見返しに「明治三十五年　永阪周題」とある。

編者は二人。菊池晉は、字は仲昭、號は惺堂、東京の人、一八六七慶應三年〜一九三五昭和十年。內野悟は、字は大悟、號は皎亭、安房の人、一八七三明治六年〜一九三四。

校閲者も二人。森大來は、名は公泰、大來は字、號は槐南、名古屋の人。森春濤の子。一八六三文久三年〜一九一一明治四十四年。永阪周は、名は德彰、本來の字は周二、號は石埭、また一桂堂、尾張の人。森春濤の門人。儒醫から東京大學醫學部教授となった。一八四五弘化二年〜一九二四大正十三年。

「序」の年記と書名は「明治壬寅（同三十五年）仲春、森大來識於麴壘之說詩軒」である。

「宋の洪邁に『唐人萬首絶句』有り、漁洋嘗て刪して之れを存し、今に至るも奉じて圭臬と爲す（宋洪邁有唐人萬首絶句、漁洋嘗刪而存之、至今奉爲圭臬）」。洪邁の書については、『四庫提要』巻百八十七・集部・總集類二に『萬首唐人絶句詩』として、「輯得滿萬首爲百卷、紹熙三年（一一九二）上之」と著錄される。また王士禛の書については、『提要』巻百九十・集部・總集類五に『唐人萬首絶句選』七巻として、「士禛此編刪存八百九十五首。……其書成於康熙戊子（同四十七年一七〇八）、距士禎之没僅三年、最爲晩出」と著錄される。

「本朝の清人絶句を選する者は、前に『六家絶句』有り、梅村（呉偉業）・漁洋・竹垞（朱彝尊）・歸愚（沈德潛）・隨園（袁枚）・聖徵（呉錫麒）を謂うなり。先君子に又た船山（張問陶）・碧城（陳文述）・頻伽（郭麐）の『三家絶句』の刻有り（本朝選清人絶句者、前有六家絶句、謂梅村・漁洋・竹垞・歸愚・隨園・聖徵。先君子又有船山・碧城・頻伽三家絶句之刻）」。『六家絶句』については待考。尊父森春濤は、名は魯直、字は希黃、號が春濤、尾張一之宮の人、一八一九文政二年～一八八九明治二十二年。その『清三家絶句』は「戊寅（明治十一年）十二月開雕」である。

「頃者《さきごろ》惺堂・皎亭二子『嘉道六家絶句』を編し、以って其の後を續く。……六家の長ずる所を顧みるに、必ずしも絶句ならざるも、其の絶句も亦た皆な清妍俊妙にして諷詠す可きに耐う（頃者惺堂・皎亭二子編嘉道六家絶句、以續其後。……顧六家所長、不必絶句、而其絶句亦皆清妍俊妙、耐可諷詠）」。

編者二人の同識になる「凡例」五則より。

「夫れ嘉・道の詩は、之れを康・乾に媲《くら》ぶるに、風調差《や》や變わり、燦たること縟繡の若く、悽なること哀絃の若く、其の卓卓たる者を擧ぐれば、呉蘭雪（嵩梁）・孫子瀟（原湘）の精麗、舒鐵雲（位）・樂蓮裳（鈞）の俊逸、屠琴隝（倬）の清奇、劉芙初（嗣綰）の沖秀、別に生面を開き、互いに衆美を該《か》ぬ（夫嘉道之詩、媲之康乾、風調差變、燦若縟繡、悽若哀絃、擧其卓卓者、呉蘭雪・孫子瀟之精麗、舒鐵雲・樂蓮裳之俊逸、屠琴隝之清奇、劉芙初之沖秀、別開生面、互該衆美）」。

「王仲瞿（曇）は舒鐵雲・孫子瀟と三君の目有り、當に選中に入るべきも、惜しむらくは其の集の存せず（王仲瞿與舒鐵雲・孫子瀟有三君之目、當入選中、惜其集不存）」。王曇は、字が仲瞿、浙江嘉興府秀水縣の人、一七六〇～一八一七。「三君の目」は、法式善が「三君咏」を作ったことによる。

本集の內譯は次のとおりである。

巻一『瓶水齋詩』二百九十九首。舒位、字は立人、直隷順天府大興縣の人、一七六五～一八一五。

巻二『香蘇山館詩』三百三首、附六首。吳嵩梁、字は子山、江西撫州府東鄉縣の人、一七六六～一八三四。

巻三『靑芝山館詩』二百七十首。樂鈞、字は元淑、江西撫州府臨川縣の人、生卒年未詳、一八〇〇年擧人。

巻四『天眞閣詩』四百四十五首。孫原湘、一字長眞、號は心靑、江蘇蘇州府昭文縣の人、一七六〇～一八二九。

巻五『尙絅堂詩』四百二十首。劉嗣綰、字は醇甫、一字簡之、江蘇常州府陽湖縣の人、一七六二～一八二〇。

巻六『是程堂詩』二百四首。屠倬、字は孟昭、浙江杭州府錢塘縣の人、一七八一～一八二八。

ところで、「はじめに」であげた神田喜一郎氏の「清朝の總集に就いて」は、本集について、「嘉慶から道光に亙る時代」の「極めて婉麗な辭句を以て纖細な情緒を歌」う詩風を代表しており、沈德潛の詩論を受けついだ123『國朝正雅集』などが「正しく當時の詩風の特色を代表してゐるか如何かは疑問である」と指摘する。本敍録は總集の編輯を清代文學史の一環としてとらえようとするものであり、日本における清詩の受容や研究についてては考慮の外に置いてきたが、氏の言及に啓發されて、あえて一項を立てた次第である。

本集は京大文學部に藏せられる。

136　近人詩錄　不分巻、陳詩輯。一九〇三光緒二十九年刊。

封面には書名のみをかかげ、見返しに「光緒癸卯（同二十九年）孟冬、上海商務印書館代印」とある。排印である。

陳詩については、137『道咸同光四朝詩史』甲集・巻六に、「字子言、安徽（廬州府）廬江（縣）人。布衣。有尊瓠室詩」と記す。また140『近代詩鈔』第十七冊の「石遺室詩話」には、「生平 他の嗜好無く、惟だ精力を詩に敝《つか》らせ、眉を攢《あつ》めて苦吟し、殆んど賈島・周朴の流亞なり。人を見れば意に親暱を極むるも、口吃にして一辭をも出だす能わず。知る所 之れを愛好せざる者無し（生平無他嗜好、惟敝精力於詩、攢眉苦吟、殆賈島・周朴之流亞也。見人意極親暱、而口吃不能出一辭、所知無不愛好之者）」と記す。號は鶴柴、一八六四〜一九三二在世（詳しくは142『皖雅初集』を參照）。

序例のたぐいがなく、あるのは編者の四言十二句の題辭のみである。年記はなく、署名は「廬江陳詩辭」である。

天風は泬寥たり（高く清く）、海水は混茫たりて、爰居（なる海鳥）は翻り飛び、威ある鳳は潛み藏る。大音（妙なるしらべ）は用って希《な》みし、雅樂は式《も》って微《おとろ》え、觥觥たる（剛直の）俊乂（賢者）は、古えと同《とも》に歸す。何を以ってか憂いを寫さんと、茲の衆響を萃め、月明の空山に、琴を抱きて長往す（天風泬寥、海水混茫、爰居翻飛、威鳳潛藏。大音用希、雅樂式微、觥觥俊乂、與古同歸。何以寫憂、萃茲衆響、月明空山、抱琴長往）。

登載されるのは三十二家、各家につき多くて二十四首、少なくて一首の詩が収録される。數人について、小傳をもあわせて例示しておこう。最後の三家は日本人である。

李慈銘、八首。字蒓客、浙江（紹興府）會稽（縣）人。官御史（一八二九〜一八九四）。

鄭孝胥、十八首。字太夷、一字蘇龕、福建（福州府）閩（縣）人。官湖北候補道（一八五七〜一九四〇）。

陳三立、十一首。字伯嚴、江西（南昌府）義甯（縣）人。官吏部主事（一八五二〜一九三七）。

譚嗣堂、二首。字復生、湖南（長沙府）瀏陽（縣）人。官軍機章京（一八六五〜一八九八）。

竹添進一郎、二首。一名光鴻、字漸卿、日本肥後人（號は井井、一八四一〜一九一七）。

森大來、四首。字公泰、一字槐南、日本東京人。戊戌歲（光緒二十四年）偕伊藤博文來聘（名と字の表示が逆）。

結城琢、二首。字治璞、一字蓄堂、日本兵庫人（一八六八～一九二四）。

本集は早大寧齋文庫に藏せられる。

137　道咸同光四朝詩史　孫雄輯。甲集・首一卷・八卷、一九一〇宣統二年刊。乙集八卷、宣統三年刊。

孫雄は、140『近代詩鈔』第十九册に、「原名同康、字師鄭、江蘇（蘇州府）昭文（縣）人。光緒甲午（同二十年一八九四）進士、官吏部主事。有鄭齋類稿」とある。一八六六～一九三五。乙集「題詞續錄」の陳詩（甲集卷六收錄、前項『近人詩錄』參照）の一句「問道希重譯（道を問い重譯希《まれ》なり）」の自注に、「君近く文科大學監督と爲る。東瀛（日本）西歐、各國に皆な遣わされ、子弟來たりて學を受く（君近爲文科大學監督。東瀛西歐、各國皆遣、子弟來受學）」とある。宣統二年の時點においてである。また甲集「題詞彙錄」の程霱（本集不收錄。字は甘園、安徽徽州府休寧縣の人）の一句「麝煤香消紅豆冷（麝煤の香消え紅豆冷たし）」の自注に、「高祖子瀟先生に『雙紅豆圖』有り、均しく名人の題跋を經たり（高祖子瀟先生有雙紅豆圖、均經名人題跋）」とあるから、孫原湘の、おそらく玄孫であろう。

封面「道咸同光四朝詩史甲集」の見返しは、「庚戌（宣統二年）十二月、陳衍題」である。陳衍は甲集卷五に收錄され、「字叔伊、一字石遺、福建（福州府）侯官（縣）人。光緒壬午（同八年一八八二）舉人、現官學部主事。有石遺室詩三卷・補遺一卷」とある。

序文はなく、「擬刊印道咸同光四朝詩史預約集股略例　甲集分卷略例附」十一條で始まる。年記と署名は「大清宣統二年庚戌季冬、昭文孫雄（原名同康――識者注）師鄭氏識」である。

爲し、十七編より三十編に至るを丙・丁等の集と爲す（四朝詩史、……約以初編至八編、合爲甲集、九編至十六編爲乙集、十七編至三十編爲丙丁等集）」。「編」は巻というのに等しい。

その二、「集股の例。壹股毎に『四朝詩史』拾部を得、京平足銀伍拾兩に售る。概ね折扣せず、亦た分析零售せず。……本年（宣統二年―識者注、以下同じ）十二月を俟ちて『詩史甲集』十部を付し、明年（宣統三年）六月、『乙集』を付し、十二月、『丙集』を付し、又た明年六月、『丁集』を付す。各十部なり（集股之例。毎壹股得四朝詩史拾部、售京平足銀伍拾兩。概不折扣、亦不分析零售。……俟本年（宣統二年）十二月付詩史甲集十部、明年（宣統三年）六月付乙集、十二月付丙集、又明年六月付丁集、各十部）」。「集股」は、一種の株式募集である。「京平足銀」は北京地方の秤による純銀。「折扣」は割引き、「分析零售」は分割での小賣り。

その三、「凡そ道光朝人」は均しく巻一（元年～十五年）・巻二（十六年～三十年）に列べ、「咸豐朝人」は巻三に列べ、「同治朝人」は巻四に列べ、「光緒朝人」は巻五（元年～十六年）・巻六（十七年～三十四年）に列べ、「閨秀」は巻七に列べ、「方外及び舊藩屬遺民」（例えば朝鮮詩人金澤榮・越南詩人陳桂山）は巻八に列ぶ。「異日乙・丙・丁集の分巻も亦た此の例を用い、以って劃一を期す（異日乙丙丁集分巻、亦用此例、以期劃一）」。「甲乙等の集は乃わち詩を得るの先後を以って之れを分かち、時代の先後を分かつに非ざるなり（甲乙等集、乃以得詩先後分之、非分時代之先後也）」。

その四、「通函及び寄詩」は敝處「北京宗家胡同内東北園路北」に寄せられたし。「函内に詩稿・要件有るは、如し遺失を防がんには、務めて掛號するを須《もち》ゆ（函内有詩稿要件、如防遺失、務須掛號）」。

「題詞彙錄」には、林紓（甲集巻五。字畏廬、號琴南、福建（福州府）閩縣人。光緒壬午（同八年）擧人）が「畫詩史閣圖」を作製したことをのべたあと、鄭孝胥（甲集巻五）以下十三氏の題詞を掲載する。

封面「道咸同光四朝詩史乙集」の見返しは、「宣統三年冬至、陳寶琛題」である。陳寶琛は甲集巻四に收錄され「字

伯潛、福建閩縣人。同治戊辰（同七年一八六八）翰林、現官內閣學士兼禮部侍郎。有滄趣軒詩」とある。

「自序」があり、その年記と署名は、「宣統三年十二月朔、昭文孫雄（原名同康―識者注）師鄭氏識於京師東北園之廙齋」である。

「甲集已に去歳冬季に於て刊成る。乙集は今秋に至りて僅かに十の七八を刊するのみなるに、廼わち八月自り以後、各省の新軍は革命軍と變じて起こり、燎原の燄は方に揚がり、滔天の浸は彌いよ巨《おお》いなり。行省は僅かに直（隷）豫（河南）を存するのみにして、君を致すこと競いて唐虞に效《なら》う。人倫の奇變すること、古えに未だ有らざる所なり。成均（大學）干羽（文德敎化）の彦は、厰肆剞劂の民と、亦た均しく風流雲散す（甲集已於去歳冬季刊成。乙集至今秋僅刊十之七八、廼自八月以後、各省新軍變革命軍起、燎原之燄方揚、滔天之浸彌巨。行省僅存直豫、致君競效唐虞。人倫奇變、古所未有。成均干羽之彦、與厰肆剞劂之民、亦均風流雲散）」。「致君競效唐虞」一句には識者の注があり、「伍（刑部）侍郎廷芳・張京師（順天府尹？）謇等、合詞電（聯名電報）もて位を遜るを請い、均しく吾が君を堯舜に致すを以って言と爲す（伍侍郎廷芳・張京師謇等、合詞電請遜位、均以致吾君於堯舜爲言）」とする。

「余 困に危城に坐すること已に三たび月を閱《へ》たり。……彼の達官貴人を覩るに、咸な危邦を懾れて樂國に遁がる。私心竊かに以爲《おも》えらく、矧《なが》きに非ざる平生に別に長物無く、惟だ此の經史子集數萬卷のみ、均しく三十年由り脩脯を節縮して購う所にして、久しく晨夕を共にし、棄去するに忍びず、幾《ほと》んど身を以って之れに殉ぜんと欲す。又た念うに、『詩史』乙集の成ること僅かに一簣を虧くのみ、因りて已に刊する者に就き、編次して書を爲し、其の未だ刊せざる各稿は大局の稍や定まるを俟ちて卽わち續鋟を行い、分別して丙丁各集に排入せんも、此の時は倉卒にして未だ及ぶ能わざるなり、と（余坐困危城已三閱月。……覩彼達官貴人、咸懾危邦而遁樂國。私心竊以爲非矧平生別無長物、惟此經史子集數萬卷、均由三十年節縮脩脯所購、久共晨夕、不忍棄去、幾欲以身殉之。又念詩史乙集之成、僅虧一

蕢、因就已刋者編次爲書、其未刋各稿、俟大局稍定卽行續鋟、分別排入丙丁各集、此時倉卒未能及也）」。

「世變は方に亟《すみや》かなるも、叢稿は尙お多し。續雕の期は、未だ何れの日なるかを知らず。……「前に古人を見ず、後に來者を見ず」。又た烏《いず》くんぞ夫の涕の何れ從りするかを知らざるなり（世變方亟、叢稿尙多。續雕之期、未知何日。……前不見古人、後不見來者。又烏知夫涕之何從也）」。「前不見」二句は、陳子昂「登幽州臺歌」からの引用である。

「中央教育會三次登臺發言紀實」は、京師大學堂文科監督として、宣統三年閏六月に三度にわたって發言した內容の速記錄である。一つは「軍國民教育案」にたいする批判であり、一つは「中小學讀經講經案」の提唱であって、本集とはまったく關係がない。

「詩史序」の年記と署名は、「宣統辛亥（同三年）秋月、貴陽陳虁龍序于北洋節署」である。陳虁龍は甲集卷五に「字は筱石、貴州貴陽（府）人。光緒丙戌（同十二年）進士、現官北洋大臣・直隸總督」とある。

昔子美（杜甫）思力沈鬱にして時を撫し事を述べ、論者尊びて詩史と曰う。一家の言にして且つ然り、況んや累朝の篇什を纂次する者においてをや（昔子美思力沈鬱、撫時述事、論者尊曰詩史。一家之言且然、況纂次累朝篇什者哉）。

「詩史敍」の年記と署名は、「辛亥又六月、陳衍敍」である。

「題詞續錄」には十四氏の題詞を掲載する。

本集には、甲集で二百五十五家、乙集で百九十四家が收錄される。丙集・丁集は結局成書されずに終わった。

本集は、京大文學部、阪大懷德堂文庫、坦堂文庫に藏せられる。

138　清詩評註讀本　七卷、王文濡輯。一九一六民國五年刊。

本集は、同じ編者による『歴代詩評註讀本』の一部である。他に「古詩」三卷、「唐詩」六卷、「宋元明詩」六卷がある。

王文濡については、「吳興」、すなわち浙江湖州府下、清の烏程縣の人であること以外は分からない。

「編輯大意」八則の最初に、「本編は順（治）康（熙）自り以って嘉（慶）道（光）に及び、四百餘首を輯得せり。名作は林の如く遺珠の誚りを免れざると雖も、其の一臠を嘗めて全鼎の味知る可し（本編自順康以及嘉道、輯得四百餘首。雖名作如林、不免遺珠之誚、而嘗其一臠、全鼎之味可知）」と記す。詩人の數は七十二家である。

「序」の年記と署名は、「民國五年五月朔日、吳興王文濡識」である。

有清一代　詩學鼎盛し、梅村（吳偉業）・貽上（王士禛）、其の先聲を樹て、瓶水（舒位）・兩當（黃景仁）、其の後勁（しんがりの精鋭）を昭らかにす。其の間に詩人輩出し、漢魏の詩を爲す者之れ有り、三唐の詩を爲す者之れ有り、兩宋の詩を爲す者之れ有り（有清一代詩學鼎盛、梅村・貽上樹其先聲、瓶水・兩當昭其後勁。其間詩人輩出、爲漢魏之詩者有之、爲三唐之詩者有之、爲兩宋之詩者有之）。

嗟乎、國粹は凌夷し、風雅は凋喪す。新學を矜尚する者は韻學を斥けて不急の務めと爲すに至る。前途を瞻望するに、殷憂耿耿たり。剝（陽の危機）極まりて復（陽の回復）するに其の時或《あ》らんか。清詩を輯するに因りて感慨之れに係る（嗟乎、國粹凌夷、風雅凋喪。矜尚新學者、至斥韻學、爲不急之務。瞻望前途、殷憂耿耿。剝極而復、或其時歟。因輯清詩而感慨係之）。

編成は詩體別に、卷一・五古、卷二・七古、卷三・五絶、卷四・七絶、卷五・五律、卷六・七律、卷七・五排となされ、各卷の先頭は錢謙益か吳偉業か朱彝尊である。

なお王文濡には『袁蔣趙三家詩選』三巻、つまり乾隆三大家である袁枚・蔣士銓・趙翼の選集もあり、民國六年の序文を附して刊行されている。

本集は、京大文學部、阪大懷德堂文庫、國會圖書館、坦堂文庫に藏せられる。『清詩評註』として、一九七八年、臺灣・老古出版社による景印もなされた。

139　清代閨閣詩人徵略　十巻・補遺一巻、施淑儀輯。一九二二民國十一年刊。

封面には書名二行の左に、「上章涒灘涂月朔、童大年題」、つまり庚申（民國九年）十二月一日の年記がある。しかし實際に刊行されたのは二年後、崇明女子師範講習所による排印であった。

本集には詩句の採錄がなく、したがって本敍錄の趣旨にいささか反するが、清一代の女性詩人の傳記としてはなはだ充實しているので、特に取りあげることにした。

各巻の揭出は「崇明施淑儀學詩」である。崇明は、清代では江蘇太倉直隸州下の縣である。編者については巻末に「傳」があるが、むしろその附錄の啓文のほうが具體的で分かりやすい。編者の教え子が恩師四十歳の誕生祝いを呼びかける文である。年記はなく、署名は「女弟子孫景謝等同啓」となっている。

「歲丙辰（民國五年）十二月二十六日は、吾が師學詩施先生四十初度の辰《とき》爲り。門下の弟子 期に先んじて之れが稱觴祝嘏を爲さんことを謀る（歲丙辰十二月二十六日、爲吾師學詩施先生四十初度之辰。門下弟子謀先期爲之稱觴祝嘏）」。「先生 名は淑儀、太夫子稚桐太守の長女爲り（先生名淑儀、爲太夫子稚桐太守之長女）」。父施稚桐の名も、どこの知府であったかも、分からない。

「長じて蔡先生南平に適《とつ》ぎ、佳偶と稱さる。男子を生むも、子二《ふた》り皆な幼くして殤《し》に、蔡先生も亦た早世す。時に先生は年未だ三十ならざるなり（長適蔡先生南平、稱佳偶焉。生男子、子二皆幼殤、蔡先生亦早世。時先生年未三十也）」。夫蔡南平の名は日曦である。

「服闋《おわ》り、徐先生伯蓀 尙志女學校を創り、敦く先生を聘して敎員と爲すに値《あ》う。嗣いで清廷の學部頒章に、女校は必ず女子を以って校長に充てしむるに、徐先生は乃わち先生を推して之れに任ず。民國二年、任を學監に改めらる。十年の中、女弟子は先後綜計數百人なり（服闋、値徐先生伯蓀創尙志女學校、敦聘先生爲敎員。嗣清廷學部頒章、女校必以女子充校長、徐先生乃推先生任之。民國二年、改任學監。十年之中、女弟子先後綜計數百人）」。徐伯蓀の名も分からない。

「先生の敎育は賢母良妻主義に於て甚だしくは意を措かず、而して意は優美高尙の人才を陶成するに在り。居恆の讀史に景慕する所の者は、惟だ法の羅蘭夫人、俄の蘇菲亞の一流なり。最近は則わち鑑湖女俠秋瑾なり。班姬・韋母は之れを視ること蔑如たるなり（先生之敎育、於賢母良妻主義、不甚措意、而意在陶成優美高尙之人才。居恆讀史所景慕者、惟法之羅蘭夫人・俄之蘇菲亞一流。最近則鑑湖女俠秋瑾。班姬・韋母、視之蔑如也）」。フランスの羅蘭夫人は、マリー・ジャンヌ・ロランのことで、フランス革命中のジロンド派內務大臣ロランの妻、一七五四～一七九三、である。ロシアの蘇菲亞は、ソフィア・ペロフスカヤのことで、一八八一年三月、ロシア皇帝アレクサンドル二世を暗殺した女性テロリスト、一八五三～一八八一、である（故・入谷仙介氏・一九九〇年三月十九日書信での示唆による）。秋瑾は、本集の殿將として、巻十の最後に著錄され、小傳に「字璿卿、號競雄、（浙江紹興府）山陰人」と記されたあと、文獻として、陳去病「鑑湖女俠秋瑾傳」、徐自華「鑑湖女俠秋君墓表」、吳芝瑛「秋瑾傳」があげられている。一八七五～一九〇七。班姬は班昭のまたの名、『後漢書』列女傳に、「『女誡』七篇を作り、內訓に助有り（作女誡七篇、有助內訓）」とある。韋母は韋逞の母宋氏、『晉書』列女傳に、「逞 時に年小なるに、宋氏 晝は則わち樵採し、夜は則わち逞に教う（逞時年小、宋氏晝則樵採、夜則教逞）」とある。

「著述する所、已に刋行さるる者は『湘痕吟草』爲り。未だ刋行されざる者は『冰魂閣集』爲り。又た『清代閨閣詩人徵略』十二〔ママ〕卷、『隨園女弟子軼聞』二卷を輯し、將に今歳を以って成るを告げんとす（所著述已刋行者爲湘痕吟草。未刋行者爲冰魂閣集。又輯清代閨閣詩人徵略十二〔ママ〕卷・隨園女弟子軼聞二卷、將以今歳告成）」。

「傳」の年記と署名は、「中華民國五年歳次丙辰夏六月、邑人陳宧謹撰」である。陳宧は、編者の夫蔡日曦の兄の子で、のちに編者の養子となった蔡鳳彬の友人である。先の啓文を補うこととして、編者が父の任官にしたがって、主に湖南の長沙府や永州府に屬する縣や州を轉々としたこと、夫が「京師曁び日本江戸に游學し、里に返りて半歳、無祿（ふしあわせ）にして世を卽《お》えし（游學京師曁日本江戶、返里半歳、無祿卽世）」こと、また徐伯賡の「賢母良妻」主義にたいして、編者が「踔踸軼倫（はねあがり、ぬきんでる）の器は、女も亦た之れ有り（踔踸軼倫之器、女亦有之）」と反論したこと、などを記す。

本集冒頭の「序」の年記と署名は、「庚申（民國五年）二月、易順鼎序」である。易順鼎は、字は實甫、また中實、號は眉伽、また哭庵、湖南常德府龍陽縣の人。いわゆる同光體の詩人とされる。一八五八～一九二〇。その序文は「家庭教育」から說きおこして、「蓋し治は門內より先んずる莫く、化は必らず閨中より起こる（蓋治莫先於門內、化必起於閨中）」とのべ、編者については、「崇明施淑儀女士、前身は道韞、當代の班昭（崇明施淑儀女士、前身道韞、當代班昭）」とする。啓文と照らしあわせてみれば、易順鼎が、編者ならびに本集について十分な理解をしていたとはいえないだろう。なお道韞については、『晉書』列女傳に「王凝之妻謝氏、字道韞、安西將軍（謝）奕之女也。聰識有才辯」と記される。謝安の姪である。

「例言」十四則より。

その一、「是の編は專ら有清三百年中の閨秀、順治に起こり、下は光緒に迄るを載す（是編專載有清三百年中閨秀、起於順治、下迄光緒）」。

その二、「是の編は文藝を偏重し、凡そ詩文・詞賦・書畫・考證の屬に一藝專長の足有りて閨秀の目に當たる者は皆な之れを錄す。是れに非ずんば、嘉言懿行有ると雖も概ね著錄せず（是編偏重文藝、凡詩文詞賦書畫考證之屬、有一藝專長足、當閨秀之目者、皆錄之。非是、雖有嘉言懿行、概不著錄）」。

その三、「是の編は事蹟を以って主と爲し、選詩と同じからず。凡そ其の詩を見るも未だ其の事蹟を見ざる者は姑く闕に從う。蓋し其の間に軒輊する（輕重を問う）所有るに非ざるなり（是編以事蹟爲主、與選詩不同。凡見其詩而未見其事蹟者、姑從闕。蓋非有所軒輊於其間也）」。

その四、「是の編は沈雲英・劉淑英・畢著に託始し、殿するに秋瑾を以ってす。女豪傑を崇拜するの微意を寓する所以なり（是編託始於沈雲英・劉淑英・畢著、殿以秋瑾。所以寓崇拜女豪傑之微意）」。沈雲英は卷一の一に、「原名官弟、（浙江紹興府）蕭山人、明游擊將軍（沈）至緒女、荊州督標營中軍賈萬策室」とある。明末の張獻忠の侵入で戰死した父のあとをついで戰鬪を指揮した。劉淑英は卷一の二に、「字靜婉、（江西吉安府）廬陵人、明揚州知府忠烈公（劉）鐸女」とある。畢著は卷一の三に、「字韜文、安徽（徽州府）歙縣人、昆山布衣王聖開室」とある。

その五、「惲氏『正始集』（惲珠輯103『國朝閨秀正始集』、および108同『續集』）は、黃忠端（名は道周）・祁忠敏（名は彪佳）の前明に殉節するを以って蔡（黃道周の妻）・商（祁彪佳の妻）兩夫人の詩を錄せず。知らず、著述は乃わち個人の事にして夫と與《あずか》り無きを。兩夫人は能く文學美術を以って世に傳わり、兩公忠節の掩う所と爲らざること、正に女界の絕大の光榮なり。且つ惲氏は黃梨洲（名は宗羲）の母姚淑人の詩を採る。梨洲の父忠端公（黃）尊素の閹難に殉ずるは漳浦（蔡氏）・山陰（商氏）に前《さき》だつこと二十年、淑人の年輩も亦た遠く蔡・商の前に在り、體例に於ても亦た未だ畫一を爲さず。惲氏は當日未だ男女平權の理に明らかならず、以って婦人は夫に從うと爲し、自ずから應に選ばざるべし。今は既に女子も亦た獨立の人格を具うと認め、故に仍って甄錄に從う（惲氏正始集以黃忠端・祁忠敏殉節前明、不錄蔡商兩夫人詩。不知著述乃個人之事、與夫無與。兩夫人能以文學美術傳世、不爲兩公忠節所掩、正女界絕大光榮。且惲氏採黃梨洲母姚淑人詩。梨洲之父忠端公尊素殉閹難、前於漳浦・山陰二十年、淑人年輩亦遠在蔡商之前、於體例亦未爲畫一。惲氏當日未明男女平權之理、以爲婦人從夫、自應不選。今既認女子亦具獨立人格、故仍從甄錄）」。したがって蔡玉卿は、巻一の四に「字石潤、福建（漳州府）漳浦人、明閣部忠端公（黃）道周室」とある。黃道周も漳浦縣の人、一五八五～一六四六。また商景蘭は、巻一の五に「字媚生、（浙江紹興府）會稽人、明吏部尙書（商）周祚女、祁忠敏公彪佳室」とある。祁彪佳は山陰縣の人、一六〇二～一六四五。姚淑人は、『正始集』補遺に「姚氏」と出ているのがそれであろうが、確かめていない。その夫黃尊素は浙江紹興府餘姚縣の人、一五八四～一六二六。子の黃宗羲は一六一〇～一六九五。

本集には、正編十巻に千百六十一家、補遺一巻に百二家、合計千二百六十三家が收錄される。

本集は、京大東アジアセンター、京都府立大學、阪大懷德堂文庫に藏せられる。一九八七年、上海書店による、一九二二年鉛印本の景印もある。

140　近代詩鈔　二十四冊、陳衍輯。一九二三民國十二年刊。

「近代」とは、編者にとって近い時代をいう。具體的には「凡例」で、「是の鈔の時代は斷つに咸豐初年（一八五一）

生存の人自り鄙人の見るに及ぶ所と爲る者なり（是鈔時代、斷自咸豐初年生存之人、爲鄙人所及見者）」と記す。陳衍については137『道咸同光四朝詩史』においてすでに見た。ただし「民國成立後、他《かれ》は心を甘んじて遺老を以って自居す（民國成立後、他甘心以遺老自居）、一八五八～一九三八」と、北京大學中文系文學專門化・一九五五級小組選註『近代詩選』第二卷（一九六三年・人民文學出版社・北京）は記す。

「敍」の年記と署名は「歳在上章（庚）協洽（未）且月（六月）、古侯官陳衍書」であるが、民國にこの干支はなく、おそらく「上章涒灘」、すなわち庚申、すなわち民國九年の誤りであろう。

「有淸二百餘載、高位を以って詩敎を主持する者は、康熙に在りては王文簡を曰い、乾隆に在りては沈文愨を曰い、道光・咸豐に在りては則わち祁文端・曾文正なり（有淸二百餘載、以高位主持詩敎者、在康熙曰王文簡、在乾隆曰沈文愨、在道光咸豐則祁文端・曾文正也）」。謚號であげられている人物のうち、前二者は王士禛（一六三四～一七一一）と沈德潛（一六七三～一七六九）である。後二者のその一は祁寯藻で、本集第一册の先頭に著錄され、その小傳に「字叔潁、一字淳甫、號春圃、山西（平定府）壽陽縣人。嘉慶甲戌（同十九年一八一四）進士、官至體仁閣大學士、謚文端。有𥗼𣢌亭集」とある。一七九三～一八六六。その二は曾國藩で、第三册先頭に著錄され、「字伯涵、號滌生、湖南（長沙府）湘鄉人。道光戊戌（同十八年一八三八）進士、由翰林院檢討、官至兩江總督・武英殿大學士、薨贈太傅、謚文正。有曾文正公詩集」とある。一八一一～一八七二。

「文端は學に根柢有り、程春海侍郎とは杜（甫）爲り韓（愈）爲り蘇（軾）黃（庭堅）爲り、輔するに曾文正・何子貞・鄭子尹・莫子偲の倫を以ってす。而る後 學人の言、詩人の言と合して、其の詣《いた》る所を恣いままにす（文端學有根柢、與程春海侍郎爲杜爲韓爲蘇黃、輔以曾文正・何子貞・鄭子尹・莫子偲之倫。而後學人之言與詩人之言合、而恣其所詣）」。程春海は、名は恩澤。本集には著錄されていない。144『晩晴簃詩匯』卷百二十五に、「字雲芬、號春海、（安徽徽州府）歙縣人。嘉慶辛未（同十六年一八一一）進士、改庶吉士、授編修、官至戸部侍郎、有程侍郎集」とあり、『近代詩選』第一巻は、「近代宋詩運動の最初で有力な提唱者の一人（近代宋詩運動最初的・有力的提倡者之一）、一七八五～一八三七」とする。何子貞は、名は紹基。第二冊の先頭に著録され、「字子貞、號猨叟、湖南（永州府）道州人。道光丙申（同十六年一八三六）進士、官翰林院編修。有東洲草堂集」とあり、『近代詩選』第一巻では、「近代早期の宋詩運動の重要な詩人（他是近代早期的宋詩運動的重要詩人）、一七九九～一八七三」とされる。鄭子尹は、名は珍、120『播雅』の編者である。本集第二冊所録の「石遺室詩話」の文言もすでに引用しておいた（四六四頁）。その小傳では「字子尹、晩號柴翁、貴州（遵義府）遵義人。道光丁酉（同十七年一八三七）擧人、官（貴州都匀府）荔波縣學訓導、用薦以江蘇知縣補用。有巣經巣詩集」とあり、『近代詩選』第一巻に、「程恩澤が貴州學政であった時に選抜された貢生（是程恩澤爲貴州學政時提拔的貢生）」であり、「早期宋詩運動の重要な詩人の一人（是近代早期宋詩運動的重要詩人之二）、一八〇六～一八六四」とされる。莫子偲は、名は友芝、『播雅』の序文撰者の一人であった。第二冊所録の「石遺室詩話」の文言もすでに引用しておいた（四六六頁）。小傳では「字子偲、號郘亭、晩號眲叟、貴州（都匀府）獨山（州）人。道光辛卯（同十一年一八三一）擧人、截取知縣。有郘亭遺詩」とあり、『近代詩選』第一巻に、「鄭珍と多年の交友があり（他和鄭珍是多年至交）」、「やはり宋詩運動の重要人物であった（也是宋詩運動的重要人物）、一八一一～一八七一」とされる。この段にあげられる詩家については、近藤光男著『清詩選』第五編・哀思の音（咸豐・同治・光緒・宣統朝）（一九六七年・集英社・漢詩大系第二十二巻）、および倉田貞美著『清末民初を中心とした中國近代詩の研究』第一編・既成詩壇の詩風、第一章・宋詩派（一九六九年・大修館書店）に詳しい。

「有清一代の詩を論次するに、文簡以下は傳聞の世なり。文愨以下は聞く所の世なり。文端・文正以降は見る所の世なり。聞く所・傳聞する所は、先進略ぼ已に論次す。而して身は變雅變風（の時代）に丁《あた》り以って（詩の）將に廢され將に亡びんとするの上下數十年間に迨ぶ。亦た近代文獻の得失の林なるか（論次有清一代之詩、文簡以下傳聞之世也。文慤以下所聞之世也。文端文正以降所見之世也。所聞所傳聞、先進略已論次。而身丁變雅變風以迨於將廢將亡上下數十年間、亦近代文獻得失之林乎）」。歴史的な時代を「所傳聞」「所聞」「所見」の三つに分類するのは、孔子が『春秋』を編修するにあたって、魯の十二公を分類するのに用いた見かたであると、『公羊傳』隱公元年の傳文に見える。

このうち「見る所の世」について何休の注は、「己と父との時の事なり（己與父時事也）」とする。

「凡例」六則のうちから一つ。

「各姓名の下に字號・爵里・集名を載する外、閒ま『詩話』を綴るは026『明詩綜』077『湖海詩傳』の例に仿う（各姓名下載字號爵里集名外、閒綴詩話、仿明詩綜・湖海詩傳之例）」。その『石遺室詩話』三十二卷は、民國十八年に臺灣商務印書館による單行もなされている。

本集は全二十四冊のうちに三百七十家を著錄する。

本集は、京大文學部、同東アジアセンター、阪大懷德堂文庫、東北大學に藏せられる。

141　晚清四十家詩鈔　三卷、吳闓生評選。一九二四民國十三年序刊。

吳闓生については『碑傳集補』卷首下「作者紀略」に、「字辟彊、（安徽安慶府）桐城人。民國國務院祕書。有北江集」とある。倉田貞美著『清末民初を中心とした中國近代詩の研究』一三六頁は、生卒年を「一八七七～？」としたうえで、「汝綸の子。范當世に就いて學ぶ。日本留學生。廣支部財政處總辦・國務院祕書・教育次長等に歴任」と記す。『詩義會通』（民國十六年「自序」）などの著書もある。本集の自序の年記と署名は、「甲子（民國十三年）十二月闓生自序」である。最初に次のように記す。なお、本集に収録された詩家には小傳が附されていない。

先大夫 敎えを北方に垂れること三十餘年、文章の傳は則わち武強の賀先生、詩は則わち通州の范先生なり。二先生は皆な先公に従うこと最も久しく、道要を備聞し、精微を究極し、當時南范北賀の目有り（先大夫垂敎北方三十餘年、文章之傳則武強賀先生、詩則通州范先生。二先生皆從先公最久、備聞道要、究極精微、當時有南范北賀之目）。

編者の父呉汝綸は、字は摯甫、一八四〇〜一九〇三。來新夏『近三百年人物年譜知見錄』（一九八三年・上海人民出版社）は、郭立志編『（桐城）呉先生年譜』の解説で、「同治四年（一八六五）進士。歴參曾國藩・李鴻章幕多年、曾任直隷深州・冀州（兩直隷州）知州、天津知府等官。晩年主講保定（府）蓮池書院」と記す。また合肥師範學院中文系敎研組編『安徽歴代文學家小傳』（一九六一年・安徽人民出版社）は、一九〇二光緒二十八年、淸政府からの「京師大學堂總敎習の任命を受けたのち、まず日本に赴いて學制を調査し、參考にしたいと願いでた。彼は日本に三ケ月餘留まり、日本の學制や學校設備・敎學方法などについて詳しい視察をし、その成果を『東遊叢錄』にまとめた（淸政府……任命他爲京師大學堂總敎習。他接受任命之後、就請求先往日本調査學制、以便仿效。他在日本共住了三個多月、對于日本學制及學校設備・敎學方法等、都作了詳盡的考察、最後幷把他的考察所得、寫成『東遊叢錄』）」と記し、またその文學については、「桐城の傳統的な要綱から外れることなく、義理・考證・詞章の三者の統一を主となし、特に文辭を重んじ（仍不外桐城的傳統科目、以義理・考據・詞章三者的統一爲主、而特別重于文辭）」、「まことに後起の秀たるに愧じなかった（實不愧爲後起之秀）」と、記している。しかしその詩は本集に收録されない。

さて、その二人の門人のうち、賀濤は、144『晩晴簃詩匯』巻百七十六に、「字松坡、（直隷深州直隷州）武強人。光緒丙戌（同十二年一八八六）進士、官刑部主事」と記し、徐世昌の「詩話」に、「古文辭を爲して張廉卿（名は裕釗、本集巻一に二十九首を收録）・呉摯甫先生の緒論を承け、桐城の家法を守ること甚だ謹しむ。余は與《とも》に同歳に進士と成り、同じく日下に官たりて、過従最も密なり（爲古文辭、承張廉卿・吳摯甫先生緒論、守桐城家法甚謹。余與同歳成進士、同官日下、過従最密）」とのべる。倉田・前掲書一三四頁は、その生卒年を「一八四九～一九一二」とする。その詩は本集に収録されない。

次の范當世は、『晚晴簃詩匯』卷百八十に、「字肯堂、江蘇通州（直隷州）人。諸生。有范伯子詩」とある。倉田・前掲書五八頁は、その生卒年を「一八五四～一九〇五」とし、「李鴻章の幕下に在り、……（李が）直隷總督を罷めるや、通州に歸った」と記す。吳汝綸の門にあったのは在幕時代のことであろう。本集卷一に最多の百一首が収録される。

「自序」はこのあと、賀・范以外の先生の名を長々と列ねるが、そのうち姚永概については、卷二の最初に六十六首を収録している。『晚晴簃詩匯』卷百七十六に、「字叔節、桐城人。光緒戊子（同十四年）擧人。有愼宜軒詩」とある。倉田・前掲書一三五頁は、その生卒年を「一八六六～一九二三」とし、「吳汝綸に學ぶことが最も多かった」とのべる。また、「范先生の門下」として特に李剛已をあげ、「又た久しく先公に事う（又久事先公）」と記し、卷一の最後に六十六首を収録する。『晚晴簃詩匯』卷百八十二に、「字剛已、（直隷冀州直隷州）南宮人。光緒甲午丙戌（同二十年）進士、官（山西大同府）大同知縣。有遺集」とある。倉田・前掲書一三六頁は、その生卒年を「一八七二～一九一四」とする。かくして「自序」は、次のようにまとめる。

今　近代詩を鈔するに師友の源瀾を以って主と爲し、凡そ四十一家、觀覽す可し（今鈔近代詩以師友源瀾爲主、凡四十一家可觀覽）。

本集三卷のうち、卷一・卷二は父の門下生、ないしは編者の恩師にあてられている。例外的に卷二の最後には、「森槐南大來四首」「永阪石棣周一首」「日本樂府二首」が収録されているが、槐南の「精養軒燕集、歡迎桐城吳先生、奉呈長句」、また石棣の「明治三十五年七月、至父先生見過於玉池之祭」云々（至父は摯甫に通ず）は、吳汝綸來日のおりの作である。これにたいして巻三は、編者の友人とおもわれ、易順鼎（字は實甫）が二十五首、鄭孝胥（字は蘇龕）が二十七首收録されている。「總目」には、「已上三卷、都四十一家、古今體詩六百四十六首」とされる。その年記は「甲子夏五」である。

序文二篇はいずれも門人による。その一の年記と署名は、「民國十三年秋七月、門人（福建福州府）閩侯曾克端謹序」である。師が「輓近 異說紛騰し、李（白）杜（甫）蘇（軾）黄（庭堅）の學 將に天下に絶えんとするを慨く（慨輓近異說紛騰、李杜蘇黃之學、將絕於天下）」とのべる。序のその二の年記と署名は、「民國十三年十二月、門人武強賀培新謹序」である。おそらく賀濤の子であろう。

本集は坦堂文庫に藏せられる。また、中華國學叢書の一として景印された「中華民國五十九年（一九七〇）四月臺一版」が京大東アジアセンターに藏せられる。

142　皖雅初集　四十卷、陳詩輯。一九二九民國十八年刊。

「皖」は安徽の別名である。『淸史稿』巻五十九・地理志六に、安徽について、「領府八・直隸州五・屬州四・縣五十一」とある。本集は安徽全省を對象とするものとしては最初の總集である。

刊年については、見返しに「己巳二月、聚珍版印」、すなわち民國十八年とする。ただし、「刊既に竣る（刊既竣）」と記す編者の「跋」の年記は「共和壬申初夏」、すなわち民國二十一年である。

編者による編輯にはすでに136『近人詩錄』がある。安徽廬州府廬江縣の人であることはすでに記した。號は鶴柴。しかしその經歴については、本集の「跋」がもっとも詳しい。

「余は粤（廣東）に產し、吳（江蘇）に游び、華（陝西の華山）隴（甘肅の隴山）に陟《のぼ》り、皐蘭（甘肅蘭州府下）の塞を度り、河套（內蒙古のオルドス）の舟に泛かび、上京（京師）に翺翔し（さまよい）、滬瀆（吳淞江下流）に旋歸して今に迄り、凡そ滬（上海縣）に居ること三十有三年にして、余も亦た年七十に垂んとす（余產于粵、游于吳、陟乎華隴、度皐蘭之塞、泛河套之舟、翺翔乎上京、旋歸乎滬瀆、迄于今、凡居滬三十有三年、余亦年垂七十）」。この年（一九三二）にかりに六十九歳であったとすれば、生まれは一八六四同治三年ということになる。

序文の年記と署名は「己巳三月、義甯陳三立」である。陳三立は『近人詩錄』に收錄されている。號は散原。

「粤賊起こり、捻寇繼いで變し、蹂躪すること幾んど天下に徧きに至るに及び、湘の湘軍・皖の淮軍は雷の如く霆の如く、百戰して戡定するに賴《よ》り、中興の烈を成し、武節既に盛んにして文事も亦た與《とも》に倶に昌んなり（及至粵賊起、捻寇繼變、蹂躙幾徧天下、賴湘之湘軍・皖之淮軍、如雷如霆、百戰戡定、成中興之烈、武節既盛、文事亦與倶昌）」。「粵賊」は太平天國軍、「捻寇」は白蓮教系の祕密結社によるとされる捻軍である。それにたいして「湘軍」は曾國藩ら湖南湘鄉の出身者による鄕勇であり、「淮軍」は李鴻章ら安徽合肥の出身者による鄕勇である。

「獨り念うに鶴柴は、盛んに、古えを滅ぼし新體に嬗《ゆず》るを倡うるの日に當たり、大勢の趨く所、大力の劫《せま》る所に、毅然として、甘んじて、殘遺を呵護し頑舊に拘狃するの名を尸《にな》い、時流の訾笑を恤《うれ》えず、孤を以って其の意を寄せ、鑽研別擇して倦まず惑わず、又た所謂る吾が好む所に從わば、老いの將に至らんとするを知らざる者か（獨念鶴柴當盛倡滅古嬗新體之日、大勢之所趨、大力之所劫、毅然甘尸呵護殘遺・拘狃頑舊之名、不恤時流之訾笑、以孤寄其意、鑽研別擇、不倦不惑、又所謂從吾所好、不知老之將至者歟）」。所謂云々の成語は、『論語』述而篇の、「如し（富を）求む可からずんば、吾が好む所に從わん（如不可求、從吾所好）」と、同書同篇の、「樂しんで以って憂いを忘れ、老いの將に至らんとするを知らざるのみ（樂以忘憂、不知老之將至云爾）」の二句を合してできたものであろう。

編者自序の年記と署名は、「己巳春三月、盧江陳詩自識于滬濆靜照軒」である。「詩幼きより家學を承け、長く時艱を歷、志を衡門に樂しみ、江海を遨遊し、皖の詩を搜輯すること彌《ひさ》しく年載有り、順治に起こり宣統に訖《おわ》りて一千二百餘家を得、分けて四十卷と爲し、名を『皖雅初集』と命《な》づく（詩幼承家學、長歷時艱、樂志衡門、遨遊江海、搜輯皖詩、彌有年載、起順治訖宣統得一千二百餘家、分爲四十卷、命名皖雅初集）」。陳三立の序文には「近人詩二卷、名宦詩二卷」を附すると記すが、自序にその言及は無く、實際に附錄されていない。

各卷目録には詩家と詩篇の數が示されており、それらを合計すると、詩家は千四百五十二家、詩篇は二千七百七十二首（「附」の二家六首を含む）である。卷の配列は府州縣ごとになされ、例えば、卷五・安慶府桐城縣に方苞、卷八・桐城縣の末尾に吳汝綸、卷十九・甯國府宣城縣の卷頭に施閏章、卷二十九・盧州府合肥縣に龔鼎孳、また劉銘傳、などの名が見える。

本集は京大東アジアセンターに藏せられる。

143　四明清詩略　三十五卷、董沛輯。續稿八卷、忻江明輯。一九三〇民國十九年刋。

「四明」は浙江寧波府の代稱である。「凡例」に、「前人多く以って甯波を稱して四明と曰うは沿習の辭なり（前人多以稱甯波曰四明者、沿習之辭也）」とする。本集の命名は忻江明によると、やはり「凡例」にいう。府下鄞縣西南に四明山がある。

見返しには「上章敦牂之歲冬十一月、用中華書局聚珍版印行」、すなわち庚午・民國十九年の刋記がある。なお、封面に「四明清詩略　朱孝臧書端」と題するのは、前項の封面に同樣の書體で、「皖雅初集　孝臧」と題するのと同一人物で、朱祖謀のまたの名である。浙江湖州府歸安縣の人、字は古微など、號は彊村など、一八五七～一九三一。郭味蕖編『宋元明清書畫家年表』（一九五八年第一版・人民美術出版社）に見える。

董沛は、次項『晩晴簃詩匯』巻百七十一に、「字孟如、號覺軒、鄞縣人。光緒丁丑（同三年一八七七）進士、官建昌知縣。有六一山房詩集」とある。江西建昌府下五縣の一つの知事であろうか。また『續碑傳集』巻八十一・文學に、「董府君行狀」があり、光緒二十一年（一八九五）の卒、年六十八。したがって道光八年（一八二八）の生まれである。さらに「無子、女二」とし、「次適同縣廩生忻江明」とある。その忻江明は、字は紹如、そのほかのことは分からない。

成書のいきさつについては、巻ごとに詩家の名列をのせる「目」の最後の文章に詳しい。その年月の記載は見返しのそれに同じく、署名は「忻江明謹識」である。

「外舅董孟如先生　郡人の詩を編輯するに、清初に起こり光緒中葉に訖《お》わる凡そ一千六百餘家なり。江明　弱冠に方《あた》りて先生の文字の役に遊ぶに從い、蓋し身ずから之れに親しむ（外舅董孟如先生編輯郡人詩、起清初訖光緒中葉、凡一千六百餘家。江明方弱冠、從先生遊文字之役、蓋身親之）」。

「是れより先、歳の庚寅（光緒十六年）、浙江學政なる南海の潘（衍桐）公、076『兩浙輶軒錄』を續輯するに（131參照）、甯波一郡は先生に屬して主政せしむ。先生は一載の力を竭して嘉（慶）道（光）後の郡人の詩八百餘家を采りて之れを上《たてまつ》る。書の成るに、甄錄する所の者は其の半ばに及ばず（先是歳庚寅、浙江學政南海潘公、續輯兩浙輶軒錄、甯波一郡屬先生主政。先生竭一載之力、采嘉道後郡人詩八百餘家上之。書成、所甄錄者不及其半）」。

「先生以《おも》えらく、搜集の易きに匪《あら》ず、文獻の存する有るは廢する毋かるなり、と。迺わち國初以來の諸家の詩を追輯し、之れを上る所の底本と合し、釐訂增補して別に一集を爲すも、未だ審定に及ばずして、先生は遽かに道山に歸し、藏弆愼まず、寖《ようや》く散佚を致し、同（治）光（緒）兩朝は全く蠹蝕に遭うに至る。今先生の歿に距たること且に三十六年ならんとす。中に喪乱を更《へ》、此の残本なる者のみ僅かにして存するを得たるは幸いと謂う可し（先生以捜集之匪易、文獻之有存毋廢也。迺追輯國初以來諸家之詩、合之所上底本、釐訂增補、別爲一集、未及審定、而先生遽歸道山、藏弆不愼、寖致散佚、同光兩朝至全遭蠧蝕。今距先生歿且三十六年。中更喪亂、此殘本者僅而得存、可謂幸矣）」。「喪亂」については詳しくしないが、おそらく辛亥革命前後の騒擾が寧波にも及んでいたにちがいない。

「今　清祚既に訖わり、例として當に代を斷つべし。先生歿後の三十餘年中、凡そ清代に屬するの人・の詩は、宜しく續輯して以って一朝の録を成すべし（今清祚既訖、例當斷代。先生歿後三十餘年中、凡屬清代之人・之詩、宜續輯以成一朝之錄）」。これは續稿を作成するにあたっての協力者からの助言である。

「嗟乎《ああ》、今の世は何の世なるや。古學消沈し、異説坌起し、人は放佚の相い率いるを樂しみ、節義を嗤いて愚頑と爲し、文章を薄《うと》んじて無用と爲し、一二の、殘を抱き闕を守るの士は、衆勢に戹《くる》しみ、喑嘿して聲無し（嗟乎、今之世何世也。古學消沈、異說坌起、人樂於放佚相率、嗤節義爲愚頑、薄文章爲無用、一二抱殘守闕之士、戹於衆勢、喑嘿無聲）」。

序文はなく、それにかわる、「校訂　鄞　忻江明紹如」の署名をもつ「總目」の前言に、次のように記す。

「是の編は、董孟如先生の輯する所は、巻首に起こり補遺に訖わり、巻を爲すこと三十有五なり。續稿は咸（豐）同（治）自り宣統に迄り、巻を爲すこと八、總べて『四明清詩略』と曰い、都べて二千一百九十四家、詩九千四百六十八首なり（是編董孟如先生所輯、起巻首訖補遺、爲巻三十有五。續稿自咸同迄宣統、爲巻八、總曰四明清詩略、都二千一百九十四家、詩九千四百六十八首）」。「目」の文言に董沛の編輯が「一千六百餘家」としていたから、忻江明の續輯は五百九十家ほど、ということになる。

正稿三十五巻のうち、初め三巻は「巻首」で、明の遺民を收錄する。「凡例」に、「茲こに特に列べて巻首と爲し、以って別異の意を示す（茲特列爲巻首、以示別異之意）」とする。例えば、巻首中には李鄴嗣（鄞縣の人、一六二二〜一六八〇）の名が見える。ついで巻二に姜宸英（慈谿縣の人、一六二八～一六九九）、巻六に李暾（鄞縣の人、一六六〇～一七三四、020『蘭言集』の編者）、巻十に單獨で全祖望（鄞縣の人、一七〇五～一七五五、040『續甬上耆舊詩』の編者）などの名が見える。續稿では、巻一に單獨で董沛があてられている。

本集は京大文學部に藏せられる。

144 晩晴簃詩匯　二百巻、徐世昌輯。一九二九民國十八年刊。

「晩晴簃」は、楊廷福・楊同甫編『清人室名別稱字號索引』（一九八八年・上海古籍出版社）によると、徐世昌の十の號・室名の一つである。徐世昌については、137『道咸同光四朝詩史』（一九一〇宣統二年刊）甲集巻五に、「字菊人、直隸（天津府）天津（縣）人。光緒丙戌（同十二年一八八六・進士後）翰林、由編修、現官軍機大臣協辦大學士。有弢養齋詩文集」とある。『清代職官年表』によってその經歴をたどると、一九〇七光緒三十三年三月・東三省總督、一九一〇宣統二年七月・軍機大臣協辦大學士、八月・同體仁閣大學士、宣統三年四月（立憲内閣成立、總理大臣奕劻）内閣協理大臣、とある。中華民國成立後については、倉田貞美『清末民初を中心とした中國近代詩の研究』は、「民國以後國務卿、民國七年（一九一八）大總統。十一年以後政界を退き天津に閑居した」とのべ、その生卒年を「一八五八～一九三九」とする。『清儒學案』二百巻（民國二十八年刊）の著述もある。

本集の成立は前項より一年先立つが、清詩總集を總括するにふさわしい存在であるので、あえて本敍錄の最後に位置づけることとする。またその編者「敍」は、清一代の詩史を總括するものとして、現在なお有力な見解であると思われる。その年記と署名は「民國十八年十二月、天津徐世昌」である。その二百句以上の駢儷文は、いささか具體性に缺けるとはいえ、煩をいとわず全文を讀みくだしておく。（　）内は私注である。なお、吉川幸次郎氏の「清順康・康雍・雍乾詩說」に附錄された「晩晴簃詩匯敍」讀みくだし文（『吉川幸次郎遺稿集』第三巻、一九九五年・筑摩書房）を、適宜參考にする。

『晩晴簃詩匯』、都べて二百卷爲り。御製（卷一～卷四、九帝二百四十九首）の外、六千一百五十九家（二萬七千四百二十首）を得たり。歲は屠維（己の年、民國十八年）に在り、將に剞劂に付さんとす。甄《しら》べ采ること周紀（十二年）、清英を薈《しげ》く萃《あつ》むれば、乘亶（詩韻響應）の途は、較然として監《み》る可し（晩晴簃詩匯、都爲二百卷。御製外、得六千一百五十九家。歲在屠維、將付剞劂。甄采周紀、薈萃清英、乘亶之途、較然可監）。

摯虞の『流別』（『文章流別集』）は、總集の肇端なり。昭明（太子、『文選』）の陳辭は、沈思を是れ尙ぶ。選詩の故事は、唐より盛んなるは莫し。『國秀（集）』『篋中（集）』、『極元（極玄集）』『御覽（詩）』、『中興間氣（集）』、『河岳英靈（集）』、例を諸編に起こし、允《まこと》に凱式と爲る。宋・明の纂輯は、未だ縹緗（書册）に饜《あ》かず。『江湖（小集・後集）』『中州（集）』、『元音』『國雅』は、體を具うること微かなるを嗟《なげ》くも、流風 未だ沫《や》まず（摯虞流別、總集肇端。昭明陳辭、沈思是尙。選詩故事、莫盛於唐。國秀・篋中、極元・御覽、中興間氣、河岳英靈、起例諸編、允爲凱式。宋明纂輯、未饜縹緗。江湖・中州、元音・國雅、具體嗟微、流風未沫）。

順（治）康（熙）の文學は、昌んなる時を照映す。（明の）七子の餘波は、糟粕と譏《そ》し見《ら》れ、勝流は南北にして、姓字は林の如し。符孟（申涵光、卷十四）・覆輿（張蓋、同上）、坦園（李霨、卷二十三）・秋水（趙湛、卷十四、以上四家とも直隸出身）、孤《ひと》りの芳りと夐《はる》かなる響きは、前《さき》の修《すぐ》れしひとを矜服す。「江左」（三大家、錢謙益・吳偉業・龔鼎孳、卷十九・二十）・「嶺南」（三大家、屈大均・陳恭尹・梁佩蘭、卷十八・四十九）、甯《なん》ぞ多く讓ると云わん（順康文學、照映昌時。七子餘波、見譏糟粕、勝流南北、姓字如林。符孟・覆輿、坦園・秋水、孤芳夐響、矜服前修。江左・嶺南、甯云多讓）。

漁洋（王士禛、巻二十九）既に出でて、神韻獨り標《しめ》され、壇坫迭《かたみ》に張られ、詞流鋒起す。聲光の被《おお》う所、爰《ここ》に乾（隆）嘉（慶）に逮び、支葉は繁滋して、僕を更うるも數え難し。歸愚（沈德潛、巻七十六）は宗法を守り、隨園（袁枚、同上）は性靈を主とし、標榜偶《なら》び緣り、蔚として風會を爲す（漁洋既出、神韻獨標、壇坫迭張、詞流鋒起。聲光被所、爰逮乾嘉、支葉繁滋、更僕難數。歸愚守宗法、隨園主性靈、標榜偶緣、蔚爲風會）。

道（光）咸（豐）以後、湘鄉（曾國藩、巻百四十二）は首《こうべ》を西江（江西詩派の黄庭堅）に低《た》れ、湘綺（王闓運、巻百五十五）は源を漢魏より導く。廣雅（張之洞、巻百六十二）は裦然として、奇を振いて鬱起し、幕府を宏開し、衆長を奄有す。季世には詩を説くに、唐を祧《とお》ざけて宋を宗とし、初め後山（陳師道）を慕い、嗣いで宛陵（梅堯臣）を重んじ、寖《ようや》く蘇（軾）黄（庭堅）を遠ざけて、稍や楊（萬里）陸（游）を張る（道咸以後、湘鄉低首西江、湘綺導源漢魏。廣雅裦然、振奇鬱起、宏開幕府、奄有衆長。季世説詩、祧唐宗宋、初慕後山、嗣重宛陵、寖遠蘇黄、稍張楊陸）。

三百年間、詩は天地に滿つるに、其の卓絶たるを綜《す》ぶれば、約して數端有り。廟堂の鉅製は、炳《かがや》かしきこと日星の若く、鴻博兩《ふた》たび徵せられ、召試累《かさ》ねて擧げらる。柏梁（體）の聯句、朝元（元旦大朝會）の詠歌、雅道 既に興こり、流飆 斯こに廣し。查田（查愼行、巻五十六）は太液（池）に、諭を「煙波」と賜り、竹垞（朱彝尊、巻四十四）は南齋（翰林院）に、「賤しき日を思う」と言う。狨鞍（塞外異民族）の酋長は、「湛露」（『詩經』小雅の一）もて謠を興こし、麟窟（宗藩）の天孫は、采風して錄に載す。靈珠（妙なる詩歌）は握に在り、蠻の徼（くにざかい）は聲を姚《はる》かにす。詩敎の盛んなる、此れ其の一なり（三百年間、詩滿天地、綜其卓絶、約有數端。廟堂鉅製、炳若日星、鴻博兩徵、召試累擧。柏梁聯句、朝元詠歌、雅道既興、流飆斯廣。查田太液、賜諭煙波、竹垞南齋、言思賤日。狨鞍酋長、湛露興謠、麟窟天孫、采風載錄。靈珠在握、蠻徼姚聲。詩敎之盛、此其一也）。

考据の學、後は前より備わり、金石の出づるは、今は古えより富む。海雲（焦山寺の堂）の鼎籀は、事を西樵（王士祿、巻二十六）に紀《しる》され、杜陵の銅槃（銅行燈槃）は、歌を石笥（胡天游、巻七十二）に徵せらる。鐘彝の奇字は、敷するに長言を以ってせられ、碑碣の荒文は、發して韻語と爲る。（三）墳（五）典を肴核とし、蒼（頡）凡（將）を粉澤とし、幷びに經を證するに足り、亦た史を補うに資す。蘇齋（翁方綱、巻八十二）は體を備え、雷塘（阮元、巻百七）は音を嗣ぎ、滂憙（潘祖蔭、巻百五十四）は聞くを洽《あまね》くし、瓶廬（翁同龢、巻百五十五）は鑒るを精しくす。詩道の尊ばる、又た其の一なり（考据之學、後備於前、金石之出、今富於古。海雲鼎籀、紀事西樵、杜陵銅槃、徵歌石笥。鐘彝奇字、敷以長言、碑碣荒文、發爲韻語。肴核墳典、粉澤蒼凡、幷足證經、亦資補史。蘇齋備體、雷塘嗣音、滂憙洽聞、瓶廬精鑒。詩道之尊、又其一也）。

中葉而降、文網漸く疏にして、（和坤らへの）黨錮興らず、風人に刺するうた多し。寶雞にて（白蓮教の亂を）壁に題《しる》し（張問陶、巻百八）、秋蟪もて（太平天國の亂の）吟を成す（金和、巻百六十七）。龍壁（王拯、巻百四十四）は從軍して、篇什を淋漓にし、蘿菴（李慈銘、巻百七十三）は韻を選びて、承平を想望す。物に感じ時を撫し、微辭もて義を貞《ただ》し、拾遺（杜甫）の直筆は、厥《そ》の精深を契《きざ》み、長慶（白居易）の新篇は、擧ぐるに諷諭を以ってす。詩事の詳しきこと、又た其の一なり（中葉而降、文網漸疏、黨錮不興、風人多刺。寶雞題壁、秋蟪成吟。龍壁從軍、淋漓篇什、蘿菴選韻、想望承平。感物撫時、微辭貞義、拾遺直筆、契厥精深、長慶新篇、擧以諷諭。詩事之詳、又其一也）。

海通以後、聞見日に恢《ひろ》く、三山に舟を引《みちび》き、八紘に驛を置く。（黃遵憲、巻百七十一は）衡《よこぎ》に倚りて使いを奉じ、夢に波濤を詠み、人境にての羇賓は、集いて世界を開く。蘭闍といい唱諾という（西洋の語）を、瘉埜（嚴復、巻百八十二）は聲に諧《ととの》え、槎路（の海外）に低徊して、蒓齋（黎庶昌、巻百六十八）は筆を珥《さしはさ》む。能く四《よ》もの裔《とお》きを言い、諸家を散見し、興を竹枝に寓し、目に卉服を營む。輶軒もて履《くつ》を游ばせ、跡を區寰に極め、實を捃《ひろ》い華を摭《と》り、夐焉として物に博し。詩境の新たなる、又た其の一なり（海通以後、聞見日恢、三山引舟、八紘置驛。倚衡奉使、

夢詠波濤、人境羇賓、集開世界。蘭闍唱諾、瘞埜諧聲、槎路低徊、蒓齋珥筆。能言四裔、散見諸家、興寓竹枝、目營卉服。輶軒游屐、極跡區寰、捃實摭華、裒焉博物。詩境之新、又其一也）。

凡そ茲の四者は、均しく前規に異なり、英詞を陶鎔し、新作を馳騖す。春の蘭と秋の蕙と、畹《はたけ》を異にするも芳りを同じくし、藍脇（の琴）と號鐘（の琴）と、蓱（雨よびの神）に應じて協奏す。風美の扇ぐ所、方來（さきつかた）を鼓舞し、上は元・明より軼《す》ぐれて、自ずから軌范を成す（凡茲四者、均異前規、陶鎔英詞、馳騖新作。春蘭秋蕙、異畹同芳、藍脇號鐘、應蓱協奏。風美所扇、鼓舞方來、上軼元明、自成軌范）。

昔に著錄する所は、貞菴（魏裔介、巻二十三）の005『溯洄（集）』、伯璣（陳允衡、巻十八）の『國雅（初集）』、思九（孫鋐、本集不載）の018『（皇朝）詩選』、孝威（鄧漢儀、巻四十六）の011『（天下名家）詩觀』、014『感舊（集）』・021『篋衍（集）』の本、044『（國朝詩）別裁（集）』・123『（國朝）正雅（集）』の音、077『湖海詩傳』、079『熙朝雅頌（集）』の如し。其の體と爲すを原《たず》ぬれば、取舍は時に因り、各おの書を成すと雖も、殆んど獨賞を同じくす（昔所著錄、如貞菴溯洄、伯璣國雅、思九詩選、孝威詩觀、感舊・篋衍之本、別裁・正雅之音、湖海詩傳、熙朝雅頌。原其爲體、取舍因時、雖各成書、殆同獨賞）。

關河に（事多く、我は）歲莫のとき、往哲は翛然たり。闕編を裒輯し、廣く甄寫を爲す。上は廟廊の章製自り、下は山澤の歌謠に及び、宗室・閨秀、方外・屬國、品は往例に酌み、胥《み》な網羅に入る。吳之振（巻三十九）『宋詩鈔』、顧嗣立（巻四十八）『元詩選』、虞山（錢謙益、巻十九）『列朝（詩集）』の集、秀水（朱彝尊、巻四十四）026『（明）詩綜』の編、則《のり》を取ること差《や》や同じきも、塵（をもたてぬ奔走）に（目を）瞠《みは》りて後るるを恐る。石倉に墜ちし簡《たけふだ》は、刧灰を免れんことを幸《ねが》い、滄海に遺《のこ》されし珠は、冥契に歸せんことを冀う（關河歲莫、往哲翛然。裒輯闕編、廣爲甄寫。上自廟廊章製、下及山澤歌謠、宗室閨秀、方外屬國、品酌往例、胥入網羅。吳之振宋詩鈔、顧嗣立元詩選、虞山列朝之集、秀水

詩綜之編、取則差同、瞠塵恐後。石倉墜簡、幸免劫灰、滄海遺珠、冀歸冥契）。

江東の昭諫（羅隱）は、（唐末の）天祐に名を登し、建昌（府同知）の季常（元末明初の馬治、ただし字は孝常）は、『荊南（唱和集）』に詠を綴る。義は吾が炙《した》しむに非ず、任は山に藏《かく》すより重く、舊聞を采拾し、惇史を羽翼とす。民風の升降、朝局の隆汙は、績學の藻《すぐ》れし鏡もて、借りて匏《ひさご》（の樂器）もて宣ぶると曰い、藝圃の沈酣は、自ら蠡《かいがら》もて（海の水を）測るを嗟《なげ》く。爰に緒論を抒べ、厥の簡端を綴る。詩を誦し風を觀るに、庶わくは擇ぶところ有らんことを（江東昭諫、天祐登名、建昌季常、荊南綴詠。義非吾炙、任重藏山、采拾舊聞、羽翼惇史。民風升降、朝局隆汙、績學藻鏡、借曰匏宣、藝圃沈酣、自嗟蠡測。爰抒緒論、綴厥簡端。誦詩觀風、庶有擇焉）。

本集は、京大文學部、同東アジアセンター、坦堂文庫に藏せられる。いずれも民國十八年天津徐氏得耕堂刊本である。また、楊家駱主編・歴代詩文總集の一に、書名を『清詩匯』とあらためて、臺灣・世界書局により景印された。その第二版は、民國五十二年である。

あとがき

本敍錄がこのかたちに成るまでには、三十餘年の歲月を費やしている。その經緯を記しておこう。

一九七一昭和四十六年五月、大阪教育大學（教養部、中國語擔當）二年め、三十二歲。朝日新聞社・中國文明選9『近世詩集』において「淸詩」の部を擔當（「元詩」は入谷仙介氏、「明詩」は福本雅一氏）。ひとことで言えば準備不足、力量不足を痛感した。

一九七六年、名古屋大學（教養部、東洋文學擔當）三年め、三十七歲。アヘン戰爭期の詩人張維屛に興味をもち、その編輯になる102『國朝詩人徵略』が、ほぼ淸一代の詩家千人の概略を知るのに適切と考え、テーマを「淸朝詩人徵略の研究」として文部省科學研究費を申請、七七・七八年度分として認められた。當初の主な作業は次のようなものであった。一、各詩家の小傳について、用いられた總集等によって全文を確かめること。二、各詩家についてあげられている詩の「標題」「摘句」について、一首全文を確かめること。三、以上の作業に必要な總集等を收集し、それぞれについて人名カードを取ること。

一九七八年、該書での乾隆期までが045『國朝詩別裁集』（欽定本）によるところ大であることを知り、先行文獻としておさえておく必要を感じ、「沈德潛と『淸詩別裁集』」を執筆し、七九年三月、『名古屋大學教養部紀要』23Aに掲載、あくまでも中間報告のつもりで、文末に「科學研究費による報告の一部である」と注記した（本論文はのちに拙著『明淸詩文論考』二〇〇八年十一月に收錄）。また同年三月、「淸詩選本主要書目表」（油印）を作成し、選本七十一種を列擧した。このとき島根大學の入谷仙介氏からは、標題を、神田喜一郎氏の論文にならって「清詩總集」とすべきこと、阪大懷德堂文庫などにも行って、さらに完全な目錄をしあげるように、との助言があった。

一九八〇年十二月、京都府立大學（文學部、中國文學擔當）二年め、四十二歳。中國文藝研究會主催による、私としては最初の中國旅行において、上海圖書館・浙江圖書館・（廣州）中山大學圖書館を訪れる機會があり、そのときのコピーやメモの一部は本敍錄にも生かされた。

一九八一年、淸詩總集の、主として序文を、當時京都大學大學院生の大平桂一・高津孝兩氏と讀む會をもち、つごう十二回に及んだ。

一九八三年、三島海雲記念財團に應募した「清詩總集の研究」が認められ、十二月・四十五歳、その第二十回『事業報告』に文章を寄せた。

一九八五年十一月、京府大七年め、「清詩總集について（上）」を『京都府立大學學術報告』人文第37號に掲載。

一九八六年十一月、「清詩總集について（上補、中）」を同『學術報告』人文第38號に掲載。

一九八七年十二月、「清詩總集について（上中補、下）」を同『學術報告』人文第39號に掲載。

一九八九平成元年十二月、五十一歳。『清詩總集一三一種解題』を中國文藝研究會から出版。京都大學停年退職後の湯淺幸孫先生の書信では、「清代文字獄」について「嘉慶の末年からゆるやかになり、清朝の衰運に向った道光期にはもはや昔日の統制は事實上見られないようです。例へば、江藩（一七六一〜?）の『國朝漢學師承記』（嘉慶二十三年序刊本）の閻若璩の條で「……所服膺三人、曰錢受之・黃太沖・顧寧人。然論受之則曰、『此老春秋不足作準』。論太沖、則曰云々」（錢謙益が春秋を家學としたこと「與嚴開正書」（『有學集』三十八）にみゆ）とあります」などと記され、「咸豐になって法制（＝敕令）上も文字の禁が除かれたということです。（正確な年月は文宗實錄でも調べれば分明すると思います）」と結んであった。また京都大學停年退職まもない清水茂先生からは、內閣文庫所藏のものの遺漏が相當數ありとの指摘を受けた。006『十名家詩選』、018『皇清詩選』、081『羣雅集』合册本などである。立命館大學の筧文生氏からは、私が「未見」とした018『皇清詩選』の名が天理大學古義堂文庫の目錄に見えるとの指摘があった。內閣文庫所藏のものとは別本であった。島根大學最終年度の入谷仙介氏からは、139『清代閨閣詩人徵略』での「俄の蘇菲亞」について、私が「ロシア皇帝ピョートル一世の姉」としたことにたいして、第一信で「そういう女流革命家がいるのではありませんか」と疑問を示され、第二信で「ツァーリ・アレクサンドル二世を暗殺した女性テロリストのことのようです」と指摘された。

一九九一年八月、五十三歲。標題を『清詩總集一三八種解題』と改め、一覽表を改訂し、本文では內閣文庫所藏七種の追加を含む十五ヶ所の補遺と訂正をおこなったのち、ワープロ九枚の册子にして、『一三一種解題』謹呈者に送付した。

一九九三年六月、五十四歲。浙江大學朱則杰氏の「清詩總集研究的碩果―讀松村昂『清詩總集一三一種解題』」なる紹介が國務院古籍整理出版規劃小組辦公室編『古籍整理出版情況簡報』に掲載された。なかに、「解題」というより「研究」だ、とあった。ちなみに十月には浙江大學傳統文化研究所に「『全清詩』編纂籌備委員會」が設置され、私が日本側顧問に指名された。

一九九四年七月、朱則杰氏の同題同文が雜誌『社會科學戰線』（長春市）に書評として掲載された。

一九九五年四月、清風譯「『清詩總集一三一種解題』綱要及示例」が『蘇州大學學報（哲學社會科學版）』に掲載。「はじめに」のほか、本文では135『嘉道六家絕句』の項、および結語にあたる最終部分十二行の漢語譯である。

一九九六年七月、五十七歳。汲古書院（前）社長坂本健彦氏に『清詩總集解題』（假稱）出版方を打診した。しかし「一三一種」を補遺・訂正にとどめるのではなく、材料を初めから讀みなおし、ゆっくりと、丁寧に著録すべきだと思いなおし、打診を、私のほうからうやむやに葬りさった。このたび石坂叡志社長への出版打診を、「あるいは唐突かと思われますが」と切りだしたのには、このような過去があったからである。

一九九八年十二月、六十歳。謝正光・佘汝豐編著『清初人選清初詩彙考』（南京大學出版社）が出版され、「引用書目」として『清詩總集一三一種解題』と「沈德潛と清詩別裁集」が記載された。

二〇〇二年三月末日、六十三歳、京都府立大學を停年退職。總集關係の人名カードをパソコンに入力しはじめる。

二〇〇五年八月、六十七歳、本敍錄の執筆をはじめる。

二〇一〇年五月三十日、七十一歳、擱筆。「敍錄」とは敍述と記錄の謂いだが、あるいは敍（序）文を主とした著錄、という一面もあるかとおもわれる。けっきょく、かつての科學研究費「清朝詩人徵略の研究」にたいする最終報告はできそうにない。

汲古書院社長の石坂叡志氏には、本敍錄出版の申し出を快諾していただいた。また同社編集部の小林詔子さんには、編輯全般の勞をとっていただいただけでなく、031『清詩大雅』の別本について、當初は未調査のまま放置しようとしたところ、內閣文庫への出向調査を買ってでてくださった。お二人に心から感謝もうしあげます。

二〇一〇年八月四日、七十二初度

松村　昂

Bibliographies
of
Collections or Selections of Qing Poetry

by
TAKASHI MATSUMURA

2010

KYUKO-SHOIN TOKYO

人名索引

【凡例】

1．字、號、謚、官名、出身地、あるいは姓または名のみによる表示を含む。

2．（　）内の朝代・國名のうち、（近）は近人、民國～現代までの人物。（傳）は傳說中の人物。（俄）はロシア人、（法）はフランス人。

1畫

一靈→屈大均

2畫

丁日乾　226
丁丙（1832－1899）　502, 507, 508
丁申　507～509
丁家祥　231
丁祖蔭（近）　43
丁國典　508
丁宿章　494, 495
丁福保　188
丁肇聖　420
丁澎（1622－1686以降）　19, 24, 105
丁耀亢　376
丁灝　162
入谷仙介（日）　520

3畫

于七　24, 63
于振　179
于國俊（近）　493
三多　505～507
三寶　278, 280, 282, 351
大黃公（前漢）　194
大窪行（1767－1837, 日）　291
小野和子（日）　14, 135
山本北山（1752－1812, 日）　219
川島孝（日）　328, 329

4畫

井仲漸（日）　122
仇元吉（朝鮮）　70
仇兆鰲（1638－1717）　131
太宗（ホンタイジ, 在位1626－1643）　339
太祖（明）　126
今種→屈大均
今釋→金堡
允禧→愼郡王
元好問（1190－1257, 金）　11, 13, 91, 157, 176, 190, 238, 265, 298, 398, 445
元季川（唐）　90, 91
元敏之（金）　90, 91
元結（唐）　42, 90, 134, 157, 236, 238, 325, 326
元稹（唐）　32, 37

內野悟（1873－1934, 日）　510, 511
卞萃文　344
孔子（先秦）　8, 133, 140, 253, 418, 487, 526
孔氏（傳、前漢）　488
孔尚任（1648－1718）　142～144
孔衍樾　106, 108～113
孔傳鐸　167
孔興釪　106, 109
孔頴達（唐）　417
尤侗（1618－1704）　68
尹洙（北宋）　89
尹繼善（1695－1771）　190, 217, 228～230, 309, 327
戈濤　203
支遁（東晉）　106
文帝（三國魏）→曹丕
文種（先秦）　194
文徵明（明）　53
文質（元）　17
文震亨（1645死, 明）　42
方文（1612－1669）　6, 8, 10, 49, 50, 51, 56, 88, 136
方以智（1611－1671）　26, 40, 79
方正玉　437
方正澍（1743－？）　263, 266～268
方竹友　113
方廷瑚　455
方東樹（1772－1851）　464
方拱乾　177, 406
方苞（1668－1749）　179, 180, 463, 531
方殿元　434, 436
方筠儀　260
比干（先秦）　107
毛永柏　454～456
毛永椿　454～456
毛先舒（1620－1688）　19
毛奇齡（1623－1716）　11, 15, 84, 137, 248, 324, 414
毛芳升　113
毛重倬　59
毛師柱　113
毛晉（1599－1659）　42, 43, 157, 208, 381
毛逵　107
毛會建（1612－1680在世）　107, 269
毛際可（1633－1708）　140
片岡正英（日）　120
牛坤　453
牛芳　440
王十朋（南宋）　149
王又旦　137
王又曾（1706－1762）　264, 327, 398
王士祜　3, 86
王士祿（1626－1673）　3, 24, 29, 78, 86, 87, 89～92, 94, 102, 136, 137, 177, 198, 352, 403, 407, 420, 536
王士禛（王士正, 王士禎, 1634－1711）　3, 4, 10, 24, 27～29, 36, 37, 49, 50, 52, 59, 66～71, 78, 79, 84～86, 90～93, 95, 102, 108, 114～116, 123, 126, 127, 129, 133, 134, 136～138, 142, 147, 150, 156, 162, 170, 173, 176, 177, 184, 190, 197, 198～200, 202, 213, 218, 219, 226, 231, 232, 234, 235, 238, 239, 242, 243, 245, 248, 257, 261, 269～272, 284, 291, 292, 299, 341, 346, 350, 352, 362, 364, 375, 388, 397, 398, 408,

414, 416, 437, 462, 472, 493, 510, 511, 518, 524, 525, 536
王士禧　86
王大治　249
王之梁　407
王元烜　408
王元勳　222
王天佑（王天佐、王岩、王巖）　45, 46
王夫之（1619－1692）　448
王引之（1766－1834）　427
王文才（近）　315
王文治　292, 293
王文潛　166
王文濡　518, 519
王方平（後漢）　50
王世貞（1525－1593, 明）　5, 14, 17, 22, 30, 31, 35, 53, 64, 72, 82, 121, 172, 173, 261, 359
王世懋（1536－1588, 明）　17, 19, 53
王正雅　472, 473
王永吉　160
王永譽　65
王玉如　289
王仲儒　282
王安石（北宋）　13, 342
王式丹　147, 149, 205, 266, 300
王有穀　471
王佐（明）　359
王初桐（1730－1821）　444
王廷表（明）　315
王廷紹　421
王廷鼎　506, 507
王廷魁　224
王廷諤（1732－1788）　222
王忭　17
王抃（1628－1712）　19, 20
王材任（1653－1739）　165
王步青　167
王灼　460
王芑孫（1755－1817）　329, 330, 332, 333, 335, 366, 416
王言　140
王邦畿　123, 127
王昊（1627－1679）　19, 60
王東廂　422
王采薇（1753－1776）　267, 268
王俊臣　13
王屋　380
王建（唐）　487
王彥泓（1598－1647）　42, 138
王思任　420
王思訓　316
王拯　537
王昶（1725－1807）　186, 190, 192, 205, 211, 230, 262, 265, 266, 269, 270, 313, 314, 325, 327～329, 346, 377, 387, 416, 431, 478, 479
王柏（南宋）　253
王柏心　495, 496
王相（1789－1852）　403～408
王香雪　495, 496
王倩　456
王峻（1694－1751）　270
王恕（1682－1742）　257
王時敏（1592－1680）　17, 19, 20
王祜庭　422

王紘　175
王致望　468, 469, 471
王翃（1602－1655）　242
王迺容　349
王迺德　349
王追騏　107
王隼（1644－1700）　122, 123, 127, 130, 434～437
王啓涑　90
王啓渾　87, 90
王國均　451～453
王崇簡（1602－1678）　26, 27, 38, 39, 109, 151
王彬（近）　277
王敏　380
王清臣　13
王章濤（近）　298
王紫綬　108, 439
王凱符（近）　463
王尊素　6
王復（1738－1788）　264, 266, 267
王揆（1619－1696）　19, 57
王晫（1636－1699在世）　139, 140, 416
王植桂　422, 423
王無競（唐）　4
王逸（後漢）　227
王嗣衍　168
王嵩高（1735－1800）　266
王敬之（1778－1856）　427, 428
王煐　122, 130
王猷定（1598－1662）　45, 344
王瑛　164
王粲（三國魏）　30
王聖開　522
王圖炳　148, 149
王壽邁　469, 471
王榮祖　473
王碧珠　288
王端淑　420
王禕（明）　253
王箴輿　231
王維（唐）　164, 233, 263, 398
王維楨（1507－1555, 明）　12
王輔銘　444
王鳴盛（1722－1797）　191, 192, 205, 211, 221～223, 236, 327, 363, 444, 454
王鳴雷　123, 437
王寬　231
王慶勳　489
王撰（1623－1709）　19
王潢（王璜, 1599－1682）　11, 15, 48, 49
王潤生　423
王蔭卿　494
王賡言　374～376
王賡琰　374
王質（西晉）　50
王凝（東晉）　521
王曇（1760－1817）　511
王澤弘　115
王澤民（元）　470
王燕生　349
王興吾（？－1759）　186, 187
王豫（1768－1826）　228, 306, 344～349, 368, 370, 379, 380, 381, 384, 427, 479
王遴汝　210
王錫侯　276, 279

王錫瑄　39
王錫畬　207
王錫爵（1534－1610，明）　17
王應奎（1684－1757）　13，14，43，52，207，208
王鍾霖　493
王鴻緒（1645－1723）　187
王攄（1636－1699）　20
王曜升　19
王闓運　536
王瓊　349
王鏞　241
王鯤（1755－1832）　468～470
王蘇（1763－1816）　333，335
王鐸（1592－1652）　26，216，406
王顧（北宋）　89

5畫

句踐（越王、先秦）　158
史可法（明）　47，141，217
史貽直　204
史夢蛟　194
史夢蘭（1813－1898）　490～492
司馬相如（前漢）　35，263，358
司馬遷（前漢）　35
司馬鵬　471～473
左思（西晉）　51
平恕（？－1804）　394
弘曣　217
本田濟（日）　269
永井荷風（日）　138
永阪德彰（周，1845－1924，日）　510，528
永曆帝→桂王
玄宗（唐）　263
甘受和　373，374
甘鵬雲（近）　69
田茂遇　22
田雯（1635－1704）　198，352，375
田實發（1671－？）　221
申涵光　103，110，112，535
申涵盼　112
申培（前漢）　352
白子常　129
白居易（唐）　8，9，32，37，46，73，233，398，487，489，537
白夢鼐（？－1680）　59
石渠　267
石韞玉（1756－1837）　347

6畫

仲之琮　76，132
任大椿　222
任唐臣　3
任應烈　248
任聯第　423
任蘭枝　180
伊丕聰（近）　69
伊秉綬（1754－1815）　359，361，368
伊福訥　307，308，338，339
伊藤博文（日）　513
伍廷芳　516
伍宗澤　445
伍秉鏞　445
伍秉鑑　434，445
伍崇曜（伍元薇，1810－1863）　434～436，444，445

伏生（前漢）　288
光雲錦　464
光熊幻住　45
光聰諧　464
全祖望（1705－1755）　25, 51, 193, 194～196, 534
印鴻禕（1755－1808）　443
吉川幸次郎（日）　364, 535
多羅愼郡王→愼郡王
安歧　387
安親王　170
宇文虚中（金）　176
年羹堯　117, 405
旭昶　423
有馬屋莊橘（日）　121, 122
朱一是　46, 139
朱子（朱熹, 南宋）　21, 176, 253, 269, 487
朱子素　442
朱文藻（1735－1806）　303, 321
朱昆田（1652－1699）　243
朱保烱（近）　30
朱則杰（近）　19
朱茂晭　437
朱振祖　243
朱桂模　497, 498, 499
朱琦　427
朱珖　420
朱珪（1731－1806）　394, 433
朱祖謀（朱孝臧, 1857－1931）　531, 532
朱荃　179, 378
朱惟公（近）　290
朱掄英　373, 374
朱彭　323
朱爲弼　400
朱琦（1803－1861）　475, 478, 479, 481, 483
朱琰（朱炎）　251, 252, 323
朱意珠　288
朱筠（1729－1781）　264～266, 426, 427
朱福詵　371, 372
朱稻孫（1682－1760）　243, 244
朱緒曾（？－1861）　244～246, 457～459, 488, 497～499
朱翰（明）　158
朱豫　161, 162, 499
朱彝尊（1629－1709）　5, 10, 46, 49, 67, 70, 72, 74, 86, 91～94, 115, 116, 125, 126, 129, 137, 148, 153, 154, 156, 158, 159, 170, 202, 218, 231, 233, 241～246, 264, 350, 369, 396, 398, 407, 414, 416, 437, 445, 458, 511, 518, 536, 538
朱鶴齡（1606－1683）　240
朱驊　113
朱灝　165, 166
江伯容　324
江淹（南朝宋）　32
江濬源　313, 314
江闓　74
江藩（1761－1851）　381, 411, 416
百齡（1748－1816）　306, 368, 389
竹添進一郎（光鴻, 1841－1917, 日）　513
羊曇（東晉）　87, 88
老子（先秦）　140

7畫

佛芸保　429
何之銑　130, 131
何元烺（1761－1823）　331〜333, 335
何休（後漢）　526
何在田　344
何廷模　225
何其偉　316
何忠相　231
何林　74
何基（南宋）　253
何紹基（1799－1873）　70, 449, 524, 525
何景明（明）　5, 64, 114, 172, 173, 190, 315, 397, 398
何雲　48
何道生（1766－1806）　331, 333, 335
何夢瑤　435
何遜（南朝梁）　229
何慶善（近）　79
何騰蛟（明）　170
伯夷（先秦）　491
佘汝豐（近）　7, 80
佘正酉　494
佘知古（唐）　236
佘金　416
佘懷（1616－1695）　61, 136
佟國器　38, 56, 101, 103
佟鳳彩　101, 103, 106, 114
初彭齡　317
吳三桂　75, 108, 128, 141
吳士玉（1665－1733）　148, 149
吳山濤　6
吳中立　68, 69, 71
吳之紀　56
吳之振（1640－1717）　76〜79, 82, 538
吳氏（小殘卷齋）　276
吳旦（明）　359
吳兆寬　62
吳兆騫（1631－1684）　59, 62, 138, 217, 240, 241
吳汝綸（1840－1903）　526〜528, 531
吳均　455, 456
吳廷楨　147, 149
吳周祚　409
吳芝瑛　520
吳振棫（1793－1871）　305, 424, 508
吳時德48
吳泰來191
吳偉業（1609－1671）　8, 9, 17, 19, 20, 24, 25, 31, 34, 37, 40, 53, 54, 59〜65, 71, 74, 84, 87, 88, 98, 104, 105, 121, 124, 135, 147, 154, 156, 159, 160, 162, 176, 177, 184, 213, 216, 239, 261, 278, 282, 303, 350, 351, 398, 511, 518, 535
吳培源　206
吳寅　171
吳晗（近）　43, 507
吳陳琰（吳陳炎）　150〜152
吳翌鳳（吳翼鳳, 1742－1819）　349, 351, 361, 362, 364, 365, 384
吳琦　224
吳盛藻　127
吳雯（1644－1704）　137, 199, 386
吳肅公　282
吳嵩梁（1766－1834）　376, 511, 512

吳敬梓　230
吳嘉紀（1618－1684）　136, 137, 154, 184, 408～410
吳爾堯　76
吳綺（1619－1694）　6, 61, 137
吳慶坻　507, 508
吳學炯　102, 103, 105, 110, 113, 114
吳興祚　129, 130, 438
吳錫麒（1746－1818）　329, 331, 335, 345, 347, 366, 368, 383, 398, 421, 511
吳應和　397, 400
吳應棻　179
吳懋（明）　315
吳懋謙　66
吳闓生（1877－？）　526
吳蘭修　445
吳顥　301～303, 305, 424, 425, 508
呂本中（1084－1145, 南宋）　188
呂永光（近）　355
呂留良（1629－1683）　76, 95, 159, 160, 276, 281, 282, 322
呂祖謙（1137－1181, 南宋）　253
呂堅　360, 361
呂肅高　495
坂倉通貫（日）　120, 121
妙蓮保　429, 430
宋大樽　377
宋之問（唐）　332
宋氏（韋逞母, 東晉）　521
宋存標　18
宋邦綏（？－1770）　296, 297
宋咸熙　377, 378
宋思仁（1731－1798在世）　296, 297
宋茂初　427
宋起鳳　453
宋弼（1703－1768）　94, 354, 494
宋湘（1756－1826）　358
宋琬（1614－1674）　3, 24, 25, 40, 63, 65, 77, 78, 84, 91, 105, 107, 137, 156, 177, 198, 231, 232, 234, 278, 350, 352, 375, 414
宋實潁（1621－1705）　59, 74, 117
宋犖（1634－1713）　16, 24, 97, 117, 129, 132, 133, 137, 143, 144, 146～150, 188, 239, 408, 439
宋徵輿（1618－1647）　18, 40
宋徵璧　19
宋濂（明）　253
宋權（1598－1652）　97, 144
完顏廷璐　417
完顏惲珠→惲珠
完顏麟慶→麟慶
岑參（唐）　72, 263
忻江明　531～533
成光　110, 113
成克鞏　110
成性　109
成德（性德, 納蘭性德, 1655－1685）　129, 309
戒顯　165
李士琪　181
李小巖　443
李之芳（1622－1694）　141, 142, 271, 272
李元陽（明）　315
李天馥　137
李文藻　205, 361
李斗　476

李方　439, 440, 442
李必恆（1661－？）　148, 149
李本仁　477
李本宣　70
李白（唐）　32, 33, 64, 164, 233, 263, 288, 398, 466, 529
李如筠（1765－1796）　331, 333, 335
李因培　316
李因篤　127, 129, 137
李曲齋（近）　355
李自成（明）　26, 58, 146
李伯齋（近）　493
李呈祥　271, 272
李廷芳　468～470
李秀升　6
李秀成　484, 485, 509
李良年（1635－1694）　137, 242, 243, 246
李周望　167
李固（後漢）　392
李宗昉（1779－1846）　389, 390
李庚（南宋）　286
李東陽（1447－1516, 明）　18, 448
李威　355
李弈庵　246
李昴英（南宋）　434
李衍孫　271, 272, 353
李英（明）　356
李剛已（1872－1914）　528
李振裕　116, 117
李時行（明）　359, 434
李時漸（明）　286
李衷燦　106, 107, 109
李商隱（唐）　190, 398
李清彥　204
李符（1639－1689）　242
李紱（1673－1750）　485
李陵（前漢）　176
李富孫　457, 458
李惺　422
李森文（近）　386
李集　243, 244, 246, 282, 458
李雯（1608－1647）　18
李慈銘（1829－1894）　513, 537
李夢陽（1472－1529, 明）　5, 9, 12, 55, 64, 72, 114, 172, 173, 190, 315, 397, 398
李漁（1611－1679？）　253, 304
李維鈞　405, 407
李德（明）　359
李模　36
李澄中（1629－1700）　377
李稻塍　241～246, 282
李調元（1734－1802）　254～257, 291～295, 361, 387
李質穎　280
李遯麓　246
李憲喬　354
李暾（1660－1734）　130, 131, 534
李鄴嗣（1622－1680）　194, 196, 533
李錫瓚　329, 335
李應徵　283
李鍇（1686－1755）　180, 183
李鴻章　527, 528, 530
李簡　433
李懷民　354
李攀龍（1514－1570, 明）　5, 22, 34, 35, 55, 64, 82, 119, 121, 172, 173, 213, 239

李繩　210, 211, 223
李繩遠（1633－1708）　242
李贊元　103, 105, 106, 108
李霨（1625－1684）　102, 432, 535
杜本（1286－1350, 元）　238
杜芥（杜紹凱, 1617－1693）　47
杜甫（唐）　8, 14, 31～33, 54, 60, 61, 64, 72, 81, 83, 157, 163～165, 169, 176, 190, 213, 220, 233, 262, 288, 332, 398, 462, 464, 487, 517, 524, 529, 537
杜定基　203
杜松柏（近）　71
杜牧（唐）　7
杜詔（1666－1736）　165, 167, 172
杜溗（1622－1694）　271, 272
杜濬（1611－1687）　40, 47, 65, 74, 80, 84, 136, 143, 154, 161, 163, 177
沈一葵　167
沈人偉　459
沈元滄　303
沈永令（1614－1698）　241
沈玉亮　150～152
沈用濟　163
沈兆霖（1801－1862）　475
沈至緒（明）　522
沈初（1735－1799）　258～260
沈廷芳　179
沈佺期（唐）　332
沈季友（1652－1698）　158, 159, 323, 370, 371
沈品華　389
沈約（南朝梁）　72
沈祖孝（1647－1673間）　15, 45
沈荃（1624－1684）　24, 57, 62, 63, 65, 78, 80, 115, 177
沈惇彝　319, 320
沈景福　389
沈曾植（1850－1922）　371
沈進　242
沈雲英　522
沈愛蓮　457～459
沈道映　105, 112
沈壽民（1607－1675）　8, 14, 15
沈種松　209, 212
沈遠香　246
沈德潛（1673－1769）　12, 20, 72, 74, 117, 119, 138, 166, 176, 180, 184, 189～193, 200～202, 208～212, 214～217, 219, 221, 230, 231, 233, 235～241, 257, 261, 270, 275, 282, 302, 327, 345～348, 363～365, 380, 383, 416, 462, 476, 478, 479, 511, 512, 524, 525, 536
沈潮　377, 378
沈樹本（1671－？）　319, 320
沈攀　59
沈瀾　186, 187
汪士鍠　179
汪士鐸　497
汪中（1744－1794）　301, 363
汪之珩（1717－1766）　224～227
汪之選　366, 367, 384
汪元桐　28, 29
汪价　444
汪廷珍　336
汪志道　303
汪沆　387

汪言　155
汪孟翊　301
汪宗衍（近）　124, 143, 163
汪客舟　383
汪肯堂　71
汪修武　406
汪海樹　289
汪軔　344
汪适孫　425
汪啓淑　257～260, 420
汪淮　324
汪棣（1720－1801）　223
汪森（1653－1726）　342, 378
汪爲霖　226
汪琬（1624－1691）　65, 79, 118, 119, 121, 137, 218, 407, 414
汪楫（1623－1689）　300
汪遠孫　425
汪穀（1754－1821）　287, 288, 291, 420
汪潤　418
汪穎　167
汪霖　97
汪懋麟　173, 300, 409
汪霦　303
汪觀（瞻侯）　127, 162～165, 167, 235
汪觀（顒若）　162
言良鈺　446
貝勒（永瑾）　340
那清安　421
阮大鋮（1646死, 明）　31, 42
阮元（1764－1849）　71, 226, 298, 299, 318, 321, 324, 328, 338, 345, 347, 368, 372, 375, 379～381, 384, 394, 427, 434, 458, 460, 500, 502, 537
阮亨（1784－1853）　301, 347, 348, 379, 382
阮學浩　200～202
阮學濬　200～202
阮籍（三國魏）　176

8畫

來新夏（近）　527
卓奇圖　307, 338, 339
卓爾堪（1653－1715以前）　141～145, 173, 280, 300, 309, 500, 502
卓彝　142
叔齊（先秦）　491
周令樹　103, 109
周在浚　439
周朴（唐）　513
周自部　388
周廸吉　57
周法高（近）　43
周季琬（1620－1669）　39
周長發　179
周亮工（1612－1672）　33, 34, 74, 88, 136, 216, 350, 403, 406, 410, 439
周亮節　33
周茂源　105
周宸藻　36
周容（周溶, 1619－1679）　49, 51, 52
周敍　427, 428
周敏　428
周弼（南宋）　156, 157
周榘　231
周準（？－1756）　190, 210～212, 221

周溢爨　472
周肇（1615－1683）　19, 20, 60
周韶九（近）　135
周篔（1623－1687）　242, 407
周錫韔（近）　124
周濟（1781－1839）　476
周鎬　252
周體觀　112
和坤　537
和恭親王（弘晝）　340
宗元鼎　74, 136
宗聖垣　249
宗澤（北宋）　482
尙之信　128
尙可喜　125, 128
屈士煜（1627－1675）　435
屈士煌　435, 437
屈大均（屈紹隆, 今種, 一靈, 1630－1696）　85, 95, 122～130, 136, 143, 154, 159, 160, 163, 164, 177, 185, 217, 274, 276, 278～281, 282, 356, 357, 360, 396, 407, 409, 410, 414, 436, 437, 445, 535
屈向邦　123
屈宜遇　125
屈復（1668－1739在世）　217, 221, 410
岩城秀夫（日）　61
岳岱（明）　236
岳夢淵　231
岳鍾琪　160
怡賢親王（允祥）　184
性德→成德
房可壯　160
明珠　129
易宏　434, 438
易祖愉　182, 183
易順鼎（1858－1920）　521, 529
果恭親王（弘瞻）　340
果毅親王（允禮）　184, 339
杭世駿（1696－1773）　178, 179, 230, 258, 304, 327, 347, 363, 387, 479
枚乘（前漢）　263
林大中　444
林古度（1580－1666）　46, 91, 136, 409
林昌彝（1803－？）　483
林表民（南宋）　286
林芳兵衞（日）　400
林則徐（1785－1850）　411, 481～483
林家桂　334
林師蒧（南宋）　286
林時對　131
林紓　515
林獬錦　130, 131
武作成（近）　239, 353
武帝（前漢）　263
河內屋茂兵衞（日）　400
法式善（1753－1813）　57, 76, 177, 182, 186, 257, 268, 301, 305, 306, 318, 324, 332, 335～337, 346, 348, 427, 446, 496, 512
孟子（先秦）　228, 253
孟郊（唐）　28, 32, 37
孟浩然（唐）　164, 233
孟棨（唐）　67
孟瑤　107
祁彪佳（1602－1645）　126, 522, 523
祁寯藻（1793－1866）　474, 524, 525
季札（先秦）　20, 73

季芳　349
季振宜（1630－？）　24, 56, 157
季開生（1630－1662）　24, 300
花沙納（？－1859）　474
芮挺章（唐）　227, 238
近藤元粋（1850－1922, 日）　235, 400
近藤光男（日）　525
邱元武　377
邱石常（1607－1661）　376
邵式誥　271
邵成正　271
邵玘（1712－？）　268～270, 328
邵長蘅（1637－1704）　137, 146～149, 408
邵海清（近）　189
邵淮　271
金士松　261
金平　387
金兆蕃　371, 373
金歩瀛（近）　93, 258, 381
金叔遠　42
金和　537
金俊明（1602－1675）　11, 55, 61
金南鍈　159
金洙　493
金甡（1702－1782）　330
金堤　430
金堡（今釋, 1614－1680）　85, 159, 160, 274, 276, 278, 279, 281, 304, 305
金逸（1770－1794）　290, 456
金聖歎　121
金農（1687－1764）　304
金銓　388
金履祥（南宋）　253
金德瑛（1700－1762）　186～189, 327
金德輿（1750－1800）　379
金鉉　180
金澤榮（朝鮮）　515
長澤規矩也（日）　122, 193, 219, 291
阿桂　313, 327
阿蒙（三國吳）　50

９畫

侯方域（1618－1654）　40, 137, 217, 439
侯開國　444
俞南史　61
俞浩　453
俞瑒（1644－1694）　148
俞運之（近）　93
俞樾（1821－1906）　423, 497, 498, 503, 505, 506, 508
冒銘　334
冒襄（1611－1693）　15, 40, 57, 136, 217, 226
南祴　43, 46, 47
奕劻　534
契（先秦）　54
姚文田（1758－1827）　380, 394, 439, 497
姚永概（1866－1923）　528
姚合（唐）　325
姚宏緒　342
姚佺　5～10, 30, 31, 277
姚思孝（明）　5, 6, 10
姚淑人（黃宗羲母、明）　522, 523
姚瑩（1785－1852）　461, 462, 464
姚鼐（1731－1815）　363, 416, 427, 461～

463
姚觀元　10, 43, 85, 275, 276, 503
姜垓（1614－1653）　26
姜宸英（1628－1699）　131, 534
姜宸熙　224
姜埰（1607－1673）　3, 8, 40, 137
姜晟（1730－1810）　349
姜圖南　24, 27
帥念祖　167
帥家相　344
後藤機（1797－1864, 日）　400
恆溫親王（允祺）　339
施元之（南宋）　148
施世綸（1658－1722）　117
施念曾　181, 182, 460
施彥恪　181
施淑儀　519, 521
施朝幹（？－1797）　222
施閏章（1618－1683）　10, 24, 34, 35, 40, 61, 65, 78, 81, 84, 93, 104, 105, 114, 133, 137, 140, 147, 173, 177, 181, 231, 232, 234, 279, 350, 414, 531
施嵩　378
施稚桐　519
施璟　181
施諲　10, 11, 16
昭明太子（蕭統, 南朝梁）　75, 229, 230, 238, 535
柯聳　36
查士標（1615－1698）　143
查有新　399
查淳（1734－1798在世）　297
查揆（1770－1834）　399
查爲仁（1693－1749）　296, 385～387
查爲義　296
查嗣瑮（1652－1733）　152
查愼行（1650－1727）　170, 202, 230, 231, 233～235, 296, 304, 398, 536
查禮（1716－1783）　296, 297, 387
查曦　386
柳如是　42, 420
柳宗元（唐）　233, 466
柳貫（元）　253
柳敬亭　67
柳樹芳（1787－1850）　469
柴杰　303
柴紹炳　19
段成式（唐）　236
洪世澤　179
洪秀全　477, 497
洪昇（1645－1704）　97, 137, 140, 199, 304, 414
洪亮吉（1746－1809）　124, 263, 265～267, 328, 363, 402, 427, 468
洪邁（南宋）　208, 510
禹（先秦）　228
秋瑾（1875－1907）　520, 522
紀昀（1724－1805）　204, 205, 265, 307, 330, 334, 390, 433
紀映鍾（1609－？）　6, 15, 59, 67, 80, 108
胡介　303
胡天游（1696－1758）　180, 248, 537
胡文學　194, 324
胡亦常　361
胡任輿　162
胡孝思　420

胡廷祿（明）　315
胡抱一　420
胡昌基　369, 370, 372, 373
胡金勝　370, 371
胡金題　370, 371
胡長新　467
胡秋潭　372
胡香昊（1635－1707）　169, 170
胡得邁　194
胡傳淮（近）　385
胡敬堂　372
胡瑗（993－1059, 北宋）　225
胡廣熙　372
胡澂　46
胡應麟（明）　9, 253
英廉　275
范成大（南宋）　119, 157, 172, 233
范周　112
范承烈　111
范承斌　111
范承謨　100, 110, 111, 309
范明徵　271～273
范椁（元）　233, 342
范欽　381
范雲　261
范雲鵬　222
范當世（1854－1905）　526～528
計東（1624－1675）　53, 59, 60, 74, 103, 105, 240, 409, 469
韋應物（唐）　64, 233, 398
韋母（韋逞の母宋氏、東晉）　520, 521
韋逞（五胡十六國・前秦）　521

10畫

倉田貞美（日）　525, 526, 528, 534
倪承寬（1712－1783）　258, 259
倪煒　155～157
凌揚藻（1760－1845）　357, 394, 395, 397, 435, 436
凌湘蘅　396
凌曙（1775－1829）　381
唐允甲　45
唐文治（近）　20
唐王（朱聿鍵, 南明）　48, 79
唐仲冕（1753－1827）　366, 450
唐英　167
唐惲宸　169
唐雲俊（近）　485
唐樹義（？－1854）　464～468
唐錡（明）　315
夏之蓉　179
夏完淳（1631－1647）　19
夏侯勝（前漢）　288
夏紀堂　428
夏崑林　427, 428
孫士毅　265
孫以榮　303
孫在豐（1644－1689）　117, 142
孫自式（1628－？）　32, 34
孫奇逢（1584－1675）　108, 433, 439
孫景謝　519
孫枝蔚（1620－1687）　6, 9, 10, 16, 74, 406
孫星衍（1753－1818）　227, 263, 265～267, 328, 366, 402, 427
孫郁　111, 113

孫原湘（1760－1829） 209, 288, 511, 512, 514
孫致彌（1642－1709） 444
孫詒讓 503
孫雄（1866－1935） 514, 516
孫雲鳳（1764－1814） 289, 290
孫雲鶴 289
孫殿起（近） 10, 277
孫嘉樂（1733－1800） 289
孫銾 32, 36, 131
孫鋐 118, 120, 121, 176, 538
孫蕙 74
孫蕡（明） 359
孫勷 170
孫瀜 245, 246
孫鑲 237
孫讜 168
宮偉鏐 74
宮崎市定（日） 117, 160, 254
宮鴻曆（1656－1718） 147, 217
師金（先秦） 133
師範（1754－1809） 317
席佩蘭 288, 290
席居中 97
徐士芬（1791－1848） 370
徐士愷 29
徐大椿（1693－1771） 68, 69, 71
徐元文（1634－1691） 59
徐世昌（1858－1939） 123, 183, 192, 385, 432, 445, 462, 506, 527, 534
徐永宣（1674－1735） 148, 149, 168～170, 264
徐兆瑋 43, 49, 52
徐自華 520
徐伯賡 520, 521
徐夜（1611－1683） 3
徐昂發 147, 409
徐秉義（1633－1711） 161, 162
徐珂 179
徐逑夔 276
徐倬（1624－1713） 67, 84, 151, 320
徐時勉 374
徐時棟 196
徐書受（1751－1805） 264, 265, 267, 268
徐釚（1636－1708） 32, 53, 66, 68～71, 137
徐乾學（1631－1694） 66, 118, 129, 137, 138, 161, 162, 266, 414
徐寅 464
徐崧 6, 16
徐晟 10, 11
徐紹曾 389
徐裕 464
徐陵（南朝梁） 64, 227
徐嵩 266
徐幹（後漢） 89
徐賁（明） 53
徐達左（徐良夫, 1333－1395, 明） 258
徐嘉炎（1631－1703） 370
徐榦 71
徐禎卿（1479－1511, 明） 18, 53, 485
徐增 157
徐璈（？－1841） 460, 461, 463
徐璣（南宋） 157
徐燦 260
徐薌坡 222

徐寶善（1790－1836）　401, 402
徐鏷慶（1758－1802）　402
桂中行　503〜505
桂王（朱由榔, 永曆帝, 南明）　11, 42, 79, 125, 126, 304
桂馥（1736－1805）　4, 354
桑悅（1447－1513, 明）　18
殷壽彭　469, 470
殷璠（唐）　238, 298, 325
殷麗　157
涂逢豫　231
班固（後漢）　168
班昭（後漢）　520, 521
神田喜一郎（日）　512
秦大士（1715－1777）　94
秦松齡（1637－1714）　59, 137
秦約（1316－？, 元）　17
秦恩復　381
秦福田　440
秦瀛（1743－1821）　346, 402
秦觀（北宋）　298
納蘭性德→成德
納蘭明珠→明珠
翁元圻　313〜315
翁方綱（1733－1818）　3, 4, 307, 327, 433, 537
翁同龢　537
翁嵩年　437
翁照（1677－1755）　210〜212
翁瑛　430
耿文明　129
耿精忠　111, 125, 128, 141, 251, 272
耿興宗　440
荒井公廉（1775－1853, 日）　219
袁文典　313, 314, 316, 317
袁文挨　327
袁文揆　313〜315, 317, 318
袁世碩（近）　29
袁行雲（近）　57, 407, 410
袁佑（？－1698）　97, 110, 114
袁宏道（明）　55
袁杼　304
袁枚（1716－1797）　165, 167, 180, 188, 225, 226, 228〜231, 250, 258, 260, 261, 263, 265, 267, 272, 284, 287〜290, 292, 293, 295, 301, 304, 308, 327, 347, 363, 398, 399, 416, 420, 426, 456, 500, 511, 519, 536
袁凱（明）　53
袁景輅（1724－1767）　155, 237, 240, 241, 468, 469
袁棠　301, 304
袁華（元）　17
袁穀芳　295
袁機（1720－1759）　226, 301, 304
袁鍾琳　485
袁繼咸（明）　9, 10
郎廷佐　142
郎遂　167
郝天挺（元）　13
郝碩　279
郜煥元　101, 106, 110, 113
馬士英（明）　38
馬曰琯（1688－1755）　93, 95, 197, 299, 300, 381
馬曰璐　93, 197, 300, 381
馬世勳　167

馬治（元） 539
馬長海 386
馬俊良 405
馬洵 400
馬國翰 471, 472
馬瑞辰（1782－1853） 464
馬葆善 204
馬樹華 461, 463
馬鎮 455, 456
高士奇（1643－1702） 370
高士熙 496
高文照（1738－1776） 265, 267, 320
高斗魁 76
高仲武（唐） 325
高其倬 180
高岡公恭（日） 218
高建瓴 392, 393
高振宜 301
高振霄 193
高珩（1612－1697） 271, 272, 352
高祖（前漢） 504
高啓（明） 53, 190, 398
高景光 224
高棅（1350－1423, 明） 12, 13, 31, 54
高詠（1622－？） 137, 408
高階彝（高彝、日） 192, 193
高萬鵬 392, 393
高適（唐） 263
高攀桂 223
高繼珩 431, 432

11畫

乾隆帝（弘曆, 高宗, 在位1735－1795） 154, 179, 184～186, 190, 201, 202, 215, 217, 229, 244, 273, 302, 304, 340, 419, 489
區大相（明） 434
區仕衡（南宋） 434
區懷瑞（明） 435
商周祚（明） 523
商衍鎏（近） 180
商景蘭 522, 523
商盤（1701－1767） 247, 249, 323, 327
國泰 277
崇實（？－1876） 475～478
崇禎帝（莊烈帝, 明） 8, 9, 41, 126, 141, 146
崔旭 385, 431, 432, 452
崧駿 500, 501, 503
常安（？－1747） 176
康海（明） 9
康堯衢 388
康發祥 268
康熙帝（玄燁, 聖祖, 在位1661－1722） 120, 121, 151, 152, 165, 183, 184, 217, 339, 419
張九齡（唐） 356, 357, 359
張士誠（1321－1367, 元） 18
張大受（1660－1723） 147, 149
張大法 182, 183
張之洞 536
張元（1672－？） 94
張天植 22
張文光 26, 105
張永祺 112
張玉書（1642－1711） 131
張玉穀 210, 211

張石丙　406
張安茂　105
張汝士（北宋）　89
張汝霖（1709－1769）　181, 182, 460
張行澍　442
張伯英　504
張含（1479－1565, 明）　315
張廷玉（1672－1755）　177
張廷俊　283～285, 323
張廷珪　220
張彤　353
張志淳（明）　315
張邦伸　291
張坦　386
張宗柟　3
張宗禎　167
張尙瑗　437
張岱（1597－1684）　248
張承先　28, 29
張秉機　374
張雨（1277－1348, 元）　18
張俊（近）　145
張勇（？－1684）　392
張美翊　195
張師愚（元）　470
張泰（1346－1480, 明）　18
張泰來　188
張祖詠　107
張起宗　131
張問陶　366, 383, 385, 511, 537
張寀　94
張惟枚　324
張掄　82, 156
張祥河（1785－1862）　474, 477～479
張絢霄　290
張裕釗　527
張雲章（1648－1726）　29, 444
張項印　47, 49
張傳實（近）　493
張溥（明）　19
張煌言（1620－1664）　196
張熙　160
張熙宇　421～423
張夢喈　224
張維屏（1780－1859）　357, 361, 394, 397, 411～413, 476, 483
張壽平（近）　275, 276
張漢　179, 316
張端亮　316
張蓋　535
張履祥（1611－1674）　378
張慧劍（近）　17, 141, 258, 384, 468
張魯山　14
張樞　285
張潮（1650－？）　75, 139, 141
張靓　438
張養重（1620－1680）　57
張篤慶　198
張縉彥　26, 160
張錦芳（1743？－1796？）　357, 358, 360, 361, 435
張錫爵（1692－1773）　444
張霔　386
張霖　385, 386
張應昌（1790－1874）　486, 487, 489
張應虞　285

張璨　170, 174
張謇　516
張鴻佑　113
張鴻儀　107, 111, 113
張慤　57
張懷溎　291, 293, 294
張鵬展　351, 375, 494
張鵬翀（1688－1745）　444
張獻忠（明）　522
張籍（唐）　487
張騫（前漢）　392
張鑑　298
張灝　444
戚學標（1742－1815）　285, 286, 323
曹仁虎（1731－1787）　192, 211
曹曰瑛　167
曹丕（魏太子, 魏文帝, 三國魏）　72, 89, 90
曹申吉　108
曹玉珂　103, 113
曹貞吉　137
曹寅（1658－1712）　309
曹雪芹　309
曹曾（後漢）　422
曹植（三國魏）　33, 88, 176, 367, 397
曹溶（1613－1685）　25, 32, 33, 40, 125, 403, 405, 407, 410
曹爾堪（1617－1679）　32, 35, 36, 65, 78, 79, 177
曹勳（明）　35
曹學佺（1574－1646）　98, 99
曹憲（隋）　75
梁九圖　382
梁上國　331, 335
梁化鳳　105
梁以樟（1608－1665）　26
梁田邦美（蛻巖, 1672－1757, 日）　120, 121
梁有譽（明）　359
梁佩蘭（1629－1705）　122～130, 164, 177, 280, 282, 357, 359, 360, 434, 436, 437, 535
梁秉年（近）　196
梁洪　386
梁淸寬　112
梁淸標　24, 40, 67, 115
梁善長　395
梅成棟　384, 385, 388, 432, 433, 452
梅庚　138
梅淸　104, 109
梅堯臣（北宋）　47, 157, 181, 536
梅敬脩　109
梅鼎祚（1548－1615, 明）　181, 225
梅磊　47
梅寶璐　493, 494
理密親王（允礽）　339
畢沅（1730－1797）　218, 261～264, 268, 290, 328, 363
畢智珠　290
畢著　522
皐陶（先秦）　228
章培恆（近）　97
章虞球　118
章綠天　485
符葆森　473, 475～479, 483, 484
荻生徂徠（1666－1728, 日）　121
莊令輿（1662－1740）　168

莊東來　443
莊培因　205
莊爾保　442, 443
莊慶椿　484
莫友芝（1811－1871）　466～468, 524, 525
莫繩孫　467
許乃濟　368
許山臞　420
許仁杰　457
許元仁　206
許友　49, 50
許旭（1620－1689在世）　19, 60, 135
許庚身　505
許炳　170
許英　205, 206
許珩　381
許惟枚　167
許賀來（1656－1725）　316
許應鑅　503
許謙（南宋）　253
許燦　244～246, 324, 457～459
貫休（唐）　253
郭元釪（1679？－1722）　148, 149
郭立志（近）　527
郭味蕖（近）　532
郭長清　492
郭胤伯　213
郭琇　272
郭璞（東晉）　236, 400
郭臀（1767－1831）　370, 511
野村鮎子（日）　149
陰鏗（南朝陳）　447
陳三立（1852－1937）　513, 530, 531
陳于廷（？－1635, 明）　135
陳士璠　179
陳子升（明）　123, 434
陳子昂（唐）　517
陳子壯（明）　434
陳子龍（1608－1647）　15, 18, 20, 53, 73, 135, 173, 190
陳之遴　260, 302
陳丹衷　406
陳允衡（1622－1672）　85, 88, 97, 133, 136, 174, 235, 344, 538
陳友琴（近）　413
陳文述　366, 379, 381, 511
陳文藻　359
陳氏（康熙帝熙嬪）　183
陳世修　324
陳以明　175
陳以剛　175, 177
陳以樅　175
陳去病　59, 520
陳本欽　450
陳本禮　381
陳永正（近）　124, 143, 355
陳玉琪　81
陳田　85
陳光緒　452, 453
陳兆崙　179
陳汝登　194
陳伯正　97
陳孝昇　317
陳廷敬（1640－1712）　78, 79, 138, 177, 243, 416

陳忱（1613－？）　320
陳沅香　455
陳沆　422
陳邦彦（1603－1647）　124, 125, 435
陳其榮　502
陳昌齊　445
陳枋　134
陳衍（1858－1938）　95, 311, 312, 464, 466, 514, 517, 523, 524
陳炳　156
陳貞慧（1604－1656）　135
陳師道（北宋）　157, 188, 536
陳恭尹（1631－1700）　122～130, 154, 164, 177, 184, 280～282, 357, 359, 360, 396, 435, 436, 535
陳桂山（越南）　515
陳祖范（1676－1754）　208, 220
陳祚明　16, 105
陳豹章　379
陳起（南宋）　115
陳啓源（？－1689）　62
陳基（1771－？）　290, 455, 456
陳宻　521
陳逢衡　383
陳章　95
陳悳榮　176
陳景鍾　303
陳焯　318, 319, 323
陳琳（後漢）　89
陳瑚（1613－1675）　16, 51
陳詩（1864－1932在世）　512～514, 529～531
陳達德　39
陳墉　481
陳毓乾　237, 240
陳維崧（1625－1682）　32, 40, 59, 85, 132～138, 234, 260, 308, 362, 414, 420
陳綠厓　103
陳製錦　231
陳魁　210, 211
陳墨莊　485
陳徵君　101
陳德才　393
陳毅　227～231, 499
陳燮　262, 266, 267
陳濟生　11, 16
陳鍊（1645－1715）　169, 170
陳鴻壽　321, 383
陳鵬年（1663－1723）　172, 173
陳夔龍　517
陳寶琛　515
陳獻章（1428－1500, 明）　446
陶大雪（1622－1701）　170
陶汝鼐（1602－1683）　159, 170, 282
陶煊（陶烜, 1657－？）　170～172, 174, 451
陶煦　485, 486
陶樑（1772－1857）　385, 430～432, 452, 473, 474, 477, 478, 482, 495
陶潛（365－427, 東晉）　32, 36, 64, 176, 187, 342, 343, 395, 397
陶澍（1778－1839）　382, 426, 427, 448～450
陸心源（1834－1894）　502
陸世鎏　11
陸次雲　96, 97, 117, 119

陸圻（1614－1669？）　19
陸廷掄　409
陸奎勳（1663－1738）　159, 370, 371, 407
陸炳（1736－1798在世）　295～297
陸符（1597－1646）　14, 15
陸游（南宋）　46, 60, 61, 73, 119, 157, 172, 173, 233, 398, 536
陸貽典　13
陸雲（西晉）　328
陸棻（1630－1699）　370
陸嘉淑　138
陸慶臻（1613－1693）　118
陸敷先　239
陸機（西晉）　328
陸錫熊（1734－1792）　307
陸龜蒙（？－881頃, 唐）　485
陸輿　100, 111
陸隴其　414
陸麗京　8
陸鐘　472
麻姑（傳）　50

12畫

傅山（1607－1684）　10, 127, 137, 217, 414
傅爲霖　65, 105
傅濟汝　28
勞乃宣（1843－1921）　371, 372
喬鉢　35, 36, 38
堯（先秦）　228, 516
富弼　279
屠倬（1781－1828）　511, 512
庾肩吾（南朝梁）　238
庾信（北朝北周）　32, 64, 398
彭元瑞（1731－1803）　307
彭而述（1608－1667）　26, 84
彭廷梅　182～184, 451
彭志傑　319
彭始奮　74
彭孫貽　136
彭孫遹（1631－1700）　136, 137, 369
彭紹升　416
彭會淇（1641－？）　168
彭撝　350
彭鵬（1637－1704）　251, 408
惠王（先秦周）　445
惠棟（1697－1758）　28, 90, 95
惲日初（1601－1678）　169
惲格（1633－1690）　32, 169, 170, 407
惲珠（1771－1833）　417, 429, 430, 480, 522, 523
惲敬　416
惲毓秀　417
揭傒斯（元）　233, 342
曾士甲　312, 313
曾克端　529
曾廷槱　343
曾炤　85
曾唯　323
曾國藩（1811－1972）　491, 497, 524, 525, 527, 530, 536
曾畹　85, 344
曾鞏（北宋）　342, 493
曾靜　160
曾應遴（明）　79
曾燠（1760－1831）　340～343, 368, 375, 382, 384, 400～402

曾燦（1626－1689）　79, 80, 83, 85, 279, 362
森公泰（大來, 槐南, 1863－1911, 日）　510, 513, 528
森魯直（春濤, 1819－1889, 日）　510, 511
湛若水（明）　476
湯王（先秦）　228, 346
湯右曾（1656－1722）　152
湯惟鏡　4
湯淺幸孫（日）　77, 334, 410
湯斌　137
湯聘　186, 187
湯調鼎　62
焦循（1763－1820）　141, 299
猶子浣　238
盛大士（1771－1839）　454
盛符升　29
盛錦（？－1756）　221
程元章　178, 180
程少月　6
程可則（1624－1673）　78, 79, 91, 104, 110, 123, 177, 359, 360, 396, 435
程正揆（1604－1677）　37, 177
程邑　20, 59
程恂　179
程恩澤（1785－1837）　447, 464, 524, 525
程啓朱　106, 107
程啓南（明）　36
程康莊（1613－1679）　36, 39, 136
程棅　10～12, 16
程嘉燧　91
程夢星（1679－1755）　173, 300
程霱　514
童大年　519
結城琢（1868－1924, 日）　514
舒位（1765－1815）　268, 511, 512, 518
舜（先秦）　228, 516
菊池晉（惺堂, 1867－1935, 日）　510, 511
裕泰（？－1851）　448
費密（1625－1701）　256, 257
費錫琮　257
費錫璜　171, 257
賀弘　155
賀長齡（1785－1848）　450
賀培新　529
賀理昭　156
賀熙齡（1788－1846）　449, 450
賀寬　156, 157
賀濤（1849－1912）　527～529
鄂容安（？－1755）　309
鄂爾泰（1677－1745）　229, 306
鄂貌圖（1614－1661）　309, 414
鈕孝思　244
鈕琇　260
間部詮勝（1802－1884, 日）　219
閔鶚元　277, 282
順治帝（福臨, 世祖, 在位1643－1661）　24, 58, 61, 216, 339
馮廷櫆　129
馮其庸（近）　17, 59, 105, 135
馮貞羣（近）　195, 196
馮班（1602－1671）　42, 43, 208
馮敏昌（1747－1806）　357, 358, 360, 361, 435
馮舒（1593－1649）　208
馮煦　504

黄九河　74
黄丹書　360, 361
黄之鼎　113
黄友琴　419
黄文蓮　192
黄永　32, 34, 39
黄朱芾　118
黄任（1683－1768）　113, 311
黄伸　111, 113
黄叔琳（1672－1756）　93, 94, 197, 210
黄周星（1611－1680）　140
黄宗炎（1616－1686）　322
黄宗羲（1610－1695）　14, 15, 76, 194, 196, 248, 322, 414, 522, 523
黄哲（明）　359
黄家舒（1600－1669）　31
黄師正　47
黄庭堅（1045－1105, 北宋）　157, 165, 186, 187, 188, 233, 342, 398, 462, 524, 529, 536
黄彬　252, 253
黄尊素（1584－1626, 明）　522, 523
黄景仁（1749－1783）　262～265, 267, 328, 363, 518
黄登　395
黄雲　74
黄傳祖　16
黄溍（元）　253
黄道周（1585－1646）　522, 523
黄與堅（1620－1701）　19, 52, 137
黄鉉　443
黄機（1612－1686）　304
黄遵憲　537
黄翼（黄翼聖, 1596－1659）　44

13畫

奥田元繼（1729－1807, 日）　218
慎郡王（允禧, 多羅慎郡王, 慎靖郡王, 1711－1758）　179, 180, 183, 184, 212, 215～217, 282, 339, 340
楊士雲（明）　315
楊中訥　303
楊永斌　181
楊立誠（近）　93, 258, 381
楊同甫（近）　534
楊廷福（近）　534
楊宗發（1634－1675）　169
楊岸清　440
楊岱　439
楊庚　422
楊芳燦（1753－1815）　265～267, 328, 402
楊垕　344
楊度汪　179
楊思聖（1620－1663）　24, 27, 35, 38, 109
楊倫（1747－1803）　262, 265, 402
楊家駱（近）　155, 417, 539
楊基（明）　53
楊欲仁　404
楊淮　438, 440, 442
楊逢春　388～391
楊揆（1760－1804）　266
楊揚（近）　405
楊棆　148, 149
楊愼（1488－1559, 明）　256, 315
楊萬里（1127－1206, 南宋）　188, 536

楊載（元） 83, 233
楊維楨（1296－1370, 明） 18, 68
楊輝斗 112
楊儒 490
楊積慶（近） 409
楊錡 303
楊龍友 72
楊龍泉 4
楊應芹（近） 79
楊應龍（明） 465
楊謙 91, 125, 154, 241
楊鍾羲 11
楊歸仁 439
楊歸禮 439
楊繼盛（明） 61
楊夔生 401
溫汝能（1748－1811） 355, 356, 395, 396, 435
溫庭筠（唐） 236
溫體仁（明） 41
瑞常（？－1872） 474, 475, 477
筧文生（日） 149
萬光泰（1712－1750） 387
萬承風 374
萬松齡 179
萬泰（1598－1657） 194
萬斯同（1638－1702） 194, 196, 414
萬際昌 167
葉方藹（1629－1682） 62, 85, 93, 100, 133, 137
葉圭書 452, 453
葉初春 160
葉君遠（近） 17, 59, 105, 135
葉抱崧 222
葉昌熾 508
葉祺昌 388, 390
葉赫崧駿→崧駿
葉樹廉（1639－1680間） 43
葉燮（1627－1703） 59, 240
葛祖亮 231
葛徵奇（明） 359
葛繩先 195
葛鶴 165
董大倫（1666－1701） 169, 170
董以寧（1629－1669） 32, 34, 39, 88, 169, 170
董含 105
董沛（1828－1895） 131, 531～534
董秉純 194, 195
董俞 105
董訥 272
董黃（1616－？） 61
董篤行 439
虞集（元） 233, 342, 398
賈島（唐） 28, 32, 37, 513
賈萬策 522
路德 421～423
道光帝（成廟, 宣宗, 在位1820－1850） 420, 495
鄒一桂（1686－1772） 231, 233
鄒之麟 8
鄒式金 25, 26, 33, 57, 58
鄒忠倚（1623－1654） 41
鄒祗謨（？－1670） 32, 34, 36, 57, 88, 136
鄒漪 25～41, 57, 278
鄒鎡 57, 58

雍正帝（胤禛, 世宗, 在位1722－1735）　86, 117, 150, 160, 178, 179, 183, 216, 217, 340, 419
雷爲霈（雷維霈）　332, 335

14畫

僧格林沁　491
嘉靖帝（明）　315
嘉慶帝（顒琰, 仁宗, 在位1795－1820）　335～337, 419
圖恩德　279
寧郡王（弘晈）　184
廖元度　451, 495
廖文炳（明）　13
廖景文　224
榮柱　276
漆緒邦（近）　463
熊文舉（？－1669）　40, 41, 278
熊惲（先秦）　445
熊夢祥（元）　17
熊賜履（1635－1709）　177
熊學鵬　248
福王（朱由崧, 南明）　33, 41, 497
福永光司（日）　133
翟校（明）　444
蒲松齡　74, 414
裴潾（唐）　229, 230
褚英　28, 29
趙士完　3
趙士麟（1629－1699）　316
趙介（明）　359
趙元益　351
趙友沂　6
趙文哲（1725－1773）　192
趙必瑑（南宋）　434
趙同璋　426
趙廷俊　294
趙志輝（近）　340
趙函（1780－1845）　401
趙俞（1636－1713）　444
趙貞吉（1508－1576, 明）　256
趙時敏　303
趙國楨　426
趙執信（1662－1744）　94, 122, 198, 199, 231, 233, 235, 352, 386
趙執端　93, 95
趙紹祖（1752－1833）　425, 426
趙湛　535
趙進美（1620－1692）　3, 26, 84, 136, 198, 216, 350, 375
趙開雍　59
趙殿最　193
趙經達　79
趙賓　24, 105
趙潛（趙炎）　62, 63, 65, 66, 105, 311
趙澐（？－1676）　53, 54, 62, 74, 104
趙曉榮　224
趙嶷　45
趙翼（1727－1814）　188, 230, 258, 292～294, 327, 366, 402, 519
趙懷玉（1747－1823）　264, 402, 416
趙瀚　3
齊之鸞（1483－1534, 明）　462
齊召南（1703－1768）　179, 200, 202, 284～286, 387
齊弼　310

15畫

劉大觀　262
劉大櫆（1698－1779）　180, 462, 463
劉元徵　109, 112, 113
劉文蔚　247～249
劉方藹　182
劉玉少　6
劉存仁　480～484
劉孝威（南朝梁）　238
劉辰翁（1232－1297, 南宋）　12
劉宗周（1578－1645, 明）　194, 248
劉芳曙　353
劉禹錫（唐）　466
劉執玉（1709－1776）　231, 232, 234
劉基（1311－1375, 明）　161
劉彬華（1771－1829）　357, 358, 360, 384, 395, 396, 435, 436
劉斯奮（近）　124
劉淑英　522
劉然　160～162, 499
劉嗣綰（1762－1820）　421, 511, 512
劉楨（後漢）　33, 89
劉湝年　423
陶煦　484
劉墉　282
劉綸　179
劉銘傳　531
劉鳳誥（1761－1830）　366
劉勰（南朝梁）　478
劉瀇　222
劉翼明（1607－1689）　377
劉瞻榕　234
劉藻　179
劉鐸（明）　522
厲鶚（1692－1752）　94, 95, 180, 230, 258, 264, 304, 398
履端親王（永珹）　340
摯虞（西晉）　535
樂恆　317
樂鈞　511, 512
歐大任（1516－1595, 明）　359
歐陽元（元）　448
歐陽修（1007－1072, 北宋）　22, 89, 157, 187, 342
歐陽詢（唐）　448
潘文炳　467
潘安禮　179
潘江　239, 462～464
潘汝麟　37
潘耒（1646－1708）　59, 137, 240
潘承玉（近）　141～143, 145, 173
潘奕雋　377
潘衍桐　500, 532
潘祖蔭　537
潘素心（1764－？）　418, 430
潘陸　72
潘瑛（潘鍈，？－1805）　231, 365, 379
滕子龍（日）　122
稷（先秦）　54
緒錦　179
蔡卞（北宋）　251
蔡日曦　520, 521
蔡玉卿（黃道周夫人）　522, 523
蔡京（1047－1126, 北宋）　251
蔡忠立　224

蔡珪（金）　176
蔡蓁春　181
蔡鳳彬　521
蔡襄（1012－1067, 北宋）　251
蔣士銓（1725－1785）　187～189, 229～231, 247～249, 293, 327, 344, 416, 519
蔣子宣　209
蔣之翹（明）　121, 158
蔣廷錫（1669－1732）　148, 149
蔣重光（1708－1768）　210～212
蔣涇西　420
蔣國祥　132, 134, 135
蔣寅（近）　91, 129, 134
蔣景祁（1646－1699）　129, 132, 134, 137
蔣棨渭　454～456
蔣超（1625－1673）　61
蔣漣　186
蔣學鏞　195
蔣寶齡　349
談允謙　56
談遷（？－1665）　304, 424
質莊親王（永瑢）　340
鄧之誠（1887－1960, 近）　24, 34, 95, 116, 123, 154, 177, 405, 453
鄧玉林　459
鄧琮　448, 450
鄧實（近）　43, 276, 277
鄧漢儀（1617－1689）　6, 8, 45, 59, 71～75, 85, 96, 97, 137, 144, 174, 300, 362, 365, 452, 538
鄧顯鶴（1771－1851）　447～450
鄭方坤　404, 416
鄭氏（注、後漢）　488
鄭王臣　250, 311
鄭孝胥（1857－1940）　513, 515, 529
鄭成功（1624－1662）　42
鄭佶　318, 319
鄭知同　465
鄭杰（？－1800）　310～312
鄭芝龍　38
鄭珍（1806－1864）　464～468, 524, 525
鄭祖琛（1784－？）　318, 320, 382
鄭開極　131
鄭學鄒　250
鄭燮（1693－1765）　300
鄭錬（唐）　81
魯超　117
黎民表（明）　359, 434
黎兆勳　467
黎庶昌　537
黎遂球（明）　434
黎簡（1747－1799）　357, 358, 360, 361, 435

16畫

憲宗（唐）　8
默眞迦（日）　193
盧文弨（1717－1795）　203, 231, 248
盧仝（唐）　48
盧見曾（1690－1768）　86, 93～95, 197～200, 272, 299, 314, 315, 327, 341, 352, 354, 375, 387, 494
盧昭（元）　17
盧敖（秦）　376
盧紘　34, 53, 60, 62
盧傳　23

盧蔭溥　314
盧謙　94
盧鎬　195
興膳宏（日）　133
蕭貢（1158－1223, 金）　176
蕭穆　48, 335
蕭霖　317
蕭應櫆　389
諸廷槐　222
諸洛（1711－1792）　234
諸錦　323
賴襄（日）　400
錢大昕（1728－1804）　28, 192, 211, 284, 327, 373, 377, 416, 444, 468
錢中盛　194
錢升　38
錢仲聯（近）　10, 25, 48, 58, 98, 174, 251, 316
錢名世　117, 147, 149, 215, 216
錢陸燦（1612－1698）　169, 208
錢曾（1629－1701）　43, 57
錢朝鼎　38
錢朝鼒　13
錢琳　289
錢琦（1709－1790）　250, 289
錢棻　23
錢載（1709－1793）　327, 398
錢瑕　51, 52
錢瑤鶴　455, 456
錢澄之（錢秉鐙, 幻光, 1612－1693）　46, 48, 84, 136, 154, 169, 460, 462
錢應溥　503
錢襄　210, 211
錢謙益（1582－1664）　10, 12, 13, 20, 24, 25, 31, 38, 40～56, 58～60, 62, 65, 68, 71, 72, 74, 76, 80, 82, 84, 85, 87, 88, 90, 93～96, 101, 104, 121, 124, 126, 133, 136, 147, 153～157, 159, 160, 162, 169, 172, 173, 176, 178, 184, 185, 192, 198, 208, 213, 215, 216, 218, 234, 238, 241, 248, 274, 276～283, 334, 350, 351, 356, 406, 410, 411, 451, 518, 535, 538
錢鏐（五代）　51
閻若璩　411, 414
閻循觀（1724－1768）　354
閻爾梅（1603－1679）　8, 163, 177, 277
駱綺蘭　289
駱賓王（唐）　253, 289
鮑源深　492
鮑照（南朝宋）　32, 398
龍震　386

17畫

應瑒（後漢）　89
應寶時　489, 490
篠崎弼（1781－1851, 日）　400
繆沅（1672－1729）　148, 149, 300
繆泳　242
薛所蘊（1600－1667）　26, 406
薛龍光　224
謝正光（近）　7, 80
謝安（東晉）　88, 521
謝沛霖（近）　30
謝良琦　30
謝奕（東晉）　521
謝朓（南朝齊）　181, 398

謝皋羽（南宋）　10
謝國楨（近）　15, 25
謝堃（1784－1844）　382, 383, 425
謝焜　493, 494
謝道韞（東晉）　521
謝榛（明）　83
謝駿德　196
謝靈運（南朝宋）　32, 397
轅固（前漢）　352
鍾惺（明）　5, 22, 28, 55, 64, 72, 82, 92, 119, 173, 241
鍾嶸（南朝梁）　72
韓上桂（明）　356
韓朝宗（唐）　441
韓菼　410
韓愈（唐）　22, 32, 60, 61, 190, 233, 332, 397, 398, 464, 524
韓詩　16
韓夢周（1729－1798）　354

18畫

戴名世（1653－1713）　463
戴存莊　463
戴其員　111
戴明說　109
戴璐（1739－1806）　319, 323, 324
戴鑑　444
歸有光（明）　172
歸莊　154
瞿式耜　11, 42, 56
簡文帝（晉安王, 南朝梁）　238
聶先　235
聶銑敏　376
薩載　278, 280, 281
鄺露（1604－1650）　359, 435
鎮國慤厚公（國鼐, 高塞）　339, 340
闔閭（吳王, 先秦）　158
顏希深（？－1780）　244
顏淵（先秦）　133
魏士達（元）　236
魏文焲（明）　98
魏茂林　329, 333, 334
魏荔彤　167
魏象樞（1617－1687）　24, 39, 165, 414, 433
魏源（1794－1857）　449, 483
魏裔介（1616－1686）　16, 21～24, 26, 35, 38, 39, 102, 106, 109, 118, 165, 175, 176, 432, 538
魏裔魯　107, 110
魏際瑞　84
魏憲（1628－？）　58, 63, 96, 98～103, 105, 114～116, 118, 119, 174, 309, 311, 313, 452, 499
魏禧（1624－1680）　74, 79, 82, 143
魏禮（1630－1695）　84, 143

19畫

羅元煥　415
羅煥章（近）　254, 256, 294
羅隱（唐）　51, 539
羅蘭夫人（法）　520
藤屋善七（日）　291
譚元春（明）　5, 22, 28, 55, 64, 82, 92, 173, 241
譚嗣堂（1865－1898）　513

譚瑩（1800－1871）　436, 445
譚鐘麟　507
邊浴禮　432
邊貢（明）　239
邊韶（後漢）　422

20畫

嚴如熤（1759－1826）　391～393
嚴羽（南宋）　12, 13
嚴忌（前漢）　158, 263
嚴沆（1617－1678）　23, 24, 27, 105
嚴復　537
嚴曾榘　105
嚴遂成（1694－？）　320, 398
嚴榮　193, 327
嚴蕊珠　290
嚴繩孫　137
竇容恂　167
竇鄰奇　108
蘇武（前漢）　176, 367
蘇惇元　463
蘇菲亞（俄）　520
蘇楫汝　446
蘇軾（北宋）　60, 61, 73, 119, 148, 149, 157, 169, 172, 190, 205, 233, 234, 375, 376, 398, 524, 529, 536
蘇齋　435

21畫

鐵保（1752－1824）　306～308, 328, 335～338, 368, 384
顧士榮（1689－1751）　208
顧大申　108
顧光　285
顧光旭（1731－1797）　232
顧有孝（1619－1689）　15, 53～56, 59, 61, 62, 82, 104, 105, 157, 240
顧宗泰　222
顧炎武（1613－1682）　10, 72, 127, 129, 136, 154, 169, 205, 218, 405, 414
顧宸（1607－1674）　62
顧翃（1785－1861）　401
顧豹文　23, 24
顧起綸（明）　133
顧敏恆（1748－1892）　265～267
顧野王（南朝陳）　53
顧景生　408
顧棟高（1679－1759）　94
顧湄（1633－1684在世）　17, 20, 60
顧詒祿　210, 211, 230, 236
顧雲　497～499
顧嗣立（1665－1722）　148, 149, 152, 446, 538
顧嗣協（1663－1711）　446
顧與治　406
顧夢麟　20
顧德輝（顧仲瑛, 阿瑛, 1310－1369, 元）　17, 258, 284
顧樵　15
顧璘（明）　53
顧翰（1782－1860）　401
顧鴻志　224

22畫

權德輿（唐）　392
讀徹　106

鑑龍文　39
龔半千　6
龔佳育　91
龔鼎孶（1615－1673）　6, 24, 25, 31, 33, 34, 37, 40, 45, 53, 54, 58, 59, 65, 67, 71, 74, 80, 84, 85, 87, 91, 103, 104, 108, 109, 124, 137, 147, 156, 159, 160, 216, 278, 280, 282, 350, 531, 535
龔鑑　167

23畫

麟慶（完顔麟慶, 1791－1846）　382, 417, 418, 429, 430, 475, 476

假名

アレクサンドルⅡ世（俄）　520
ソフィア（ペロフスカヤ, 俄）　520
ロラン（内務大臣, 法）　520
ロラン（マリー・ジャンヌ, 法）　520

書名索引

【凡例】

1．別稱・簡稱を含む。正式名稱に「國朝」「皇朝」「本朝」などを冠するものは、次の文字から始める。

2．（　）內の數字は通し番號。

1畫

一家言　253

一海知義著作集・月報　490

乙未亭詩集　410

2畫

七子詩選（039）　189, 190, 193, 209, 211, 219, 221, 230, 236, 325, 327

七子詩選（和刻, 039附）　192

七家詩　422, 423

　七家詩帖輯註彙鈔（104－2）　422

　批點七家詩選箋註（104－1）　421

　批點增註七家詩選　423

　增註七家詩彙鈔　423

丁辛老屋詩　398

九谷集　436

九思堂詩鈔　340

九家詩（試帖詩課合存, 078－1）　329, 330, 366, 390

　九家試律詩鈔箋略（078－2）　329, 333, 345, 421

　國朝註釋九家詩（078－3）　329, 330, 334, 335, 410

　註釋九家詩續刻（078－4）　329, 335

二林居集　416

二家詩鈔　147, 408

二遺民集　505

八家詩選（012）　76, 77, 79, 82, 110, 176, 232, 279, 403

八旗通志　336, 416

十二石山齋詩話　382

十二代詩選　99

十子詩選　150

十名家詩選（初集～三集, 006）　25, 26, 29～32, 37, 38, 40, 45, 53, 57, 61, 169, 177, 403

十笏草堂集（－詩, －詩選）　78, 407

3畫

三台文獻錄　286

三台詩錄（台詩續錄, 066）　285～287, 303, 323

三百年來詩壇人物評點小傳匯錄　405

三吳遊覽志　61

三家詩　10

三國志　30

三槎存雅（國朝－, 090）　29, 373, 374, 443

三槎風雅　373, 374
三餘集　19
三體唐詩　156
上浮集　407
大和通選　229, 230
大東景運詩集　307
大清一統志　415
大雲山房文稾　416
大槢堂初集　437
女誡　520
小紅薇館吟草　455
小重山房集　474
小倉山房文集（－續文集）　225, 250, 416
小倉山房外集　267
小倉山房詩集（－詩）　290, 293, 398
小倉選集　293, 295
小停雲館吟稾　224
小琅玕館詩存　475
小靈蘭僊館詩鈔　457
山右詩存（國朝－）　415
山左詩鈔（國朝－, 041）　197, 272, 273, 307, 314, 315, 327, 342, 352, 375, 415, 494
山左詩彙鈔（國朝－, －後集）　494
山左詩續鈔（國朝－, 083）　351, 375, 415, 494
山木集　219
山東通志　416
山南詩選（097）　391

4畫

中州文徵（國朝－）　438
中州集（御訂全金詩增補－）　90, 91, 149, 176, 238, 241, 298, 445, 535
中州詩鈔（國朝－, 111）　438～441
中晚唐詩叩彈集　165
中國文學家大辭典・清代卷　243, 251, 253, 316, 354, 374, 392, 444
中國文學報　77, 335
中國文藝研究會報　490
中國倫理思想の研究　335
中國叢書綜錄　25
中國藏書家考略　93, 211, 258, 381
中興間氣集　535
丹徒縣志　416
丹陽集續鈔　297
五大家詩鈔（006附）　40, 278
五先生集　33
五名家近體詩（030）　127, 162, 167, 177, 232, 281, 403
五百四峯堂詩鈔　361
五言近體瓣香集（本朝－, 042附3）　205
五鹿詩選　110, 113
五朝名家七律英華　54
今世說　140, 416
今雨堂詩墨　330
今雨瑤華集　236
今詩三體（027）　155, 281
元文類　325, 470
元史　238
元音　535
元詩選（初集～三集）　148, 538
內閣文庫漢籍分類目錄　167
六一山房詩集　532
六家絕句　511
六家詩鈔（國朝－, 051）　231, 232, 399, 403

續六家詩鈔（國朝－）　399
六瑩堂（－二集）　436, 437
午亭文編　416
卞徵君集　344
印須集（087）　350, 362, 364, 365, 502
太田進先生退休記念中國文學論集　42, 138
太倉十子詩選（婁東詩選, 004）　17, 32, 52, 57, 59, 239, 261, 273, 277
太學題名碑錄　433
天下名家詩觀→詩觀
天台正續集及別編　286
天眞閣詩　512
天啓崇禎兩朝遺詩　16
孔尙任詩文集　143
文心雕龍　478
文章流別集　535
文選（昭明－）　37, 75, 89, 230, 238, 432, 535
方雪齋試帖　332
日知錄　10, 72, 205, 405
日課詩稿　340
月滿樓詩集　222
月纓山房集　222
止園詩話　492
止園叢書　491
毛詩稽古編　62
毛詩纂詁　397
水鄕集　20
水滸後傳　320
王士禛全集　29, 30
王文簡公五七言詩鈔　4
王玉叔詩選　39
王考功年譜　79, 102
王逑庵昶先生年譜　193, 327, 328
王巢松年譜　17
王註正譌　149
王貽上詩選　27～30
王敬哉詩選　26
王漁洋先生年譜　69
王漁洋事迹徵略　91, 129, 134, 136
王漁洋遺書　86, 91, 95, 279

5畫

出塞雜詠　474
北江集　526
半間雲詩　456
可老吟　49
可園詩鈔　506
古今二十五家詩　398
古今詩話叢編　405
古今圖書集成　259
古夫于亭雜錄　3, 50
古香堂集　191
古微堂詩鈔　483
古詩評註讀本　518
古詩源　238
古學彙刋　43
古檀集　224
史記　140
台山懷舊集（065）　283, 324
台州外書（外志）　286
四明淸詩略（143）　131, 531, 533
四家詩鈔（122）　471, 472
四庫全書（－總目提要）　20, 21, 66, 67, 75, 97, 99, 100, 116, 117, 120, 140, 150, 152,

154, 158～161, 181, 194, 199, 201, 227, 251, 273, 274, 277～279, 281, 282, 286, 294, 324, 342, 350, 351, 359, 395, 410, 415, 420, 433, 470, 480, 495, 510, 511
四庫提要北宋五十家研究　149
四照堂詩集　34
平昌詩鈔　324
本事詩（唐）　67
本事詩（010）　32, 66～70, 128, 278
本朝閨秀詩　258, 259
正氣集（國朝－, 國朝詩－）　486, 487
正雅集（國朝－, 123）　301, 349, 382, 403, 432, 453～456, 460, 463, 470, 473, 474, 477, 481～483, 502, 512, 538
永平詩存（127）　490, 492
玉函山房詩集　472
玉函山房輯佚書　472
玉臺　16
玉臺新詠　70, 227
田間集　46, 48
白山詩介（072）　306, 328, 336, 340, 368
白山詩存　307, 338
白山詩鈔　338
白山詩選　307
白耷山人全集　163
石倉十二代詩選（歷代詩選）　98
石倉詩→百名家詩選
石漁詩鈔　174
石遺室詩　514
石遺室詩話　464, 466, 513, 525, 526
石谿詩鈔　174
石瀨山房詩話　372

6畫

亦有生齋集　416
伏羌紀事詩　265
充齋集　78
冰魂閣集　521
列朝詩集（－小傳, 歷朝詩選, 列朝詩選）　10, 42, 45, 67, 153, 154, 198, 208, 236, 238, 241, 356, 451, 538
吉川幸次郎遺稿集　535
如舟吟館詩鈔　474
同人集　57
同心集　426
同岑　16
同岑五家詩鈔（100）　400
同聲集　49
名古屋大學教養部紀要　215
名家詩鈔　235
名家詩鈔小傳（本朝－）　404, 416
名媛詩鈔（本朝－）　420
名媛詩緯　260, 420
名媛繡鍼　420
圭齋稿　224
存素堂試帖　332
安雅堂集　77
安徽通志　416, 426
安徽歷代文學家小傳　527
屺雲樓集　481
屺雲樓詩話　482, 483
曲江亭唱和詩（－閨秀唱和集）　345, 349
有方詩草　296
有正味齋詩　398
有正味齋試帖　331, 390

有學集（牧齋－）　12, 13, 20, 25, 44～47, 49, 51, 52, 54～58, 60, 61, 80, 96, 279
朱竹垞先生年譜　91, 125, 154, 241
江右八家詩選（國朝－）　343
江左十子詩鈔（047）　221, 223, 236
江左十五子詩選（024）　97, 117, 146, 168, 239, 264, 266, 273, 300, 409
江左三大家詩鈔（008）　15, 45, 53, 64, 65, 71, 79, 82, 104, 124, 127, 147, 157, 232, 240, 278, 535
江西詩社宗派圖（－圖錄）　188
江西詩徵（080）　340, 343, 368, 375, 401, 415
江雨詩集初編（046）　220, 228
江南通志　416
江浙十二家詩選（048）　211, 223, 236
江浙藏書家史略　43, 507, 508
江湖小集（－後集）　535
江蘇文物古迹通覽　485
江蘇詩徵（093）　5, 142, 155, 156, 228, 232, 344, 368, 370, 379, 380, 415, 461
池北偶談　123, 126, 257, 416
全金詩　149
全唐詩　4, 162
全唐詩錄　152, 320
全滇明詩略　317
全閩詩錄（國朝－, 073）　63, 310, 312, 313
百名家英華　54
百名家詩選（皇朝－, 016）　58, 64, 96, 98～100, 118, 273, 279, 280, 309, 311, 403, 414, 452, 499
百城樓吟稾　222
百部叢書集成　295
竹淨軒詩選　349
竹嘯軒詩鈔　166
老子・莊子　133
考功集選　91
考牧集　203
自訂年譜（沈德潛）　189, 190, 192, 202, 209～211, 215, 237, 261, 270
西江風雅（038）　48, 186, 187, 327, 342
西泠十子詩選　16, 19
西澗初集　161
西漚試帖　422
西樵詩鈔　269

7畫

伯山詩話　268
佟匯白詩選　38
初學集　48, 52, 55, 56, 65
別裁集
　五朝詩別裁集　218
　明詩別裁集　74, 190, 214, 239, 383
　唐詩別裁　238, 383
　國朝詩別裁集（自定本, 國朝詩選, 044）　12, 20, 70, 72, 74, 117, 119, 130, 138, 141, 152, 166, 172, 176, 184, 209～212, 215, 223, 233, 234, 239, 240, 247, 260, 282, 302, 303, 327, 350, 405, 406, 409, 410, 415, 538
　國朝詩別裁集（欽定本, 045）　117, 154, 184, 215, 217, 218, 221, 229, 257, 260, 270, 275, 282, 302, 303, 324, 339, 340, 345, 346, 348, 350, 365, 380, 383, 396, 405, 406, 409, 410, 415, 419, 476～480
淸詩別裁集　215, 217, 218, 235

清詩別裁選（045附2）　219
欽定國朝別裁絕句集（045附3）　219
吳氏一家稿　391
吳先生年譜　527
吳江詩略　54
吳梅村年譜　17, 20, 59, 63, 105, 135
吳梅村全集　60, 61, 65, 351
吳梅村詩　351
吳越　16
吳越詩選　248
吳會英才集（062）　261, 262, 267, 268, 290, 320, 327, 415, 479
吳嘉紀詩箋校　409
吳醪詩選　444
吾炙集（－編, 007）　12, 41～44, 46～52, 59, 71, 85, 93, 133, 234, 278
孝經　418
忍菴集　19
扶輪（續集・廣集・新集）　16, 22
更生齋詩　124
宋元三體　158
宋元明淸書畫家年表　532
宋元明詩評註讀本　518
宋文選　62
宋文鑑　325, 470
宋史　225, 482
宋金元明四朝詩（御選－）　149
宋金元詩永　61
宋金元詩選　350
宋詩紀事　95
宋詩鈔　76, 77, 335, 538
杖頭集　297
杜工部集箋注→錢注杜詩
杜詩注解　62
杜詩詳註　220
杜詩鏡銓　262, 265
李商隱詩歌集解　173
李義山詩集（箋註－, 朱鶴齡）　240
李義山詩集箋注（程夢星）　173
李調元詩注　254, 256, 294
步檐集　20
汪堯峯先生年譜　79
沅湘耆舊集（前編・後編, 115）　413, 415, 447～450, 479
沅湘耆舊詩鈔　448
沜園集　474
甬上耆舊傳　194
甬上耆舊詩　194, 324
續甬上耆舊詩（甬上耆舊續集, 040）　193, 195, 303, 324, 502, 534
谷音　238
辛甲集　407
辛楣吟藁　192
赤城集　286
阮元年譜　298

8畫

京都大學人文科學研究所漢籍目錄　178, 257
使金陵草　475
使楚叢譚　262
使滇蜀草　475
侍雪堂詩　467
佩文韻府　149
來鶴山房詩稿　475
兩浙防護錄　501

兩浙金石志　501
兩浙詩鈔　324
兩浙輶軒錄（076）　244, 318, 321, 328, 345, 372, 379, 415, 458, 500, 532
兩浙輶軒續錄（131）　285, 397, 457, 500, 506
兩當軒集　262
函海　257, 295
卓廬別草　482
咏魯詩選注　493
周文夏詩選　39
周櫟園詩選　33
周禮　418
知不足齋試帖　332
味清堂詩鈔　456
味雋齋詩文詞集　476
和刻本漢詩集成・總集編　122, 193, 219, 291
奉使紀行詩集　339
孟子　228
宛委山房集　192
宛陵羣英集　470
宛雅二編（續宛雅）　181
宛雅三編（036）　162, 181, 182, 225, 273, 282, 460
宛雅初編（宛雅）　181, 225
定山堂詩集　58
尙書　488
尙絅堂詩　512
尙絅堂試帖　421
居易錄　28, 36, 90, 416
屈大均詩詞編年箋校　124, 143
屈翁山先生年譜　124, 143, 163
岡州遺稿　446, 447
　續岡州遺稿（114）　446, 447
庚辰集（042附2）　204, 323, 330, 390
弢養齋詩文集　534
忠雅堂文集　247
忠雅堂集（－校箋）　188, 416
忠雅堂詩集　189
忠愍記　61
拙眞堂集　161
所知集（050）　227, 231, 499
易（周易）　10, 130, 205, 214, 269, 287, 437
明文衡　470
明史　6, 36, 42, 67, 75, 114, 137, 433, 465
明末四百家遺民詩　145
明季黨社考　14, 135
明清之際黨社運動考　15
明清江蘇文人年表　17, 25, 34, 37, 39, 43, 49, 54, 63, 69, 80, 141, 156, 208, 217, 224, 230, 232, 234, 236, 258, 262, 269, 270, 344, 384, 468, 488
明清詩文論考　42, 138, 215, 411, 490
明清進士題名碑錄（－索引）　30, 36, 142, 150, 205, 206, 374, 376, 404, 438, 446, 461, 504
明詩三體　158
明詩紀事　85
明詩綜（026）　5, 11, 36, 49, 153～155, 158, 159, 197, 273, 281, 304, 305, 322, 396, 445, 526, 538
明詩觀　154
明遺民詩（023）　5, 11, 45, 98, 139, 141, 143～145, 169, 173, 280, 300, 309, 408, 414, 499, 502

杭州府志　416, 507
杭防營志　506
杭郡詩輯（初編, 16卷本, 071）　150, 301, 415, 424, 425, 502, 508
杭郡詩輯（國朝－, 初編, 32卷本, 105－1）　306, 424, 425, 502, 508, 509
杭郡詩續輯（國朝－, 105－2）　303, 305, 366, 415, 424, 502, 508, 509
杭郡詩三輯（國朝－, 134）　424, 502, 507～510
松心文鈔　394, 416
松心日錄　416
松江府志　63
松風餘韻　342
松軒隨筆　416
松陵見聞錄（聞見錄）　471
松陵詩徵（國朝－, 053）　15, 155, 237, 415, 468, 469
松夢寮詩藳　508
東安縣志　416
東使吟草　474
東岡集　19
東武詩存（091）　374
東洲草堂文鈔　70
東洲草堂集　525
東皋集　19
東皋詩存（049）　224, 225, 273
東陽歷朝詩　253
東溟草閣集　222
東遊叢錄　527
東澗集（上・下）　56
東甌詩存　323
板橋雜記　61
林下四家選集（068）　291, 295
武定詩鈔（國朝－, 064）　271, 353
武林詩選　323
河北師範學報　413
河嶽英靈集　238, 298, 535
呆山堂詩　407
呆眞　16
牧齋全集　57
牧齋詩註校箋　43
牧齋詩鈔　55
直隸汝州全志　438
直廬集　203
花間堂詩鈔　339
芝音閣試帖　331
芝廛集　19
芝麓詩鈔　58, 62
芷菴二集　36
芳草堂試帖　331
近人詩錄（136）　512, 514, 529, 530
近三百年人物年譜知見錄　527
近代詩鈔（140）　95, 312, 464, 466, 497, 499, 506, 513, 514, 523
近代詩選　447, 524, 525
近青堂詩集　141～143
近科鄉會詩鈔　389
邵武徐氏叢書二集　71
金石堂詩　80, 85
金陵詩徵（國朝－, 130）　101, 161, 497～499, 506
金華詩鈔　443
金華詩萃　307
金華詩粹　252
金華詩錄（058）　39, 251, 252, 307, 323,

415
金粟荞集　401
金灘倡和詩　112
長白山詩　308
長眞閣詩稿　288
長離閣集　267
雨村詩話　387
青芝山館詩　512
青門詩（－簏稿詩，－簏稿、－旅稿）　408
青浦詩傳　328
青浦縣志　270
青雲集　389, 391
　詳註分韻試帖青雲集（096－1）　388, 391
　分韻詳加注釋試帖青雲集（096－2）　388, 390
　重校批點青雲集合註（096－3）　388, 390

９畫

亭林文集（－集，－詩集，－遺書）　405
南山集　463
南山詩選　393
南史　238
南田詩（－詩鈔）　407
南海縣志　416, 434
南翔詩選　443
南溪集　78
南園五先生集　359
南園後五子詩集　359
南雷詩曆　14
南榮集　234
貞豐詩萃（125）　484, 486
貞豐擬乘　485
咫進齋叢書　275
姜眞源詩選　27
姚江詩派　324
弇州山人四部稿　31, 35
後湘詩集　461
後漢書　520
思無邪室吟草　455
持雅堂集　223
拜石山房集　401
科擧　254
施註蘇詩　148, 149, 188
施愚山文集　10, 40
施愚山年譜簡編　79
施愚山集　35
施愚山詩選　34
春和堂集　339
春秋（左氏傳，公羊傳）　8, 10, 20, 158, 526
春融堂集　269, 416
昭代叢書　139
是程堂詩　512
柳南文鈔　208
柳南隨筆（－續筆）　13, 52, 207
柳營詩傳（133）　505, 506
毘陵六逸詩鈔（032）　32, 168, 407
毘陵六逸詩話　169
泉州府志　416
洪昇年譜　97
津門詩鈔（095）　384, 385, 432, 433, 451, 452
珊龠詩稿　457
畏壘山人詩　409, 410

皇明詩選　18
皇清文穎　201
皇清詩選（詩平, 陸次雲輯, 015）　16, 24, 46, 96, 117, 119
皇清詩選（皇朝詩選・皇清詩盛・皇朝詩盛・淸詩選, 孫鋐輯, 018）　118～122, 130, 176, 273, 538
皇朝風雅　323
盆莊集　297
秋水集　19
秋槐集（－三集）　56, 65
紀太史館課詩鈔・賦鈔（注釋－）　330
紀曉嵐年譜　204
紅杏齋詩集　296
紅豆三集　56
紅橋唱和詩　137
苕岑集（初集・二集, 王鳴盛輯, 052）　223, 236, 237, 400, 454, 455
苕岑集初刋（蔣檠渭等輯, 117）　454
苧村文鈔　222
范伯子詩　528
范墅詩鈔　472
苹埜詩鈔　472
赴召集　202
陋軒詩　408, 409
風山詩稿　34
香山縣志　416
香祖筆記　87, 416
香蘇山館詩　512

10畫

修竹齋試帖　421
倚雉堂全集　108
倚聲集　37
借月山房彙鈔　52
兼濟堂文集（－集）　22, 119, 175
唐人萬首絕句（萬首唐人絕句詩）　510
唐人萬首絕句選　511
唐人試律說（唐試律說）　204, 330
唐人選唐詩　157
唐文粹　325, 470
唐百家詩選　13
唐書　230
唐詩品彙　12, 13, 31, 54
唐詩英華　54, 157
唐詩評註讀本　518
唐詩鼓吹　11, 13, 157
唐詩選　213
唐詩選（十種－）　472
夏五集　56, 65
孫古喤詩選　36
孫衣月詩選　34
容齋隨筆　208
射鷹樓詩話　483
師友錄　95
弱水詩（－集）　410
徐州詩徵（132－1）　503, 505
徐州續詩徵（132－2）　504, 505
徐杭游草　6
恭壽堂集　339
悔翁詩鈔　497
晉書　521
桑寄生齋試帖　333
桃花扇　142
桐村小草　224
桐城派文選　463

桐城詩錄　461
桐雲閣試帖　422
桐溪詩述（092）　377, 378, 502
桐舊集（119）　460, 463, 464
海日堂集　78
海岱英華集　494
海珊詩　398
海國圖志　483
海虞詩苑（043）　207, 208, 221, 282, 288
海寧縣志　261
海鹽縣志　397
浣桐閣詩選　349
浙人詩存　303
浙江通志　416
浙西六家詩鈔（099）　320, 397, 398
浙西六家詩鈔（和刻, 099附1）　400
浙西六家詩鈔（覆清刻本和刻, 099附2）　400
浙西六家詩鈔（評訂－, 099附3）　400
盋山詩錄　499
眞松閣集　401
神韻集（唐詩七言律－）　90
秦中草　475
素園集　110
翁山詩外　163
耕養齋集　191
耕餘集　297
耽古齋集　489
荀子　140
荆南唱和集　539
茶村詩　163
袁蔣趙三家詩選　519
訒庵詩存　258
逃虚閣詩鈔　361
郘亭遺詩　525
酌雅堂集　224
高宗純皇帝實錄　160, 274
高郵州志　428
高郵耆舊詩存（107）　427
高會集（－堂集）　56, 65

11畫

健菴集　19
停雲集　395, 396
參野集　78
啓禎野乘（初集・二集）　25, 38
國初十大家詩鈔（清初－, 101）　403～405
國秀集　227, 238, 535
國門集初選　16
國朝詩（082）　349, 362, 396
國朝詩萃　365, 379
國朝詩選（037）　182, 183, 282, 451
國朝漢學師承記　411, 416
國雅（續－）　133, 535
國雅初集　97, 133, 235, 247, 538
婦人集　260, 420
婁東詩選→太倉十子詩選
寄心集　477, 478
寄心盦詩話　403, 473～476, 480, 481
寄暢齋詩稿　340
寄鷗館詩錄　475
崑山縣志　416
崇雅堂書錄　69
密州圖經　376
帶經堂詩話　3

康熙字典　36, 149
張問陶年譜　385
御覽詩　535
惜抱軒文集　416
愓甫未定稿　416
掖詩採錄　353
晩明史籍考（增訂－）　25
晩香堂集　473
晩淸四十家詩鈔（141）　526
晩晴軒文集　413
晩晴簃詩匯（淸詩匯, 144）　36, 46, 96, 100, 115, 117, 123, 142, 169, 170, 183, 192, 226, 251, 258, 268, 271, 285, 305, 329, 330, 341, 372, 374, 385, 396, 399, 421, 431, 432, 445, 447, 451, 458, 461, 463, 467, 486, 489, 493, 506〜508, 524, 527, 528, 532, 534, 535, 539
曹秋岳詩選　33
曹顧菴詩選　35
梅村先生詩集　59
梅村家藏藁　17, 60
梅村集　60, 350
梅郎詩集　65
梅村詩集箋注　350, 351
梅村詩鈔　59, 62
梅里詩人遺集　246
梅里詩鈔　246
梅里詩輯（055）　244〜246, 324, 415, 457〜459
　續梅里詩輯（梅里詩續輯, 118）　457, 502
梅會里詩選　246
梅會詩人集　407
梅會詩選（初集〜三集, 054）　241, 244〜246, 282, 407, 457
巢經巢詩集　525
梁溪詩話　232
淵鑑類函　149
淸人別集叢刋　406
淸人室名別稱字號索引　534
淸人詩集敍錄　57, 407, 410
淸三家絕句　511
淸史列傳　139, 178, 320, 344, 346, 405, 406, 436, 490
淸史稿　36, 66, 97, 100, 145, 150, 178, 179, 200, 201, 229, 238, 256, 271, 298, 303, 314, 321, 365, 366, 373, 420, 447, 465, 468, 498, 529
淸史稿藝文志補編　66, 97, 239, 323, 353, 463
淸代內府刻書目錄解題　217, 340
淸代文字獄檔　160
淸代科擧考試述錄　180
淸代禁書知見錄（－外編）　10, 276〜282
淸代禁書總述　277〜283, 351
淸代禁燬書目（－補遺）　10, 43, 70, 85, 276, 277, 279〜281, 503
淸代職官年表　97, 101, 107, 110, 116, 244, 314, 317, 473〜476, 492, 534
淸末民初を中心とした 中國近代詩の研究　525, 526, 534
淸初人選淸初詩彙考　7, 10, 12, 15, 16, 21〜23, 80, 95, 97〜100, 115, 118, 162, 170, 174, 176, 177, 235, 247
淸初詩壇：卓爾堪與『遺民詩』研究　141〜145, 173

清容居士行年錄　188, 229, 248, 249
清稗類鈔　179
清詩大雅（031）　162, 164, 167, 172, 235
清詩史　19
清詩紀事　10, 15, 36, 48, 98, 123, 131, 174, 231, 260, 268, 377, 387
清詩紀事初編　24, 34, 95, 116, 117, 124, 131, 154, 158, 163, 177, 183, 405, 407, 408, 453
清詩話（－續編）　188, 387
清詩話訪佚初編　71
清詩選（045附1）　218
清詩選（福建師大）　188
清詩選（近藤光男）　525
清詩選選（018附）　120
清儒學案　534
淮海同聲集（088）　366, 367
淮海英靈集（廣陵, －續集, 070）　71, 141, 142, 298, 301, 321, 328, 345, 348, 368, 375, 379, 392, 415, 428, 460
瓠室詩鈔　381
紫薇花館稾　506
紫瓊巖詩鈔（－續鈔）　339
紹興府志　416
莆風清籟集（057）　250, 273, 311
莊子　133, 134
荻汀錄　416
郭西詩鈔　303
陳大孚詩選　39
陳維崧撰集　135
陶情集　297
陶廬雜錄　57, 76, 177, 182, 186, 208, 231, 236, 237, 257, 268, 301, 305, 306, 318, 324, 342, 343, 446, 496
陵陽集　222, 224
雪橋詩話餘集　11, 129

12畫

喬文衣詩選　35
壺園集　401
壺領山人集　222
媕雅堂集　192
尊瓠室詩　513
彭禹峰詩選　26
徧行堂集　160, 305
復初齋漁洋詩評　4
揚州足徵錄　141
揚州府志　416
揚州畫舫錄　476
敦交集　236
曾青藜詩　85
曾庭聞詩　85
曾麗天詩　85
渠風續集　353
湖北詩徵　495
湖北詩徵傳略（129）　494
湖北詩錄　496
湖州府志　15, 416
湖州詩摭　319, 323
湖州詩錄（國朝－, －續錄, 075）　318, 319, 323
湖南通志　416
湖海集　143
湖海詩傳（077）　4, 186, 190, 191, 211, 221, 243, 262, 265, 267, 269, 313, 318, 325, 329, 346, 387, 415, 431, 478, 479, 502, 526, 538

湖海詩傳鈔（077附）　328
湖墅詩鈔　303
湘浦詩鈔　470
湘痕吟草　521
湘灘合稾（069）　295
測海集　416
焦尾編　456
然脂集　420
琴士詩鈔　426
番禺縣志　416
皖雅初集（142）　175, 181, 365, 463, 513, 529, 531
盛京通志　416
盛唐詩選　398
盛湖詩萃（－續編, 121）　468, 469
程侍郎集　525
程崑崙詩選　36
程端伯詩選　37
童山選集　294
筆耒軒吟稿　358
粵十三家集（110）　434～436, 445
粵西詩載　341
粵東古學觀海集（059）　254, 293, 361
粵東詩海（084）　355, 395, 396, 415, 435
粵東詩話　123
粵臺徵雅錄　415
菁華錄　397
菱亭集　38
補石倉詩（－選, 石倉集）　98～100, 105, 108, 112, 118
補松廬詩錄　508
觚不觚論　14
觚賸　260
詞科掌錄（035）　175, 178, 186, 193, 327, 414
詞苑叢談　67
詒安堂詩稿　489
註釋昌谷集　5
評註讀本（淸詩－, 淸詩評註, 138）　518, 519
越州　16
越風（056）　247, 249, 303, 323, 327, 415
越郡詩選　248, 324
鄄生詩鈔　473
隆昌縣志　261
雲左山房詩鈔　482
雲華閣詩畧　438
順德縣志　416
黃安縣志　416
黃梅縣志　416
黃雲孫詩選　39

13畫

塔射園詩鈔　224
愛蘭軒詩選　349
會稽　16
盦山集　6
感舊集（漁洋山人－, 014）　85, 86, 90, 91, 93～95, 128, 197, 198, 210, 219, 234, 247, 269, 270, 279, 284, 326, 362, 388, 427, 428, 538
感舊集小傳拾遺　95
愚山集　78
愼宜軒詩　528
敬孚類稿　335
新會縣志　416

極元集（極玄集） 535
楚風補 451, 495
楚庭耆舊遺詩（楚庭耆舊集, 113） 415, 434, 436, 444
楚詩紀 451, 495
楚辭 37, 158, 227
楊猶龍詩選 27
楊愼學譜 315
歲寒集 16
溯洄集（005） 21, 23, 273, 538
滄州詩 451
滄州詩鈔（國朝－, 116） 451
滄江舊雨集 451
滄浪詩話 12, 13
滄趣軒詩 516
滇南明詩選 314
滇南流寓詩略（國朝－） 317
滇南詩略（國朝－, 074） 313, 317, 327
滇繫 317
熙朝新語 416
熙朝雅頌集（079） 142, 183, 335, 337, 338, 368, 415, 419, 433, 479, 491, 538
瓶水齋詩 512
瓶水齋詩話 268
碑傳集（－補, 續－） 53, 526, 532
禁書總目 275
綏冦紀略 25
綏菴詩稿 61
羣居課詩析疑集 396
群雅集（李振裕輯, 017） 96, 116, 273
羣雅集（王豫輯, 初集・二集, 081） 228, 306, 344～346, 348, 349, 368, 370, 379, 401, 415, 479
聖武記 483
蜀雅（060） 256, 273, 294, 295, 392
蜀道集 88
蜀道驛程記 88
蜀遊詩鈔（－續鈔） 297
萬壑雲樓詩 454
董文友詩選 39
葑田集 223
落箋堂初稾 28～30
落箋堂集 29, 30
虞山詩約 239
虞山叢刻 43
虞初新志 139
蛾術齋試帖 333
詩人徵略（國朝－・清朝－, 初編・二編, 102） 357, 361, 394, 396, 411～413, 417, 456, 476, 483
詩平→皇淸詩選
詩正 16, 24, 97
詩存 97
詩志 16
詩法家數 83
詩的（國朝－, 033） 170, 171, 175, 247, 281, 451
詩南初集 16
詩品（未詳） 16
詩品（國朝－, 034） 175, 177, 282
詩持（一集～四集, 廣集） 99～107, 115, 116, 174, 452
詩乘（029） 160, 281, 499
詩家直說 83
詩城 16, 22
詩海續編 356

詩畫　16
詩略　240
詩舲詩錄　474
詩源　97
詩源初集（002）　5, 6, 10, 16, 21, 22, 24, 30, 31, 72, 277
詩經（詩, 毛詩）　7, 8, 22, 23, 37, 64, 71, 72, 82, 123, 168, 176, 214, 239, 255, 287, 358, 364, 369, 379, 392, 417, 418, 487, 504, 536
詩經國風・上　364
詩義會通　526
詩慰　85, 97, 174
詩藏初集（蓴閣詩藏, 009）　62, 63, 105, 128, 278, 311
詩藪　9
詩鐸（國朝－・清－, 126）　39, 411, 486, 487, 490, 497, 502
詩觀（天下名家－, 初集～三集, 011）　8, 45, 71, 75, 85, 96, 97, 128, 130, 132, 144, 174, 247, 260, 273, 278, 279, 300, 303, 362, 365, 414, 420, 452, 538
詩觀（國朝－）　279
試帖鳴盛（國朝－, 042附1）　203, 323
資江耆舊集　447, 448, 450
過日集（013）　79, 85, 279, 362
過嶺集　59
遂初樓詩鈔　483
遂閒堂集　386
道南　16
道咸同光四朝詩史（甲集～丁集, 137）　505, 508, 513～517, 524, 534
道援堂集　163
違礙書目　275, 276
鄒訏士詩選　36
雍正帝　117, 160
鼓吹新編（003）　10～12, 157, 277

14畫

嘉定詩鈔（112）　373, 442
嘉定屠城紀略　442
嘉定詩徵　444
嘉定縣志（光緒－）　373, 442～444
嘉隆七才子詩　5, 9
嘉興府志　416
嘉道六家絕句（135）　510, 511
夢樓選集　293
榕園詞韻　397
漢上題襟集　236
漢書　168
漢魏詩選　398
漑堂前集（－前後續集）　6, 406
漁洋山人自撰年譜　79
漁洋山人集　29, 78
漁洋山人詩集　49, 136
漁洋集外詩　28, 29
漁洋詩集　27, 238
漁洋詩話　27, 49, 93, 133
漁洋續集　114
爾雅　418
瑯玡二子詩選　29, 30
疑雨集　138
疑雲集　138
精華錄　243
精華錄訓纂（漁洋山人－）　28, 95
翠微精廬小稾　222
蓀完齋小稿　224

蒲褐山房詩話　186, 262, 267, 327
閩詩傳（初集, 073附）　312
閩詩錄（補訂－）　311, 312
說唐詩（而庵－）　157
趙執信年譜　386
趙蘊退詩選　26
遜齋學古初編　224
鄞縣志（光緒－）　131, 195
閨秀正始集（國朝－, 103）　260, 417, 480, 522, 523
閨秀正始續集（國朝－, 108）　429, 522
閨閣詩人徵略（淸代－, 139）　260, 419, 519, 521
碩園集　19
飴山詩集　199, 386
鳳池集（025）　150～152, 273
鳴盛集　340

15畫

墨林今話　349
履二齋集　192
廣東通志　394, 416
廣東新語　128, 445
廣東詩粹　395
廣濟縣志　416
播雅（120）　464, 465, 525
樂潛堂集　401
樅陽詩選　460
樗亭詩文集　460
樊榭山房詩　398
潛研堂文集　416
畿輔通志　433
畿輔詩傳（國朝－, 109）　385, 430, 432, 452, 473, 482, 491, 495
畿輔詩選（歷代－）　433, 478
確庵文藁　51
稽古齋集　340
篋中集　42, 50, 90, 134, 236, 238, 535
篋衍集（021）　85, 132, 133, 138, 234, 236, 247, 280, 308, 326, 362, 538
緩齋集　113
談龍錄　199
談藝錄　485
論語　14, 144, 487, 530
論語集注　487
鄭齋類稿　514
銷燬抽燬書目　275
養眞精舍詩集　468

16畫

劒囊文集　297
劒囊草　297
嘯雪齋集　222
歷下詩鈔（國朝－, 128）　472, 493, 494
歷代詩文總集　539
歷代詩評註讀本　518
歷代詩選→石倉十二代詩選
歷城縣志（續修－）　494
歷朝聖母圖册　215
歷朝詩選→列朝詩集
澹香齋試帖　421
澹餘集　108
燕行集　38
燉煌集　244
獨賞集　85, 93, 133
甌北先生年譜　294

甌北全集　294
甌北集　294
甌北詩鈔　294
甌北選集　294, 295
瘦吟樓詩草　290
盧澹崖詩選　34
篤舊集（124）　475, 480, 481
賴古堂集（－詩）　34, 406
輶使西江草　475
遲刪集詩鈔　361
遺山詩（－堂集）　408
遵義詩鈔　465
錢日菴詩選　38
錢田間先生詩選　460
錢注杜詩（杜工部集箋注, 箋杜集註）　56, 157, 281, 334
錢牧齋先生年譜　42
錢牧齋先生有學集定本　58
錢牧齋詩註（足本－）　43
錢黍谷詩選　38
隨園三十種　290
隨園女弟子軼聞　521
隨園女弟子詩選（067）　261, 287, 420, 456, 500
隨園女弟子詩選選（067附）　291
隨園全集　290
隨園詩話（－補遺）　165, 167, 188, 225, 228, 258, 260, 261, 272, 288～290, 293, 308, 416
隨輦集　203
雕華集　420
霏玉軒詩草　456
靜志居詩話　5, 46, 49, 155, 241, 305, 416
靜惕堂詩（－詩集）　405
靜遠堂詩集　165
靜遠齋集　339
黔詩紀略　467
龍文詩選　39
龍門縣志　416
龍威祕書　405
龍眠風雅集（－續集）　239, 463, 464
龍眠詩　462

17畫

嶺表詩傳　415
嶺南三大家詩選（019）　122, 124, 147, 163, 164, 185, 280, 357, 436, 437, 535
嶺南五朝詩選　395
嶺南四家詩鈔（085－2）　358, 360, 368, 436
嶺南詩選　125
嶺南羣雅（085－1）　357, 358, 360, 395, 396, 415, 436, 437
嶺南遺書　434, 436
嶺海詩鈔（國朝－, 098）　357, 394, 396, 410, 413, 415, 436
檀几叢書　139
檇李英華　158
檇李詩乘　158
檇李詩繫（028）　5, 79, 158, 273, 281, 303, 323, 342, 369, 371, 415, 470
　續檇李詩繫（089）　369
檉花館試帖　421
濟南詩文選　493
濟南詩選　239
濤音集（001）　3, 26, 27, 407

牆東雜鈔　141
環翠軒詩選　349
療鶴亭草　112
闞古山房詩鈔　224
薛行屋詩選　26
謝山先生年譜　194
謝獻庵詩選　30
賸稿詩　408
鍊音集（－輔）　444
鍊雅（續－）　444
霞外攟屑　37
館閣詩（本朝－, 042）　200, 222, 323, 329
館課存稾我法集　330
鮚埼亭集　25, 51
鴻雪齋詩鈔　361

18畫

彝壽軒詩　486
戴南山先生全集　463
擷芳全集　420
擷芳集（061）　257, 259, 420
歸愚文鈔　416
瞿山全集　109
禮記　71, 72, 96, 214, 488
簡學齋館課試律存　422
藏山集　81, 93, 133
藏山閣集　48
藏書紀事詩　508
舊唐書　229
襮欨亭集　474
豐山詩鈔　472
雙籐書屋試帖　333
題名碑錄（國朝－）　480
駢字類編　149
魏石生詩選　26

19畫

懷舊集（邵玘輯, 063）　268, 328
懷舊集（吳翌鳳輯, 086）　350, 361～364, 502
曝書亭集　72, 91, 115, 125, 242, 416
瀛舟筆談　348
藝苑卮言　72
藜軒類稾　297
邊華泉集　239
離憂集　16
韻雪齋小草　474

20畫

嚴灝亭詩選　27
擇石齋詩　398
蘊玉山樓稾　222
露香閣詩草　290

21畫

蘭言集（李暾等輯, 020）　130, 534
蘭言集（王晫輯, 022）　139
蘭言集（二集・三集, 謝堃輯, 094）　382, 384, 425
蘭言集（趙紹祖輯, 106）　425, 426
蘭皋風雅　252, 324
鶴徵錄　458

22畫

聽松圖題詞　140
聽松廬文鈔　357, 416

聽松廬詩話　416
聽雨樓集　192
聽秋軒詩稿　289
龔鼎孳詩選　58

23畫

變雅堂詩　163

24畫

蠶尾後集　28
贛州府志　416

25畫

觀自得齋叢書　29
觀始集　16, 21～24

29畫

驪珠集　15, 54